libretto

CIYÉ NIÑO COCHISE
A. KINNEY GRIFFITH

LES CENT PREMIÈRES ANNÉES DE NIÑO COCHISE

Traduit de l'américain (États-Unis)
par ANNICK BAUDOIN

libretto

Titre original :
The First Hundred Years of Niño Cochise

ISBN : 978-2-36914-972-9

1872-1876

PROLOGUE

Je suis né le 20 février 1874 au fort du Dragon, dans la réserve chiricahua, en Arizona. Là même où le chef Cochise, mon grand-père, est mort de vieillesse le 7 juin 1874. Mon père, Tahza, fils aîné de Cochise, est mort à Washington, la cité de paix des Blancs, le 15 novembre 1876.

La paix avait été signée, le 14 octobre 1872, par Thomas J. Jeffords[1], le chef Cochise et le général Oliver O. Howard. D'après le traité, il ne devait plus y avoir de guerre entre les Apaches et les Blancs. La réserve chiricahua avait été créée par décret le 14 décembre 1872 : 8 000 kilomètres carrés au cœur du pays apache. Le président Grant nomma Tom Jeffords gouverneur de ce vaste domaine, peuplé de 2 500 Indiens. L'histoire raconte qu'un jour de l'été 1876, le représentant aux Affaires indiennes, John Philip Clum, arriva avec des éclaireurs et une troupe de cavalerie pour nous forcer, nous les Chiricahuas[2], à abandonner

1. Broussard remarquable, Jeffords devint en 1870, au cours d'une cérémonie sacrée, le Frère de sang du chef Cochise.

2. Chiricahuas, ou chiricahui ; la véritable orthographe est Chi-hui-ca-hui, qui veut dire « Nous, le Peuple » (A.K.G.)

notre réserve pour rejoindre la réserve voisine de San Carlos.

Elle raconte aussi que les efforts du vaniteux Clum ne réussirent à déplacer que 831 Apaches à San Carlos (212 de clans différents suivirent plus tard), plus de mille d'entre nous ayant disparu. Mais elle ne dit pas que mon père, Tahza[1], chef héréditaire de clan, avec beaucoup de clairvoyance, avait prévu les heures sombres qu'allait connaître son Peuple, et que, tout en conduisant sa tribu à San Carlos – pour qu'on ne puisse pas reprocher aux Chiricahuas d'avoir violé le traité –, il s'arrangea pour que son propre clan de trente-huit personnes disparaisse en route. Sous les ordres de sa jeune femme, Nod-Ah-Sti[2] (avec moi, leur fils unique [Ciyé] « Niño » Cochise, et le vieux *shaman* – le sorcier – Dee-O-Det), le clan familial s'enfuit vers le Sud, dans l'État de Sonora, au Mexique, pour se fondre dans la légende. Ses membres ne figurèrent jamais plus sur les registres d'une réserve.

Nos noms n'ayant jamais été inscrits sur un registre militaire, personne de notre clan ne fut enregistré ou tatoué. Nous figurions, certes, sur la liste des habitants de la réserve originale chiricahua, mais cette liste disparut quand Taglito[3] donna sa démission pour protester contre la scandaleuse violation du traité J.C.H.[4] Et Taglito, notre gouverneur bien-aimé, qui parlait apache couramment et nous connaissait

1. Clum l'orthographie Tah-zay sur les registres de San Carlos. (A.K.G.)

2. Tom Jeffords la surnommait affectueusement Niome, et ce nom lui resta.

3. C'est ainsi que tous les Indiens surnommèrent Jeffords. Taglito veut dire « barbe rouge » ; son Frère de sang, le chef Cochise, l'appelait Chi-ca-Say (mon frère).

4. J.C.H. : Jeffords-Cochise-Howard.

tous par nos vrais noms, ne devait pas nous trahir. Il nous baptisa les « sans-nom[1] ».

Pendant des années, les membres de notre clan s'amusèrent à s'appeler eux-mêmes « ceux qui manquent ». Les militaires ne savaient pas, ou ne voulaient pas admettre, que des Chiricahuas s'étaient échappés pendant qu'on les emmenait vers d'autres réserves[2].

Deux mois après l'installation dans la réserve, Clum conduisit à Washington une délégation de vingt Apaches, dirigée par le chef Tahza, pour un entretien avec le président Grant. Tahza y attrapa une pneumonie dont il mourut. Il fut immédiatement enterré dans le cimetière du Congrès, dans une tombe sans épitaphe[3].

Quand Clum revint à San Carlos, y apportant l'affreuse nouvelle de la mort de Tahza, mon oncle Naiche, le plus jeune des fils de Cochise, entra dans une violente colère. Avec d'autres chefs qui devaient bientôt devenir célèbres, il s'enfuit de la réserve de San Carlos pour prendre le sentier de la guerre. Ce fut le début des « guerres de Geronimo », qui ne devaient prendre fin qu'en septembre 1886.

On a beaucoup écrit sur ces guerriers en colère et leurs familles, qui se sont si résolument insurgés contre la perfidie

1. Les noms des Indiens du clan de Tahza ne figurent pas jusqu'à maintenant sur les registres des réserves de San Carlos, Fort-Apache ou mescalero. Ce n'est qu'en 1914, lorsque les quelques survivants (qui avaient été envoyés par train d'abord en Floride, puis à Fort-Sill, en Oklahoma) et leurs descendants eurent enfin le droit de vivre dans la réserve mescalero au Nouveau-Mexique, que furent identifiés, mais pas officiellement, quelques-uns des « sans-nom ». (A.K.G.)

2. Sur l'ensemble des réserves, voir *History of Arizona and New Mexico, 1530-1888*, de Hubert Howe Bancroft, San Francisco, 1889, p. 565-568. (A.K.G.)

3. En 1960, la Société des pionniers de l'Arizona dressa une pierre sur sa tombe, où étaient inscrites les indications et l'épitaphe requises. (A.K.G.)

des Blancs et menèrent jusqu'au bout un combat désespéré, mais il est un chapitre de la vie apache que l'histoire a curieusement ignoré.

Que devinrent ces trente-huit « sans-nom » qui s'étaient soustraits à la loi blanche ce jour fatidique de 1876 ?

Moi, Niño Cochise, j'écris aujourd'hui ces lignes d'après mes propres souvenirs, et ce que m'ont raconté ma mère, mon shaman, et d'autres, qui ont vécu et sont morts au cours de cette période révolue. J'ai vu les Blancs abandonner la cavalerie qu'ils utilisaient contre nous pour adopter la cavalerie aérienne de leurs nouveaux combats, et j'ai survécu à tous ces changements. Il m'est impossible de dire quand, et où, mythes et réalité se confondent, ni où s'arrête la légende dans le cours impitoyable de l'Histoire.

1.

1876-1886

PA-GOTZIN-KAY

Je n'avais que deux ans à l'époque de l'exode. Ma mère m'a raconté qu'elle m'asseyait sur sa selle, derrière ou devant elle, selon la commodité du moment. Naturellement, je n'en ai moi-même aucun souvenir.

Par contre, je me rappelle très bien notre nouveau camp de la sierra Madre, car j'y vécus longtemps. Il était situé sur une corniche de terre rouge d'environ un kilomètre de large et quatre kilomètres de long, aux extrémités en forme de croissant de lune. Elle s'arrêtait à l'ouest sur un à-pic du cañon de Naco-Zari. Et à l'est, sur une paroi rocheuse couleur d'ambre, qui montait jusqu'à la chaîne boisée et enneigée de l'épine dorsale des Mother Mountains, qui sépare l'incroyable gorge du Bavispe des sources de l'impressionnante Yaqui River.

Coupée du monde de deux côtés par un merveilleux paysage de rochers, cette corniche n'était accessible sans danger qu'à un aigle ou à un cerf. Nos cavaliers ne pouvaient y accéder que par les extrémités nord et sud (elles aussi d'un abord dangereux), par des sentiers abrupts, étroits et sinueux, taillés à pic dans la roche et où le moindre faux pas pouvait provoquer une chute fatale. C'était une véritable forteresse naturelle.

Sur la corniche, la terre était rouge et fertile, les arbres et les sources abondaient. En ce monde de solitude, nous trouvions à la fois l'espace et la sécurité. Nous l'appelâmes Pa-Gotzin-Kay, ce qui veut dire «le fort de la montagne du paradis».

On dit que les Indiens ont une longue mémoire, mais je n'ai que de vagues souvenirs des événements survenus avant que j'aie six ans. Je dois surtout me fier à ce que ma mère, notre *shaman* (sorcier) et d'autres m'ont raconté une fois ou l'autre.

Pendant le voyage vers Pa-Gotzin-Kay, nous avions surtout vécu de fruits de cactus, et nos chevaux en mangeaient la pulpe. Une fois arrivés dans les hauteurs, nous avons trouvé des noisettes, des glands et même des racines d'ellébore. À notre arrivée à Pa-Gotzin-Kay, nos vêtements étaient réduits en lambeaux aux endroits où ils frottaient sur la selle, et nos chevaux décharnés étaient exténués. Après avoir monté un camp en cercle, nous avons commencé la vie la plus primitive qu'on puisse sans doute imaginer. Les hommes avaient presque tous des couteaux de chasse, mais pas de fusil; ils fabriquèrent donc des lances, des gourdins, des pièges, des arcs et des flèches. Les garçons devinrent experts dans l'art de lancer des pierres; et nous pûmes tuer du petit gibier pour nos premiers repas. Des pierres au bord coupant nous servaient d'outils pour façonner les matériaux que nous fournissait la nature, et nous construisîmes des wikiups en forme de dôme. Des pierres aussi nous faisions jaillir des étincelles pour faire du feu, et une fois qu'il était allumé, nous évitions de le laisser s'éteindre.

Le pays regorgeait de daims, d'ours, d'ânes, de cougouars, de lapins, de jaguars, de cerfs, de loups, de putois, d'écureuils, de coatis et de taupes. Nous trouvions aussi des dindons et, de temps à autre, un aigle ou un faucon. Les hommes chassaient à tour de rôle, de jour comme de nuit. À force de patience et d'adresse, nous eûmes de la viande sur le feu, ainsi que des peaux et des fourrures pour nous couvrir et nous confectionner des *kabuns* (mocassins). Le froid de l'automne recouvrit les montagnes, puis vinrent la pluie et la neige. Les animaux sauvages disparurent. Lorsque j'y pense aujourd'hui, il me semble que notre lot était le froid et la faim. Nous nous surnommions parfois « les affamés ».

Nos conditions d'existence étaient au plus bas lorsqu'un brave chiricahua, appelé Zele, arriva au galop et apprit à ma mère la mort de son mari à Washington. Dans son esprit, il avait été tué par les Blancs. Elle se noircit le visage et prit le deuil.

On vit souvent, au cours des quelques années suivantes, d'autres braves arriver à l'improviste. Ils nous disaient l'horreur des conditions de vie de notre Peuple dans les réserves américaines. La plupart des Indiens qui essayaient de s'en échapper étaient rattrapés par la cavalerie, guidée par les éclaireurs apaches.

Ces messagers disparaissaient aussi subitement qu'ils étaient arrivés – l'instinct les rejetait sur les pistes. Bien que nous ne fussions pas riches, ma mère se débrouillait toujours pour les nourrir. Nous n'étions pas aisés, mais nous étions libres.

Il est un jour de l'été 1880 que je n'oublierai jamais. J'avais alors six ans. Plus de trois cents guerriers montés sur des chevaux magnifiques, avec environ deux cents femmes, et suivis d'une longue file de mulets de bât chargés, arrivèrent chez nous comme une tornade. Sous la conduite du frère de mon père, Naiche, ils s'étaient enfuis des réserves de Warm

Springs (sous-agence de Ajo Caliente) et de San Carlos. Il y avait parmi eux, entre autres, le frère de ma mère, Golthlay, et Zele, Nanay, Beduiat, Loco, Ponce, Juh, Gar, Gordo, Hal-Say, Mangas, Chatto, Chappo, Perico, Nolge, Chi-hua-hua, Benito, Chuntz, Poin-sen-ay et Kaah-Tenny.

Je me rappellerai toujours le vacarme et l'activité qui s'emparèrent du camp lorsqu'ils déchargèrent les mulets, avant d'en abattre quelques-uns. Pour une fois, le soir tombé, tout le monde à la rancheria mangea à satiété. Nous mangeâmes à pleines mains et c'est la première fois où je me souvienne avoir mangé à ma faim.

Les arrivants nous racontèrent ensuite comment la vie dans les réserves les avaient rendus complètement enragés. La plupart d'entre eux avaient déjà tenté de s'enfuir, mais avaient été rattrapés et ramenés à la réserve. Cette fois-ci, ils s'étaient échappés pour de bon et se juraient de ne jamais se laisser reprendre. Ils se vouaient désormais à la vie *netdahe*[1].

Guidée par ses éclaireurs indiens, la cavalerie américaine les avait poursuivis avec acharnement, mais elle ne pouvait franchir la frontière et les fuyards étaient ici en sécurité. Pour nous montrer leur estime, les Wild Ones prirent dans leurs bagages des monceaux d'ustensiles de cuisine, de vêtements, de couvertures, de grain, de selles, d'armes à feu, et maintes autres choses qu'ils nous donnèrent et que nous accueillîmes d'autant mieux que c'était le butin ramassé au cours de leurs raids dans les rancherias et haciendas qu'ils avaient rencontrées dans leur descente vers le sud.

1. *Netdahe* veut dire « mort à tous les envahisseurs ». Ce terme date de l'époque des premiers Espagnols – menés par Coronado – et de tous les rapaces qui les suivirent pour tenter de conquérir le pays apache. Le brave apache prêtait le serment *netdahe* en arrivant à l'âge d'homme et y restait fidèle toute sa vie. Au début du XIXe siècle, les termes du serment furent modifiés et devinrent : « Mort à tous les Blancs. »

J'étais tout excité par les allées et venues de ces braves intrépides qui partaient se battre au loin contre les Nakai-Ye[1] exécrés et les maudits Pinda-Lick-O-Ye[2]. Quand ils revenaient, je me glissai à l'endroit où se tenaient leurs réunions de conseil pour écouter le récit de leurs vaillants exploits et de leurs luttes impitoyables.

Je me rappelle très bien Beduiat (habituellement appelé Victorio), un des chefs de *iya-aiye*[3] de Warm Springs, Apache Mimbreno, qui tenait alors un fort dans le cañon San Miguel, à une journée de chevauchée de chez nous. Il s'arrêta une fois à la rancheria pour s'y reposer avant de reprendre la route de son camp. Manquant de fusils et de munitions, il avait proposé aux Mexicains un traité à Vado d'Santa Maria.

Le vieux Nanay, le second de Beduiat, attendait beaucoup de cet accord, car ils avaient besoin d'armes pour se battre contre les Américains dans le Nouveau-Mexique et l'Arizona. Golthlay était alors parti en raid, et Beduiat chargea Nanay et un autre homme de négocier cet accord. Nanay revint et dit que les Mexicains avaient accepté de leur fournir des armes contre de l'or et qu'ils allaient préparer une grande fête, où il y aurait de la tequila pour tout le monde.

Beduiat envoya Nanay et quatre hommes chercher l'or qu'ils avaient caché dans sa rancheria. Tout émoustillés à la pensée de la tequila, Beduiat et le gros de sa troupe, environ quatre-vingt-dix guerriers, ne purent attendre plus longtemps et partirent en avant pour Santa Maria, qui se trouvait à l'ouest, à quatre jours de cheval de Pa-Gotzin-Kay, pour y attendre Nanay et l'or.

1. Nakai-Ye, pluriel de Nakai, Mexicain. Prononcer *nockavdi*.

2. Pinda-Lick-O-Ye : Yeux-blancs, Yeux-pâles (White-Eyes, Pale-Eyes).

3. Clans.

Quand Beduiat arriva à Santa Maria, la fête battait déjà son plein. Il fut accueilli par l'alcade, le colonel Garcia. Beduiat lui dit qu'il allait bientôt recevoir l'or. Garcia parut content et demanda à Beduiat de réunir ses hommes sur la place où de jeunes Mexicaines leur serviraient à boire et à manger. Les guerriers attachèrent leurs chevaux à des poteaux et se joignirent aux indigènes ; mais les *señoritas* lâchèrent d'un coup *botellas* et calebasses et s'enfuirent.

Beduiat vit alors qu'il était tombé dans une embuscade. Ils étaient encerclés par les *soldatos de cuera* mexicains (soldats à chemise de cuir). Il cria un ordre et ses guerriers se précipitèrent vers leurs chevaux. Une première salve abattit quelques-uns de ses hommes, mais les Apaches rescapés sautèrent sur leurs chevaux et s'enfuirent. Les *soldatos* se mirent à leur poursuite et la chevauchée et le combat durèrent toute la nuit. L'aube les trouva dans les Sabinal Hills près du lac Guzman. Au lever du soleil, les soldats du général Garcia reçurent le renfort des forces du général Terrazas et d'un régiment de cavalerie de Chemises rouges. Mais les Apaches étaient toujours aussi mobiles et le combat dura encore toute la journée. Ils se défendirent jusqu'à ce qu'ils n'aient plus de munitions. Ils se battaient toujours, n'ayant plus pour armes que des lances, lorsque Beduiat fut abattu par un coup de feu. Six braves seulement échappèrent au massacre, et tous étaient blessés. Ils furent rejoints par un chef de guerre nommé Mangas, le fils du défunt Mangas Coloradas.

En route pour Santa Maria, le vieux Nanay croisa Mangas et les blessés. Il les amena à Pa-Gotzin-Kay, où Golthlay apprit la défaite de Beduiat[1].

1. Ce récit de la dernière bataille de Victorio diffère des rapports établis par l'éclaireur de l'armée américaine, Mickey Free, et par les lieutenants Thomas Cruse et Charles B. Gatewood, dans les *Scouts*

À cette époque, l'armée américaine n'avait pas le droit de passer la frontière, mais les traités ne mentionnaient pas les éclaireurs indiens. Peu après l'anéantissement des forces de Beduiat, Golthlay apprit que c'était par le sergent Mickey Free, un des éclaireurs apaches, que Garcia avait su que Beduiat allait à Vado d'Santa Maria pour y troquer de l'or contre des fusils. Mickey Free, croyait-on aussi, aurait informé Terrazas de l'endroit où se trouvaient les guerriers de Beduiat.

Mangas raconta à Naiche et Golthlay (connu alors sous le nom de Geronimo) l'embuscade, et la bataille qui suivit. Golthlay convoqua immédiatement ses hommes pour établir des plans de vengeance. Il en avertit Chi-hua-hua, Juh et Chatto, qui avaient alors des rancherias dans les cañons voisins.

Des cavaliers apaches nous avaient entre-temps avertis du chemin de retour suivi par Terrazas dans la montagne. Les chefs étudièrent leur carte et préparèrent leur plan d'attaque. Ils divisèrent leurs deux cents guerriers en quatre groupes. Dans la partie supérieure du cañon de Bavispe, l'ennemi des Apaches tomba dans l'embuscade dont Terrazas ne réchappa que de justesse.

Je veux souligner ici qu'aux dires des anciens de notre tribu, et quoi qu'écrivent ou pensent les historiens contemporains, Golthlay (Geronimo) n'était pas un homme aussi admirable qu'on l'a décrit, même selon les critères des tribus apaches. Les lendemains de beuverie, ou lorsqu'il était ivre, ce qui était fréquent, c'était un parfait abruti, ou une bête féroce. Sobre, c'était un orateur plein d'éloquence. C'était un rêveur, mais il savait, si on lui en laissait le temps, préparer avec ruse et astuce une bataille ou un raid. La masse des guerriers le suivaient,

Journal de Fort-Bovie et Fort-Cummings, mais la date, le lieu et les résultats concordent. (A.K.G.)

beaucoup même l'idolâtraient, mais s'il fallait prendre sur-le-champ, au cours d'une bataille, des décisions urgentes, le héros de la bataille était *toujours* mon oncle Naiche.

Les guerriers *netdahe* revinrent avec soixante chevaux et dix mulets de bât, chargés de fusils mexicains, de munitions, de caisses, et de sacs de nourriture volés. Le butin fut partagé entre les guerriers qui avaient participé au raid et leurs familles. Il y eut ce soir-là une grande fête à Pa-Gotzin-Kay et Golthlay prit la parole :

« Nous avons perdu trois hommes », commença-t-il, et il les nomma. « C'étaient des braves » ; leur nom ne fut jamais plus prononcé ensuite : c'est la loi apache. « Nous avons abandonné aux corbeaux de nombreux *gusanos*[1] Nakai-Ye et avons pris beaucoup de *besh-shea-gar*[2] et de *chelee*[3]. Mais cela ne suffit pas. Il faut descendre à Santa Maria punir ceux qui ont assassiné Beduiat et ses braves guerriers. Après Chies-Co-Chise[4] et Mangas Coloradas[5], c'était notre plus grand chef. »

Nanay et Mangas se levèrent comme un seul homme pour crier leur soif de vengeance contre Santa Maria. Le chef Naiche exprima, en hurlant, les mêmes sentiments, disant qu'ils partiraient dès le lendemain matin. De tous côtés, les guerriers criaient leur assentiment.

Cette nuit-là, ma mère sanglota dans notre wikiup. Et le matin, avant l'aube, je l'entendis qui parlait avec Dee-O-Det,

1. *Gusano* : littéralement, ver de terre.
2. Le fer qui fait feu.
3. Chevaux.
4. Nom solennel du chef Cochise.
5. « Manches rouges » (ensanglantées). On l'appelait aussi Roan Shirt. (A.K.G.)

Naiche et Golthlay. J'ignore ce qu'ils dirent – un simple garçon n'avait pas le droit de s'approcher d'eux – mais je surpris quelques mots sur Pa-Gotzin-Kay : « Un endroit paisible… que le Peuple apache ne doit pas troubler… »

Au lever du jour, les guerriers quittèrent notre forteresse et s'engagèrent un par un sur le sentier dangereux qui conduisait à Tesorabi, petit village qui ne s'était jamais relevé de sa mise à sac par Beduiat. Ils contournèrent Basaranca, village plus important situé dans la boucle du Bavispe, et proche de l'endroit où, trois jours plus tôt, ils avaient tendu l'embuscade à Terrazas.

S'ils filaient ainsi tout droit vers l'est sur Santa Maria, bourg qui groupait une centaine de personnes, c'est qu'ils n'avaient qu'une idée en tête : exterminer nos ennemis. Les habitants du village les virent arriver et s'enfuirent dans les collines, abandonnant la défense du village à une poignée d'hommes, qui furent vite débordés et tués. Golthlay (Geronimo) brûla vifs deux hommes dans la petite église, tandis que Nanay et Mangas mettaient le feu au reste du village. La plupart des maisons étaient en adobe, mais leurs toits de chaume brûlèrent facilement. Les guerriers pourchassèrent ceux qui s'étaient cachés dans les cañons et les tuèrent sans pitié.

Les *netdahe* rassemblèrent une centaine de vaches et de chèvres ainsi que quelques chevaux et mulets, et capturèrent une vingtaine de femmes et d'enfants, tous nés de mère indienne et d'esclavagistes mexicains. Golthlay donna les gens et le butin au chef Juh, dont le groupe était le plus réduit : il avait perdu à Janos, il y avait de cela vingt ans, la plus grande partie de son clan, qui ne s'était jamais repeuplé depuis[1].

1. En 1858, le chef Juh et son groupe, formé d'un ensemble hétéroclite de membres de toutes les tribus apaches, dont Golthlay et son jeune clan, avaient campé près de Janos. Ils avaient troqué des turquoises contre de la nourriture et du pulque, et ils faisaient la fête à

Au retour de son frère, ma mère protesta à nouveau avec tant de véhémence contre ses raids féroces – « tu vas attirer toute l'armée mexicaine contre nous » – que Golthlay quitta Pa-Gotzin-Kay et installa un camp permanent à Cienega Cañon, près de la rancheria de Chi-hua-hua, se rapprochant ainsi de vingt kilomètres de la frontière. De là, il fit de nombreux raids dans les territoires du Nouveau-Mexique et de l'Arizona, comme dans les États de Sonora et de Chihuahua.

Mais un jour, pendant une beuverie, au retour d'un raid, Golthlay (Geronimo) fut cerné par les troupes américaines et forcé de se rendre avec toute sa bande. Ils furent parqués dans les réserves de San Carlos et de White River (Fort-Apache), et Pa-Gotzin-Kay connut quelques années de paix et de tranquillité.

Puis un beau jour de 1884, nous vîmes Golthlay, suivi d'une nombreuse bande de *netdahe*, arriver dans notre paisible rancheria. Cela inquiéta beaucoup ma mère, mais elle n'y pouvait rien.

Il me donna un beau mustang pommelé, me recommandant d'en prendre grand soin. Malgré ma reconnaissance,

cette occasion. Un colonel mexicain, Carasco, et sa troupe de cavalerie chihuahueno prirent le camp apache par surprise et massacrèrent la plupart des femmes et des enfants en bas âge, y compris Alope (née Juh), la première femme de Golthlay, et leurs deux petits enfants. Golthlay et Juh, fous de rage, se joignirent aux ivrognes et tuèrent la moitié des *soldatos*, mettant les autres en déroute. C'est ainsi que Golthlay gagna le surnom de « Geronimo ». Voir *I fought with Geronimo*, de Jason Betzinez, The Stackpole Company, Harrisburg, 1959. (A.K.G.) L'ouvrage de Jason Betzinez est traduit en français sous le titre *J'ai combattu Geronimo*, éditions du Rocher, Paris, 2019.

je m'efforçai de cacher ma joie. Et Naiche m'offrit une selle incrustée d'argent et une bride au licou d'argent travaillé à la main.

«Tous les deux, vous êtes mes meilleurs oncles! m'exclamai-je. *A-co'd*[1].»

J'ai toujours admiré Naiche. Tout le monde disait qu'il ressemblait à son père, le chef Cochise, mon grand-père, J'avais alors dix ans et allais bientôt devenir un guerrier, du moins le croyais-je.

Nous étions dans le clan six garçons du même âge, et depuis quelques années, notre tâche principale était de ramener du gibier. Nous, les chasseurs, utilisions toujours arcs, flèches et pièges, comme dans le bon vieux temps. Ma mère nous interdisait les armes à feu, à cause des détonations qui auraient pu trahir notre retraite. Il n'y avait pas non plus de chiens dans la rancheria, car leurs aboiements s'entendent de loin, surtout la nuit. Sur la proposition de Naiche, ma mère me nomma chef des chasseurs. Je ne touchai plus terre et marchai sur des nuages. N'étais-je pas un chef? J'étais fier du titre, même si ce n'était que celui de chef des chasseurs.

C'était la saison de la chasse à l'ours – l'époque où il est gras et paresseux – et notre Peuple avait besoin de sa graisse. Alors que nous parcourions les collines à sa recherche, des cerfs et des lapins envahirent notre champ de blé en herbe. Nous portâmes notre attention sur ce gibier-là, et notre stock de venaison séchée augmenta rapidement, avec quatorze cerfs, et je ne sais combien de coatis, d'écureuils, de dindes et de lièvres tués dès la première semaine. Les cerfs et autres animaux abandonnèrent vite notre champ, mais ces sacrés lapins, eux, ne comprirent jamais. De toute façon, tant que

1. «Merci», expression rarement utilisée.

nous pouvions faire pousser quelque chose, nous ne manquions pas vraiment de nourriture. Notre petit troupeau de chevaux dédaignés par les guerriers et les quelque trente têtes de bétail restées des jours de raids se reproduisaient ; il suffisait que la malchance ne s'en mêle pas.

Mais les guerriers, bien nourris et reposés, reprirent leurs mystérieuses allées et venues. Et un soir, Golthlay raconta, debout devant le feu du conseil et d'une voix forte, qu'il avait fait un raid sur un ranch de White-Eyes, au bord de Sonoita Creek, brûlé la maison et la grange, et emmené le bétail et les chevaux. Des soldats étaient alors arrivés et dans le combat, il en avait tué beaucoup, mais quatre de ses guerriers étaient morts, et parmi eux, le sous-chef Poin-sen-ay.

En de pareilles circonstances, les veuves et leurs enfants disparaissaient dans quelque retraite privée pour pleurer leurs bien-aimés. Pendant la période de deuil, les femmes se coupaient les cheveux et se couvraient le visage de boue et de cendre. Je partageai le chagrin de la veuve de Poin-sen-ay et de son fils, Kasale, le dernier et le plus jeune de mes chasseurs.

Quand Kasale eut fini de se lamenter, je lui demandai s'il aimerait qu'on lui donne quelques garçons comme chasseurs pour en être le chef. Il fut transporté de joie et parut oublier sa peine. Il fallait pour cela un certain rituel, aussi l'emmenai-je dans le wikiup de ma mère.

Je lui demandai la permission d'amener chez elle un ami. Quand elle me l'eut accordée, nous entrâmes et nous assîmes par terre, les jambes croisées. Elle nous apporta de la viande et des gâteaux cuits dans la cendre. Après avoir mangé, je lui dis :

« Je crois qu'il nous faut des chasseurs supplémentaires pour approvisionner le camp en viande.

– Eh bien, trouves-en, dit ma mère, c'est toi le chef de tous les chasseurs.

– J'aurais besoin d'un second chef pour diriger le nouveau groupe.

– Alors, nomme un nouveau chef, c'est la loi.

– Je nommerai Kasale comme nouveau chef. »

Kasale et moi recrutâmes des chasseurs et leur fîmes fabriquer des flèches. Je réunis quatre vieux chevaux. À l'aube, les garçons se mirent en route et la chance voulut qu'il y ait des daims dès le premier cañon, sous le rempart sud. Chacun eut bientôt sa ration de venaison.

Les Apaches utilisaient tout et ne retiraient pas les entrailles immédiatement après la mort de la bête. Les Blancs, m'a-t-on dit, nous appelaient pour cela les « mangeurs de boyaux ». Il nous est en effet arrivé de manger des entrailles quand la faim nous y poussait, mais habituellement, nous en faisions du fil à coudre, des outres ou des sacs pour transporter la nourriture. Mais il y eut un peu de sang répandu quand la bête fut nettoyée sur place, et c'est alors que commencèrent les ennuis de nos novices.

Kasale avait amené sa monture tout près du daim pour l'y charger mais la bête regimba à l'odeur du sang. Elle rua de tous les côtés, effrayant les autres chevaux, qui déguerpirent tous les quatre. Mais un cheval retourne toujours à son corral et ceux-là ne firent pas exception à la règle.

J'étais chez moi à ce moment-là et vis les quatre bêtes rentrer deux par deux au galop, sans cavalier et la selle battante. Golthlay, Naiche et Dee-O-Det se dirigeaient doucement vers notre wikiup quand arrivèrent les chevaux. Golthlay et Naiche s'écartèrent rapidement mais le vieux shaman ne fut pas aussi preste. Il reçut un coup d'étrier qui le renversa. Il grommela quelque chose contre cet endroit de fous en se relevant avec difficulté. Golthlay me lança un coup d'œil et nous nous hâtâmes vers le corral pour examiner les bêtes.

«Ce sont les chevaux de mes nouveaux chasseurs, dis-je. Kasale, Boa Juan, Kersus et Peridot. Ils ont peut-être eu un accrochage avec des Mexicains.

– Non, les chevaux ont du poil de daim sur eux, et il y a du sang en bas et sur le côté de la selle. Si le cavalier avait reçu un coup de feu sur sa monture, il y aurait du sang en haut de la selle. Ces *chelee* (chevaux) ne viennent pas de loin, ils ne sont pas essoufflés. Viens, Niño, tu es le chef des chasseurs. Prends les *chelee*, nous allons partir à la recherche des garçons.»

Lui et Naiche montèrent en selle. Nous suivîmes la trace à rebours et à peine avions-nous dépassé le rempart sud que nous vîmes les garçons remonter péniblement le sentier du cañon. Ils furent contents de revoir leurs fuyards et nous conduisirent à l'endroit où gisaient les daims. On mit pied à terre et Golthlay dit à Kasale d'approcher son cheval. La bête fit un écart, mais Naiche saisit une carcasse et la traîna jusqu'aux pieds de l'animal apeuré. Golthlay, tout en maintenant sa propre monture, arracha une branche sur un arbre mort et de sa main libre, en assena un coup entre les oreilles du cheval qui faillit s'affaler. Comme la bête se ressaisissait, il la frappa une seconde fois et elle tomba alors sur les genoux. Naiche jeta la carcasse sur la selle. Le cheval se releva difficilement, les pattes tremblantes, et resta sans bouger pendant que Naiche attachait le gibier sur la selle. Les autres chevaux nous donnèrent aussi du fil à retordre, mais à partir de ce jour, on put charger tout ce qu'on voulut sur eux.

Vint le jour où les guerriers ramenèrent oncle Golthlay (Geronimo) blessé. Il avait reçu une balle de pistolet dans la partie charnue de la cuisse gauche et le plomb s'était logé tout contre l'os. Il pouvait se servir de sa jambe mais boitait horriblement. Ma mère aida Dee-O-Det à faire un pansement d'herbes que le shaman saupoudra de *hodenten*[1], mais la blessure continua à enfler et à bleuir. Il était évident qu'il fallait à Golthlay d'autres soins que les nôtres, si on ne voulait pas qu'il perde sa jambe, ou meure.

En revenant de leur dernière expédition, les hommes de Golthlay s'étaient portés au secours d'un garçon poursuivi par deux vachers, qui voulaient le tuer parce qu'il avait volé un veau. Les vachers se défendirent et Golthlay fut blessé. Les netdahe tuèrent les Mexicains et amenèrent le garçon à la rancheria. Il avait l'air d'un Indien mais on découvrit qu'il était lui aussi Mexicain. Il avait seize ans environ et comme son nom était difficile à prononcer, on l'appela Nakai, et le nom lui resta. Il se révéla bientôt un bon Apache. Pour nous remercier de l'avoir sauvé, il proposa d'aller chercher un médecin.

On discuta de la situation, puis Nakai, le chef Naiche et moi-même fûmes choisis pour nous rendre à Magdalena. Nous savions tous quelques mots d'espagnol mais seul Nakai connaissait le médecin. Une fois arrivés à Magdalena, Naiche et moi nous cachâmes en dehors du village. Nous n'attendîmes pas longtemps avant de voir revenir Nakai avec le médecin. Quand ils nous eurent dépassés et furent loin du village, Naiche et moi les rattrapâmes. Le fusil pointé sur lui, Naiche ordonna au docteur de descendre de selle. Puis il lui mit un bandeau sur les yeux, pour que le chemin de Pa-Gotzin-Kay reste secret. Nakai nous le présenta sous le nom de Pablo Gutierrez; il lui avait expliqué qu'un gratteur de

1. Le *hodenten* est une substance rendue magique par les incantations du shaman et qui est faite de terre, de *tule* (du jonc) et de graines. Quelquefois on y trouve des graines de pavot.

roches (un prospecteur) s'était cassé la jambe et que l'infection s'était déclarée. Le docteur, loin d'être dupe, demanda en espagnol à Nakai :

« Que me veulent ces Apaches ?

– Un de nos guerriers est blessé et nous voudrions que vous le guérissiez. »

Nous fîmes presque tout le reste du chemin jusqu'à la rancheria en silence. On retira le bandeau des yeux du docteur et il vit les femmes l'observer de leurs wikiups. Il remarqua aussi les hommes armés.

Naiche mena le docteur dans le wikiup où le malade était étendu sur un lit de peaux. Dee-O-Det s'agenouilla à côté de lui, chantant et s'affairant avec son sac de hodenten. Le docteur Gutierrez se mit au travail sans faire attention à lui. Il examina la blessure et situa la balle. Golthlay gémit. Dee-O-Det croassa. Je regardai, fasciné. Gutierrez sonda la jambe, trouva le plomb et Golthlay soupira de soulagement. Le docteur versa alors un produit odorant dans la blessure infectée et Golthlay poussa un hurlement qui dut s'entendre de l'autre côté du cañon.

Le docteur Gutierrez banda la jambe avec du tissu blanc et le malade commença à se détendre. Le docteur demanda alors s'il était libre de partir. Golthlay répondit qu'on le raccompagnerait, mais qu'il lui fallait d'abord manger et boire, car la route de Magdalena était longue.

Ma mère et une autre femme apportèrent de gros morceaux de mule rôtie et des épis de maïs pour le malade et le médecin. Quand ils eurent fini de manger, Golthlay sortit un petit sac de *ovendi,* y prit deux pièces d'or (quelque chose comme 100 dollars, je crois) et les donna au docteur en lui demandant si cela suffisait Le médecin sourit, dit que c'était plus qu'assez et que nous pouvions encore aller le chercher si nous avions besoin de lui.

Golthlay guérit et partit, suivi de sa bande. Ma mère en fut contente ; toute fille de netdahe qu'elle fût, elle avait appris à craindre les clans de guerriers, car ils amenaient toujours des ennuis. Mais il ne lui serait jamais venu à l'idée de leur refuser l'hospitalité à Pa-Gotzin-Kay.

L'automne s'installa sur la haute sierra et il y avait de la gelée dans l'air. Nous, les chasseurs, nous partîmes comme chaque année à la chasse au daim, à l'ours et à l'élan pour nous ravitailler en viande et nous procurer des peaux, ce qui nous permettrait de manger et d'être au chaud pendant tout l'hiver. Le premier jour, nous partîmes dans les prairies du versant sud du Lookout Peak, sans rencontrer le moindre daim. Nous comprîmes bientôt pourquoi en voyant les empreintes d'un énorme cougouar. Après avoir suivi la piste du fauve jusqu'au soir, nous installâmes notre camp. Nous ne dormîmes guère de la nuit car le cougouar criait de temps à autre, tout près, comme pour nous défier.

Vers midi le lendemain, nous rencontrâmes Kasale et ses chasseurs qui se reposaient à côté d'un ruisseau dans un petit cañon. Tout le monde mit pied à terre pour se rafraîchir, et pendant que les chevaux buvaient, on parla du fauve. Un peu inquiet, je fis quelques pas le long de la crique et tombai sur les empreintes bien nettes d'un cougouar. En examinant la piste, je vis avec étonnement se redresser un brin d'herbe foulé et écrasé par les pattes de l'animal. Je sus alors qu'il était assez près pour m'observer.

Tout excité, je fis signe aux deux groupes de venir voir ce que j'avais découvert. Ils amenèrent les chevaux et nous nous dispersâmes. Je n'avais jamais tué de grand fauve mais je savais avec quelle force il se défendait lorsqu'il était traqué.

À peine avais-je fait quelques pas en suivant sa piste qu'un mouvement attira mon attention : le gros cougouar se glissait vers le sommet de la barre rocheuse.

Kasale me rejoignit et je lui expliquai la situation. Il revint en arrière pour escalader la barre, pendant que j'avançai dans la broussaille le long du cañon. Le cougouar, en voyant Kasale, s'enfuit en bondissant vers le sommet de l'arête dont le rebord était troué de grottes. Quand les autres chasseurs m'eurent rejoint, nous dirigeâmes nos montures vers le haut. L'endroit était un refuge naturel où un fauve pouvait guetter ses poursuivants. Nous mîmes pied à terre et menâmes les chevaux par la bride, en étudiant soigneusement le terrain. Certaines des grottes de la corniche de grès étaient assez grandes pour être le repaire d'un cougouar, d'autres si vastes qu'on aurait pu y caser des familles entières d'Indiens Yampirikas. Il y avait là des empreintes dans tous les sens, mais une piste plus fraîche menait à l'une des grottes.

Tandis que nos chasseurs attachaient les chevaux au sol un peu plus bas, Kasale et moi nous concertâmes sur la corniche en face de la grotte. Il semblait qu'en nous tenant à l'entrée avec nos arcs bien tendus et prêts à tirer, nous pourrions décocher huit flèches dans la bête si elle venait à sortir.

J'attrapai le foulard le plus sale et le plus imbibé de sueur – celui de Kersus – et le jetai à l'intérieur. Le résultat ne se fit pas attendre. Le fauve sortit d'un bond en rugissant et grondant, suivi des piaillements de deux lionceaux. Six d'entre nous décochèrent leurs flèches, deux ratèrent leur coup, paralysés par l'excitation.

Le cougouar rugit et pirouetta dans les rochers en contrebas. Tandis qu'il se débattait, plusieurs d'entre nous lui décochèrent une seconde flèche. L'une d'elles se planta dans la gueule ouverte de l'animal. Pendant qu'il agonisait le calme revint parmi la petite troupe et on sut bientôt qui avait lancé la flèche fatale. C'était moi. Puis Boa Juan et Kasale attrapèrent et tuèrent les deux petits.

Ce fut alors que nous découvrîmes que tous nos chevaux, pris de panique, avaient déguerpi. Abattus, mais forts d'une nouvelle expérience, nous fabriquâmes un brancard et on dut se relayer par équipes de quatre pour porter le fauve sur les trois kilomètres environ qui nous séparaient de la rancheria. Ce qui nous fit arriver après le lever de la lune. Il fallut alors écorcher le cougouar et ses petits. La peau de ces derniers nous permit de faire de très jolis carquois, on tanna celle du vieux fauve et je dormis dessus pendant des années.

Un soir, comme la nuit tombait sur la rancheria, les remparts nord nous renvoyèrent le cri d'un oiseau de nuit. Notre sentinelle nous annonça la venue d'un groupe de personnes. Peu après, Golthlay, suivi d'une trentaine de Wild Ones environ, pénétra au galop dans l'enceinte conduisant six mulets des plus décharnés. Le brouhaha fit sortir presque tout le monde des wikiups, mais il y eut peu d'acclamations de bienvenue, on acceptait de les recevoir, sans plus. Quelques-uns d'entre nous, les garçons, conduisirent les mules au corral, d'autres s'occupèrent des chevaux des guerriers, et tout le monde se précipita vers les feux pour entendre ce qu'ils avaient à nous dire.

Golthlay était assis les jambes croisées, comme plongé dans de profondes méditations ; c'était Naiche qui monopolisait l'attention en racontant leur randonnée dans la vallée de Santa Cruz, en Arizona. En approchant du ranch de Don Pedro (Pete Kitchen), ils avaient exploré tout le coin et, ne voyant personne, étaient allés à la grange la plus proche et avaient tenté de forcer la porte, fermée de l'intérieur.

En arrachant un piquet de clôture pour l'enfoncer, un guerrier avait renversé une ruche d'abeilles. Elles s'étaient mises à tourbillonner autour des envahisseurs, les obligeant à faire marche arrière. C'est ainsi qu'au bord du ruisseau de Portrero, ils étaient tombés sur les six vieux mulets qu'ils avaient capturés. Un employé du ranch, caché près du ruisseau et brûlant de se servir de son vieux fusil à un coup, avait alors fait feu sur les Apaches. Les netdahe eurent vite fait de le tuer. Mais trois hommes qui étaient dans le champ de l'autre côté du ruisseau avaient entendu les coups de feu et étaient venus à la rescousse. Les guerriers les avaient tués aussi et avaient ensuite déguerpi, sans avoir perdu un seul des leurs, mais avec pour seul butin les six mulets.

Quand Naiche eut terminé son récit, Golthlay se leva et raconta avoir vu et évité une importante colonne de cavalerie américaine sur la piste des sources de San Bernardino et avoir également été repéré par quelques-uns de leurs éclaireurs indiens. L'un d'eux avait blessé Loco, et Kaah-Tenny avait tué l'éclaireur. Mais Golthlay avait comme le pressentiment que les White-Eyes étaient en train de l'encercler. Golthlay était connu pour son sixième sens et ses prémonitions.

Une fois de plus, Nakai et moi reçûmes l'ordre d'aller chercher le docteur Gutierrez ; il venait d'installer son cabinet à Basaranca, ville d'élevage et de mines, plus importante que la petite et somnolente Magdalena. Basaranca n'était qu'à une vingtaine de kilomètres de Pa-Gotzin-Kay, Le docteur parut sincèrement content de nous revoir, sans doute parce qu'il savait qu'il serait bien payé. On ne lui mit pas de bandeau sur les yeux et il se montra très bavard, s'enquit de Geronimo – il l'appelait par son nom mexicain – et ajouta ironiquement qu'à en croire les rumeurs, il devait fort bien se porter.

Nous arrivâmes à la rancheria juste au moment où le soleil se levait au-dessus des montagnes, transperçant d'une lumière jaune les nuages en queue de jument et créant ainsi l'illusion que la moitié du ciel était en feu. On mena directement le docteur à la grande kiva communale où deux femmes s'affairaient avec de l'eau chaude pour soigner les blessés, avec l'aide de Dee-O-Det. Le docteur se mit immédiatement au travail.

La blessure du vieux Loco était mauvaise. La balle de l'éclaireur l'avait atteint au côté droit et lui avait brisé plusieurs côtes. Golthlay entra et salua le docteur :

« *Cómo l'va, Médico ?*

– *Muy bien* », grogna le médecin en lui jetant un coup d'œil. Il était absorbé par son travail et incapable de parler autre chose que sa langue maternelle ; il trouva tout de même le temps de dire quelques mots de ce qu'il pensait : que Golthlay était en butte à la colère du gouvernement mexicain et que les *soldatos* s'étaient lancés à sa recherche avec une ardeur redoublée. Il lui conseilla de se rendre aux Américains car sa façon d'agir ne pouvait que conduire à l'anéantissement complet de tous les Mansos[1].

En guise de réponse, Golthlay se vanta des nombreux Mexicains qu'il avait tués, des villes qu'il avait détruites et affirma son intention de continuer, et de ne rien avoir à faire avec *Los Goddammies* Pinda-Lick-O-Ye.

Pinda-Lick-O-Ye ou Nakai-Ye, Américains ou Mexicains, papistes ou protestants, avait-il dit une fois, je me demande souvent qui je hais le plus. Les uns et les autres l'avaient évidemment trahi plusieurs fois.

1. P. Tomas Manso, gouverneur du Nouveau-Mexique pour l'Espagne, de 1630 à 1655, eut une influence notable sur les Chiricahuas, les Mimbrenos et les Mescaleros.

Golthlay était un homme difficile à comprendre.

Je le trouvai plus tard dans notre wikiup, parlant avec ma mère.

« Je vais envoyer Pa-Nays-Tishin à San Carlos trouver Tzoe, l'entendis-je dire. Tzoe est un pauvre imbécile de Tonto, mais c'est l'éclaireur apache préféré du général Crook. Il lui sert d'œil et d'oreille dans la réserve. Les *Innaa* (Blancs) l'appellent "Pêches". Pour avoir du métal jaune, il travaille pour n'importe quel camp. Il convaincra Pa-Nays-Tishin de se joindre aux éclaireurs qui sillonnent l'Arizona et le Sonora à ma recherche. Pa-Nays-Tishin et Tzoe les entraîneront vers la rancheria de la plaine où ils verront qu'il nous est facile de les battre. Crook parlera alors de paix.

– Conclus la paix que tu voudras, mon frère, mais ne me trahis pas, moi ou quiconque veut rester avec moi.

– Tu veux rester ici te battre contre les Mexicains ?

– Non, répondit sèchement ma mère. Je peux vivre en paix ici à Pa-Gotzin-Kay. Ne resteront que ceux qui ne croient pas à la guerre.

– Vous mourrez de faim. Quelle viande mangerez-vous ?

– Tu oublies que nos garçons sont des chasseurs. Et s'il n'y a pas de guerre, ils auront davantage le temps de chasser. Et nos vaches auront des veaux si toutefois tes hommes ne les mangent pas avant qu'elles aient eu le temps de vêler. »

Le lendemain matin, Golthlay et ses guerriers étaient partis, ne laissant derrière eux que quelques blessés. Mais une dizaine de jours après, Naiche et lui revinrent avec un butin qu'ils nous distribuèrent. Je reçus une montre Hamilton en or que j'ai encore. On abattit les mulets et tout le monde vint festoyer. Puis on réunit un conseil.

Golthlay voulait parler : il raconta qu'ils étaient allés à Casas Grande proposer un traité aux Mexicains ; les Nakai-Ye (Mexicains) s'étaient montrés accueillants et leur avaient donné beaucoup de tequila. De nombreux guerriers s'étaient enivrés et endormis et les Mexicains en avaient massacré quatre qui ne voulaient pas se réveiller. C'était toujours la même histoire : un piège appâté à l'alcool pour les Apaches. Golthlay s'y laissa prendre toute sa vie.

Puis il ne put s'empêcher de se vanter et raconta comment ils s'étaient battus pour s'échapper et comment, en revenant vers la rancheria de Cienega Cañon, il avait vu un camp de soldats américains qu'ils avaient eu vite fait d'encercler. Il avait pris force chevaux et mulets, sans perdre un seul homme. Et maintenant que les Américains avaient envahi le Mexique, il était aussi en guerre contre eux, comme il l'était contre tous les Mexicains, ceux de Basaranca exceptés.

Golthlay vida une bouteille d'un seul trait. Puis la faisant tournoyer au-dessus de sa tête, il poussa un hurlement de guerre apache :

« *Cat-ra-ra atà un'Innaa n un'Nakai-Ye !* (vœux de malheur et invectives contre tous les Blancs et tous les Mexicains). »

Les festivités durèrent près de deux jours, jusqu'à épuisement de la tequila et du mescal, et tout le monde se sentait prêt aux combats les plus acharnés.

Golthlay, Naiche, Juh, Chi-hua-hua, Kaah-Tenny, Nanay, Mangas, Benito, et leurs clans respectifs préparèrent un nouveau raid. Comme c'était l'hiver, ils jetèrent leur dévolu sur les chaudes plaines désertiques de Sonora.

Ils pillèrent plusieurs ranches, prirent le temps de manger et de boire leur butin puis attaquèrent le village de Galenta. L'armée mexicaine bivouaquait là. Les netdahe tuèrent au moins trente soldats et s'échappèrent, ayant perdu douze de leurs braves.

Ils revinrent à Pa-Gotzin-Kay deux mois après et de nouveau, Golthlay montra qu'il était aussi doué pour les discours que pour les intrigues.

« Maintenant, écoutez-moi tous ! Les Américains ont envoyé des éclaireurs partout dans les collines. Beaucoup sont Apaches ; ils nous ont parlé. Nous allons tous nous installer à la rancheria de Chi-hua-hua. Nous y rencontrerons les Américains pour faire la paix avec eux. Nous ne pouvons tenir indéfiniment à la fois contre eux et contre les Mexicains. Avec ces derniers, il est impossible de traiter – ils nous poignardent dans le dos à chaque fois ! Mais peut-être avec les Blancs... »

Golthlay fixa les nombreux visages rassemblés devant lui.

« Ce n'est pas que je veuille la paix, pas plus que le Grand Sommeil. Je ne songe pas à moi, mais à nos familles. Quand nos ennemis se seront alliés, tout ne sera plus qu'une question de temps, ils sont trop nombreux. Nos os blanchiront dans la montagne, les cañons, les déserts. Et nous n'existerons plus. *Enju !* »

Le conseil vota rapidement pour la paix, sauf Naiche qui se leva. Mais, sachant qu'il ne voulait pas se rendre, Dee-O-Det, notre vieux et avisé shaman, avait renvoyé le conseil[1]. Naiche était un netdahe, il tenait à se battre jusqu'au bout à la fois contre les Américains et contre les Mexicains. Golthlay, dont l'imagination, ou l'intuition, était plus fine, savait se rendre s'il y voyait des avantages. En outre, Tzoe[2] (« Pêches ») avait parlé de la promesse du général Crook à Golthlay de le laisser rejoindre sa famille à San Carlos. Golthlay savait être persuasif, comme son fils, le guerrier Chappo, et son

1. C'est toujours, rituellement, le shaman qui a le dernier mot.

2. Plus tard, à Fort-Apache, son fils, Teddy Peaches devait apporter un complément d'information fort précis sur la vie à Pa-Gotzin-Kay pendant les années 1880 à 1890.

demi-frère, Perico. Après la réunion, tous trois emmenèrent Naiche dans un coin avec un pot de pulque ; quand le pot fut vide, leur cause était gagnée.

Le lendemain matin, Naiche et Golthlay, dont l'humeur se ressentait de la beuverie de la veille, vinrent à notre wikiup et tentèrent de convaincre ma mère de les suivre à San Carlos avec notre clan. Elle refusa catégoriquement. Naiche lui suggéra de descendre vers le sud, à Yaqueria. Tous deux déclarèrent que Pa-Gotzin-Kay n'était plus un lieu sûr. Elle maintint qu'il le serait si les netdahe n'y revenaient plus et allaient se battre ailleurs. Elle attribua tous nos maux aux Blancs, Espagnols ou Américains, et à leur avidité pour le métal blanc et le métal jaune. Seul Taglito (Tom Jeffords) fut épargné : « Sa langue n'est pas fourchue », affirma-t-elle.

Les deux chefs s'apprêtèrent à partir, vaincus par la sagesse de cette femme. J'étais accroupi derrière la porte basse par laquelle ils sortirent. Naiche le premier. Par gaminerie, je lançai une flèche entre les jambes de Golthlay qui trébucha et tomba sur les genoux. Je me relevai d'un bond et déguerpis. Je savais que j'avais le pied leste, mais il ne tarda pas à me serrer de près. De peur d'être pris, je m'arrêtai brusquement et me jetai à quatre pattes. Il arriva comme un étalon fou, trébucha sur moi et tomba sur les coudes. Je commis une seconde erreur en me moquant de lui.

Il m'attrapa par la ceinture de mon *himper* et par la peau du cou et me lança dans un jeune pin. Juste au moment où je commençai à trouver là-haut un équilibre précaire, il se mit à secouer l'arbre en grondant de rage. Et quand je dégringolai, il s'en alla, en riant comme un fou.

Puis vint l'exode précipité de Pa-Gotzin-Kay. Là où avaient été rassemblés plus de trois cents Apaches de tous âges, maigres et affamés, ne restaient plus, en comptant les blessés, que quarante-cinq Indiens. La moitié environ était composée de jeunes d'âge varié. Six seulement étaient dans la force de l'âge, dont ma mère et sa sœur Nadina[1]. Les autres étaient des vieillards, comme notre shaman Dee-O-Det.

J'emmenais mes chasseurs explorer les collines et nous découvrîmes vite la cavalerie du général Crook et ses éclaireurs en train de ratisser la région. Personne ne croyait au succès du traité de paix de Golthlay et ma mère nous ordonna de ne prendre aucun risque. Notre clan se prépara à quitter la rancheria pour aller se cacher, en attendant d'être certain de la paix, dans les grottes du cañon de Bavispe.

Tzoe, l'éclaireur apache de la cavalerie américaine « sympathisant », arriva un soir et nous dit que les forces de Crook avaient risqué la traversée de la sierra Madre pour venir prendre acte de la reddition – fort bien manigancée – de Golthlay et de ses Apaches. Personne ne savait rien de nous, les Apaches de Pa-Gotzin-Kay.

La traversée de cette région accidentée représentait vraiment une expédition impressionnante. Utilisant les anciennes voies apaches, l'armée de Crook avait sué sang et eau sur la piste en lacets, tracée à pic dans la paroi du cañon, et traversé plusieurs fois le tumultueux Bavispe et ses nombreux affluents pour arriver aux gorges des sources du Yaqui. Les soldats qui avaient participé à cette expédition estimaient avoir vécu une des plus grandes aventures de leur vie, mais pour les Apaches, ce n'était qu'une traversée comme une autre.

1. Nadina avait été capturée plusieurs années auparavant avec la bande de Chatto après la tuerie de McComas et enfermée dans la réserve mescalero. Elle s'était enfuie avec son fils Alchise et tous deux avaient rejoint Pa-Gotzin-Kay.

Tzoe, Pa-Nays-Tishin, Mickey Free, Kay-Tah et Martiné avaient réussi le remarquable exploit d'éloigner le reste des éclaireurs et la cavalerie de Pa-Gotzin-Kay, El Tigre et Tayopa, tout en quadrillant si consciencieusement toute la chaîne de la sierra Madre que les Wild Ones et leurs familles furent peu à peu repoussés vers la frontière. Ces derniers se rendirent au rendez-vous fixé à la rancheria du chef Chi-hua-hua, dans une clairière un peu à l'écart du cañon de Los Embudos (Fraud Cañon). Chi-hua-hua vint à leur rencontre, leur dire qu'il était prêt à se rendre, et que Golthlay et sa bande allaient arriver bientôt.

En fait, Golthlay et ses braves étaient cachés derrière des rochers sur la barre qui dominait le cañon, prêts à agir au moindre signe de trahison de la part de la cavalerie blanche. Quelques-uns des éclaireurs apaches s'y trompèrent également. Ils avaient précédé les troupes dans le cañon. Quand ils se furent assurés du calme de la rancheria, ils rapportèrent à Crook que l'endroit était dangereux, mais, à ce moment-là du moins, dégagé. Attaqué, le général n'aurait pas pu se replier. La piste se terminait dans la clairière au pied d'une paroi infranchissable – d'où son nom de Fraud Cañon. Les netdahe auraient pu couvrir d'un feu croisé impitoyable les Américains engagés en file indienne sur la piste étroite, comme Golthlay le fit remarquer plus tard à l'intrépide général.

Quand ce vieux rusé de Chi-hua-hua fut assuré que la paix allait se faire avec Crook, il envoya chercher Golthlay qui descendit par un raidillon dangereusement abrupt et tortueux.

Ils s'assirent tous pour discuter, les officiers d'un côté, les Apaches de l'autre, les interprètes au milieu. C'était au printemps 1886. Crook avait même amené un photographe pour conserver le souvenir de cet événement. Ils parlèrent tard dans la nuit. Pendant ce temps, les cuisiniers de l'armée préparaient un repas copieux: plusieurs mulets de bât étaient tombés dans les lacets de la piste du cañon et on avait rapporté et fait rôtir les carcasses. Les éclaireurs indiens de Crook se mêlèrent aux Wild Ones pour ce festin amical.

Le jour suivant, Crook accepta de faire la paix avec Geronimo – puisque c'est ainsi que ce courageux officier tenait à appeler Golthlay. Chi-hua-hua, Kaah-Tenny et d'autres chefs (avec leurs bandes) partiraient aussitôt que possible. Golthlay et Juh les rejoindraient plus tard: ils avaient prétendu que beaucoup de leurs braves étaient encore dispersés, et qu'ils ne voulaient pas partir sans eux. Le général Crook accepta et prit la route de la frontière, avec le groupe principal, composé surtout de femmes et d'enfants.

Fidèle à sa parole, Golthlay arriva quelque temps après ce printemps-là à Fort-Bovie, mais Juh et son petit clan furent une fois de plus le jouet du mauvais sort. Juh s'était enivré et son cheval était tombé dans le cañon alors qu'il descendait la piste en lacets qui mène au Bavispe[1]; cette chute le tua ainsi que la femme qui montait avec lui. Cinq des membres de son groupe étaient des Chiricahuas. Ils vinrent vivre avec nous à Pa-Gotzin-Kay. On n'entendit plus jamais parler des autres, en ce qui nous concerne, du moins.

Peu après qu'on eut enregistré l'entrée de Golthlay à San Carlos, un des Wild Ones, Kaah-Tenny fut arrêté, jugé et condamné à la prison. Quelques années auparavant, il avait été enfermé à Alcatraz pour un triple meurtre; il en avait été relâché un an plus tard. Il avait alors rapidement rejoint le pays apache et avait repris sa place au feu des conseils netdahe.

1. Ce sentier reçut alors le nom de «piste de Juh», ou de «passage de Juh».

Mickey Free[1], un métis « instruit », lut à Golthlay le compte rendu que donnait le journal du jugement de Kaah-Tenny. Golthlay réalisa alors que l'éclaireur, qui lui lisait le journal depuis des années, ne lui traduisait que ce qu'il voulait bien qu'il sache, et qu'il ne lui avait jamais appris la libération de Kaah-Tenny.

Dans son langage le plus violent, Golthlay traita alors Mickey de « *lo-kohî sca-ni-ilgde o ndi yù-dastin a-atà lick-ind-ye 'n'naltî-i-gi-a net-j-ta-iltcohe te-indî-ndi* » (pauvre fou d'aventurier, métis à l'œil de serpent et à la langue tordue, qui épie partout et ne peut ouvrir la bouche sans mentir). Free resta l'objet de sa haine pour le restant de ses jours. Et jamais, bien sûr, il ne voulut reconnaître le rôle méritoire de Mickey Free, et les risques qu'il prit dans l'établissement de la paix à la frontière sud. Je me rappelle que, pendant les années qui suivirent, il arrivait à Free de nous surprendre à Pa-Gotzin-Kay, accompagné d'un renégat. Il s'arrêtait un jour ou deux pour se reposer, tandis qu'une femme raccommodait ses vêtements et lui confectionnait de nouveaux kabuns ; puis il

1. En 1850, une jeune fille mexicaine fut capturée par un groupe d'Apaches Pinals. Elle fut enceinte de son ravisseur, mais s'enfuit. Elle se réfugia auprès de l'équipe de la Bartlet Boundary Survey, puis resta à Mexico avec son bébé quand l'équipe s'en alla. Elle donna à son fils le nom apache de Mig-gan'-la-iae, qui signifie approximativement « le premier et le dernier ». Elle vécut ensuite avec John Wrad, un aventurier passeur de frontières, qui, trouvant le nom indien de son fils trop difficile à prononcer, l'appela Mickey. Peu après, Mickey fut kidnappé par le même groupe de Pinals et la tentative faite pour le reprendre mena à l'incident Cochise-Bascom, qui provoqua les guerres apaches d'après 1860. À onze ans, Mickey s'échappa seul, fut recueilli par une famille de pionniers, les Freeman. Il raccourcit son nom en Free ; il connaissait déjà l'apache et l'espagnol, les Freeman lui enseignèrent l'anglais. Charles D. Poston lui apprit à se servir de l'argent. À vingt ans, il devint interprète trilingue chez les éclaireurs apaches et resta parmi eux jusqu'à ce que la maladie et la vieillesse aient raison de lui. Voir *Mickey Free, Manhunter*, de A. Kinney Griffith, Caxton Printers Ltd, Caldwell, 1969.

repartait. Il avait un œil qui ne voyait pas, l'allure d'un chasseur, l'air mystérieux. Il me faisait peur. Ma mère ne l'aimait pas – le shaman non plus – mais elle n'aurait jamais laissé un visiteur partir affamé.

Naturellement, Golthlay s'imagina que les autorités civiles et militaires l'avaient à nouveau trompé, et une fois encore, à la fin de l'automne 1885, il s'échappa. À la tête de cent cinquante braves mécontents avec leurs familles, il partit vers le Mexique. Naiche, Mangas et Chi-hua-hua le suivirent, mais Benito, Chatte, Loco et Nanay restèrent dans la réserve. Ils en avaient assez des chevauchées et de la guerre.

Les militaires, américains et mexicains, furent vite sur ses traces[1]. Il se déplaçait sans cesse, faisait des raids, retournait à ses camps secrets, sans jamais s'arrêter longtemps nulle part. Il vécut ainsi presque un an, puis revint brusquement dans la partie centrale de la sierra Madre et arriva un beau jour à Pa-Gotzin-Kay pour s'y reposer. Comme d'habitude, sa présence fit renaître en nous ce vieux sentiment d'insécurité bien connu et, à la pensée des catastrophes qu'il pourrait provoquer, la tension monta à la rancheria.

Les Wild Ones furent à nouveau vite las de ces guerres constantes, et des souffrances qui les accompagnaient. Ils envoyèrent donc des émissaires pour tenter de faire la paix. Golthlay fut averti par Mickey Free, Kay-I-Tah et Martiné de l'existence d'éclaireurs apaches chasseurs d'hommes. Ils arrangèrent un rendez-vous entre Golthlay et le général Crook aux sources de San Bernardino. C'était en mars 1886.

En arrivant au lieu fixé, les netdahe installèrent leur camp dans un petit creux voisin, plein de broussailles et de joncs, qui constituait une merveilleuse cachette en cas de nécessité. Un entretien était prévu pour le lendemain matin entre

1. Voir Betzinez, *op. cit.*

Crook et ses aides de camp d'une part, Golthlay, Naiche et Chi-hua-hua de l'autre. Un trafiquant qui traînait dans les environs, Jean Tribollet, vit l'aubaine et ne laissa pas échapper l'occasion de troquer plusieurs cruches de tord-boyaux contre un sac de bijoux mexicains volés par les Wild Ones au cours de leurs derniers raids. Ceux-ci furent bientôt complètement ivres, et dans un accès d'exubérance, Naiche tira un coup de feu en l'air.

Entendant la détonation en pleine nuit, Golthlay crut qu'il y avait bataille avec les soldats. Il lança son féroce cri de guerre netdahe et lui, Naiche et environ quarante de leurs braves s'enfuirent en désordre (et fort joyeux, comme je l'appris plus tard) et se dirigèrent vers les montagnes. Quand la poussière soulevée par leurs chevaux fut retombée, il ne restait, pour être arrêtés par Crook, qu'une centaine d'Apaches.

Du point de vue militaire, c'était un désastre, et le général Crook fut bientôt remplacé par le général Nelson A. Miles, dans l'équipe duquel figurait le lieutenant Charles B. Gatewood. Golthlay le connaissait et avait une certaine confiance en lui. Une seconde rencontre fut organisée en septembre 1886 par des éclaireurs à la tête desquels se trouvait Mickey Free, avec qui Golthlay refusa de traiter ; mais il accepta de se rendre à Gatewood, à Skeleton Cañon, sur le territoire du Nouveau-Mexique. Lui et sa bande de Wild Ones furent traités comme prisonniers de guerre, envoyés immédiatement à Fort-Bovie en Arizona, d'où un train les emmena en Floride pour qu'ils ne revoient jamais leur Arizona natal.

2.

1887-1889

TRANSITION

La paix, nous le sentions tous, était définitivement établie à Pa-Gotzin-Kay, et tout le monde prit à cœur de rendre notre rancheria encore plus agréable à vivre. Nous dégageâmes le terrain de la falaise orientale au surplomb occidental, du rempart nord à la barrière de rochers au sud. Des équipes de récupération sillonnèrent le plateau pour rassembler tous les objets utilisables qui avaient dû être abandonnés au cours des journées mouvementées de jadis et les entasser dans une grande kiva centrale – vêtements dépareillés, couvertures, fourrures, pots, casseroles, selles, fers et sabots de chevaux, pistolets Colt et fusils Remington dont la plupart avaient besoin d'être réparés. Un groupe nettoya le terrain : les arbres morts furent débités et ramassés pour allumer le feu, et on garda les broussailles pour le faire prendre. Les détritus furent brûlés ou jetés dans le cañon où on ne pouvait les voir. On abattit les vieux wikiups pour en construire de nouveaux dans une enceinte plus grande. Nous bâtîmes aussi, avec des branchages, un grand corral, et deux plus petits avec des piquets taillés. Les chasseurs nous approvisionnaient en viande ; les jeunes femmes ramassaient noix et baies sauvages dans les collines. L'état de nos champs s'améliorait et nous nous occupions sérieusement de notre bétail.

Nous rouvrîmes notre mine d'or ; c'était la veine espagnole que Nanay avait découverte bien des années auparavant et que les Wild Ones avaient exploitée de temps à autre. Maintenant qu'ils étaient partis, c'est nous qui l'exploitions. Nous l'avions appelée Sno-Ta-Hae (celle qui se trouve là).

Quand *Chawn-chissy* (l'hiver) eut à nouveau envahi la montagne, nous n'accomplîmes plus que les tâches indispensables, et consacrâmes plus de temps aux cérémonies et aux réunions de conseil des Anciens.

Un comité de trois membres avait attentivement – et à mon insu – observé le comportement des garçons les plus âgés. Il fut demandé à trois d'entre nous de se présenter au prochain grand conseil d'automne de la tribu : moi, Niño Cochise, le jeune Chi-hua-hua et Nakai, ce petit Mexicain trouvé qui avait l'air d'un Apache et se comportait comme tel, tout en faisant preuve de la réserve et de l'agressivité de ses lointains ancêtres espagnols. Les trois hommes qui nous avaient discrètement observés les deux années précédentes firent donc devant le conseil un rapport qui exaltait nos vertus et pesait nos déficiences. Et je fus élu chef de notre hétéroclite tribu. Nakai serait mon second et le jeune Chi-hua-hua mon assistant, quel que soit le rôle que je voudrais lui donner, maintenant que j'étais le chef. J'allais avoir quinze ans. Ma mère avait été et demeurait la « Reine », et naturellement, le vieux Dee-O-Det restait notre shaman.

Une longue ovation ratifia ce choix. Et l'émotion m'étouffa lorsque ma mère me présenta habillé d'une veste de daim frangée de queues d'écureuils et brodée de perles, de coquillages, et d'une svastika en or. Je portais un *himper* en laine et des kabuns à franges montant jusqu'aux hanches ; à leurs bouts relevés tintaient de petites clochettes d'argent. J'étais coiffé d'un turban blanc de plumes de poitrail d'aigle.

Le peuple se mit à chanter :

Qui amène-t-elle ?
Qui amène-t-elle ?

Et la voix aiguë du shaman répondit :

C'est notre jeune chef qu'elle amène,
Elle lui a donné la vie, et maintenant elle nous le donne.

Il me saupoudra le visage de hodenten, puis en lança vers l'est, et ensuite vers l'ouest, le nord, le sud et, pour finir, sur le feu. Quand il me mit autour du cou un collier de griffes de cougouar, qui est un charme puissant, ma mère dit :

« J'ai moi aussi un présent à offrir à notre jeune chef. C'est son père qui le lui donne par moi. »

Elle me passa au cou l'Oiseau de tonnerre en turquoise, insigne de grand chef des Chiricahuas. Les larmes me montèrent aux yeux sans que je puisse les arrêter. Je me dirigeai vers notre wikiup, comme pour y chercher quelque chose, mais en fait pour y cacher mes pleurs. Je parvins finalement à me dominer et retournai m'asseoir auprès du feu du conseil, ma mère à ma droite et Nakai à ma gauche. On apporta de la nourriture et on se mit à festoyer joyeusement. Quelqu'un avait fait de la bière, mais il n'y en avait pas beaucoup, car nous n'avions guère de grain à brasser.

Ma mère m'avait promis de me parler de mon père quand je serais arrivé à l'âge d'homme. Elle s'assit donc et me parla de lui, tard dans la nuit, longtemps après que les autres eurent regagné leurs wikiups. J'écoutais en silence, réfléchissant. J'avais entendu raconter des histoires sur mon père, Tahza, et j'appris comment lui et mon oncle Naiche avaient promis à leur père mourant, Cochise, de maintenir la paix[1]. Je compris ce jour-là bien des choses nouvelles sur mes ancêtres.

Puis vint le mois d'avril 1889. Grand et svelte, j'allais avoir seize ans. Nous vivions toujours des produits de la nature, selon la coutume de notre tribu, mais je décidai cette année-là de faire un effort pour obtenir certaines denrées, dont mes oncles m'avaient parlé. Je dis à ma mère :

« Quand Golthlay et Naiche étaient avec nous, ils nous apportaient beaucoup de choses, qu'ils achetaient à Sasabe. Nous n'avons plus de *tudishishun* (café), d'*ikon* (farine), d'*inchi* (sel). Je pense aller à Sasabe voir ce que nous pouvons y acheter. »

Ma mère acquiesça, mais demanda pourquoi je n'irais pas à Basaranca, qui était plus proche. Je répondis :

« Non, j'irai à Sasabe ; c'est une ville américaine. Golthlay m'en a parlé ; il m'a dit aussi que Basaranca était une agglomération de voleurs mexicains. J'irai d'abord au village de Sisconhill, d'où les Papagos, qui sont nos amis, nous accompagneront à Sasabe faire nos achats. Nous emporterons trois barres d'or. Contre notre métal jaune, nous obtiendrons tout ce que nous voudrons. »

1. Le traité de paix conclu en août 1872 à Treaty Rock dans la forteresse de Fort-Cochise dans les monts du Dragon, par le chef Cochise, le général Oliver O. Howard et Thomas J. Jeffords eut pour résultat la fondation de la réserve chiricahua. Cette réserve de cinq mille kilomètres carrés, qui permettait aux fiers Chiricahuas de rester dans leur pays natal, s'étendait primitivement de la rivière de San Pedro aux monts Animas, et recouvrait la partie sud-est de l'Arizona et le sud-ouest du Nouveau-Mexique. (A.K.G.)

Elle parut s'exciter un peu. Je lui dis de se préparer à partir avec Nadina, et que nous serions absents une demi-lune. J'estimai que le mieux serait de partir à une douzaine de personnes seulement, car tout le monde croyait la totalité des Apaches parquée dans les réserves. Un groupe plus important aurait éveillé les soupçons des White-Eyes ; nous voyagerions ainsi sans être remarqués et pourrions nous disperser rapidement en cas d'attaque et nous défendre selon la tactique traditionnelle si nous étions poursuivis. Dee-O-Det resterait à la rancheria pour s'occuper de tout.

Je choisis neuf hommes, parmi lesquels Alchise pour aider ma mère et la sienne à faire leurs achats, Nakai pour servir d'interprète, et Boa Juan pour s'occuper des bêtes. La journée passa en préparatifs de voyage, et tout le monde se réjouissait à l'avance. Nous prîmes avec nous douze chevaux et trois mulets de bât, et tous s'affairèrent à rassembler le matériel de campement, selles, *aparejos, modulas* et *armas*[1].

Deux jours plus tard, comme le soleil se levait au-dessus des montagnes, nous nous mîmes en route. Nous allâmes bon train, et fîmes halte à midi, à Cienega Cañon, où nos chevaux purent se désaltérer. Le soir, nous campâmes au bord de Cottonwood Creek. Juste avant d'arriver au lieu de campement, Alchise avait tué d'une seule flèche un petit daim à l'arrière-train tout blanc. Nous fîmes rôtir à la broche cette viande délicate, sur un feu de bois de cèdre.

1. C'était notre version de l'équipement utilisé par les « chemises de cuir » : la *modula* est une peau de cheval tannée qui protège les pattes du cheval et les jambes du cavalier des cactus et autres broussailles. Les *armas* sont une paire de larges pans de chevreau souple, de la taille d'une couverture, qui protègent les jambes et les pieds du cavalier, ainsi que le ventre du cheval. Un *aparejo* est un bât complètement équipé. Les mules n'ont pas besoin de protection particulière, elles sont naturellement protégées.

Nous nous arrêtâmes le jour suivant dans des collines semi-désertiques, où il suffisait d'une seule couverture pour avoir assez chaud la nuit. Kasale, qui était toujours le premier levé, alluma le feu et ma mère prépara un pot de thé *kinnikinick*. Les gâteaux cuits à la cendre par Venison et Nadina et ce thé noir nous rappelèrent le temps où les Apaches étaient toujours sur les pistes.

Nous trouvâmes en chemin quantité de coatis dans la brousse de prosopis et de pyracanthe et nous effrayâmes un gros troupeau de cochons sauvages – des *javelinas* – dans un bosquet de cactus. Kasale abattit une grosse truie d'un seul coup et retira sa poche de musc presque immédiatement. Nous fîmes rôtir la bête jusque tard dans la nuit; sa viande était très bonne. Dans cette région, la vie paraissait facile. Une fois, nous aperçûmes d'autres cavaliers dans les collines broussailleuses. Je supposai que c'étaient des Opatas, mais ils étaient trop loin pour que nous nous en inquiétions. Et après trois autres jours de chevauchée constante, nous sommes arrivés sur le territoire papago.

Le sixième jour, plusieurs Indiens Papagos nous hélèrent d'un point d'eau et nous firent comprendre par gestes que leur chef, Don Pedro, nous souhaitait la bienvenue. Je leur répondis en apache, mais ils secouèrent la tête. Je parlai alors en mexicain, et ils comprirent. Nakai était à côté de moi, au cas où il y aurait eu besoin d'un interprète. Je leur dis que nous venions en paix, pour nous approvisionner auprès du peuple papago et des marchands de Sasabe.

Sasabe[1] n'était pas loin à cheval, mais j'estimai que nous avions couvert depuis notre départ une distance digne des

1. Sasabe se trouve, à vol d'oiseau, à environ 250 kilomètres de Pa-Gotzin-Kay, au degré 294 de latitude. Les détours de la piste et les accidents de terrain augmentent cette distance d'environ un quart, ce qui fait une chevauchée de 310 kilomètres. (A.K.G.)

Apaches de l'ancien temps. Nous étions épuisés. Nakai et Eugène, vaguement habillés en vachers, partirent en éclaireurs, et le reste d'entre nous campa aux abords de la petite ville frontalière entre l'Arizona et le Sonora.

Les deux hommes revinrent nous dire que les gens étaient presque tous, à l'exception de quelques *blancos*, des Nakai-Ye qui n'avaient pas l'air de se soucier des Apaches. Tous ceux à qui ils avaient parlé semblaient avides de vendre contre du métal jaune. Je pris avec moi ma mère et Nadina, ainsi qu'Eugène, Kasale et Nakai, et on se rendit au village. Nakai était notre trésorier. Nous entrâmes d'abord dans un grand magasin où l'on vendait de tout. Ma mère remarqua des grains de café dans un énorme sac. Elle demanda deux sacs.

Nadina aperçut une pile de rouleaux de calicot. Elle acheta cinq pièces de tissu, chacune aux motifs différents, puis deux de serge bleue et une de coton croisé. Quand le marchand lui montra de l'étoffe de laine, elle fut ravie. Nadina aimait tisser et coudre, choses qu'on lui avait apprises dans les réserves. Elles achetèrent aussi trois cents kilos de farine, cinquante de sucre et cinquante de sel.

À elle seule, la farine représentait une lourde charge pour nos trois mules. Je demandai s'il y avait des mules à vendre, et Miller, le marchand, dit qu'il pouvait nous donner quatre mules tout équipées pour 200 dollars. Nakai faisait l'interprète tout en piochant dans la caisse de bonbons et il dit qu'il les trouvait trop chères, mais que nous pourrions bien les acheter, puisque de toute façon, nous en avions besoin pour ramener nos achats à Pa-Gotzin-Kay.

J'acquiesçai et lui dis de régler tout ce que ma mère désirerait acheter. Kasale et Eugène faisaient la garde dehors. Les gens nous regardaient avec curiosité mais paraissaient honnêtes. Je ne me fiai cependant pas à eux. Je dis à Eugène et Kasale d'aller chercher les mules avec Nakai pendant que je monterais la garde à mon tour.

Toute pantelante, ma mère vint m'appeler. Le marchand lui avait donné quelques bonbons durs, et elle en postillonnait de délice. J'en goûtai quelques-uns et lui dis d'en acheter pour notre Peuple. Je ressortis et regardai des deux côtés de la grande rue de Sasabe. Elle était bordée d'une douzaine de bâtiments, dont un bar, une forge et une grande maison rouge. Il y avait de grands chariots, des charrettes et des chevaux sellés devant des râteliers. Des chiens, des chèvres et des ânes allaient et venaient au milieu de tout cela.

Hi-okee, Boa Juan et d'autres amenèrent nos trois mules devant le magasin, laissant deux hommes à la garde de nos chevaux et du camp. Ils attachèrent les animaux aux piquets d'attache des chevaux. Je retirai de mon bât notre deuxième sachet d'or et entrai demander à Miller ce que nous lui devions en plus. Il bafouilla en espagnol quelque chose que je ne compris pas bien, aussi je coupai le sachet à la ligne qui le divisait en deux et lui en tendis la moitié. Il le pesa et dit que cela allait tout juste. Nakai, Kasale et Eugène arrivèrent avec les quatre nouvelles mules qu'ils attachèrent par la bride au poteau.

Ma mère était ravie. Elle et Nadina avaient un véritable monceau d'objets à charger. Ma mère n'était jamais entrée dans un semblable magasin et ce fut pour elle une grande fête. J'avais l'impression qu'elle avait acheté tout ce qui lui était tombé sous les yeux.

Nous repartîmes en fin d'après-midi. Je chevauchai en tête, comme il seyait à mon rang, avec, quand le chemin le permettait, Nakai à ma droite. Les deux femmes venaient en dernier, selon la coutume apache.

Remarquant devant nous sur la gauche un nuage de poussière, je compris que les Papagos nous avaient guettés et venaient à notre rencontre. Lorsque le nuage de poussière se fut suffisamment rapproché, je comptai vingt hommes. Par mesure de précaution, je dis aux miens de s'assurer que leurs fusils étaient chargés.

Les Papagos brandissaient un drapeau blanc, mais je restais méfiant. Ils montaient de la même façon que nous, avançant par deux. En s'approchant de nous, le chef, un homme gros et fort, leva la paume d'une main et dit :

« Je m'appelle Don Pedro. Bienvenue à Sisconhill, Mansos. »

J'en fus très soulagé.

« Je suis Niño, des Chiricahuas. Je viens apporter des présents à nos cousins Papagos. »

Il fit faire demi-tour à son cheval, nous demandant de le suivre.

Nous fîmes route plusieurs heures avant d'arriver dans une forêt de prosopis. Je n'en avais jamais vu de si dense et me félicitai d'avoir pris nos bonnes *armas* et *modulas.* C'était une terre rouge, plate et fertile. Nous débouchâmes brusquement sur une clairière où se dressaient des huttes de jonc tressé qui faisaient songer à des paniers renversés.

Nous mîmes pied à terre, et des garçons vinrent s'occuper de nos chevaux. J'ordonnai à mes hommes de décharger les mulets et de monter la garde. Don Pedro resta debout auprès de nous, observant tous nos mouvements, ne sachant déguiser sa curiosité. J'ouvris la boîte de bonbons aux rayures rouges et la lui présentai d'un signe de tête. Je n'ai jamais vu un homme de cette corpulence se précipiter aussi vite pour attraper des bonbons.

Ses femmes nous apportèrent presque aussitôt à manger. Elles nous servirent des pommes de terre, avec des carottes, des navets, des tomates, des betteraves et des choux. Mais pas de viande. Ma mère leur posa maintes questions sur leur nourriture. Don Pedro lui fit donner par ses femmes un sac de graines diverses.

Les Papagos nous traitaient si bien que j'étais mal à l'aise. Nous n'étions que neuf hommes dans notre groupe, contre une cinquantaine environ dans leur village. Mais combien y en avait-il de cachés à l'affût, attendant le moment de nous surprendre ! Certains d'entre eux étaient en train de boire quelque chose, dont ils ne nous offrirent rien, mais qui les rendait fort gais. J'échangeai discrètement quelques mots avec mes hommes qui furent unanimes à vouloir partir. Nous chargeâmes les mulets et partîmes en pleine nuit, comme des voleurs. Peut-être n'y avait-il d'autre raison que la méfiance innée de tout Apache pour les étrangers, mais nous avions tous été du même avis.

Ce détour chez les Papagos nous fit prendre un chemin de retour différent de celui de l'aller. Celui-ci, par Coyote Springs, était plus court, mais plus accidenté. Nous dûmes emprunter quelque temps la piste suivie par les raiders apaches des siècles passés. Je la reconnus grâce aux descriptions que m'en avaient données Naiche et Golthlay.

À notre retour à la rancheria, après treize jours d'absence, nous trouvâmes le clan impatient de voir ce que nous avions rapporté. Ma mère était à son affaire, donnait des ordres à ceux qui déchargeaient, tout en essayant de raconter notre voyage. Elle leur dit de partager entre tous, que son fils, leur chef, avait acheté des présents pour tout le monde.

Le peuple se mit à chanter : « *Elle lui donna le jour ; puis elle nous le donna. Son fils est à nous, il nous appartient.* »

J'aurais alors donné ma vie pour n'importe lequel d'entre eux. Et je me jurai de n'en abandonner aucun aussi longtemps que je vivrai.

Dee-O-Det, le shaman, surgit tout à coup de nulle part et dit : « Je vois que tout s'est bien passé.

– Tout s'est bien passé, oui, grâce à tes charmes. » Cela le fit sourire, et j'ajoutai : « J'ai ramené un cadeau destiné à tous, mais tu seras le premier à y goûter. »

Je lui tendis la boîte de bonbons. Il les porta d'abord à ses narines, puis en croqua un avec une vigueur à s'en casser les dents.

« Ye-yoouuh ! » Il s'éclipsa brusquement et revint les mains vides. Il avait caché les bonbons pour plus tard. Les shamans sont ainsi.

« Tu es vieux et sage, dis-je. Mais je remarque que tu es fort en train. Que faisais-tu, mon shaman ?

– Pendant votre absence, j'ai mangé mon bol annuel de soupe de shaman. »

Presque chaque année, on faisait allusion à cette soupe magique de shaman, dont quelques élus seulement savaient quelque chose. Cette fois-là, il décida de m'éclairer.

« Il faut chasser et tuer le daim mâle le plus vieux, le plus gros et le plus osseux des collines. Il doit être assez vieux pour avoir une barbe grise, sans quoi il ne convient pas. Puis il faut le jeter tout entier dans une marmite d'eau bouillante, avec la peau, les sabots et les cornes, puis laisser réduire le tout jusqu'à ce qu'il n'en reste que le contenu d'un bol. Il faut alors le manger – c'est une potion puissante, qui suffit à un homme pour un an. »

J'y réfléchis quelque temps tandis que Dee-O-Det m'observait. Je décidai de changer de sujet.

« Tu sais, dis-je confidentiellement, je crois que je comprends pourquoi le métal jaune est si important pour les Pinda-Lick-O-Ye. Il a un grand pouvoir, une grande force magique. Il a un grand pouvoir… quand nous en avons, les White-Eyes vont jusqu'à nous sourire, à nous, les Apaches. »

Le visage dénué d'expression, le vieux Dee-O-Det dit : « Tu es en train d'apprendre. »

Holos (le soleil) avait traversé l'interminable horizon et, tandis que nous parlions, s'apprêtait à se retirer à l'Occident. Les feux du soir brûlaient avec des flammes vives et on servait à manger.

Pendant que mon peuple croquait des bonbons, je racontai notre expédition à Sasabe, et comment nous avions dû, au retour, décharger les mulets aux passages étroits des pistes du cañon, et les mener par la bride en portant nous-mêmes les paquets sur notre dos. Puis j'expliquai dans le détail comment Dee-O-Det et moi avions découvert ce qui donne à l'homme blanc tout ce qu'il possède : son secret du métal jaune – et sa façon de l'utiliser.

Le shaman se leva d'un bond et dit de sa voix aiguë : « C'est *Ciyé*, notre jeune chef, qui a découvert ce secret. C'est lui le premier qui a essayé de se servir du métal jaune. »

Le peuple se remit à chanter : « *Elle lui donna la vie, puis elle nous le donna… Son* Ciyé *est à nous… personne ne nous l'enlèvera.* »

Ma mère demanda à être entendue, et quand tous se furent tus, elle expliqua qu'elle avait rapporté beaucoup de bonnes choses : des pots et des casseroles, des couteaux, fourchettes et cuillers, de nouvelles sortes de nourriture et de boisson, et des graines à planter et cultiver. Il y avait du tissu pour faire des vêtements semblables à ceux des Américains, des aiguilles en métal blanc pour coudre, et du fil, long et mince.

Quand l'excitation fut tombée, Dee-O-Det entama avec nous, les hommes, une discussion sur le métal blanc et le métal jaune de l'homme blanc, et sur leurs pouvoirs dont l'association pouvait provoquer des guerres. Mais pouvaient-ils les arrêter ?

Plusieurs jours plus tard, Nakai amena devant notre wikiup un étranger arrêté par notre garde du rempart inférieur. C'était un Apache qui paraissait de plusieurs années mon aîné.

« Je m'appelle Mangas-Chee, dit l'étranger, en me fixant. Je suis le fils de Mangas, qui est le fils du plus grand chef Mimbreno, le père de Nali-Kay-Deya, une des épouses du plus grand chef des Chiricahuas, qui était le père de…

– Je suppose donc que nous sommes cousins, l'interrompis-je en riant.

– Je te salue, mon cousin », répondit-il vivement. Et à partir de ce jour, nous nous appelâmes souvent cousins. « Quand mon père se rendit et fut envoyé en Floride avec Golthlay, ma mère et moi sommes restés cachés. Puis nous avons gagné la réserve de San Carlos où nous avons vécu avec sa mère. Mais nous y étions malheureux, et nous nous sommes échappés. »

J'interrogeai ma mère du regard.

« Oui, dit-elle, c'est un Tudairvia. Je crois bien que c'est Mangas-Chee. »

Je dis à Chee qu'il était le bienvenu, et il me conta ses malheurs, jusqu'à ce que ma mère nous apporte de la nourriture. Il se tut alors. Ce jeune Apache avait un appétit impressionnant.

Je réfléchis sur ce qu'il m'avait dit. Il voulait vivre avec nous, mais il avait laissé sa mère, Neo-Deya, à son dernier campement, deux vallées plus au nord dans un cañon noir. Elle avait été blessée par des soldats mexicains, qui avaient abandonné leur poursuite à la tombée de la nuit. Pour comble, il ajouta qu'il avait aussi laissé mourir de faim sa grand-mère dans le grand cañon (Bavispe), au pied des montagnes, car elle était trop faible pour faire l'ascension. Je fus fortement choqué par cette révélation ; Mangas n'avait pourtant rien fait d'autre que suivre la vieille coutume apache. Mais nous, à Pa-Gotzin-Kay, n'abandonnions pas les vieillards.

Je me tournai vers Nakai et lui dis de seller des chevaux et de prendre un homme avec lui. Nous partions tous les quatre chercher les deux femmes. Chee me regarda comme si j'avais été touché par une *ló-khi-muhté*[1]. Nakai retint avec Klan-O-Tay et quatre chevaux, et nous nous mîmes en route.

Neo-Deya, la mère de Chee, me reconnut immédiatement, c'est du moins ce qu'elle me dit, mais elle n'avait rien de familier pour moi. Elle essaya de marcher, sans y parvenir, et me montra sa blessure à la hanche ; elle était infectée. Nous l'installâmes sur le cheval de Klan-O-Tay à qui je dis de la conduire à Basaranca, chez le docteur Gutierrez, en compagnie de Nakai.

Chee et moi poursuivîmes notre chemin pour aller chercher Anasta, sa grand-mère. Nous descendîmes par le cañon latéral en dessous de Big Bend ; ce fut une course difficile et il faisait déjà noir quand nous trouvâmes Anasta. Elle était plus morte que vive et à moitié couverte de feuilles et de brindilles. Seuls ses yeux montraient qu'elle vivait encore. Je lui dis qui j'étais, lui donnai un peu d'eau et une goutte de *jerky*. Puis, tandis que Chee s'occupait d'elle, je coupai deux longs bâtons, les liai entre eux au moyen des cordes que nous avions toujours à nos selles, et y posai une couverture. La lune était déjà levée quand j'eus terminé.

Le départ eut lieu de bonne heure le lendemain matin et nous réussîmes à transporter la vieille femme à Basaranca sans encombre. À notre arrivée, le docteur Gutierrez avait déjà retiré la balle de la hanche de Neo-Deya. En me voyant, il dit :

« On dirait que vous autres, Apaches, passez votre temps à recevoir des coups. »

Je me retins de lui dire que c'étaient les soldats mexicains qui les envoyaient. Une infirmière prépara un lit pour Anasta.

1. Chouette folle.

Couchée, cette femme maigre aux cheveux gris avait l'air d'un cadavre. Le docteur se pencha sur elle, et dit, après l'avoir examinée :

« Nourrissez-la bien, avec de la bonne nourriture, et elle se remettra comme si de rien n'était. »

Après cette entrée en matière, je lui dis que nous avions besoin d'une charrue, d'une herse et d'un harnais pour une paire de chevaux, de houes, de râteaux et de bêches. Il hocha de la tête, tout prêt à nous aider, et dit que je pouvais acheter tous ces outils à Basaranca. Mais je lui fis remarquer que nous avions, en tant qu'Apaches, des raisons de nous méfier de l'intégrité des citoyens de Basaranca. Il acquiesça. Après avoir discuté de la situation, il promit de nous accompagner et de veiller à ce que nous soyons bien traités.

Nous installâmes à nouveau les deux femmes sur les chevaux ; le voyage de retour promettait d'être lent. Je payai ses honoraires au médecin, songeant que certains hommes se conduisaient en amis tandis que d'autres voulaient nous faire la guerre. Je me rappelai un passé récent.

Le lendemain, j'emmenai avec moi mes meilleurs pisteurs. Nakai, Mangas-Chee, Klan-O-Tay, Alchise, Boa Juan, Kersus, Kasale, Eugène, Hi-okee et Peridot à Basaranca. Nous prîmes nos meilleures montures et nos mulets de bât. Nous étions armés mais essayions de le dissimuler. J'avais laissé le jeune Chi-hua-hua à la rancheria pour aider Dee-O-Det et ma mère. Il savait à peu près tout faire, mais n'était pas tout à fait à son affaire avec les chevaux.

Le soleil était déjà au zénith lorsque nous arrivâmes à Basaranca. Fidèle à sa parole, le docteur Gutierrez nous accompagna et nous achetâmes tout le matériel dont nous avions besoin dans les deux magasins principaux, en échange d'or brut. Les marchands furent corrects avec nous, sans doute à cause de la présence du docteur, et il n'y eut apparence de malhonnêteté que lorsqu'il fallut évaluer l'or en pesos, reales et dollars. Une fois dehors, nous en discutâmes avec le médecin. Il dit qu'il nous fallait une balance pour mesurer la valeur de l'or brut. Il nous emmena dans sa *casa*, nous en donna une et nous montra comment nous en servir.

Entre-temps, nos hommes avaient chargé le matériel et on était prêt à partir. Nous rentrâmes à la rancheria à l'heure où le crépuscule enveloppe les rochers.

Cette nuit-là, je me couchai l'esprit préoccupé. N'avais-je pas eu tort d'aller dans cette citadelle mexicaine – et de faire confiance au docteur Gutierrez ? Après tout, c'était un Mexicain ! N'allaient-ils pas accourir pour nous voler notre or ?

Un peu plus tard, je m'éveillai, en criant, d'un cauchemar. Des Mexicains m'avaient attaché à un poteau et allumaient des feux pour me faire dire d'où venait l'or. J'étais déchiré entre l'idée d'abandonner notre façon de vivre et celle de mourir. J'avais choisi la mort et ils allumaient les branches empilées autour de moi. Je sentis d'horribles brûlures avant d'être réveillé par mes cris[1].

« Qu'y a-t-il, Ciyé ? demanda ma mère.

– Un fantôme me tourmente », répondis-je.

Cette nuit-là, je ne pus me rendormir, aussi me rendis-je au wikiup de Dee-O-Det, avec l'intention de le réveiller. Il était accroupi dehors, sur la pierre principale du cercle sacré autour de son wikiup. « Je t'attendais », dit-il. Et après un instant :

« Ce qui t'inquiète ne se produira pas.

– Tu sais ce qui m'inquiète ?

1. Les Apaches croient que les rêves, s'ils sont correctement interprétés, présagent un événement, bon ou mauvais.

– Un shaman sait beaucoup de choses, répondit-il vivement. Dans certaines tribus, un shaman doit savoir ces choses, sinon il ne restera pas shaman longtemps. » Il se tut un moment. « Tu regrettes d'avoir donné du métal jaune aux Mexicains ; tu crains qu'ils ne le disent à d'autres et ne nous déclarent la guerre. Mais ils ne le feront pas. Le docteur t'aime comme son propre fils. Il veillera à ce que son peuple ne te fasse pas de tort. »

Ces paroles me rassérénèrent. Jamais, je n'ai demandé au shaman comment il devinait tout. Je le croyais tout simplement.

À l'aube, toutes les personnes valides étaient dehors, prêtes à travailler aux champs. Ce fut alors que Chee fit preuve de la variété de ses dons. Il avait appris à travailler la terre à la réserve de San Carlos. Je le nommai sous-chef et directeur agricole de notre camp. Il était à Pa-Gotzin-Kay depuis à peine deux semaines lorsqu'il épousa Ealae, une de nos deux jeunes filles nubiles.

Avant de commencer à labourer, il fallut ajuster le harnais pour nos deux chevaux les plus robustes. Ce qui n'alla pas sans difficulté. Les années précédentes, nous grattions le sol au moyen d'épieux tirés par un homme ou une femme. On entamait ainsi légèrement le sol, mais cette charrue faisait un travail autrement merveilleux, et nous labourâmes jusqu'à ce que le terrain soit complètement aplani.

Nous étions fin mai ; c'était la bonne époque pour semer, et nous plantâmes les graines des Papagos. Sous la direction de ma mère et de Chee, notre première grande aventure agricole et potagère réussit parfaitement.

En août 1889, le blé avait hauteur d'homme. On montait la garde autour des champs, nuit et jour, pour en éloigner les daims et les lapins. Les rangs de tomates étaient chargés de fruits verts qui n'allaient pas tarder à mûrir.

Un jour, le docteur Gutierrez déboucha du sentier sur son vieux cheval. Nous étions tous contents de le voir. Je l'emmenai au ruisseau qui provenait de notre principale source et se ramifiait en douzaines de petits canaux qui irriguaient nos plantations. Nous y avions planté toutes sortes de légumes, même des melons et des pommes de terre. Tout poussait très bien. Plus haut, sur une pente de terre rouge, nous avions semé environ un acre de haricots tachetés dont les tiges étaient déjà lourdement chargées. La récolte était proche.

« C'est une bonne terre, soupira le docteur. On ne soupçonnerait pas qu'un tel endroit existe dans la haute sierra. Et l'été y est si paisible et doux !

– Mon peuple se plaît ici. Nous nous battrons pour y rester jusqu'à ce que *Holos* refroidisse. Mais retournons dans l'enceinte ; ma mère va nous donner quelque chose à manger. J'ai faim. »

Ma mère nous servit un ragoût de venaison avec des haricots mesquite et du pain de blé. Pendant que nous mangions, le docteur raconta que la population de Basaranca s'augmentait de nouveaux venus, surtout des mineurs. Lui-même était en train de construire une grande maison qu'il espérait équiper de dix lits pour ses malades. Il l'appelait un hôpital. Et il ajouta : « Beaucoup de mes malades sont si pauvres, que je ne peux économiser assez pour le terminer cette année. »

Je l'interrogeai sur son projet ; il lui manquait mille pesos pour l'achever. Je lui dis qu'il les aurait. Nous pouvions un jour avoir besoin de son hôpital.

Je repensai au jour où j'avais donné à cet homme de l'or brut, et où, craignant d'avoir eu tort, j'avais été rassuré par Dee-O-Det. Je pris la balance et y pesai l'équivalent de mille pesos.

Alors qu'il se préparait à partir, je lui demandai s'il croyait prudent pour nous de retourner à Basaranca.

« *Segura !* Ces nouveaux venus ne distinguent pas un Apache d'un Aztèque et ne s'en soucient pas. Quant aux indigènes, pourvu qu'ils aient le ventre et le bas-ventre satisfaits, ils sont enclins à la paresse et à l'insouciance. Le seul ennui, s'il doit y en avoir un, Niño, serait la venue à Basaranca de prospecteurs américains. »

Le docteur Gutierrez repartit.

Nakai retourna surveiller notre équipe de tanneurs ; Chee dirigeait toujours les travaux des champs et du jardin ; Kasale et Eugène étaient avec l'équipe de mineurs. Je donnai un coup de main à quelques anciens qui construisaient un four communal. L'été s'avançait et nos moissons mûrissaient. Je promis à mon Peuple, une fois la récolte rentrée, de célébrer cet événement par une bonne fête apache selon l'ancienne coutume.

En Arizona et au Nouveau-Mexique, les choses auraient pu prendre un tour différent. Il faut, pour comprendre cela, remonter aux premiers ennuis des Indiens. Il fut un temps où nous, les *Teneh Chockonen,* nous menions une existence paisible au cœur d'un espace immense. Nous avions le temps de jouir du monde et de la vie. Mais un jour, des envahisseurs survinrent – les conquistadores –, et ils avaient l'air de monstres à l'armure brillante. Il fallut les vaincre pour continuer à mener cette existence. Les *padres* les suivirent, et il fallut les repousser. Ils nous appelèrent « Apaches », qui veut dire « ennemi commun ». Un essaim d'hybrides nous assiégea à son tour, les *Nakai-Ye.* Il fallut les chasser eux aussi. Puis vinrent les *Pinda-Lick-O-Ye,* les hommes des montagnes, qui chassaient les animaux à fourrure dans nos cours d'eau. Et enfin les *Tecs'oti,* les gratteurs de roches. Puis on construisit une route pour les voitures à chevaux ; les soldats arrivèrent et firent fuir les animaux sauvages, et alors ils voulurent nous chasser de notre pays. Mais nous nous défendîmes, et ce combat fut l'annonce de notre destinée.

À Pa-Gotzin-Kay, les gratteurs de roches étaient notre peste. Les Apaches appelaient les prospecteurs ainsi parce qu'un brave qui les avait observés à leur première apparition dans le pays apache crut que les White-Eyes devaient avoir des démangeaisons pour gratter les rochers comme ils le faisaient. Il ignorait encore qu'ils cherchaient le métal blanc et le métal jaune dans nos collines bien-aimées. Viendront-ils ici aussi, à Pa-Gotzin-Kay, notre dernier refuge ? Nous avions déjà fui l'Amérique à cause d'eux et nous étions bien résolus à protéger notre dernier retranchement. Je décidai d'y préparer mon Peuple.

Un froid matin d'automne, un des gardes qui surveillaient la piste vint me dire que le docteur Gutierrez montait vers le rempart nord. Je sellai un cheval pour aller à sa rencontre. Je le trouvai à la source où il faisait s'abreuver son cheval.

« Te voilà, Docteur, le saluai-je.

– Content de te voir, Niño ! Je venais vous dire que si vous voulez acheter des vêtements mexicains ou américains, vous feriez bien de descendre maintenant. Basaranca est envahi d'étrangers ; il y a des prospecteurs et des escrocs partout, c'est à qui volera les autres. Ils ont tant lavé de batées dans le Bavispe qu'il n'est plus que boue jusqu'au Big Bend. Ils ont prospecté tout l'été mais je ne crois pas qu'ils aient, à eux tous, trouvé autant d'or que vous m'en avez donné la dernière fois que je suis venu.

– J'espère qu'ils repartiront; je ne cherche pas la bataille, mais il y en aura si les gratteurs de roches viennent jusqu'ici.»

Quand nos chevaux eurent bu et brouté quelques touffes d'herbe autour de la mare, nous remontâmes vers l'enceinte communale. Je réunis le peuple pour un bref conseil. On décida que douze d'entre nous, ceux qui étaient de taille à se battre, descendraient à Basaranca avec le docteur.

Il nous emmena directement au magasin principal et nous avons bien ri en choisissant chacun deux pantalons. Certains préféraient la tiretaine, d'autres le velours côtelé. Nous puisâmes tous aussi dans le tas de jumpers et de chemises en velours de coton aux couleurs voyantes. Certains d'entre nous achetèrent également des chapeaux Borsalino aux bords relevés, et tous une paire de bottes.

Tout se passa bien jusqu'à ce que nous eussions essayé de marcher avec les bottes. Ces hauts talons étaient plutôt mal commodes. Je fus le premier à les essayer et quand les autres me virent marcher avec ces bottes, ils éclatèrent de rire.

Ils rirent encore davantage quand Nakai apparut, tout habillé à l'américaine. Je ris aussi. Il avait un Borsalino blanc, une chemise en soie rouge, bleue et blanche, un pantalon vert et des bottes jaunes. Nous nous examinâmes, tournant l'un autour de l'autre, comme deux coqs de combat, et nous moquant réciproquement l'un de l'autre.

Comme s'il avait deviné mes pensées, le docteur nous expliqua que ces hauts talons empêchaient les pieds de glisser de l'étrier, et étaient aussi très utiles quand on voulait attraper un cheval ou une vache au lasso : en les plantant dans le sol, on résistait plus facilement à la bête qui se débattait. Mais je n'aimais pas la façon dont ces talons m'obligeaient à me tenir debout. J'avais l'impression que tout mon poids se portait vers l'avant et que j'allais tomber.

Bien que le docteur nous eût conseillé de les porter un peu chaque jour pour nous y habituer, je m'assis pour les retirer et remettre mes kabuns. Nous portions tous ces mocassins apaches – qui sont des bottes en cuir souple. On pouvait les descendre au-dessous du genou l'été, et les remonter jusqu'aux hanches l'hiver, ou lorsqu'il fallait travailler dans les broussailles. Après avoir payé, nous rentrâmes à la rancheria. Nous avions appris beaucoup de choses – et faisions des progrès. Je pensais que nous serions bientôt comme l'homme blanc ; peut-être était-ce là un de ses secrets, peut-être les vêtements rendaient-ils différents ? J'avais tort et allais bientôt m'en rendre compte.

Rentrés à la rancheria, nous fîmes une joyeuse fête qui se prolongea tard dans la nuit. Pendant notre absence, nos femmes s'étaient mises toutes ensemble à préparer un repas somptueux et les hommes restés au camp avaient construit plusieurs longues tables, d'après les suggestions du docteur. Jusqu'alors, nous avions toujours mangé à la manière traditionnelle, assis sur des bûches bien calées, ou accroupis, écrasant la nourriture sur le côté lisse d'une écorce séchée, ou sur une pierre incurvée, ou mangeant avec nos couteaux et nos doigts. Nous utilisions maintenant des ustensiles de cuisine et des couverts.

Ce repas fut un événement, avec pour menu deux gros daims, rôtis entiers. L'intérieur en avait été farci de pommes de terre, d'oignons, d'ail, de haricots et de blé. Cuits ensemble, ils donnaient beaucoup de goût à la viande. Notre longue journée et ses quelques péripéties nous avaient donné à tous une faim de loup, mais chacun mangea à satiété. Nous n'étions plus « les affamés ».

Après le repas, les hommes jouèrent aux cartes, un jeu comparable au *monte* mexicain. Les Apaches adorent jouer, pariant souvent plus qu'ils ne possèdent en abattant leur carte. Certains d'entre nous eurent vite perdu leurs nouveaux pantalons.

Les perdants se mirent alors à ce vieux jeu populaire que nous appelons *wap*. Au moyen d'une lanière de cuir, on lançait un cerceau, fait d'une branche souple courbée sur elle-même. Chaque joueur a un long bâton mince, portant des encoches à intervalles réguliers à partir du gros bout, dont il se sert comme d'une lance. Les joueurs sont disposés en cercle et chacun lance son bâton à travers le cerceau quand il passe devant lui. Si le bâton le fait tomber, l'encoche la plus proche de l'endroit où il a touché la lanière donne un certain nombre de points au joueur. Évidemment, celui qui lance son bâton le plus loin avant de faire tomber le cerceau, obtient le plus de points. Si quelqu'un réussit à jeter son bâton à travers le cerceau sans le faire tomber, il gagne la partie et crie «*wap*».

Ce soir-là, je me désintéressai vite du *wap*; peut-être avais-je trop mangé, ou trop de choses en tête après une telle journée. Je me sentais d'humeur sombre et cherchai Dee-O-Det.

«Tu veux savoir ce que l'avenir réserve aux Apaches, non? me demanda-t-il, comme s'il devinait mes pensées.

– Oui, mon shaman. Qu'en penses-tu?

– Je crois qu'un jour les Apaches seront amis des White-Eyes. Les Blancs épouseront des Indiennes, et les Apaches des Blanches. Alors les Apaches n'existeront plus. Nous nous serons mêlés au sang des Blancs et les White-Eyes auront gagné, détruit les Apaches à jamais.»

Ces paroles furent pour moi un rude coup. Mais le raisonnement était logique et irréfutable.

Je sortis de la hutte du vieux shaman, décidé à empêcher la réalisation de ses prédictions. Je voulais enseigner à mon Peuple à ne pas mêler notre sang à celui d'aucune autre race. Je voulais nous préserver en tant que peuple.

3.

1889-1890

DES PAROLES PLEINES DE SAGESSE

L'esprit tourmenté, j'étais retourné me coucher dans notre wikiup. Ma mère ronflait doucement dans son lit ; pourquoi ne pouvais-je pas dormir ?

Le shaman m'avait parlé de quelque chose d'inquiétant : le mariage interracial. Si nous laissions les White-Eyes venir parmi nous, leurs jeunes gens prendraient nos jeunes femmes, et nos hommes leurs femmes. Qu'adviendrait-il alors des Apaches ?

Je dus m'endormir quelque peu car je fus assailli de rêves fous. Les Apaches se méfieraient toujours des *Goddammies,* et ceux-ci ne nous feraient jamais confiance, à nous, les mangeurs de boyaux. Nous devrions toujours mener des vies séparées. Je tentai, dans mes rêves, de convaincre un important groupe de White-Eyes que je voulais vivre avec eux. Ils feignaient de me croire. Mais finalement, je leur échappai sous une rafale de balles, et m'éveillai, ruisselant de sueurs froides.

Le matin, je retournai voir le shaman, mais il avait dû partir pour sa promenade matinale quotidienne. Entendant du bruit dans l'enceinte, j'allai voir ce qui s'y passait.

Asa, un de nos gardes à l'entrée, avait fait un prisonnier : un *Innaa* ! Asa, une forte tête, le fils du défunt chef Juh, me dit qu'il avait surpris ce *blanco* en train de se glisser dans la rancheria pour y poignarder notre shaman. Le Blanc était légèrement plus grand que moi, et devait avoir dix ans de plus. Il avait la tête nue, des cheveux bruns hirsutes et une courte barbe. Ses vêtements de cuir étaient grossièrement taillés. Je lui demandai en espagnol ce qu'il voulait et pourquoi il était ici.

Il répondit dans la même langue, montrant du doigt l'entrée sud.

« Je cherche Tayopa.

– Cet homme dit que tu venais tuer notre shaman, dis-je désignant Asa de la tête.

– Je ne venais tuer personne, répliqua l'étranger. Je me suis perdu. »

Asa dit : « J'ai envoyé deux hommes à la recherche du corps de notre shaman. »

Les deux hommes arrivèrent avec Dee-O-Det bien en vie. Je lui demandai si cet étranger avait tenté de le tuer, mais il fit non de la tête.

Le Blanc dit alors qu'il avait vu le shaman, qu'il avait évité. Je le questionnai davantage et il reconnut s'être battu, deux semaines auparavant, contre quelques Mexicains, près de Magdalena. Il avait ensuite fui dans les montagnes. Je m'enquis de ses poursuivants : dès le second jour, il n'en avait plus vu aucun. Asa lui rendit son pistolet, sa carabine et son couteau.

« Je m'appelle Jim Ticer. » L'homme eut un petit sourire. « James Allen Ticer.

– Je m'appelle Niño. » Il s'avança, et nous nous serrâmes la main. Quelques sages paroles du shaman me revinrent à l'esprit : tu sembles te laisser influencer par la dernière personne qui a parlé et te ranger de son côté. Malgré mes pensées et mes rêves de la nuit précédente, je me laissai séduire par la bonne impression que me faisait ce Blanc et oscillai entre deux attitudes contradictoires. Je fus surpris de m'entendre dire :

« Tu es le bienvenu pour te reposer. »

Il me remercia et m'expliqua qu'il avait caché son cheval plus bas sur une corniche de grès rouge ; je dis à Asa d'aller chercher ses affaires avec lui. Ils revinrent peu après, et il avait dû, en effet, faire une longue route, à voir sa selle toute éraflée, son lasso élimé et son air épuisé.

Je lui indiquai un gros cèdre à proximité ; il y attacha son cheval qui boitait et déroula sa couverture. Ma mère me donna pour lui de la venaison bouillie, des gâteaux de blé, du café et du sucre.

«Vous êtes bons, vous, les Indiens, dit Ticer, avec dans ses yeux pâles une expression lointaine. Il semble que je ne m'entende pas avec les Mexicains, et je ne peux plus vivre avec les Américains. De quelle tribu êtes-vous ?

– Des Apaches », répondis-je brutalement, me retenant de lui dire que maintenant qu'il était là, nous ne le laisserions pas repartir. Je lui demandai pourquoi il ne pouvait plus vivre avec les Américains. Il pâlit un peu, me sembla-t-il, mais répondit d'une voix ferme :

« J'étais soldat dans l'année américaine, en garnison à Huachuca. Lors d'une permission de dix jours, je suis parti pour Tucson[1] où j'ai gagné dans une partie de *faro* et rencontré une femme. Nous avons fait une bombe d'au moins un mois. Quand je fus dégrisé, j'étais déserteur. Il y a de cela un an. Je me décidai alors à prospecter dans les collines. Mais un jour,

1. Le rapport du quartier général du 4e régiment de cavalerie du colonel C.E. Compton à Fort-Huachuca signale, le 8 avril 1888, que la permission du brigadier J.A. Ticer expire ce jour-là. (A.K.G.)

deux hommes essayèrent de m'arrêter, m'accusant d'être un hors-la-loi américain, et nous nous battîmes – à coups de fusil. Maintenant, on me "recherche" au Mexique aussi. »

Je lui affirmai qu'ici, il serait en sécurité, s'il obéissait à nos lois. Je lui fis un résumé des choses à faire et à ne pas faire, et ajoutai que nous étions des fermiers et des mineurs, mais plus des guerriers. Il nous dit alors qu'il avait fait des études, connaissait un peu la culture et la mine, et serait heureux de nous aider. Je lui demandai combien de temps il avait mis à apprendre l'espagnol ; cela lui avait été facile. C'était un ancien instituteur, et il me proposa de m'enseigner l'anglais si je lui apprenais l'apache. Je lui répondis que j'allais y réfléchir et qu'il devait camper ici pour la nuit.

J'entrai dans notre wikiup, d'où je savais que ma mère avait tout entendu.

« Ainsi, dit-elle, tu t'es fait un ami de ce White-Eyes ? »

Je lui dis le nom de l'homme et sa proposition de m'apprendre à parler comme un *blanco,* lui expliquai que cela pouvait être utile, car je connaîtrais ainsi leurs secrets et saurais ensuite comment me comporter avec eux – ce qui était bien supérieur à ce dont Golthlay s'était montré capable.

« Quand tu parles comme cela, mon fils, tu me fais parfois penser à Chi-hen-nes. C'était un grand shaman. Il disait que tous les chefs disparus reviendraient pour nous mener à la victoire. Il avait relevé le vieux Ponce, qui était tombé sur le champ de bataille. Et maintenant, cet homme vit avec nous.

– Notre shaman est grand aussi.

– Chi-hen-nes était son père. Voilà pourquoi il est grand.

– Je vais aller parler avec le fils de Chi-hen-nes, dis-je, et je me dirigeai vers son wikiup.

– Ha, dit notre shaman, m'invitant à entrer. Tu veux me poser des questions sur mon père ! Assieds-toi, je vais t'en parler. Il avait un grand pouvoir, et il a quelquefois rappelé du Monde des Esprits des hommes, qui sont revenus marcher sur terre ; certains avec la peau pâlie. De temps à autre, je me demande si Taglito n'est pas l'un d'eux. Crois-tu que ce Pinda-Lick-O-Ye est l'un d'entre eux ?

– Tu le crois, toi, mon shaman ? »

Dee-O-Det acquiesça de la tête et je le crus. Mais tout en croyant que notre shaman avait le pouvoir de rappeler des gens du Monde des Esprits, s'il y avait à cela une raison puissante, je gardai tout de même quelque doute.

Rentrant vers notre wikiup, je vis Ticer en train de construire une tente avec une toile et des piquets. Après lui avoir donné un coup de main, je lui demandai de venir faire une promenade avec moi. C'était un homme agréable, et nous eûmes une longue conversation. À partir de ce moment-là, nous passâmes de longs jours ensemble, jusqu'à ce que je sois capable de maîtriser les rudiments de la langue anglaise. Comme nous parlions tous deux l'espagnol, à la mexicaine, nous étions en train de devenir trilingues.

Ticer voyait en Pa-Gotzin-Kay un paradis ; il me dit qu'il connaissait un autre paradis, dont parlait un livre, qu'il appelait le Bon Livre. Comme il avait le don de réparer les objets, je lui donnai notre stock de fusils et de revolvers récupérés à remettre en état. Et il me montra comment remonter, mettre à l'heure et lire la montre Hamilton que m'avait donnée Naiche des années auparavant.

Un jour, je lui proposai, s'il acceptait d'enseigner sa langue à tous ceux d'entre nous qui le désiraient, de le payer en or. Il accepta. C'est ainsi que fut créée la première école d'anglais des Mother Mountains, avec uniquement des Indiens pour élèves. Les plus jeunes, surtout, étaient fort avides d'apprendre et Ticer, qui savait le penchant des Indiens pour le jeu, en fit un de son enseignement, et inventa même des prix !

Nous avions cours matin et soir, et à la fin de l'hiver, nous étions devenus une tribu d'Indiens parlant anglais. Quant à notre professeur, il parlait passablement l'apache. Lors d'une réunion du conseil, j'insistai pour que notre Peuple utilise l'anglais tout le temps, suivant la théorie qu'on ne se perfectionne que par la pratique.

Le printemps arriva, et comme d'habitude, notre stock de café et autres denrées était épuisé. Je jugeai trop risqué de descendre faire nos achats à Basaranca, où notre or aurait excité la curiosité de ces gratteurs de roches. J'annonçai à la réunion du conseil que nous ferions un rapide aller et retour à Sasabe, avec trois hommes et *Ticher*[1] Ticer. Évidemment, ma mère voulut venir, et Nadina aussi. Ce qui fit un groupe de sept personnes, deux femmes et cinq hommes, avec six mulets et sept chevaux.

À cette époque de l'année, la *canella* et la chaîne des montagnes rouges étaient striées de vert. Des fleurs de toutes sortes s'ouvraient partout et il faisait bon. Nous descendîmes jusqu'à Campo Valley par le versant ouest, obliquâmes ensuite vers le nord sur dix kilomètres, pour monter le long du Pozo Cañon et redescendre les plateaux de grès du Naco-Zari, évitant ainsi les frontières. Le ciel était immense et sans nuage, et nous pouvions voir, au nord, une grande partie de l'Arizona. Nous traversâmes les collines couvertes de chaparral jusqu'aux gorges du rio San Miguel, puis entrâmes en pays papago, sans avoir rencontré âme qui vive, ni quoi que ce soit fait de main d'homme.

1. Ticer, phonétiquement : Ticher, c'est-à-dire *teacher,* professeur.

Nous arrivâmes à Papago Springs, épuisés mais heureux. Nous étions vêtus de blue-jeans et de bottes de cow-boys avec des éperons et des sombreros tronqués. Nadina portait une *vestidura,* mais ma mère avait tout bonnement l'air d'une Indienne. Nous nous faisions passer pour un groupe de ranchers qui allait aux provisions.

Eugène resta à la source garder nos chevaux, et nous entrâmes dans la ville. Nous y remarquâmes quelques mineurs. Mon ami américain demanda à l'un d'eux s'il y avait beaucoup de poussière d'or dans la région. L'homme ne se donna pas la peine de répondre, haussa les épaules et cracha un jet de salive brunâtre.

J'avais donné à Ticer un sachet d'or. Il avait été entendu entre nous qu'il feindrait d'être le contremaître d'un ranch de l'autre côté de la frontière, dont je serais le vacher. Nous pensions qu'à un an de distance et avec les habits différents que je portais, Miller, le marchand, ne me reconnaîtrait pas. Ma mère et Nadina s'intéressèrent à leurs achats, sans nous prêter, pas plus que le marchand d'ailleurs, la moindre attention. Nous traînâmes ici et là, goûtant quelques bonbons ou un peu de fromage, en attendant que les femmes aient choisi ce qu'elles voulaient. Ticer sortit alors son sachet.

« Ça alors, lâcha Miller. Où as-tu trouvé tant de poussière d'or ?

– C'est l'patron qui m'l' donnée pour acheter ça, répondit lentement Ticer, en changeant sa voix.

– Où est-ce que se trouve ton ranch ?

– Trop de questions peuvent causer des ennuis à celui qui les pose, quand c'est pas ses oignons, dit Ticer, en feignant la colère.

– Oh, pardon, mon petit. C'est qu'il a failli y avoir ici une ruée vers l'or, il y a quelque temps. Des Papagos sont descendus ici avec de l'or. Des étrangers l'ont appris et sont arrivés en masse. Ils ont cherché dans presque toute la réserve, sans rien trouver qui y ressemble. On parle maintenant d'une ruée à Santa Ritas et ils vont y aller. La ville mourra s'ils s'en vont.

– Eh oui, mon vieux, dit Ticer, un peu radouci.

– Ces Papagos doivent avoir une mine secrète, continua Miller. Un homme, Maricopa Slim, a pris le gros Don Pedro, l'a attaché à un sahuaro et l'a fait frapper férocement, mais sans rien pouvoir tirer de lui. Il est mort sous les coups d'épines et de bâtons. Les gens d'ici craignent que sa tribu ne nous cause des ennuis, mais ils ne se sont pas encore montrés. Une de leurs bandes a son camp près d'ici et pourrait nous ennuyer, mais le reste de la tribu ne les aime pas. Tes cow-boys, ce sont des *greaser-Injuns*[1], non ? »

Jim Ticer ne répondit pas, si bien que Miller enchaîna :

« Bon, voyons, café, sucre, farine, chocolat, ciseaux, tissu. Vos femmes ne lésinent pas. Celle-là semble vouloir tout acheter. » Il montrait ma mère.

« Vous êtes d'accord ?

– Donne-leur tout ce qu'elles veulent, dit Jim. Et je voudrais des cartouches, environ dix boîtes de Remington 30 et dix de Colt 45. »

C'était pour moi le moment d'essayer mon anglais sur des étrangers, aussi traversai-je la rue, et entrai-je avec assurance au Short Ranch Saloon et y demandai un verre de bon whisky.

Le barman posa la bouteille devant moi, mais sans la lâcher : « Dis donc, tu n'es pas *Injun* ?

– Non, américain, répondis-je en anglais.

– Avec cette tignasse, tu m'as bien l'air d'un *Injun*, rétorqua-t-il. Je n'ai pas le droit de vendre aux *Injuns*. »

1. Double appellation injurieuse : *Injun*, c'est l'injure à l'Indien ; *greaser* (littéralement : ouvrier graisseur) est l'injure au Blanc, et souvent au métis mexicain.

Je dis que je ne m'étais pas fait couper les cheveux depuis des années et ajoutai tout de suite que mon contremaître voulait aussi commander deux barils de whisky de dix gallons pour remporter à la rancheria. Une telle commande lui fit perdre tout intérêt pour ma nationalité. Il dit qu'il allait les faire monter de sa réserve. Je le prévins que le contremaître allait venir payer. Il hurla quelque chose vers la porte de derrière et deux Mexicains apparurent presque aussitôt, portant chacun un lourd baril. Jim Ticer entra au même instant. Je lui dis ce que je venais d'acheter, et il paya. Le barman nous offrit un verre aux frais de la maison et nous fit cadeau de la bouteille.

Ticer la prit, me tira par la manche et nous sortîmes. Il avait vu quelque chose que je n'avais pas remarqué : l'intérêt des autres clients en le voyant payer en poussière d'or. Une fois sortis, nous nous séparâmes, Ticer pour se diriger vers le magasin, et moi vers le camp.

Eugène dormait quand j'arrivai. Je l'éveillai et lui dis en anglais que nous ne pouvions rester, car des Blancs avaient battu Don Pedro à mort pour lui arracher du métal jaune qu'il n'avait pas. Il fallait filer avant que des Blancs n'essayent de nous torturer, nous aussi. Nous eûmes vite fait de mettre leur bât aux mulets et de les amener aux piquets d'attache devant le magasin. Nous chargeâmes le whisky et les achats sans perdre une minute, puis nous quittâmes ce pays de Blancs pour rentrer chez nous.

À peine avions-nous atteint les collines de chaparral qu'un coup de feu retentit. Mon mustang trébucha et tomba, frappé par une balle qui m'était sans doute destinée.

Je sortis mon fusil à six coups et tirai sur quelque chose que j'avais vu bouger au-dessus de nous, près de la piste ; un corps vint s'affaler sur le talus. Notre shaman aurait dit que c'était de l'instinct – ou peut-être étais-je sous l'effet d'un charme.

J'entendis courir, puis tirer deux fois coup sur coup. Je vis alors Ticer, un fusil fumant à la main. Nous continuâmes, inquiets et sur nos gardes. Deux chevaux étaient attachés un peu plus haut, au tronc d'un grand mescal.

En examinant les deux cadavres, nous reconnûmes en l'un d'eux celui qui avait craché du jus de tabac quand nous lui avions demandé s'il y avait de l'or.

« Broussards du diable ! » grogna Ticer en prenant leurs fusils. Ils nous auraient massacrés pour le métal jaune, pensai-je, et c'est à cause de lui qu'ils sont morts maintenant. Je leur en aurais donné s'ils m'en avaient demandé. Mais cette race de Blancs m'aurait battu pour me faire dire où je l'avais trouvé.

Nous prîmes leurs chevaux et continuâmes notre chemin, laissant les corps là où ils étaient tombés. Les coyotes s'occuperaient de leurs dernières volontés. Toujours sur le qui-vive par crainte de rencontrer d'autres rôdeurs, nous gagnâmes les Coyote Springs pour y camper. Je sortis la bouteille de whisky que nous avions reçue en prime, tandis que ma mère et Nadina prenaient dans les sacs de quoi manger. Je dis à Alchise de monter la garde jusqu'à minuit, à Eugène de le remplacer jusqu'au coucher de la lune, et à Boa Juan de prendre son tour jusqu'à l'aube. Je voulais que tout le monde se repose le plus possible après cette longue journée, mais Ticer commença à discuter avec ma mère à propos de l'« anglais du roi[1] » et de la version qu'elle en donnait. Pour éviter à ma mère de se trouver en mauvaise posture, je proposai de monter la garde si tous deux se taisaient et dormaient. Ma mère et Ticer firent semblant d'être vexés. Quant aux autres, me croyant sincère, ils prirent leurs couvertures et s'y enroulèrent.

1. C'est-à-dire l'anglais classique.

J'écoutais, en veillant, les cris nocturnes des criquets et des scarabées, et les hurlements des coyotes qui se répondaient de colline à colline. Puis j'entendis le cri d'un hibou. Il demandait s'il pouvait venir sans danger dans notre camp. *Ló-kohí-muhté*. J'éveillai immédiatement les autres. Chacun prit son fusil. Et à mon tour, je lançai un cri : il pouvait venir.

Presque aussitôt, et sans le moindre bruit, un grand Apache apparut dans la lueur du feu mourant. Je vis du premier coup d'œil qu'il ne portait pas d'armes, à l'exception d'une masse de guerre attachée au poignet par une lanière. En regardant de plus près, je vis que c'était un fémur d'homme, blanchi et soigneusement poli. J'éprouvai le vieux sentiment d'inquiétude qui fait battre le cœur, en voyant devant moi ce fort guerrier, dont toute l'allure disait que c'était un netdahe.

« Je suis Ma-Ti-O-Tish, énonça-t-il d'une voix gutturale. J'étais guerrier avec Beduiat. Lorsqu'il a été assassiné, j'ai été grièvement blessé et un *Nakavdi* m'a gardé prisonnier. Un jour, il fut tué et c'est moi que les *Rurales*[1] accusèrent. Je me suis alors enfui[2]. Je me dirigeais vers Pa-Gotzin-Kay lorsque je suis tombé sur votre camp. J'ai vu cet *Innaa* et j'ai cru que vous étiez prisonniers. Puis, je me suis rendu compte que je m'étais trompé, c'est alors que j'ai lancé mon appel. »

Je lui demandai, en regardant le fémur qu'il portait, depuis combien de temps il s'était échappé. Il me dit que cela faisait six soleils et qu'il avait tué son dernier poursuivant deux soleils auparavant. Il voulait venir vivre avec nous. Comme

1. La maréchaussée en quelque sorte.

2. Ma-Ti-O-Tish, Apache Aravaipa – à ne pas confondre avec le chef Na-Ti-O-Tish, Tonto et netdahe invétéré qui, en compagnie d'une soixantaine d'Indiens, fut tué par la cavalerie U.S. et les éclaireurs apaches à Big Dry Wash durant l'été 1882.

s'il avait deviné mes pensées, il me raconta qu'il avait pris son bâton de guerre sur un gros soldat à chemise de cuir. J'éprouvais en sa présence un sentiment de malaise, mais songeais qu'il serait un renfort appréciable pour notre clan. C'était un grand guerrier netdahe, rompu au combat. Je n'avais que seize ans, mais j'étais déjà le chef d'un clan chiricahua du Mexique.

Quatre jours plus tard, comme nous approchions du *vado* (gué) du Bavispe, j'envoyai Boa Juan et Eugène en éclaireurs. Nous progressâmes lentement jusqu'à leur retour, dans l'après-midi. Ils avaient vu de nombreux gratteurs de roches, au fond de la plaine du Big Bend. Je ne voulais pas risquer une rencontre de nuit avec des chercheurs d'or dans les gorges du fleuve et de ses affluents, et nous nous rendîmes rapidement, car la nuit tombait, à l'endroit qui avait été la base de Golthlay, pour y camper. C'était, et c'est encore, une clairière tranquille, facile à défendre depuis les rochers voisins. Je savais que si nous avions à nous battre, nous serions heureux d'avoir cette protection naturelle. En terrain plat, dépourvu de cachettes, on ne peut rien faire d'autre que tirer vite et avancer, nous n'aurions pas pu aller bien loin avec nos mulets chargés.

La nuit fut froide et pluvieuse. Nous construisîmes un abri sommaire et nous nous y sommes installés aussi confortablement que possible. La pluie ne semblait pas gêner Ma-Ti-O-Tish. Il avait dû connaître pire. Il se contenta – ce que font tous les Apaches – de couvrir ses longs cheveux. Un Apache déteste être surpris par la pluie, car elle lui cause des démangeaisons du cuir chevelu et alourdit sa longue crinière.

Pour passer le temps, je lui racontai notre façon de vivre ; il eut du mal à me croire, puis dit qu'il devait bien rester quelques *Teneh Chockonen* encore prêts à se battre pour la liberté. Je lui répondis que *nous* étions les derniers Indiens restés libres, ajoutant que tous les autres étaient parqués dans les réserves américaines.

Le matin, nous nous remîmes en route pour Pa-Gotzin-Kay, où nous arrivâmes en fin d'après-midi. Nakai, qui me remplaçait pendant mon absence, vint à notre rencontre avec tous les membres de notre Peuple. Dee-O-Det était parmi eux et je lui donnai les grelots en écaille de tortue – un charme de sorcier – que j'avais trouvés à Sasabe. Il dit que cela lui faisait plaisir, mais sa voix se fit dure :

« Je vois que tu as ramené un Aravaipa avec toi. Je l'ai marié autrefois à une femme mimbreno, lors d'une cérémonie intertribale. Son cœur est mauvais. »

Je changeai de sujet : « Veux-tu de l'eau de feu ? » « *Enju !* » répondit-il tout de suite.

Les femmes étaient ravies de voir décharger des mulets les pièces de tissu et les savons parfumés que nous avions rapportés. Nous distribuâmes de nouveau du sucre candi aux enfants et répartîmes les munitions entre les hommes. Nous en avions en quantité largement suffisante pour une grande bataille, s'il devait y en avoir une.

Jim Ticer plaça un des deux barils sur un rocher, le calant pour qu'il ne tombe pas. J'en servis une demi-tasse à Dee-O-Det et m'en versai la même quantité. Puis je me trouvai un bon coin pour boire et me détendre. Je me réveillai au crépuscule, ayant très faim. Ce soir-là, presque tout le monde fut ivre, y compris Ticer ; seuls, les enfants réclamèrent à manger. Je bus, moi aussi, pour calmer ma faim.

Le lendemain matin, l'eau froide de la source nous fit du bien. Le shaman s'y trouvait déjà, et avait l'air de vouloir la boire en entier. J'avais moi aussi un feu ardent à éteindre. J'allai ensuite chez ma mère, pour lui demander du café.

« Tu crois que je n'ai que cela à faire, du café pour toi ? Pourquoi ne te trouves-tu pas une femme ?

– Pourquoi prendrais-je une femme quand j'ai une mère aussi merveilleuse et aussi belle ?

– Ha ! On dirait ton père. Tu lui ressembles de plus en plus en vieillissant. Prends tout le café que tu veux. »

En buvant, je pensai qu'elle devait être lasse de me faire la cuisine. Si je me cherchais une femme ? Je pensai alors à Jedi. Elle était mutine et jolie... Pourquoi pas ?

Jedi et sa mère Klea étaient des rescapées des réserves américaines. Elles avaient connu les camps d'Ajo Caliente, de San Carlos et la réserve mescalero. Elles étaient arrivées à Pa-Gotzin-Kay par leurs propres moyens, plusieurs mois après Chee et sa mère. Nous les avions bien accueillies, mais elles restaient repliées sur elles-mêmes ; Klea était infirme et Jedi timide. Elle était encore libre, aussi songeais-je de temps à autre à la courtiser. Je réalisai ensuite qu'il devait y avoir un entremetteur et qu'il fallait bien le choisir.

Tout en réfléchissant à cette idée, je me dirigeai vers le potager et y cueillis quelques tomates. Je les jetai dans un petit tourbillon du ruisseau au-dessous de la source, les laissant flotter pour qu'elles se rafraîchissent. J'avais pris l'habitude de fumer, et étais en train de rouler une cigarette quand Nakai arriva.

« Ça va, Niño ? » demanda-t-il, tout joyeux.

Il avait vu les tomates que j'avais mises à rafraîchir, et il en ramassa lui aussi quelques-unes qu'il jeta dans le tourbillon ; puis il s'assit à côté de moi.

« Nakai, dis-je, je crois que je vais prendre Jedi pour femme. Veux-tu être mon entremetteur ?

– Ah, c'est cela qui te tracassait ? Est-ce que ta mère approuve ton choix ?

– Réponds à ma question !

– J'irai voir sa mère.

– Je savais que tu accepterais. C'est pourquoi je te l'ai demandé.

– J'espère seulement que ta mère n'est pas hostile à ce projet. Je crois que cette fille te coûtera cher.

– N'en vaut-elle pas la peine ?

– Non. »

Nous discutâmes quelque temps tout en mangeant. Ce qu'une tomate mûre fraîche cueillie peut être bonne ! Nakai rota, se leva et partit. Je m'allongeai sous un arbre et m'endormis. Je rêvai que le vieux shaman officiait à la cérémonie de notre mariage et que j'étais si heureux que j'ordonnais une fête d'une semaine. Le soleil baissa et je me réveillai. Je retournai dans l'enceinte. Les gens mangeaient ; j'allai m'asseoir près du feu de ma mère. Elle me donna un bol de ragoût et quelques biscuits de farine de blé.

« La cuisine de ma mère me manquera, quand je serai marié, dis-je.

– As-tu trouvé une femme ?

– Oui. Jedi. Je crois qu'elle sera une bonne épouse pour moi.

– Ce sera toi qui l'épouseras, rétorqua sèchement ma mère. Elle est plus âgée que toi.

– J'espère ne pas perdre ma mère en prenant femme.

– Et moi, ne pas perdre un fils.

– Quant à cela, pas de danger. J'ai la meilleure mère qui soit.

– De nouveau, tu ressembles à ton père », dit-elle en souriant.

Nakai, qui me cherchait, s'approcha. Il me dit rapidement qu'il avait vu Klea et que le prix qu'elle demandait pour Jedi était trop élevé. Elle voulait deux bons chevaux et une bouteille de whisky. L'attitude du garçon m'irrita et pour lui montrer que j'étais le chef, je lui dis de prendre immédiatement deux de mes chevaux et de les attacher au wikiup de Klea. Et si Jedi les acceptait, de porter le whisky à sa mère.

La coutume apache veut que si la jeune fille accepte le présent, elle nettoie les chevaux et leur donne à manger. Cela veut dire qu'on peut la courtiser. Elle s'arrange ensuite pour que le jeune homme la rencontre comme par hasard. Il commence alors à lui faire la cour. Elle dure deux semaines, et si l'homme est décidé, le mariage a lieu.

Le lendemain matin, à l'aurore, je jetai un coup d'œil sur le wikiup de Jedi ; visiblement, elle avait nourri et nettoyé mes chevaux. Je sortis aussitôt chercher Nakai. Quand je l'eus trouvé, je lui donnai une bouteille de whisky à porter à la mère de la jeune fille.

Je descendis le sentier jusqu'à notre source et attendis – mais pas longtemps. Jedi surgit de derrière un gros arbre et feignit d'être surprise. Je lui dis qu'il était agréable de rencontrer une belle fille dans les bois. Elle rit et fit la timide lorsque je lui proposai d'aller chercher des chevaux pour aller nous promener par la belle journée qu'il faisait. Nous nous dirigeâmes côte à côte vers le corral. Je choisis deux chevaux, les sellai et les amenai vers elle. Elle monta le rouan sans s'attendre à être aidée. Nous suivîmes quelque temps la piste, puis, un peu au-delà du rempart nord, nous prîmes un sentier qui longeait une source chantant au milieu de fougères. Nous mîmes pied à terre et attachâmes nos chevaux à des buissons. Elle aplanit un endroit sur le sol pour nous asseoir.

Je me sentis tout à coup dépourvu de langue. Jedi n'avait rien à dire non plus, mais ses yeux brillaient. La figure me brûlait, et mon cœur battait. Le mouvement de ses seins me fascinait. Après un moment, elle remarqua timidement que j'avais les cheveux aussi longs que les siens et demanda pourquoi je ne les faisais pas couper. Je dis en ricanant que je n'étais pas mexicain. Elle se tortilla un peu en riant, puis dit qu'elle allait me les tresser. Je sentis ses doigts s'affairer avec dextérité autour de ma tête et elle me fit une natte sur chaque oreille. Je lui dis que je n'entendais plus rien, elle me fit alors deux nattes de chaque côté et me les enroula autour du cou. Je lui dis qu'elle m'étouffait. Elle me montra mon image dans la source et nous éclatâmes de rire tous les deux. Elle recommença plusieurs fois à me tresser les cheveux, mais le plus souvent nous étions dans les bras l'un de l'autre. C'est un jour que je n'oublierai jamais.

Le crépuscule tombait quand nous sommes rentrés, le cœur empli de joie. Pour moi, il me semblait que nous étions seuls au monde. Je la quittai devant le wikiup de Klea, je menai les chevaux au corral et rentrai chez moi en marchant sur des nuages. Le repas cuisait sur la braise ; ma mère était en train de remuer quelque chose dans une bouilloire. Elle leva les yeux :

« Je croyais que tu mangerais seul ce soir ?

– Je n'ai pas faim, dis-je.

– Comment ça s'est passé pour toi ?

– Bien. J'ai demandé à Jedi de devenir ma femme, et elle a accepté.

– Hum, je croyais que cela était déjà entendu au départ.

– Mère, comment mon père t'a-t-il courtisée ?

– Je ne crois pas, à voir cette femme, que tu aies besoin de leçons. »

Comme je n'obtenais rien de ce côté-là, j'allai voir le shaman. En arrivant chez lui, je l'appelai. Il sortit au lieu de m'inviter à entrer, et m'informa brièvement qu'il y avait des sujets qu'il ne voulait pas aborder – avant la fin de mes deux semaines de cour.

Le lendemain matin, je me levai de bonne heure, et ma mère aussi. Elle préparait le café quand je vis Jedi partir par la piste nord. Je n'attendis pas mon café, bondis vers le corral et descendis la piste en un clin d'œil. En arrivant à la clairière où chantait la source, je vis que Jedi avait attaché son cheval et étendait une couverture sur le sol. Elle avait aussi apporté un panier de nourriture.

Je m'assis et elle vint se blottir contre moi. Elle prit un morceau de gâteau qu'elle porta à mes lèvres. Je lui mordillai les doigts. Nous rîmes, et son rire tinta comme des clochettes. Ce son ruisselant de clochettes semblait m'envoûter. Le gâteau avait goût de miel. Nous nous roulâmes comme deux oursons jouant au soleil, sans cesser de rire de bonheur. Seul *Usen* (Dieu) nous voyait du ciel immense, et nous savions qu'il nous bénissait.

Le temps n'avait pas d'importance, rien n'avait d'importance. Toutes mes haines et mes difficultés avaient disparu. N'existait plus que cette merveilleuse femme qui haletait et était mienne. Je revins sur terre quand un coup de tonnerre résonna dans la forêt sur les collines.

Je la serrai encore plus près. J'entendais et sentais son cœur palpiter et la désirais plus que tout au monde. Comment pourrais-je attendre deux semaines alors qu'il n'y avait que deux jours d'écoulés. Puis il y eut un éclair et un autre roulement de tonnerre. Laissons *Ga-n* (l'Esprit du Mal, ou le diable) à sa colère. Je voulais le défier. Que le mauvais *Ga-n* essaie de me la prendre ; je la défendrais contre le monde entier.

Il commença à pleuvoir, nous nous couvrîmes la tête avec le linge du panier et rentrâmes au galop sous la pluie battante. En atteignant son wikiup, elle sauta de selle et se précipita à l'abri. Je ramenai les chevaux au corral et rentrai chez moi trempé. Ma mère n'était pas là, aussi je me séchai les cheveux et pris des vêtements secs. J'entendais la pluie tambouriner sur le toit de peau. Pourquoi fallait-il qu'il pleuve aujourd'hui ? Je me retrouvai allant et venant dans notre wikiup, songeur. En quête de quelque chose à faire, je sortis tous mes fusils et les examinai. Quand j'eus fini, j'aiguisai mon couteau.

Quelque temps après, ma mère rentra et posa un couteau de boucher sur la table devant moi. Je le pris et tout en l'affûtant, me demandai ce que serait ma vie, une fois que je serais marié. J'usai la moitié de la lame avant d'émerger de ma rêverie. La pluie s'était arrêtée. J'aurais voulu me rendre au wikiup de Jedi, mais cela était contre les règles. Elle non plus ne pouvait venir chez moi.

Je sortis. À l'autre bout de l'enceinte, des hommes applaudissaient. Il s'agissait d'un concours de tir à l'arc : on jette en l'air une balle de foin recouverte d'une peau et les archers tirent sur elle. Si la balle est touchée, celui qui l'a lancée perd sa mise. Si elle n'est pas touchée, il ramasse toutes les mises. Je restai un moment à les regarder, puis empruntai à Chee un arc et une flèche, et quand Kasale lança la botte, je tirai. La balle fut percée et tomba avec la flèche. Kasale fut écœuré. Pour le taquiner, je lui arrachai le couteau qu'il avait à la ceinture. Il me poursuivit, un peu irrité. Je fis un pas de côté et lui assenai un coup raide du tranchant de la main sur la nuque. Il tomba sur le visage. Craignant d'avoir frappé trop fort, je me baissai pour l'aider à se relever. Avant de réaliser quoi que ce soit, je me retrouvai sur le dos avec lui sur moi.

« Maintenant, je reprends mon couteau, dit-il d'une voix dure. Tu as oublié ce qu'on t'a appris – *ne te fie jamais à un ennemi*. C'est la loi apache ! »

Ce soir-là, je remarquai que ma mère préparait un grand repas – suffisant pour au moins quatre personnes. Feignant de ne pas m'en apercevoir, je me dirigeai vers le feu de Nakai pour discuter avec lui de son rôle d'entremetteur pendant le temps de mes fiançailles. Puis je retournai à notre feu. C'était bien cela, Jedi et Klea ne tardèrent pas à arriver, Jedi soutenant sa mère infirme. Je me levai et les invitai à s'asseoir pour dîner avec nous. Nous entrâmes presque aussitôt dans une vive discussion sur la Hako Society (dont j'étais membre, comme mes ancêtres paternels) et la Midi Society[1] (dont les Mimbrenos font partie).

La mère de Jedi dit : « Je ne connais rien de tout cela, car je ne suis pas de votre race. Je suis mexicaine, Nakai-Ye, comme vous dites. J'ai été blessée au cours d'une bataille, et devins la femme captive de Baishan-Chee, le fils de Baishan, que mon peuple appelle Cuchillo Negro (Couteau noir), un guerrier du chef Mon-achee (Mangas Coloradas). »

Cette révélation me troubla. Je n'avais jamais douté que Klea fût Apache. J'avais remarqué l'expression de Jedi pendant que sa mère parlait – toute empreinte de haine. Je voulus lui donner une tape affectueuse sur le bras, mais elle se retira. Sur le moment, ce geste me parut étrange, mais je l'oubliai vite. Qu'elle ne fût qu'à moitié Apache m'ennuyait évidemment un peu. Ma mère dut remarquer ce qui se passait, car elle nous invita à nous resservir, mais j'avais perdu tout appétit ; Jedi retrouva vite un sourire et me pressa la main. Nous nous levâmes et allâmes lentement jusqu'au corral où je détachai deux chevaux qu'elle m'aida à seller. Quand nous eûmes dépassé le garde du rempart nord, elle dit :

« Je crois que c'est la pleine lune.

– Oui, on l'appelle la lune apache. Les Mexicains la baptisèrent ainsi autrefois parce qu'elle est grosse, brillante et

1. Qui viennent de la culture mansa. (A.K.G.)

rouge. Ils disaient qu'il y avait du sang dessus, et que c'étaient les Indiens qui l'y avaient mis.

– C'est une belle lune et je l'aime bien quel que soit le nom qu'on lui donne », dit-elle, ne se rendant pas compte que je voulais la sonder.

Je lui donnai une petite tape sur l'épaule, qui eut l'effet d'un déclic. Nos chevaux prirent le galop et nous regagnâmes la source des amoureux comme si nous avions des ailes. Nous sautâmes à terre, attachâmes nos chevaux en riant comme des gamins de dix ans, et étendîmes une couverture sur le sol. Puis, allongés, nous regardâmes la lune atteindre son zénith dans toute sa splendeur d'ambre.

« Connais-tu l'histoire de *Gotchamo*, celui qui captura la lune ? demandai-je.

– Non, raconte-la-moi, dit-elle, en posant la tête sur mon bras et se serrant davantage contre moi.

– Eh bien, commençai-je, il y avait autrefois un chef indien qui gouvernait son peuple avec bonté. Une nuit, à cause d'une éclipse, la lune tarda à se lever et un petit garçon s'approcha du chef, et il était tout essoufflé parce qu'il avait beaucoup couru.

"Grand Chef, dit-il, tout excité. *Gotchamo* a capturé la lune et la tient prisonnière dans son wikiup.

– Voyons, mon fils, as-tu rêvé ? ou bien oublies-tu que le jour des fous est déjà loin ?

– Oh non, Grand Chef, j'ai vu de mes propres yeux la lune attachée se débattre pour tenter de se libérer. *Gotchamo* a causé une grande tristesse à tous les jeunes gens et à toutes les jeunes filles, car la lune ne pourra plus être le témoin de la divine vérité de l'amour[1]."

1. Les Apaches craignaient la lune. C'est d'elle que dépendaient le temps, la croissance du peuple indien et la reproduction des animaux.

– Oh, c'est affreux, s'exclama Jedi.

"N'en dis pas davantage, mon fils. Emmène-moi au wikiup de *Gotchamo.* Il faut délivrer la lune. Je vois qu'il est déjà bien tard pour que tous les amoureux puissent la voir dans sa splendeur."

La lune ne tarda pas à apparaître dans le ciel, et avec elle, se trouvaient *Gotchamo* et son wikiup. Ainsi, vois-tu, Jedi, c'est à partir de ce jour qu'on voit un homme chargé d'un fagot de bois sur la lune. Le fagot est le wikiup de *Gotchamo.* On le lui a mis sur le dos et il est éternellement à la recherche de son peuple[1].

– Oh, Niño, je vois maintenant le vieux *Gotchamo* là-haut.

– Oui, moi aussi. Avec son wikiup sur le dos. Laissons-le à sa recherche. Avec toi ici dans mes bras, j'ai trouvé ce que j'attendais de la vie.»

Nous subîmes, l'un dans les bras de l'autre, quelques moments d'exquise torture; et seul, l'esprit de la jeune fille de la lune nous empêcha de rompre toutes les lois apaches de chasteté prémaritale.

En revenant, nous avions tous les deux décidé de nous voir moins souvent pour ne pas manquer davantage à la loi. Pour me faciliter les choses, je rejoignis Ticer, Hi-okee, Nakai et Eugène à la mine, où je restai travailler pendant plus d'une semaine. Je rentrai l'avant-dernier jour du temps de nos fiançailles.

1. Alfred Burdette, lui-même de pur sang tonto apache, et pasteur protestant à San Carlos, nous a dit que cette légende datait de dix mille lunes. (A.K.G.)

Jedi me vit arriver dans l'enceinte et courut derrière son wikiup, en feignant de se cacher. Je laissai là mon cheval et la rejoignis en quelques bonds. Elle m'enlaça et m'embrassa, puis se dégagea et partit en criant :

« Je te verrai après-demain. »

Je fus déconcerté et un peu irrité par son attitude. Je me dirigeai vers notre wikiup et y entrai.

Ma mère s'y trouvait avec Nadina et elles travaillaient à ce qui avait l'air d'être une robe de mariée. Elles semblaient trop affairées pour me dire autre chose que bonjour. Je me rendis chez Dee-O-Det. Son aide me dit qu'il était chez Chee pour la cérémonie rituelle à l'occasion de la naissance de son bébé.

Là aussi, j'étais un intrus ; aussi allai-je me coucher. Je fus debout de bonne heure le lendemain matin et décidai d'aller, en contournant le Lookout Peak, jusqu'aux grottes où des années auparavant, mes chasseurs et moi avions tué le cougouar. Je montai en selle et atteignis la corniche de rochers peu après le lever du soleil. Je mis pied à terre, attachai mon cheval à un genévrier et me dirigeai vers le rebord d'où l'on dominait le cañon.

Je cherchai des yeux, le long de la bande de grès, la grotte dont la vieille lionne avait fait son repaire. Et sur le rebord, à l'entrée de la grotte, je vis ma Jedi enlacée à un Mexicain.

Et devant mes yeux horrifiés, ils entreprirent de faire ce que je rêvais d'accomplir le lendemain, après la cérémonie de notre mariage.

Quelque chose explosa en moi et je sentis resurgir toute la sauvagerie de mes ancêtres. Mon esprit torturé criait vengeance. En quelques bonds, j'atteignis l'endroit où se trouvait le couple. Ils m'entendirent et me virent venir, et se séparèrent. Puis l'homme se retourna et saisit son fusil. Je n'avais pour seule arme que mon couteau, mais profitai de mon élan pour sauter sur lui, lui arracher son fusil et lui asséner un coup de crosse sur la tête. Je me retournai vers Jedi :

«Voilà un beau cadeau de noces de ta part, femme.» Et je la giflai jusqu'à ce que ses joues soient couvertes de sang.

«As-tu fait l'amour avec cet homme avant que je te choisisse pour épouse ?

– Je l'aime. Il est de ma race. Tu n'es, toi, qu'un démon d'Apache.» Et en disant cela, elle me cracha au visage. Je tirai mon couteau et lui donnai un coup au visage. Le bout de son nez s'envola.

Elle se tordit en criant :

«Vous autres avez volé ma mère pour en faire une esclave et la forcer à s'accoupler avec ceux de votre race. Démons d'Apaches ! T'épouser ? Plutôt épouser un chien malade !»

Le Mexicain se relevait. Je brandis mon couteau, et, comme il reculait, lui coupai les deux oreilles. Il hurla et Jedi gémit :

«Non ! Non !... »

« Emmène cette *bija-n-ata, gusano*[1] ! Emmène-la loin, que je ne vous revoie plus jamais, ou je vous tuerai ainsi que ses rejetons. *Ugashi*[2] !» Ils partirent en courant.

Il me fallait quelque temps pour me calmer et réfléchir, aussi repris-je mon cheval et descendis-je dans le Cave Cañon, laissant ma monture aller à sa guise sur la vieille piste des cerfs. L'après-midi tirait à sa fin quand j'arrivai au wikiup du shaman. Avant même que je sois descendu de selle, il m'appela :

«Entre. Maintenant, je peux te parler. Si je l'avais fait avant, tu ne m'aurais pas cru.»

Connaissant Dee-O-Det comme je le connaissais, ses paroles ne me surprirent pas.

1. « ... putain, sale ver de terre.»
2. « Partez !»

« Il est malheureux que ces choses aient dû arriver, mais c'était la volonté d'*Ihidnan*[1]. L'aurais-tu tuée, que tu n'en aurais pas été apaisé pour autant. Dorénavant, si tu veux te choisir une femme, viens d'abord me voir. C'est pour cela que je suis ici. Pour te conseiller, et t'aider, avec notre Peuple. »

Il lui restait dans une bouteille un peu de whisky qu'il me donna. Il me dit que Klea avait redouté que ces choses n'arrivent et qu'elle pourrait nous créer des ennuis. Il suggéra que nous allions la voir ensemble pour résoudre ce problème. Nous nous rendîmes chez elle et elle nous invita à entrer. Il fut vite évident qu'elle avait elle-même déjà pris ses décisions.

« Je n'ai entendu parler de cet homme, Juanito, que trop tard. Je vais vous rendre les chevaux. Et quitter Pa-Gotzin-Kay. »

Qu'elle en soit venue à cette résolution me surprit, mais je répondis :

« Tu auras besoin des chevaux, Klea. Tu n'es pas responsable de l'amour de Jedi pour un autre homme. Elle aussi croyait que mon Peuple t'avait fait du tort.

– Quand je fus faite prisonnière, je fus cruellement traitée. Baishan se rendit compte de ma condition. Il fit pour moi ce qu'il put et me prit pour femme. Jedi naquit de ce mariage. Puis il fut tué à Corralitos. Et elle, elle vient de commettre cet acte horrible contre toi. Elle – ils sont partis. J'irai à Madera où habite ma sœur.

– Tu es devenue apache en épousant Baishan, ajouta le shaman. En tant que telle, tu as des droits. Et en tant que Mexicaine, d'autres droits. C'est à toi de choisir. Je ne dirai plus un mot à ce sujet. »

1. *L'Être Suprême* dans le dialecte manso.

J'avais vraiment pitié de cette malheureuse femme, mais ne regrettais pas de la voir partir. Je savais que sa présence à la rancheria me rappellerait toujours des événements malheureux. Je lui dis que je réunirais une escorte pour lui faire traverser le cañon.

4.

1890-1892

LES BANDITS DE BASARANCA

Cette malheureuse tentative de mariage me laissa en proie à d'amères pensées. Dee-O-Det me vint en aide :

«Va à Sno-Ta-Hae aider les autres à extraire le métal jaune, me conseilla-t-il. Les Pinda-Lick-O-Ye et les Nakai-Ye disent que l'or guérit tous les maux.»

Depuis quelques années, une équipe d'hommes était affectée au travail de la mine et à la surveillance des environs, afin d'empêcher les gratteurs de roche de Basaranca de découvrir notre or et de se l'accaparer. C'était là, évidemment, l'occasion de me joindre aux mineurs. Nous devions augmenter notre réserve de métal jaune, et je voulais me guérir, par le travail, de mon humeur sombre. À chaque lune, j'alternais entre le travail dans la mine et les rondes que l'on faisait dans les collines avoisinantes pour guetter les envahisseurs éventuels ; mais j'évitais le plus possible de descendre à la rancheria. Mangas-Chee et Nakai, qui étaient chefs de famille, rentraient régulièrement à la rancheria et je transmettais ordres et suggestions à mon peuple par leur intermédiaire.

J'entamais ma dix-neuvième année, inquiet et insatisfait comme on ne devrait jamais l'être. Ma mère venait me voir de temps à autre, accompagnée parfois de Dee-O-Det. Ils avaient toujours quelque conseil à me donner. Le travail était dur ; Jim Ticer trouvait que la veine d'or semblait devenir plus riche au lieu de s'épuiser, comme le font souvent les veines de quartzite.

Un après-midi, le jeune Juh (Asa) remonta la piste, son mustang poussé au grand galop. Le garde au rempart avait signalé que le docteur Gutierrez, de Basaranca, accompagné d'un officier de *tien-tjn* (soldats), approchait sur la piste du cañon. J'appelai Ticer et les quatre hommes de l'équipe pour qu'ils dissimulent l'entrée de la mine selon les vieilles méthodes apaches. Puis je descendis rapidement avec Asa à la rancheria. Le docteur Gutierrez vint vers moi, la main tendue. J'hésitai avant de la lui serrer. Pourquoi amenait-il cet étranger à Pa-Gotzin-Kay[1] ?

1. Quand on étudie objectivement l'histoire de cette époque et de ce pays, on doit reconnaître que l'attitude de Niño Cochise ne s'expliquait pas seulement par la théorie évolutionniste de la « survie des mieux adaptés », mais par le fait que lui et son clan d'Apaches Chiricahuas (celui de Tahza) avaient été éprouvés à la limite de leurs forces. Ils essayaient de construire et de préserver cette enclave contre tout envahisseur, quel qu'il soit pour ainsi dire, et voulaient seulement vivre en paix.

Les Apaches fondaient leurs droits sur le fait que le Peuple avait occupé cette terre de nombreux siècles avant l'arrivée des Espagnols, qui s'en étaient saisi par la force des armes, s'étaient appelés les « Mexicains » puis, trop faibles pour résister aux États-Unis, leur avaient cédé une partie de ce territoire par les traités de La Guadeloupe et de Gadsden. Traités qui dépossédaient injustement le Peuple de l'héritage auquel il avait droit.

Quand, en 1876, fut violé le traité Jeffords-Cochise-Howard, le clan de Niño s'enfuit au fond des Mother Mountains, où il trouva un refuge. Il y mena la vie primitive que permettait cette terre. C'étaient des hommes rusés, audacieux, courageux, et parfois à moitié sauvages. Mais comprendre et déjouer leurs ennemis était pour eux un problème constant, ce qui explique leur méfiance. (A.K.G.)

Parlant en espagnol et jetant ses phrases en rafales, le docteur me présenta l'étranger : lieutenant José Lopez, des Fronteras Fusileros. Il portait un uniforme pimpant avec des galons dorés et il me fit l'impression d'être un de ces *godo gachupin* qui regardent les Indiens de haut. Sentant que je n'appréciais rien de tout cela, Gutierrez entreprit de m'expliquer qu'ils avaient besoin de notre aide. Une douzaine d'Américains, et à peu près autant de Mexicains, anciens prospecteurs sur le Bavispe, s'étaient installés en maîtres à Basaranca, y tuant des citoyens sans défense. Tout récemment encore, ils avaient intercepté un convoi qui venait approvisionner la ville, et en avaient tué tous les accompagnateurs. Les *gringos,* comme les Mexicains, étaient des fugitifs, ou *profugos.* Il avait demandé aux troupes fédérales d'intervenir, et on avait envoyé le lieutenant tout seul.

Sur ces entrefaites, Dee-O-Det s'était joint à nous. Le docteur – devenu alcade de Basaranca – et Lopez me promirent tous deux que le gouvernement s'acquitterait de sa grosse dette à notre égard si nous les aidions à chasser les bandits de leur ville.

Voilà qui est peu ordinaire, pensai-je. Les Mexicains demandent aux Apaches de les aider à reprendre aux Américains une de leurs garnisons. Après leur avoir posé quelques questions, et pour me donner le temps de réfléchir, je leur dis d'aller se reposer à l'ombre. Lopez refusa, exigeant que je me décide immédiatement. Je savais que quelques-uns de mes hommes m'observaient de derrière leurs wikiups. Je fis un signe de la main et cinq braves nous entourèrent aussitôt. Lopez se calma. À première vue, cette proposition semblait pour nous l'occasion de nous gagner les citoyens de Basaranca – ce qui nous éviterait les longs voyages à Sasabe – mais ce pouvait aussi bien être un piège.

Le shaman me conseilla, en apache, de tenir un conseil. Je lui dis de réunir les hommes, puis allai informer ma mère de la situation. Elle n'y vit aucune cause d'alarme ; elle était persuadée que mon instinct me mettrait sur la bonne voie. Je savais qu'elle s'arrangerait pour distraire Gutierrez et Lopez, et entre-temps, quelques hommes étaient redescendus de la mine.

Je pris la place du chef dans le cercle du conseil et demandai le silence. Après avoir expliqué quelle était la situation à Basaranca, je dis à mes hommes que les deux Nakai-Ye voulaient notre aide. Ils se mirent à applaudir en criant d'enthousiasme, mais le shaman les fit taire. Je leur demandai de réfléchir sérieusement. Puis Dee-O-Det fit voter tout le monde. C'est ainsi que fut prise la décision d'envoyer un groupe armé pour restaurer l'ordre à Basaranca. Je commandai à mes braves d'avoir à se préparer immédiatement ; ils crièrent qu'ils étaient prêts à partir.

Lorsque je leur rendis compte de notre décision, Gutierrez et Lopez me nommèrent *Lugarteniente* des Fusileros ! Je leur suggérai de retourner à Basaranca pour essayer une dernière fois de convaincre les bandits de partir, avant qu'une tribu d'Indiens des montagnes ne vienne s'attaquer à eux et les tuer. Lopez refusa avec arrogance : il allait nous mener immédiatement à la ville, nous les Indiens, pour que nous en chassions les *ladrones* ou que nous les exterminions. Je lui rétorquai que le Mexicain qui saurait mener une bande de guerriers apaches n'était pas encore né.

Après une vive discussion, il fut décidé que les officiels se rendraient seuls jusqu'au bord de la corniche qui surplombait la rivière et y demanderaient la reddition des brigands, et que nous les suivrions de près, mais en restant cachés.

Nous partîmes à quatorze. En traversant le ravin qui est au nord du rempart, je pensai à Jedi. C'était là que nous étions allés nous promener tous les deux. Je fus pris d'une rage noire. « *Catra-a ata Nakavdi yù-dastcin*[1] » me dis-je tout bas (juron contre tous les bâtards mexicains), et l'instinct netdahe que m'avaient légué mès ancêtres s'empara de moi pendant que nous descendions la piste escarpée du Bavispe. Alors que nous atteignions l'éperon qui domine le fleuve, un coup de fusil résonna à assez grande distance. Je fis signe de s'arrêter à la colonne de guerriers qui me suivait et vis, au même moment, le lieutenant Lopez tomber de selle, abattu d'une balle à la tête. Quelque ennemi haineux de l'autorité avait marqué le premier point.

Mes hommes commencèrent aussitôt à se disperser et à cacher leurs chevaux derrière des arbres ou des rochers – en fils de guerriers, ils savaient comment agir, même lors de leur première bataille. Nous descendîmes à pied jusqu'au bord du fleuve. Sur les deux rives, on voyait les auges de lavage des mineurs et leurs cabanes ; personne n'y travaillait. De toute évidence, les mineurs faisaient la sieste pendant les heures chaudes. Je dis à Hi-okee de surveiller les auges et à Asa d'aller avec Ticer essayer de mettre la main sur la sentinelle qui avait tué Lopez.

« Nous allons essayer une tactique de Cochise, dis-je à Gutierrez. Faire du bruit d'un côté, attaquer de l'autre. Pouvez-vous me tracer une carte des différents points clefs de la ville ? »

Il me dessina un plan sur le sable, m'indiquant l'endroit où habitaient la plupart des citadins, les baraques où vivaient les mineurs, de l'autre côté de la rivière, puis le grand magasin

1. Ce sont là les termes les plus forts qu'utilisèrent jamais les Apaches de l'ancien temps. L'Apache, au contraire du Blanc, ne profère pas de jurons.

et la *fonda* centrale, devenue la place forte des bandits. Il me montra aussi un grand rocher d'où, me dit-il, on pouvait voir toute la ville.

Hi-okee revint nous avertir que les mineurs regagnaient leurs placers. Je l'envoyai avec un homme le long d'un bras de la rivière, qui était à sec à cette saison, en leur enjoignant d'aller se cacher derrière le gros rocher. À mon signal, ils devraient se mettre à hurler et à tirer quelques coups de feu pour effrayer les mineurs. En accourant voir ce qui se passait, ceux-ci viendraient à découvert, et nous pourrions les attaquer.

Gutierrez acquiesça. Je donnai l'ordre à mes hommes d'aller rejoindre les postes que je leur avais assignés. C'est alors que je remarquai un vaste amas de broussailles séchées le long d'un des côtés de la ville. Gutierrez m'expliqua que ces broussailles constituaient un barrage qui empêchait les crues du fleuve d'éroder les alluvions trop près de la ville. Je lui demandai de me procurer cinq ou dix litres de pétrole lampant – de celui qu'on utilise dans les maisons. Il partit, intrigué, mais revint peu après avec un bidon plein.

Quand les mineurs commenceront à nettoyer leurs auges, je les sommerai de se rendre, expliquai-je. S'ils refusent, nous mettrons le feu au barrage de broussailles, ce qui les fera fuir sur le terrain plat pour se mettre à l'abri. Nous les regardâmes travailler jusqu'à ce que le soleil disparaisse derrière l'arête du cañon, plongeant le fond de la gorge dans un crépuscule prématuré. Les mineurs commencèrent à laver leurs batées. Je mis mes mains en porte-voix et criai en anglais : « Police d'État ! Vous êtes encerclés ! Haut les mains, rendez-vous ! » Puis en mexicain : « *Abajo con sus armas !* »

Un homme apparut près d'une des cabanes et tira deux fois avec son six-coups dans ma direction. Les deux hommes que j'avais placés derrière le gros rocher crurent que c'était là le signal que je devais donner et se mirent à crier et à tirer.

L'homme au fusil dégringola de sa cabane. À ma surprise, il n'y eut pas de riposte, mais seulement un temps de silence. Puis quelqu'un hurla :

« Qu'est-ce que vous attendez donc, vous, *culo-gordo* de Mexicains ? »

Je fis signe à mes archers. Plusieurs d'entre eux retirèrent leurs chemises et la déchirèrent pour en faire des bandes. Ils en entourèrent le bout de quelques flèches, les trempèrent dans le pétrole, puis ils y mirent le feu. Les archers lancèrent les flèches enflammées dans le barrage de broussailles. D'énormes flammes s'élevèrent vite, avivées encore par la brise.

Cinq des mineurs se précipitèrent d'un commun accord vers la rive du fleuve. Nos hommes ouvrirent alors le feu et pas un des hors-la-loi n'échappa à leurs balles. Trois autres, courant comme des coyotes effrayés, essayèrent à leur tour de se sauver et subirent le même sort. Puis il y eut une accalmie. Les brigands changèrent bientôt de tactique et nous les vîmes reculer hors de portée de nos fusils, et tourner pour essayer de nous prendre de côté. Divisés en deux groupes, ils attaquèrent nos positions sur chaque flanc, nous défiant de leurs cris. Leur tir précipité résonnait entre les parois du cañon, où les balles sifflaient et ricochaient.

Quand je vis tomber Ticer, son six-coups crachant des flammes, je ne pus en croire mes yeux. Pour moi, Ticer était invulnérable. Ma-Ti-O-Tish se plia tout à coup en deux sur le côté et tomba à terre, où il se tordit. Le fémur qui lui servait de bâton de guerre, tout éclaboussé de sang, pendait encore à son poignet. Le ricochet d'une balle tout près de moi me fit reprendre conscience du danger que je courais moi-même. Un énorme *blanco* fonçait vers mon abri. Il n'y arriva pas tout à fait. Son képi gris vola quand ma balle l'atteignit. Je vis alors le jeune No-Ha-Daya tomber à terre où il ne bougea plus.

Quatre hors-la-loi avaient entre-temps réussi à s'abriter derrière des rochers plus bas que nous, à la distance d'un jet de pierre. L'un d'eux dressa la tête au-dessus de son abri pour se rendre compte de nos positions exactes. J'entendis un coup de feu et l'alcade Gutierrez crier : « Ha ! » Il avait touché son but. Eugène se trouvait juste au-dessous de moi, un peu à droite. Je le vis viser, puis tirer. L'un des bandits se dressa d'un coup et Eugène l'acheva d'une seconde balle.

Les deux derniers crièrent qu'ils se rendaient et apparurent au bout d'un moment, les mains levées. C'étaient deux Mexicains. L'un d'eux n'avait pas d'oreilles, et je reconnus l'amant de Jedi qui s'était joint aux bandits. Je dis à Eugène et Peridot de se saisir d'eux. Ils étaient les seuls survivants. Gutierrez et moi comptâmes quinze morts parmi nos ennemis.

Kasale demanda de l'aide pour rassembler nos morts. J'avais perdu trois hommes courageux, dont notre professeur, Jim Ticer. Je fis envelopper leurs corps dans des bâches pour que mes hommes les emmènent avec leurs affaires à Pa-Gotzin-Kay. Je donnai plus tard l'os de fémur à Dee-O-Det. Je voulus absolument récupérer le six-coups de Jim Ticer. C'était un Peacemaker Colt 45, portant le numéro 88761, breveté en 1875. Par la suite, et à plusieurs reprises, j'ai fièrement arboré cette arme[1].

L'alcade-docteur Gutierrez nous félicita d'avoir éliminé les hors-la-loi et ajouta que les habitants de Basaranca préparaient une grande fête en notre honneur ; on nous donnerait des chemises neuves et tout ce dont nous aurions besoin. Nous récupérâmes les armes sur les cadavres et Gutierrez nous dit que les citoyens de Basaranca se chargeraient d'enterrer *mañana* les corps des hors-la-loi. Après avoir rassemblé

1. Un jour, au début des années 1920, j'ai donné ce revolver à mon ami et collaborateur, A. Kinney Griffith.

nos chevaux, nous le suivîmes en ville. Bientôt lavés et habillés, nous fûmes vite prêts à nous amuser.

Il était curieux de voir ces gens qui, quelques heures auparavant, craignaient pour leurs vies, préparer maintenant sur la place une joyeuse fête. De belles jeunes filles nous y accueillirent avec des sourires séducteurs et des gourdes de vin. Ayant passé une chemise de calicot neuve, je traversai la place pour prendre mon tour dans la file. Au bout d'un moment, je me trouvai au niveau d'une fille fort légèrement vêtue qui versait du *vino tinto* ; elle me regarda, puis demanda :

« Tu as pris part à la bataille ?

– C'est moi qui la dirigeais.

– Toi, un chef ! Tu n'as même pas de barbe ! »

Elle se tourna vers Nakai qui lui expliqua que j'étais « chef » et que lui, Nakai, était commandant. Il aurait pu ajouter que j'étais Indien pur sang et que je n'avais donc pas de barbe.

Mon heure de gloire vint un peu plus tard lorsque l'alcade me présenta à la foule comme le chef Niño, à qui la ville devait la victoire. Les jeunes filles se battirent alors pour danser avec moi au moins une fois, mais je n'en invitai aucune. Pour leur montrer mon mépris, je fis danser les femmes plus âgées, et je suis sûr que ces *damas* y prirent autant de plaisir que moi.

Je tombai finalement sur Eugène et je lui demandai :

« Qu'as-tu fait des prisonniers ?

– Les prisonniers ? Quels prisonniers ? demanda-t-il, feignant la surprise.

– Les deux dont tu étais chargé, *stúpido !*

– Oh, ceux-là ! Eh bien, quelques personnes, qui semblaient être de leur famille, ont voulu leur parler. Regarde ce qu'elles m'ont donné ! » Il me montra une montre en or avec sa chaîne, et continua : « Il faisait noir dans ce *carcel.* Je suis allé à la lumière pour regarder l'heure. La porte était restée ouverte… et quand je me suis retourné, les deux lascars étaient en train de déguerpir… Puis j'ai entendu quelques coups de feu avant qu'ils n'aient le temps d'atteindre la rivière. Donc, plus de prisonniers ! »

La fête dura presque jusqu'au lever du jour. Aucun de nous n'était alors en état de voyager et nous dormîmes dans la grange avec nos chevaux. Ce jour-là à Basaranca, je crois que personne, ou presque, ne se leva avant midi. Alors que nous nous préparions à partir, Gutierrez et un homme arrivèrent, portant chacun une outre de vin. Nous les chargeâmes sur nos montures. Lorsque nous dîmes adieu au docteur et aux gens de la ville, ils nous assurèrent que nous serions toujours les bienvenus à Basaranca, aussi bien comme visiteurs que pour faire du commerce.

En dépassant le cimetière, nous vîmes qu'ils avaient dressé un panneau sur la tombe collective des mineurs, où était inscrit :

Ici gisent les restes des bandits de Basaranca,
À qui justice fut faite par l'alcade Pablo Gutierrez,
Avec l'aide amicale des Indiens de Pa-Gotzin-Kay.

Rentrés à la rancheria le soir même, nous célébrâmes les obsèques. Tout le monde y assista. Le shaman chanta, suppliant Ihidnan d'être bon envers ceux qui étaient entrés dans le Grand Sommeil. Plus tard, suivant la coutume, je racontai la bataille, ajoutant que nous avions le droit pour nous, ce qui nous avait constamment donné l'avantage. Puis chaque guerrier raconta sa version. Quand ce fut son tour, Eugène se leva, et lorsque tous les yeux furent fixés sur lui, il déclara :

« Je n'ai rien à ajouter. »

Dee-O-Det accomplit les rites de clôture et le conseil se dispersa. Nous, les hommes, bûmes les deux outres de vin de Basaranca. Il était amer mais fort. Je titubai jusqu'à notre wikiup et m'affalai sur ma peau de cougouar. En rêve, je me battis à nouveau contre les bandits. Jedi était leur chef et parvenait, je ne sais comment, à s'échapper.

Je m'éveillai de mauvaise humeur. La première chose que je fis fut d'aller boire à la source pour éteindre le feu qui me brûlait. D'autres firent comme moi et repartirent. Dee-O-Det vint aussi, mais il ne fit que remplir une cruche et s'éloigna aussitôt. Je m'assis, pensif: pourquoi le vin met-il dans un état aussi agréable? Il a meilleur goût que le whisky, mais après en avoir pris une certaine quantité, on s'endort, et au réveil, on se sent terriblement mal. Pourquoi? Je me posais ces questions lorsque ma mère apparut, comme surgie de nulle part, avec une gourde:

«Tiens, mon fils. Bois ceci. Cela te fera du bien.»

Je portai la gourde à mes lèvres; le breuvage avait une odeur louche de mescal mélangé à de la poix. J'en pris une gorgée et je le trouvai bon. Je vidai la cruche et la rendis à ma mère. L'Apache dit rarement «merci». C'est une pensée qu'il exprime seulement par un coup d'œil de côté.

«C'est le breuvage que je préparais pour ton père après les danses de victoire. J'en ai donné aussi à Nakai en venant ici.»

La boisson faisait déjà son effet et je me sentais mieux. Je cherchai alors Nakai. Il se trouvait derrière son wikiup, occupé à tanner des peaux de daim. Il m'en tendit une. Jamais je n'en avais touché d'aussi douce. Nous entrâmes chez lui. Nakai était marié à l'une des orphelines du vieux Juh, une bonne Chiricahua, qui était alors en train de confectionner une paire de kabuns tout en fredonnant. Il y avait, pendue chez eux, une des plus belles *jaquetas* que j'aie jamais vues. Un charme – une svastika – était brodé, en or, sur le sein gauche; et sur le sein droit, une croix cibolero incrustée de turquoise, de jais, de corail et de nacre. Chaque frange des manches se terminait par une perle en argent ou un éclat oblong de turquoise. Ils durent sentir mon admiration, car Nakai dit :

« Pour en faire une autre, il me faudrait trois peaux tannées, un peu d'argent, d'or et de turquoise – et du breuvage de ta mère. » Sa femme lui chuchota quelque chose et il se tourna vers moi :

« Do-Sa-Le dit qu'elle t'en fera une encore plus belle ; elle ne te demande que les peaux bien tannées.

– N'en dis pas plus, je trouverai ça, répondis-je. Et je lui procurerai *tout* ce qu'il faut. Combien vaut une de ces jaquettes au marché, environ ?

– Oh, à peu près trois chevaux.

– Je vois d'ici tous mes guerriers revêtus de ces *cueras* travaillées – et à pied. Les bons marcheurs ne servent à rien dans nos montagnes. Dis, Nakai, j'ai une proposition à te faire : je te nomme chef des guerriers.

– Oh, pourquoi ?

– Et bien, si tu gagnes tous les chevaux, que monteront mes hommes ? »

Je me rendis ensuite chez Eugène. Sur une bâche devant son wikiup de célibataire, étaient étalés quinze revolvers avec ceinturons et ceintures, et quatre carabines. Il vérifiait l'état des armes prises à Basaranca. Je l'aidai un peu, puis nous les rangeâmes dans la grande kiva communale. Elles seraient distribuées plus tard à ceux qui en auraient besoin. Mais nous décidâmes que tous deux, nous en avions immédiatement besoin. Il choisit un Smith nickelé, et moi un Colt Frontier Model de 1881. Je tirai quelques balles ; c'était un bon revolver.

J'étais inquiet : une demi-douzaine de braves de mon âge qui avaient grandi avec moi risquaient d'avoir un jour envie d'abuser de mon amitié. Nakai était un homme de confiance. Tout roublard et ambitieux qu'il fût, il n'avait jamais essayé de prendre le pas sur moi. Mais il fallait surveiller le petit Eugène ; intelligent et débrouillard, il irait loin dans la vie. Mangas-Chee et Alchise guettaient aussi leur chance. Je devais tous les tenir en bride si je voulais éviter qu'ils ne s'accaparent tout ce qui était de valeur à la rancheria. J'allais voir Dee-O-Det qui m'invita à entrer. Lorsque je fus assis, il me dit que je semblais avoir des problèmes.

Je lui expliquai que quelques jeunes gens essayaient de se constituer un magot aux dépens de la communauté ; c'était assez compréhensible ; mais selon moi, ils ne devaient pas le faire aux dépens des autres. Est-ce que j'outrepassais mes droits de chef de clan en essayant de les en empêcher ? Il me répondit immédiatement que le butin de guerre était propriété commune et qu'il existait à ce sujet une ancienne loi tribale, édictée par la Hako Society. En tant que Hako moi-même, il m'appartenait de la faire respecter. Et il fallait, pour la modifier, réunir un conseil de dix membres Hako. Il ajouta ensuite, avec perspicacité, que la plupart des jeunes gens auxquels je pensais avaient des épouses avides et arrivistes. C'est surtout à cause d'elles qu'ils cherchaient à s'enrichir. Je n'avais donc pas besoin de m'inquiéter, puisque seul un conseil Hako pouvait contrôler et confisquer des biens – et de toute façon, seulement avec l'accord du chef et du shaman. Le vieux Dee-O-Det avait mis le doigt sur un point auquel je n'aurais peut-être jamais pensé moi-même…

En quelques minutes, j'avais plus appris sur le peuple et la loi apaches que pendant toute ma vie. Je dus murmurer à haute voix que je ferais bien de m'en souvenir moi aussi, si je ne voulais pas un jour être le dindon de la farce.

Dee-O-Det grommela : «Viens me voir plus souvent et tu en apprendras davantage.»

Plusieurs semaines s'étaient écoulées, et nous avions retrouvé la routine quotidienne, lorsque Nakai arriva de Sno-Ta-Hae avec dix sacs en vessie de daim, gonflés de poussière et de pépites d'or. Il m'informa que l'on pouvait stocker l'or de façon plus pratique quand il était en barres. Or il avait vu à Basaranca un four qui était inutilisé : pourquoi ne l'achèterions-nous pas ?

C'était une bonne idée. J'envisageais d'ailleurs de faire une expédition à Basaranca, vu qu'il n'était plus nécessaire d'aller jusqu'à Sasabe pour nous approvisionner. On n'y trouvait pas, bien sûr, un choix de marchandises américaines aussi varié qu'à Sasabe, mais il y avait d'autres avantages. Lorsque je lui en parlai, ma mère m'énuméra aussitôt une longue liste de choses dont nous avions besoin – elle ne savait pas écrire mais avait une bonne mémoire – dont un de ces énormes chaudrons en fonte où l'on pouvait faire cuire assez de ragoût pour le clan tout entier. Je songeais aussi à acheter quelques têtes de bétail de l'espèce à cornes courtes, dont les Mexicains développaient la race pour remplacer l'ancienne, les Longhorns.

Le lendemain matin, je sellai Tête de marteau pour aller à la mine. Nakai et deux hommes étaient assis à l'entrée du puits devant un gros tas de minerai, en train d'en retirer les pierres qu'ils jetaient dans la pente. Ils continuèrent à travailler en feignant de m'ignorer et je me contentai de rester assis à les observer. De temps à autre, Nakai émettait à voix haute une remarque sur l'avantage qu'ils auraient à travailler avec un fourneau. Toutes ces simagrées m'étaient destinées, aussi je les laissai travailler et suer tout seuls. Nakai finit par se lasser du jeu et vint vers moi pour me vanter la nouvelle veine d'or rouge qu'ils avaient trouvée : si elle ne s'épuisait pas trop rapidement, nous serions vite riches. Un four nous ferait gagner du temps, car on pourrait fondre le minerai déjà extrait avant qu'il ne risque d'arriver quelque chose. Comme il insistait encore, je l'assaillis de questions jusqu'à l'exaspérer. Puis quand j'eus les réponses dont je pensais avoir besoin, je lui dis de se faire remplacer par Chee, pour que nous puissions aller acheter un four le lendemain matin.

En rentrant à la rancheria, je trouvai un étranger. Ma mère semblait le connaître. Nous étions habitués à voir arriver à l'improviste des gens de tribus différentes. Une vingtaine de personnes ou plus nous avaient rejoints depuis la reddition de Golthlay, cinq ans auparavant ; certaines étaient restées, d'autres reparties. Même l'Apache Kid et le redoutable Mickey Free nous rendaient visite de temps à autre. Nous faisions ce que nous pouvions pour eux. Mais ce nouveau venu m'inspira une antipathie instinctive : encore un netdahe ! C'était un guerrier solidement bâti, environ deux fois plus âgé que moi, dont les mouvements me faisaient penser à ceux du cougouar. Ma mère me regarda et dit :

« Niño, voici Apla-Chi-Kit. Il a vécu à San Carlos où il a eu des ennuis. Il a dû en partir et voudrait venir vivre avec nous.

– Jusqu'à ce que le chasseur d'hommes [Mickey Free] fasse son apparition », pensai-je. En tant que chef, c'était à moi de prendre une décision, mais j'esquivai cette responsabilité… Je me dirigeai vers le shaman :

« Tu as ici un étranger qui ne t'inspire pas confiance, dit Dee-O-Det.

– Qui est-ce ?

– C'est un mauvais, qui joue du couteau. Taglito m'a dit une fois qu'il avait travaillé pour l'armée, avant que nous ne quittions nos terres natales. Pour moi, c'est un traître, sans foi ni loi.»

Quand je revins, Apla-Chi-Kit était à table avec ma mère, et dévorait comme un loup. Ma mère paraissait heureuse et je m'éloignai. Tout l'après-midi, je m'occupai des préparatifs de notre expédition à Basaranca ; je me couchai tard et dormais déjà lorsque les bruits de la rancheria s'éteignirent.

Nakai m'éveilla le lendemain pour me dire que les feux étaient allumés. Ma mère avait fait des galettes, que nous mangeâmes avec du miel. Et le soleil était levé depuis une heure à peine que nous étions déjà en route. Comme cette expédition avait autant caractère de visite que de voyage d'affaires, notre caravane comptait une trentaine d'hommes et de femmes. J'avais donné l'ordre de laisser fusils et carabines au camp, mais avais tout de même autorisé un homme sur deux à prendre sur lui, à son choix, un revolver ou un couteau. Nous vivions en paix avec les habitants de Basaranca, leur avais-je fait remarquer, et le fait d'arriver en armes n'aurait pas été un témoignage de confiance. De temps à autre, je jetais un coup d'œil sur la caravane ; je vis, à un tournant, qu'Apla-Chi-Kit avait non seulement pris un revolver et un couteau, mais avait aussi une carabine dans le fourreau de sa selle. Comme il était à l'arrière avec ma mère et le shaman, je ne voulus pas intervenir, mais cela me mit mal à l'aise.

Nous descendîmes par le passage de Juh, et le trajet se fit sans incident. Puis, après avoir contourné les terrasses d'alluvions, nous remontâmes la vallée jusqu'à l'éperon de la montagne. Je donnai l'ordre d'installer le camp dans un bras mort de la rivière, et partis avec Nakai avertir le docteur Gutierrez de notre arrivée. Nous attachâmes nos montures devant son petit hôpital. Je frappai à la porte. Une jolie infirmière nous ouvrit et nous invita à entrer.

À notre entrée, le docteur Gutierrez leva les yeux du bureau où il était assis. Il nous souhaita la bienvenue et nous dit de faire comme chez nous. L'infirmière apporta trois verres et une bouteille de vin rafraîchie. Tout en le sirotant, j'expliquai au docteur-alcade que Nakai voulait acheter le four abandonné. Gutierrez pouffa de rire, disant qu'il pouvait le prendre pour rien. Je lui annonçai alors que la moitié de la tribu était descendue avec nous et que ma mère avait toute une liste de choses à acheter. Le docteur acquiesça joyeusement. Ma mère semblait être sur la liste des gens qu'il aimait bien. Avec un sourire radieux, il dit qu'il allait organiser le soir même un *baile grande y fiesta*. Je jugeai alors qu'il était temps, avant de nous séparer, d'en venir à mon petit projet, et lui expliquai mon intention d'acheter une vingtaine de têtes de bétail, des génisses et des taureaux, de cette nouvelle race aux cornes courtes.

« Nous vous en vendrons avec plaisir, Niño, et à bon prix, répondit-il. Nous avons en ce moment plus de bétail que nous n'avons d'hommes pour s'en occuper et nos magasins sont bien fournis ; le convoi vient de partir. Nous avons pris tout ce qu'il y avait, en payant tout en or. Il y a plus d'or sur les rives du Bavispe que je ne l'imaginais. Pour une fois, nos hommes se débrouillent bien, mais je suis inquiet.

– Je croyais que notre dernière bataille avait permis d'établir le calme et la tranquillité. »

Gutierrez secoua la tête :

« Le Mexique a beaucoup de *desperados*. Dès que de l'or a été trouvé, la nouvelle s'en répand vite, et nous n'avons pas la protection militaire qu'il faudrait. L'armée est en désaccord interne, et la plupart des villes n'ont pas assez d'autorité pour lever et armer une force de police. Nous avons ici plus de trois cents hommes, femmes et enfants, mais il n'y a sans doute que soixante hommes en état de se battre.

– Si c'est d'armes dont vous avez besoin, il semble que vous ayez les moyens d'en acheter.

– Ce n'est pas si simple. Le gouvernement Diaz a peur d'être renversé, et il a interdit la possession d'armes. Évidemment, les trafiquants *gringos* nous en vendraient bien, mais nous sommes entourés d'espions, qui informent Diaz de toute infraction à l'interdiction. Les coupables qu'il prend sont fusillés.

– Dans ce cas, je vais tout simplement vous rendre les fusils et tous les pistolets, sauf trois, que nous avons pris lors de notre bataille contre les bandits.

– Si vous me les donnez, Niño, je peux organiser une force de police et nos citoyens pourront respirer plus librement. »

Ces affaires réglées, je me rendis à la *abaceria* centrale où nos hommes chargeaient sur nos six mulets les provisions qu'achetaient les femmes. Apla-Chi-Kit était avec ma mère, Alchise avec sa mère, Nadina, et Mangas-Chee avec la sienne, Neo-Dina. Dee-O-Det, en bon shaman, s'agitait partout. Le chargement terminé, nous retournâmes à notre campement dans la boucle de la rivière, pour décharger et desseller les bêtes, et aménager le camp de façon à ce que quelques hommes suffisent à le garder.

Après avoir revêtu leurs nouveaux atours mexicains, les femmes se mirent en route ensemble. Apla-Chi-Kit, Mangas-Chee, Ealae, Neo-Ot-Toden et Alchise les accompagnaient. Dee-O-Det, Hi-okee, Klan-O-Tay et Eugène partirent avec moi. En nous approchant de la ville, nous entendîmes les accents de *la Paloma* flotter dans l'air. C'était bien l'heure de la fiesta et beaucoup de couples dansaient déjà. Un grand *ramada* couvrait le centre de la place et des lanternes étaient accrochées aux chevrons. Un peu partout, des groupes de musiciens jouaient de la guitare.

Certains de mes hommes prirent la première fille qui se trouvait sur leur chemin et les firent tourner. Quant à moi, je cherchai la jolie *muchacha* qui s'était moquée de mon jeune âge. Je la vis qui dansait avec Apla-Chi-Kit. Elle me vit aussi, se dégagea de lui et courut vers moi en disant : « Oh, voilà mon Niño. Mon grand chef. » Elle me tendit les mains : « Danse avec moi, mon Niño. »

Une main l'écarta brutalement de moi. Apla-Chi-Kit se tenait là, portant toujours son revolver et son couteau, le visage défiguré par la rage :

« Toi, un chef ? Tu m'as volé cette femme ! Je vais te tuer et ce sera moi le chef ! »

Il tira son couteau, mais dégrafa le ceinturon qui portait son revolver et le jeta dans la foule. Un cercle se forma autour de nous. En quelques secondes, l'atmosphère était passée de la joie à la colère.

« Nous nous battrons au couteau, comme de vrais Apaches, gronda le netdahe. Mais tu trembles de peur, tu manques d'estomac pour l'acier apache.

– Pourquoi veux-tu me tuer ?

– Tu n'es pas digne d'être le chef de ceux qui te font confiance ! Tu nous as trahis à l'ennemi. Tu nous as ordonné de laisser nos fusils, puis tu les as vendus aux *Nakavdi.*

– Tu es un menteur ! »

Il fonça sur moi et me porta un coup de couteau. Je fis un saut de côté et tirai le mien de son étui. Juste comme je le dégageai, il me porta un second coup ; la pointe m'entailla l'intérieur du bras droit du coude au poignet, puis me déchira la main. Le sang jaillit et ma main engourdie laissa échapper le couteau. Je n'avais pas encore porté un seul coup et en étais déjà devenu à moitié incapable.

Je mis un genou à terre pour ramasser mon couteau de la main gauche, puis me relevai en tournoyant ; mais il me toucha au cou. En sautant de côté, je sentis mes jambes trembler. Je savais pourtant que j'avais sur lui l'avantage d'être plus jeune, plus rapide, et plus léger sur mes jambes. Nous tournâmes l'un autour de l'autre, guettant l'occasion de porter le coup fatal.

Je le blessai à la poitrine et lui me frappa à l'estomac. Mes pieds glissaient dans mon propre sang. Je feignis de perdre l'équilibre et il se précipita pour me tuer. Je fis un mouvement vers la droite et il se déplaça pour m'arrêter. Je frappai alors de la gauche, puis, avec toute la force que je pus rassembler, je lançai mon couteau vers le haut. La pointe de mon arme disparut sous son menton et pénétra, je crois, jusqu'au sommet de son crâne. Je fis tourner la lame et l'enfonçai à nouveau.

Ses genoux plièrent; son corps, pris de spasmes, tomba sur le sol en m'arrachant le couteau des mains.

Pour le retirer de sa gorge, je dus m'arc-bouter d'un pied sur son cou. Les gens s'approchèrent, et de mépris, le frappèrent à coups de pieds et lui crachèrent sur le corps. Un homme se baissa et lui coupa la tête.

Je me sentais mal, j'avais envie de vomir. Mes genoux fléchirent et deux hommes me rattrapèrent alors que je m'affaissais. Je sais que l'un d'eux était le docteur Gutierrez, car j'entendis sa voix ordonner de me transporter à l'hôpital. Je me rappelle qu'il était penché sur mes blessures. Quand il eut terminé, je devais ressembler à une momie aztèque.

J'entendis le docteur dire à quelqu'un de me porter sur un lit. Je tentai de me lever mais j'étais maintenu par une infirmière. Je vis que ma mère me tenait aussi: Kasale, Eugène et Hi-okee étaient là également, et Dee-O-Det psalmodiait un chant de sorcier.

J'avais dans la bouche le goût et l'odeur du chloroforme, et je me sentais mal, mais j'étais sur un lit confortable. On me fit avaler une pilule et boire un peu d'eau. J'ai entendu dire que les Indiens sont stoïques et ne montrent jamais leur douleur. Je ne sais pas si nous la montrons, mais en tout cas nous la sentons. J'avais l'estomac, le poignet, le bras et la mâchoire en feu. Les battements de mon cœur, qui avait bien failli, ce soir-là, s'arrêter à jamais, résonnaient à tout rompre dans ma poitrine. J'avais le corps en feu, mais la douleur s'atténuait peu à peu. Puis je commençai à avoir froid et tout sembla s'éloigner.

Un peu plus tard, comme dans un rêve, j'entendis Dee-O-Det dire à quelqu'un qu'Apla-Chi-Kit ne valait rien. Il avait travaillé pour les White-Eyes, et aidé leurs soldats à tuer des Apaches pour leur prendre leur or (je ne pouvais ouvrir les yeux, car le shaman ne cessait, tout en parlant, de m'asperger de hodenten). Il fit aussi allusion à Mickey Free : le redoutable chasseur était venu le soir précédent, et il avait été furieux d'apprendre que Niño avait tué Apla-Chi-Kit et que quelqu'un avait emporté sa tête[1].

Ma mère me tira de ma torpeur le lendemain matin. Le docteur se tenait à côté d'elle. Tout paraissait tourner autour de moi, j'avais de la fièvre et des sueurs froides. Après un rapide coup d'œil, le docteur Gutierrez dit :

« Niño, il faut que j'ouvre ce bras pour gratter l'os. Tu t'es débattu pendant la nuit ; tes pansements se sont défaits et la blessure s'est infectée. »

Il me donna un comprimé ; du Véronal, me dit-il, contre la douleur. Il m'ouvrit le bras, l'enduisit d'antiseptique et le laissa ouvert. Il s'occupa aussi de ma mâchoire et de mon estomac. Puis il me donna un autre comprimé. Ces pilules n'avaient pas l'air de beaucoup soulager la douleur, mais elles me faisaient somnoler.

1. Le *Scouts Journal*, à Old San Carlos, signale que Mickey Free avait reçu d'Al Sieber l'ordre de retrouver Apla-Chi-Kit, mais il n'est pas fait mention de l'exécution de cet ordre. (A.K.G.)

Puis des infirmières apportèrent un peu de nourriture légère que j'essayai de manger. La mâchoire me faisait si mal que je ne pouvais rien mâcher, mais je pouvais avaler. Ma mère, qui ne quittait pas mon chevet, m'écrasa la nourriture et me donna un peu de vin. Ça, je pouvais le boire. Et je songeais : j'ai gagné, mais qu'est-ce que j'ai gagné ? Le droit de vivre, mais en souffrant. Je souhaitais presque ne pas avoir gagné. Je savais qu'Apla-Chi-Kit, lui, ne souffrait plus, qu'il était mort sur le coup.

« Cima, dis-je, veux-tu demander à Dee-O-Det de la soupe et du tonique de shaman ? Tu y ajouteras des œufs, du lait, du miel et du whisky. Et surtout, Cima, mets-y beaucoup de whisky !

– Le shaman et moi allons te préparer un remède très fort. »

La plupart des habitants de Basaranca vinrent prendre de mes nouvelles et demander s'ils pouvaient faire quelque chose pour moi.

J'étais allongé, avec des élancements de douleur partout, j'avais chaud et j'avais froid, et je maudissais les ancêtres d'Apla-Chi-Kit d'avoir donné le jour à un chien enragé – un chien netdahe – qui avait voulu me prendre ma vie et ma place dans notre tribu.

Je restai couché pendant deux mois, et m'ennuyai beaucoup. Le docteur dit que j'étais arrivé à ne plus peser que quarante-cinq kilos. Mais je retrouvai finalement mes esprits et repris quelques forces. Un matin, le docteur me dit :

« Ça va mieux, Niño. Tu peux maintenant marcher un peu, et quand tu auras repris de nouvelles forces, tu pourras rentrer à Pa-Gotzin-Kay. »

5.

1892-1894

TESORABI

À l'idée de bientôt rentrer chez nous, je me sentis mieux. Il me semblait avoir passé une vie entière à l'hôpital.

Lorsque ma mère, Dee-O-Det et moi arrivâmes à Pa-Gotzin-Kay, tout le Peuple était dehors pour nous accueillir, et se mit à chanter :

> *Elle ramène Ciyé,*
> *Elle, qui lui a donné la vie et nous l'a donné, nous le ramène.*
> *Celui à qui il avait donné gîte et nourriture a essayé de lui prendre la vie.*
> *Maintenant, celui-là n'est plus,*
> *il ne vendra plus la vie apache,*
> *car il n'existe plus.*
> *Son souffle s'est éteint à jamais, et il n'est plus.*
>
> Enju ! Enju !
>
> *Elle le ramène,*
> *celle qui lui a donné la vie, puis nous l'a donné.*
> *C'est notre chef, pour toujours.*
>
> Enju !

Qu'il était bon de me retrouver dans les collines rouges de mon pays ! Le temps y était frais et agréable. Ma mère avait insisté pour que je ne me fatigue pas trop, Dee-O-Det avait fait chorus, et je traînai ici et là paresseusement pendant une semaine ou deux.

Nakai, Eugène, Chee et d'autres travaillaient à la mine. J'apercevais parfois Nakai à l'occasion de ses va-et-vient. Un matin, je l'appelai et lui demandai de m'attendre. Nous nous assîmes sur un rocher, et je lui demandai de me remettre au courant.

Il me raconta d'abord comment, avec Eugène, Chee et Kasale, ils avaient acheté quatre mulets supplémentaires, puis monté en deux fois de Basaranca le four et son creuset. Ils avaient ensuite remonté et mis en marche l'appareil, qui donnait de bons résultats. L'été était venu, une fois de plus très sec, les daims s'étaient dispersés et étaient devenus difficiles à chasser, si bien que notre troupeau de bétail ne comptait plus que soixante têtes : vingt-six vaches, dont deux seulement assez apprivoisées pour la traite, trois taureaux, et trente et un veaux en comptant ceux de l'année. Il fallait en effet beaucoup de viande pour nourrir notre clan, qui comptait alors cinquante personnes.

Nakai m'invita à dîner ce soir-là avec ma mère et Dee-O-Det. Après le repas, il m'offrit la jaquette d'apparat en daim, longue jusqu'aux cuisses, que sa femme avait faite pour moi. Dee-O-Det profita de l'occasion pour raconter, devant une tasse de mescal faite par Do-Sa-Le, comment les membres du conseil avaient réagi au récit, qu'il avait fait à ma place, de mon combat avec Apla-Chi-Kit.

Puis le shaman nous fit part de ce qu'il savait du passé d'Apla-Chi-Kit : c'était un *te-iltcohe* (un faiseur de troubles) né. Enfant, c'était le voleur du clan. Jeune homme, sa violence excédait presque celle des netdahe. Quand les choses commencèrent à mal tourner pour lui – ce qui arrive souvent aux gens de cet acabit –, il échappa à la justice de la tribu et se joignit aux White-Eyes à Fort-Apache. À partir de ce moment-là, il vécut en renégat, travaillant pour celui des deux groupes qui payait le mieux et lui permettait la vie la plus agréable.

Je compris alors l'attitude d'Apla-Chi-Kit. Il avait cru que j'aurais peur de me battre, qu'il lui serait facile de prendre ma place et la direction du clan, et de s'accaparer notre réserve de métal jaune – à moins qu'il n'ait espéré gagner une récompense en faisant de nous des renégats. J'en fus rasséréné. Ce visage tordu par la haine ne troublerait plus mon sommeil.

Le lendemain matin à l'aube, me sentant mieux, je voulus faire quelque chose de constructif. Je me souvins tout d'un coup que je devais trois peaux de daim à Nakai. Je pris mon arc et mes flèches, et descendis le sentier du jardin. Un daim aux cornes moussues et deux femelles étaient bel et bien en train de brouter notre blé. Qui donc m'avait dit que les daims s'étaient égaillés ? Nakai, le politique ! Je mis une flèche à mon arc, tendis la corde, visai et laissai filer la flèche. Le daim tomba en lançant des ruades. Et avant que les deux femelles effrayées aient repris leurs esprits, deux autres flèches étaient parties dans leur direction. Je saignai les bêtes, puis remontai le sentier. J'étais fatigué en arrivant à l'enceinte. Le jeune To-Clany, un tout jeune adolescent, coupait du bois pour le feu central. Je lui dis que j'avais tué dans le jardin trois daims, que j'avais saignés, et je lui demandai de les porter à la kiva. Il me répondit qu'il pouvait aussi les écorcher, si je lui donnais un cuissot. J'acceptai. Je savais que Dee-O-Det avait fait de lui son acolyte, et je vis l'astuce : Dee-O-Det lui montrerait comment les anciens Apaches cuisaient le daim, ce qui lui permettrait, par la même occasion, de se réserver un morceau de choix.

Je me reposai un peu en me demandant si c'était ainsi qu'agirait Dee-O-Det. Allait-il se mijoter une soupe de shaman ? Je le saurai le soir même.

Je m'endormis et ne m'éveillai qu'au crépuscule. À cette heure-là, le shaman devait être en train de faire cuire la viande. Je me dirigeai vers son feu. Il s'y trouvait bien, occupé à faire rôtir à la broche un cuissot entier. Je m'accroupis pour le regarder faire. Il bavardait sans arrêt, me disant combien la viande était meilleure dans l'ancien temps, et différente de celle que nous faisions cuire selon notre nouvelle manière ; et il allait le prouver.

Quand la viande fut prête, il m'en donna un peu. C'était effectivement autre chose. Le vieux gredin, non content de l'avoir abondamment salée, l'avait aussi farcie de poivrons verts du Chili. Avec une alêne, il avait fait des trous espacés de la largeur d'un pouce sur tout le cuissot et y avait fourré des petits poivrons verts. La viande était si épicée qu'elle emportait la bouche comme du feu. C'était en effet tellement autre chose que je ne pus l'avaler. Ne voulant pas le vexer, je bafouillai quelque excuse et laissai le shaman. Je retournai chez ma mère, où m'attendait un plat de *pintos* et de galettes de blé.

« Je viens de goûter à la venaison à l'ancienne de Dee-O-Det », déclarai-je en attrapant la cruche d'eau.

Elle se mit à rire :

« Plutôt épicée, non ?

– C'est ça la cuisine à l'ancienne ?

– C'est du moins ce que croit le shaman, parce que les Espagnols, lors de leur première rencontre avec les Chiricahuas-Chockonen, leur ont donné des *chile*. Dee-O-Det devait déjà être de ce monde à cette époque.

– Probablement, si l'on en juge à ses rides et à son poil gris. »

Ayant terminé le repas préparé par ma mère, je retournai

chez Dee-O-Det. Je voulais lui poser quelques questions. Je le trouvai en train de grignoter les pattes du daim.

« Qui sont les Chockonen ? demandai-je.

– Les Teneh Chockonen : les Indiens des montagnes chiricahuas.

– Alors, nous sommes des Chockonen ? insistai-je.

– Nous sommes des Teneh Chockonen.

– Et ils aimaient cette viande épicée ?

– Non. C'est Tudairvia, un Mimbreno, que les Nakai-Ye appelaient "Delgadito the Slender" qui m'a appris à la préparer de cette façon.

– Alors, je suis bien content de ne pas être un Mimbreno.

– Ma viande ne t'a pas plu ?

– Non, j'aurais passé la nuit à boire si j'en avais mangé.

– Le whisky te fait boire aussi, et tu l'aimes bien.

– Ta viande ne me fait pas le même effet.

– C'est que je suis de l'ancien temps, moi », rétorqua-t-il d'une voix sèche.

Voyant que je n'en tirerais rien de plus, je lui souhaitai de beaux rêves et rentrai chez nous. Ma mère me demanda si j'avais appris ce que je voulais savoir.

« Qui peut apprendre quelque chose de ce vieux nigaud ?

– C'est un sage, ne l'oublie pas. Il sait bien des choses que les autres ignorent. »

Le lendemain matin, après avoir conclu un marché avec l'acolyte du shaman – il devait tanner mes trois peaux de daim –, je me rendis à Sno-Ta-Hae. Les hommes avaient dressé partout des tas de minerai ; le four fumait et le creuset bouillonnait. Je mis pied à terre, attachai mon cheval et allai jusqu'à l'entrée de la mine. Eugène, assis sur un tas de pierres, les triait comme il l'aurait fait pour du grain. Il dut deviner mes pensées, car il dit :

« Je sépare les pierres dures des tendres.

– Je n'ai jamais entendu parler de pierres tendres. »

Nakai sortit de la mine, en poussant une brouette de minerai qu'il vida aux pieds d'Eugène.

« Que fait-il, lui demandai-je, désignant Eugène.

– Je t'ai dit ce que je faisais, dit Eugène avec colère.

– Oui, mais je veux l'apprendre de la bouche de Nakai.

– C'est le triage du minerai, expliqua Nakai. Le minerai le plus riche est écrasé là-dedans. » Il me montra du doigt un broyeur. « Celui qui est moins riche, dans ceci. » Il m'indiqua un *arraster* (broyeur) actionné par un mulet. « Puis nous le fondons là-dedans – et il montra le four. À 1 945,5 degrés, l'or fond et coule dans ces moules réfractaires. C'est de l'or pur, à vingt-quatre carats. C'est le professeur Ticer qui nous a appris tout cela. »

Je savais que c'était compliqué, mais il fallait que j'apprenne si je voulais éviter de paraître plus tard trop stupide. Je demandai à Nakai de me montrer combien il avait d'or en stock. Il me fit descendre jusqu'au niveau inférieur de la mine. Là, se trouvait, couverte par une bâche, une pile de barres d'or d'environ un pied de haut et de deux pieds de long. Il m'expliqua qu'ils pesaient les barres et essayaient de les faire de soixante onces, mais que leur poids oscillait entre cinquante et soixante-dix onces, selon la coulée. Après avoir discuté encore un peu, je redescendis à la rancheria[1].

1. Nos ancêtres croyaient que l'*oro* (l'or, le métal jaune) avait une force magique – sans cela, pourquoi les Espagnols auraient-ils détruit de grandes nations à cause de lui ? Jim Ticer donna sa réponse à ma génération : l'or est *tout*, avait-il dit. Procurez-vous en par n'importe quel moyen. Si vous en avez assez, vous pourrez dominer le monde. Il avait appris à Nakai, Chee et Eugène à l'extraire et le fondre, et à moi comment le gérer.

Après la moisson, nous retournâmes en quelques semaines à Sasabe. Ma mère voulait absolument y aller, mais la pensée de cette longue expédition m'irritait : Sasabe était à plus de trois cents kilomètres, par des pistes difficiles et il fallait pour ce voyage deux semaines environ de chevauchée ininterrompue du lever du jour à la tombée de la nuit. Encore fallait-il tenir compte de la durée des jours, du temps, de l'expérience des porteurs, du poids des chargements – et du hasard. Tout cela pour les objets de luxe des Blancs. Même si nous étions assez riches pour les acheter, cela en valait-il la peine ? Ne pouvions-nous nous contenter de Basaranca, ou même de Magdalena, ou reprendre notre ancien mode de vie naturel ? Ma mère et mon shaman l'emportèrent sur mes résistances.

La saison des petites feuilles vint tard en 1893. Après deux années de sécheresse, ce printemps fut un peu trop frais et humide. Nous ensemençâmes le jardin et les champs. Puis les pluies augmentèrent et firent de cette année-là cette « époque d'inondations » qu'on ne devait pas oublier. Les vieux de la région en parlèrent jusqu'à leur mort – et je ne l'ai moi-même pas oubliée. La sierra Madre – la chaîne de partage du continent – est un barrage naturel où s'accumulent les nuages d'orage venant de l'est comme de l'ouest. Cette année-là, du début du printemps à la fin de l'automne, nos montagnes étaient le réservoir d'une cohorte ininterrompue de nuages de pluie. Et les nombreux cañons qui descendent des montagnes pour alimenter les arroyos du désert ont été constamment en crue, alors qu'ils sont à sec neuf mois sur douze les années ordinaires. Placé sur une hauteur, entouré de nombreux et profonds cañons qui étaient, eux, constamment balayés par des eaux tumultueuses, Pa-Gotzin-Kay ne risquait pas d'être inondé ; mais nous ne pouvions pas traverser les torrents, et pendant un an, nous avons dû renoncer aux expéditions que nous faisions périodiquement pour nous approvisionner. Nous avons donc été contraints de reprendre le mode de vie primitif que nous avions connu à notre arrivée à Pa-Gotzin-Kay.

Malgré cette pluie incessante, nous étions heureux. Quelques-uns d'entre nous travaillaient à la mine, d'autres coupaient du bois pour construire de meilleurs wikiups ou kivas. Nakai et moi donnions des leçons. Quelques enfants s'occupaient du bétail, d'autres allaient dans les collines chercher du gibier. Il fallut même se remettre à manger du lapin. Les récoltes qui n'étaient pas noyées donnèrent deux fois plus et deux fois plus vite que les années normales ; mais durant tout l'été, nos équipes durent passer leur temps à arracher les mauvaises herbes, qui semblaient pousser d'un pied chaque nuit. Les femmes travaillaient, comme d'habitude, à confectionner ou réparer des vêtements et tresser des paniers – occupées par leurs tâches ménagères dès l'aube et jusqu'à l'heure où elles allaient se coucher avec leurs hommes. Le luxe du Blanc, auquel nous nous étions habitués, nous manquait ; mais nous tirions le meilleur parti de ce que nous avions. Ma mère dut même se coiffer à nouveau avec une pierre *nité*, car elle avait perdu son peigne et était trop fière pour en emprunter un.

Le printemps de 1894 arriva avec un temps normal pour la saison, et nous venions de terminer les semailles quand un garde de la piste fit dire qu'un étranger approchait. C'était le docteur Gutierrez; nous nous félicitâmes mutuellement d'avoir survécu à l'année des inondations[1].

Il avait été inquiet à notre sujet, dit-il, ne nous voyant pas et sans nouvelles de nous. Mais il avait un autre souci : le Sonora et le Chihuahua étaient à nouveau envahis par des bandits *yangui* et par les bâtards du pays. Les *paisanos* n'avaient pas d'armes pour se défendre. Viendrions-nous de nouveau à leur aide, nous les Apaches, si Basaranca était attaquée ? Je lui dis que oui, puis demandai si Basaranca viendrait secourir les Apaches si Pa-Gotzin-Kay était attaqué. Gutierrez avait dans sa sacoche une bouteille de whisky ; en la vidant, nous nous engageâmes l'un envers l'autre sur tous nos biens ; puis nous décrétâmes qu'à nous deux, nous débarrasserions le Mexique de tous les hors-la-loi.

Quand la bouteille fut vide, je songeai brusquement que je ferais bien de faire participer le Peuple à cette décision. Le vieux Dee-O-Det, qui nous avait observés, réunit le conseil. Une fois les membres rassemblés autour du feu, je présentai le docteur Gutierrez comme je l'aurais fait d'un étranger. Cette coutume apache a pour but de mettre tout le monde à l'aise et est sans malice pour personne, car tous les participants sont présumés égaux. J'expliquai ensuite que l'alcade de Basaranca redoutait que des hors-la-loi n'envahissent à nouveau les villes du bord du fleuve, et ajoutai qu'il pouvait même arriver qu'ils montent dans nos collines quasi inaccessibles et nous trouvent par hasard. Chee, qui réfléchissait vite, fit remarquer que « ce serait pour nous l'occasion de prendre de nouvelles armes comme butin. Qu'ils

1. Le chercheur peut trouver mention de cette « année des inondations » dans les archives du Sonora à Hermosillo. L'économie était tombée presque à zéro, car il était impossible de voyager, et des centaines de personnes moururent noyées dans les plaines du désert de Sonora. (A.K.G.)

viennent donc ! Que les Pinda-Lick-O-Ye servent au moins à quelque chose[1] » !

Les chefs du conseil devisèrent, et les paroles fusèrent. Une fois de plus le shaman se fit leur porte-parole : le conseil avait décrété que la décision incombait au Grand Chef. Le conseil se dispersa, et j'emmenai le shaman et le docteur dans notre wikiup, où ma mère nous servit trois tasses de mescal. Dee-O-Det leva la sienne, salua l'alcade et après cet acte de diplomatie, but son verre d'un trait, comme si c'était de l'eau. Puis il nous fit un signe de tête et s'éclipsa.

« C'est un homme remarquable, soupira le docteur Gutierrez. Je voudrais savoir comment il fait. »

Il était tard, je me sentais las, et le docteur avait l'air fatigué. Je l'emmenai à l'ancien wikiup de Jim Ticer où il put étendre sa couverture, et j'allai moi-même me coucher sur ma peau de cougouar dans le wikiup de ma mère.

Ma mère nous servait un petit déjeuner de gâteaux et de café lorsqu'arrivèrent Eugène, Hi-okee et Klan-O-Tay. Eugène dit qu'il voulait descendre à Basaranca avec le docteur, car il fallait acheter une grille, ou une trémie, pour le four. J'acquiesçai de la tête et ils partirent chercher des chevaux. Gutierrez continuait à manger, et à mesure qu'il mangeait, ma mère posait de nouveaux gâteaux devant lui. Elle finit par gagner. Il se leva et dit :

« Vos gâteaux sont délicieux, señora Tahza.

– Comment connaissez-vous ce nom ? demanda ma mère.

– Je suis tombé sur une vieille revue, publiée quelque part aux États-Unis, mais éditée en espagnol. Elle avait pour titre *Leslie's*. On y parlait de votre mari, Tahza, disant qu'il était allé à Washington avec un agent indien du nom de Clum,

1. Les Indiens n'avaient pas le droit d'acheter ou de posséder des armes.

et qu'il y était mort d'une pneumonie, laissant une jeune femme, Nod-Ah-Sti (Niome), et un petit garçon, Niño, qui s'étaient échappés au Mexique[1].»

Ma mère fit demi-tour et s'en alla. Bien que Gutierrez m'ait paru sincère, j'eus l'impression soudaine que quelque chose allait de travers dans la sierra Madre.

Après le départ de Gutierrez et d'Eugène, ma mère et moi eûmes une longue discussion avec Dee-O-Det. Le shaman conclut que le docteur avait tout simplement voulu se montrer amical, et n'avait pas d'idée derrière la tête. La matinée s'avançait et je me mis à penser à ces bandes de hors-la-loi. En bons bandits, ils voleraient aussi le bétail. À cette pensée, je réalisai que je n'étais pas allé voir l'état de nos troupeaux depuis quelque temps. J'attrapai mon bon cheval Tête de marteau au lasso, le bridai, le sellai et le montai rapidement. Je le harnachai de façon à ce qu'il ne puisse pas baisser la tête s'il tentait de me désarçonner. Quand on ne le montait pas souvent, il devenait rétif; mais pour une longue course, c'était un bon cheval.

Comme je l'ai déjà dit, Pa-Gotzin-Kay était situé sur une corniche d'environ un kilomètre de large et cinq kilomètres de long. Pour des raisons pratiques, notre enceinte était bâtie vers le milieu; nos champs s'étendaient de chaque côté, et nos prés se trouvaient encore au-delà, de part et d'autre. Pour voir tout notre bétail, je devais aller jusqu'à un bout de la corniche, puis ensuite faire demi-tour et repartir vers l'autre bout. Je fis aller le vieux Tête de marteau droit au but, et trouvai notre bétail éparpillé en petits groupes, souvent dans des endroits difficiles à dénicher. Les bêtes avaient l'air grasses et repues. Je comptai soixante-neuf têtes.

1. Article fondé sur une lettre écrite par Clum le 8 juin 1876.

Libéré de ce souci, je pris le sentier de la mine. Cela ne plaisait pas à Tête de marteau qui aurait voulu retourner au corral. Je le contraignis à céder et nous arrivâmes à la mine en fin d'après-midi. Il n'y avait personne et j'examinai les alentours. Tout semblait *ya-lañ,* mais quelqu'un allait tout de même recevoir une cinglante réprimande pour avoir laissé la mine sans surveillance. Notre rudimentaire haut-fourneau se dressait isolé, comme un étrange tas de ferraille. Ses soufflets de cuir avaient été rapiécés maintes fois, et l'intérieur était en piètre état, attendant la grille qu'Eugène était parti acheter.

Lorsque j'arrivai dans l'enceinte, Eugène venait juste de rentrer de Basaranca. Il me dit :

« L'alcade te fait savoir qu'une bande de *blancos* et de *gusanos* se sont mis en route avec l'intention d'installer un fort à Tesorabi. L'alcade et ses hommes vont monter de Basaranca et tenter d'attaquer ces *tsit-à-gi* (hors-la-loi) avant qu'ils n'aient eu le temps de se fortifier. »

Tesorabi ! tout près de la piste que nous prenions d'habitude. L'occupation, par qui que ce soit, de ce vieux village fortifié serait le danger le plus direct qui ait jamais menacé Pa-Gotzin-Kay. J'en oubliais complètement de réprimander Eugène et allai voir le shaman qui, comme d'habitude, m'attendait.

« La victoire sera pour toi, dit-il avant que j'aie ouvert la bouche. Voici ton charme, mais tu n'en auras pas besoin. » (Le vieux Dee-O-Det et sa prescience !) « Aucun homme ne pourra te prendre la vie, sauf Usen. »

Notre groupe de vingt guerriers fut vite sur le sentier. Nous arrivâmes à l'embranchement de la piste du cañon de Juh, bien avant le coucher du soleil. J'avais envoyé deux éclaireurs en avant voir si le vieux bourg était occupé. Ils revinrent dire qu'il n'y avait personne en vue. Je confiai le commandement à Chee, en lui demandant de ne pas bouger avant que je lui fasse signe. Sauf si les *guerrillos* entraient dans le village.

Je fis prendre au vieux Tête de marteau un pas de course allongé et couvris en un temps record les huit kilomètres qui me séparaient de Basaranca. La ville était aussi animée qu'une ruche au printemps. Une trentaine de miliciens étaient alignés au petit bonheur sur la place, l'alcade et un sergent à côté d'eux. Derrière eux se dressait un engin à l'air menaçant, constitué d'un long tube noir, muni d'un pare-balles, et monté sur un essieu entre deux grandes zones de charrettes. Pablo Gutierrez, fier de son double rôle de médecin et d'alcade de la ville, m'expliqua que c'était leur canon ; le sergent Tomas l'avait fabriqué à partir d'éléments de vieux fours ; il avait travaillé une fois dans une usine d'armement à Mexico. Il ajouta que mon Nakai et mon Eugène l'avaient aidé à leurs moments perdus. Bien – bien !

Le docteur Gutierrez était si fier de son arme que je me retins d'exprimer mon opinion quant à son utilité dans ces montagnes, dans une guerre de type indien. Je leur parlai, par contre, d'action rapide et de la tactique à suivre pour la bataille proche (où le canon ne servait à rien), et fus surpris de voir mes plans acceptés par tous les deux.

La lune se levait lorsque je retrouvai mes hommes. Elle était pleine, d'un rouge d'ambre. La lune apache. On m'avait raconté comment, en 1880, par une nuit semblable, Golthlay avait mis à sac ce vieux village fortifié. On était à l'époque des jours longs et des nuits courtes, fraîches et claires. Nous montâmes la garde toute la nuit, faisant de courts sommes à tour de rôle.

Au lever du jour, en entendant des coups de feu au loin, je montai en selle, gagnai un point dominant, et je vis qu'un groupe de bandits était tombé dans une embuscade de nos éclaireurs. Avec Nakai, Eugène et Kasale, je chevauchai à l'extrémité de notre ligne. Je lançai le cri d'une effraie, puis imitai le jappement d'un coyote isolé. Chee vint me rejoindre. Je lui dis que trente miliciens mexicains étaient postés dans le creux du cañon. Il avait vu de son côté qu'une quinzaine de *guerrillos* étaient cachés derrière les vieux remparts, mais ses hommes, postés sur les falaises, les obligeaient à se terrer.

Je rejoignis les Mexicains, et les fis monter jusqu'à une avancée de la falaise qui dominait le village. Mes braves tiraient de façon intermittente. Les envahisseurs devaient avoir des munitions en abondance, car ils répondaient à notre tir par un feu nourri. Chee en avait compté une quinzaine, mais il était évident qu'ils étaient au moins deux fois plus nombreux. Ils ne semblaient pas avoir pris de dispositions en prévision d'une ligne arrière. Bientôt, un feu nourri partit de la falaise. Le gros de mes hommes, comme prévu, attaquait par la droite. Pris de panique, les envahisseurs lâchèrent pied et tentèrent de rejoindre leurs chevaux. Je fis à Gutierrez le signe convenu et il ordonna à ses troupes de charger. Nos ennemis étaient encerclés et à découvert et commençaient à tomber sous nos coups combinés. Les chevaux sans cavalier augmentaient leur confusion et leur panique. Cinq hommes se rendirent aux Mexicains, nous évitant, nous, les Apaches.

Eugène, Kasale, Hi-okee et Boa Juan commencèrent à ramasser pistolets et fusils. Le *sergeanto* compta les morts tandis que j'allais me rendre compte de nos pertes. Je n'avais qu'un blessé – Klan-O-Tay – qui s'était maladroitement fait couper le petit orteil.

La milice mexicaine n'avait subi aucune perte. Parmi les *guerrillos* tués, on en compta vingt que l'on pouvait supposer américains, un qui était à coup sûr un Indien Pima, un Indien Zambo, et treize d'origine mexicaine, soit un total impressionnant de trente-cinq.

Nos pertes : un seul Indien blessé ; et un tas de munitions ! Je regroupai mes braves, et nous descendîmes à Basaranca, en suivant la milice. À notre arrivée dans la ville la nouvelle de notre victoire se répandit et on décida de célébrer l'événement, la semaine suivante, par une grande fête – que l'on allait commencer immédiatement. Il y aurait bal le soir même. Je dis à Chee de rester là pour aider Gutierrez à préparer les festivités. Puis j'ordonnai à Eugène et Boa Juan d'emballer notre part de butin – un assortiment de fusils et de revolvers – et nous partîmes tous les trois pour la rancheria.

Dee-O-Det, sachant que je revenais victorieux, m'accueillit avec joie, et incita tout le monde à fêter cet événement. Il réunit tout le Peuple et je leur parlai de la fête d'une semaine à Basaranca. Tous ceux qui pouvaient monter à cheval iraient ; et ceux qui étaient trop faibles pour monter seuls seraient tenus en selle s'ils voulaient se joindre aux autres. Tout le monde semblait vouloir y aller et tous se mirent au travail pour aider aux préparatifs. Au milieu des cris, des rires et du désordre, et avec quelques petits heurts, nous parvînmes à seller trente-sept chevaux. Onze personnes restèrent à la rancheria.

Je fis monter les plus âgés en selle, les plus jeunes montant derrière eux pour les maintenir et les empêcher de tomber ; mais peu avaient besoin d'aide.

Le shaman montait avec moi. En passant devant les abords de Tesorabi, nous vîmes, haut dans le ciel immense, les vautours voler déjà en cercles.

« Les Mexicains disent que cette ville est morte de peur, remarquai-je. Golthlay y a fait un raid il y a quatorze ans et les habitants n'y sont jamais revenus.

– Oui, je sais, mais cela a-t-il plu au regard d'*Usen ?*

– Je ne sais pas. Toi, le shaman, tu devrais le savoir.

– J'aurais pu le lui dire, mais Golthlay ne m'a jamais rien demandé.

– Il ne t'a jamais demandé conseil ?

– Il n'était ni un Hako, ni un Midi. Il ne croyait pas.

– Et maintenant, d'après ce que l'on dit, il est fermier quelque part dans l'Oklahoma. Geronimo, fermier ! Je ne sais pas où cela se trouve. Tu le sais, toi ?

– Je n'ai pas besoin de le savoir. »

À notre arrivée à Basaranca, les gens vinrent à notre rencontre avec des ovations. Nous nous étions installés sur la colline qui domine la plus grande partie de la ville. Là, dans un grand corral, trois jeunes gens nous aidèrent à soigner et nourrir nos chevaux. La grange était pourvue de foin frais. Nous la nettoyâmes et tout le monde se choisit une place pour y dormir quand il serait temps. On nous dit que ceux qui voulaient manger devaient se rendre sur la place latérale où l'on avait dressé des tables couvertes de nourriture et de tonneaux de vin.

Nous entrâmes à pied dans la ville par l'*avenida* centrale, et vîmes au passage un énorme *álamo* où trois hommes étaient pendus à une branche, et deux autres à une autre.

« Qu'est-ce que c'est que ça ? demandai-je à Chee.

– Ce sont les cinq Blancs qui se sont rendus aux Mexicains. L'alcade avait déclaré la ville en état de siège. Ils ont été jugés, déclarés coupables et pendus aussitôt. Bonne chose, non ? »

Nous arrivâmes à la grande place où il y avait mieux à voir.

« Oh, voilà mon Grand Chef, cria la *muchacha* qui un autre soir avait dansé avec un autre Apache.

– La dernière fois que tu as prononcé ces mots, j'ai failli être tué.

– Mais tu n'es pas mort, dit-elle en riant. Tu danseras avec moi ce soir ? »

Je passai un bras autour de sa taille fine.

« Allons derrière ces buissons en parler.

– Ah ouais, vous les hommes, vous êtes tous pareils. » Elle se remit à rire et partit en courant.

Deux officiers en uniforme de parade vinrent vers moi. L'un d'eux était l'alcade Gutierrez. Il me salua et dit :

« Chef Niño, puis-je vous présenter l'officier commandant la place, le colonel Mendoza de Vega ?

– C'est pour moi un grand honneur, dit le colonel en faisant le salut militaire. J'ai entendu parler de vous, Chef. Il y a une heure que le général Torres et moi sommes arrivés d'Hermosillo avec nos troupes. Si nous avions été là un peu plus tôt, nous aurions partagé la victoire avec vous.

– Ç'aurait été pour moi un très grand honneur », dis-je.

Gutierrez nous invita alors à nous joindre à lui pour un *saludo* à la victoire. Nous entrâmes dans la *cantina* Oro y Plata, où un serveur souriant nous apporta du brandy. Nous bûmes à l'avenir de Basaranca et de ses alliés indiens. Puis à nos santés réciproques et à celle de tous ceux qui nous vinrent à l'idée, et puis à la santé aussi de tous les gens bien portants. Nous nous quittâmes alors, et chacun suivit son chemin.

Je tombai sur le shaman ; il se tenait près du tonneau de vin. À côté, la musique de danse battait son plein ; il se mit à chanter : *Hai-hai-hai ! Eeeyiioo* ! *Hiiieeeooo !*

Puis il se lança dans un tournoiement effréné où je reconnus une danse de guérison. Les gens l'entourèrent et applaudirent. Il but encore une fois un grand coup de vin et les spectateurs en eurent alors pour leur argent. Son numéro était un mélange des danses de guerre, de pluie et de guérison.

La foule lui fit une ovation et le vieillard bissa son numéro ; puis il sauta sur une longue table adossée au mur, ouvrit un sac accroché à sa ceinture et se mit à distribuer des amulettes porte-bonheur.

Dee-O-Det savait s'y prendre avec les gens. Quelques heures plus tard, lorsqu'il s'effondra sous l'excès de vin, trois de ses admirateurs, pourtant presque aussi mal en point que lui, le traînèrent autant qu'ils le portèrent jusqu'à la grange.

Je dansai jusqu'au petit matin, et chaque fois, je crois, avec une femme différente. Puis quand mes yeux cessèrent de me dire ce qu'ils voyaient et que mes jambes ne voulurent plus me porter où je voulais, je me retirai dans la grange. Je trébuchai dans le lit du shaman et vis, couchés à sa gauche, trois jeunes soldats mexicains. Presque assommé de fatigue, je m'allongeai à sa droite et sombrai tout à fait.

Tard dans la matinée, on comptait cinq malades : trois soldats, un shaman et un chef indien. Dee-O-Det regarda autour de lui, vit les soldats puis me remarqua :

« *Tudish* », croassa le vieil homme en se dirigeant vers l'abreuvoir. Il s'y plongea, à plat ventre, le visage immergé, paraissant respirer l'eau.

Je vis venir l'alcade ; il paraissait avoir, lui aussi, exécuté une danse de guerre :

« Où étiez-vous hier soir ? grommela-t-il. Je vous ai cherché partout, sans découvrir la moindre trace de vous.

– Nous dansions, croassa le shaman.

– Je vous ai même fait chercher par votre mère. Notre invité d'honneur était le général Luis Torres et il voulait vous rencontrer.

– Oh ! dis-je.

– Cela fait des années que j'attends de voir ce général, continua Gutierrez. Ce sera peut-être lui le prochain président du Mexique. »

L'alcade nous mena sur la place militaire. Nakai, Eugène et le sergent Tomas préparaient le canon pour un essai qui devait faire partie de la célébration de la victoire.

Deux ans auparavant, ce jeune inventeur, Tomas, avait, après quelques essais, découvert qu'on pouvait fondre des canons aussi bien en fer qu'en bronze. Le premier modèle avait été fait avec une conduite d'eau de sept centimètres (que l'on appelait alors tuyau noir) et monté sur un affût composé d'un essieu et de deux roues de voiture. Le canon avait tiré deux coups avant d'exploser en tuant un spectateur.

Tomas avait alors fabriqué un fût plus résistant, monté sur un affût plus lourd, renforcé par des feuillards. Le coup de canon attendu était le troisième essai de l'engin. Tout était prêt. Les citadins s'étaient assemblés autour, mais en restant à une distance prudente. Tomas alluma une torche et l'écrasa contre l'amorce qui fusa et BOOM !

Les hommes et le canon disparurent dans un énorme nuage de fumée bleue et rouge ; puis il se mit à pleuvoir des débris de formes curieuses. Quand la fumée se fut dissipée, on vit qu'il ne restait que le talon de l'affût. Au même moment, de l'autre côté de la rivière, sur le versant nu, s'éleva un énorme nuage de poussière provoqué par l'explosion du projectile, dont la fusée avait été mise à feu par l'allumage de départ. La foule poussa des exclamations.

Tomas resta planté là où il était, se grattant le crâne. Gutierrez, lui, s'en alla en secouant la tête. Et là-dessus, nous nous séparâmes. J'allai chercher ma mère et nous descendîmes l'avenue ; nous fûmes arrêtés par l'odeur irrésistible de *tamale* qui s'échappait d'un restaurant.

« Est-ce que cela te ferait plaisir de manger des *tamale* dans cette *fonda*, Mère ? » lui demandai-je en lui montrant le restaurant.

Elle acquiesça de la tête, j'ouvris la porte et nous entrâmes. Une serveuse vint prendre notre commande. C'était une fille avec qui j'avais dansé la veille. Elle salua ma mère et se tournant vers moi, demanda :

« Combien de pattes a cette vache ? »

J'ignorai sa question et commandai six *tamale* et une bouteille de vin rouge. Elle apporta d'abord le vin. J'en versai un verre à ma mère qui en but une gorgée et s'exclama : « C'est bon, ça ! »

La serveuse revint avec les *tamale,* deux assiettes et les couverts nécessaires. Je servis trois *tamale* à ma mère.

« Depuis quand est-ce que je me fais servir par mon fils ? Depuis que tu es venu au monde, c'est moi qui te sers.

– Ne mange donc pas avec tes doigts ici. »

Le repas terminé, nous sortîmes et ma mère me dit combien elle avait aimé ce restaurant.

« Je n'ai pas à servir. Je *suis* servie. » Et elle enchaîna :

« Dansera-t-on encore ce soir ?

– Oui, je crois qu'il y aura bal tous les soirs.

– J'ai regardé danser les filles et elles font avec leurs pieds des choses étranges. Nous, nous ne dansons pas comme cela.

– Pour elles, ce sont nos danses qui sont bizarres. Certaines de ces filles dansent comme des vaches à cinq pattes. »

Au coin de rue suivant, il y avait Dee-O-Det. La vie à Basaranca lui plaisait et en homme ouvert, il adressait la parole à tous les passants. Puis je vis le padre de la paroisse le saluer. L'un et l'autre se retournèrent pour s'observer mutuellement, comme deux chiens étrangers.

Le padre se dirigea alors vers moi. En arrivant à ma hauteur, il dit :

« Bonjour. Viendrez-vous tous au chemin de Croix ce soir ?

– Nous avons amené notre shaman avec nous, répondis-je. C'est lui que vous venez de croiser.

– Je vous invite à venir honorer Dieu dans notre église.

– Nous ne le connaissons pas. Nous ne connaissons que *Usen* et nous ne prions que *Ihidnan.* Comment pourrions-nous prier quelqu'un que nous ne connaissons pas ? »

Sur ce, la conversation tomba. Nous nous remîmes en route. Ma mère me demanda de quoi avait parlé le padre et je lui dis que je n'en savais rien, et lui non plus sans doute. Aucun shaman n'aurait invité des étrangers à son propre culte.

« Ces gens sont bizarres. Comme les Américains. Si nous n'abandonnons pas notre façon de vivre pour adopter la leur, ils deviennent fous.

– Oui, mon fils, et ce genre de choses peut mener à la guerre.

– Mère, j'ai l'impression que c'était un faux padre. Il voulait que nous, les Apaches, nous allions tous ce soir dans son église. Il nous aurait mis dans un état d'âme pacifique, et une fois notre méfiance endormie, il aurait pu nous faire massacrer par les troupes nationales de ce nouveau général. Je crois qu'il vaut mieux que notre Peuple quitte cette ville avant ce soir. »

Ma mère fut tellement surprise par mes paroles, que, pour une fois, elle resta muette. Je fis appeler Nakai. Il arriva en courant et je lui dis de réunir Eugène et les hommes, et de dire discrètement à tout notre Peuple que nous allions partir avant le coucher du soleil.

« Niño ! Eugène, Tomas et moi, nous voulons fabriquer un nouveau canon.

– Tu peux rester, mais envoie-moi Eugène.

– Je vais le chercher, Chef. »

Eugène et le shaman arrivèrent presque en même temps.

« Eugène, dis-je, ces gens ne sont pas du même sang que nous, et leurs mœurs sont différentes, leurs croyances aussi.

Leur padre vient de me parler ; il veut que nous allions à son église. S'il s'adresse à quelqu'un d'autre que moi de notre Peuple, cela peut mal se terminer. Alors, je veux que tu dises discrètement à notre Peuple de se préparer au départ pour ce soir.

– Comment se fait-il que tu me donnes ces ordres, alors que c'est Nakai le chef après toi ?

– Il n'est pas de notre sang. Il est de leur peuple, et il ne comprendrait peut-être pas. En outre, il m'a dit vouloir rester ici pour construire un nouveau canon.

– Moi aussi, j'aimerais rester pour les aider », répliqua-t-il.

J'acquiesçai de la tête et Eugène s'en alla. Dee-O-Det, ma mère et moi nous nous rendîmes chez l'alcade pour y apprendre que Gutierrez venait de partir pour Hermosillo avec le général Torres et le colonel de Vega, et qu'il ne reviendrait pas avant une semaine. Cela aussi ne me plut pas.

Peu après, tout le monde sellait les chevaux et sanglait le matériel. Nous quittâmes Basaranca vers le milieu de l'après-midi. Le Bavispe était très haut, et nous prîmes le gué principal. Ni le shaman ni moi, chemin faisant, n'avions grand-chose à nous dire. Une question me préoccupait : pourquoi ces gens-là croient-ils que c'est tout ce qu'ils font qui est bien ? et que tout le monde devrait les imiter ?

Nous fîmes une pause à la vieille rancheria de Juh, et regardant la piste abrupte qui descendait vers le gué de Bavispe Barranca, je me demandai ce qu'avait éprouvé le général Crook en arrivant pour la première fois dans ce lieu reculé.

D'ici le fond du cañon, il y avait deux kilomètres d'un sentier si étroit et si escarpé qu'il était impossible à un cheval d'y faire demi-tour. Et on se trouvait souvent, aux virages ou passages en surplomb, avec l'étrier extérieur pendant au-dessus d'un vide vertigineux. Le sentier était presque tout du long taillé à même la paroi verticale du rocher, au-dessus d'un à-pic de mille mètres. Si Crook avait été attaqué sur cette piste…

« Un mètre de large et mille mètres de profondeur, avec des Apaches aux aguets des deux côtés, aurait dit l'éclaireur Tom Horn. Une fois engagé, impossible de reculer, même devant l'enfer ou le déluge. »

Je tombai dans une rêverie encore plus profonde en me rappelant une chasse au daim à laquelle, adolescent, j'avais pris part. Nous avions regardé d'en haut une colonne de Crook – sous les ordres du capitaine Henry W. Lawton – peiner sur cette même piste[1]. Dee-O-Det interrompit ma rêverie :

« Quelque chose te tracasse ?

– À vrai dire, dis-je, je me demande si ce padre nous comprend. Comment pourrait-il connaître *Usen ?* Moi-même, je ne l'ai jamais vu, et toi ?

– Personne ne l'a vu. Il est le Grand Mystère. *Ihidnan*, l'Être Suprême. Il vit là-haut dans ce ciel infini, le Monde de l'Esprit. Puisqu'il est mystère, qui pourrait le connaître ? » Le shaman continua avec une note d'émerveillement dans la voix :

« Je me demande si ce Dieu dont parle le padre n'est pas aussi un grand mystère, et s'il en sait plus sur lui que moi sur *Usen,* si ce n'est qu'il est mystère. J'ai entendu un vieillard raconter que lorsque les premiers padres arrivèrent ici, ils dirent au grand chef Tulac que les Indiens, tout comme les White-Eyes, étaient les enfants de Dieu. Et Tulac lui répliqua :

1. J'avais ce jour-là sur moi un clairon mexicain capturé par mon oncle Geronimo qui me l'avait donné. Et je me suis amusé à jouer ma version, claire et sonore, de *Boots and Saddles.* Aujourd'hui encore, je pouffe de rire en me rappelant le désordre qui s'en suivit sur l'étroite piste du désert. Puis je claironnai : *Charge !* Et puis *Recall !* On m'a dit qu'il n'avait pas été fait mention de cet incident dans le rapport officiel de Lawton à Crook ; mais un petit article dans une revue suscita quelques rires jaunes au « War Department ».

“Alors, les White-Eyes doivent être ses préférés, car depuis leur arrivée, les Indiens ont toujours eu froid et faim.”

– Je crois que le Grand Chef avait raison, acquiesçai-je. Et si le dieu des Blancs est si bon, pourquoi ne sont-ils pas avec lui au lieu d’être ici ? »

Comme seul un silence me répondit, je fis signe à mon clan de se remettre en route. Nous arrivâmes à Pa-Gotzin-Kay peu avant la tombée de la nuit. Il fallut rallumer tous les feux, sauf celui de ma mère et le feu central. Nous fîmes rôtir quatre dindes que nous avions tuées du haut du cañon. Comme nous n’avions pas rapporté d’épicerie de Basaranca, il fallut nous contenter de ce que nous avions sous la main.

Je dormis bien cette nuit-là, et dès l’aube, j’étais levé et habillé. J’alimentai le feu, mis l’eau à chauffer pour le café et attendis que ma mère s’éveille, ce qu’elle fit juste au moment où l’eau se mit à bouillir. Elle y versa le café et remit le pot sur le feu pour le laisser infuser.

Pendant le petit déjeuner, je lui dis que j’allais faire changer le métal jaune de cache et confier cette tâche au conseil. Car j’étais inquiet. Et même si mes craintes n’étaient pas fondées, ce changement n’était pas dangereux. Ma mère acquiesça et je me dirigeai vers le wikiup du shaman. Il partait juste faire sa promenade matinale et je l’accompagnai. Je lui parlai de mon intention de faire retirer par trois membres du conseil soigneusement choisis nos barres d’or de la mine pour les transporter dans une cache secrète, et il m’approuva.

Le soir même, il réunit le conseil qui élut les sept hommes les plus qualifiés pour cette mission. C’étaient Mangas-Chee, Nakai, Kasale, Neo-Ot-Toden, Nah-Shis-Tor, Hi-okee, et Eugène. Je me retirai un peu à l’écart avec Dee-O-Det et lui dis que j’avais confiance en Nakai, mais qu’il était mexicain et s’entendait trop bien avec ses compatriotes. Dee-O-Det, lui, trouva que la femme de Chee était trop bavarde. Kasale et Eugène furent éliminés car ils n'avaient pas assisté à la réunion. Le shaman convoqua le conseil à nouveau.

«Les trois hommes que je vais nommer s'avanceront-ils pour se faire connaître au chef?»

Ceci n'était évidemment qu'une formalité, car je connaissais tout le monde dans la rancheria. Les élus, Neo-Ot-Toden, Nah-Shis-Tor et Hi-okee étaient les trois plus jeunes membres du conseil. Je sus, en les voyant ensemble, que ces gaillards auraient vite fait de transporter et de cacher l'or.

Dee-O-Det et moi les conduisîmes à une grotte qui se trouvait derrière le wikiup du shaman, au pied de la falaise. La grotte avait dû autrefois être habitée par des Yampirikas. Peu d'entre nous la connaissaient, car Dee-O-Det en avait masqué l'entrée peu après l'arrivée du clan. Elle était complètement recouverte d'herbe et de broussailles. Nous ouvrîmes un passage et nous nous y glissâmes tous les cinq pour l'examiner. Il fut décidé qu'on y transporterait l'or après le coucher de la lune.

Nous connaissions tous le pouvoir du fer jaune, son attrait sur l'esprit des hommes et n'ignorions pas qu'il pourrait aussi agir sur nous un jour. Ce trésor appartenait à tous, Mansos Chiricahuas. Aucun étranger ne le trouverait jamais là et il serait en lieu sûr même si nous devions partir en l'abandonnant. Et si un envahisseur s'emparait de Sno-Ta-Hae, notre cachette était assez à l'écart pour que nous puissions nous y glisser n'importe quand pour en retirer les barres d'or.

Je me méfiais non seulement des Mexicains du coin, mais aussi des hors-la-loi américains, qui paraissaient aller et venir sans jamais être importunés. De plus ce padre de Basaranca m'avait troublé. Il se faisait mieux obéir des Mexicains que l'alcade. Je le soupçonnais d'être un *nè-tj* (espion) du général Torres, dont le docteur disait qu'il pouvait devenir un jour président du Mexique.

Certains Mexicains sont bons : le docteur était un homme bon qui gouvernait une bonne petite ville dans l'ensemble. Il m'avait expliqué beaucoup de choses sur leur gouvernement. Cependant, il disait que les personnes au pouvoir craignaient d'en être chassées. Dee-O-Det reconnut ne pas comprendre ces choses-là mieux que moi, mais il se méfiait visiblement des Mexicains, à moins qu'ils n'aient fait leurs preuves. Il me dit : « Je n'aime pas ce padre. »

Nous nous séparâmes, ayant convenu de nous retrouver plus tard, quand la rancheria serait endormie, et que *Gotchamo* aurait disparu du ciel.

Je pris le sentier conduisant au jardin et gagnai mon rocher préféré, où je m'assis pour réfléchir. J'entendais le bouillonnement du ruisseau, et, de temps à autre, le bruissement des ailes d'une chauve-souris à la poursuite d'un insecte dans l'air nocturne. La lune approchait de l'horizon. Je l'examinai, ambrée et sereine, mais les légendes apaches firent irruption dans mon esprit.

Pourquoi les races étaient-elles si différentes ? Pourquoi les *españoles* avaient-ils abordé les rivages mayas, et nous avaient-ils chassés, nous les Indiens, vers le nord ? Leur Dieu leur avait-il ordonné de venir nous prendre les terres où nous étions nés ? En ce cas, je ne voulais pas avoir à faire avec lui. Pourquoi les White-Eyes étaient-ils venus dans l'Ouest, en avaient-ils chassé les Indiens et avaient-ils pris à mon père la terre où j'étais né ? Pourquoi les Blancs avaient-ils pris notre pays chiricahua et nous avaient-ils *donné* (comme ils disent) des réserves ? Comment pouvaient-ils nous donner quelque chose qui nous appartenait déjà ?

Les Mexicains allaient-ils maintenant essayer de nous prendre Pa-Gotzin-Kay ?

En cette nuit de septembre 1894, j'eus de bien tristes pensées. Même le savoir tribal, légué de père en fils, ne m'aidait guère. Je ne voyais partout que des étrangers, qui, depuis 1540, n'avaient cessé de nous opprimer, nous les Apaches. Nous avions d'abord protesté, sans aucun résultat. Puis nous nous étions battus. Les conquistadores avaient des armes supérieures aux nôtres et ils continuèrent à nous opprimer. Ils virent la vie sauvage de nos collines d'herbage – les grands et les petits animaux de la forêt et du désert, qui, selon notre façon de penser, nous appartenaient. Mais les envahisseurs prirent ce qui leur faisait envie. Ils ne demandaient rien, ils prenaient tout sans rien demander.

Ils amenèrent des animaux que nous ne connaissions pas. Nous les trouvâmes bons à manger, et nous les prîmes. Il nous fallait les prendre ou mourir de faim. N'avaient-ils pas pris les nôtres ? Ils nous traitèrent alors de voleurs ; et quand ils nous attrapaient, ils nous pendaient ou nous fusillaient. Raison de plus de nous défendre et d'essayer de les chasser de nos terres.

Puis les conquistadores découvrirent sur nos terres le métal jaune et le métal blanc. Ils s'en firent des croix qu'ils dressèrent devant nous. Était-ce là leur divinité ? Ils devinrent si voraces qu'ils semblaient même vouloir nous ôter l'air que nous respirions.

Assis sur ce rocher, je me jurai de savoir un jour les réponses à ces questions. Aujourd'hui que j'écris ces lignes, je connais les réponses, mais je n'ose pas les dire, non par crainte de représailles, mais de peur d'embarrasser certains descendants de ces étrangers.

Un renard, aboyant à trois mètres de moi à peine, me ramena à la réalité et m'arracha à ces pensées cauchemardesques. La lune était presque couchée. Je me levai, m'étirai et me rendis chez le shaman. Il était en train de préparer du café avec Hi-okee, mais pas de celui que j'apprécie. Neo-Ot-Toden et Nah-Shis-Tor ne tardèrent pas à arriver et nous nous rendîmes tous les quatre à la mine. Dee-O-Det resta pour préparer la cache. Il nous fallut trois voyages pour transporter notre réserve d'or et le stocker dans la cache. Le shaman était assis dessus ; il était bien gardé.

6.

1894

TAGLITO !

Ma mère et moi étions allés dans la kiva commune inspecter notre réserve de vivres. Nous vîmes qu'il ne restait plus grand-chose, en dehors du blé dont nous avions encore des quantités ; la récolte de l'année avait été en effet très bonne. Et nous décidâmes de partir dès le lendemain pour Bisbee, en Arizona. Jim Ticer m'avait parlé de cette ville, qu'il disait plus grande et mieux achalandée que Sasabe. Et, lors de l'un de ses passages à la rancheria, Mickey Free avait dit qu'elle se trouvait juste au nord des sources du Naco. Pour autant que je pouvais en juger, le voyage devait être plus court de plusieurs jours que celui de Sasabe. L'ennui était que Bisbee était une ville américaine ; mais j'étais décidé à risquer le coup. Par ailleurs, on était en automne, bonne époque pour voyager.

Alchise, Boa Juan et moi vérifiâmes l'état de nos selles, *aparejas, armas, modulas,* bâches, courroies et cordes, puis les sabots de nos chevaux et de nos mulets. Il nous fallait bien dix bêtes de bât pour tous les achats que nous voulions faire. Outre ma mère et Nadina, j'avais décidé d'emmener dix hommes, laissant les autres à la garde de la rancheria.

Nous formerions ainsi un groupe assez important pour tenir tête aux bandits qui auraient pu avoir l'idée de nous tendre une embuscade à cause de notre métal jaune, ou aux soldats qui voudraient nous poser des questions en cours de route.

Ce soir-là, j'expliquai au conseil que nous avions besoin de nous réapprovisionner, et leur parlai de notre nouvelle destination. Le conseil me donna son accord pour cette expédition. Le lendemain, nous fûmes lents à nous mettre en route, mais lorsque nous établîmes notre campement, nous avions atteint le gué du Bavispe Bend et traversé le cañon, ayant couvert près de quarante kilomètres dans la journée.

Le jour suivant, notre piste obliqua légèrement vers le nord-ouest. Et l'après-midi du quatrième jour, nous étions arrivés aux sources du Naco. Nous avions laissé Campo et Pozo sur notre droite, Fronteras Presidio loin sur notre gauche, et dépassé les bancs de sable de Mina Oro, sans jamais avoir trouvé sur notre chemin une palissade, une borne, ou même une barrière quelconque. Nous aurions pu, en fait, nous éloigner de Pa-Gotzin-Kay dans n'importe quelle direction et pendant des jours entiers sans jamais voir une barrière. Les premières personnes que nous vîmes furent un clan d'Indiens Pimas, qui campaient à Naco. Ils avaient l'air hargneux, à l'affût d'une aubaine. Ma mère et moi nous présentâmes à leur chef, Joaquin. Il nous dévisagea d'un air belliqueux. Il était évident qu'il avait l'intention de voler. Je fis un signe de la main, et cinq de mes braves surgirent du sous-bois d'un bosquet de sahuaros géants, brandissant leurs fusils.

« Ugh ! Apotches ! grogna Joaquin. Nous partons.

– Quelle idée avaient-ils en tête ? demanda Boa Juan après le départ des Pimas.

– Nous voler. Il voulait les peaux que nous allons troquer.

– Quelles peaux ?

– Celles que nous avons laissées chez nous. Et j'ajoutai : Ou peut-être, celles que nous portons sur nous.

– Ugh ! Quels nègres rouges[1] ! »

Nous campâmes aux sources et prîmes le lendemain matin la direction du nord. Peu après notre départ, nous fûmes arrêtés par une patrouille de frontière, un escadron de huit hommes. Un sergent américain nous interrogea. Je lui dis que nous étions des Indiens Pimas, du ranch de San Jose, en route pour Bisbee où nous allions faire des provisions. Il fit un signe de tête dubitatif, tandis que ses hommes nous examinaient. Tous nos fusils étaient heureusement dissimulés sous les *armas* de cuir qui couvraient nos selles et nos sacoches. Il nous fit signe de continuer notre route. Nous fîmes encore quatre kilomètres et campâmes à une autre source ; nous découvrîmes plus tard qu'elle s'appelait Mule Gulch[2].

Sachant que les *blancos* n'aimaient pas voir les Indiens se promener à cheval dans leurs villes, je dis à ma mère et à Nadina, qui avaient l'air bien propres et heureuses dans les robes froufroutantes qu'elles avaient revêtues le matin même, d'aller jeter un coup d'œil en ville. Elles tardèrent tant à revenir que je commençai à m'inquiéter. Je partis à mon tour vers la ville pour aller voir ce qui se passait. Asa et Alchise me suivaient à quelque distance, au cas où je serais poursuivi. Je me dirigeai vers le plus grand magasin, le Phelps-Dodge Mercantile, et y trouvai ma mère devant un comptoir, dans une frénésie d'achat ; je la rejoignis.

1. Expression familière employée dans le Sud-Ouest depuis son invention par le montagnard Old Bill Williams, en 1830.

2. *Brewery Gulch* : *Frontier Days of Old Arizona*, de Joe Zhisholm, Naylor Co, San Antonio, 1949. (A.K.G.)

Un homme grand et bien bâti, avec une barbe rousse et les cheveux tombant jusqu'aux épaules, entra. Il s'immobilisa dans l'embrasure de la porte, et son regard resta fixé peut-être une minute sur ma mère, puis il dit :

« Niome ! »

Il la souleva, la faisant tournoyer comme une petite fille et l'embrassa. Elle l'embrassa à son tour !

« Taglito ! s'exclama-t-elle, Je n'aurais jamais pensé te revoir un jour.

– Niome – Nod-Ah-Sti ! Quelle joie de te revoir ! » Il parlait un apache parfait.

On aurait dit un couple d'amoureux qui ne s'étaient pas vus depuis longtemps, tant ils ne pouvaient se quitter des yeux. Cela en fit oublier à ma mère ses achats, et elle et Taglito sortirent du magasin, la main dans la main. Nadina et moi suivîmes. Dehors, ils s'arrêtèrent et revinrent sur terre, et ma mère dit :

« Taglito, voici mon Ciyé. »

Je tendis la main :

« Ainsi, vous êtes Tom Jeffords.

– Niin-yo ! Tu es le portrait craché de ton père. » Il sourit, me saisit la main et m'observa de ses yeux bruns et vifs : « Tu es aussi grand que lui, mais pas aussi large. »

Nous retournâmes au camp, et à la vue de nos hommes, Tom fut tout étonné. Il dit qu'il lui semblait entrer dans un campement de guerriers d'autrefois. Tout le monde se groupa autour de nous et je lui présentai chacun de mes hommes. Puis j'ajoutai :

« Ses amis l'appellent Taglito.

– *E-Chi-ca-say ! Taglito !* (Salutations, Barbe rouge, notre frère !)

– Je connaissais vos pères, répondit Tom. Tous étaient de bons guerriers sous le grand-père de Niño, puis sous son père. »

Quand je lui expliquai que nous vivions à Pa-Gotzin-Kay dans la sierra Madre, il me dit que nous risquions beaucoup en venant ici. La loi territoriale interdisait aux Chiricahuas de vivre en Arizona, aussi devions-nous, si quelqu'un nous interrogeait, dire que nous étions des Pimas, amis de Tom Jeffords. Tout le monde parlait à la fois, mais ma mère parvint à se faire entendre à nouveau, demandant à quelques hommes d'aller chercher du bois et de l'eau pour qu'elle puisse faire du café. Tom s'exclama, me demandant si c'était maintenant les femmes qui donnaient des ordres aux hommes dans notre tribu.

« Seulement ma mère, chuchotai-je, c'est la Reine. » Il fit un signe de tête, comprenant.

« Elle m'a tellement parlé de toi, Taglito, dis-je. C'est comme si tu avais toujours été avec nous. Elle m'a raconté que les Blancs avaient pris notre terre chiricahua et nous avaient donné d'autres terres. Taglito, comment pouvez-vous me donner quelque chose qui m'appartient déjà ?

– Eh bien, dit-il en riant doucement, je vais essayer de donner une explication. Si tu l'acceptes sans poser de questions, je croirai que tu as été touché par la Femme peinte en blanc : "Méfie-toi des Grecs qui apportent des présents." C'est une vieille maxime, Niño, et tu risques de recevoir un cheval de Troie. »

Je ne saisis pas très bien, mais réalisai autre chose. Je reconnus en cet homme l'intelligence qui l'avait attiré vers mon grand-père, le chef Cochise, quelque vingt-cinq ans auparavant[1].

Nous continuâmes à discuter, je le pressais de questions, et lui répondait. Ma mère nous apporta du café, mais Taglito

1. *Arizona Characters,* de Frank C. Lockwood, Times-Mirror Co, Los Angeles, 1928. (A.K.G.)

ne s'arrêtait pas de parler. Il m'éclaira sur plusieurs points qui m'avaient tracassé.

Ma mère et moi insistâmes pour qu'il remonte avec nous à Pa-Gotzin-Kay et il accepta. Il dit qu'il s'était mis à la prospection, mais sans grand succès, et que cela lui porterait peut-être chance. Je lui dis que nous, nous avions eu de la chance ; nous avions trouvé du métal jaune. Je lui tendis mon sachet en peau, plein de poussière et de pépites d'or.

« Bon Dieu ! s'exclama-t-il. C'est de l'or rose ! »

Ma mère le prit par le bras et l'entraîna à nouveau vers la ville. Je compris quelle était son idée, aussi dis-je à Kasale de lever le camp et de conduire les mulets en ville. Nadina et moi nous mîmes en route. Je donnai mon sac d'or à Tom, en lui demandant d'acheter deux barils de cinq gallons de whisky ; je préférais rester avec les femmes. L'après-midi touchait à sa fin lorsqu'il revint avec le whisky. Nous étions déjà en train de recharger les mulets et nous repartîmes à la tombée de la nuit.

Pour éviter les Pimas, au cas où ils nous auraient attendus sur la piste principale, Taglito nous fit emprunter le cours d'un ruisseau à sec. Nous le suivîmes quelque temps, puis contournâmes l'arête de buissons de manzanitas, esquivant ainsi la patrouille de la frontière et les sources du Naco. Tom connaissait une bande de terrain, plein d'eau et de buissons, qui longeait à l'est le pied des collines. Les daims de la montagne, comme des *javelinas* et des ânes sauvages du désert arboréal, venaient y boire. Nous installâmes notre camp assez loin de l'eau pour ne pas troubler la vie sauvage. Après avoir déchargé nos chevaux et nos mulets, nous les fîmes boire et les laissâmes entravés dans le marécage d'herbes. Kasale plaça une garde de routine. Nous ne fîmes pas de feu, car on aurait pu le voir de très loin ; d'ailleurs, il ne faisait pas encore froid dans la plaine. Nous mangeâmes donc un repas froid, puis chacun se trouva un coin pour dormir. Je me réveillai avec le soleil dans les yeux. Ma mère et Nadina étaient en train de préparer le petit déjeuner.

« *Rise and shine,* Taglito ! » criai-je, parlant anglais pour la première fois en sa présence. Nous avions discuté jusque-là en apache, car l'anglais me demandait un effort ; en outre, Taglito avait un vocabulaire plus étendu que beaucoup d'Apaches.

« Voilà de l'argot militaire, à ce qu'il me semble ; qui te l'a appris ?

– Un Américain qui était venu vivre avec nous, répondis-je. Il s'appelait James Ticer. »

Tom voulut immédiatement en savoir plus sur Ticer et je lui donnai mes impressions sur lui, depuis son arrivée jusqu'au jour où il fut tué à la bataille de Basaranca. Tom semblait trouver que nous avions eu plus d'une fois une sacrée chance. Il appela ma mère et dit :

« Niome, Niño me dit que tu parles anglais.

– Oui, Taglito, je parle onglis assez très bien.

– Tu te débrouilles bien, Niome, répondit Taglito – en apache.

– Taglito, tu pale pas onglis comme moi ? »

Il trouva moyen de ne pas répondre, et je l'aidai en lui racontant nos batailles de Basaranca et Tesorabi, et ce qui les avait provoquées. Je lui dis que nous étions en bons termes avec le docteur-alcade, mais que je me méfiais de ses citoyens et de leur padre. Il acquiesça de la tête.

Ma mère, voyant que sa tasse était presque vide, lui resservit du café. Il jeta le coup d'œil vers le haut qui est le merci apache et fit remarquer que nous avions eu de la chance, à Pa-Gotzin-Kay, de nous trouver assis sur une mine d'or : sans cela, nous aurions dû vivre comme les Mansos primitifs, ou bien de raids, comme dans le passé, avec les Mexicains à nos trousses. Et des raids en Arizona auraient fort embarrassé l'armée, dont les derniers rapports déclaraient qu'à part un ou deux, tous les Apaches s'étaient rendus avec Naiche et Geronimo.

Nous partîmes là-dessus d'un grand éclat de rire. Plein de confiance, j'exposai mon idée qu'avec notre or, nous aurions peut-être un jour l'autorisation de revenir en Arizona, d'y acheter des terres et de nous y installer comme fermiers. Taglito se moqua de moi, disant qu'il faudrait que nous ayons assez d'or pour acheter la moitié des hommes politiques des États-Unis et pour louer un bataillon d'hommes de loi par-dessus le marché.

Laissant nos bêtes marcher à leur allure, nous prîmes ce matin-là une piste qui descendait vers le sud à travers les collines de Cananea, puis nous obliquâmes pour y longer les pieds des Black Mountains, et nous fîmes le tour d'une coulée de lave. Le lendemain matin, nous contournâmes un plateau couvert de sapins, au-delà duquel s'étendait une large vallée. Plus tard le même jour, nous arrivâmes près de la sierra Medio, et vîmes le Continental Divide (comme l'appelait Tom) se dresser au loin dans la brume. L'après-midi le terrain devint plus rude, plein de trous, petits et grands, et nous obliquâmes à droite, par un ruisseau presque à sec, vers les montagnes. Nous campâmes dans un bois de prosopis et de madronas qui se trouvait là, près d'une source. On voyait encore les traces de notre dernier camp ; personne ne semblait y être passé depuis. Le jour suivant, sur la suggestion de Tom, nous obliquâmes un peu vers la gauche, et traversâmes une vaste succession de collines ondulées. Des petits groupes de bétail y passaient ici et là, certains si proches qu'on pouvait voir le Z marqué sur leurs épaules, d'autres si loin de nous qu'on aurait dit des scarabées. Tom, qui venait en queue de file avec ma mère, me rejoignit en quelques bonds.

« C'est le ranch de John Slaughter, le ranch des San Berdoo Springs. Il était si fier de l'acheter ! Dommage que la moitié en soit située au Mexique. Il faudra que l'on y passe, pendant que je suis ici. »

Nous atteignîmes le plus bas des lieux de campement – il y en avait une demi-douzaine qu'utilisaient les anciens guerriers apaches –, déchargeâmes et attachâmes les bêtes dans le bosquet proche de chênes rabougris. Entendant un coup de feu, j'allai voir ce qui se passait. C'était Taglito qui venait de tuer un daim. Il était en train de le saigner.

Nous transportâmes l'animal au camp où nous reçûmes toute l'aide nécessaire pour le nettoyer. Je n'ai jamais su si la présence du vieil éclaireur faisait revivre pour eux le passé, ou s'ils avaient tout bonnement très faim, mais quelques-uns des guerriers de ma génération revinrent brusquement à leur état primitif : ils se jetèrent allègrement sur les entrailles du daim qu'ils vidèrent de leur contenu, puis se mirent à dévorer les organes encore tout chauds jusqu'à en être repus. Ils terminèrent leur orgie en se battant avec les boyaux qui restaient, ce qui les mit dans un état répugnant. Je ne pouvais pas les arrêter, et ma mère n'essaya pas ; mais Taglito les ramena à la réalité en en jetant quelques-uns dans le trou d'eau.

Le lendemain matin, nous fûmes longs à nous mettre en route. Nous suivîmes le lit du rio Agua Prieta, alors presque à sec, jusqu'à sa jonction avec le bas Bavispe Barranca. À midi, nous avions traversé le cañon et gagné les hauteurs. Nous campâmes dans un bois de cèdres couvrant un escarpement semi-circulaire connu dans l'histoire du Middle West sous le nom de « refuge du Chihuahua » et que nous appelons, nous les Apaches, *Cos-codee,* qui veut dire : sans issue.

Tom Jeffords, qui connaissait bien les pistes du désert, secoua lentement la tête et dit :

« On dirait bien que notre piste s'arrête ici.

– C'est ici que Golthlay a parlé pour la première fois de se rendre au général Crook, dis-je.

– Tu veux dire que "Rosebud George" Crook a réussi à lancer ses troupes sur ces pistes à la poursuite du vieux Geronimo ?

– Oui, grâce à l'aide de quelques éclaireurs indiens, il est arrivé jusqu'ici. Tu vois ce rocher là-bas ? C'est par là que nous sommes venus. La piste de Pa-Gotzin-Kay se trouve derrière.

– Y a-t-il un autre moyen de sortir d'ici ?

– Oui, mais l'armée ne le connaissait pas. En haut de cette corniche de cèdres, se trouve la passe de *Cos-codee*. Elle est juste assez large pour qu'on puisse y faire passer un cheval. Les soldats ne se sont jamais approchés davantage de Pa-Gotzin-Kay. Les éclaireurs apaches ont gardé le secret, et de temps à autre, ils venaient nous rendre visite. Et nous avons alors ri un bon coup ensemble[1]. »

Nous fîmes une table et allumâmes un feu pour y faire chauffer un pot de café corsé d'une pinte de whisky que Tom avait dans sa sacoche. Puis tout le monde s'assit autour de lui pour l'écouter raconter les histoires du passé. Finalement, ma mère demanda :

« Taglito, qu'es-tu devenu après avoir donné ta démission des réserves ?

– Oh, pendant quelque temps, j'ai simplement traîné dans la région de Tucson. Vous savez, pour devenir agent, j'avais dû m'engager par contrat et l'État a été long à le résilier. Puis je suis allé à Tombstone où j'ai fait un peu de prospection

1. Voir Griffith, *op. cit.*, p. 97, 118, 120, 129, 159, 175, 200. (A.K.G.)

et où j'ai trouvé une veine assez intéressante. Je l'ai vendue, pour aller chercher du côté de Owl Head, dans les Tortillitas. Quelques mois plus tard, j'y ai fait une découverte – de l'argent. J'en ai obtenu une somme assez importante pour pouvoir monter un ranch un peu au sud, et c'est là que je vis maintenant.

– Qu'est-il arrivé à cet horrible *Mister* Clum[1] ? demanda ma mère.

– Il a donné sa démission lorsqu'il a vu qu'il ne pouvait plus tenir toutes les promesses qu'il avait faites aux Indiens de San Carlos. Il est alors allé à Tucson où il a lancé un journal. Il l'a vendu et est parti pour Tombstone, où il a lancé un second journal : *The Epitaph*.

– Qu'ont-ils fait de tous ceux qui se sont rendus ? demanda le jeune Chi-hua-hua, pensant sans doute à son père.

– Ils ont d'abord été envoyés en Floride à Fort-Pickens. Mais comme le climat y était trop mauvais pour eux, l'armée a emmené les survivants à Fort-Sill en Oklahoma, où ils cultivent maintenant la terre. C'est là que ton père est parti pour le Grand Sommeil. »

À traîner ainsi, nous nous étions tellement relâchés que quelques-uns commençaient à piquer du nez. Il n'y a rien de plus reposant qu'une sieste au bord de la piste, mais rien qui ne surprenne davantage alors que le hurlement d'un loup tout près dans les rochers. Boa Juan, qui, étant de garde, était le seul éveillé, fit feu mais manqua la bête. Plusieurs d'entre nous se levèrent d'un bond. En riant, nous baptisâmes cet endroit : le rocher du sommeil. Alchise cria peu après que le chargement était fait. Taglito et moi montâmes en selle, et prîmes la tête de file. L'après-midi s'écoula sans qu'on entende rien d'autre, par-dessus le bruissement de la brise

1. Ma mère mettait l'accent sur *Mister* pour exprimer son mépris.

dans les pins disséminés par les collines silencieuses, que le crissement des selles et, de temps à autre, le heurt d'un sabot contre une pierre.

Nous arrivâmes péniblement à la rancheria après le coucher du soleil. Le Peuple était sorti pour nous accueillir. En voyant Taglito, les yeux du shaman s'animèrent :

« Taglito, est-ce toi ou ton esprit ?

– Dee-O-Det ! Je te croyais parti dans le Monde des Esprits.

– Je ne serai pas prêt à partir pour le Grand Sommeil avant longtemps. » Le shaman leva deux fois ses deux mains, en écartant les doigts : « J'ai encore autant de dents. Je me sens jeune à nouveau. Les feuilles de *zagosti*[1] repoussent après les pluies de l'année dernière, et je les utilise pour soigner les anciens.

– Tu connais le secret de la longévité. » Tom sourit : « Tu es un bon sorcier. Je me rappelle qu'une fois, tu as voulu donner de la graisse de *golinka* (putois) à mon Frère de sang qui avait une rage de dents. Il ne voulait pas te laisser approcher tellement cela sentait mauvais.

– Et je me rappelle qu'un jour, j'ai failli te marier.

– Oui, et qu'une fois, je t'ai battu au tir à l'arc, tu t'en souviens !

– Oui, et en guise de revanche, je t'ai volé tes habits pendant que tu te baignais. »

1. J'avais vu plusieurs fois le shaman ramasser une poignée d'une espèce de feuilles brunâtres qu'il mangeait avec un plaisir évident. Un jour où il n'était pas là, j'en pris une bouchée que je recrachai aussitôt, tant elles étaient amères. Je savais aussi que les femmes les utilisaient comme épice dans les ragoûts. Bien des années plus tard, j'ai découvert que ces feuilles de *zagosti* sont un régulateur du sang et que les pharmaciens en tirent aujourd'hui un médicament, le *coumadin*.

Deux autres anciens s'approchèrent. L'un marchait en s'aidant d'une canne et avait les cheveux aussi blancs que ceux de Dee-O-Det. Il avait été l'un des plus braves guerriers de Cochise.

Il serra Tom Jeffords dans ses bras, et les larmes lui vinrent aux yeux :

« Taglito, j'ai souvent souhaité te revoir une fois avant de partir pour le Grand Sommeil.

– Tu ne dois pas partir pour le Grand Sommeil, maintenant que je suis ici, O-Tee-Boa », dit Taglito. Et il se tourna vers l'autre vieillard : « Oh, mais voilà Fle-Cha-Ka-Eda-Ty-gee ! Tu es l'un des braves qui m'as aidé à apprendre l'apache et m'as enseigné les coutumes chockonen[1]. »

Taglito eut les larmes aux yeux en évoquant tous ces souvenirs du passé. Et il fallut absolument que tous ceux qui se rappelaient de lui le saluent, et que ceux qui avaient entendu parler de lui lui soient présentés. Quand les salutations eurent pris fin, il nous suivit dans le wikiup de ma mère.

Tom s'enquit de la Nouvelle Loi en vigueur à Pa-Gotzin-Kay et Dee-O-Det la lui expliqua. Ma mère et moi ajoutâmes quelques précisions : les vieillards n'étaient plus abandonnés ; au lieu de cela, ils participaient au travail des champs, tannaient les peaux et fabriquaient des flèches ; les vieilles femmes confectionnaient des vêtements et préparaient les repas pour les jeunes qui accomplissaient les travaux les plus durs. Notre Nouvel Ordre était basé sur la coopération de la communauté entière : tout le monde travaillait et tout le monde bénéficiait également des résultats obtenus.

1. Sur ce séjour de Tom Jeffords à Pa-Gotzin-Kay, et sur ses autres voyages, il est intéressant de consulter l'excellente bibliothèque du Dr Joseph Munk à Highland Park, au Southwest Museum de Los Angeles. Voir aussi l'Arizona Pioneers Historical Society de Tucson. (A.K.G.)

Tom vit que notre système était sain. Il semblait en attribuer le crédit à ma mère, sur qui, dit-il, bien des peuples soi-disant civilisés devraient prendre exemple. Elle avait accompli ce que le gouvernement américain cherchait encore à réaliser ; qu'il avait bien, lui, en fait, essayé à San Carlos, mais sans succès. Évoquant le passé récent où Golthlay achetait du whisky avec de l'or volé, s'enivrait et devenait cruel, ma mère expliqua que l'or était utilisé de façon à ce que tout le monde en bénéficie. Et elle suggéra que Dee-O-Det et moi emmenions Taglito voir notre réserve d'or.

J'appelai Hi-okee, l'un des gardiens de notre grotte secrète, et nous y conduisîmes Taglito. La vue qui se présenta à ses yeux le fit s'exclamer :

« Sainte Tolède ! Vous avez plus d'or que j'en ai jamais vu !

– Tiens, prends-en un morceau, dis-je, lui tendant une barre. Si tu en veux plus, il faudra que tu le gagnes en travaillant. Je te montrerai demain d'où vient tout cela. »

Nous retournâmes dans notre wikiup ; ma mère disposa quatre tasses devant nous et nous versa à boire d'une cruche recouverte d'osier, qu'elle plaça ensuite à côté de nous.

« Votre Nouvel Ordre a vraiment transformé les Apaches, dit Jeffords encore tout étonné. Jamais je n'aurais cru cela possible : des Apaches vivant comme des coqs en pâte, leurs femmes ayant leur voix dans les affaires des hommes, et le whisky servi dans une cruche recouverte d'osier !

– Et nous allons manger un copieux ragoût de bœuf, assaisonné d'oignons, de pommes de terre et de zagosti, dit ma mère en souriant. Et comme dessert, des pêches en conserve. »

Plus tard, je racontai au conseil notre expédition à Bisbee, et comment Taglito nous avait reconnus, ma mère et moi. Le conseil poussa une ovation et cria : « *E-Chi-ca-say* ! *E-Chi-ca-say !* »

Dee-O-Det demanda qu'on vote pour savoir si on célébrerait l'événement au whisky, et la motion fut promptement adoptée.

Taglito se leva et demanda la parole. Cette procédure n'était pas nouvelle pour lui. On l'avait écouté dans les conseils de Cochise où sa voix avait eu du poids à l'heure des décisions. Quand tout le monde se fut tu, il parla :

« *Ish-lá n y-ag-itnd Is-d-áh'!* (Buvons maintenant… nous parlerons demain.) »

À minuit, il n'y avait plus un seul homme de la rancheria qui ne fût ivre. Beaucoup s'étaient écroulés à l'endroit même où ils s'étaient assis. Le lendemain matin, comme toujours après des célébrations de ce genre, il y eut foule à la source. Le shaman s'était rendu comme d'habitude à son endroit préféré, et je m'acquittai de mon rôle en essayant d'étancher la source. Tom se traîna sous un arbre proche, où il s'endormit. Je fis de même.

Cet aspect de la vie apache dura plusieurs jours. Nous mangions peu et buvions beaucoup et nous ne dessoûlions que pour nous enivrer à nouveau. Pendant les quelques moments intermédiaires Dee-O-Det et moi emmenâmes Tom voir les parties nord et sud de notre corniche. Il fut surpris de voir combien nous avions progressé à partir de rien sur cette terre primitive, pour constituer cette tribu de cinquante-cinq personnes (il avait compté). Nous discutâmes à n'en plus finir.

« Il y a une chose que je me suis toujours demandé, Taglito, dis-je un soir. Où est la différence entre nous et les Blancs ? Je sais qu'il ne s'agit pas de la couleur de notre peau. Alors, quelle est-elle ?

– Niño, tu me poses là une question à laquelle je ne peux pas répondre.

– Si tu ne vois pas la différence, c'est donc qu'il n'y en a pas… ou bien, est-ce que tu ne veux pas la voir ?

– La différence, c'est que lorsqu'on pose à un Indien une question stupide, et qu'une réponse sincère de sa part le rendrait ridicule, il répond : "Je ne peux pas en parler[1]."

– Dans ce cas, j'ai posé trop de questions – et j'ai toujours reçu la même réponse, même de toi. À qui faudra-t-il donc que je le demande ? À moi-même ?

– C'est un peu comme faire l'amour avec une belle femme. Vient le moment où il faut agir pour soi-même.

– Mais je dois agir pour mon Peuple ! Taglito, toi et moi savons que le Blanc est rapace et avide d'or. Il triche, vole et tue pour en avoir. Si je te donnais tout notre or, ne pourrais-tu pas acheter pour nous les Dragoon Mountains ; nous pourrions y aller et vivre en paix, d'élevage, de culture et de chasse.

– Niño, je t'ai déjà expliqué que l'Arizona a peur des Chiricahuas et ne les laissera pas s'installer dans l'État. Tu peux considérer que les responsables en sont Geronimo et les journaux. Les Apaches doivent vivre dans les réserves que leur a données le gouvernement. En outre, les Dragoon Mountains et la terre appartiennent au gouvernement et il ne les vendra pas. Oublie donc cette idée. Tu es beaucoup mieux ici qu'en Arizona. » Puis il ajouta : « Le mieux est l'ennemi du bien. »

Assis près de nous, le vieux Dee-O-Det avait écouté en silence. Mais à ces mots, il se leva et déclara : « *Hi-dicho* (il a parlé) », et regagna son wikiup.

Après être resté quelque temps passif et silencieux, Tom se leva, s'étira et dit :

« Je vais rejoindre ma couverture. Réveille-moi à midi demain. »

Je le suivis dans l'ancien wikiup de Ticer, que je partageais avec lui.

1. Ce qui veut dire : sans commentaire.

Quelque part dehors, dans l'obscurité, on entendit un bébé pleurer et Taglito dit doucement :

« Tu as raison en ce qui concerne la terre, Niño. Usen n'en fait plus, mais il continue à faire des hommes. »

7.

1894-1895

YAQUI-YORI

C'était en octobre 1894, à la saison des feuilles rouges. Nous venions de passer une nuit troublée par le tumulte des chevaux effrayés qui renâclaient, et les braiments intermittents des mulets et des ânes. Un ours ou un cougouar avait dû venir rôder dans les environs. À cause du bruit et de leurs aboiements, nous n'avions pas de chiens à la rancheria.

Après le petit déjeuner, Tom Jeffords et moi avons sellé nos chevaux, chargé deux mulets de bât et nous nous sommes mis en route. Sno-Ta-Hae était à peine à deux kilomètres à vol d'oiseau de la rancheria, mais comme on devait traverser un petit cañon et contourner quelques rochers et broussailles, il y avait environ trois kilomètres à parcourir jusqu'au pied du cañon fermé où se trouvait la mine. Prospecteur et mineur né, Taglito repéra l'endroit de loin. Nous retirâmes les rochers, broussailles et arbres que nos hommes plaçaient pour dissimuler les travaux lorsqu'ils étaient absents.

Après avoir allumé des bougies, nous nous sommes glissés dans le puits jusqu'au niveau principal. Tom vit tout de suite où il fallait regarder. Il s'agenouilla et ses doigts expérimentés se mirent à explorer la veine coincée entre deux strates de rochers. Il prit un pic et commença à creuser. Debout à ses côtés, je l'observai. Il s'exclama bientôt :

« Diable ! Mais c'est très riche ! Les Blancs appellent ça de la roche d'orfèvre.

– Et les Indiens, le métal jaune, répliquai-je en riant. Mais Sno-Ta-Hae aura maintenant un nom de Blanc : rocher d'orfèvre. »

Il continua à gratter un peu partout. Gagné par son excitation, je l'imitai. Ce travail pénible nous fit perdre la notion du temps. Lorsque je remontai finalement à la surface, le soleil était presque couché. Je détachai une gourde d'eau de ma selle et redescendis dans le puits. Avec ses doigts, Tom faisait couler de la poussière et des pépites d'or dans une poche en vessie de daim.

La nuit tombait lorsque nous sommes remontés. Nous avons dessellé et déchargé nos quatre bêtes ; après les avoir fait boire, nous les avons attachées un peu plus loin pour les faire brouter et avons dressé notre camp. Nous avons continué à parler de mines d'or longtemps après avoir mangé et nous être couchés. D'après les calculs de Taglito, nous avions extrait douze onces d'or, ce qui, à vingt dollars l'once, faisait deux cent quarante dollars dans la monnaie des Blancs.

Le lendemain matin, nous discutâmes des autres mines connues dans la vaste sierra Madre : Scalphunter Ledge[1] était

1. Les Mexicains prétendent qu'elle est en fait un monument aux milliers des leurs tués par les Indiens. Les Indiens, que c'est un monument aux Peaux-Rouges tués par les Mexicains. Dee-O-Det affirmait qu'une bande d'Apaches menés par le chef Ca-Co-Chama avait attaqué un convoi de mulets chargé d'or de Tayopa. Protégé par une nuit sans lune, un groupe de chasseurs de scalps mené par Mustang Gray prit les Apaches en embuscade, les tua et les scalpa. La légende veut que pendant ces batailles sanglantes, toutes les gourdes d'eau aient été crevées et que tous les chevaux et mulets aient été scalpés.

la plus mystérieuse. Les uns la décrivaient comme un banc d'or massif, d'autres comme une grotte d'or ou un trou dans lequel on avait enterré des lingots. J'avais entendu notre shaman en parler et croyais savoir à peu près où elle se trouvait. Pour y aller, nous devions traverser le cañon à Hauchaneria, puis suivre la direction du sud pendant cinq soleils.

Nous avons chargé les bêtes et nous sommes partis. Comme nous ne connaissions pas les pistes, il fallut se fier le plus souvent à notre instinct et aux sens de nos chevaux. Les montagnes regorgeaient d'élans, de daims et autres animaux sauvages, ce qui indiquait des pistes conduisant à l'eau. Nous avons erré plusieurs jours dans un pays que Taglito qualifia d'incroyablement accidenté. Nous avons longé le bord du Barranca de Cobre (la gorge de cuivre) avant de déboucher sur un plateau d'un rouge ambré. Comme en surimpression sur cette formation féerique, se dessinait au loin un monolithe solitaire de rude pierre rouge, telle une île touchant le soleil. Cette saillie rouge aux formes étranges était notre but. Il nous avait fallu six jours pour y arriver, et pendant tout ce temps, nous n'avions pas rencontré un seul être humain.

Taglito était convaincu que c'était bien le Scalphunter Ledge et nous commençâmes à chercher. Nous avons abandonné nos efforts au bout de quatre jours, sans avoir trouvé la moindre trace de veine ou de grotte d'or, ni de mine récente ou ancienne. Pas plus que de cache d'or, malgré les légendes apaches selon lesquelles les lingots d'une caravane espagnole y seraient enterrés.

Nous avons donc repassé le Bavispe et sommes remontés vers le nord par une ancienne piste indienne. Nous avons passé plusieurs jours à explorer les ruines de Tayopa, un jour

Les chasseurs de scalps furent pris, et les esprits de ces hommes mauvais errent maintenant par les nuits sans lune sur ce monolithe lugubre, en gémissant de soif.

à Las Chipas, un autre à El Tigre, puis nous avons traversé encore une fois le Bavispe pour prendre vers l'est le rio Escondito. Nous nous y sommes reposés deux jours avant de repartir vers Hachinero et l'ancienne base de camp de Beduiat.

Un soir, au cours de notre randonnée, nous tuâmes chacun un faisan bleu que nous préparâmes pour notre dîner. Ce geste et l'odeur de volaille rôtie rappelèrent à Taglito le jour où Tesal-Bestinay, ma grand-mère, avait rôti une bête semblable pour le Grand Chef, mon grand-père. Cochise était alors malade et maigrissait dangereusement. Taglito murmurait presque en racontant cette scène :

« Il avait besoin de manger, mais prendre de la nourriture était pour lui aussi douloureux que d'avaler des couteaux. Il souffrait sans arrêt, et les sorciers, comme le docteur blanc de la réserve, n'avaient pas pu arrêter l'hémorragie interne. Tahza, ton père, était là, avec sa mère, Tesal-Bestinay, ainsi que Naiche et sa mère, Nali-Kay-Deya ; ta mère aussi était là, comme Dee-O-Det, Nochalo, Poin-sen-ay, Skin-yea, et d'autres. J'étais sur le point de me mettre en route pour aller chercher en toute hâte un médecin militaire à Fort-Bovie, lorsque Cochise m'arrêta, disant que je n'en aurais pas le temps. Montrant le ciel au-dessus de lui, il dit qu'il partirait pour le Grand Sommeil lorsque le prochain soleil serait là.

Le chef me dit ensuite qu'il me reverrait dans ce ciel infini, là où se retrouvent tous les frères dans le Monde des Esprits. Puis il dit à ses fils et sous-chefs les choses qu'un homme chargé de responsabilités doit révéler lorsqu'il sait que son heure est venue. Personne ne l'interrompit. En Cochise, j'ai connu un grand homme, et c'est un privilège unique dans une vie. Il attend là-haut que je le rejoigne.

Comme il l'avait prédit, Chies-Co-Chise mourut le lendemain, le 7 juin 1874. Nous aidâmes les femmes à l'habiller de ses plus beaux vêtements. Nous l'avons enterré dans la grotte sans fond, près de Signal Rock. Comme cela avait été convenu, les femmes descendirent dans le bois de chênes peindre leur visage en noir et observer le deuil. Et nous fîmes savoir que le Grand Chef était enterré là, sous les grands chênes, à l'entrée de la forteresse. »

J'avais déjà entendu ma mère raconter cette histoire. C'était bien la même, à quelques noms près[1]. Taglito roula une cigarette et conclut son récit d'un hochement de tête. Je m'étendis sur mes couvertures, profondément absorbé dans mes pensées. Tesal-Bestinay était la mère de mon père ; Nali-Kay-Deya celle de Naiche. Pourquoi ma mère ne m'en avait-elle rien dit ? Et le shaman non plus ? Peut-être était-ce là un autre exemple de la philosophie indienne : « Tu le saurais si tu avais été là. Tu n'y étais pas et tu n'as pas besoin de le savoir. »

La nuit fut froide. Le lendemain matin, je dis à Taglito que nous étions partis depuis une lune et que Pa-Gotzin-Kay me manquait. Nous avons chargé les bêtes et pris le chemin du retour, avec l'intention de nous installer pour l'hiver à la rancheria.

Nous avons d'abord avancé vers le nord, à travers les premiers contreforts de la sierra Medio, et avons atteint l'hacienda depuis longtemps abandonnée de la famille *Godo* San Rafael de la Zanza. Le bâtiment principal avait été presque entièrement détruit par le feu. On l'appelait parfois le Ranch brûlé. La légende disait, si je me souviens bien, que bien des années auparavant, il avait été touché par la foudre pendant un orage d'été ; d'autres racontaient qu'il avait subi de si nombreux raids apaches et navajos entre 1790 et 1820 que les *Godos* l'avaient abandonné ; d'autres encore que Golthlay

1. Voir *The Apache Indians,* de Frank C. Lockwood, Macmillan Co, New York, 1938, p. 129-130. (A.K.G.)

l'avait incendié au cours d'un raid, Cochise, m'avait-on dit, y faisait rarement des raids, car la famille Rafael élevait de bons chevaux, et il en volait quelques spécimens de temps à autre, quand il en avait besoin, sans jamais molester les habitants.

Le lendemain matin, c'était mon tour de rassembler les bêtes et de les seller, et celui de Tom de préparer le petit déjeuner. Nous n'étions plus qu'à deux jours de cheval de chez nous. Un geai bleu me suivit en jacassant jusqu'au vieux corral au sommet duquel il se percha. Il caquetait tant que je lui jetai une pierre. Il s'envola en soulevant un petit tourbillon de poussière et se posa sur un autre arbre, sans cesser ses cris. Un autre geai vint se joindre à lui, ajoutant sa voix au vacarme. Je les observai quelque temps, puis partis voir ce qui pouvait provoquer leur courroux, me doutant que je n'en étais pas la seule cause.

À côté d'une petite mare, je découvris un homme couché la face contre terre, le dos couvert de sang coagulé. Je tournai sa tête ; c'était un Blanc d'âge moyen. Il gémit un peu et parut reprendre un peu conscience. Je sortis son revolver de son étui. Il contenait six cartouches vides et il n'y en avait aucune à sa ceinture. J'arrachai sa chemise ensanglantée et vis qu'une balle avait traversé de l'omoplate droite à l'aisselle.

J'appelai Tom Jeffords qui accourut. Il jeta un rapide coup d'œil et dit : « Je le connais. C'est Buck Green. Il a un ranch voisin de celui de Slaughter, sur le San Berdoo[1]. »

Nous retirâmes nos foulards pour bander sa blessure. Il y avait une demi-bouteille de whisky dans une de nos sacoches et je courus la chercher. Lorsque nous le fîmes boire, l'homme revint à lui et commença à se débattre et à bafouiller. Je pus distinguer ces mots : « Sales *Injuns* de brousse ! »

1. Sur le ranch des San Bernardino Springs, consulter la Munk Library of Arizona, 1908, à Highland Park, au Southwest Museum de Los Angeles. (A.K.G.)

Je lui dis en anglais de ne pas remuer, et il sembla comprendre. Il murmura ensuite que des Apaches Mansos l'avaient assailli alors qu'il recherchait des bêtes égarées. Ce fut pour moi un choc, car je savais que mes hommes n'avaient rien fait de cela et que nous étions les seuls Mansos vivants. Tom lui fit boire une gorgée de whisky, puis quelques gorgées d'eau.

« Dis donc, dit l'homme en me regardant de côté. Tu es un *Injun* – mais pas l'un d'eux ! Ceux qui m'ont attaqué étaient des Yaquis. »

Yaqui ! Les Yaquis avaient envahi les terrains de chasse apaches ! Cette pensée me fit frémir et m'arracha à l'euphorie qui s'était, je m'en rendis compte alors, emparée de moi, comme de mon peuple, à Pa-Gotzin-Kay. Mon instinct de lutteur apache se réveilla. Je bouillai de rage.

Taglito le remarqua et essaya de me calmer en nous présentant l'un à l'autre avec désinvolture. Je réalisai alors qu'il fallait ramener cet homme chez lui. Tom dit que Buck était presque un voisin ; je me souvenais avoir vu ses bêtes, avec la marque R/V, brouter dans un rayon de trente kilomètres de Pa-Gotzin-Kay, mais nous ne nous étions jamais approchés de son ranch.

Taglito me rappela un vieux remède de sorcier – le miel sauvage. Il me suggéra de chercher une ruche dans les environs, pendant qu'il fabriquerait une litière avec des bâtons et des couvertures, et la fixerait sur notre ânesse rouge. J'eus de la chance. Nous en eûmes tous d'ailleurs. Je ne tardai pas à trouver une magnifique ruche dans un tronc d'arbre proche ; je ne reçus que quelques piqûres. J'enduisis la blessure de Green, devant et derrière, d'épais grumeaux de miel – un cicatrisant naturel qui arrête les saignements. Il avait visiblement perdu beaucoup de sang, mais semblait reprendre un peu de force. Tom avait monté la litière sur l'ânesse ; nous y installâmes Green aussi confortablement que possible et reprîmes la route.

Nous allâmes bon train, à la vitesse d'un trot tranquille en terrain plat, nous arrêtant à peu près toutes les heures pour nous reposer. Nous vérifiions l'état de notre malade et de la litière à chaque arrêt. Une fois, Buck se mit à parler :

« Ainsi, t'es Niño Cochise… entendu parler de toi. Qu'est-ce que t'fais par ici ? »

Je lui répondis que Tom Jeffords et moi étions arrivés jusque-là en prospectant. Green poursuivit lentement : quelques-uns de ses jeunes bœufs avaient disparu et il avait accusé ces Apaches cachés de les avoir volés ; il savait qu'un groupe d'entre eux vivaient quelque part là-haut dans les montagnes. Il avait vu deux chasseurs de daim apaches et leur avait demandé s'ils avaient vu des bêtes égarées. Ils avaient répondu non ; mais il avait toujours été persuadé que les *Injuns* étaient des menteurs. Si bien qu'il avait continué à chercher et avait trouvé des traces *injuns* au bout d'un sentier à vaches menant à Fraud Cañon. Il réalisait maintenant que ces hommes étaient des *calzados* (cow-boys) yaquis et qu'ils lui avaient tendu une embuscade ; mais il ne comprenait vraiment pas comment il s'était retrouvé près du Ranch brûlé.

Je lui demandai s'il en avait tué quelques-uns ; il avait évidemment essayé, mais avait été blessé dans le dos, et ne se rappelait rien de ce qui s'était passé entre ce moment et son réveil, là où nous l'avions trouvé. Tom proposa une explication : les Yaquis, sachant qu'il n'était pas mort, l'avaient transporté à cet endroit fréquenté par les Apaches. Ils avaient sans doute espéré que Buck Green, découvert par des Apaches, mais se croyant toujours dans Fraud Cañon, nous accuserait d'avoir volé son bétail et que nous le tuerions.

J'eus envie d'apprendre à Tom des vérités sur les Apaches qu'il semblait ignorer ; mais je me bornai à lui dire que je n'aimais pas que des Yaquis-Yoris viennent me provoquer[1].

À la pause suivante, Tom sortit de nos sacs du bœuf séché et des biscuits qui nous restaient. Pendant que nous les mangions, Green avança que le général Torres essayait peut-être de monter les Yaquis contre les Blancs – pour prendre ces derniers entre deux feux.

Notre malade avait sommeil, mais ne paraissait pas trop affaibli ; si bien que nous poursuivîmes notre route. Quand, peu avant le coucher du soleil, nous nous arrêtâmes pour enfin laisser nos chevaux boire et brouter, nous avions abattu un bon bout de chemin. Je savais que Green tiendrait le coup tant que son plâtre serait encore frais, mais que son état empirerait rapidement dès que le miel aurait ranci. Nous reprîmes donc notre route sous un ciel sans lune mais criblé d'étoiles. Il était presque minuit lorsque nous franchîmes la grille du ranch Verde. La femme de Green, deux enfants, trois cow-boys et quatre chiens nous firent un accueil bruyant. Puis on nous apporta à dîner et les cow-boys s'occupèrent des chevaux et des mulets.

Nous décidâmes que Taglito resterait chez Green pendant que j'irai à Basaranca chercher le docteur Gutierrez. Walt Duman, qui était le contremaître de Green, et moi, poussâmes nos bêtes bon train à travers les contreforts de la montagne, si bien que nous traversions le Bavispe et entrions à Basaranca au lever du jour. Nous sortîmes le docteur du lit, et je lui expliquai quels soins urgents il aurait à donner au blessé. Je ne me détendis un peu que lorsque je le vis avec Duman sur la piste du ranch Verde.

1. Les Yaquis font le serment yori de tuer tous les intrus.

Pour moi, je pris le chemin de Pa-Gotzin-Kay. Mon vieux Tête de marteau semblait comprendre ce que j'attendais de lui ; il reconnaissait le chemin de l'écurie. Chemin faisant, je songeais : ce général Torres, dont a parlé Buck Green, doit être celui que le docteur Gutierrez a voulu me présenter à Basaranca, il y a de cela quelques lunes, et qui, selon lui, deviendra président du Mexique. Je doutai à nouveau un peu du bon docteur ; mais décidai de voir venir.

Pour une raison ou une autre, Torres avait l'air de me craindre. Le colonel de Vega l'avait peut-être persuadé que je constituais une menace pour lui dans son ascension vers le pouvoir. Et il était possible qu'il soit parvenu à gagner les Yaquis – pourtant ennemis traditionnels des Mexicains – à sa cause et se soit servi d'eux pour exaspérer les éleveurs américains. Ceux-ci, croyant que les voleurs de bétail étaient ces Apaches cachés, auraient fini par tenter de se débarrasser de nous, évitant ainsi au général et à sa bande de *gusanos* d'avoir à le faire. Il fallait s'attendre à une intrigue de ce genre ; si une bande de Yaquis pouvait jouer ce jeu sans se faire remarquer, il fallait s'attendre à pire.

Depuis un mois, j'avais pris mes responsabilités de chef de tribu un peu à la légère. Peut-être les Yaquis se trouvaient-ils déjà à Pa-Gotzin-Kay ?

Les historiens d'aujourd'hui décrivent les Apaches comme « de merveilleux cavaliers d'une endurance extraordinaire[1] », et dans un sens, c'est vrai. Mais savent-ils que nous montons des chevaux à moitié sauvages ? Le vieux Tête de marteau, tête dressée, les oreilles couchées, les narines en feu, fonçait comme une machine, sans que j'aie à intervenir. Et il mènerait ce train-là jusqu'à en tomber d'épuisement. Il

1. Voir *The Mustangs,* de J. Frank Dobie, Little, Brown et Co, Boston, 1952. (A.K.G.)

avait d'instinct la faculté de ne jamais s'arrêter. Il arriva à la rancheria couvert de sang et d'écume, ayant usé ses quatre sabots et les paturons en sang.

Je chargeai Boa Juan de s'occuper de lui. Plus tard, nous en fîmes un étalon et il ne fut plus jamais monté.

Je jetai un coup d'œil autour de moi ; tout paraissait normal. Installé au milieu d'un groupe de femmes, le shaman veillait à la fabrication de bougies ; tout près de là, deux vieillards moulaient des graines pour en faire du *tule*. J'échangeai quelques phrases avec Dee-O-Det et lui demandai de me réveiller à l'heure où le soleil atteindrait son zénith. Puis j'allai à notre wikiup ; ma mère en était absente.

Je m'étendis sur ma peau de cougouar, et m'endormis aussitôt. Je ne repris conscience que lorsque le shaman vint me secouer et m'aider à me lever. Nous nous rendîmes au conseil ; seuls s'y trouvaient ma mère et sept hommes. Je leur parlai de Buck Green et de l'embuscade qu'on lui avait tendue dans le cañon de Los Embudos, alors qu'il recherchait ses bêtes perdues. Ses employés m'avaient appris que les Yaquis campaient maintenant près de l'ancienne rancheria de Chi-hua-hua.

Les hommes comprirent que si on laissait des raiders yaquis venir si près de nous sans réagir, ils s'approcheraient davantage encore. Aussi, lorsque je leur dis que je voulais capturer un Yaqui pour l'interroger, ils approuvèrent avec ardeur.

J'ordonnai à Mangas-Chee de réunir quinze hommes prêts au combat. Peu après, les tambours de guerre se mirent à battre mais je leur enjoignis le silence. Un espion yaqui, caché dans les environs, aurait pu les entendre. Et je voulais un prisonnier pour apprendre de lui la raison de leur invasion.

Lorsque Chee cria qu'ils étaient prêts, je montai un hongre bai et fis mon inspection. Derrière Chee, se tenaient, rangés, Alchise, Ny-Oden, Boa Juan, Kasale, Hi-okee, Kersus, Klan-O-Tay, Nah-Shis-Tor, le jeune Chi-hua-hua, le jeune Juh, Peridot, Neo-Ot-Toden, To-Clany et Achinera, tous familiers des sentiers de guerre de Basaranca et Tesorabi – et tous Apaches.

Je me sentis brusquement mieux. Nous franchîmes au galop le rempart nord et nous lançâmes sur le sentier. Nous étions en nage avant même d'avoir aperçu les hauteurs qui surplombent la vieille retraite de Chi-hua-hua. Nous longeâmes la crête au nord, puis après avoir mis pied à terre, nous nous glissâmes près du sommet d'où on ne pouvait nous voir. Je fis un signe du doigt, que Chee comprit aussitôt ; lui et deux braves vérifièrent leurs armes, surtout leur couteau, et disparurent sur le côté par le sentier.

Environ une heure plus tard, ils ramenaient un Yaqui fort piteux.

« *Yori*, dis-je, sache que si tu ne parles pas immédiatement, tu n'as plus pour longtemps à vivre. Je veux savoir pourquoi nous avons trouvé le Blanc blessé près du Ranch brûlé. Et quel traître a poussé les Yaquis à accomplir cet acte déshonorant. »

Tirant mon couteau, j'ajoutai : « Parle immédiatement. Tu n'as droit qu'à une fois. *Itna-iltc-'he !* (pas de mensonges). »

Jaillit alors de sa bouche un flot de paroles d'un espagnol bâtard : « Luis Torres dit que, s'il l'aide à combattre, il fera du Yaqui un grand homme. Il dit qu'il faut tuer tous les *blancos* et les Mansos.

– Parce que tu as avoué, je te laisse partir vivant. Va dire à ton *nant-án* de quitter ce cañon avec ses hommes, car ce soir même, à la tombée de la nuit, les Apaches tueront tous ceux qui s'y trouveront. »

Puis je lançai un coup de pied vers ses fesses, mais il déguerpissait déjà.

Nous nous rapprochâmes du rebord, pour attendre et surveiller ce qui allait se passer. Le crépuscule commença à dessiner des ombres étranges dans le cañon, où une douzaine de Yaquis, rassemblés autour de leurs feux de camp, faisaient rôtir un bovillon.

«Yaquis ! criai-je. Je vous ai dit de partir ! »

Un guerrier enturbanné se leva et scruta l'arête. Il était évident qu'il ne nous voyait pas et le son de ma voix ne pouvait lui indiquer exactement l'endroit où nous nous trouvions. Nous défiant, il fit le geste indien universel de l'insulte.

Je donnai le signal. L'homme au turban et deux autres tombèrent sous les balles de notre premier tir. Le reste des Yaquis s'éparpilla comme des lapins et nous les abattîmes comme tels. Quand le feu eut cessé, nous nous précipitâmes au fond du cañon pour aller débusquer et tuer ceux qui auraient pu s'y cacher. Nous comptâmes douze cadavres – parmi eux se trouvait Cuchillo Alto, chef yori assez connu. Il n'y avait pas de femmes avec eux. Après avoir ramassé toutes les armes qui en valaient la peine, nous reprîmes le chemin de la rancheria.

Je pensais que les Yaquis ne viendraient plus nous chercher noise. Néanmoins, je plaçai aussitôt des guetteurs supplémentaires pour veiller jour et nuit le long du sentier de Pa-Gotzin-Kay. Nous étions rentrés aux environs de minuit ; je mis pied à terre à l'entrée du wikiup de ma mère. À ses questions, je répondis par une brève relation de la découverte de Buck Green avec Taglito, de notre bataille avec les Yaquis et les ordres du général Nakai-Ye.

Le lendemain, sortant de notre wikiup encore mal réveillé, je me trouvai face à face avec Dee-O-Det. Je lui demandai :

« Où sont Nakai et Eugène ?

– Demande à ton bon ami, le docteur, siffla-t-il. Il dort dans le wikiup de Ticer ; il est arrivé cette nuit, un peu après toi. »

Surpris, je me dirigeai vers le vieux wikiup et appelai le docteur. Il s'assit et bafouilla :

« Je suis venu te dire que le rancher s'en tirera. Ton plâtre de miel l'a sauvé.

– Où sont Nakai et Eugène ?

– Ces jeunes gens voyagent. Ils sont partis pour Hermosillo avec le général Torres qui les a tous les deux nommés capitaines.

– Quelle générosité de sa part ! L'un était mon sous-chef, l'autre un chef de guerriers. Je ne les ai pas dégagés de leurs services. Ce sont des déserteurs.

– Ils ont un brillant avenir, Niño. Le général leur a promis beaucoup pour le jour où il sera *presidente*.

– Et que t'a-t-il promis, à toi, Docteur ?

– Quand il marchera sur Mexico, je ferai tout ce qui est en mon pouvoir pour soutenir sa noble cause, répondit-il avec patriotisme. Nous avons maintenant des soldats en garnison à Basaranca et j'en suis le chef. Le général m'a aussi parlé de toi. Il a de la sympathie pour les *Indios*. Je lui ai demandé et il m'a promis de faire de vous des citoyens mexicains comme les autres, avec les mêmes droits.

– Oui, Alcade, je sais que le général a parlé de moi. Il a aussi parlé de moi à Cuchillo Alto. Lui et ses hommes ne sont plus maintenant que des cadavres dans le cañon, alors que c'est de ma mort à moi dont leur avait parlé le général. »

Je fis demi-tour et quittai le wikiup.

« Les Nakai-Ye sont imprévisibles, dit le shaman lorsque je le rencontrai. Est-ce que je peux commencer la danse de victoire ? »

Je l'emmenai à l'écart pour l'informer des manœuvres traîtresses du général et du départ d'Eugène et de Nakai.

Torres promettait beaucoup de choses, même aux Yaquis, pour le jour où il serait *presidente* du Mexique. Qu'allait-il faire maintenant que sa traîtrise était reconnue ?

Quelques jours plus tard, les collines de cannelliers s'étaient couvertes d'un manteau blanc et le ciel illimité avait disparu derrière des nuages de plus en plus épais d'où tombait de la neige. Tom Jeffords vint à la rancheria et s'approcha de notre feu. Un garçon emmena son cheval et les deux mulets au corral.

« Buck Green se remet bien. Je me suis arrêté chez John Slaughter en venant ici… Je lui ai parlé de toi… » Puis brusquement : « Niño, pourquoi cette bagarre au camp de Chihua-hua ? »

Je dus donc à nouveau tout expliquer : comment le général Torres avait, par ruse, poussé les Yaquis à nous envahir ; que Nakai et Eugène s'étaient joints à son armée de *charros* ; et l'attitude de Gutierrez. J'ajoutai que j'étais convaincu que le padre était un espion et le principal fauteur de troubles.

Taglito réfléchit silencieusement à ce qu'il venait d'entendre, tout en observant ma mère et Nadina qui partageaient le même feu pour leur cuisine.

« Niño, Taglito ! appela ma mère. Le repas est prêt ; venez manger, vous parlerez ensuite. »

Tom avait faim, comme tout homme qui vient de faire une longue chevauchée. Plus tard, tirant sur sa cigarette, il me raconta que lorsqu'il serait à nouveau capable de se déplacer, Buck voulait me présenter à tous les ranchers américains de la sierra Madre. Tous étaient victimes de vols de bétail, par des révolutionnaires, des Yaquis ou des voleurs.

Je le savais bien et lui parlai des quatre ou cinq bœufs marqués R/V que j'avais vus près du camp yaqui ; nous les y avions laissés, pensant que c'est ce qu'auraient fait ces Indiens Yaquis pour nous faire passer pour coupables auprès des ranchers blancs et des *soldatos* ; ceux-ci auraient alors eu un prétexte pour venir nous tuer.

« Ces bâtards font souvent des choses aberrantes, dit Tom. Depuis des temps immémoriaux, le Mexique vit sous le joug de généraux et de dictateurs stupides – il y a toujours des hommes d'aventures pour tenter de fomenter une révolution et conquérir la gloire. Maintenant, écoute-moi, Niño : cette idée de Buck Green, que tous les ranchers de la région s'unissent et que tu sois des leurs, est bonne. L'union fait la force, dit le proverbe. »

Dee-O-Det nous rejoignit, tenant fermement par le goulot une bouteille d'un quart de whisky. Il la tendit à Tom qui la déboucha, en prit une gorgée et me la passa. Je rendis hommage à son contenu, et la passai au shaman.

« Niño, est-ce que tu connais Tennono Kelzel[1], demanda Taglito.

– J'ai entendu parler de lui.

– D'après Buck, il vit sur le versant est des montagnes. Il a aussi un fort sur l'Arros River, du côté du Chihuahua. Il te connaît, car il a raconté comment tu t'étais battu, il y a deux ans, à Basaranca. Tu t'en souviens ?

– Je me rappelle que j'ai tué un Apache et qu'un cloporte est venu lui couper la tête pour la mettre dans un sac.

– Eh bien, c'était Tennono Kelzel, un Yaqui-Yori. Un de ses amis voulait cette tête, je ne sais pourquoi. De toute façon, ce Kelzel hait Torres et les Mexicains, mais il est en bons termes avec les Américains. Voici donc la bonne nouvelle et la raison pour laquelle Green cherche tant à s'organiser, poursuivit

1. Le nom de Kelzel était révéré par les Yaquis comme celui de Cochise par les Apaches. Et il était tout aussi exécré des Mexicains que celui de Geronimo.

Tom : Kelzel, le grand chef de tous les clans yaquis, est venu hier chez lui, accompagné d'autres chefs et d'un sorcier ; et il a pris parti pour nous. Il a renié Cuchillo Alto et maudit Torres. Il nous aidera à combattre ces bâtards d'Espagnols n'importe où, n'importe quand. Voilà qui porte un sacré coup à Torres. Tes ennuis sont terminés, pour le moment du moins.

– On ne m'a pas annoncé de meilleure nouvelle depuis les bons tours de Geronimo à ces ordures. Dee-O-Det, commence la danse de la victoire.

– Par tous les diables, moi qui comptais sur une bonne nuit de sommeil ! »

Deux lunes plus tard, Buck Green, remis de sa blessure, arriva à Pa-Gotzin-Kay avec sa femme Anna, et leurs deux fils adolescents. Leur visite fut une surprise pour nous, mais Taglito nous expliqua que cela faisait partie des convenances – ils venaient nous remercier personnellement d'avoir sauvé la vie de Buck[1].

Après cet échange de politesses, je leur dis que nous nous préparions, comme chaque année, à notre chasse à l'ours hivernale et je leur offris d'y participer. Ils acceptèrent, disant qu'ils seraient heureux de chasser l'ours avec leurs nouveaux amis apaches. Ce fut une chasse heureuse : nous tuâmes beaucoup de bêtes de proie, dont des loups et des cougouars, et les Green purent emporter chez eux un gros tas de peaux dont ils firent des tapis. Quant à nous, la chasse finie, nous avions assez d'huile d'ours pour graisser tous les revolvers de la rancheria et pommader les cheveux des femmes pendant des années.

1. C'est alors que je compris ce que voulaient dire les Blancs par « merci ». Comme *a-co'd*, c'est une façon d'exprimer la reconnaissance. Cependant Taglito me mit en garde contre cette expression qui avait recouvert « une multitude de péchés ». Mais je pouvais faire confiance à Buck Green.

8.

1895-1896

PINDA-LICK-O-YE

Chawn-chissy (visage de fantôme, autrement dit l'hiver) fut clément cette année-là ; rien de malencontreux ne nous était arrivé, et avril nous trouva gras et repus. Lorsque les premiers vents d'ouest commencèrent à souffler, je chargeai Klan-O-Tay de préparer les champs et le potager, et, Nakai et Eugène étant passés chez les Nakai-Ye, je confiai à Hi-okee le travail de la mine. Mangas-Chee qui était mon second supervisait l'ensemble de la rancheria.

Un soir, je parlai au conseil de la visite de Buck Green l'hiver précédent, des rumeurs qui couraient, de nos craintes d'une invasion yaqui et des chasseurs de gloire mexicains, qui étaient à l'origine de nos ennuis. Je proposai d'aller avec Taglito, ma mère et Nadina rendre visite à Green pour consolider notre position. Chee serait le chef en mon absence, et j'emmènerai Kasale pour nous servir de messager.

Je proposai aussi, si je ne voyais pas de nouvelle menace contre notre paix, d'aller avec Taglito jusqu'à Owl Head en nous arrêtant au passage à notre ancienne forteresse du Dragon. Nous pourrions partir dès le lendemain et serions absents une demi-lune. Les membres du conseil discutèrent entre eux ; peu après, le shaman fit un signe de tête et dit : « Le conseil a approuvé ta décision. »

Je discutai des affaires courantes de la rancheria avec Chee : les semailles, les soins du bétail, la surveillance des pistes. Hi-okee emballa les six barres d'or que j'emportais, sur la suggestion de Taglito de les changer en espèces à Tombstone.

Cette expédition et la pensée de revoir la terre où j'étais né, vingt-deux ans auparavant, m'excitaient. Je voulais voir aussi les mines d'argent des Blancs qui étaient la cause de notre exil.

Nous partîmes de bonne heure. Lorsque nous arrivâmes à la rancheria de Green, les rayons obliques du soleil couchant enflammaient d'une teinte phosphorescente le sommet des grands *tamaracks*[1] : ces arbres faisaient des quatre acres de la cour du ranch un véritable parc d'ombre autour des deux étages de pierre et de poutres de la maison. Une énorme grange, quelques bâtiments moins importants et plusieurs corrals étaient construits derrière ce petit bois. Des *palo verde*, des pyracanthes et d'autres arbres à feuilles persistantes justifiaient le nom du propriétaire de ce site parfait : ranch Verde (Green Ranch, le ranch vert).

Buck se précipita à notre rencontre :

« Hourra ! Hourra ! Vous êtes enfin venus !

– Que croyais-tu ? Nous connaissons les pistes et ne sommes pas du genre à tomber dans une embuscade.

– Ça va, ça va ! grimaça Buck. Je sais que tu es plus indien que les Apaches. Je le serais aussi si j'avais, comme toi, vécu onze ans chez eux, vieux routier. »

Comme nous descendions de selle, Tom continua à taquiner Green :

1. Sorte de mélèzes d'Amérique. (N.d.T.)

« Tu nous donnes à boire, ou faut-il que nous sortions le peu que nous avons apporté ?

– T'as du fric ? rétorqua Green.

– Évidemment. Cela dépend du prix. Est-ce que tu diriges ces baraquements comme les vieux relais de diligences Butterfield, où les boissons sont mauvaises et chères ? »

Avant que Buck ait eu le temps de répondre, Anna Green nous appela de la véranda : « Niome, Nadina ! Entrez ! Laissez donc ces hommes à leurs blagues. Buck vous a brassé de la bière. »

Un bar était monté dans la véranda ; nous y fîmes notre choix entre plusieurs sortes de whisky, de vin et de brandy. Tom prit du Old Granddad ; moi, du Old Overholt, car l'image de l'étiquette était jolie ; et Buck, pour ne pas se laisser déborder, prit du Old Crow. Après le dîner, confortablement installés devant du brandy, nous bavardâmes en fumant.

Je donnai à Kasale ses consignes ; et on décida que ma mère et Nadina resteraient chez les Green pendant que Buck, Tom et moi irions visiter les ranches américains de la sierra Madre.

Au lever du soleil, le lendemain matin, nous étions déjà loin sur la piste du sud. J'avais choisi pour cette expédition un magnifique étalon *grullo,* et Tom montait son élégante jument isabelle. Il estimait que les juments valent mieux que les étalons pour les longues chevauchées, car à moins d'être en chaleur, elles ne s'intéressent à rien d'autre qu'à la route.

Ce devait être aussi l'avis de Buck, qui montait une jument mustang rouanne. Mon *grullo* semblait intrigué par cette étrange femelle et essayait sans cesse de la renifler. Nous, les Apaches, considérions qu'un cheval était un cheval, aussi longtemps qu'il était capable de couvrir de la piste ; sinon il n'était plus que de la viande, pour nous ou pour les loups. Les désirs de mon étalon m'irritaient et je ne cessais de l'écarter de la jument. Au bout d'une heure environ de ce manège, il me prit par surprise et eut ce qu'il voulait. La jument de Buck l'écarta immédiatement d'une bonne ruade. Après cela, il se conduisit en bon cheval.

Quatre heures de bonne chevauchée nous menèrent à un grand ranch aux murs et au toit de pin ; on voyait encore les souches des arbres qui avaient été abattus. Autour de lui, étaient disposés un grand hangar rempli de foin, de nombreux corrals, une grange, un moulin qui grinçait et un réservoir qui fuyait. Nous nous arrêtâmes pour abreuver nos chevaux et nous bûmes au tuyau du réservoir. Buck appela : « Y a-t-il quelqu'un ? » Une grande femme blonde vint à la porte. Reconnaissant Buck, elle nous fit entrer. Elle nous dit qu'Ammon allait bientôt revenir et nous invita à nous installer chez elle. Puis elle se dirigea vers la porte de derrière : je commençai à rouler une cigarette, mais Buck me dit : « Ne fume pas ici. » Avant que j'aie pu demander pourquoi, la porte de devant s'ouvrit et un grand homme blanc entra.

« Salut, Jim ! dit Buck surpris. Je te présente le capitaine Tom Jeffords, et le chef Niño Cochise. Voici le grand Jim Grey, le voisin le plus proche d'Ammon Tenny.

– Salut, messieurs ! », dit Grey en souriant. Puis il me regarda et dit :

« Je savais qu'il y avait des Apaches là-haut dans les montagnes. Mais n'ayant jamais entendu parler de raids, cela m'étonnait. Combien êtes-vous dans votre tribu ?

– Il y a tous ceux qui n'ont pas été emmenés », répondis-je, voulant éviter d'en dire davantage avant d'avoir pu me faire une idée de cet homme.

Il se tourna vers Jeffords et lui demanda si c'était les histoires de mines d'or perdues qui l'avaient amené vers les Mother Mountains. Tom répondit qu'il ne faisait que visiter la région, et qu'il doutait fort de la présence de gisements aurifères dans les collines.

« Il doit pourtant y en avoir, insista Grey, ou quelqu'un a découvert Tayopa. Les Yaquis qui viennent ici en apportent quand ils ont besoin de fusils ou de cartouches. »

La grande femme revint avec une cruche de cidre doux ; elle nous versa à boire et repartit. Grey nous montra par la fenêtre un nuage de poussière encore assez loin sur la route. Peu après, arrivaient Ammon Tenny et cinq Yaquis. Parmi eux, se trouvait le chef Tennono Kelzel – un vrai Yori !

On fit les présentations. Pendant que nous buvions notre second verre de cidre, un cavalier solitaire arriva au trot dans la cour du ranch. Il fut également reçu et on le présenta seulement comme M. Chase[1]. Je supposais qu'il était dans la politique.

Tenny nous fit passer dans le salon pour « parler de choses sérieuses ». Le chef yaqui demanda à Grey si le chargement de fusils était arrivé. Grey répondit qu'il se trouvait dans son magasin à El Paso, mais qu'il allait bientôt lui faire passer la frontière. Kelzel grommela, tendit une poche de cuir à Grey qui l'ouvrit et versa un peu de son contenu dans la paume de sa main : je vis quelques pépites aussi grosses qu'un haricot tacheté *(pinto)*. Cela eut l'air de le satisfaire.

Kelzel me regarda et me demanda en yaqui si j'étais venu acheter des fusils. Le yaqui a beau ressembler à l'apache, il me fallut quelque temps pour comprendre ce qu'il disait. Je lui répondis dans ma langue que j'allais en Arizona avec mon ami blanc. Fronçant les sourcils, il demanda lequel c'était. Je lui montrai Taglito, avec sa barbe rouge.

« Je me méfie des Blancs, dit Kelzel, mais il me faut des fusils.

1. J'appris plus tard que Cairo Chase était représentant pour un éditeur new-yorkais, et un ami du général Crook.

– J'ai confiance en mon ami, mais je me méfie des autres », continuai-je toujours en apache.

Kelzel passa à l'espagnol. Il parlait lentement et je comprenais facilement[1].

« Ils veulent de l'or. Ils veulent venir en chercher dans mon pays. Ils disent qu'il y en a beaucoup dans ces collines. C'est pourquoi je veux des fusils pour nous défendre.

– As-tu entendu parler du général mexicain ? demandai-je, changeant de sujet.

– Bouah ! Il a la langue fourchue. Torres m'a dit qu'il voulait expulser les Mansos du Mexique, qu'il nous rendrait forts si les Yaquis acceptaient de s'en charger. Maintenant, Torres a été expulsé de l'armée par le président Diaz. C'est Carranzo, de Chihuahua, qui est l'homme fort. Je sais qu'on avait dit à Cuchillo Alto de te tuer, mais il n'était pas assez malin pour ça. Je le lui avais dit. J'étais aussi là lorsque tu as tué Apla-Chi-Kit à Basaranca. Après que tu l'as eu tué, je suis venu lui couper la tête. »

Je demandai : « Est-ce que le général te l'a achetée un bon prix ? »

Le Yaqui réfléchit quelque temps, regarda autour de lui, puis murmura : « Il m'a dit : "Je suis votre débiteur." »

Je savais que Tom écoutait notre conversation. Les autres Yaquis avaient un visage impassible, mais les ranchers blancs commençaient à s'impatienter. Je demandai à Kelzel ce qu'il attendait de moi. Que je l'aide à combattre les Mexicains à drapeau rouge, répondit-il. Il venait demander aux Blancs de faire front commun avec les Yaquis. Est-ce que je me joindrais à eux ? En apache, je demandai à Taglito son avis. On dirait quelqu'un qui monte en selle à l'envers, dit-il. Il n'avait

1. Jim Ticer m'avait expliqué que certains Indiens parlaient un espagnol appris auprès des missions et qu'ils prononçaient chaque mot distinctement, en isolant chaque syllabe comme si elle était un mot.

encore jamais vu un Indien demander l'aide des Blancs. Il avait parlé en apache, à la grande surprise de Kelzel, qui grommela : « Il n'y a qu'un Blanc qui parle apache comme cela. Tu dois être le Frère de sang de Cochise. »

Nous nous mîmes tous trois d'accord, puis Taglito transmit notre décision à Green, Chase, Grey et Tenny. Tout le monde se serra la main, et Chase demanda à Tom si c'était bien lui qui avait été le premier agent aux Affaires indiennes pour les Chiricahuas.

Taglito acquiesça et Chase continua :

« Je rendais visite à l'agence de Warm Springs en 1877, lorsque votre successeur, John Clum, a capturé Geronimo, Victorio, Nanay, Loco...

– Si je me souviens bien, ce Clum s'est beaucoup vanté de la façon dont il les a "capturés".

– Disons "les a pris au change", corrigea Chase. Avez-vous jamais su toute l'histoire ?

– Plus que Clum n'en a jamais écrit dans son journal. La vérité est qu'aucun de ces Apaches n'a jamais été "capturé".

– Eh bien, dit Chase, j'étais là, aux premières loges. Ces Indiens traînaient autour de l'agence, sans causer le moindre trouble, autant que je sache, lorsque Clum est arrivé avec l'ordre, émanant de lui, de les emmener à San Carlos. Il fit dire à Geronimo de venir lui parler chez le forgeron. Geronimo, ne se doutant de rien, entra dans la boutique mal éclairée, et avant que ses yeux aient eu le temps de s'habituer à l'obscurité, il se retrouva les fers aux pieds et un bâillon sur la bouche. Clum prit ainsi tous les chefs au piège. Il les traîna ensuite à Hell's Forty Acres. Clum voulait la gloire, et n'était pas regardant sur la façon dont il l'obtenait.

– Oui, et parfois, il faisait deux fois la même faute. »

Pendant que les deux hommes parlaient, j'observais Kelzel. Je me rappelai avoir vu ce visage à Basaranca. À cause de ses vêtements, je l'avais pris alors pour un Mexicain. Eugène m'avait dit que l'homme qui avait coupé la tête d'Apla-Chi-Kit l'avait d'abord frappé à coups de pied et lui avait craché au visage. Maintenant que Kelzel était debout près de moi, je lui demandai pourquoi il voulait la tête d'Apla-Chi-Kit.

« Un *blanco* voulait la tête d'un bandit appelé Muerte, répondit Kelzel, et il m'avait payé pour la lui rapporter. Comme je n'arrivais pas à mettre la main sur ce bandit, j'ai pris la tête de l'Apache. C'était plus facile et j'ai pensé que cela ne t'ennuierait pas. »

Je dis sans ambages au Yaqui-Yori que je le considérais comme un beau menteur. Je portai la main à mon couteau ; mais Kelzel se contenta de grimacer et s'éloigna. Tout le monde parut alors avoir perdu la parole.

Tom, Buck et moi prîmes congé en serrant la main de tout le monde et nous reprîmes la piste du ranch Verde. Nous avions l'estomac vide et un long chemin à parcourir, si bien que nous nous arrêtâmes pour camper à environ cinq kilomètres de là, dans le Morelos Cañon. Nous mangeâmes le bœuf salé que Buck avait apporté dans sa sacoche. Le lendemain matin, il pleuvait, mais nous arrivâmes au ranch Verde dès midi. Kasale s'était installé dans la grange de Buck ; nous le trouvâmes en train de montrer aux fils du rancher comment il se tressait les cheveux : rien d'autre ne l'intéressait.

Le lendemain, après un joyeux et copieux petit déjeuner, ma mère, Nadina, Tom et moi prîmes la piste du nord. Comme il pleuvait, nous dressâmes le camp de bonne heure, près des sources du petit San Bernardino. Le jour suivant, nous fîmes les dix kilomètres qui nous restaient jusqu'au vieux et fabuleux ranch où Tom nous présenta à John et

Viola Slaughter[1]. Nous reprîmes notre chemin vers l'ouest, en restant en deçà de la frontière. Nous la traversâmes le lendemain à Naco Springs ; nous campâmes à Mule Gulch, qui prit plus tard le nom de Brewery Gulch. Je demandai à Taglito pourquoi l'eau était verte.

« À cause du cuivre. C'est Coronado qui l'a découvert et l'a baptisé Copper Queen. Le cuivre est le plus ancien métal utilisé par l'homme. »

Tandis que nous flânions dans les environs, Tom entra dans la ville. Il revint l'après-midi nous dire qu'« au cours de la session d'hiver, l'Assemblée législative territoriale avait rapporté quelques lois. Les Apaches Chiricahuas, s'il y en avait encore, avaient maintenant le droit de traverser le territoire, à condition d'être accompagnés d'un Blanc qui réponde d'eux ».

C'était une bonne nouvelle. Nos provisions étant épuisées, Taglito avait aussi rapporté de la nourriture. Nous arrivâmes à Tombstone le lendemain, aux environs de midi. Tom décida de contourner la ville et de prendre une piste qui conduisait aux Dragoon Mountains. Nous campâmes loin de tout point d'eau, au passage de High Lonesome et, le jour suivant, nous traversâmes la ville bruyante de Gleeson. Tom expliqua que c'était un des endroits où la découverte du métal blanc (l'argent) avait provoqué la violation du traité de paix Jeffords-Cochise-Howard. Nous continuâmes en silence pendant dix kilomètres encore, jusqu'à ce qu'apparaisse la longue et large vallée de Sulphur Springs.

« Nous approchons maintenant », murmura ma mère.

Taglito montra, au-delà de la vallée, une haute chaîne de montagnes recouverte d'une sombre forêt de pins : « Voici Chiricahua Range, Cochise Head et Cochise Peak. Là se

1. Voir *The South West of John Horton Slaughter (1841-1922)*, de Allen A. Erwin, Arthur H. Clark Co, Glendale, Californie, 1965. (A.K.G.)

trouvait la forteresse orientale, la principale. La forteresse occidentale, celle du Dragon, où tu es né, Niño, se trouve à quelques kilomètres à gauche. »

Nous entrâmes dans un bois de chênes, un véritable parc, qui devint de plus en plus étroit, puis nous arrivâmes à la forteresse du Dragon.

La terre de mes ancêtres ! Le lieu était si magnifique que j'eus envie de m'agenouiller pour louer Usen. Ma mère s'assit sous un vieux chêne et pleura. Finalement, Tom et moi déchargeâmes et dessellâmes nos bêtes pour les faire boire et les mettre au pacage sous les arbres. Ce jour-là, nous avions parcouru soixante-quinze kilomètres.

« Demain, tu pourras te promener et regarder autant que tu en auras envie, et revivre le passé, dit doucement Tom en passant un bras autour des épaules de ma mère. Ne sois pas triste, Niome.

– Je suis triste, Taglito, dit-elle d'une petite voix faible. Le vent chaud de l'ouest souffle, mais Tahza ne viendra pas me retrouver comme autrefois. »

Nous étendîmes nos couvertures et nous endormîmes presque aussitôt. Nous fûmes réveillés par le chant des oiseaux. Taglito avait fait du feu, et nous prîmes un petit déjeuner de bacon, de galettes et de café. Il nous invita ensuite, avec un pauvre sourire, à nous installer comme chez nous pour quelques jours. Il voulait aller faire quelques visites dans les environs, voir Jim Brophy au ranch de Chiricahua Cattle Company, puis se rendre chez le colonel Henry Hooker au ranch Sierra Bonito, où il négocierait peut-être l'achat de quelques bêtes de cette nouvelle race à tête blanche que le colonel venait d'importer. Il nous quitta, et se mit en route vers l'est, où, bien sûr, il avait quelques visites à faire, mais surtout parce qu'il savait que nous, les trois Apaches, souhaitions rester seuls.

Nadina resta au camp, et ma mère m'emmena par une piste abandonnée jusqu'à un plateau – ou une corniche – près du sommet. Les ruines silencieuses d'une rancheria autrefois orgueilleuse s'étalaient devant nous, sous le soleil éternel.

Voilà où se trouvait notre wikiup – où tu es né. Elle leva les yeux vers une tour immense dressée jusqu'au soleil, rempart naturel du plateau. «Voici Signal Peak.» Nous montâmes en longeant son pied. Il y avait là plusieurs crevasses. L'une d'elles paraissait sans fond. Elle me dit: «C'est ici qu'est enterré le Grand Chef. Il n'y avait pas d'endroit plus paisible au monde.»

Ma mère me conduisit, sur un kilomètre environ, le long d'une vieille piste en lacets qui traversait de petits vallons où, sous la face ouest de la montagne, se dressaient autrefois des wikiups, jusqu'à Council Rock. Puis, après une longue marche, jusqu'à Treaty Rock où Taglito, le chef Cochise et le général Oliver O. Howard avaient conclu la paix et signé le traité[1].

Un peu plus loin, dans ce monde de solitude et de rochers, se dressait une autre muraille, Eagle Rock, qui semblait avoir été placée là par Ihidnan pour servir de rempart contre tout esprit mauvais. Il y avait çà et là de petits cirques et sur trois côtés, le tout comme une tour de garde, avec Signal Peak au-dessus, s'élevaient des falaises de mille mètres de hauteur peut-être. Ce lieu n'était accessible que par un seul passage, et dix guerriers pouvaient, en le gardant, tenir en échec dix mille envahisseurs. Tel était le site; je ne m'étonnais plus d'avoir eu envie si longtemps de le voir. Et je ne voulais plus le quitter.

1. Beaucoup pensent que c'est le même rocher, mais ces deux pics sont en fait à un mile de distance l'un de l'autre.

«Je ne peux rester ici bien longtemps, soupira ma mère. Sans notre Peuple, ces lieux me semblent étranges. Je me rappelle trop bien, cela me fait mal…»

Je soupirais aussi : «Je crois savoir ce que tu ressens, Cima. Le Peuple disparu, ce site n'est qu'un fantôme du passé. Un lieu du Monde des Esprits.»

Après avoir encore contemplé et écouté quelques moments, elle dit : «Il me semble entendre des voix… comme des échos du passé… elles semblent demander quelque chose. Les entends-tu mon fils ?» Puis après un silence : «Je sais maintenant. Ce sont les esprits du passé. Ce sont eux qui interdisent l'accès de ces rochers aux White-Eyes… Les Blancs reculent devant le face-à-face avec leurs mauvaises actions.»

Nous passâmes les deux jours suivants à flâner simplement autour du camp. Ma mère et Nadina firent quelques brèves excursions, tandis que je restais à rêvasser. Je n'en remis pas moins en état les sabots des chevaux et des mulets, et fis aux sacoches quelques petites réparations.

Taglito revint le jour suivant. Assis autour du feu de camp, nous bavardâmes tard dans la nuit. Taglito et ma mère se laissèrent aller à leurs souvenirs et je les écoutais tout en suivant le cours de mes propres pensées.

Les Blancs appelaient cette terre le pays de Cochise. Il fallait que mon grand-père ait laissé sur eux quelque impression pour qu'ils aient baptisé de son nom cette terre, garantie par traité, mais dont ils l'avaient quand même dépossédé. Pourquoi d'ailleurs nous l'avoir finalement retirée ? songeai-je, si ce n'est à cause de l'argent. Oui, voilà pourquoi : l'argent, le métal blanc. Ce n'était pas bon pour les Indiens. Ce doit être pour cela, l'argent. Eh bien, moi, j'avais de l'or à

Pa-Gotzin-Kay : ils pouvaient bien garder leur métal blanc. Moi, j'aimais le métal jaune.

Taglito dut deviner mes pensées, car il dit :

« Il est temps de nous débarrasser de tes six barres d'or. Nous irons demain à Tombstone les échanger contre des billets de banque – plus faciles et moins dangereux à transporter. Et il faut que tu t'habitues au monde des Blancs. Mais mets-toi bien une chose en tête : tu dois te faire passer pour un Mexicain. Il y en a beaucoup dans cette région et tu *sabe* leur *lingua.* Tu t'en tireras. Réponds à ceux qui te le demandent que tu t'appelles Ramon Rodriguez et que tu es de Tucson. Et si un imbécile te traite de *greaser,* ne ressors pas ton apache ! Traite-le simplement de *gringo,* et laisse tomber.

– Je m'appelle Ramon Rodriguez, et je suis de Tucson, répétai-je.

– Bien – et tu parles anglais. Nous ne parlerons d'ailleurs qu'anglais. Ne l'oublie pas.

– Je n'oublierai pas. As-tu remarqué que je dis : est-c' que, j'n'e, ch'sai pas, tout comme toi et Buck ? »

Le lendemain matin, Taglito et moi partions pour Tombstone. En route, comme nous continuions vers l'ouest après avoir descendu le versant ouest des Dragoon Mountains, il me montra l'endroit où mon Peuple venait parfois camper l'hiver ; la rancheria d'été se trouvait, elle, beaucoup plus loin, dans les montagnes chiricahuas.

La muraille escarpée bordant à l'ouest la forteresse fut bientôt loin derrière nous. Devant s'étendait la grande vallée de San Pedro. Nous dépassâmes le Soldier's Hole (le trou du soldat), ainsi appelé parce que quelques cavaliers, pendant leur temps libre, y avaient cherché de l'argent, et plus loin, le tas de pierres qui marque l'endroit où, en 1876, Poin-sen-ay avait tué trois trafiquants de whisky.

Nous étions presque arrivés dans la plaine, dans un pays de petites collines sèches et ravinées. Nous nous trouvâmes tout à coup au milieu d'un troupeau de *javelinas* qui s'éparpilla dans les buissons de figuiers de Barbarie bordant les ravins. Des sentiers tracés par le bétail se voyaient çà et là dans des bosquets de cactus et de sauges. Le palais de justice rouge de Tombstone et les contours de Schieffelin Hall se dessinèrent bientôt devant nous. Nous débouchâmes sur une route que nous suivîmes jusqu'à une construction que Taglito appela la « Consolidated Mine » abandonnée. On voyait de hautes structures supportant encore les chaînes à godets qui montaient le minerai d'argent jusqu'à la fonderie où il était transformé en lingots.

Nous entrâmes dans la ville et allâmes attacher nos chevaux devant la banque de Tombstone. Le bureau de la Wells Fargo était au premier étage, parce qu'on avait dû penser qu'il serait plus difficile de le cambrioler. Nous prîmes nos six barres d'or dans nos sacoches et montâmes l'escalier.

Un gardien armé de deux revolvers nous lança un regard foudroyant, puis, reconnaissant Tom, nous sourit et nous fit signe d'entrer. Un homme au visage aigri prit nos noms et nota notre signalement, puis pesa l'or. Il y a douze onces dans une livre, me dit Tom. L'homme obtint un total de vingt et une livres, huit onces et quatre pennyweights. À vingt dollars l'once, cela faisait un peu plus de cinq mille deux cents dollars.

Visage-aigre compta cinquante billets neufs de cent dollars de la Banque fédérale, qu'il donna à Tom, plus deux cents dollars en pièces de cinq dollars ; devant le problème des quatre pennyweights dont il devait évaluer l'équivalent en espèces, sa grimace s'accentua ; aussi Tom lui en fit-il cadeau. Il mit les billets dans un petit sac qu'il portait à la ceinture, sous sa chemise, et me fit remarquer que je ne portais rien sous mon jumper. Il partagea les pièces avec moi, pour « casser la croûte ».

Une fois dehors, il m'emmena à la poste voir s'il y avait un message de Buck ou de Kasale. Le chef de la poste, Emil Sydon, dit : « Pas de courrier, Tom. » Nous retournâmes prendre nos chevaux pour les emmener se faire soigner chez Dunbar, Third and Frémont. Nous repartîmes vers l'Oriental Saloon et nous nous glissâmes par les portes battantes jusqu'au bar. Il n'y avait personne, à part deux hommes à l'autre bout du bar, et quatre joueurs de cartes attablés.

« Du whisky et deux verres », commanda Tom.

Le garçon poussa vers nous une bouteille et deux verres.

« D'où êtes-vous, les gars ? demanda-t-il.

– Nous allons à Tucson, par les Dragoons, répondis-je, lançant un coup d'œil à Tom pour voir sa réaction.

– Ouais, on fait un peu de prospection dans le coin, ajouta Tom, posant une pièce sur le bar. Voilà pour vous !

– Dis donc, comme se fait-il que tu aies les cheveux aussi longs qu'un Indien ? me demanda le barman.

– Ça fait un bout de temps que n'sommes par monts et par vaux, répondit vivement Tom. Moi, j'ai fait couper les miens y'a quelque temps, mais Ramon est trop radin pour s'offrir l'coiffeur. Il dit que ça lui fait économiser de quoi se payer quelques petits verres supplémentaires.

– V'savez, dit le barman, continuant à m'observer, ce type, avec un bandeau et une couverture, on le prendrait pour un Apache. »

J'avais, sur mes cheveux à l'apache, un sombrero mexicain ramolli et portais des jeans américains, un jumper bleu crasseux et des bottes du Texas. Je plaisantais : « J'ai du sang mexicain dans les veines, il se peut que j'en aie aussi un peu d'apache. »

Le barman éclata de rire : « Laissez-moi vous offrir un verre, les gars. » Il remplit nos verres à ras bord. « Comment t'appelles-tu, m'as-tu dit ?

– Je ne t'ai pas dit, mais je m'appelle Ramon Rodriguez.

– Bien un nom *greaser*, ça ! »

Sans doute pour changer de sujet, Taglito demanda ce qu'étaient devenus les gens qu'il avait connus depuis l'époque de la première ruée vers l'argent. Le barman lui donna les renseignements sur tout un chacun. Lorsqu'il en vint à sa version de la bagarre à coups de fusils entre les Earp et les Clanton, Tom l'interrompit :

« Oh la la, vous, par ici, mélangez parfois un peu tout ! Maintenant, à mon tour de vous payer une tournée. T'acceptes, barman ?

– D'accord. Cela me fera du bien après tout ce que je viens de dire. » Il me regarda : « Ramon, je m'appelle George Fowler. Présente-moi à ton copain. »

Tom tendit la main, disant :

« Excuse-moi, je n'ai pas dit mon nom. Je suis Tom Jeffords.

– Oh, nom de Dieu ! » Les yeux de Fowler s'écarquillèrent : « Et c'est à Tom Jeffords que j'ai raconté tout ça ! »

Nous nous arrêtâmes au Grand Hôtel pour y faire un peu de toilette avant d'aller dîner chez Cashman. Nous prîmes ensuite quelques petits verres ici et là, et nous nous couchâmes de bonne heure. C'était ma première nuit d'hôtel.

« Niin-yo, me dit Tom qui, le lendemain matin, continua chemin faisant à parler anglais. Je suppose que tu te rends compte maintenant que la meilleure façon de te conduire avec les Blancs est de dire du bien de tout, ou de ne rien dire du tout. »

Je songeai que le vieux Taglito voyait juste une fois de plus. Je ne pouvais exprimer ma rancune sans m'attendre à être brutalement rabroué et même à risquer ma tête. Tant que je n'ouvrais pas la bouche, on m'acceptait, comme l'avait prouvé mon passage à Tombstone. Il m'arrivait de temps à autre de prendre la décision de me joindre aux Blancs. Le passé m'avait enseigné que je ne pouvais les vaincre. Je ne pensais pas pouvoir oublier le passé. Mais à quoi bon monter un cheval mort ?

Je parlai à Tom de mes intentions. J'avais un but et comptais bien l'atteindre. Mais je ne me couperai pas les cheveux ! Taglito eut un petit grognement : il ne s'inquiétait pas à mon sujet, je saurais me débrouiller chez les Pinda-Lick-O-Ye. Et il m'accorda un de ses rares sourires. Je me suis rappelé ce sourire et ces paroles toute ma vie.

Le soir, rentré au campement des Dragoon Mountains, je racontai à ma mère que j'avais essayé d'imiter Tom : ce qui importait n'était pas ce qu'il disait, ou sa manière de le dire, mais ce qu'il taisait. Ma mère sembla contente. Puis, à tour de rôle, nous nous préparâmes pour la nuit. J'écartai quelques pierres du pied, étendis ma couverture et m'y enroulai – en bon Indien.

Le lendemain, nous prîmes la direction du nord en ayant soin d'éviter les quelques fermes de la région. Nous nous arrêtâmes seulement pour abreuver nos chevaux et boire nous-mêmes. Ce fut une longue journée. Le jour suivant, après avoir contourné Benson, une ancienne ville de cowboys, nous arrivâmes au crépuscule à un ancien lieu de campement indien, près du rio Santa Cruz, alors presque à sec. Nos femmes préparèrent le camp et je m'occupai des quatre chevaux et des deux mulets. Taglito tua dans la brousse quatre lapins qui, accompagnés de ce que nous avions emporté, nous permirent de faire un bon repas.

Le lendemain, nous laissâmes derrière nous la mission San Xavier et Sentinel Peak ; et vers midi, les sabots de nos chevaux faisaient trembler le pont de bois de la Congress Street de Tucson. Nous fîmes un premier arrêt à la poste ; n'y trouvant aucun message de Buck Green ou de Kasale, nous en conclûmes que tout allait bien à Pa-Gotzin-Kay.

Nous attachâmes nos chevaux en face du restaurant Shoo Fly. Taglito y entra, suivi de ma mère et de Nadina qui ouvrirent tout grands leurs yeux, et nous nous dirigeâmes vers une table recouverte d'une nappe à carreaux rouges. Tom et moi eûmes fort peu à dire car ma mère et Nadina s'en chargèrent, dans un anglais qu'elles croyaient bon, sans cesser d'observer la salle d'un bout à l'autre.

Un homme en veston blanc s'approcha et s'exclama : « Ça, alors ! Tom Jeffords ! » Taglito l'appela « Rusty », et, lorsque nous fûmes installés, lui commanda quatre côtelettes garnies. Rusty nous assura qu'il allait nous en apporter de très bonnes, même s'il devait tuer un bœuf spécialement pour nous. Il revint presque aussitôt avec une grande soupière. Tom y plongea la louche et nous servit quatre petites bolées.

Nadina et ma mère mangèrent sans cesser de bavarder. Rusty apporta ensuite un grand plat de côtelettes accompagnées d'une nouvelle sorte de pommes de terre, des frites françaises, ainsi qu'un flacon d'un liquide brun et un autre d'un liquide rouge. Il nous demanda si nous désirions quelque chose à boire en plus du café, et ma mère le comprit assez bien pour lui répondre immédiatement : « Lemon-dade. » Et tout le monde se jeta sur les côtelettes. Je ne sais qui de nous quatre eut la meilleure, mais je n'en ai jamais mangé d'aussi bonnes depuis. Je dégustais tranquillement la mienne quand Rusty apporta une cruche où tintait de la glace. Tom, voulant nous servir, fit le geste de la prendre – en même temps que ma mère. Il s'immobilisa alors un instant, hésitant, et Nadina lui donna une petite tape taquine sur la main. La cruche se renversa sur la nappe et nous éclaboussa tous de limonade.

Tom murmura un gros mot. Les autres convives, que jusqu'alors, nous n'avions pas remarqués, se mirent à rire. Rusty semblait sur le point d'en faire autant, quand quelqu'un cria du fond de la salle : « Geronimo ! » Une femme hurla et un homme grogna : « Oh, tais-toi ! »

C'est alors que Rusty réalisa que les trois compagnons de Taglito étaient apaches. Il lança deux jurons à Tom, qui lui enjoignit de se taire et de nous trouver une autre table. Il nous installa près de la fenêtre et nous continuâmes à manger nos côtelettes, nos frites et nos pêches au sirop. Les gens s'étaient calmés, et nous buvions tranquillement notre café lorsque Nadina s'empara tout à coup de son os de côtelette et de celui de ma mère, et les lança par la fenêtre à des chiens qu'elle avait vus dehors. Il y eut immédiatement un beau vacarme que ma mère apaisa par un flot d'invectives apaches.

Il y eut dans la salle un mélange de cris et de rires, qui se calma rapidement. Rusty, devenu doux comme un mouton, nous apporta une seconde cafetière avec un gâteau encore tout chaud. « De la tarte aux pommes ! s'exclama ma mère. Comme chez Buck ! »

Tom la coupa en quatre et nous en donna une part à chacun. Et c'était vraiment de la tarte !

Rusty revint demander si nous voulions encore quelque chose. Comme Tom faisait non de la tête, il nous demanda un dollar quatre-vingt-dix. Tom lui tendit une pièce d'or de cinq dollars en lui faisant un clin d'œil[1].

1. Voir le *Arizona Daily Star,* Tucson, 9 mai 1896. (A.K.G.)

Dehors, apercevant des portes battantes qui me paraissaient familières, je me dirigeai vers elles. Mais Tom me retint et nous détachâmes nos chevaux pour nous rendre au magasin Ochoa voisin. Taglito dit à nos femmes d'attendre dehors avec les montures, et j'entrai avec lui. Nous achetâmes du sucre, de la farine, des haricots, des citrons, des pommes de terre, du bacon, du sirop d'érable, du café, du sel et quelques boîtes de conserve. Je m'achetai aussi un couteau Barlow.

Ce soir-là, nous campâmes au Steam Pump Ranch, et le lendemain nous prîmes le chemin du Owl Head Ranch de Taglito, dans les Tortillita Mountains. La véranda était entourée de sahuaros géants et d'une barrière aux piquets blancs en mauvais état. Pendant la longue absence de Tom, les mauvaises herbes avaient envahi la cour. Derrière, une pompe, une fois que nous l'eûmes mise en marche, nous donna un beau jet d'eau claire.

Pendant que Tom ouvrait la maison et la faisait visiter aux femmes, je déchargeai les mulets et dessellai les chevaux. Il y avait huit étalons dans l'écurie, mais l'étable et la grange étaient vides de foin, si bien que je laissai les bêtes en liberté dans le pré derrière la maison.

Nous venions de terminer le déchargement de nos provisions lorsque je vis deux cavaliers approcher. J'appelai Tom qui sortit sur le porche voir s'il les connaissait. C'étaient deux Blancs, et l'un d'eux avait un fusil dans la sacoche de sa selle. Comme nos armes étaient encore sous le porche, je pris deux carabines et en tendis une à Tom, qui me la rendit presque aussitôt.

« C'est Billy Fourr… et John Rockfellow ! dit-il. Que peuvent-ils bien vouloir ? »

Ils vinrent jusqu'à nous, mirent pied à terre et échangèrent quelques gentilles plaisanteries avec Tom, qui me présenta comme Ramon Rodriguez, qu'accompagnaient sa mère et sa tante. Billy Fourr, un vieux rancher aux jambes arquées, propriétaire de terres sur le versant nord du Dragoon Range, était un ancien éclaireur de l'armée. Il avait un message pour Tom : des gens de l'Est voulaient lui acheter sa mine de Owl Head. John Rockfellow était instituteur et touchait un peu à la prospection ; il voulait avoir l'avis de Taglito sur sa dernière opération minière. Quand ils se mirent à parler du temps où Cochise et Geronimo provoquaient le désordre dans le pays, Taglito leur révéla mon vrai nom, ce qui prolongea notre conversation fort tard dans la nuit.

Le lendemain, comme d'habitude, Taglito fut le premier debout. À mon réveil, je le trouvai en train de battre la pâte des galettes tandis que le café bouillait et que le bacon cuisait. Il avait une longue planche à feu sur laquelle on pouvait disposer huit gâteaux à la fois. Je lançai un tel « whoop » apache que cela fit bondir de leurs couvertures les deux invités qui dormaient sous le porche. Les galettes étaient bonnes, et le porc salé délicieux. Ma mère dit à Taglito qu'il était meilleur cuisinier qu'elle et fit vœu, si elle restait chez lui assez longtemps, de devenir aussi grosse que Nadina. Ce fut le bouquet. A-t-on jamais entendu deux femmes apaches s'envoyer des compliments à double sens ? Quant à nous, les quatre hommes, nous fîmes un repas fort gai qui dura presque toute la matinée.

Après le départ des visiteurs, Tom et moi, prenant la direction de l'est, nous rendîmes au pied d'une butte isolée dans le désert – sa forme évoquait une tête de chouette –, empruntant une route ravinée par les pluies saisonnières. À mi-hauteur du flanc de cette butte, la route se terminait sur les piquets d'un puits de mine béant comme la gueule d'un monstre préhistorique. Nous mîmes nos chevaux au fourrage derrière un abri dont les portes de devant et de derrière étaient fermées par de gros rochers. À côté du puits, se trouvaient un four de brique tout noirci, avec les soufflets pour l'attiser, et deux piles de bois de mesquite coupé en petites bûches faciles à brûler. C'était le fourneau qui fondait le minerai pour séparer la pierre de l'argent. Taglito m'expliqua qu'il utilisait le vieux procédé mexicain *con fuego*.

Nous allumâmes des lampes et descendîmes dans la galerie, où se trouvaient une vieille brouette, plusieurs pelles, un unique cric (pèse-argent) fort usagé et un pic au manche cassé, la pointe fichée en terre. La brouette était à moitié pleine de minerai ; j'en pris un morceau. Il était lourd, ce qui signifiait qu'il avait une forte teneur en métal blanc. À mi-hauteur d'homme, un épais filon d'un demi-pouce, qui me parut être d'argent pur, courait d'un bout à l'autre du gradin. Tom admit que la veine avait huit pouces de large, mais il craignait qu'elle ne se rétrécisse plus loin. Lorsque je lui rétorquai qu'elle pouvait tout aussi bien s'élargir, il me répondit que j'étais le seul Apache *pollyanna* (naïvement optimiste) qu'il connaisse, mais qu'il voulait découvrir la veine plus avant pour prouver à ces gens de l'Est qu'ils n'achetaient pas un porc dans une vessie ; il me montra comment et où creuser ; nous travaillâmes tard et ne rentrâmes qu'après la tombée de la nuit.

Ma mère et Nadina nous avaient préparé un ragoût de bœuf salé ; après le repas, on fuma une cigarette tout en bavardant. Comme toujours dans de pareilles occasions, nous évoquions les problèmes des Indiens, la riposte de Mangas Coloradas en 1863, le massacre, par les Blancs, de la tribu du chef Eskiminzin des Aravaipas près du vieux corral hanté, en 1871, et la mort du chef Cochise en 1874. Ma mère et Nadina prononcèrent plusieurs fois le nom de

Clum, mais Tom fit dévier leurs pensées vers notre Peuple qui se languissait en Floride et vers ceux des nôtres qui étaient parqués dans des réserves. Notre sort, en comparaison, était enviable.

Après trois jours de rude travail dans les gradins de la mine, Tom parut satisfait – du moins il dit qu'il l'était. Nous étions trop fatigués, le dernier soir, pour parler du passé et encore moins pour nous soucier de l'avenir. Tom et moi étions si exténués que nous remarquâmes à peine que les femmes avaient nettoyé la maison, déplacé les meubles, remis en place le tuyau du poêle, désherbé la cour, brûlé ce qu'elles avaient arraché et réparé et blanchi la clôture.

Le lendemain matin, nous chevauchions tous les quatre vers le sud. Nous eûmes vite fait, sans les mulets, de traverser la forêt de sahuaros géants du Tanque Verde, itinéraire qui nous permit d'éviter Tucson. La nuit, nous campâmes dans un bosquet de cerisiers sauvages à quelques kilomètres de Benson. En repartant, nous dûmes ajouter plusieurs kilomètres à notre route avant de trouver un passage dans la ligne de barbelés qui longe les deux côtés du misérable sentier du Southern Pacific. Au milieu de l'après-midi, nous arrivions à la bouche du Mescal Cañon et aux premiers bâtiments du ranch de Billy Fourr. Il se trouvait juste au sud de la voie qui traverse maintenant le cañon du Texas.

Le jour suivant, nous adoptâmes un pas de promenade qui nous fit arriver à Tombstone dans l'après-midi. Nous montâmes notre camp dans d'anciens terrains de bivouac de la cavalerie, puis Tom et moi nous rendîmes aux bâtiments de l'école qui, construits sur l'accotement du cimetière de Boothill, donnent sur l'affreuse rue Allen. Tom entra, ouvrit la première porte qui se présenta et trouva John Rockfellow. Nous bavardâmes quelque temps, puis décidâmes que rien n'empêchait Tom d'aller tout de suite juger de la mine de l'instituteur.

Empruntant d'abord la Slate Pass vers le sud-ouest, nous obliquâmes ensuite vers le sud le long d'une falaise de granit, au pied de laquelle se trouvait le trou des prospecteurs. Ces fouilles avaient l'air de travaux d'amateur, comparées à celles de Tom. Elles avaient environ vingt pieds de profondeur et formaient un gradin presque régulier. Je restai à garder les chevaux pendant que Tom et Rockfellow y descendaient. J'eus le temps de me rouler une cigarette et de la fumer avant qu'ils ne remontent, chargés de minerai. Taglito examina la roche où il trouva, au milieu de l'ardoise, une bonne veine de métal blanc. Il grommela quelque chose sur la pierre ponce. La veine d'argent pouvait grandir, s'élargir – mais elle pouvait aussi s'arrêter net. C'était un pari. De toute façon, rien ne laissait supposer la présence d'eau.

Ils discutèrent ainsi quelque temps, puis Rockfellow nous invita à dîner chez lui. Il nous expliqua que sa femme, Flora, était originaire de l'Est et avait beaucoup lu sur le chef Cochise et son célèbre Frère de sang, Taglito. Aussi, puisque le légendaire Taglito et le petit-fils du noble chef se trouvaient si près d'elle, il serait dommage de ne pas les lui faire rencontrer.

Nous repartîmes donc en ville avec lui. Mais en arrivant chez Rockfellow, j'étais furieux. Nous avions eu beau lui dire que ma mère et Nadina nous attendaient à notre campement en bordure de la ville, il ne nous avait pas offert d'aller les chercher[1]. Chez lui, nous fûmes accueillis par son jeune fils,

1. Taglito me raconta plus tard que Rockfellow avait entendu parler de l'incident du restaurant Shoo Fly et qu'il redoutait que quelque chose du même genre ne se reproduisît. Ayant en vue une situation

Philip, et un berger écossais à la queue frétillante. Rockfellow nous présenta à une très jolie femme.

« Flora, je te présente un de mes amis : Tom Jeffords, le Frère de sang du chef Cochise ; et le petit-fils de Cochise, Niño.

– Oh, mon Dieu ! Mr. Jeffords ! Jamais je n'aurais cru rencontrer un jour quelqu'un d'aussi célèbre que vous ! » Puis se tournant vers moi : « Parlez-vous anglais ? »

J'allai lui répondre dans sa langue quand Rockfellow, me faisant un clin d'œil, lui dit :

« Flora, il faudra que tu lui parles par l'intermédiaire de Mr. Jeffords.

– Eh bien, dites-lui qu'il est le bienvenu chez nous », sourit-elle.

Je me tournai vers Tom à qui je dis en apache : « J'en connais un qui sera bien embarrassé. »

Il répondit, également en apache : « Oui, mais il n'aura qu'à s'en prendre à lui-même. Retire ton bandeau. »

Je portais, comme d'habitude, le bandeau de ma tribu, et, lorsque je l'ôtai, mes cheveux me tombèrent sur les épaules. J'étais vêtu d'une chemise de cow-boy en laine d'un blanc cassé, d'une ceinture à clous d'argent munie d'un étui à couteau, de jeans et de bottes à éperons. Flora jeta sur moi un regard de dame distinguée, puis l'arrêta sur mes cheveux.

« Ainsi, c'est le petit-fils de Cochise. Je ne le trouve pas impressionnant. »

plus élevée, il devait éviter tout scandale. Juste après notre visite, il s'installa à Tucson, où il prit un poste de professeur de mathématiques à l'université de l'Arizona.

Voir *Log of an Arizona Trail Blazer,* copyright 1933, paru chez Arizona Silhouettes à Tucson en 1955. Mais tout en faisant un excellent récit des débuts de Niño Cochise dans le pays, l'auteur ne rapporte pas l'incident survenu au restaurant Shoo Fly.

Encore furieux de l'affront porté à ma mère et à ma tante, je ne pus laisser la plaisanterie durer plus longtemps.

« Je suis désolé, madame, si j'avais prévu les intentions de votre mari, j'aurais essayé de vous impressionner davantage. »

La jeune femme perdit un instant contenance, puis dit : « Je crois que nous avons tous les deux été joués. Puis-je vous offrir à tous trois quelque chose à boire avant de dîner ? » Et sans attendre de réponse, elle quitta vivement la pièce.

« Tu as tout gâché, dit Rockfellow. Flora ne savait pas que certains Indiens parlent notre langue.

– Bien fait pour toi », grogna Tom.

Le silence s'installa dans la pièce du devant jusqu'au retour de Mrs. Rockfellow, qui apportait une carafe de whisky et des verres.

Pendant le dîner, elle m'assaillit de questions : que pensais-je de la façon d'agir des Blancs, de leur attitude actuelle envers les Indiens, etc. Je lui répondis que je ne savais pas grand-chose, car je vivais avec ma tribu au Mexique, dans la sierra Madre : je ne m'étais pas rendu aux Blancs.

Elle voulut alors savoir si je venais à Tombstone pour me rendre et eut l'air fort surprise lorsque je lui répondis que je me promenais tout simplement avec mon ami Tom Jeffords. Je lui expliquai qu'après la reddition de Golthlay en 1886 et la cessation des raids aux États-Unis et au Mexique, nous, les Apaches, étions devenus ranchers, fermiers et mineurs. Nous demandions conseil aux Blancs en qui nous avions confiance. Ignorant cela, elle me demanda de répéter le nom de mon oncle.

« Geronimo ! criai-je presque. Golthlay en apache ! C'était le frère de ma mère, et Naiche était celui de mon père.

– Je dois m'excuser d'avoir dit que vous n'étiez pas impressionnant. Vous êtes plus que cela. Vous êtes fascinant. Où avez-vous appris à si bien parler anglais ?

– Nous avions un professeur qui, devenu membre de notre clan à la suite de circonstances personnelles, nous a appris à tous l'anglais, et à certains d'entre nous à lire et à écrire. S'il avait vécu plus longtemps, il nous aurait aussi appris l'arithmétique.

– Que lui est-il arrivé ?

– Il a été tué au cours d'une bataille à Basaranca.

– Je le savais bien ! Les Apaches sont toujours en train de se battre. »

Je lui expliquai que c'était à la demande de l'alcade que nous étions allés pourchasser les hors-la-loi américains qui terrorisaient les villes frontalières. Et ce faisant, j'avais perdu deux de mes meilleurs guerriers et notre professeur. Lorsque nous fûmes sur le point de partir, elle dit :

« Vous êtes l'homme le plus fascinant que j'aie jamais rencontré, Master Cochise.

– Tu ferais mieux de l'appeler « Chef », sans cela il risque de te scalper, lui dit son mari en souriant.

– Je crois que Mr. Cochise est plus gentleman que toi, John Alexander Rockfellow », dit-elle, une note de défi dans la voix.

J'étais de son avis mais n'en demandai pas moins à son mari : « Pourriez-vous me donner quelques livres scolaires : une grammaire anglaise, des manuels d'exercice d'écriture et de mathématiques, etc. ? Des livres usagés me conviendraient parfaitement.

– Bien sûr, répondit-il. J'en ai justement dans ma bibliothèque ici. Accordez-moi quelques minutes, et je vous rapporte de quoi remplir vos sacoches. »

Nous prîmes congé de nos hôtes et nous dirigeâmes vers la rue Allen où nous entrâmes dans un saloon boire un verre en vitesse. Notre ami George Fowler, le barman bavard, m'accueillit :

« Comment que ça va ? Tu ne t'es pas encore fait couper les tifs ?

– Si je l'avais fait, j'pourrais pas me payer ce verre, répondis-je. Mais Tom s'est rasé l'autre jour ; cela lui arrive une fois par an. »

En riant, il plaça devant nous une bouteille et deux verres. Juste à cet instant, Scott White, le shériff, entra et vint droit vers nous.

« Tom Jeffords ! Dieu, que je suis content de te voir ! Cela m'évite une longue route. J'ai un message pour toi.

– Ouais ? Qu'est-ce que c'est ?

– Un télégramme complètement dingue, qui est arrivé cet après-midi. Je l'ai laissé au bureau, mais voilà ce qu'il dit : "Buck Green dit que Kasale demande combien une vache a de pattes."

– Ah ! m'exclamai-je. Je comprends.

– Qu'est-ce que cela veut dire ? » demanda Taglito, en apache.

Je lui expliquai en apache : « Un jour où j'étais ivre, je me suis attiré la colère d'une femme de Basaranca à qui j'avais dit qu'elle dansait comme une vache à cinq pattes. Kasale m'aida à me tirer d'affaire et cet incident est devenu un sujet de plaisanterie entre nous. Et avant de partir de chez Buck, nous avons convenu d'employer cette expression pour m'avertir d'un ennui. »

Nous vidâmes nos verres, dîmes *Ya-lan* (au revoir) au shériff et au barman, et nous dirigeâmes vers les portes battantes. Et juste comme nous sortions, nous entendîmes Fowler crier : « Hey ! Tu m'as dit que t'étais un *greaser*. Ce que j'ai entendu m'a bien l'air d'être de l'apache ! »

Ma mère et Nadina étaient furieuses lorsque nous arrivâmes au camp, mais elles oublièrent vite leur colère lorsque je leur parlai du message de Kasale. Nous nous préparâmes à partir tous les trois pour Pa-Gotzin-Kay, et Tom pour Owl Head. Nos chevaux avaient besoin d'être ferrés et comme une longue chevauchée les attendait, nous les menâmes chez Dunbar, laissant au gardien de nuit un mot demandant qu'ils soient ferrés le plus tôt possible le lendemain. En nous couchant, j'étais fort agité. Mais Taglito le pondéré réussit à me calmer.

9.

1896

LES DRAPEAUX ROUGES

Pour la piste, mes deux femmes ne nous valaient pas, mais leur détermination compensa leur manque d'efficacité. Nous atteignîmes le Mexique le soir même et franchîmes la frontière à la nuit tombée pour échapper aux patrouilles. Nous avions parcouru près de cent kilomètres et une journée de piste nous séparait encore du ranch Verde. Le lendemain après-midi, Kasale, qui nous avait aperçus alors que nous étions encore à un mile du ranch, arriva à notre rencontre.

« *Shis-Inday!* cria-t-il, *Shis-Coza-Idia!* (bienvenue au Chef, bienvenue à la Reine). »

Qu'il était bon d'entendre à nouveau l'accueil apache. Kasale nous raconta en chemin quelques-uns des événements survenus en notre absence.

À peine avaient-elles mis pied à terre que ma mère et Nadina s'affalèrent sur le sol, les yeux fermés. Pour elles, pour Nadina surtout, cela avait été une rude course. Une course comme dans l'ancien temps, où il arrivait à nos clans, alors souvent poursuivis, de parcourir cent cinquante kilomètres en un jour et une nuit. Notre retour de Tombstone avait un peu le même caractère d'urgence – même sans personne à nos trousses – car nous ignorions ce qui nous attendait.

Buck Green paraissait heureux de nous revoir. Ses fils emmenèrent nos chevaux dans la grange. J'expliquai à Green que Tom Jeffords avait dû rester à Owl Head pour faire visiter sa mine aux gens de l'Est. Anna Green et sa domestique sortirent chercher ma mère et Nadina qu'elles conduisirent dans la maison. Pour moi, j'enlevai ma chemise trempée de sueur, et allai m'asperger le visage et me doucher un bon coup la tête et les épaules au déversoir de l'abreuvoir des chevaux. Green me lança un sac de grosse toile avec lequel je m'essuyai, et je me sentis mieux. Il m'emmena ensuite sous le porche où il me désigna de la tête le grand fauteuil suspendu. Il entra et ressortit presque aussitôt, apportant une chemise propre et une bouteille d'Old Overholt. Puis il me raconta les nouvelles.

Durant notre absence, Kasale avait assuré reconnaissances et liaisons avec Pa-Gotzin-Kay. De leur côté, Buck et ses hommes avaient travaillé dehors, surtout la dernière semaine, pour rassembler et rentrer le bétail. Les six autres ranchers, qui avaient perdu du bétail, avaient surpris plusieurs « Drapeaux rouges » en train d'en voler. Ils avaient alors écrit au président Diaz une lettre de protestation mais n'avaient pas encore reçu de réponse. Ce parvenu de général Torres avait réuni une bande de partisans et était devenu une véritable épine dans le flanc américain ; il rêvait par ailleurs de prendre la place de Diaz sur le trône présidentiel.

Je me rappelai ce que m'avaient dit Taglito et Buck sur Torres : il avait aussi peu de chances de résister à Diaz qu'une boule de neige au soleil de juillet. Le vieux président était fort et astucieux, bien organisé, et tenait depuis longtemps le pouvoir. Élu en 1876, battu aux élections de 1880, il avait été réélu en 1884, et depuis il était resté président. Des gens complotaient constamment pour le renverser, mais personne n'y avait encore réussi. Toujours la révolution, toujours des Drapeaux rouges, toujours des promesses – tel était le Mexique des années 1890. Mais tout récemment, le général Joaquin Terrazas redevenu gouverneur du Chihuahua s'était à nouveau uni à Torres. À eux deux, ils réunissaient un millier de révolutionnaires.

Buck et moi avions tous les deux entendu le chef Kelzel maudire ces généraux. Mais il n'aurait pas fait alliance avec les ranchers américains pour protéger leur bétail s'il n'avait, lui aussi, perdu des bêtes à cause de Torres et Terrazas, et s'il ne craignait également pour sa tête. Torres avait envoyé le colonel de Vega confisquer le bétail sous prétexte de récupérer des taxes en retard. Les bêtes volées allaient s'ajouter aux troupeaux des haciendas personnelles de Torres et Terrazas. Les ranchers, surtout les ranchers américains, que Diaz avaient incités à acheter en premier lieu des terres mexicaines, avaient tout à perdre[1]. Telle était la cause de la réunion que Buck, Tom et moi avions tenue un mois plus tôt avec le chef Kelzel, Ammon, Tenny et James Grey.

Quatre ans auparavant, après avoir conclu la paix avec les tribus yaquis, Diaz leur avait alloué six mille lots de terre – qui faisaient d'ailleurs partie du territoire que leur avait reconnu le roi d'Espagne. Mais deux ans plus tard, les Yaquis étaient à nouveau en guerre contre la faction Torres-Terrazas et quelques généraux de Durango et de Sinaloa. Les généraux les avaient dupés, mais persuadèrent Diaz que les coupables étaient les Yaquis. Si bien que le président offrit cinquante pesos à tout soldat qui tuerait un Yaqui et lui en apporterait les oreilles. Les Yaquis firent alors le serment

1. Une des clauses du traité agraire mexico-américain de 1888, obtenue par les mormons qui voulaient coloniser le Chihuahua et le Sonora. (A.K.G.)

yori et allèrent encore plus loin : ils coupèrent la tête des Mexicains. Les généraux Izabel, Corral, Belandres, Zapata et un autre au nom miroitant de Luna Luz (lumière de lune) firent front commun avec Terrazas et Torres. Des centaines de Yaquis et d'autres Indiens furent encerclés, tués et faits prisonniers, et vendus comme esclaves pour soixante-dix pesos par personne.

Cajeme, le grand chef yaqui de l'époque, vint supplier Torres. Celui-ci le fit expulser du palais du gouverneur et jeter en prison (tous les murs étaient en adobe, ce matériau servait aussi de protection contre les balles des escadrons de tir). Kelzel, qui succéda à Cajeme, devint un Yori fanatique et les Yaquis se battirent, en bons tueurs qu'ils sont, jusqu'à leur défaite par les troupes régulières de Ramon Corral et de Luna Luz. Les *soldatos* pillèrent tous les villages yaquis de la vallée, violèrent et battirent les femmes – beaucoup d'entre elles en moururent. Je savais tout cela de source sûre, et je comprenais aisément pourquoi Kelzel ne voulait pas avoir affaire avec les leaders mexicains. Les Yaquis avait été aussi durement traités par eux que nous, les Apaches, l'avions été par les Américains. Sauf que les Américains n'avaient pas violé nos femmes. Les White-Eyes ne s'essayèrent pas à cela avec nous.

Après une bonne nuit de sommeil, Buck nous donna des chevaux frais ; les nôtres, exténués, avaient besoin de repos. Nous prîmes des raccourcis par le Juh's Cañon et le Duy Cañon, évitant ainsi Basaranca et la vieille forteresse de Chihuahua. Près des Bubbling Springs, un jeune éclaireur voulut nous provoquer, mais il était si heureux de nous voir qu'il en trébucha et que son fusil partit tout seul. La détonation se répercuta dans les collines de cannelliers.

Un groupe de braves, Chee en tête, arriva bientôt au galop, et nous escorta le reste du chemin. En chemin, Chee m'expliqua que tout s'était bien passé pendant mon absence, mis à part que Dee-O-Det s'était montré fort tatillon quant à la loi. Mais maintenant que j'étais rentré, ces difficultés allaient être miennes. Tout notre peuple était sorti pour nous accueillir. Dee-O-Det se précipita à ma rencontre, et m'embrassa :

« J'allais devenir fou ! J'ai une triste nouvelle pour toi. Notre ami le docteur Gutierrez a été exécuté à Basaranca. Ils l'ont accusé de trahison.

– Ce Torres ! m'exclamai-je. Je savais bien que le docteur avait tort de se fier à lui ! Que sont devenus Eugène et Nakai ?

– Ils fabriquent des canons et de la poudre, sous les ordres de Torres, répondit Chee. Basaranca est devenu une fabrique d'armes.

– Est-ce que tu leur as parlé ?

– J'ai parlé à Eugène. Il est marié maintenant, et paraît anxieux. Ce n'est plus l'Eugène que nous connaissions. »

Attristé, je détournai les yeux. Eugène et Nakai avaient accepté des grades dans la milice de Torres, assurant ainsi leur situation. Le docteur Gutierrez avait sans doute refusé de participer aux intrigues pourries de Torres, qui l'avait alors fait fusiller. Si seulement il m'avait écouté ! Il aurait encore vécu !

Je décidai d'essayer de voir Eugène. Je voulais venger le meurtre de mon bon ami, le docteur de Basaranca. Me tournant vers mon vieux confident, le shaman, je lui posai d'autres questions sur la mort de Gutierrez : il n'en savait guère plus que ce que lui avaient raconté quelques nouveaux arrivants venus vivre à Pa-Gotzin-Kay. Je le suivis, accompagné de Chee, et juste en dehors de notre enceinte, je vis des wikiups étrangers – de toute évidence ils n'étaient pas apaches.

«*Buenos dias, Senor Jefe! Adentro!*» Un grand Opata sortit d'un wikiup pour nous saluer.

Nous entrâmes chez lui comme il nous y invitait, et le shaman lui demanda de me parler de la mort du docteur. Il me raconta que la parole du général Torres était fausse, et comment le docteur n'avait voulu y entendre que vérité, et l'avait écoutée. C'était un homme de bien; il avait beaucoup aidé les Opatas. Un beau jour, il fut nommé par Torres percepteur des impôts et reçut l'ordre d'aller chez les Opatas exiger comme taxe leurs petits troupeaux de bétail. Le docteur protesta, mais le général, impatienté, envoya les soldats percevoir l'impôt à sa place. Ils emmenèrent les hommes prisonniers et les vendirent comme esclaves, violèrent et massacrèrent les femmes et les enfants. Lorsqu'il apprit cela, Gutierrez se fâcha avec le général, qui le fit alors exécuter par ses soldats.

Le grand Opata se lança ensuite dans une grande tirade sur ses propres malheurs. Il ne restait du peuple opata du Sonora que les quelques personnes qui l'avaient accompagné ici. Leur chef s'était rendu aux soldats qui l'avaient traîtreusement abattu. Douze Opatas seulement avaient réussi à disparaître dans les montagnes; mais ils y étaient presque morts de faim. Et ils avaient bien cru que c'était pour eux la fin lorsque Chee les avait surpris en train d'abattre un de nos veaux. Mais le chef Chee s'était montré bon pour eux et les avait amenés à Pa-Gotzin-Kay. Les trois familles aimeraient y rester. Il s'appelait Sanchez – Emiliano Sanchez. Comme il était le plus âgé, on l'avait désigné comme porte-parole de son peuple.

«Emiliano, tu seras le chef de ton peuple, dis-je. Je suis Niño, des Apaches. Comme tu le sais, Dee-O-Det est le chef de notre conseil – tu répondras de ton rôle devant lui. Chee est mon sous-chef. Viens me voir demain, je te donnerai des armes.»

Je rentrai dans notre enceinte avec Dee-O-Det. Après avoir dit à Chee que lui et moi irions à Basaranca le lendemain, nous nous séparâmes. Je voulais parler à Eugène et Nakai. Je m'imaginais très bien Nakai s'intégrant aux Mexicains ; mais Eugène ? Ce n'était pas possible, même s'il avait épousé une femme de leur race ! Et pourtant, d'après Chee, Eugène, Apache pur sang, n'était plus l'Eugène d'autrefois.

Le lendemain matin, pendant que je préparais quelques galettes et le café, Chee sella nos deux chevaux. Ma mère n'était pas encore levée. Après avoir mangé, nous parcourûmes rapidement la piste nord, jusqu'au bord du fleuve, avant de nous approcher de la ville autant qu'il était possible de le faire sans être vus. Chee m'avait prévenu qu'à l'entrée de Basaranca les soldats nous auraient arrêtés et interrogés. Le seul fait que nous soyons apaches leur aurait suffi pour nous coller à un mur. Après avoir attaché nos chevaux, nous nous frayâmes un chemin dans les broussailles le long de la rive, jusqu'au gros rocher qui dominait les caissons abandonnés des mineurs d'antan. Chee me montra la maison d'Eugène – une petite *casita* carrée avec une cheminée de brique rouge.

Il fallait attendre. J'étais encore un peu fatigué de ces derniers jours, si bien que nous nous reposâmes assis à l'ombre d'un arbre. Je me réveillai en fin d'après-midi. Après avoir jeté un coup d'œil autour de moi, je touchai Chee du coude. Nous échangeâmes quelques mots à voix basse et au crépuscule, nous nous glissâmes encore plus près de la ville, toujours sans nous faire voir. Peu après, une lumière s'alluma. Je lançai trois fois le cri du hibou, et attendis. Une silhouette apparut sur le toit. Je répétai mon appel. Un cri plaintif de chouette me répondit. C'était Eugène. Je lançai le cri du solitaire. Cette fois, Eugène, en répondant, sauta du toit. Je me glissai près de la maison.

« Oh, mon frère, tu as des ennuis ? le saluai-je.

– Tu es parti si longtemps ! Je ne savais que faire.

– Que faire à propos de quoi ? demandai-je avec impatience.

– De l'assassinat du docteur. On m'avait dit que si je n'obéissais pas à leurs ordres, ils enverraient Nakai à la tête d'une batterie de canon massacrer les nôtres à Pa-Gotzin-Kay.

– Et tu crois que Nakai les aurait menés jusqu'à nous ?

– Pas de bon cœur… Mais ce n'est pas un vrai Apache. »

Eugène m'apprit qu'il était devenu contremaître à la fabrique de poudre. Il y en avait déjà, en sacs, assez pour faire sauter tout Basaranca. Je proposai de le faire. Mais il dit que c'était impossible. Il était le seul Indien de Basaranca, et le premier d'entre nous qui paraîtrait en ville se ferait immédiatement tuer.

Nous discutâmes plus avant du problème et je compris pourquoi Eugène agissait d'une façon si peu apache. Il était pris au piège. Ayant appris ce que je voulais savoir, je le quittai et rejoignis Chee auprès des chevaux. Basaranca était un lieu à éviter. Si j'étais passé par la porte de la ville, j'aurais été un Indien mort. Torres était furieux de la façon dont j'avais traité les Yaquis qu'il avait poussés à nous envahir. Je compris que, menant en apparence une politique d'attente, il augmentait en réalité ses forces. Il aurait été dangereux pour lui de fabriquer des armes à Hermosillo. Chihuahua était également dangereux pour Terrazas, à cause du chemin de fer et de la proximité des grandes villes où Diaz se rendait souvent. Terrazas et Torres étaient tous deux des serpents à sonnette jouant le même jeu : renverser Diaz et piller les Indiens et les ressortissants américains.

Nous rentrâmes à la rancheria vers minuit. Je fus levé à l'aube le lendemain. Je discutai avec ma mère, pendant le petit déjeuner, de ces Mexicains imprévisibles, puis allai chercher Dee-O-Det pour lui demander une séance extraordinaire du conseil.

Je pris la parole : notre frère Eugène faisait du bon travail pour nous dans la ville des Nakai-Ye, où il était à même de voir si les changements survenant alentour ne menaçaient pas notre vie à Pa-Gotzin-Kay. L'homme fort du Mexique, leur *nant-ân* travaillait pour tout le peuple, mais devait sans cesse combattre les paysans qui essayaient de le renverser et de prendre sa place.

C'est de ces *siblings 'O'-ndi mba sitz'n' Na lti-i-gi-na* (ces petits coyotes qui sortent des trous comme des serpents) dont nous devions nous garder. Ils essayaient de voler le bétail des ranchers, comme ils avaient déjà volé dans la plaine celui des Yaquis et des Opatas. Ils essaieraient aussi de nous voler nos bêtes, et de prendre notre mine d'or et notre forteresse dans la montagne.

Mais nous saurions nous protéger. Si l'on rencontrait des soldats en traversant la plaine, il fallait se réfugier dans la montagne. S'ils nous poursuivaient, nous pouvions alors nous battre sur notre propre terrain. Il fallait aider les ranchers américains du Sonora et du Chihuahua ; ils nous aideraient aussi. Unis les uns aux autres, nous étions décidés à nous battre dans les vallées, dans les collines, dans les cañons et dans les montagnes. Ensemble, nous pourrions affronter les Mexicains et les détruire. Tel était le traité que nous avions conclu, notre frère Taglito et moi, avec les ranchers.

Le shaman conféra avec les membres du conseil, puis me fit le signe d'approbation. Lançant un coup d'œil rapide vers le ciel, je partis. Le shaman me suivit jusqu'au feu de ma mère où il s'assit sur une bûche. Chee et Kasale nous rejoignirent presque aussitôt. Puis, juste comme je parlais de la garde des pistes, nous entendîmes le pas rythmé d'un cheval montant sur la piste du plateau. Chee bondit et partit en courant à sa rencontre. C'était Asa, le garde avancé de la piste. Il dit quelques mots à Chee, puis repartit au galop. Chee revint nous dire : « Buck Green monte. »

Il arriva peu après et descendit de selle. Après avoir salué l'assemblée de nos hommes, le rancher, tout couvert de poussière, nous dit que d'autres ranchers, ainsi que Kelzel, accompagné de quelques guerriers, attendaient dans la vieille retraite de Chi-hua-hua notre permission de monter jusqu'à la rancheria. Kelzel avait refusé de monter sans prévenir, disant que « les sentinelles des pistes chihuahua tirent d'abord et demandent ensuite : "Que voulez-vous ? Ce à quoi un mort ne peut répondre" ».

La venue de tous ces étrangers à Pa-Gotzin-Kay me déplaisait. Mais Buck semblait savoir ce qu'il faisait, et je dus m'en accommoder. Comme il était parti avant le lever du jour, ma mère lui apporta du café et lui donna quelque chose à manger. Je dis à Hi-okee de prendre avec lui un homme, d'aller jusqu'à l'ancienne retraite dire à Kelzel et à ceux qui attendaient avec lui que Niño Cochise était prêt à les rencontrer, et de les escorter jusqu'à notre retraite.

Emiliano arriva et je le présentai à Buck. Il dévisagea Buck attentivement, puis lui dit, en me prenant comme interprète, que c'était la première fois qu'il voyait un *blanco.* Et il se mit à raconter à Buck ce que Torres avait fait aux Opatas dans la vallée de la Yaqui River.

Buck, Emiliano et moi fûmes bientôt engagés dans une violente diatribe contre les méfaits des Mexicains, et leurs lois maudites faites pour enrichir les *ricos* et supprimer les *Indios*.

Le shaman se mit tout d'un coup à me parler par signes ; j'acquiesçai et il se leva et partit pour revenir peu après.

Pendant mon absence, le vieux gredin s'était débrouillé pour se procurer du whisk! En de pareils moments, toutefois, c'était quelque chose d'appréciable.

Voyant la bouteille passer de main en bouche, d'autres hommes vinrent se ranger près de nous en attendant leur tour. Emiliano se sentit vite bien et Buck commença à s'animer. Pour avoir une chance de parler seul avec lui, je lui proposai une promenade jusqu'à Lookout Peak. À peine avions-nous fait dix pas qu'Emiliano était sur nos talons. Je le prévins que la montée serait rude, mais il se contenta de sourire. Il y avait là-haut un guetteur avec un télescope que m'avait donné Tom Jeffords. Je dis à Buck que nous pourrions regarder où en étaient les ranchers de leur montée, pour savoir quand les attendre.

De là-haut, nous avions vue sur des centaines de kilomètres carrés de désert[1]. Nous pouvions surveiller, avec notre télescope, les vallées du Yaqui, de l'Arros, de l'Escondito, de l'Azul, du Moctezuma, du Naco-Zari, du San Bernardino, de Los Embudos, des Ocho Rios – seuls quelques fonds échappaient au regard, ainsi que la plus grande partie de celle du Bavispe de Barranca. Basaranca n'était pas visible.

Klan-O-Tay, le guetteur de garde, m'informa que Hi-okee et Boa Juan venaient de disparaître sous les arbres, en dessous du Beduiat's Bluff, à l'endroit où un cañon bifurquait vers le Bavispe. Je réglai à ma vue les lentilles de quatre pouces du télescope et regardai. Je voyais le reflet du soleil sur un trou d'eau où un cavalier abreuvait sa monture.

Buck jeta un coup d'œil à son tour, et grommela : «Vous pouvez tout surveiller jusqu'au diable, d'ici, non ?»

1. Il s'agissait d'un télescope de puissance 20 et 40, fabriqué par Bausch et Lomb pour l'armée. Ce modèle fut abandonné, ainsi que les longues-vues binoculaires, après la campagne de 1880 contre les Apaches. (A.K.G.)

Je regardai une fois encore : une file de vingt-cinq cavaliers montait la piste. À en juger par leur allure, il leur fallait encore une heure pour arriver à notre rancheria. Je m'accroupis et roulai une cigarette. Emiliano fut tout surpris de me voir frotter une allumette sur l'ongle du pouce. C'était une allumette soufrée des Blancs, et s'étant trop approché pour voir, il fut saisi d'une quinte de toux.

Je l'entraînai rapidement jusqu'au wikiup du garde vingt-cinq pas plus bas où je trouvai un *xusage* (un sac en peau) à moitié plein d'eau. Sous le double effet du soufre et du whisky, Emiliano se tordait. Il s'allongea et ferma les yeux. Buck nous rejoignit, et lui jetant un coup d'œil, grogna : « Il allait très bien jusqu'à ce que tu lui aies fourré cette allumette sous le nez. »

Buck et moi rentrâmes au camp, où le repas de midi était servi. Le vieux shaman s'approcha lentement de notre table.

« Huum ! Que cette viande et ces pommes de terre sont appétissantes ! Et que le café sent bon ! » insinua-t-il. Et ma mère n'avait pas eu le temps de lui donner une assiette qu'il était assis à notre table. Ce vieux serin balourd, malgré toute mon affection pour lui, m'exaspérait parfois fortement. J'allais lui faire une remarque, quand ma mère m'appela :

« *Ciyé* (fils) ! » D'où nous étions assis, on voyait la piste de l'observatoire. Emiliano la descendait doucement, en trébuchant et en glissant. Je l'appelai et l'invitai à venir manger avec nous, mais il m'ignora et continua sa route vers son camp.

Un peu plus tard, Kersus, un des gardes, arriva au galop m'annoncer qu'un homme approchait par le sud. Il avait l'air d'un Tarahumara, était à pied et portait un drapeau blanc. La venue d'étrangers à Pa-Gotzin-Kay était devenue chose courante, et je dis à Kersus de le faire entrer. Tandis qu'il repartait au galop, Buck s'assit sous un arbre, le chapeau sur les yeux, pour faire un petit somme. J'avais bien envie d'en faire autant, mais un autre garde arriva, conduisant l'homme au drapeau blanc.

J'observai l'étranger; il était d'âge moyen, maigre, sale, nu au-dessus de la ceinture; il avait l'air nerveux ou apeuré. Sa peau était d'une couleur intermédiaire entre l'or et le cuivre. Un Indien typique, mais plus clair que nous, Apaches, qui étions brûlés par le soleil. J'attendis qu'il parle.

«Je m'appelle Jemez, Benito Jemez, dit-il, parlant un mélange de mexicain et de tarahumara. Je suis le cacique des Tarahumaras, qui furent autrefois un grand peuple. Nous ne sommes plus maintenant que trois cents et nous avons dû quitter nos terres du Temosachic. Après notre dernière défaite, j'ai fui dans les montagnes avec mon peuple, sans armes. Il y avait deux mille soldats en campagne contre nous. L'homme à qui je succède a été soumis à la *ley-fuga*[1] (loi de fuite) quand il s'est rendu l'année dernière. Il s'appelait Imochic. Maintenant, je viens à toi. Nous mourons de faim.

– Où êtes-vous maintenant? demandai-je.

– À trois montagnes à l'est, du côté chihuahua. Nous cherchons un endroit où nous arrêter pour soigner nos blessures. Personne n'est plus à l'abri de ces *Nakavdi* dévoreurs de taxes – non, pas même les *colonizadors* (les mormons) dont ils sont parvenus, à force de mensonges, à nous faire haïr. Ils leur ont dit que les Tarahumaras étaient des voleurs de bétail, et les Américains tirent sur nous dès qu'ils nous aperçoivent.

– Ils ne le feront plus, répondis-je. Vous êtes maintenant du côté des Blancs. J'y veillerai.

1. La traduction mexicaine de «loi de fuite». Les chefs militaires étaient bons joueurs – à leur manière. Ils accordaient à leurs prisonniers cinquante pas d'avance avant de commencer à tirer.

– *No comprendo.*

– Nous, les Apaches, nous te donnerons de la nourriture et des armes ; tu pourras alors retourner vers ton peuple. Avez-vous des chevaux ?

– Pas un. Nous les avons tous mangés. »

Je fis un signe à Dee-O-Det qui alla dans la kiva communale chercher un fusil et quelques cartouches. Ma mère donna un morceau de venaison au chef Jemez. Affamé comme il l'était, il l'engouffra. Comme presque tous ces Indiens du Nord du Mexique, il était devenu pauvre, famélique, abattu et craintif. Je lui dis d'amener son peuple chez nous, où il y avait de la place pour eux. Plus tard, je lui expliquerais comment il se retrouvait du côté des ranchers américains. On lui apporta un cheval, avec une selle faite à la main. Il se mit en selle. Je lui recommandai de ne pas manger ce cheval-là. Je tenais à le voir revenir. Et ajoutai, en manso apache emphatique : « *Ata-B'n-ata-yeyn huf'tan !* (je te souhaite de réussir). »

Il acquiesça de la tête et partit au galop. Je pensais : « Humm. Trois cents personnes de plus à nourrir. Comment vais-je faire ? Je peux leur donner à manger quelque temps, mais pas longtemps, ou nous mourrons tous de faim… »

Pendant que ma mère était absorbée dans les préparatifs du repas pour les ranchers, j'ordonnai à Chee de tuer et de dépecer deux bœufs pour le surlendemain, car il nous faudrait nourrir trois cents Tarahumaras, et d'en prévoir deux autres encore pour le jour suivant. Je lui demandai aussi de préparer environ vingt sacs de blé, de pommes de terre et de haricots *pinto,* ainsi qu'une quantité suffisante de café et de *chili.*

Cela me rappela notre arrivée à nous, les Apaches, et la longue période du début où nous n'avions rien d'autre à manger que des lapins, des taupes et des noix. Nous n'osions alors pas quitter ces montagnes, et au fil des années, elles s'étaient montrées bonnes pour nous. J'en étais venu à les aimer et à me jurer de ne jamais en partir. Un jour, et pour l'éternité, j'en deviendrais une part. Les hommes passent leur temps à se battre pour décider qui possède la terre – alors que c'est en fin de compte la terre qui possède l'homme. Qui peut oser dire qu'une terre lui appartient ? Ne sera-t-il pas enterré en son sein ?

Ces pensées me fatiguèrent l'esprit. Je m'assis pour fumer et réfléchir. Puis Buck se réveilla et se mit à bavarder. Un peu plus tard, un garde vint nous prévenir que les ranchers traversaient les Bubbling Springs. Je contemplai le cercle des foyers allumés par nos familles. Assiettes et tasses commençaient à couvrir nos rustiques tables de bois. Deux moitiés de bœuf rôtissaient sur des feux de charbon. Sur d'autres feux, mijotaient des plats de haricots au *chili*, dont l'arôme se répandait loin dans la montagne. Du pain de blé cuisait sur des pierres. Et il y avait des chaudrons pleins de carottes, d'oignons, et de pommes de terre. C'était un véritable festin qui se préparait.

Je me retirai dans notre wikiup familial pour échanger mes vêtements de tous les jours contre mes habits de fête, plus appropriés à la réception de visiteurs. Dee-O-Det avait retiré son vieil accoutrement de shaman pour une grande tenue de sorcier ; et ma mère avait l'air d'une reine dans ses atours en peau de taupe.

Derrière Kasale qui conduisait nos trois chevaux, les invités pénétrèrent un par un dans l'enceinte où ils mirent pied à terre. Quelques-uns de nos hommes et de nos garçons emmenèrent les chevaux jusqu'à une petite clairière où ils pouvaient boire et brouter. Les salutations terminées, nous prîmes place autour des tables. À la mienne, étaient assis ma mère, Nadina, Buck Green, Ammon Tenny, Jim Grey, John Brewer, Nephi Parks, Jess Fisher, Al Bower, Benito Escalante et Dee-O-Det. Plusieurs cow-boys lourdement armés, le chef Kelzel, sa femme yaqui, Emiliano Sanchez et son fils aîné occupaient les tables voisines.

On ne parla guère, si ce n'est des mets servis. Et lorsque tout le monde fut rassasié, Dee-O-Det invita les hommes à prendre place au cercle du conseil. Les ranchers formèrent un demi-cercle autour du feu, et les chefs se réunirent de l'autre côté avec leurs suivants, placés derrière eux, selon leur rang. En tant qu'hôte et chef, je pris place au centre. Je m'y sentis tout petit, mais je me ressaisis et m'adressai ainsi au conseil :

« Membres du conseil, nous nous trouvons réunis ce soir avec les ranchers de la sierra Madre, que volent les dirigeants de l'État. On les a menacés de confisquer leurs propriétés s'ils ne paient pas leurs impôts. Vous savez tous que les Yaquis, les Opatas et les Tarahumaras, qui n'ont pas pu payer les leurs, ont été chassés de chez eux par les Drapeaux rouges. Beaucoup d'entre eux sont morts. Tous les membres du conseil connaissent, je pense, la triste histoire du chef tarahumara Jemez.

Le but de cette réunion est d'examiner la situation de ces pauvres gens, ainsi que celle de ceux qui sont réunis ici ce soir et qui sont menacés d'être dépossédés de leurs biens. Je vous demande d'écouter nos hôtes et de prendre la décision de les aider à combattre leurs ennemis comme si c'étaient les nôtres. J'ai parlé. »

Après en avoir discuté avec les membres du conseil, le shaman annonça que les ranchers avaient la parole.

« Je suis un des ranchers installés sur le côté chihuahua, dit en se levant un homme d'âge moyen. Je m'appelle John Brewer. Le président du Mexique, Porfirio Diaz, a encouragé les Américains à investir dans son pays et à le coloniser. C'est ce que nous avons fait, mes camarades et moi. Nous avons créé des emplois pour les vachers indiens, qui sont de bons employés. Mais le gouverneur du Chihuahua, le général Joaquin Terrazas, a augmenté nos impôts sans l'autorisation du président, pour lever une armée et le renverser. Le gouvernement du Sonora, le général Torres, a joint ses forces à celles de Terrazas. Porfirio Diaz a des difficultés dans d'autres États et nous informe qu'il ne peut envoyer aucun soutien fédéral.

Mon avis est que nous devons nous défendre seuls. Mais nous ne pouvons réussir sans votre aide. Je demande donc à la fameuse vaillance au combat des Apaches de nous venir en aide. En échange, nous les ranchers, veillerons à payer de retour ceux qui nous aideront. Nous fournirons armes et nourriture, ainsi que des graines pour ceux qui cultivent la terre ; et de quoi constituer un troupeau à ceux qui font de l'élevage. Voilà à peu près ce que j'avais à vous dire. »

Buck Green, le porte-parole des ranchers du Sonora, se leva à son tour pour faire écho aux paroles de Brewer.

Dee-O-Det fit voter les membres du conseil et annonça que nous prendrions parti pour les Américains contre les Drapeaux rouges. Je me levai et parlai des Tarahumaras. Ils devaient arriver dans deux jours et avaient besoin d'aide (je leur en avais promis) ; eux, à leur tour, nous viendraient en renfort. J'expliquai qu'une centaine d'hommes, parmi eux, étaient susceptibles, si on leur donnait des armes, de devenir des guerriers assoiffés de vengeance.

Le grand Jim Grey dit : « J'ai commandé cinq cents fusils pour Kelzel. Je peux en céder cent. »

Je me tournai vers Kelzel :

« Je t'en achèterai cent.

– Paieras-tu à la livraison ? demanda-t-il, détachant chaque mot et chaque syllabe, comme toujours quand il parlait espagnol.

– Je paierai en or. Quel est ton prix ?

– 1 200 reales. Chaque fusil est livré avec deux cents cartouches et une couverture. » Il ajouta que je pouvais passer les prendre au ranch de Grey quand je voulais. Je dis à Dee-O-Det d'aller chercher une barre d'or de six onces. Il s'éclipsa et revint avec elle. Puis il la donna à Kelzel en lui glissant : « J'espère qu'ils ne se chargent pas par le canon. »

Quelqu'un traduisit et le grand Jim explosa presque : « Ce sont des nouveaux Winchester 94, 30/30 ! Viens les prendre quand tu veux. »

J'annonçai que le lendemain serait jour de repos. Les Tarahumaras devaient arriver et nous donnerions un festin. Après quoi, j'irai chercher mes fusils. Dee-O-Det congédia le conseil. Et fidèle à lui-même, il produisit une bouteille de whisky et une grande cruche de mescal autour desquelles tous les hommes se groupèrent.

Le lendemain, je fus réveillé avant le lever du jour par quelqu'un qui coupait du bois. J'allai au feu de ma mère où restait de la veille une grande quantité de bœuf encore chaud. Après le petit déjeuner de nos hôtes, je chargeai Chee de faire faire le tour de la rancheria à un groupe mixte de ranchers et de Yaquis, et Kasale d'emmener ceux qui parlaient anglais. Je craignais que nos hôtes, en se promenant seuls, ne découvrent Sno-Ta-Hae. Il n'y eut de moments vides pour personne dans la journée et Dee-O-Det et moi eûmes peu à faire en tant que superviseurs, si ce n'est d'occuper Green qui nous suivait partout. Au crépuscule, une brume pourpre recouvrit les montagnes – signe, pour le shaman, de jours clairs à venir. Après le dîner, Dee-O-Det réunit un autre conseil où ce furent surtout les ranchers qui prirent la parole. Ils s'inquiétaient presque uniquement de l'avenir.

Peu après le lever du jour le lendemain, Hi-okee descendit au galop du Lookout Peak pour nous annoncer que les Tarahumaras, tous à pied sauf un, longeaient la piste de Juh. Ils avaient donc dû voyager une grande partie de la nuit et ils arriveraient un peu avant midi. Une atmosphère d'attente plana sur la rancheria.

Lorsqu'ils approchèrent, je remarquai que l'odeur de la nourriture faisait presser le pas à ceux qui étaient fatigués. On entendait un souffle rauque de respiration humaine et des traînements de pieds. Leur montée désordonnée devint une marche forcée lorsqu'ils se rapprochèrent de l'enceinte, puis ce fut la bousculade lorsque les plus lents voulurent rattraper les plus rapides. Le chef Jemez, venant directement vers moi, mit pied à terre, et me tendit silencieusement les rênes de son cheval.

Il y eut quelque temps un étrange bruit de voix qui se transforma bientôt en celui, plus silencieux, de personnes en train de manger.

Le repas orgiaque terminé – même les os furent rongés – je demandai que l'on me prêtât attention.

« Mes amis, dis-je, m'adressant d'une voix forte aux ranchers. Voici le chef Benito Jemez et ses Tarahumaras. Ce sont nos alliés et je leur fournirai des armes. Mais il leur manque beaucoup d'autres choses ; ils ont dû s'enfuir sans rien d'autre que les vieux vêtements qu'ils portaient sur le dos. Ils ont besoin de chevaux, de bétail, de couvertures, de semences, de harnais, de haches, de râteaux – de tout ce qui peut leur permettre de vivre par eux-mêmes. »

Buck Green leva la main le premier : il donnerait en gage trente chevaux, tous dressés pour être montés. John Brewer en promit autant, ainsi qu'Ammon Tenny. Jim Grey, plus prudent, dit qu'il en fournirait trente dans une semaine ; puis Jess Fisher, du ranch de San Bernardino, en proposa trente aussi. Nephi Parks, lui, enverrait douze vaches laitières, Al Bower, des graines, et Escalante, un troupeau de chèvres.

Cent cinquante chevaux ! Encouragé par cette réponse, je demandai aussi des outils de ferme, des couvertures, des ustensiles de cuisine, du sucre, du sel, et les ranchers répondirent positivement. Puis Brewer devint éloquent lorsqu'il décrivit, à sa manière, la situation :

« J'approuve tout à fait Niño ; si lui et ses Indiens nous protègent, nous leur devons notre aide. Et s'il a besoin d'outils, je veillerai à ce qu'il puisse s'en procurer. N'est-ce pas, master Grey ? ajouta-t-il d'un ton sarcastique.

– Comme vous voudrez, master Brewer. »

Buck me murmura à l'oreille : « Il a plutôt intérêt à ne pas le contredire. Son tripot est en grande partie financé par l'argent de Brewer. » Puis à voix haute : « Grey, puisque vous êtes situé juste au-dessous du San Berdoo, nous achèterons tout ce dont nous avons besoin chez vous. Vous avez payé vos impôts ? »

Cette question fit rire tout le monde, Grey excepté. Kelzel s'approcha doucement de moi et me chuchota en yaqui :

« C'est lui qui m'a payé pour que je lui apporte la tête d'Apla-Chi-Kit.

– Quoi ! Le grand Jim Grey était donc de cette espèce d'hommes qui font faire leur travail par des chasseurs à gages. » Cette pensée me donna des frissons.

« Il est très dur, mais paie bien.

– Alors, pourquoi ne t'acquittes-tu pas de ton travail honorablement ?

– C'est ce que je ferai la prochaine fois.

– Si jamais il veut ma tête, gare à la tienne. » Puis j'ajoutai : « Je viendrai prendre les fusils demain. »

Je m'éloignai. La façon de parler de Kelzel m'irritait. Les ranchers montaient en selle et s'apprêtaient à partir. Sentant une main sur mon épaule, je me retournai. C'était le chef Jemez. L'expression de son visage était éloquente. Je jetai un regard de côté, sans pouvoir me libérer l'esprit de Grey et de son coéquipier chasseur de têtes, le Yaqui-Yori.

J'emmenai Jemez dans un endroit dégagé à l'extérieur de l'enceinte où je lui dis d'y installer son peuple pour la nuit. Il lança un ordre et son peuple vint, se déplaçant rapidement. Ces gens n'étaient pas seulement fatigués et avides de repos, ils étaient obéissants. Levant une main pour demander le silence, il me présenta comme le grand chef des vaillants Apaches, à qui il avait fait serment d'allégeance.

Il leur dit ce que j'avais fait pour eux ce jour-là, et leur demanda si quelqu'un parmi eux croyait encore aux récits des atrocités apaches divulgués par les fonctionnaires *Nakavdi*. Puis il continua :

« Comment ces histoires entendues sur les Mansos peuvent-elles êtres vraies ? Grâce à qui nos estomacs, depuis si longtemps affamés, sont-ils maintenant repus ? Peut-on ajouter foi à de pareils récits quand les Mansos et les Blancs nous donnent des armes, des couvertures et des chevaux ? Et nous font nous sentir des hommes à nouveau ? Croyez-vous les mensonges mexicains sur les Apaches ? »

La réponse fut un « non » retentissant.

Mon peuple se mêla à ces gens et les aida de son mieux, en leur donnant des vêtements et des herbes contre l'indigestion ; le shaman, lui, lançait du hodenten en chantant.

Désirant me trouver seul, je repartis dans l'ancien wikiup de Ticer. J'étais obsédé par la pensée de Kelzel. Était-ce vraiment un ami ? – ou un ennemi rusé ? Devenait-il l'ami de quiconque le payait ? Ou n'était-il que l'ami de Grey ?

Je m'en étais peut-être fait un ennemi. J'aurais alors deux ennemis mortels ?

Ce fut en retirant mes kabuns que je me sentis le plus angoissé : j'avais là, sans compter les personnes de ma propre tribu, trois cents Tarahumaras, douze Opatas et cinq Yaquis. J'étais responsable de quatre cents personnes, non armées pour la plupart. Et nous resterions pour ainsi dire sans défense jusqu'à ce que nous soyons allés chercher les fusils de Grey. La trahison était chose courante en ce temps-là, et si Torres et les Drapeaux rouges apprenaient à quel point nous étions démunis, ils risquaient bien de venir nous assiéger et de nous rayer tous d'un seul coup de la surface du globe, nous ses ennemis. Et Pa-Gotzin-Kay serait toute rouge de sang !

Je remis mes mocassins : seule l'action pourrait m'apaiser. Je sortis à pas silencieux dans le calme de la rancheria. Je me rendis d'abord chez Jemez et lui dis de réunir et de m'envoyer rapidement dix de ses meilleurs hommes. Je passai sans m'arrêter devant les cinq Yaquis que Kelzel, pour prouver sa bonne foi, m'avait laissés en otages ; je voulais éviter de me mettre dans une situation où je dépendrais de lui. Quand les dix Tarahumaras furent réunis, je leur donnai des armes de la kiva, et les envoyai deux par deux monter la garde sur les sentiers de la colline pour le reste de la nuit. Je les plaçai sous les ordres de Jemez. Ces éclaireurs supplémentaires, ajoutés aux miens, détecteraient tout mouvement inquiétant dans un rayon de plusieurs kilomètres.

Levé avant l'aube, je réveillai Mangas-Chee et Boa Juan et leur demandai de réunir tous les hommes non réquisitionnés comme guetteurs et en âge de se battre. J'envoyai ensuite les jeunes Chi-hua-hua et Juh dire au chef Jemez de rassembler sa tribu et l'emmener sur le plateau de pâturages juste à l'ouest des Bubbling Springs. C'était l'une de ces étendues de prairies, fort retirées à l'abri d'une arête rocheuse et d'un infranchissable éperon de la sierra Madre. En cas d'ennui, les réfugiés seraient à proximité de Pa-Gotzin-Kay, tout en étant en sécurité.

Mes hommes et moi, emmenant quinze mulets de bât, partîmes sans même prendre de petit déjeuner. Nous traversâmes le cañon à fond de train et arrivâmes au ranch de Grey avec le soleil au zénith. Ce fut l'une des chevauchées les plus exténuantes que j'aie jamais faites, à la fois pour les hommes et pour les bêtes ; mais dans de telles circonstances, c'était nécessaire[1].

Le chef Kelzel se trouvait au ranch et savait que nous venions prendre les fusils et les couvertures. Jim Grey sortit d'un grand établi et nous salua de la main. Quand on nous eut montré où était notre tas de fusils, j'ordonnai à mes hommes d'entourer chacun d'eux d'une couverture et de les compter. Quand ils eurent fini, ils avaient un total de quatre-vingts fusils ; il en manquait donc vingt. Kelzel, qui se tenait près de nous, dut deviner mes pensées.

« J'en ai compté cent », dit-il en espagnol. Puis il jeta dans sa langue natale :

« C'est le nombre dont nous avions convenu et tu n'auras rien de plus.

– Kelzel, je t'accorde, pour me donner ces fusils, le temps de fumer une cigarette. » Puis, regardant le couteau-poignard de son ceinturon, je portai la main sur le mien : « Peut-être envisages-tu de me couper la tête. Dans ce cas, attaque tout de suite, Yori, car ton temps part en fumée. »

1. L'historien J. Frank Dobie écrivit plus tard que les Apaches obtenaient de leurs montures plus que n'importe quelle race au monde. Je crois que nous avons vérifié ses dires.

Il se dirigea vers la porte de l'établi juste comme Grey en sortait. Le rancher vint à moi : « Je n'aurais jamais soupçonné cela de la part de Kelzel, Niño, dit-il à voix basse. Ne vous laissez pas exaspérer par ce tordu de Yaqui. »

Je lui rétorquai que je tenais à ma tête. Quand il me demanda ce que signifiait cette allusion, je lui répondis qu'il comprenait certainement. C'était bien lui qui avait envoyé Kelzel à la recherche de celle d'Apla-Chi-Kit !

« Ce voleur de chevaux était un de tes amis ?

– Pas plus un de mes amis que celui d'aucun être humain. C'était un netdahe !

– À la bonne heure ! Je suis heureux d'entendre cela. Nous sommes donc amis ?

– Il le faut bien puisque nous avons à affronter un ennemi commun. »

On nous apporta les vingt fusils que nous chargeâmes rapidement sur les mulets et nous partîmes en hâte, sans prendre de munitions ; nous nous les procurerions en venant chercher les chevaux. Nous nous rendîmes au ranch Verde où les Green nous servirent tout ensemble un petit déjeuner et un déjeuner tardifs, en même temps qu'un dîner. Nous décidâmes de n'emmener que quinze des chevaux qu'ils nous donnaient et de laisser aux Tarahumaras le soin de venir chercher les autres. Il était impossible d'en ramener davantage sur les sentiers abrupts qui montaient à la rancheria. Et en montant les lacets escarpés du sentier du cañon de Juh, nous découvrîmes que nos chargements étaient trop larges pour les passages les plus étroits. Nous dûmes donc, pour ne pas risquer qu'un mustang ou un mulet apeuré ne bascule dans le vide, décharger quelques fusils et les porter à la main. Nous tenions autant à nos bêtes qu'à notre chargement.

Nous arrivâmes à la rancheria à l'aube. Nous avions exigé le maximum de nos bêtes sur plus de cent kilomètres de sentiers rudes et pénibles, d'un lever du jour à l'autre, et aucune n'avait succombé. Dee-O-Det était levé et je lui demandai de reprendre à nos hommes les fusils dont ils se servaient et de leur donner les nouveaux. Je fis envoyer les armes récupérées, vieilles mais encore utiles, chez les Tarahumaras, accompagnées chacune de quelques cartouches.

Le lendemain, je partis avec neuf Apaches et quinze Tarahumaras montés chercher les soixante chevaux des ranches de Tenny et de Brewer. Brewer me montra quelques outils de ferme et me les proposa. Parmi eux se trouvait une lourde charrue qu'il nous aida à démonter de façon à pouvoir la charger sur un mulet, et une herse, fabriquée chez lui, mais que je refusai, préférant pour le peuple de Jemez des râteaux et de petites herses. Après avoir aidé mes hommes au chargement, je dis à Chee de rentrer à la rancheria avec les Tarahumaras et l'équipement lourd. Je suivrais plus tard avec l'équipe apache et le troupeau de chevaux.

Je partis seul pour Campo Santo Naco-Zari-Oste où je me rendis chez Pablo Mendoza, un sellier bien connu. Le vieux *sillero* me dit quelle mauvaise affaire avait été pour lui la dernière commande du gouverneur du Sonora. Étant mexicain, pensais-je, il aurait dû se méfier de Torres. Il me montra un stock d'une centaine de selles de médiocre qualité, équipées de fourreaux, de poches et de couvertures. Quand je lui demandai son prix pour le lot entier, il leva les mains au ciel. Si je les prenais toutes, il serait content de me les céder contre le seul prix de son travail : 200 pesos en or. Il m'avoua que les selles étaient de qualité inégale, que certaines étaient moins bonnes que d'autres. Se méprenant sur mon silence, il leva à nouveau les mains au ciel en me disant de choisir les selles que je voulais, à deux pesos l'une. Je les examinai alors de plus près, ce qui lui fit perdre patience. Il cria qu'il les remettrait toutes en bon état – et se débarrasserait du tout.

J'acquiesçai, sortis de la poche de ma chemise deux billets américains de cent dollars que je lui tendis. Son visage perdit toute expression. Je lui expliquai les avantages des billets sur les pièces : le dollar valait deux pesos d'or, je lui donnais donc deux fois plus qu'il ne m'avait demandé. Et pendant qu'il tournait et retournait cette monnaie étrangère entre ses doigts, je lui dis que j'allais bientôt revenir avec soixante chevaux lui prendre les soixante selles en bon état. Il devrait arranger les autres que je viendrais chercher plus tard.

À mon arrivée au ranch de Brewer, il était trop tard pour repartir chez Pablo. Nous campâmes donc près des corrals pleins de chevaux gardés par mes braves. Une des femmes mexicaines de Brewer nous apporta du poulet frit. Et le lendemain, nous fîmes un petit déjeuner d'œufs et de pain blanc. Il nous fallut tant de temps pour mettre harnais et licous aux soixante chevaux, encore à demi-sauvages pour la moitié d'entre eux, que la matinée était déjà fort avancée lorsque nous nous mîmes en route pour Campo.

Le vieux Pablo nous accueillit avec un sourire d'orgueil. Il avait trié et mis à part les soixante meilleures selles. Nous entreprîmes de seller nos bêtes. Certaines étaient si rétives que nous y passâmes tout le reste de la matinée. Mais nous réussîmes tout de même, dans un nuage de poussière, à reprendre la route des collines.

Mais lorsque nous arrivâmes avec les chevaux dans le camp tarahumara, la pagaille était à son comble. Nous n'avions pu achever de brider et de monter les bêtes avant la tombée de la nuit. Et les Tarahumaras, qui n'étaient pas les meilleurs cavaliers du monde, se conduisirent comme de véritables enfants de Blancs sur des chevaux de bois. Ils compensèrent leur manque d'expérience par un plaisir débridé.

Pendant ce temps-là, j'expliquai en détail à Jemez comment envoyer trois groupes d'hommes aux ranches de Park, d'Escalante et de Bower, le premier pour en ramener avec précaution douze vaches laitières, les deux autres pour aller chercher le troupeau de chèvres et les sacs de graines.

Comme il en avait pris l'habitude depuis quelque temps, Dee-O-Det était assis à la table de ma mère. Il commença par m'irriter par ses commentaires sur cette expédition qui n'avait duré que deux jours au lieu de trois, comme c'eût été normal. Je lui expliquai qu'il était urgent de prendre possession de la totalité des armes et des chevaux avant que les Nakai-Ye n'essayent de nous envahir, et que nous devions faire nos provisions d'hiver avant le mauvais temps. Maintenant que nous avions tant de bouches à nourrir, il faudrait faire au moins deux voyages à Bisbee. Il comprenait très bien, je crois, et était au fond très fier de mes exploits, mais il me le montra d'une façon vicieuse en m'offrant un bol plein des plumes du poulet qu'il venait de manger.

Sur quoi, je demandai à ma mère si la loi prévoyait le cas d'un homme qui offre à son ami les plumes de la volaille qu'il vient de déguster. Et si le Grand Chef avait alors le droit d'écorcher un shaman arrogant. J'avais justement besoin d'une peau de shaman pour le mur de mon wikiup. Le vieux serin partit en croassant, après avoir plongé sa tasse dans la provision de café de ma mère.

Voyant, pas loin de nous, Chee en train de taquiner une jeune fille, je l'appelai. Il vint en courant. Je lui dis que nous aurions à faire un rapide aller et retour à Bisbee, que lui-même n'irait pas, mais qu'il devait former une équipe capable de mener un convoi de douze mulets. Je préparerais la liste des provisions à acheter et l'argent nécessaire. J'aurais moi-même bien aimé faire partie du voyage, mais j'étais plus utile à la rancheria où il fallait amener le reste des chevaux et de l'équipement prêté par les ranchers.

Cette nuit-là, je rêvais beaucoup, entre autres, que le shaman me faisait ligoter et pendre par les pieds à l'arbre de Ticer. Il aiguisait son couteau de cérémonie et me disait qu'il allait m'égorger : est-ce que je préférais qu'il commence par le dos ou par le devant ? Je m'éveillai à ce moment-là. Le shaman m'avait offert à boire de sa bouteille la veille, et je commençai à me demander si le vieux serin n'avait pas mis une potion magique dans son breuvage pour me donner de tels rêves.

Laissant Chee à la charge de la rancheria, j'emmenai Kasale et dix cavaliers vers l'est. Il faut habituellement vingt-quatre heures de chevauchée pour descendre de Pa-Gotzin-Kay jusqu'au ranch de Grey, mais à nouveau nous fûmes chez lui en deux fois moins de temps. Grey sortit sur le pas de la porte d'entrée pour nous accueillir. Il nous dit qu'il avait fait emballer le reste des munitions, et fait rentrer un troupeau de chevaux dans le corral qui se trouvait derrière la maison. Et lorsqu'il déclara qu'il était Jim pour ses amis, je mis pied à terre, et nous nous serrâmes la main.

Nous rassemblâmes dix boîtes de cartouches que nous attachâmes de chaque côté des cinq selles, à l'arrière des arçons. Grey dit à plusieurs bouviers de nous aider à choisir nos trente chevaux dans le corral. Ces bêtes étaient aussi sauvages que le vent du nord. J'en connaissais qui allaient s'amuser à les dresser à porter une selle. Tout le plaisir en serait pour les Tarahumaras. Au lieu de traverser le cañon, nous rentrâmes par la plaine du Bavispe, au-dessous de Basaranca. Cela rallongeait beaucoup notre route mais la piste était plus facile et nous permettait de maîtriser plus facilement nos chevaux ; et elle passait par le camp tarahumara en haut dans la montagne, où nous leur laissâmes les bêtes.

Le lendemain, j'emmenai le même groupe de braves au ranch Verde où Buck Green nous montra les quinze chevaux qu'il avait fait rentrer au corral pour nous. Nous ne nous arrêtâmes au San Bernardino Ranch de John Slaughter que le temps de prendre les trente chevaux promis par Jess Fisher, le contremaître.

Ces trente bêtes étaient de bonnes montures : des Barbaries mi-sauvages, mi-domestiques, appelés « barbes », et appréciés de tous les bons cow-boys. Nous les ramenâmes au ranch Verde où nous campâmes pour la nuit, et le lendemain après-midi, nous étions à la rancheria.

Dès lors, nos deux tribus, avec ces deux troupeaux de chevaux équipés de selles, et notre stock de nouveaux fusils et de munitions, représentaient une force sérieuse bien décidée à défendre ses terres, quoi qu'il arrive.

Ces jours qui suivirent la visite de Tom Jeffords avaient vite passé. Notre peuple commençait la moisson ; le temps était clair, chaud le jour, froid la nuit. C'était l'équinoxe de l'automne 1896.

L'équipe partie à Bisbee revint au bout de sept jours. Hi-okee me raconta que tout s'était bien passé comme prévu, mais qu'en traversant les collines Naco-Zari, ils avaient dû se réfugier dans un cañon de rochers, le temps de laisser passer une cinquantaine de Drapeaux rouges lourdement armés. À un contre huit, Hi-okee avait, selon la tactique apache, préféré la dissimulation à l'offensive ; les hommes revenaient sans avoir tiré un seul coup de feu.

Ce soir-là, Chee arriva en retard au feu du conseil. Il rapporta avoir vu au télescope une colonne de soldats remonter le cours du Bavispe et se diriger vers la partie Est du Chihuahua.

Le lendemain, j'appelai Kasale, qui vint immédiatement. Je lui dis de donner les nouvelles provisions aux Tarahumaras et de laisser leur chef en faire la distribution. Il acquiesça de la tête et partit. Puis fit demi-tour sur-le-champ comme je criai pour le rappeler. J'avais changé d'avis et lui demandai de préparer la part des Tarahumaras pendant que je me rendrais chez eux. Il fit à nouveau un signe de tête et repartit, cette fois-ci en courant. Ce bon vieux Kasale ! Toujours disponible. Et je n'avais pas fini mon café qu'un garçon m'amenait déjà mon cheval sellé.

Le camp tarahumara était une véritable ruche. De nombreuses huttes de broussailles se dressaient déjà, recouvertes de chaume. Et derrière elles, ils avaient construit un enclos à moitié plein de chèvres, un corral pour le bétail, dont le toit n'était pas terminé, et plusieurs autres en broussailles et en pierre, pleins de chevaux. Dans une cour adjacente, des cavaliers dressaient leurs montures.

Le chef Jemez vint à ma rencontre. Après l'avoir félicité de tous ces travaux, je lui dis que des provisions les attendaient à la rancheria. Il répondit qu'il enverrait des hommes les chercher et m'invita à boire de la bière avec lui. Ils n'avaient pas encore de tables, si bien que nous nous assîmes par terre pour siroter la bière verte que nous servit une jeune femme enceinte.

« Ma femme, expliqua-t-il. Je n'ai pas vu la tienne. Es-tu marié ?

– Il y a plus de jeunes gens que de jeunes filles dans notre clan », répondis-je. Et je changeai de sujet :

« J'ai l'intention de t'envoyer plusieurs de mes guerriers qui te mettront au courant des tactiques apaches d'offensive et de défensive. Il faut coordonner nos forces, en cas d'alerte.

– Je n'avais pas pensé à cela. Jusqu'ici, je n'ai songé qu'à nourrir et abriter mon peuple.»

Je lui montrai à l'est la forêt de pins et de noisetiers : «On trouve beaucoup de noisettes là-haut.» Puis en lui montrant les collines ondulées à l'ouest : «Et par là-bas, des bosquets de mescal et de mesquite chargés de fruits. Quant au gibier, tu verras cet hiver le daim, le cerf et la dinde descendre dans ces prairies. Tes hommes ne devraient pas avoir de mal à trouver assez de viande pour ton peuple. Mais ne tirez jamais, sauf en cas de danger. Les détonations résonnent loin dans la montagne. Il est vrai que les soldats montent rarement en hiver. Chassez avec des arcs et des flèches, ou tendez des pièges.»

Je n'étais pas rentré depuis une demi-heure que les Tarahumaras arrivèrent, Jemez en tête, suivi de dix jeunes femmes. Une trentaine d'hommes fermaient la marche. Ils se dirigèrent vers le tas de provisions mais Jemez vint vers moi.

«Je t'apporte un présent. Tu peux offrir ces jeunes femmes à tes jeunes gens.»

Je jetai un second coup d'œil aux femmes et appelai : «Dee-O-Det, viens.» Il finit par apparaître. «Dee-O-Det, dis-je, voici quelques belles jeunes filles. Elles seront données à nos jeunes hommes non mariés. Quand as-tu célébré ton dernier mariage ?»

M'ignorant complètement, il se mit à chanter :

«Voilà qui est bon ! Voilà qui est bon ! Nous serons forts maintenant. Je marierai dès ce soir dix forts jeunes hommes à dix fortes jeunes filles.

– Du calme ! l'interrompis-je. Tu me parais bien pressé de marier ces filles.

– Le plus vite sera le mieux, mon chef !

– Écoute-moi, vieux nigaud. Et écoute-moi bien. Ces filles pourront choisir leur compagnon, et auront droit à la cérémonie habituelle, tu m'entends ? »

Mais ce vieux shaman ne m'écouta jamais. Ma mère arriva pour s'occuper des jeunes filles. Elle commença par leur donner à manger puis les emmena se baigner à la source du jardin. Elle trouva pour elles un grand wikiup dont elles ne devaient sortir qu'en groupe. La nouvelle de leur arrivée s'était répandue et nos jeunes gens firent vite cercle autour d'elles.

Mais le rite apache de demande en mariage est compliqué. Ainsi, puisque ces jeunes filles m'avaient été données, c'est à moi que les jeunes gens devaient proposer leur prix. Du moins, était-ce ce que je croyais jusqu'à ce que ma mère ne me reprenne sur la Loi du Peuple : je n'étais pas marié, c'était donc à elle que les jeunes gens devaient s'adresser, elle était la Mère de toutes ces jeunes filles. Si j'avais été marié, c'eût été ma femme leur Mère, puisqu'elles m'avaient été données.

Je compris que Dee-O-Det allait passer outre, mais décidai que les jeunes filles auraient droit à la cérémonie nuptiale rituelle. Le shaman, quand j'abordai cette question avec lui, me rétorqua que j'avais changé nos habitudes de vivre sous prétexte que nos anciens modes de vie ne convenaient plus à notre temps. Ce à quoi je répliquai que j'avais eu pour but d'améliorer notre mode de vie et non pas d'abandonner Usen pour le Dieu des Blancs. Jamais je ne modifierais la cérémonie nuptiale d'Usen.

« Alors elle ne sera pas modifiée, admit-il à contrecœur. Mais comment vas-tu procéder ?

– Usen veillera à cela. Nos jeunes gens feront le reste.

– Prendras-tu une de ces jeunes filles pour toi ? On n'a jamais entendu parler d'un chef non marié !

– Je n'ai pas envie de parler de cela », répondis-je promptement.

Il eut un sourire impénétrable et partit.

Ma mère m'appela dans notre wikiup :

« Ciyé, voici Maria. Maria Jemez. »

10.

1896

L'OISEAU D'OR

Vient un jour dans la vie de tout homme, où la Femme paraît. Elle peut, en un éclair, bouleverser son équilibre – et lui faire prendre goût à cet état. Ce jour-là était venu pour moi. Pour autant que je me le rappelle, lorsque ma mère me présenta Maria, j'en eus l'esprit tout chaviré.

C'était vraiment un délicat brin de femme. Mince et souple comme un faon, elle m'arrivait à hauteur d'épaule. Des cheveux noirs et brillants entouraient son visage ovale, au teint incroyablement doré. Ses yeux noirs étincelaient comme des étoiles. J'en eus la gorge serrée et m'enfuis. De nombreux ricanements accompagnèrent ma sortie.

Je me rendis chez le shaman et lui dis qu'il avait raison : on n'avait jamais entendu parler d'un chef non marié, et on allait entendre parler de moi. Il me lança un regard approbateur et dénicha une bouteille de whisky. Ce vieux serin et moi prîmes alors la plus grosse cuite de notre vie. Je ne dis pas une des plus grosses, mais bien la plus grosse. Aucune par la suite n'a jamais égalé celle-ci. Lorsqu'on eut dessoûlé, trois jours après, et que ma mère parvint à me faire entendre que notre conduite était indigne de nous et que nous avions perturbé tous les préparatifs du mariage, je ne me sentis pas très fier, et mon partenaire de bombance non plus.

Quand je fus à nouveau capable de monter à cheval, je pris quatre hommes et quatre mulets de bât et partis avec eux pour le ranch Verde. Buck Green, debout sur le porche, nous fit signe d'entrer. Tout le devant de la maison, ombragée par les tamaracks, était occupé par une grande véranda avec deux bancs et une balançoire. Nous nous y assîmes tous. Je commençai par expliquer à Green qu'il fallait établir un système de communication entre les ranchers et nous là-haut dans la montagne[1]. Le jour où la guerre éclaterait, il faudrait en effet que l'on soit entièrement informé de ce qui se passerait. Il savait que mon télescope du Lookout Peak permettait de surveiller une vaste étendue de territoire et que l'on pouvait même voir son porche entre les arbres du jardin, dans sa petite vallée confortable.

Nous discutâmes des mesures à prendre pour les ranches de Grey, de Brewer et de Tenny. Green eut l'idée d'utiliser un héliographe de l'armée pour leur envoyer des signaux, qui seraient retransmis par les hauteurs. Et s'il installait chez lui un télescope comme le mien, nous pourrions correspondre à intervalles réguliers. Nous pouvions aussi utiliser un sémaphore. Ayant examiné les détails et comme je disposais du plus grand nombre d'hommes, et qu'ils étaient

1. Pendant des siècles, et même avant l'invasion du pays apache par les conquistadores en 1540, les Indiens avaient entretenu des postes de guetteurs et des points d'émission de signaux dans la sierra Madre et dans les autres chaînes de montagnes, du rio Grande au rio Colorado. La distance entre ces points variait et atteignait parfois vingt kilomètres. Il y avait toujours quelqu'un au poste. Des coursiers entraînés, puis des cavaliers aux montures rapides assuraient les liaisons. On utilisait la fumée le jour, des torches de poix la nuit. Notre système était l'ancêtre du Signal Corps de l'armée américaine.

les plus rompus à ce genre d'exercice, nous convînmes que j'enverrais une dizaine de braves dans chacun des ranches de Brewer et de Tenny, pour les liaisons. Grey avait déjà ses Yaquis. Nos Indiens tiendraient à la fois les rôles de courriers, d'éclaireurs et/ou de guerriers, et formeraient des groupes assez importants pour pouvoir arrêter un régiment de Drapeaux rouges jusqu'à l'arrivée des renforts.

Il nous fallait une organisation assez forte pour pouvoir repousser les forces que Torres et Terrazas pouvaient à tout moment lancer contre nous. Buck me dit que le colonel William C. Greene – son oncle et partenaire discret – avait adressé une protestation auprès du président Diaz peu de temps auparavant. Celui-ci avait répondu qu'il lui était impossible de nous donner une force armée et que nous ne pouvions compter que sur nous-mêmes. Diaz avait en outre fait remarquer qu'il n'exerçait guère de contrôle sur les taxes, qui étaient du ressort des gouverneurs.

Nous discutâmes aussi d'un code de signaux qui soit compréhensible par nos compatriotes. Ancien de la cavalerie américaine, Buck nous décrivit le système du Signal Corps avec des flashes d'héliostat le jour, et des mouvements de lanterne la nuit. Il dit qu'il allait se procurer un appareil chez Grey et qu'il l'installerait sur le toit de sa grange. Nous abordâmes ensuite le problème de l'éducation de nos Indiens –, les Tarahumaras surtout, qui ne savaient ni lire ni écrire. Coureurs infatigables, leur méthode était de courir avec le message jusqu'à l'objectif qu'on leur désignait. Buck accepta de prendre contact avec les autres ranchers, pour leur expliquer nos plans, obtenir leur coopération et organiser une seconde réunion. Sa femme, Anna, nous appela pour nous servir un rapide dîner et nous nous assîmes tous autour de la même table : métis mexicains, guerriers apaches et membres d'une famille blanche. Que nous donnions là un exemple de solidarité internationale ne vint à l'esprit d'aucun d'entre nous. Nous étions des amis servant une cause commune, c'est tout.

De là, mes hommes et moi prîmes une petite piste peu fréquentée qui serpentait dans les cañons jusqu'à Campo et Fronteras. La nuit était tombée lorsque nous arrivâmes chez Pablo. Le sellier avait terminé les dernières selles, mais non les cartouchières et les sacs à munitions que je lui avais commandés lors de mon dernier passage. Il nous promit d'y travailler toute la nuit, si nous voulions bien attendre. Nous sommes donc allés camper près d'un point d'eau proche, et après une nuit inconfortable et un maigre petit déjeuner de *tortillas,* nous avons chargé le tout et pris la route du retour.

Nous arrivâmes à la rancheria en fin d'après-midi. Ma mère et Maria m'accueillirent chaleureusement, mais je feignis d'être encore un peu malade et ne leur répondis que par un grognement. Maria s'avança pour prendre les rênes de mon cheval. Ce geste était évidemment le fruit des manigances de ma mère. Je lui tendis les rênes sans mot dire. Elle mena mon cheval au corral et je me rendis au wikiup de Chee, mais il était absent. Je retournai à notre feu.

Ma mère avait dressé une table près de la nôtre pour les cinq jeunes filles non encore mariées. Mais ce soir-là, elle plaça Maria à notre table, à ma gauche. Ma mère est bel et bien en train de me passer la corde au cou, pensai-je. Eh bien, qu'il en soit ainsi ! Quand on eut empli les assiettes, je demandai de but en blanc :

« Je te plais, Maria ? »

Elle fit oui de la tête, les yeux baissés.

« *Enju* (j'ai dit), dis-je, d'un ton qui laissait entendre que c'était tout.

– *Ciyé* (mon fils) ! dit ma mère.

– *Ci' cima* (oui, Mère) ?

– Tu as embarrassé Maria.

– Cela ne te gêne pas, n'est-ce pas, Maria ? »

Le teint doré de son visage prit une couleur d'or rose quand elle fit non de la tête. Ma mère rayonnait.

Quand j'eus fini de manger, je me levai. Je ne savais pas ce que j'avais fait à cette jeune fille, mais ses yeux noirs brillaient comme des diamants lorsque je m'éloignai. Je réalisais que mes bafouillages dans sa langue devaient lui sembler aussi étranges que mon apache, mais ne m'en souciais pas. Je partis chez Dee-O-Det, voulant me renseigner sur un point de la cérémonie nuptiale. Il n'était pas chez lui, ou m'avait entendu venir, car il ne répondit pas à mon appel. Quand je revins à notre table, le chef Jemez et le chef Emiliano étaient là.

Lorsque je me rassis près d'elle, Maria fit le geste de s'appuyer contre moi ; mais ma mère l'écarta par le bras. Ce petit jeu muet amusa son père, mais agaça ma mère. J'attirai à nouveau Maria contre moi et lui murmurai que nous allions nous promener. La loi interdisait aux jeunes filles de se trouver seules avec celui qu'elles avaient choisi avant que le shaman ne leur en ait donné le droit. Mais je lui dis que j'allais changer cela. Elle jeta un coup d'œil à ma mère mais je me fis plus doux et plus persuasif et l'emmenai, mon bras passé autour de sa taille. Nous tombâmes sur le shaman.

Il me lança un regard énigmatique et s'en alla. Quand il eut disparu, je pris la fille tremblante dans mes bras et posai un long baiser sur ses lèvres. Je sentis son corps faiblir. Puis je la ramenai à notre table.

Le conseil se réunit. Je pris place au centre et fis un compte rendu des événements des derniers jours et des plans élaborés pour l'avenir. J'expliquai la stratégie apache aux Tarahumaras et aux Opatas : je voulais transformer ces Indiens primitifs et que de chassés ils deviennent chasseurs.

Le lendemain matin, j'avais la tête pleine de Maria. Mais les problèmes de survie m'accaparèrent l'esprit et je retrouvai peu à peu mon état normal. Je sellai mon cheval préféré, un grand alezan, et partis voir l'état de notre bétail. Je rencontrai Maria sur la piste. À peine surpris, je lui demandai :

« Où vas-tu, Maria ?

– Je ne fais que me promener, je...

– Est-ce que les jeunes filles tarahumaras sur le point de se marier rencontrent ainsi leur élu, tout simplement par hasard ?

– Oh, pas par hasard vraiment ; mais nous nous débrouillons toujours.

– *Enju !* dis-je en riant. Comment as-tu su où j'allais ?

– Nous, les Tarahumaras, sommes des dépisteurs bons. Dis-moi, mon Niño, qu'est-ce que *Enju* veut dire quoi ?

– *Enju,* pour *atá*[1], veut dire, selon l'intonation, qu'on est heureux, satisfait, que tout va bien, que tout est réglé, qu'il n'y a rien à ajouter, répondis-je, m'amusant de la façon dont elle tournait ses phrases.

– Tu es content que je sois venue, oh non ? Je suis contente d'être venue, je suis contente. Aller avec toi, est-ce que je peux ? gazouilla-t-elle, enchaînant rapidement. Où est-ce que tu vas, où ? »

Je lui montrai au sud la Mummy Mountain et fis de la main un geste circulaire pour lui montrer le tour que nous allions faire. Elle mit en doute l'opportunité de cette promenade en rond, mais je lui rétorquai que si elle voulait épouser un chef

1. Le mot *atá* embarrasse fort les non-Indiens et souvent les Apaches eux-mêmes. Il vient peut-être du père Tomas Manso (Manso fut le seul missionnaire espagnol à exercer une bonne influence sur les Apaches, aux alentours de 1626-1656). *Atá* a plusieurs sens : je, moi, vous, lui, elle, et quelquefois, ils ou eux, selon la façon dont il est employé, le contexte ou l'intonation.

apache, elle devait obéir à ses désirs sans discussions. Je ne lui dis pas que j'avais l'intention de repérer deux anciennes pistes de chasse qui menaient au sommet de la Mummy Mountain – des sentiers qui permettraient d'atteindre le sommet, où je voulais installer un poste de signalisation, et d'en redescendre. Nous fîmes le grand tour, en bavardant et en riant – n'abordant qu'une fois ou deux seulement les choses sérieuses de la vie. Au sommet, nous mîmes pied à terre et contemplâmes le paysage de montagne devant nous.

Le soleil se couchait lorsque nous rentrâmes à la rancheria. Ma mère, nous observant attentivement, voulut savoir où nous étions allés. Je lui dis que nous nous étions rencontrés par hasard pendant que j'inspectais l'état du bétail et des pâturages. Je repris Maria par la main et la conduisis au wikiup du shaman. Pour moi, cela faisait cinq jours que nous étions promis l'un à l'autre et le temps approchait ; quand je le lui dis, Maria se mit à rire en me pressant la main. Chez le shaman, j'appelai :

« Dee-O-Det, es-tu là ?

– Non ! Mais entrez. Je suis justement en train de préparer l'ancienne cérémonie de la puberté – tu veux que j'instruise Maria ?

– Oh toi, et ton pouvoir de divination ! » murmurai-je tout bas.

Je fis demi-tour et Maria allait me suivre, mais il la retint et lui dit :

« Je vais t'enseigner nos rites de puberté et de mariage. À partir de maintenant, il t'est interdit de regarder Niño pendant quatre nuits ; tu n'auras le droit de le toucher ensuite que pour lui dire qu'il sera ton mari. Tu pourras alors aller dans la demeure de la Femme peinte en blanc où tu répondras aux questions de tous ceux qui t'en poseront, sauf à celles de ton élu. Lui n'aura pas le droit de te voir avant cinq jours. Mais ensuite, vous serez unis l'un à l'autre et vous vous rendrez ensemble au wikiup sacré où vous passerez un quart de lune. Ce temps-là terminé, vous reviendrez vivre avec le Peuple pour toujours. C'est la loi apache.»

Il conduisit Maria tout étonnée dans le grand wikiup réservé aux jeunes filles.

Ma mère, lorsque je rentrai, me dit que je devais dorénavant manger chez Chee jusqu'au jour de notre mariage. Elle, pendant ce temps-là, préparerait le costume de la mariée. Elle me murmura que nous aurions une grande cérémonie chockonen, telle que peu de membres de la rancheria, les anciens exceptés, en avaient vue. Elle me rappela avec orgueil que son propre mariage avait été célébré selon ce rite, et que le shaman officiant était le grand Nochalo. Le Grand Chef, mon grand-père, leur avait offert leur premier présent – ces paniers où nous mangions la viande froide – qu'elle allait elle-même donner à ma femme en cadeau de mariage.

Cette révélation m'émut et me fit monter les larmes aux yeux. Je serrai ma mère dans mes bras et éprouvai à ce moment-là la certitude qu'elle était le meilleur ami que j'aurais jamais. Quand elle disparut dans le sanctuaire des jeunes filles, il me sembla qu'elle partait pour toujours, et une grande solitude m'envahit.

J'allai chez Chee, qui était en train de bricoler sa cartouchière. Je l'observai quelque temps, puis lui demandai comment se déroulait l'installation des postes d'observation. Lui et Kasale, me répondit-il, avaient fait des essais concluants, de jour comme de nuit. Ils pouvaient envoyer des messages au ranch de Green et en recevoir.

Le lendemain matin, comme le grand événement était encore éloigné de quatre jours et de quatre nuits, je décidai d'aller me promener seul. J'avais besoin de me changer les idées et je voulais me remettre en mémoire les emplacements de quelques anciens postes de vedettes, et aussi essayer de repérer sur le versant chihuahua un nouveau sentier dont nous pourrions avoir besoin un jour.

Le lendemain matin, je pris mon petit déjeuner chez Chee. Ealae nous servit des haricots au *chili*, du café et des gâteaux de farine de mescal au concentré de graisse de bœuf cuits à la cendre, repas courant à cette époque. Je dis à Chee que j'avais l'intention de sortir et lui demandai de m'accompagner.

Le jeune Emiliano nettoyait les écuries lorsque nous allâmes y prendre nos chevaux. Je lui désignai mon alezan, qu'il s'empressa de brider. Lorsque je sanglai la selle sur l'étalon, la curiosité du jeune Opata devint évidente. Je lui dis donc que Chee et moi allions essayer de trouver un sentier sur le versant est de la Huachinero Mountain. Il me répondit aussitôt qu'il connaissait une piste, un ancien sentier de cerf, et qu'il serait heureux de nous le montrer. Je lui dis de prendre un cheval et d'emporter un fusil.

Il fut vite prêt : il portait une cartouchière en bandoulière et un de nos vieux Remington gonflait l'étui de sa selle. Je lui demandai son âge. Vingt ans, croyait-il. Il n'avait donc que deux ans de moins que moi, alors qu'il m'avait paru n'avoir que quatorze ans. Petit, le visage émacié, il paraissait très jeune et était un exemple de l'existence affamée menée par les Indiens du Mexique. J'eus alors une idée. Je dis à Emiliano que je ferais de lui un chef de guerre, sous les ordres de son père, et qu'il serait responsable de six hommes : deux Opatas, deux Tarahumaras et deux Apaches. Il bondit sur sa selle comme si elle était devenue de charbons ardents et me dit joyeusement qu'il savait mener les hommes et se battre – comme un maître de brousse.

Je lui répliquai que je voulais qu'il se batte comme un Apache et que pour l'instant, il devait nous montrer le sentier. Nous chevauchâmes presque sans mot dire jusqu'à ce que le soleil atteigne son zénith. Nous pénétrâmes dans une gorge profonde – une de ces étroites fissures où le soleil ne pénètre qu'à midi – le sentier était si étroit que nos étriers touchaient la paroi des deux côtés. Aucun cheval n'aurait pu y faire demi-tour, mais c'était un raccourci bon à connaître entre l'Est et l'Ouest. Nous émergeâmes sur un promontoire. Devant nous s'étendait un paysage de terre brune et rocailleuse, de collines et de vallons de lave pure : ce côté volcanique de la sierra Madre ne ressemblait en rien à la verdure de Pa-Gotzin-Kay.

Le jeune Emiliano, à qui je demandais s'il y avait de l'eau quelque part, répondit qu'il n'y en avait qu'à la jonction des *ochos rios* – et qu'il fallait parfois creuser pour la trouver. Quand je lui demandai ce que signifiait ce « huit rivières », il nous expliqua qu'elles n'étaient en fait des rivières que lorsqu'il pleuvait. Il m'indiqua à environ trois petits cañons au nord un village yaqui appartenant à Kelzel, et nous dit qu'il existait une petite source au Naranja Cañon, à mi-chemin entre ce village et nous. Je lui demandai s'il était ami avec Kelzel. Il le connaissait mais se méfiait de lui. Puis après un temps de réflexion, il ajouta être l'ami d'un Yaqui-Yori : Doroteo Arango[1], neveu de Kelzel et petit chef, qui devait être un bon ami puisque les Rurales le poursuivaient.

Nous convînmes tous trois de nous rendre à cette « petite source du Naranja Cañon » et nous la découvrîmes dans un bosquet touffu au milieu de ruines éparses de murs en brique. C'étaient les vestiges d'un village espagnol depuis longtemps disparu, dont les habitants avaient planté des orangers de Valence autour de leurs haciendas. Nous bûmes et fîmes boire nos chevaux. Le soleil redescendait déjà et nous avions faim.

1. Doroteo Arango est le nom yaqui de celui que les Américains appelèrent plus tard Francisco Pancho Villa.

Chee et moi avions oublié d'emporter de quoi manger, mais Emiliano vint à notre secours en sortant de la dinde séchée et des gâteaux de mesquite. C'était un chaud après-midi, et nous nous assîmes sur le mur de la source pour manger. La viande salée aviva notre soif mais nous avions à boire autant de bonne eau que nous en voulions.

Nous rejoignîmes le sentier de cerf, puis rentrâmes par le sud en longeant l'arête du Bavispe. De là, avec une longue-vue, nous aurions pu observer une des rancherias de Kelzel au bord du Yaqui. Cette promenade avait été en fait une longue chevauchée de cent kilomètres, et il était presque minuit lorsque nous sommes rentrés au corral. Dans l'enceinte, je vis que rien ne nous attendait sur le feu de Chee, mais que le grand wikiup des jeunes filles était fort animé : l'une ou deux d'entre elles allait probablement se marier le lendemain. La femme de Chee, à moitié endormie, nous sortit un peu de nourriture ; après le repas, j'allai passer la nuit dans l'ancien wikiup de Ticer.

Trois longs jours suivirent, et ce fut enfin la grande nuit. La danse du Grand Cygne blanc commença le soir même et tout se passa bien. Des danseuses virevoltaient avec des éventails autour de l'autel du shaman – spécialement construit à cette occasion. Dee-O-Det les aspergea de hodenten pour nous assurer la fertilité. Elles se dirigèrent alors vers un arbre nu, symbole de stérilité, auprès duquel se tenaient deux femmes, l'une très âgée, la seconde, jeune. Toutes les deux étaient enroulées dans la même couverture. Le shaman se mit à chanter et la jeune femme montra un épi de blé qu'elle fit voltiger au-dessus des danseuses. La vieille femme essaya alors de brandir un rameau desséché, mais la jeune femme le lui arracha des mains après une courte lutte. Puis elle brandit à nouveau l'épi de blé.

Une main vint se poser sur mon bras et je me retournai. C'était Maria. Mais elle fit demi-tour aussitôt. Je voulus la suivre, mais Nadina me retint.

Ma mère emmena les jeunes filles – dont le rôle était terminé – dans la demeure de la Femme peinte en blanc. Cette nuit-là, je rêvais que Maria était réellement la Femme peinte en blanc, et que j'étais, moi, son époux, sacré Chef du Monde des Esprits. Mais mon règne avait à peine commencé que je fus réveillé par un bruit de marteau. Je m'habillai et me rendis chez Chee. Ealae préparait le petit déjeuner et je m'assis, préoccupé par mon rêve. Puis après avoir mangé quelque peu, j'allai trouver le shaman. Et bien qu'il fît semblant d'être occupé à son autel, je lui demandai un entretien.

« Qu'est-ce qui te tracasse, jeune homme ? » me demanda-t-il, de sa manière la plus digne. Puis il jeta :

« Si tu as fait un rêve, oublie-le. Presque tous les jeunes gens en font à la veille de leur mariage.

– Dee-O-Det, je suis venu voir mon shaman pour lui demander conseil, et il se moque de moi.

– Je t'ai demandé ce qui te tracassait !

– Le rêve – le rêve que j'ai fait – je crois qu'il est symbolique. J'ai rêvé que ma Maria était réellement la Femme peinte en blanc et qu'elle me nommait Chef du Monde des Esprits. J'ai été réveillé, juste au début de mon règne, par des coups de marteau.

– Huumm ! C'est un bon présage, qui veut dire que tu ne seras jamais blessé dans une bataille terrestre. Peut-être vivras-tu pour toujours. Certains partent pour le Grand Sommeil et s'endorment à jamais, tandis que d'autres s'en vont et reviennent, recommençant sans cesse de nouvelles vies, jusqu'à ce qu'ils se soient habitués au Monde des Esprits.

Ils y demeurent alors éternellement. Hum ! Oui, tu es un élu – tu ne connaîtras jamais la peur. »

Je le quittai, bouleversé comme jamais je ne l'avais été. Pour passer le temps, j'allai à l'étable aider Boa Juan, Neo-Ot-Toden et Nah-Shis-Tor à ferrer quelques nouveaux chevaux – et faillis deux fois me faire écraser la tête.

Je fus éveillé à l'aube du cinquième jour par Nadina, qui posa un paquet de vêtements près de mon lit, et me fit signe de me dépêcher, ce qui était bien inutile. Je fis un rapide examen des habits et fus ébahi d'admiration : j'avais entre les mains le plus beau costume royal indien que j'avais jamais vu. Je m'en revêtis sans prendre le temps de me demander où mes deux femmes l'avaient trouvé.

Le turban, tissé en laine de trois couleurs différentes, et merveilleusement brodé d'agathe et de turquoise, m'allait à la perfection, et me maintenait les cheveux en rouleau sur les épaules. La veste, bordée de fourrure de castor, me tombait jusqu'aux genoux ; les kabuns, la pointe du pied retournée, me recouvraient toute la jambe ; jamais, je n'en ai porté d'aussi confortables. Tout le costume était en peau de daim blanche, bordé de milliers de petits coquillages et de petites perles. En m'habillant, j'entendais le Peuple chanter sous la direction du shaman qui battait la mesure avec ses castagnettes sacrées. Il me sembla discerner de nombreuses voix à l'accent non apache et je devinai que tout le peuple tarahumara était descendu assister à la cérémonie. Les chants cessèrent brusquement pour devenir une psalmodie :

Femme peinte en blanc
Voici le jour de la Cérémonie de la Longue Vie…

Je me précipitai dehors. Et vis Maria. Elle venait d'apparaître à la porte du grand wikiup et avançait du pas lent et mesuré d'une actrice entrant en scène. C'était bien *son* jour !

La foule continua à psalmodier :

Femme peinte en blanc,
Lève les yeux au ciel, …
Femme peinte en blanc,
Réjouis le soleil…

Le visage doré de Maria rayonnait. Elle était tête nue, et ses cheveux noirs et lustrés, simplement peignés et brossés, lui tombaient sur les épaules. Elle portait une cape en fourrure de petit jaguar tacheté, avec, au bras gauche, le bracelet d'or de la divinité apache, et au cou, pendu à une chaîne d'or ornée d'agathe, le symbole du soleil levant. C'était une médaille d'or de la grosseur de sa main, qui tombait juste au milieu de l'écusson peint sur la soie de sa tunique dans les quatre couleurs qui représentent la terre, l'eau, le ciel et le soleil – *terte, quesa, mie* et *holos.* Ses seins pointaient fermement, se soulevant et s'abaissant sous les chatoiements de l'écusson. Sa robe, en petites peaux de fourrure blanche, avait une longue traîne et elle avançait avec la majesté d'une princesse recevant l'hommage de son peuple.

Le Peuple mêla aux chants ses acclamations, tout cela au son des tambours. Je sentis quelqu'un me tirer le bras ; c'était Nadina. Mais je restai indécis, comme perdu dans une sorte de rêve et elle dut me tirer une seconde fois. Elle m'accompagna une partie du chemin vers l'autel du shaman, et je parvins à faire le reste seul. Il m'indiqua l'endroit où je devais me tenir.

Le père et la mère de Maria la rejoignirent, puis la conduisirent près de moi ; le vaillant To-Clany vint aussi prendre place à mon côté. Les tambours battirent un temps en crescendo, puis adoptèrent un battement sourd, tandis que le peuple ne cessait de chanter, poursuivant strophe après strophe l'hymne à la Femme peinte en blanc. Dee-O-Det, qui psalmodiait pour lui-même, éleva son grand couteau d'argent.

Le silence se fit alors sur la rancheria. Le shaman resta longtemps immobile, le couteau levé, et je commençai à avoir mal au genou. Je sentais Maria faiblir un peu et me demandai si le protocole permettait que j'aille la soutenir.

Mais le shaman finit par s'incliner et ramassa une longue brindille chargée d'aiguilles de pin avec laquelle il fit un grand arc au-dessus de nos têtes. La brise était parfumée de résine, et le hodenten flottait autour de nous. Maria se mit à trembler, et faisant fi du cérémonial, je lui pris la main.

Le shaman s'agenouilla devant l'autel, face à nous et nous fit signe de lui tendre nos mains. Il prit alors doucement la main droite de Maria et y fit une légère incision avec son couteau. Puis il prit aussitôt ma main gauche où il fit de même. La mère de Maria lui tenait la main, et l'assistant du shaman tenait la mienne. Dee-O-Det enveloppa dans la même étoffe nos deux poignets ensanglantés. Je sentis nos pouls s'accélérer tandis que nos sangs se mêlaient. La foule se mit à chanter :

Vous ne connaîtrez plus les intempéries,
Car vous êtes un abri l'un pour l'autre.
Vous ne connaîtrez plus la peur,
Car vous vous protégez l'un l'autre[1].

1. Les chants de la cérémonie du mariage apache sont une joyeuse louange au soleil éternel, au ciel illimité, aux montagnes majestueuses, aux grands fleuves, à la force des guerriers, à la chasteté des femmes et à la gloire de la Femme peinte en blanc. Et avant tout, à Usen qui nous donne toutes ces choses, dont nous le remercions. Mais nous ne l'implorons jamais.

La foule s'approcha de plus en plus, répétant le même vers, ou passant au suivant, toujours sur le même rythme, tandis que Dee-O-Det jetait du hodenten sur nos têtes. Sa voix résonna : «Voici deux corps, mais c'est maintenant le même sang qui y coule et ils ne font plus qu'une seule personne.»

Il retira alors le bandage de nos poignets : «*Enju !*»

On nous entoura, on nous cria mille choses, on nous donna des bourrades, on nous jeta des présents. J'ôtai à Maria la grande cape qui la gênait et me débarrassai de ma veste bordée de castor. Et jetai les deux vêtements à ma mère.

Maria me tira par la main et nous nous échappâmes en courant, distançant rapidement la foule qui nous suivait. Elle m'emmena vers quelques cèdres au bas de la falaise, où nous attendait un couple de chevaux blancs, équipés de selles magnifiques.

Les chevaux portaient le tatouage R/V. Je n'avais pas vu le cher vieux Buck Green pendant la cérémonie du matin, mais il nous avait offert les deux montures. Nous chevauchâmes vers le sud le long de la falaise couronnée d'arbres dorés par l'automne. Plus loin, dans un petit vallon plat au milieu des rochers, nous attendait un accueillant wikiup presque caché dans un bosquet de vieux noisetiers. Sa porte ouverte donnait sur l'est et les Mother Mountains.

Nous mîmes pied à terre et attachâmes les chevaux à l'arbre le plus proche. Maria et moi pénétrâmes enlacés dans le wikiup. Nous y trouvâmes de la nourriture et des boissons disposées à notre intention – et ma peau de cougouar se trouvait là aussi. L'air était richement parfumé de la résine des pins d'automne, et de petites cloches tintèrent lorsque je refermai la porte : Maria se blottit dans mes bras. Le monde nous appartenait !

Au matin, un air doré semblait illuminer le lieu de notre lune de miel. Le monde buvait l'incroyable bleu du ciel infini et le soleil brillait dans toute sa gloire. Les montagnes de cannelliers et les cañons rouges s'étendaient dans le calme et la clarté de l'air.

Maria vint me prendre par le bras et le soleil rehaussa son teint doré. À partir de ce moment-là, je l'appelai mon Oiseau d'or.

Puis elle se mit à me taquiner pour que j'allume le feu. Sa voix gazouillait comme celle d'un oiseau à l'aube. La tradition voulait que la mariée prépare le premier repas de son époux. Elle me tendit la planche à feu et la drille que je fis tourner. Un filet de fumée monta presque aussitôt de la planche et Maria souffla sur les étincelles pour les aviver. Une petite flamme jaillit et je fis tomber les flammèches sur le tas de brindilles préparé en dessous.

Je ne me rappelle plus ce qu'elle avait préparé pour notre premier repas, mais elle déclara que le shaman lui avait recommandé de m'emmener boire notre première gorgée d'eau à la source. En y arrivant, je dus en écarter des fougères avant de pouvoir y puiser une cruche d'eau fraîche. Nous remontâmes enlacés, en folâtrant et en nous amusant à nous éclabousser d'eau.

Ce jour-là passa comme l'éclair. Et quand la lune se leva, nous eûmes besoin l'un de l'autre pour nous remettre sur nos pieds. Si le vieux *Gotchamo* nous a regardés cette nuit-là, il a dû nous prendre pour les deux plus grands fous de la terre. Rentrés dans le wikiup, nous mangeâmes quelques gâteaux avant de nous étendre sur la peau de cougouar.

D'autres jours suivirent où nous passâmes notre temps à faire l'amour, à nous amuser et à rire de tout, du monde et de nous-mêmes. Une femme est toujours faible et vulnérable lorsqu'elle est d'humeur rieuse, et pendant la lune de miel, de quoi peut-elle jouir davantage que de sa faiblesse auprès de son mari ?

Nous mangions quand nos estomacs le réclamaient. La lune de miel apache dure dix jours, et ils passèrent sans que ni l'un ni l'autre ne songe à les compter. Le seul petit incident désagréable se produisit le sixième jour : il restait dans la poêle deux cailles du repas précédent et nous avions faim. Je fis du feu et l'Oiseau d'or mit de l'eau à bouillir dans la cafetière. Puis elle retira les cailles de la poêle où elle versa de l'eau. Pendant qu'elle chauffait, elle la nettoya avec un chiffon au bout d'un bâton. Puis elle en essuya la poêle qu'elle remit sur le feu avec les cailles, en s'agenouillant tout près pour veiller à ce que les volailles ne brûlent pas. Comme je m'agenouillais auprès d'elle pour mettre la cafetière en sûreté, le petit diable me mordit à l'oreille.

Je lui rendis immédiatement la pareille. Et tandis que nous luttions et folâtrions, la poêle fut enveloppée de volutes de fumée bleue ; et les cailles furent carbonisées. Nous nous couchâmes sans dîner – on n'est jeune qu'une fois.

Le lendemain matin, je me réveillai en ayant faim. Laissant mon Oiseau d'or au pays de ses rêves, je m'habillai doucement et, prenant un arc et des flèches, allai à la source. Juste comme j'y arrivai, j'entendis caqueter des dindes et en aperçus quelques-unes à une vingtaine de pas. Je préparai une flèche et la décochai. Elle atteignit son but, empalant un gros dindonneau. Lorsque Maria arriva à la source, il était prêt à être mangé. Ce jour-là passa trop vite.

Le lendemain matin, les deux chevaux blancs étaient attachés à l'arbre le plus proche, sellés. Le shaman ne nous avait pas oubliés. C'était sa façon de nous dire qu'il était temps de faire nos bagages et de rentrer. Notre lune de miel était terminée.

La réalité me revint à l'esprit, me donnant presque mal à la tête. Maria aussi eut l'air triste. Nous suivîmes un vieux sentier de daim qui nous mena rapidement au Lookout Peak. J'aidai ma femme à descendre de selle et nous nous approchâmes du télescope. Hi-okee sortit de derrière un rocher où il était caché un peu au-delà, et nous salua.

Il me dit que Buck Green avait envoyé un message : Torres le menaçait de faire confisquer sa propriété par l'État, s'il ne payait dans les trente jours les taxes qu'il demandait. Les autres ranchers n'avaient pas reçu d'avertissement semblable et Buck pensait qu'il s'agissait d'une ruse. Chee était cependant descendu avec Kasale, Jemez et Emiliano au ranch Verde pour en discuter.

Maria et moi sautâmes en selle. Nous descendîmes au pas le raidillon rocheux, puis une fois arrivés en terrain plat, nous nous lançâmes au galop pour déboucher en trombe dans la rancheria.

11.

1896-1897

BATTERIE DE MONTAGNE

Dee-O-Det nous attendait dehors et, comme d'habitude, il se hâta de me donner les nouvelles avant même que je puisse l'interroger. Il avait reçu plusieurs messages urgents de Green, l'informant que les relations empiraient entre les généraux et les ranchers, et que les Mexicains accusaient les Américains d'inciter les Indiens à prendre le sentier de la guerre. Ainsi, une fois de plus, l'espion dénonçait l'espion. Mais après des siècles de méfiance, qu'aurions-nous pu espérer d'autre ? Buck avait demandé une réunion d'urgence à laquelle Dee-O-Det nous avait faits représenter par Chee et dix guerriers qu'accompagnaient, en signe de solidarité, le chef Jemez et trente Tarahumaras.

J'avais confiance en Chee, mais je voulus tout de même poser une question ou deux. Les réponses me laissèrent supposer qu'il ne s'agissait encore une fois que d'une menace de guerre ; cette fois-ci, cependant, elle prenait un tour différent. Mais lorsque je lui exprimai mon avis, le shaman, son visage ridé indéchiffrable, détourna les yeux.

Maria me tira par le bras et me montra, derrière le wikiup de ma mère, une grande case en planches de pin et de cèdre.

Je l'y suivis. Elle était constituée d'une seule pièce, à trois fenêtres tendues de peaux d'ours si minces qu'on y voyait presque à travers. Le sol était recouvert de peaux d'ours et de cougouar, et deux des murs, de châles et de couvertures. On y avait placé le lit au fond, et construit un four de pierre dans le mur latéral ainsi qu'un banc faisant corps avec la paroi. Il y avait aussi une table transportable. Mes fusils et revolvers pendaient à des crochets au-dessus du lit. Et je vis une lampe à huile et une lanterne.

Ma mère entra, babillant de plaisir, et Maria nous montra tout en détail. J'éprouvai le sentiment d'avoir enfin, comme Buck, une maison confortable. Puis ma mère, heureuse de la joie de Maria, nous invita à prendre notre repas chez elle. Nous y trouvâmes Dee-O-Det déjà attablé, qui, en nous regardant, déclara que le sort qui nous donnait dix jeunes filles pour repeupler notre tribu juste au moment où une guerre menaçait, était bien cruel. Je lui dis de ne pas s'inquiéter et de manger tranquillement, mais il me répondit que les ranchers s'étaient tous mis d'accord pour refuser de payer les taxes exigées par Torres et Terrazas, et qu'il ne fallait pas se faire d'illusions. Agacé, je lui répliquai que tout cela ne signifiait pas encore la guerre. Il eut alors un soupir de soulagement et prit une bouchée plus énorme que jamais, et tout en mâchonnant, marmonna quelque chose sur l'optimisme des jeunes.

Je descendis un peu plus tard dans le potager m'asseoir et réfléchir sur mon rocher préféré. Le crépuscule descendait sur les cañons quand j'entendis tout près de moi des pas presque inaudibles. C'était Chee qui rentrait de la réunion d'urgence.

Sans se départir de son calme habituel, il me raconta comment les choses avaient d'abord eu l'air de prendre mauvaise tournure lorsque les ranchers, en voyant un nuage de poussière, crurent qu'au moins cinq cents hommes montaient vers le ranch Verde. Mais il ne s'agissait en fait que de seize soldats qui, pour donner l'illusion d'un grand nombre, traînaient des branches mortes. À leur arrivée, voyant que Buck les attendait, ils hissèrent le drapeau blanc.

Leur chef était *El Carneicero* (le boucher) Batista, devenu *capitán-general* de la police de Basaranca. Il se déclara envoyé par le gouverneur-général Torres pour percevoir l'argent que les ranchers estimaient lui devoir, et ajouta que l'année suivante, le gouverneur imposerait lui-même le montant de la taxe, et qu'il pensait que les ranchers l'accepteraient. Buck lui avait versé cinq cents pesos d'or contre lesquels il lui avait donné un reçu, puis il était reparti. Green pensait que maintenant que les Apaches étaient de son côté, Torres n'oserait pas déclencher une bagarre dans la région.

Ce qui semblait plausible ; mais je ne pensais pas, à en juger du peu que je savais de lui, que Torres était le genre de Mexicain à faire si facilement marche arrière. Je fis un signe de tête approbateur à Chee et nous retournâmes au feu du conseil. Le shaman avait déjà réuni les hommes. Il ouvrit la séance et Chee, levant les deux mains, demanda le silence.

« Notre grand chef avait d'importantes choses à faire, aussi est-ce moi qui ai été investi de la charge d'essayer d'éviter une guerre, dit-il avec un curieux sens de l'humour. C'est à Buck Green – qui s'est chargé de toutes les négociations – que revient toute la gloire. Mes guerriers et moi nous tînmes à ses côtés, prêts à vaincre ou à mourir. Nous avons gagné : il n'y aura pas de guerre, du moins, pas avant le printemps prochain. »

Quelqu'un demanda d'une voix forte :

« Notre chef s'est-il acquitté des "choses importantes" qu'il avait à faire ?

– Oui, cela semble l'avoir fatigué.»

Cette légère insinuation fit rire les hommes.

«Avez-vous un rapport à faire, Chef?» grimaça Chee.

Une remarque grossière fusa avant que j'aie le temps de répondre, provoquant de nouveaux rires – et, plus tard, des réprimandes, lorsque les hommes rentrèrent chez eux. J'appris en effet par la suite qu'après la réunion, leurs femmes leur avaient fait la tête. Ma mère alla jusqu'à réprimander le shaman d'avoir ri! Celui qui avait demandé si je m'étais acquitté de mon important devoir était Ny-Oden, celui de mes guerriers le plus prompt à la parole et le plus lent à l'action, et qui n'avait pas réussi à épouser une jeune fille tarahumara. Il prétendait s'être trouvé à ce moment-là chez le chef Kelzel où il courtisait une «Wacky Yaqui» comme il appelait ses femmes, qui crient *wacky* pour exciter leurs hommes dans leur jeu de handball. Il ne se laissa dérider que par sa propre famille, sa mère et sa grand-mère, qui lui reprochèrent d'avoir traîné pour prendre femme. Il restait le seul à la rancheria, avec Boa Juan, à ne pas être marié.

Comme si de rien n'était, Chee, qui avait participé à la construction de notre case pendant notre lune de miel, vint en visiter l'intérieur, accompagné d'Ealae. Il y jeta un rapide coup d'œil et déclara qu'il allait s'en construire une pour lui, avec trois pièces, dont l'une pour ses quatre enfants. Et Ealae ajouta qu'ils y mettraient un four en fonte ce qui lui éviterait de cuisiner dehors par temps de pluie.

«Bravo! s'exclama mon Oiseau d'or. Plus de cheveux ni de pieds "mouilleux"!»

J'avais déjà plusieurs fois songé à acheter un four, lors de notre prochaine expédition à Bisbee, un de ceux qui se démontent et se transportent facilement. Et pour montrer à tout le monde qui était le chef dans notre nouveau wikiup, je dis à Chee de choisir des hommes et de préparer douze bons mulets de bât pour un voyage à Bisbee.

Lorsque je me réveillai le lendemain, mon Oiseau d'or n'était plus à mon côté – mais devant le feu. Elle me dit que le repas était prêt, m'embrassa et m'aida à passer mes étroites bottes de cheval. Après le petit déjeuner, je sellai nos barbes blancs et nous partîmes tous les deux chez le chef Emiliano. Apercevant son fils, je l'appelai et lui dis que je voulais qu'il nous aide à préparer les mulets, les chevaux et le matériel, car nous allions partir pour Bisbee. Il fut tellement heureux d'avoir l'occasion de jouer son rôle qu'il en tomba presque à la renverse.

Puis Maria et moi nous rendîmes à la rancheria de son père, qui débordait d'activité. Après les échanges de politesse avec les parents de ma femme, je confiai à Jemez le but de ma visite. Il lança un ordre et quatre hommes solides arrivèrent presque aussitôt, déjà prêts.

Rentrés à la rancheria, nous vérifiâmes ensemble l'état de notre matériel de voyage. L'aide des nouveaux venus était appréciable, car, même maintenant que la menace des Drapeaux rouges était écartée, la plupart de mes meilleurs hommes étaient encore chez les ranchers qu'ils aidaient dans leurs reconnaissances.

Le réveil, le lendemain, fut joyeux et matinal. Emiliano nous aida à seller les barbes blancs et le petit cheval pommelé que ma mère affectionnait, et Jemez et ses quatre hommes se joignirent à nous. Je remarquai que le shaman montait sans difficulté son bai hongre, celui qui savait courir l'amble. Dee-O-Det était un homme remarquable, un de nos personnages légendaires. Maigre et tanné comme le sont les vieillards indiens, il approchait de ses cent ans. Selon ses dires, les rites de puberté de sa fille unique avaient été célébrés « la nuit où les étoiles tombèrent» (une comète, en 1835). Et en ce mois de novembre 1896, malgré l'aspect de plus en plus clairsemé de ses cheveux blancs qui lui tombaient sur les épaules, ses yeux aux paupières étroites étaient encore vifs et perçants.

Les longues randonnées à cheval ont, entre autres, cette particularité de ne pas inciter à la conversation. Et Dee-O-Det lui-même chevaucha longtemps sans mot dire. En fin d'après-midi, cependant, il fit une remarque bien sentie sur les jeunes gens qui emmènent un vieillard pour un long voyage, sans penser à lui rappeler de prendre son coussin de selle préféré.

Le soleil éclairait encore les sommets environnants, mais les ombres du soir descendaient déjà sur les prairies des Pinon Springs lorsque je donnai l'ordre d'installer le camp pour la nuit. Décidant de partir à la chasse, je pris mon fusil Ithaca à deux canons et douze coups et me dirigeai vers la brousse de pyracanthe voisine. Maria me suivit, et me porta peut-être chance, car j'ai tué ce jour-là dix-huit lapins sans tirer plus de dix coups. Les femmes les nettoyèrent et les préparèrent. Le shaman, toujours silencieux, mangea à lui tout seul, et en buvant beaucoup d'eau pour les faire passer, un lapin entier et deux galettes. Notre réserve de café étant épuisée à la rancheria, nous n'avions pu en emporter.

Nous étions tous fatigués et commençâmes à nous préparer pour la nuit. Maria installa notre couche loin du feu; le shaman, lui, installa son lit tout près de lui, et déclara qu'il n'était pas fatigué et qu'il se couchait seulement faute d'autre chose à faire. Je lui fis écho : j'aurais pu parcourir cent kilomètres ce jour-là. Ma mère décréta que nous parlions avec une langue fourchue et que nous ferions mieux de dormir.

Le lendemain matin, Dee-O-Det, Jemez et moi, tout en regardant les autres seller les bêtes et préparer nos affaires, discutâmes d'hectares de terrain, de durée de maturation des récoltes en altitude et en plaine, et évaluâmes la quantité de grains de blé et les fèves qu'il nous faudrait semer au printemps prochain pour nourrir quatre cents personnes.

En se mettant en route, Dee-O-Det entonna un couplet. Ce n'est pas rien d'entendre chanter un shaman, mais cette fois-là, ce ne fut pas trop mauvais.

Celui qui plante au printemps
Espère que l'été mûrira
Une abondante moisson d'automne.
C'est la bonne vie
S'il y en assez pour tout le monde.

Le troisième jour, nous approchions des Naco Springs et de Bisbee. Alchise, notre éclaireur, vint au galop nous prévenir que deux Blancs bivouaquaient à notre lieu de campement habituel. Je fis signe à la colonne de serrer les rangs, et, entrant dans la clairière, nous nous rangeâmes en demi-cercle face aux deux cow-boys. Nous les regardâmes fixement, et ils firent de même, mais ne résistèrent pas longtemps. La vue de ces quatorze Indiens endurcis par leurs longues chevauchées sur les pistes eut un effet spectaculaire, surtout lorsque les mulets s'approchèrent de la source. Marmonnant quelque chose contre ces « satanés Indiens d'Amérique », les cow-boys prirent leurs affaires et déguerpirent, prenant la direction de l'ouest et des collines Chivatera.

Nous rîmes et discutâmes tous de cet incident en dessellant et en abreuvant les bêtes. Quand notre campement fut installé, nous estimâmes qu'il était trop tard pour aller faire des courses en ville et nous nous contentâmes pour notre dîner des provisions qui nous restaient. Puis le chef Jemez et moi décidâmes d'aller faire un tour dans Bisbee. Le jeune Emiliano, qui nous avait entendus, me supplia de l'emmener. Ni lui ni Jemez n'avaient jamais été à Bisbee, et c'était à moi de les guider. Je demandai aux autres hommes de rester au camp pendant notre absence. Et nous partîmes tous les trois. Jemez et moi nous lassâmes vite d'Emiliano qui écarquillait les yeux devant tout ce qu'il voyait de nouveau, si bien que nous le laissâmes devant un combat de coqs pour entrer tous les deux au Copper Queen Saloon. Le barman me salua :

« Tu viens t'approvisionner ? »

L'odeur du saloon excita mes papilles buccales et me fit vite oublier mes intentions de sobriété. Le barman dut s'en apercevoir et nous glissa une bouteille et deux verres.

« J'ai une bonne réserve de Monongahela en gros tonneaux, et également en petits barils de dix gallons et en grands de vingt.

– Je viendrai en prendre demain. Ce soir, je célèbre.

– Ton ami, le grand type aux moustaches rouges, euh… ah oui, Tom Jeffords, comment se fait-il qu'il ne soit pas avec toi ?

– Il est fort occupé en ce moment, mais il viendra… »

Je le payai et emportai la bouteille ; Jemez et moi allâmes nous asseoir sur un banc de la chaussée où nous nous sentîmes rapidement un moral du tonnerre. Quand la bouteille fut vide, j'allai en acheter une autre, mais m'avisai alors qu'il était temps d'aller retrouver mon Oiseau d'or. Je trébuchai en traversant le camp et faillis casser la bouteille en tombant. Jemez, pourtant pas plus solide que moi sur ses jambes, m'aida à me relever.

Nous fûmes accueillis par deux femmes furieuses – non pas de ce que nous nous soyons enivrés, mais de ce que nous nous soyons absentés si longtemps. Maria avait eu toutes sortes d'appréhensions, et redouté que je me fasse prendre et tuer par les deux cow-boys. Mes bonnes paroles finirent par calmer la colère de ma femme, mais restèrent impuissantes contre celle de ma mère. Dee-O-Det profita de ce moment pour s'emparer de la bouteille ; il la déboucha, l'inclina, respira une bonne fois, puis l'inclina à nouveau. Je la lui arrachai mais ma mère me la reprit en disant :

« Tu as assez bu comme cela !

– Et je boirai encore, dis-je, lui faisant lâcher la bouteille.

– *Hako*[1] ! jeta-t-elle.

– Moi aussi, je suis un *hako,* déclara Jemez, et vais me resservir.

– Et moi aussi, dit le shaman.

– *Hakos !* » siffla ma mère. Quand nous lui rendîmes la bouteille, elle était vide. « *Hakos !* » répéta-t-elle avec mépris, en la jetant loin d'elle.

Il ne nous fallut pas longtemps, à Jemez et à moi, pour nous endormir. Je me réveillai avec le soleil dans la figure, les yeux endoloris et l'estomac barbouillé. Je retrouvai Jemez à la source. « Est-ce que cette eau-ci fait du bien ? bafouillai-je.

– Quelle question idiote ! » gargouilla-t-il.

Il n'y avait plus personne auprès du feu lorsque nous y retournâmes, si ce n'est le jeune Emiliano qu'on avait abandonné et qui ronflait, allongé sur le dos. Je l'éveillai du pied : il m'expliqua qu'un homme lui avait donné du vin rouge, mais qu'il avait réussi à rentrer au camp. Lui aussi avait soif. Mon malaise se dissipait un peu et nous parlâmes de choses et d'autres, jusqu'au moment où je vis Maria traverser le champ et courir, comme elle seule pouvait courir, vers nous. Boa Juan et Ny-Oden la suivaient, mais en marchant, si bien que je ne m'inquiétai pas. J'allai

1. Ce qui était une insulte. Les *hakos* sont des gens qui prennent toujours, mais ne donnent jamais.

à sa rencontre et le soleil donna encore plus d'éclat à son visage heureux, qui n'avait pourtant plus ce teint doré que j'aimais tant : elle avait chevauché trop longtemps sur les pistes brûlées de soleil.

« Ta mère, les mules, elle voudrait que tu les charges », dit-elle rapidement.

D'une voix forte, Jemez appela ses hommes, qui accoururent immédiatement. Tout le monde mit la main à la pâte, et peu après, nous attachions les mulets devant le magasin Phelps-Dodge, où nous attendaient ma mère et Alchise. Ma mère avait accumulé sur le porche un monceau de marchandises au milieu desquelles se trouvait une cuisinière Pottstown. Quant à Nadina, elle avait acheté chez Goldwater, le magasin voisin, des mètres de lainage. On eût dit qu'elle emportait la moitié du magasin. Quand tout fut chargé sur les mulets, je demandai à Jemez de ramener les bêtes au camp, et de rassembler notre matériel. Je le rejoindrais dès que je me serais acquitté d'un dernier achat.

Je me rendis, avec le mulet le plus fort, à l'arrière du Copper Queen. Le patron du saloon me sortit quatre barillets de dix gallons de whisky qu'il m'aida à envelopper dans de grosses toiles goudronnées. Nous les hissâmes sur l'*aparejo* et les ficelâmes en croisillons de chaque côté, ce qui, pour une fois, fit gémir le mulet le plus costaud de notre troupeau. En comptant cinq livres par gallon de whisky, et en les ajoutant aux cinquante livres des barillets et aux quarante de l'*aparejo,* ce mulet têtu avait sur le dos une charge d'environ cent cinquante kilos. Mais c'était une véritable brute, qui pouvait les supporter. Après avoir payé, je reconduisis le mulet au camp, où tout était prêt ; on avait même sellé mon étalon blanc.

Nous arrivâmes dans la soirée à Balsa Chipa où nous eûmes le choix entre deux itinéraires. Celui qui traversait le

Cananea Cattle County – une partie du domaine de « l'oncle » Bill Greene – était une piste assez facile pour nous permettre de parcourir cinquante à soixante kilomètres de l'aube au crépuscule, même avec un convoi de mulets chargés. Nous chevauchâmes, sans rencontrer la moindre barrière, à travers une mer monotone de bouteloue jaunissante sous un ciel bleu. Nous arrivâmes à Pa-Gotzin-Kay trois jours après.

Nous fûmes accueillis par toute la tribu, à laquelle s'était joint le chef Emiliano. J'offris un barillet de whisky à l'Opata. J'en avais déjà donné un à Jemez des Tarahumaras ; quant aux deux autres, je les rangeai provisoirement dans notre nouveau wikiup. L'Apache ne vole pas l'Apache, mais cela ne veut pas dire qu'il ne se servira pas à boire. Je fis mon rapport au conseil et allai me coucher – exténué – comme d'ailleurs tous ceux qui avaient été du voyage.

En me levant le lendemain matin, je me sentis la force d'affronter une nouvelle journée. Après le petit déjeuner, je sellai donc mon rouan le plus agile et montai au Lookout Peak. Hi-okee y était de service et je lui demandai des nouvelles de Chee. Il me répondit qu'il jouait aux cartes avec les hommes qui n'étaient pas de garde dans le wikiup des guetteurs. Il ajouta que rien ne s'était passé depuis une semaine qui valût la peine d'être signalé, et qu'il voulait bien continuer à monter la garde : sa femme tarahumara lui interdisait de jouer. C'était une Indienne joueuse de volley-ball – qui perdait plus souvent qu'elle ne gagnait[1].

Tout en écoutant Hi-okee, je braquai le télescope dans plusieurs directions et songeai qu'il nous serait facile, en plaçant un autre poste sur le côté chihuahua de surveiller les vastes pentes orientales de la sierra Madre. La plus grosse

1. Peu de temps après, elle fut tuée d'un coup de balle reçue à la tête pendant une partie de volley-ball.

rancheria de Kelzel se trouvait sur le versant chihuahua; mais jusqu'alors, il était resté évasif quant au projet d'installation d'un second poste de guet chez lui. J'allais de toute façon en parler à Buck Green, que l'association des éleveurs avait élu son général. Lui, à son tour, en parlerait à Jim Grey, qui avait barre sur le chef Kelzel.

J'étais heureux en rentrant à la rancheria: l'hiver approchait et les Mexicains ne s'étaient pas montrés; et ils ne se manifesteraient probablement pas avant le printemps suivant. Ce qui me laissait le temps de nous préparer. Mais, par simple précaution, j'envoyai tout de même Chee et une équipe d'hommes à Magdalena y écouter les rumeurs et épier tout mouvement de troupes possible dans la plaine. Je pensai aussi qu'un changement ferait du bien à Chee, qui de toute façon avait besoin, étant le mécanicien de la rancheria, de haches, de scies, de clous et d'autres outils du même genre. Notre récolte fut bonne cet automne-là, suffisante pour mon Peuple. L'année avait été mouvementée, mais j'allais pouvoir me reposer.

Puis ce fut le printemps 1897, dont la venue revigora la rancheria. Je pensai à nouveau aux Drapeaux rouges; ils s'activeraient à l'approche des beaux jours. Je fis donc agrandir notre terrain de culture, doubler l'aire des champs de blé et de pommes de terre, et commencer les labours. Chee, Jemez et moi coordonnions nos travaux avec ceux des Tarahumaras de façon à ce que les deux rancherias aient toujours assez de main-d'œuvre. Le temps nous fut propice et les semailles eurent lieu dès le lendemain du labour. J'avais assigné à chacun la tâche qui lui convenait le mieux et tout le monde se mit au travail. Dee-O-Det saupoudra la terre de son hoddenten sacré; ma mère préparait des tonneaux de limonade pour ceux qui avaient soif et ne laissait personne oisif. Un matin, craignant que le temps ne se gâte, j'insistai auprès du shaman pour qu'il tente le miracle de maintenir le beau temps encore une demi-journée, afin que nous puissions terminer le délicat ensemencement des haricots marbrés. À mon étonnement, il accepta et disparut. Il revint accompagné de six hommes qui portaient tous ce que je crus être des barils de whisky vides. Il me demanda de rassembler le peuple en six rangées, car il avait de quoi rendre tout le monde heureux. Sans le moindre soupçon, je fis ce qu'il me demandait, et tout le monde reçut une tasse de ce qui avait l'air et le goût de limonade. Et c'était bien de la limonade qu'il y avait dans les barillets imprégnés de whisky, mais le vieux renard l'avait coupée d'un quart de boisson sérieuse ! Les travailleurs retournèrent à leur champ avec une ardeur renouvelée et continuèrent de planter les haricots jusqu'après la tombée de la nuit, finissant ainsi leur travail le soir même, juste avant la venue du mauvais temps. Le breuvage du shaman avait réussi. Et jusqu'aux derniers jours de Pa-Gotzin-Kay, on se souvint de cette potion magique, que l'on baptisa « Délice du shaman ».

Tout fut donc semé à temps, sauf un champ de pommes de terre pour lequel un retard de quelques jours n'avait pas d'importance. Je fis un rêve cette nuit-là : j'avais établi dans la montagne un vaste réseau de communication par fumées et je recevais un message venant du côté chihuahua, me signalant des mouvements de Drapeaux rouges.

Le lendemain, Maria et moi, montant nos barbes blancs, partîmes vers le nord rendre une courte visite à son père. Nous traversâmes ensuite la vieille rancheria de chi-hua-hua et descendîmes jusque dans les plaines de Basaranca, en un endroit où les alluvions nous dissimulaient au regard de ses habitants. Nous restâmes un moment à épier d'éventuels mouvements inquiétants, mais une forte pluie nous fit repartir assez vite. Nous arrivâmes au ranch Verde après la tombée de la nuit ; je frappai à la porte et Buck Green vint nous ouvrir.

« Ça alors ! Je suis bien content de vous voir. Vous arrivez juste à temps pour le dîner. »

Il prit Maria par la main et disparut avec elle dans la cuisine. Y entendant peu après des rires de femmes mêlés à des bruits d'assiettes, j'en profitai pour me servir au bar de Buck.

Pendant le dîner, j'expliquai en détail le nouveau système de transmission optique que je projetais. Lorsque je dis qu'il fonctionnerait comme à l'époque de Victorio et Naiche, Buck s'arrêta presque net en plein milieu du repas. Il se rappelait quel fil à retordre ces deux grands agitateurs avaient donné aux Américains. On placerait de loin en loin, sur des points élevés, des guetteurs chargés d'entretenir un feu permanent. Pour envoyer un signal, ils feraient brûler sur des charbons ardents du bois vert enveloppé de couvertures ou de peaux. Le guetteur le plus proche du point émetteur transmettrait le signal à son voisin, qui lui-même servirait de relais…

Buck pensa que c'était en effet la meilleure solution à adopter, à défaut de télescopes et d'héliographes, que nous n'étions pas sûrs du tout de pouvoir nous procurer. Il fallait alors deux ou trois jours, selon la piste qu'empruntait le courrier, pour faire le tour de la chaîne Chihuahua. Ces signaux me permettraient de recevoir le message en une heure et d'arriver chez Buck Green en quatre ou cinq heures de chevauchée forcée.

Nous étions d'accord sur tous les points, même sur la formation d'une armée de guérilla indienne chargée de défendre nos droits. Buck, en effet, ne croyait pas plus à la déclaration que lui avait faite Torres sur l'établissement d'un honnête *censo de contribuyentes* qu'à la possibilité de « tirer par les cornes un taureau jusqu'au sommet d'une montagne ».

Je lui parlai ensuite du grand bâtiment neuf que Maria et moi avions remarqué en passant devant Basaranca. Une usine quelconque, à en juger par son aspect et la mauvaise odeur de la fumée noire que jetaient ses deux cheminées. Cela confirmait ce que nous avait appris Eugène l'année précédente : il m'avait dit que Torres intensifiait la production de poudre à Basaranca. Puisqu'on y fabriquait des canons, il fallait évidemment de la poudre. Nous essayâmes alors d'imaginer ce qui arriverait si nous réussissions à entrer dans la réserve de l'usine : qu'elle saute au moment où l'armée se préparait à nous attaquer et ce serait un grabuge encore plus spectaculaire que ceux que provoquait Geronimo.

Puis, en sirotant mon brandy, je lui dis qu'Eugène était encore coincé là-bas, mais que j'allais entrer en contact avec lui. Le seul ennui était que cette ville fortifiée me faisait peur. Buck me proposa alors de demander à Grey d'aller un peu traîner ses guêtres dans les alentours.

Même marié à une Mexicaine dont il avait un enfant, Eugène restait pour moi, de naissance et de cœur, un vrai Apache, qui ne trahirait pas Pa-Gotzin-Kay. Buck trouva certaines de mes craintes exagérées : il était impossible de faire monter de la pleine du Bavispe un canon assez haut pour tirer sur la rancheria. Mais je lui expliquai comment un canon se démonte et se charge sur des mulets de bât.

« Ouais ! Les fameux exploits de la batterie montagnarde ! grogna-t-il. Niño, fais tout ce que tu peux pour ramener Eugène de notre côté.

– Je vais faire de mon mieux en rentrant », répondis-je. Puis je lui proposai de faire un saut le soir même chez Grey : il avait barre sur le chef Kelzel et représentait notre meilleur espoir de le faire participer à notre système de transmission. Buck accepta à contrecœur. Je savais qu'il était las de ce Jim Grey passeur de frontières et de son ami, le chasseur yaqui. Et je l'étais autant que lui, mais ne voyais pas d'autre moyen d'en venir à nos fins. Nous dîmes à nos femmes où nous allions, mais pas l'heure à laquelle nous rentrerions.

Buck choisit pour lui un bai noir et m'en prêta un : un guerrier, si possible, ne monte jamais un cheval blanc la nuit. Au ranch de Grey, nous mîmes pied à terre dans l'espace éclairé devant le magasin, près des piquets d'attache. Le grand Jim, armé d'un fusil chargé, se pencha à la fenêtre de sa maison, qui était adjacente au magasin, et demanda : « *Qué pasa ?* » Puis, nous reconnaissant, il rentra son fusil, nous invita jovialement à entrer, et alla mettre le café à bouillir à la cuisine. Avant que le café soit devenu assez froid pour être buvable, Buck lui avait déjà expliqué notre nouveau système de transmission.

« *Muy bien,* dit Grey. Du plateau où elle est située, la forteresse de Kelzel domine une bonne partie du Chihuahua. Je suis à peu près le seul Blanc qu'il invite jamais à venir dans son domaine, d'où, je m'en suis rendu compte, on a une vue sacrément étendue. Il ne veut pas voir de Blancs traîner autour de chez lui, et a lui-même quatre ou cinq postes extérieurs – dont deux semblables aux tiens, Niño. Mais le hic est de trouver le moyen de persuader cette tête de bourrique yaqui de travailler avec nous.

J'ai finalement pu me procurer à Fort-Bliss[1] deux télescopes du surplus de l'armée américaine, plus quatre paires

1. Voulant en savoir plus sur ce type d'équipement optique en usage sur la frontière, je me suis renseigné auprès de Willard Leblond Greene, conseil en brevets à Scottsdale en Arizona et expert chez Bausch et Lomb. Il m'apprit que les télescopes B & L, modèles 1880-

de longues-vues marines. Et, ce qui est un coup de chance, un de mes vieux copains, intendant général, m'envoie deux héliographes, de ceux qui ont rendu célèbre le général Miles[1]. J'ai caché le tout dans un coin à El Paso. J'apprendrai aux hommes de Kelzel à s'en servir – si tu m'aides, Buck. *Bueno ?*»

Buck fit un signe de tête affirmatif et dit que les trois pics qu'il nommait avaient été utilisés du temps des Apaches. J'achetai donc à Grey ses deux appareils, et lui en commandai deux autres. Nous discutâmes des détails en finissant de vider la cafetière, et prîmes congé. Au cours de cette visite, Grey avait un peu remonté dans mon estime. Nous descendîmes à fond de train le premier raidillon du retour, et profitant du moment où nos chevaux reprenaient leur souffle, je tentai de persuader Buck de m'accompagner chez Eugène. Il accepta. Nous arrivâmes au ranch Verde à l'heure où les premiers coqs se mettent à chanter. Pour ne réveiller personne dans la maison, nous nous laissâmes tomber sur une meule de foin qui semblait nous attendre – mais où nous surprit un ouvrier du ranch qui vaquait à ses occupations matinales. Nous dûmes donc rentrer dans la maison à tâtons. Lorsqu'elles nous servirent le petit déjeuner, nous mîmes nos femmes au courant de nos activités, puis reprîmes la route avec des chevaux frais.

Il était déjà midi lorsque nous arrivâmes aux abords de Basaranca. Pour plus de sécurité, Maria resta à surveiller les

1890, à lentilles de 4", ont un grossissement de vingt à quarante et permettent de voir jusqu'à cinquante-six kilomètres par temps clair, et que les jumelles de campagne de grossissement permettent de voir jusqu'à trente-deux kilomètres. (A.K.G.)

1. Il s'agissait d'héliostats Mauce à miroirs de 8". Leur utilisation n'était limitée que par les conditions d'ensoleillement. (A.K.G.)

chevaux tandis que Buck et moi nous nous rendions à pied à la ville. Une fois au-dessus de la *casita* rouge, espérant qu'Eugène était chez lui en train de faire la sieste, je lançai le cri de la colombe aux ailes blanches. Celui du pigeon me répondit presque aussitôt, et un homme sauta du mur, à l'indienne.

« Niño, je ne t'ai pas vu de tout l'hiver, dit Eugène. Qu'est-ce que tu faisais ?

– Mon travail d'Apache », répliquai-je sèchement. Puis je lui demandai en anglais : « Tu te souviens de Buck Green ? »

Eugène fit oui de la tête :

« J'attends une occasion de quitter cette armée ridicule. On nous paie toujours en retard. Ils disent qu'ils ne peuvent percevoir les taxes… et qu'ils vont envoyer l'armée chez les éleveurs… Torres a maintenant dix canons ici.

– Ah oui ! Et il a aussi quelque part une réserve de poudre, non ? Où ça ? insistai-je. Quand tu partiras, je la ferai sauter. Torres a beau avoir des canons, sans explosif… »

Eugène nous montra du doigt le bâtiment des stocks de poudre et dit :

« Ça, je m'en chargerai moi-même. Tu n'as qu'à me faire signe. Je m'arrangerai pour qu'une seule flèche enflammée fasse exploser le tout. Puis je partirai pour le Nouveau-Mexique et la réserve mescalero. J'ai honte de retourner à Pa-Gotzin-Kay, mais ces *gusanos* m'écœurent.

– Tout ce que je peux te dire, dit Buck, c'est que ton général est un sacré menteur. Je suis à même de savoir que tous les autres éleveurs ont payé leurs taxes l'année dernière. Si tu as besoin de quelque chose, dis-le-moi. »

Eugène hocha la tête : « Peut-être de deux chevaux, Buck… »

Nous rejoignîmes nos montures. Buck sauta en selle, nous dit au revoir de la main et prit au galop le chemin du ranch Verde. Maria et moi, sur nos barbes blancs, prîmes celui de Pa-Gotzin-Kay, par la piste de Juh.

12.

1897

LES MEXICAINS SE DÉROBENT

En remontant du cañon, je ne vis aucune sentinelle, pas même au rempart nord. Ce brusque relâchement de notre système de guet m'inquiéta. Le clan entier s'était rassemblé entre l'arbre de Ticer et la grande kiva ; il y avait même là quelques Opatas et Tarahumaras. Tous avaient l'air frappés de stupeur et aucun sourire de bienvenue ne m'accueillit.

« Que se passe-t-il ? » demandai-je.

Ma mère, les yeux mouillés de larmes, me dit : « Dee-O-Det a disparu. Nous craignons qu'il ne soit parti pour le Grand Sommeil. Nous nous préparons à nous peindre le visage en noir. »

Je restai coi. Ma mère raconta qu'elle l'avait vu partir pour sa promenade matinale et qu'il n'était pas rentré. Elle avait envoyé plusieurs groupes à sa recherche, mais on n'avait pas trouvé trace de lui. On craignait fort qu'il ne soit tombé dans un cañon, ou qu'un fauve ne l'ait dévoré, ou encore que son grand âge n'ait eu raison de lui.

Je sautai de cheval. Et dans mon désarroi, ayant oublié de regarder où j'allais atterrir, je fis tomber un enfant. Il se mit à pleurer, et toutes les femmes gémirent à leur tour, par pure sympathie. Sauf mon Oiseau d'or, qui était restée en selle. J'entendis sa voix s'exclamer au-dessus du vacarme :

« *Ol-lo !* Regardez ! » Elle nous le montrait : « Voici le shaman. »

Même son cheval, les oreilles dressées, regardait vers l'orée de la clairière où un bosquet de cèdres masquait une partie du sentier.

J'allai à la rencontre du vieux serin avec l'intention de lui dire vertement ce que je pensais. Mais je m'arrêtais presque aussitôt, et levai les bras pour arrêter tout le monde. Et nous restâmes tous plantés où nous étions, pris de crainte, les yeux fixés sur lui.

Dee-O-Det, l'air fatigué, marchait d'un pas lent et mesuré vers l'enceinte – menant par le museau un énorme daim à barbe grise qui semblait lui-même très âgé.

Parlons de la magie des shamans ! Le camp devint aussi calme qu'une grotte. L'enfant s'arrêta même de pleurer, et je crois que tout le monde se retint de respirer en regardant cette vieille et touchante silhouette traverser la clairière, les yeux baissés et conduisant un vieux daim docile. Je me rappelle m'être demandé si j'avais une vision. La scène avait quelque chose de surnaturel.

Lorsqu'il eut atteint son wikiup, le shaman s'immobilisa, dodelinant de la tête, comme plongé dans de profondes pensées. Puis il lâcha le museau du daim, et resta debout sur place, complètement immobile.

Enfin il se baissa, pour prendre un *mano* sur un de ses grands *metates*, leva la pierre très haut, puis l'abattit sur le front du daim. La bête s'écroula.

Dee-O-Det lança un cri étrange et triomphant. Je me précipitai vers lui.

« Je n'ai rien à dire ! » jeta-t-il de sa voix aiguë avant même que j'aie ouvert la bouche. Il regarda l'énorme daim gris, puis releva les yeux vers moi et croassa : « Ce soir, je réunirai le conseil. J'aurai alors beaucoup à dire. »

Le Peuple passa soudain du désespoir au soulagement et à la joie. La vie reprit son cours ordinaire mais le reste de la journée passa dans une atmosphère inhabituelle d'attente, de rires, de chants et de bruit. Le soir venu, quand Dee-O-Det demanda la réunion du conseil, tout le monde vint, même les enfants. En véritable comédien, se sachant le point de mire de tous, il dramatisa son rapport :

« Ce matin à l'aube, quand je me suis levé pour aller faire ma promenade habituelle, et communier avec Ihidnan (l'Être Suprême) en admirant la gloire qu'il nous manifeste à Pa-Gotzin-Kay, j'ai décidé, malgré mon grand âge, de faire un tour plus grand que de coutume. Je me suis senti redevenu un jeune homme, pas un guerrier, mais un homme en paix avec le monde. J'ai longtemps marché, jusqu'à la clairière de fougères que l'on appelle Bubbling Springs. Le soleil était chaud et j'étais fatigué. Je me suis assis pour me reposer en admirant nos collines de cannelliers et nos fertiles vallons. Et j'ai dû m'endormir. À mon réveil, le monde était paisible et tranquille, seul un oiseau gazouillait.

À vingt pas de moi à peine, une grosse daine buvait à la source. Un vieux daim se tenait derrière elle, le plus gros que mes vieux yeux aient jamais vu. C'était une manifestation d'Usen ; pour moi, pour moi seul. Étais-je déjà parti pour le Grand Sommeil – et était-ce là le Monde des Esprits ?

Quelque chose me dit alors : "C'est un don d'Usen à ton intention. Voici le vieux daim sur le retour dont tu as besoin comme chaque année pour ta soupe de shaman." Je me suis levé sans bruit et ai dégainé mon couteau avec précaution.

Une force me poussait vers l'apparition. En approchant, je vis que le vieux daim tenait dans sa gueule la queue de la daine. Je la tranchai net, juste au milieu, entre elle et le vieux mâle. D'un bond immense, la daine sauta sur l'autre rive et s'enfuit.

Pas un muscle du daim n'avait bougé, ce qui m'étonna. Pourquoi cette attitude bizarre, cette immobilité ? Je vis alors Usen descendant du Monde des Esprits pour me maudire de ce geste précipité qui avait blessé un daim inoffensif. Et je fus tourmenté à la pensée des malheurs qui allaient s'abattre sur moi du ciel illimité.

Du sang coulait de la gueule du daim et je lui aspergeai la tête de hodenten. Je vis alors que l'œil qui était de mon côté était tout blanc, comme une pierre incrustée dans sa tête. Remarquant aux mouvements de sa poitrine qu'il respirait normalement, je réalisai brusquement que le daim était aveugle et sourd de vieillesse, et que tenir entre ses dents la queue de sa daine était pour lui la seule façon de se diriger.

Je n'essayai plus de retrouver mon calme. Prenant le bout de la queue entre le pouce et l'index, je tirai doucement. Le daim aveugle, croyant certainement que la daine était encore là, et prêt à se laisser guider, me suivit. Tenant toujours le bout de la queue, je fis demi-tour et il fit de même. Je suis lentement revenu vers la rancheria. Vous m'avez tous vu arriver.

Revenu à mon cercle de sorcier, il m'a été facile de prendre un *mano* et de l'en tuer d'un coup sur la tête. To-Clany[1] m'a aidé à le mettre dans le chaudron – peau, sabots et cornes.

1. En 1931, le jeune To-Clany, rapatrié de Pa-Gotzin-Kay à la réserve de San Carlos par la Carlisle Indian School, était le dernier des antiques shamans apaches – dont la fonction n'était plus reconnue depuis 1919. Il me raconta l'histoire de Dee-O-Det et du daim, et son récit concorde, pour l'essentiel, avec celui de Niño Cochise. (A.K.G.)

Rien n'est perdu et j'aurai demain une bonne soupe de shaman. *Enju!*»

Il avait parlé. Je savais un certain nombre de choses sur les shamans en général, et beaucoup sur ce vieux rusé-là, pourtant je ne trouvai rien à dire. J'avais depuis longtemps compris qu'on pouvait presque s'attendre à tout de la part du vieux Dee-O-Det.

Le Peuple l'acclama, puis se mit à bavarder. Le conseil dispersé, Maria, ma mère et moi retournâmes à nos feux. Je m'assis et restai longtemps à boire du café – bien après que les femmes soient allées se coucher.

Ma mère, le lendemain, me demanda si j'avais vu Eugène. Je lui racontai notre conversation de Basaranca, sa crainte des Nakai-Ye, et son intention de partir pour le Nouveau-Mexique car il aurait eu honte de revenir parmi nous. Pour la tranquilliser, je lui dis que son changement au contact des Nakai-Ye était surtout dû à son mariage avec une Mexicaine. J'envisageai de le placer avec sa famille au ranch d'Ammon Tenny, à l'abri du danger, mais près de nous.

Chee arriva à ce moment-là pour me parler d'un problème de semailles, comme si cela seul importait au monde. Et sans doute avait-il raison. Est-ce que j'estimais que le temps et la lune étaient propices à la plantation des pommes de terre: «Demande au shaman», lui répondis-je; mais il insista pour que je descende au champ avec lui. J'y passai la plus grande partie de la journée. Tout avait été semé, sauf les plants de pommes de terre rapportés de chez Brewer. Je me rendis ensuite au corral pour me rendre compte de l'état des chevaux. On avait tant exigé d'eux ces derniers temps, que beaucoup avaient leurs sabots en fort mauvaise condition.

Le lendemain et le surlendemain, tout le monde fut dehors à planter les pommes de terre. Et le soir, tout le monde se plaignait de courbatures dans le dos. Seul Chee, le sage, qui avait veillé à ce que les pommes de terre soient coupées correctement et remises aux planteurs, n'avait pas été obligé de rester longtemps en position courbée. Comme je lui en faisais la remarque, il me conseilla de ne pas oublier mon sens de l'humour ni cet amour que je professais si souvent pour la terre.

Nous entendîmes derrière nous les traînements de pieds du shaman. Il avait participé au travail commun en chantant et en aspergeant les rangées qui venaient d'être plantées d'un mélange de hodenten et de fumier pulvérisé. Il me déclara que la plantation serait achevée le lendemain soir, mais qu'il n'avait pas assez de hodenten pour assurer une récolte abondante.

« Ça alors ! Impossible de te laisser à court de hodenten. Il faut réapprovisionner ton stock, répondis-je, saisissant la première excuse venue pour me dérober à ce travail éreintant. Dee-O-Det, dès demain matin, nous irons chercher du *tule* aux sources. Je ne me bats jamais avec l'histoire, mais avec l'avenir, oui. »

La cueillette de hodenten ne suffisait pas à justifier ce voyage aux sources du San Bernardino, qui étaient fort éloignées. Mais je pouvais faire d'une pierre deux coups. Je devais en effet voir Tenny au sujet du placement d'Eugène chez lui. Le soir, donc, je dis à Maria et ma mère que Dee-O-Det était à court de hodenten et que si elles voulaient m'accompagner, nous l'emmènerions aux sources ramasser des graines de *tule*. Cette perspective réjouit Maria ; mais ma mère se montra réticente et je dus ajouter que nous irions jusqu'au ranch de John Slaughter, l'ami de Taglito ; nous pourrions ainsi acheter dans son magasin de quoi manger, elle n'avait donc pas besoin d'emporter beaucoup de provisions.

En me réveillant le lendemain, je me sentis plus courbatu que je ne l'aurais cru possible. Pauvre Maria ! Elle ouvrit les yeux et se retourna sur sa couche en gémissant. Je la secouai pour l'éveiller tout à fait. Nous nous levâmes et nous glissâmes jusqu'au feu de ma mère. Le café était déjà prêt et elle faisait frire des œufs et cuire des *ashcakes*[1]. L'odeur du café me fit oublier toutes mes courbatures. Le shaman apparut tout à coup, surgi de nulle part ; d'un geste, ma mère l'invita à notre table.

« Tous ceux qui ont travaillé aux champs hier semblent avoir une faim de loup et être perclus de courbatures, remarquai-je. Toi aussi, Dee-O-Det ?

– Non, je me sens très bien, j'ai l'habitude de travailler dur.

– Ouais ! J'ai vu en effet comme tu peinais en chantant et en saupoudrant les champs de ton hodenten.

– Je me sens jeune à nouveau. J'ai pris ma soupe de shaman.

– Combien de temps faut-il pour devenir shaman ?

– Songes-tu à le devenir ?

– Oh… J'aime travailler dur.

– Il faut savoir beaucoup de choses pour être shaman, et apprendre les chants.

– Où as-tu appris à chanter ?

1. La pâte des *ashcakes* (gâteaux cuits à la cendre) était composée de fèves de prosopis ou de noisettes de la récolte de l'année, liée par de la graisse d'ours, du saindoux ou de n'importe quelle graisse animale. On y ajoutait du miel lorsqu'on en disposait. Ils sont appelés ainsi parce qu'on les aplatissait en galettes et qu'on les faisait cuire sur des pierres plates chauffées à l'avance. À Pa-Gotzin-Kay, nous n'en mangions que dans l'entre-saison, ou lorsque nous étions à court de provisions.

– Si vous cessiez vos bavardages pour préparer les chevaux, coupa ma mère, Maria et moi pourrions emballer ce dont nous avons besoin.

– Niño va s'occuper des bêtes pendant que j'aiguiserai mon couteau sacré pour couper le *tule*. Il faut qu'il soit parfaitement effilé, vous savez.

– C'est ça. Je m'occupe des chevaux pendant que Dee-O-Det apprête sa personne sacrée.

– Je ne suis pas sacré, mais mon travail l'est.

– Si vous ne cessez de vous battre à coups de mots comme les *Goddammies,* éclata ma mère, jamais nous ne partirons pour cette expédition sacrée.»

Je sellai nos deux barbes blancs, un paisible cheval noir pour Dee-O-Det et l'étalon pommelé de ma mère. Mais lorsque je les lui amenai, elle me renvoya chercher un mulet pour porter la nourriture à l'aller et le *tule* au retour. J'allai donc en seller un. Quand ma mère se mit en selle, je lui tins sa monture, ce qui était inutile, mais lui faisait plaisir : c'était une fille de guerrier apache. Maria sauta en selle et le vieux shaman sur son cheval.

Les San Bernardino Springs (les sources du San Bernardino), qui reçoivent les petits cours d'eau des collines alentour, couvertes de broussailles et d'herbage, constituent la source principale du San Bernardino. Son cours s'oriente ensuite vers le sud et descend jusqu'au Bavispe. Cet endroit avait été pendant des siècles un grand lieu de campement au bord des sentiers de guerre apaches et navajos. Quand la famille Ignacio Perez, en 1832, établit une hacienda dans les environs, les Indiens la laissèrent quelque temps en paix, car ils savaient que les Mexicains *Godos* élevaient de bons troupeaux de bétail et de chevaux, qu'il serait plus facile de voler que d'élever eux-mêmes.

Lorsque, en 1842, le gouverneur mexicain émit le pronunciamiento contre les chasseurs de scalps, les Apaches, en représailles, mirent l'hacienda à sac. Mon grand-père, le chef Cochise, et ses Chiricahuas, le chef Mangas Coloradas et ses Mimbrenos s'étaient coalisés pour ce raid.

Après la ratification du Gadsden Purchase de 1854, une nouvelle frontière nationale divisa le ranch abandonné. Les deux tiers en devinrent mexicains. Les ruines des bâtiments se trouvaient, elles, sur le tiers nord, en Arizona. Les San Bernardino Springs, qu'entourait une vaste étendue marécageuse, étaient à environ huit kilomètres au sud de l'hacienda, au Mexique. Quand John Slaughter, en 1884, acheta le ranch aux descendants d'Ignacio Perez, cette terre autrefois magnifiquement entretenue était retournée à l'état sauvage.

En arrivant aux sources pour y ramasser du *tule,* je ne songeai guère au passé, mais bien au présent, c'est-à-dire l'année 1897. Nous choisîmes un lieu de campement avant de décharger le mulet. Les deux grands *manos* et *metates* du shaman constituaient la plus lourde partie du matériel nécessaire à la fabrication du hodenten. Il s'en servait pour un premier broyage des graines vertes de *tule,* qu'il mettait ensuite à sécher au soleil à la rancheria, puis moulait en poudre avec ses petits *metates*.

Dee-O-Det, ma mère et Maria installèrent le camp et je m'occupai des bêtes. Je partis ensuite ramasser du bois pour le feu dans les broussailles alentour, sans m'éloigner de plus de trois cents mètres. J'avais rassemblé un fagot presque aussi gros que ce que je pouvais porter lorsque je remarquai qu'un groupe de cinq hommes sans doute avait campé dans cet endroit retiré. Je regardai de plus près, et certains signes – la façon dont était construit le foyer et l'endroit choisi pour les lits – me firent penser que ces campeurs étaient des Apaches.

Les empreintes étaient encore fraîches et dataient de vingt-quatre heures au plus. Je me demandai qui étaient ces gens et ce qu'ils faisaient. Aucun de mes hommes n'avait de raison de se trouver si loin au nord à cette saison. Je retournai au camp avertir les autres et nous nous rendîmes tous sur les lieux.

« Ce sont des Apaches, dit ma mère. Peut-être des Chiricahuas. »

Nous étudiâmes le coin à fond. Le shaman supposa qu'il s'agissait de quelques fuyards de San Carlos ; j'objectai qu'il n'y avait pas de Chiricahuas à San Carlos, mais que ces campeurs pouvaient bien venir de la réserve mescalero ; s'ils étaient des Chiricahuas, nous les aurions rencontrés sur la piste, ou en sortant de l'ancienne retraite de Chi-hua-hua.

« Ils sont partis précipitamment », dit ma mère, les lèvres serrées. Elle nous montra quelques maillons d'une chaîne en or. « *Has-kay-bay-nez-ntayl* (le brave fougueux qui finira ses jours mystérieusement) portait ceci sur lui le jour où il est venu à Pa-Gotzin-Kay. »

Je dis : « L'Apache Kid. »

Ma mère acquiesça, inquiète. Elle tenait à éviter tout contact avec les netdahe, ces fauteurs de troubles. Après en avoir discuté avec elle, je partis chez Slaughter, pour lui demander s'il connaissait d'autres Apaches que nous dans la région.

J'attachai mon barbe à la clôture d'une grande cour et Slaughter ouvrit la porte de la maison principale juste au moment où j'y pénétrais. Lui et Jess Fisher, son contremaître, qui l'accompagnait, me saluèrent. Nous entrâmes dans la salle du devant et Slaughter me demanda des nouvelles de Tom Jeffords. Je lui répondis qu'il était dans son ranch, et ajoutai que ma mère, ma femme et notre shaman campaient plus bas, dans la partie sud de son ranch. Ils y ramassaient du *tule*. Nous parlions de Buck Green, de Jim Grey et de l'installation de notre système à héliographe, lorsque nous entendîmes des chevaux arriver avec des craquements de selle. Slaughter se dirigea vers la fenêtre :

« Hé ! Qu'est-ce que c'est ? On dirait bien que la patrouille américaine de la frontière est là au complet. »

Je le rejoignis et vis une trentaine de cavaliers, guidés par l'infâme Mickey Free[1] entrer et se ranger en demi-cercle dans la cour.

Slaughter parla avec l'officier et tous deux se dirigèrent vers le porche :

« Cinq Apaches *broncos* se sont enfuis de la réserve, expliqua Slaughter. Le lieutenant Averill me demande de l'emmener vers le sud du ranch, là où Geronimo campait souvent autrefois.

– Mickey Free sait très bien où se trouve cet endroit », fis-je remarquer, mais le lieutenant m'ignora.

Slaughter se tourna vers moi :

« Averill dit que ces *broncos* se sont rendus coupables d'au moins cinq meurtres, et qu'ils ont brûlé des ranches. Leurs traces mènent ici. Dis, Niño, toi qui campes au sud-ouest, tu n'as rien remarqué ?

– Si. Je venais justement vous demander si vous les aviez vus, mais nous nous sommes mis à parler d'autre chose.

– Ah bon ! Je prends un cheval et si tu peux me montrer la piste… »

1. Voir Griffith, *op. cit.* Et également *Old West,* 2 vol., Western Publications, Austin, Texas, 1968.

Le lieutenant condescendit à s'adresser directement à moi : « Dis, le gars, tu veux être notre guide ?

– Non.

– Oh, je croyais que tu travaillais chez Mr. Slaughter.

– Non, intervint Slaughter. Il a des terres dans la sierra Madre.

– Tu es mexicain ? » demanda le lieutenant.

Slaughter intervint à nouveau :

« Américain.

– C'est ce que je pensais, à sa façon de parler. »

Je respirai mieux. Je ne voulais avoir d'histoires ni avec la cavalerie américaine, ni avec Mickey Free, ni avec un fuyard apache, quel qu'il fût, et encore moins avec l'Apache Kid. Slaughter et Fisher se hâtèrent vers la grange où un garçon leur sellait deux chevaux. Je montai le mien et m'écartai de la colonne de cavalerie. Le lieutenant, jeune et impétueux, jetait des ordres à ses soldats en train de se mettre en selle. « Qu'ils y aillent, pensai-je. Je ne les retiens pas. Ce White-Eyes n'a d'ailleurs pas besoin de moi. Mickey Free est le meilleur guide et éclaireur du Sud-Ouest. » Quand Slaughter et Fisher rejoignirent les cavaliers, la colonne se mit en route, Free quelque peu en avant, scrutant le sol en chasseur d'hommes né qu'il était.

Slaughter vint chevaucher de front avec moi et me dit à voix basse : « Rends-moi un service, Niño. Montre-moi où campaient ces *broncos.* » De sa part, cette demande était tout à fait différente. J'acquiesçai : « Bien sûr, John, avec plaisir. »

En passant devant l'endroit où j'avais laissé ma mère, Maria et Dee-O-Det, je ne vis aucune trace de leur passage. Nous entendant revenir, ils avaient dû aller se cacher. Nous continuâmes notre route et je montrai à Slaughter où avaient campé les *broncos.* La nuit tombait, rendant difficile la poursuite des recherches, si bien que la patrouille décida de retraverser la frontière pour camper. Je pris congé d'eux pour retourner vers les miens.

« Merci de ton aide, jeune homme. Je m'appelle Averill… et toi ?

– Niño.

– Ton nom de famille ? »

Slaughter vint de nouveau à mon aide : « Adams. » Et je répétai : « Adams », et disparus dans l'obscurité.

En retournant à notre premier lieu de campement, j'entendis le cri d'un oiseau de nuit. C'était Dee-O-Det. Suivant son appel, je découvris qu'ils s'étaient réfugiés tout à fait de l'autre côté d'une colline boisée ; ils n'avaient pas allumé de feu. À mon arrivée, ils se mirent à parler tous les trois à la fois, voulant me décrire la grosse troupe de soldats qui était passée, mais dont ils ne savaient s'ils étaient mexicains ou américains. Je leur expliquai que je les accompagnais et qu'ils étaient américains, de ce côté-ci de la frontière.

J'espérais que le shaman se contenterait de ces renseignements, mais il voulut savoir les raisons de la présence d'une patrouille si importante au sud de la frontière, et ce que je faisais parmi eux. Comme l'attitude de Maria était celle d'une femme confiante en son homme, et que ma mère se taisait, je leur dis que je guidais ces soldats au camp des Wild Ones. Ma mère me reprocha de trahir des gens de ma propre race. Mais je lui répliquai que ces netdahe, tout en étant de notre peuple, nous compliquaient les choses, pour nous qui voulions vivre en paix. Ils avaient tué quelques Blancs, et s'ils venaient se cacher parmi nous, nous donneraient mauvaise réputation. Qu'adviendrait-il si Mickey Free et les soldats les poursuivaient jusqu'à Pa-Gotzin-Kay ?

Le shaman dit que pareille supposition n'était que vantardise de la part des soldats. L'éclaireur métis borgne ne les mènerait pas jusqu'à nous. Ce qui plongea ma mère dans de profondes pensées, car elle savait que même Golthlay se méfiait de Mickey Free.

Maria, qui ne connaissait les netdahe que par ouï-dire, posa une main confiante sur mon bras. Je la pris et la serrai contre moi. Elle m'avait montré qu'une femme peut alléger les fardeaux de son mari, ce que je n'ai jamais oublié. Je fus tellement soulagé que je dînai une seconde fois[1].

Le lendemain matin, jetant un coup d'œil autour de moi et voyant ce qui avait été ramassé la veille, je décidai que Maria et ma mère pouvaient à elles deux cueillir assez de *tule* pour occuper Dee-O-Det. Tous trois pouvaient donc se passer de moi quelques jours, et je voulais me rendre au ranch de Tenny pour lui demander d'engager Eugène chez lui. Et surtout, me sentant inquiet et nerveux, je ressentais le besoin d'une randonnée à cheval.

Je pris la route du ranch Verde, où j'arrivai vers midi. J'y trouvai Buck dehors, en train de creuser des trous. En me voyant arriver, il laissa tomber sa pelle et me demanda pourquoi j'étais seul. Je lui répondis que j'avais laissé Maria, ma mère et Dee-O-Det aux sources où ils cueillaient du *tule*, et que je voulais me rendre aux ranches de Tenny et Grey.

Buck m'expliqua qu'il construisait une école à ses moments perdus. Sa femme, Anna, en serait l'institutrice, mais elle

1. Je ne revis jamais le lieutenant Averill. Mais j'appris par ouï-dire que les *broncos* s'étaient séparés et enfuis dans les montagnes de part et d'autre de la frontière. Je n'ai jamais reparlé d'eux à John Slaughter que j'ai pourtant revu plusieurs fois. Mais des historiens affirment que deux des fuyards furent tués par les ranchers, que d'autres furent poursuivis et tués par l'impitoyable Mickey Free, et que seul l'Apache Kid réussit à s'échapper.

risquait d'avoir des ennuis avec des élèves dispersés dans une région aussi vaste. L'Association des ranchers – comme ils s'appelaient désormais – avait décidé qu'étant donné que les Indiens leur apportaient leur soutien, ils devaient désormais vivre dans les ranches qu'ils protégeaient. L'Association assurerait l'habitat, les écoles, une intendance et des salaires. Ce projet d'école me parut bon, et l'idée de Buck – que les familles s'installent dans leur ranch – garantissait une permanence.

Anna nous servit un repas à la cuisine et Buck me dit qu'il m'accompagnerait chez Tenny – comme j'avais espéré qu'il le proposerait : chevaucher seul par les pistes était risqué à cette époque, surtout avec la présence des *broncos* et des Drapeaux rouges dans les environs.

Je vis, en traversant la vallée, que ses champs étaient semés ; la saison chez lui était en avance de quinze jours sur la nôtre là-haut. Je reconnus des pommes de terre, des haricots, du blé, de l'avoine et un champ de trèfle. S'il pleuvait suffisamment, sa moisson serait bonne. Mais quelque chose le tracassait. Le trouvant soucieux, j'essayai de l'interroger et il se confia :

« C'est toujours la même impasse. À cause de ces putains de lois mexicaines. Les propriétaires terriens, les Blancs comme les Indiens, ne bénéficient d'aucune protection légale. Le gouvernement fédéral nous dit de nous adresser à celui de notre État, mais c'est justement de lui dont nous devons nous protéger. Comme tu le sais, nous nous sommes plaints à Torres et Terrazas de ce que leurs taxes étaient exorbitantes et de ce que nous ne pouvions travailler dans de telles conditions. Ils nous ont répondu de nous adresser au gouvernement fédéral qui, quand nous l'avons fait, nous a renvoyés, à celui de l'État. Comme d'habitude, les Mexicains se défilent. Si bien qu'à notre réunion du mois dernier, nous avons décidé de nous adresser au consul américain. Et nous l'avons fait. On nous a répondu que nous créons un « incident ». Toujours le même cercle vicieux. Il ne nous reste donc qu'à prendre le taureau par les cornes. Et c'est ici que tu interviens, Niño. En principe, toi et ton Peuple, vous êtes Américains ; et si la situation en vient au pire, je crois que l'Association des ranchers peut obtenir du gouvernement américain qu'il vous accorde la citoyenneté américaine. L'Association pense que si les Mexicains essaient de nous confisquer nos terres cela nous vaudrait la protection des États-Unis – ils nous les ont d'ailleurs vendues sous de faux prétextes. »

Je ne répondis pas. Il fallait que je réfléchisse à ce qu'il venait de me dire. Mais, après qu'il m'eut parlé de ce qui le tracassait, il fut de fort bonne humeur pendant tout le reste du trajet. En arrivant au ranch de Tenny, nous trouvâmes au moins une vingtaine de chevaux attachés au long râtelier, certains équipés d'*armas* indiennes faites à la main, d'autres de selles espagnoles lourdement décorées, et le reste de selles de vachers imbibées de sueur ; tous avaient un fusil au fourreau.

Nous entrâmes sous le porche, et la porte de devant étant ouverte, nous pénétrâmes à l'intérieur. La salle était comble. En parcourant cette foule d'hommes du regard, je reconnus John Brewer, Benito Escalante, le chef Kelzel, Francisco Villa (Doroteo Arango), et en remarquai d'autres que je ne connaissais pas.

« Vous êtes un peu en retard, cria Ammon Tenny, du milieu de la salle.

– Je ne savais pas qu'il y avait une réunion. Nous passions par hasard.

– Je t'ai fait envoyer un message, il y a quelques jours, dit Tenny.

– Par qui ?

– Pablo. Le sellier de Campo. Il est passé par ici et m'a dit qu'il allait te livrer une selle que tu lui avais commandée. John Slaughter n'est pas là non plus.

– Il y a quelque chose qui cloche, grogna Buck. Cela fait un mois que je n'ai pas vu Pablo. Il doit y avoir un espion mexicain au travail quelque part – et le vieux paumé de Pablo…

– Terrazas et Torres ont tous les deux des espions à l'œuvre. Nous allons donc en engager nous aussi, répliqua Tenny, parlant vite et fort. Et expliquer en détail à Niño nos plans et les améliorations que nous avons prévues pour notre système de signaux. Il faut absolument que tout le monde soit bien d'accord pour qu'il n'y ait pas de fausses manœuvres. Et il faut faire vite, car la situation est instable. Les forces d'insurrection contre Diaz augmentent, et nous sommes pris entre deux feux. » Il reprit son souffle et me regarda.

« Niño, ton Peuple et toi êtes nés aux États-Unis, tout comme nous. Nous te demandons donc de donner deux Apaches à chacun des groupes que nous allons former, et cela, dans le seul but de défendre les intérêts américains. Ce qui est en accord avec tes projets initiaux. » Il grimaça un sourire et poursuivit : « Comme les Cholos ne comprennent pas le manso, nous allons utiliser des héliostats. Jim Grey t'apprendra à t'en servir. Le chef Kelzel va travailler avec nous. Ses Yaquis sont des ressortissants mexicains. Le gouvernement mexicain ne pourra donc pas, s'ils se placent sous les ordres des Américains, nous accuser de fomenter une révolution. »

J'eus l'impression qu'il y avait un grand *si* quelque part, mais Tenny continua à parler et je l'écoutai.

« Les Yaquis pensent comme nous. Ils ne veulent pas subir le sort du vieil Emiliano dont la tribu, à part les quelques survivants vendus comme esclaves, a été rayée de la surface de la terre. Maintenant, tonitrua Tenny, nous pouvons empêcher cela si nous nous tenons les coudes. Qu'en pensez-vous ? »

L'approbation fut unanime et la conversation devint générale. On élabora des plans d'organisation, de façon à être parfaitement préparés à affronter les difficultés à venir. Les ranchers voulaient éliminer les Cholos mexicains, dont personne ne savait réellement de quel côté ils étaient. Ils semblèrent heureux que je leur propose de former des équipes de Yaquis et de Tarahumaras dirigées par des Apaches, et j'appréciai la confiance qu'ils m'accordaient, à moi et à mes hommes. Puis Tenny mit brusquement fin à la réunion, et je compris que ce n'était pas le moment de lui parler d'Eugène. Je le lui enverrais tout simplement comme chef d'équipe.

Les affaires étaient réglées. On nous remercia et on nous pressa de quitter les lieux. Après une réunion de ce genre, à Pa-Gotzin-Kay ou au ranch Verde, on aurait offert à boire à tout le monde et servi un bon repas. Il y eut quelques commentaires à voix basse lorsque les hommes montèrent en selle, et s'en allèrent – deux par deux ou en groupes.

Buck et moi partîmes sans presser l'allure. Nos chevaux étaient encore fatigués et nous l'étions maintenant nous aussi. Comme on ne nous avait rien offert, même pas une tasse de café, nous décidâmes de camper et de nous contenter de la nourriture que nous trouverions dans la sacoche de nos selles. En fumant une dernière cigarette, Buck, qui avait été d'humeur plutôt sombre, explosa contre ces mormons Moronis qui se paniquaient au moindre éternuement de Torres ou de Terrazas. Mais Brewer, Bower, Parks et Tenny, quand c'était leur tour d'aider les gentils (les non-mormons) autrement qu'avec de belles paroles, trouvaient toujours un alibi pour se dérober, donnant ainsi à croire qu'ils espéraient que les gentils allaient s'aplatir devant eux et se laisser déposséder de leurs terres. C'était une façon de voir les choses – peut-être était-ce là le grand *si ?* Je n'aurais jamais moi-même envisagé la situation ainsi, mais je gardai cette idée en tête pour m'en souvenir au bon moment.

Le lendemain, nous prîmes le départ de bonne heure, et nous nous séparâmes au *vado* du San Bernardino, en aval des sources. Buck rentra au ranch Verde, et moi à notre camp, près des marécages de *tule*. Je fus accueilli par ma mère et Dee-O-Det me raconta la cueillette qu'il avait faite pour son hodenten. Je l'approuvai de la tête, mais ne voyant pas Maria, je m'enquis d'elle. Le shaman me répondit qu'elle chassait des lapins qu'ils feraient rôtir pour le dîner. Redoutant que les Wild Ones ne traînent encore dans la région, ils n'avaient pas osé aller acheter de quoi manger chez Slaughter. Je regardai le soleil. C'était l'après-midi. Et je ne sais pourquoi, je me sentis inquiet.

Je partis au galop, évitai un bas-fond inondé plein de *tule* en coupant par un marais entouré de noisetiers et rencontrai mon Oiseau d'or ; elle traînait huit lapins derrière elle. Et moi qui m'inquiétais à son sujet !

« Oh ! Rentré, mon ma'i ! » cria-t-elle joyeusement. Lâchant ses lapins, elle se jeta sur moi comme je mettais pied à terre, et me fit presque tomber à la renverse.

« Beaucoup de lapins ! Les porter, je ne pouvais pas.

– Je crois que je vais te nommer chef des chasseurs, plaisantai-je.

– Chef des chasseurs, je suis déjà dans ma tribu. » Et elle brandit un primitif bâton de chasse.

Nous nettoyâmes les lapins et les mîmes à rafraîchir dans la source.

Ce soir-là, cette viande rôtie aux racines de *tule* me parut aussi bonne qu'aujourd'hui les côtelettes grillées sur un feu de bois.

Plusieurs mois passèrent. Nous nous occupions des champs et regardions pousser les récoltes, sans que rien d'extraordinaire ne se passe. Mais un jour, vers midi, un garde des pistes vint m'avertir que cinq hommes armés traversaient l'ancienne rancheria de Chi-hua-hua et montaient vers Pa-Gotzin-Kay. Et nous vîmes apparaître plus tard Buck Green, Ammon Tenny, Jim Grey, Tennono Kelzel et un Apache qui ne m'était pas inconnu.

Après les salutations, Tenny en vint au but de leur visite.

Les ranchers venaient demander notre aide pour leur rassemblement de bétail annuel. Je savais que l'époque approchait. Ma mère, toujours prévoyante, appela nos visiteurs à table avant que nous ayons décidé quoi que ce soit. Entendant dire que des gens montaient, Maria et elle s'étaient immédiatement mises à préparer un grand ragoût de bœuf.

«Vous autres ici, vous savez manger, observa Grey en se rejetant en arrière avec un soupir. Quand je pense à la lavasse que me sert mon Indienne !

– Festoyons ou jeûnons», dis-je. Je me tournai vers Tenny : « Combien d'hommes voulez-vous ?

– Oh, une douzaine de cavaliers, ceux que tu nommerais chefs en cas d'ennui. »

Tenny nous avait donné trente chevaux l'année précédente, mais il venait les reprendre – avec des cavaliers ! Cependant, c'était non seulement l'époque du rassemblement, mais aussi celle où les *revolucionarios* étaient les plus actifs, et Tenny nous parla de combats autour de Corralitos, Dublan et Casa Grandes. Étant le plus proche de cette zone, il craignait de pâtir des répercussions de ces troubles. Buck, Grey et Kelzel avaient peu à dire.

Je savais, en écoutant Tenny, que je lui prêterais les chevaux et les cavaliers, mais l'Indien au visage connu ne cessait de m'intriguer. Puis, brusquement, je me rappelai : c'était

Kay-Pesh ! La première fois où, pour discuter de reddition avec Golthlay, les soldats de Crook étaient montés à la rancheria de Chi-hua-hua, Kay-Pesh et moi, qui avions alors huit ans, ne voulant pas nous laisser prendre, courûmes nous cacher dans une grotte voisine ; mais elle était déjà occupée par une famille de putois qui n'apprécièrent pas notre intrusion et nous montrèrent leur animosité en termes fort liquides.

La puanteur y était presque insupportable, mais nous n'émîmes pas un son, de peur d'attirer l'attention. Nous étions tellement aveuglés que nous n'avions pas d'échappatoire, et tellement pris de nausée, que nous aurions préféré mourir. En le rejoignant de l'autre côté de la table, je me remémorais tout cela.

« Kay-Pesh ! » dis-je, et il acquiesça de la tête d'un air interrogateur. « Tu sens encore le *golinka.* » J'avais parlé anglais, mais en utilisant le mot apache pour putois. « Qu'es-tu devenu depuis ? »

Après avoir ri bruyamment, il me raconta qu'on l'avait emmené à la réserve de San Carlos d'où, peu après, il avait été transféré dans celle de White Tell (Mescalero), ce qui lui avait évité d'être envoyé en Floride. Après la mort de sa mère, il était parti avec l'intention de rejoindre Pa-Gotzin-Kay, mais s'était arrêté chez des Yaquis qu'il avait rencontrés en route. Il était maintenant *capataz* (contremaître) chez Tenny, où il avait des Indiens et des Mexicains sous ses ordres. Les vachers mexicains ne valaient pas grand-chose ; ils refusaient d'installer leurs familles près du ranch et campaient assez loin, dans la forêt. Ils volaient du bœuf pour nourrir les leurs, et en donnaient tant à emporter à leurs amis et parents que Tenny avait dû engager des Yaquis, autant pour se protéger des voleurs mexicains que pour surveiller le bétail. Je dis à Kay-Pesh qu'un bon guerrier apache, Eugène, dont il se souvenait peut-être, avait des ennuis personnels et lui demandai s'il pouvait lui donner du travail dans ces collines, où les Mexicains ne le poursuivraient pas. Il fit un signe de tête affirmatif, et me dit qu'il accueillerait toujours volontiers un bon Chiricahua.

Je lui dis alors que cinq Apaches s'étaient enfuis de San Carlos plusieurs mois auparavant, et qu'ils avaient été vus près des sources du San Bernardino. Et je lui demandai, à ce qu'il savait, s'ils avaient été pris. Sa façon ferme de me répondre qu'il n'avait jamais entendu parler d'eux dissipa mes doutes. J'avais ainsi, d'une manière détournée, tenté de savoir s'il était l'un d'eux.

Chee, Hi-okee et quelques autres vinrent discuter avec nous du métier d'éleveur, des Drapeaux rouges et de la nécessité d'apprendre à nous servir des héliostats. Buck, lui, me raconta qu'après m'avoir quitté au *vado* du San Berdoo, il avait découvert les restes du vieux Pablo, le sellier – son corps décomposé laissait encore voir les traces d'une balle reçue dans le dos. Il n'avait vu par contre aucune trace de son cheval ou de son mulet, ni de la selle d'argent qu'il devait lui livrer. Cette fois-ci, Buck mit cela sur le compte d'un espion mexicain.

La conversation mourait, et nous fûmes d'avis qu'on avait tout prévu. Les ranchers partirent. Mais quand ils furent hors de vue, je commençai à m'interroger sur les conséquences de tout cela.

En fin d'après-midi, je demandai au shaman de réunir un conseil, et fis mon rapport sur les décisions prises pendant la réunion avec les ranchers. Je nommai Eugène chef de guerre de dix braves : deux Apaches, et huit Tarahumaras, que nous devrions choisir et envoyer chez Tenny d'ici quelques jours. Après la dispersion du conseil, Dee-O-Det expliqua que Pa-Gotzin-Kay allait connaître des changements – qui seraient un bien pour certains – et peut-être un bien pour les autres aussi – il ne pouvait le prévoir. Je savais que lorsque ce vieillard parlait ainsi, d'une façon apparemment incohérente, il était grave. Je jugeai bon de ne pas l'interroger. Mais ses paroles ne cessèrent de me hanter et leur signification ne m'apparut que beaucoup plus tard.

Cette nuit-là fut pour moi sans sommeil, hantée par ces pensées, comme soufflées par un fantôme : il est des moments de l'histoire où nous ne pouvons intervenir dans le Grand Ordre des Choses ; et certains accomplissements humains durent peu, disparaissant pour toujours avec leurs créateurs. Leurs descendants, en contemplant le passé, s'imaginaient peut-être pouvoir éviter les fautes de leurs ancêtres. Était-ce avec cet espoir qu'avait été créé Pa-Gotzin-Kay ? Disparaîtrait-il lui aussi à jamais ?

Puis je fus réveillé par quelqu'un qui me secouait doucement. J'ouvris les yeux et vis mon Oiseau d'or. Elle était là, bien réelle, et serait pour toujours à mes côtés. Je la pris dans mes bras, mais elle se dégagea en riant joyeusement et se précipita à table en criant qu'elle avait faim et n'allait pas m'attendre. En prenant notre petit déjeuner, je lui dis que nous irions à la rancheria de son père lui demander d'envoyer quelques-uns de ses hommes participer au rassemblement du bétail. Je sellai les chevaux et nous partîmes au galop comme deux enfants ne pensant qu'à leur bonheur.

Jemez fut heureux de nous voir et nous offrit de la bière, que Maria refusa pour courir chez sa mère. Je n'aimais pas cette bière verte, mais les conventions sont les conventions, Et toujours selon la convention, je lui demandai de me donner huit hommes que j'enverrais chez les ranchers aider au rassemblement de leur bétail, et huit autres pour m'aider à transférer mes troupeaux des pâturages nord aux pâturages sud ; je lui dis aussi que nous devrions tous les deux avoir des réserves de bœuf séché et de venaison, car si des ennuis survenaient et que nous devions nous battre, nous ne pourrions le faire sans manger.

« Il y aura des ennuis, mais pas tout de suite. Il n'y a pas de famine cet été dans le pays. Et ce n'est que lorsqu'ils ont faim que les Mexicains sont désespérés – et seulement si les hommes qui les dirigent savent profiter de l'occasion. Les difficultés ne surviendront que dans ces conditions. »

Le jeune Emiliano m'avait demandé de lui donner cent hommes si une guerre éclatait. Peut-être trente, lui avais-je répondu. Je savais Emiliano ambitieux, mais à moins de vouloir déclencher lui-même une révolution, il n'avait pas besoin d'hommes. Quand je demandai à Jemez son avis à ce sujet, il haussa les épaules en disant qu'il n'avait jamais réfléchi à cette question, mais qu'Emiliano avait les qualités d'un chef. Je lui accordai que les guerres révèlent toujours de jeunes chefs qui se montrent à la hauteur des événements – et qu'Emiliano était peut-être l'un d'eux.

« C'est vrai, acquiesça Jemez. Il faut du sang jeune pour affronter les incertitudes de la défaite ou de la victoire. Mais le Mexique a des milliers d'hommes sous les drapeaux. Je suis, moi, trop vieux, pour me battre dans ces conditions. Mais pour protéger la vie de mon peuple, je le ferai. Se battre pour une cause dont on ne voit jamais la fin, non ! Plus jamais la guerre ! »

Ce vieux cacique tarahumara parlait d'expérience. Et je savais ce que mes ancêtres avaient affronté dans le passé.

13.

1897-1898

LE CHEF DES SOLDATS

La saison des feuilles d'or était venue et nous mettions le blé en gerbes lorsque, un beau jour, Tom Jeffords arriva. Les retrouvailles furent chaleureuses. Puis Tom nous parla d'un de ses amis qu'il voulait me faire rencontrer – un officier de l'armée américaine, en visite au ranch de Slaughter, qui recrutait des volontaires. Les États-Unis allaient peut-être entrer en guerre contre l'Espagne et cherchaient l'appui de tous les citoyens américains, surtout des Indiens et des cow-boys, bons cavaliers et bons combattants. Je rétorquai que nous n'étions pour les Américains, lorsqu'il leur arrivait de penser à nous, que de simples Indiens, et que les guerres qu'ils déclenchaient ne nous concernaient pas. Tom me rappela que je lui avais dit être prêt à faire n'importe quoi pour lui. Pour lui, oui, mais pas pour les États-Unis !

Je lui expliquai ensuite que nous risquions aussi d'avoir bientôt une guerre à Pa-Gotzin-Kay même, et que nous aurions besoin de tous nos hommes pour défendre nos biens. Son ami américain viendrait-il à notre secours si nous étions en difficulté ?

Ma mère et Maria vinrent nous rejoindre. Tom savait déjà que j'étais marié, mais c'était la première fois qu'il rencontrait ma femme. Il les étreignit et les embrassa l'une et l'autre. Ma mère avait entendu assez de notre conversation pour comprendre qu'il s'agissait de guerre, et elle voulut en savoir davantage.

« Contre qui les États-Unis entrent-ils en guerre ? demanda-t-elle.

– Contre l'Espagne.

– L'Espagne ? Des Indiens Espagnols ?

– Non, Niome, l'Espagne est une grande nation, comme… comme les États-Unis.

– Oh, des White-Eyes ! »

Taglito, embarrassé, acquiesça d'un signe de tête.

« Ainsi le Blanc entre en guerre contre lui-même maintenant ? *Taeh !* Je savais bien que les choses en viendraient là ! Tant mieux !

– Nod-Ah-Sti, tu ne comprends pas.

– Taglito m'appelle toujours Nod-Ah-Sti quand il est en colère, coupa ma mère. Niome comprend très bien. Niome sait qu'ici, à Pa-Gotzin-Kay, nous avons eu de nombreuses saisons de paix où nous n'avons jamais manqué de nourriture. Et Niome se rappelle aussi que quand nos braves étaient sur les sentiers de la guerre, les vieillards, les femmes et les enfants mourraient de faim. Niome comprend que la guerre lui prendra ceux qu'elle aime et que nous serons menacés d'être emmenés dans des réserves. Non, Taglito, même *toi,* tu n'as pas le droit de parler de guerre ici. »

Je jugeai bon d'aller à la rescousse de mon vieil ami.

« Cima, commençai-je, Taglito ne nous demande pas d'aller nous battre avec lui. Nous parlions d'un chef de soldats qui cherche de jeunes recrues. Je n'enverrai aucun des nôtres se battre aux côtés des *Goddammies.* Je ne me battrai que pour défendre mon Peuple ; ou ce qui t'est cher, à toi ou au peuple de Pa-Gotzin-Kay.

– Oh, alors, tu ne veux pas que nous partions faire la guerre, Taglito ?

– Je voulais seulement que Niño rencontre ce chef de soldats qui sera peut-être un jour le Grand Chef des Blancs.

– Mon mari, Tahza, a essayé de parler avec un homme qui était le Grand Chef des Blancs ; il en est mort.

– Mais il ne le connaissait pas avant de le rencontrer, interrompit Tom. La situation est différente, Niome.

– Je ne vois aucune différence. Assis sur son Grand Trône blanc, le Grand Chef des Blancs fait la guerre. »

Maria, qui avait du mal à suivre notre discussion où se mêlaient l'apache et l'anglais, n'en fit pas moins remarquer à brûle-pourpoint : « Nous nous battons contre l'Espagne... Ils nous combattent ici même... alors nous nous battons. Je suis tarahumara... Apache maintenant ! »

Balançant son sac de sorcier, Dee-O-Det vint se joindre à nous. Il salua Taglito, lui dit qu'il n'accusait pas les signes des saisons passées depuis leur dernière rencontre et que sa visite allait signifier de bonnes nouvelles pour certains, et de mauvaises pour d'autres. Heureux de cette interruption, Tom leva un sourcil, fit un sourire, et, connaissant les façons mystérieuses de l'Indien, lui serra la main à l'apache.

Le shaman fit un signe de tête au vieil éclaireur et d'un geste, nous demanda de le suivre. Il nous conduisit à son nouveau logis, une grande cabane en planches que Chee nous avait montré comment construire. Il tâtonna autour de son lit et se releva avec une bouteille à moitié pleine de whisky. Il la fit passer à la ronde, et après en avoir pris une première gorgée, s'éclaircit la gorge.

Il se lança alors dans une dissertation sur l'importance du shaman pour sa tribu, fit allusion au bien-être actuel de la nôtre ; mais nous peignit de sombres perspectives en nous disant que les bonnes choses ne pouvaient pas durer éternellement : ce qui parfois apparaît mauvais se révèle être bon. Il insista sur le fait que les bonnes périodes comme les mauvaises ont une fin, dont peu prévoient le moment – jusqu'à ce qu'il arrive. Je savais d'expérience qu'il avait raison. Taglito le savait tout comme moi, mais Dee-O-Det, en tant que shaman, avait le devoir de nous le rappeler[1]. Il affirma que Pa-Gotzin-Kay était une bonne chose, mais il prévoyait qu'il devait mourir pour laisser place à quelque chose de meilleur. Ceux d'entre nous qui l'aimaient mourraient aussi pour se fondre en lui dans le Monde des Esprits et de la longue vie. Ceux qui l'abandonneraient pleureraient son amour perdu qui ne les réchaufferait plus dans le Grand Sommeil. C'est la volonté d'Usen, il en sera ainsi.

Dee-O-Det avait officié en tant que shaman auprès du Grand Cochise, de Beduiat, de Juh, de Naiche, de Golthlay, et auprès de moi. Il connaissait la puissance et les voies d'Usen. Il nous dit que le temps qu'il redoutait approchait, que je devais faire de mon mieux et que Taglito devait m'aider. Je savais que la prescience du vieux shaman était alors grande, mais je ne pus lui poser de question, ni lui reprocher ses sentiments. J'aimais ce vieillard comme mon père.

Je lui demandai de réunir le conseil le soir même. J'y exposai les propositions de Taglito. Lorsque j'abordai l'inévitable question du chef des soldats, je me tournai vers Tom, pour qu'il s'explique lui-même.

1. Dans les tribus apaches de l'ancien temps, le shaman était à la fois conseiller, diplomate, prophète, conseiller secret, et toujours Premier ministre, en même temps qu'instructeur et éducateur religieux. Le même personnage était aussi guérisseur, et même sorcier, les Apaches étant un peuple superstitieux.

Taglito dit que le chef des soldats s'appelait Teddy Roosevelt, que c'était un véritable ami et que beaucoup pensaient qu'il serait un jour le Grand Chef des Blancs. Il jugeait bon que le chef apache fît sa connaissance.

Dee-O-Det, exerçant ses droits, fit observer l'étrangeté des choses : le Blanc se bat contre le Blanc, le Mexicain contre le Mexicain, l'Indien contre l'Indien : la guerre a-t-elle pris la place d'Usen ? Il convenait que le chef apache parle avec le chef blanc. Peut-être comprendrait-il pourquoi les peuples se battent contre leur propre espèce. Quand le conseil vota son accord, je demandai que cinq hommes armés et Dee-O-Det m'accompagnent pour cette mission, ce qui me fut accordé. Il restait vingt braves pour s'occuper des postes de guet en cas de danger. Ma femme et ma mère devaient m'accompagner, et Taglito aussi, évidemment.

Nous nous mîmes en route de bonne heure et allâmes si bon train qu'à midi nos chevaux s'abreuvaient aux sources inférieures du San Bernardino. Regardant vers les pentes arrondies de la colline, je vis cinq personnes s'avancer doucement à notre rencontre. Je reconnus John et Viola Slaughter, suivis de trois soldats. Taglito leur fit signe de son chapeau et nous les attendîmes.

Les trois soldats étaient un sergent, un lieutenant et un lieutenant-colonel. Ils allèrent droit au point d'eau et lorsqu'ils mirent pied à terre, le colonel le fit avec une aisance qui montrait son habitude du cheval. Maria, ma mère et Viola Slaughter rapprochèrent leurs montures pour bavarder. Mes hommes restèrent en selle, mais Dee-O-Det et moi mîmes pied à terre pour les présentations. J'étudiai le colonel : c'était un homme qui attirait naturellement l'attention. Sans être très grand, il éclipsait Slaughter lorsqu'il se trouvait à côté de lui. Slaughter était mince et mesurait un mètre soixante-quinze. Le colonel, lui, était un homme fortement charpenté, d'un mètre quatre-vingts environ. Prestige, pouvoir et confiance en soi émanaient de ces deux hommes.

Le colonel Roosevelt se montra content que nous, les Apaches, sachions l'anglais, même si nous le parlions avec des fautes et un accent incorrect.

« Ainsi, vous êtes le petit-fils du chef Cochise ?

– Oui.

– Vous vous battez beaucoup contre les Mexicains ?

– Ils nous laissent tranquilles, et nous les laissons tranquilles, répondis-je.

– De quoi vivez-vous si vous ne faites pas quelques raids de temps à autre ?

– Nous sommes éleveurs et fermiers maintenant. »

Il fit un signe de tête, comme s'il avait prévu mes réponses.

« Tom Jeffords m'a parlé de vous et de votre peuple, Niño, et j'ai été impressionné. Je suis heureux de parler avec vous, continua-t-il avec un sourire qui m'en imposa. Mr. Slaughter a eu la gentillesse de me montrer son ranch. Je ne savais pas que la plus grande partie en était mexicaine ; je recherchais des volontaires américains. »

J'étais tellement fasciné par cet homme que je ne m'aperçus pas que nous étions restés presque seuls. D'un côté, deux de mes hommes préparaient du feu pour les femmes, tandis que les autres s'occupaient des quinze chevaux. Slaughter, Taglito et Dee-O-Det discutaient. L'homme qui devait devenir le président des États-Unis me demanda alors combien nous étions dans notre tribu. Je lui répondis trois cents Tarahumaras, soixante Apaches, plus les survivants des Opatas qui avaient été poursuivis et battus par les Mexicains. J'ajoutai que les États-Unis avaient des millions d'hommes. Pourquoi venaient-ils en chercher chez nous ?

S'appuyant sur ce que lui avait dit Taglito – et en fait sur l'histoire – il m'objecta que nous étions des Apaches Américains et il me demanda si nous avions songé à revenir aux États-Unis. Il dit que l'Oncle Sam – Taglito m'apprit plus tard qui l'on appelait ainsi – avait créé pour tous les Indiens des réserves où ils étaient heureux. Je me mordis la langue pour ne pas lui répliquer que Tom Jeffords pouvait assurer le contraire. Je me bornai à répondre que beaucoup d'Apaches s'étaient échappés de ces réserves qui, avec ou sans murs, étaient des prisons, et que l'Apache aime sa liberté.

Je vis que je n'avais pas atteint mon but. Je continuai donc : « Beaucoup d'Apaches échappés des réserves m'ont raconté que "ces terres réservées aux Indiens déplacés" – comme disent les Blancs – sont un enfer vivant. En outre, récemment encore, en Arizona, une loi interdisait aux Apaches Chiricahuas de vivre dans leur terre natale, même dans une réserve. Dans d'autres États, je cours le risque, si je suis découvert, d'être considéré comme un Apache sorti d'une réserve sans laissez-passer ni tatouage. Les Blancs sont méfiants, ils peuvent me prendre pour un Wild One, ou un *bronco*, parce que j'ai les cheveux longs. Je suis retourné plusieurs fois en Arizona, mais je ne peux le faire sans risque qu'accompagné d'un Blanc considéré, comme Tom Jeffords. Autrement ils peuvent tirer sur moi, ou m'arrêter et m'envoyer en Floride, à Fort-Apache ou Fort-Sill, où est emprisonnée une partie de mon Peuple.

Ici je suis libre. J'ai maintenant un troupeau de plus de cent têtes de bétail. J'ai cent chevaux et mulets, et mes récoltes vont nourrir six cents personnes pendant un an. »

Le colonel brûlait de m'interrompre, aussi je m'arrêtai un instant.

« On n'arrête pas quelqu'un seulement parce qu'il est Indien, dit-il. On arrête ceux qui ont commis des crimes. Vous n'êtes coupables d'aucun crime, ni ici, ni aux États-Unis. Si vous veniez aux États-Unis pour y vivre de votre travail, vous seriez traités exactement comme n'importe quel citoyen américain. »

Cima interrompit notre discussion en appelant tout le monde à venir manger autour du feu. Nous avions apporté des *moletas* (sacs) pleins de bœuf séché, de légumes et d'ustensiles utiles, mais en oubliant complètement couteaux, fourchettes et cuillers. Tout le monde reçut une assiette et une tasse en fer-blanc et s'assit près du feu. Viola Slaughter et ma mère faisaient la vaisselle. Maria vint nous offrir, au colonel et à moi, une tasse de café et une assiette pleine.

Le colonel la remercia, me déclara que j'avais une femme très vive et fort jolie, et me demanda combien nous avions d'enfants. Aucun encore, répondis-je, mais nous voulons des fils et des filles.

Il m'apprit qu'il avait six enfants[1], deux filles et quatre garçons. Lorsque, regardant autour de lui, il s'aperçut que les autres mangeaient avec les doigts, il fut un instant décontenancé, puis il haussa les épaules et dit :

« Eh bien, je n'ai guère le choix : ou j'observe les usages et reste sur ma faim, ou je suis dans le coup. »

Je m'assis sur une bûche et il vint s'installer auprès de moi en se léchant les doigts. Il trouvait notre vie heureuse, semblable à celle qu'il menait au Dakota, dans son vieux ranch. Nous mangeâmes sans mot dire pendant quelque temps, puis quand il eut vidé son assiette, il me demanda : « Où avez-vous appris l'anglais ? Vous le parlez très bien. »

1. Ethel, Alice, Archibald, Kermit, Theodore Jr., et Quentin. (A.K.G.)

Je lui racontai l'histoire de Jim Ticer, et ajoutai que son influence sur notre mode de vie était inaltérable. Nous parlâmes des guerres passées et présentes, et de celle qui se préparait entre l'Espagne et Cuba. Quand je lui demandai la raison de cette expédition, il me répondit qu'ils allaient libérer les Cubains. Je ne comprenais pas, lui dis-je alors, que les États-Unis entrent en guerre pour délivrer les Cubains alors qu'ils s'étaient battus contre nous, les Apaches, pour nous retirer notre liberté.

Son visage se voila d'une expression étrange, et me regardant intensément, il se mit à m'expliquer que tout cela dépendait de celui qui était le Grand Chef des Blancs. Mais juste à ce moment, Slaughter, Taglito et Dee-O-Det vinrent nous rejoindre, Slaughter disant qu'ils avaient une longue route à faire et qu'il se faisait tard. Je pestai en moi-même. J'étais peut-être sur le point de tenir l'explication des voies éternelles de l'homme, mais celui-ci était intervenu.

Les femmes avaient chargé nos affaires, et les hommes avaient rassemblé les chevaux. Lorsque nous nous levâmes, le chef des soldats se tourna vers moi : « Je suis certain que quelques vieilles tactiques apaches nous seraient fort utiles. Êtes-vous sûr que vous ne pouvez me donner quelques hommes ? »

Comme je secouai la tête, il soupira : « Merci tout de même. Si jamais vous revenez vivre aux États-Unis, demandez à John Slaughter ou Tom Jeffords d'entrer en contact avec moi et nous aurons une autre entrevue. Peut-être pourrai-je faire quelque chose pour vous. »

Il sauta en selle, fit faire demi-tour à son cheval et chevauchant de front avec moi, me dit :

« Peut-être que vous ne manquez pas grand-chose, Niño.

– Puissiez-vous remporter la victoire, Colonel Roosevelt. »

Toute notre équipe était déjà à cheval, quand un de mes hommes qui montait sans selle, laissa brusquement échapper un pet. Surpris par l'explosion ou la vibration, je ne saurai jamais, son mustang affolé bondit vers le nord, puis revint vers le sud, en ruant furieusement. Les autres chevaux, par sympathie, en firent autant, et les minutes qui suivirent s'écoulèrent dans un mélange de cris, de craquements de selle et de bruits de sabots frappant terre. La poussière rouge soulevée voila d'un nuage d'ambre le soleil de l'après-midi.

Le tumulte cessa aussi brusquement qu'il avait commencé. Lorsque le calme fut rétabli, pas un de nos cavaliers n'était désarçonné. Le galant chef des soldats agita son chapeau et partit au galop en riant toujours. Sa voix nous arriva :

« Vous autres, les Geronimos, nous avez donné une sacrée leçon[1] ! »

Je le regardai disparaître avec les Slaughter derrière la colline. N'eût été mon rôle de chef, je l'aurais volontiers suivi. Il en allait ainsi avec lui : Indien ou Blanc, tant qu'on était un être humain, on le reconnaissait immédiatement comme un chef et on le respectait[2].

Taglito décida de venir passer quelques semaines chez nous et nous nous mîmes à discuter, laissant la nuit tomber sans nous en apercevoir. Le lendemain matin, nous partîmes pour le ranch Verde, dont deux heures de chevauchée nous séparaient encore.

1. Lors des cérémonies d'investiture à la présidence de Theodore Roosevelt, le 4 mars 1905, Geronimo figurait dans la parade inaugurale. (A.K.G.)

2. La seconde fois où j'entendis parler de Roosevelt, lui et ses Rough Riders avaient attaqué San Juan Hill à Cuba où ils remportèrent une importante victoire. Cette nouvelle réveilla mon sang apache et j'éprouvai un cuisant regret à la pensée de ne pas l'avoir suivi quand il m'en avait donné la possibilité.

Nous passâmes le gué du Bavispe et une fois de l'autre côté, il fallut remonter jusqu'à l'entrée du passage de Juh où la piste se divise en deux, menant d'un côté à un raccourci « d'un mètre de large et 1 600 mètres de profondeur », de l'autre à un sentier plus facile mais beaucoup plus long. Les cavaliers avaient l'habitude, avant de choisir leur chemin, de s'arrêter, de laisser souffler leurs montures, de se reposer un peu, de resserrer les courroies et de regarder autour d'eux.

Le jeune Alchise, mon *segundo*, qui ne restait jamais inactif, monta jusqu'au Benito's Bluff, d'où l'on pouvait observer les sentiers et contempler l'univers des cañons. Il revint en hâte nous dire qu'il avait vu huit cavaliers, dont deux attachés à leur selle, morts ou prisonniers.

Les autres ne bougèrent pas, mais Taglito et moi accompagnâmes Alchise sur la butte. Grâce à ma longue-vue, je distinguai nettement les cavaliers, six Chemises rouges et deux prisonniers yaquis. Ils disparurent pour réapparaître derrière un rocher ou des arbres, s'éloignant de nous dans la direction des plaines de balsas de Chuipac. En orientant ma longue-vue dans une autre direction, je vis dix ou douze cavaliers, des Yaquis, me sembla-t-il, sortir d'un cañon noir. De toute façon, c'étaient des ennemis des ravisseurs, car on entendit des coups de feu. Même sans voir ce qui se passait, on devinait qui gagnait.

Les Chemises rouges perdaient. Si loin d'eux, nous ne pouvions qu'être spectateurs. Un peu plus tard, je dis à Alchise d'emmener les autres à la rancheria, où Taglito et moi ne rentrerions que plus tard. Je savais que Maria et ma mère protesteraient, mais j'étais sûr de faire ce qu'il fallait. Dès que tous les sept eurent disparu, Tom et moi repassâmes le gué, et suivîmes la route des guerriers. Les Yaquis étaient maintenant nos alliés, mais nous ne nous hâtâmes pas. Yaquis et Nakai-Ye, tous avaient disparu derrière les rochers. J'étais certain de l'issue de la bataille.

Lorsque nous arrivâmes sur les lieux du combat, il ne restait plus que les vaincus – sans leurs têtes. Les corps étaient dispersés ici et là, aux endroits où les hommes avaient essayé de se protéger. Tom s'exclama : « Ce trafiquant-là de têtes connaît bien son métier ! » Je lui rappelai que Kelzel, le chef yaqui-yori, celui qui parlait à la fois apache et correctement espagnol, n'était pas un amateur.

Nous continuâmes la piste et suivîmes par les plaines de balsas le sentier des Yaquis, qui nous mena vers les ranches d'Ammon Tenny, et de Jim Grey, et vers la rancheria de Kelzel la plus proche. En approchant du ranch de Tenny, je vis dans le crépuscule Buck Green et Kasale nous précéder dans la cour.

« Je croyais que vous rentriez chez vous, cria Buck.

– Oui, mais nous avons assisté au massacre de six *soldatos* à chemise rouge par des Yaquis – c'étaient évidemment des esclavagistes.

– Comment savez-vous que c'étaient des esclavagistes ? demanda Buck en regardant autour de lui.

– Ils portaient l'uniforme de l'État de Chihuahua et ceci s'est passé en Sonora. La frontière est là-bas. »

Comme toujours, de nombreuses montures étaient attachées au long râtelier. Nous mîmes pied à terre et écartâmes quelques bêtes pour faire place aux nôtres. Buck cria tout à coup : « Regardez ! Voilà la selle d'argent que j'avais commandée, ici sur ce cheval noir. Bon Dieu, c'est bien elle. Et c'est bien le hongre noir du vieux Pablo. » Il examina les dix ou douze autres chevaux. « Ce matin, juste après votre départ, Tenny m'a envoyé un message me demandant de venir chez lui. Hum ! Tout ça est bizarre. »

Tenny nous vit entrer et nous salua d'un signe de la porte d'entrée. « Comment va, messieurs ? Eugène m'a annoncé votre visite. Tu as vu ta selle et le cheval du vieux Pablo, Buck?

– Ouais, qu'est-ce qui se passe ici?»

Nous entrâmes dans la grande salle du devant; Jim Grey s'y trouvait, mais le chef Kelzel monopolisait toute l'attention. Je l'entendis dire que maintenant qu'il connaissait le nouveau système des esclavagistes, il détruirait tous ceux qui pénétreraient en terre yaqui.

Les deux hommes qui avaient été délivrés firent un premier compte rendu de ce qui leur était arrivé. Ils marchaient en reconnaissance et étaient arrivés à une source. Ayant soif, ils avaient posé leurs fusils contre un arbre, et, sans se méfier, s'étaient allongés à plat ventre près de l'eau pour boire. Ils avaient alors été brusquement saisis, frappés à en perdre connaissance et attachés comme des quartiers de viande sur le dos des chevaux. Quand ils eurent terminé leur récit, je félicitai Kelzel de la belle revanche qu'il avait prise.

«J'aimerais bien que les lauriers soient pour moi, répondit-il de sa voix lente et égale (qui en imposait à beaucoup, et m'agaçait toujours), mais ce sont les captifs qui, une fois libérés, se sont montrés impitoyables. Nous n'avons pu les calmer.

– Kelzel, je trouve comme toi que les ravisseurs n'ont eu que ce qu'ils méritaient. Mais ce que je n'apprécie pas, c'est qu'ils empestent mon territoire. Un *gusano* pourrit et se décompose lentement. Et leur corps est tellement imprégné de pulque et de poivrons rouges que les loups et les busards ne les dévoreront pas.»

Il haussa les épaules, le visage blanc comme à l'accoutumée. Il n'ignorait presque rien de ce qui se passait autour de lui, car même si son peuple ne vivait pas groupé à l'intérieur d'une forteresse, ses clans n'étaient pas très éloignés les uns des autres. Ses éclaireurs avaient remarqué des mouvements de Chemises rouges. Alberto et son frère Saens, qui vivaient avec leurs familles à Cañon Diablito, furent donc envoyés prendre leur tour de surveillance dans les pâturages ouest. Ne les voyant pas rentrer, Kelzel et deux hommes partirent sur leurs traces. Il raconta alors en détail comment ils avaient trouvé les chevaux des éclaireurs attachés près de la source. En cherchant autour d'eux, ils avaient découvert les fusils appuyés à un arbre, les signes d'une bagarre et les empreintes de plusieurs chevaux ferrés. Ils avaient déduit de leur découverte qu'ils pouvaient rattraper les esclavagistes à Chuipac Cañon, peut-être même avant. Ce qu'ils avaient fait, et la bagarre avait eu lieu. Peu sérieuse. Kelzel ajouta fièrement qu'aucun de ses hommes n'avait été blessé. Il admit avoir traversé une partie du territoire apache, mais pas en ennemi – seulement comme nous traverserions le leur : nous étions alliés et travaillions pour le même maître.

Je compris alors pourquoi ce Yaqui était considéré comme le meilleur chasseur d'hommes de tout le Mexique : il ne laissait rien passer. Je découvris plus tard que Tenny et Grey l'avaient tous les deux engagé pour aller à la recherche de leur bétail égaré. De toute façon, je me réjouis de l'avoir de mon côté. J'aurais haï l'idée de le savoir à ma poursuite. Je tiens beaucoup à ma tête. Je lui demandai s'il coupait celle de toutes ses victimes ; je pensai à la mort d'Apla-Chi-Kit, que je n'oublierai jamais.

« J'ai été autrefois engagé par le gouvernement[1] – et par d'autres – pour rechercher et capturer des criminels,

1. Les Rurales avaient – et ont peut-être encore – l'habitude de forcer certains criminels à poursuivre et capturer un hors-la-loi échappé. Kelzel avait dans sa jeunesse été condamné pour un crime horrible, et on lui avait laissé le choix entre l'emprisonnement ou la poursuite d'un autre criminel dont les autorités ne parvenaient pas à se saisir. Kelzel réussit tellement bien dans cette entreprise qu'il fut engagé dans d'autres chasses à l'homme. Il ramenait toujours la tête de ses victimes.

répondit-il. Il m'arrive parfois de devoir poursuivre longtemps ma proie avant de l'attraper. Dans ces cas-là, je ne rapporte que la tête. Ramener un corps par ces montagnes est trop difficile. Je ne poursuis que ceux que l'on demande morts ou vifs. C'est trop compliqué de ramener un prisonnier vivant. Et quand j'apporte une tête, on ne peut m'en refuser le prix promis.

– Les six que tu as laissés en Sonora ne te vaudront aucune prime.

– Bien sûr que si ! Je suis maintenant administrateur fédéral de district – malgré Terrazas – si bien que je suis au courant de leurs méthodes. Pour ces six soldats, j'obtiendrai un prix fantôme[1]. Et leurs têtes orneront l'entrée de ma forteresse pour que mon peuple sache qu'il existe un ordre de justice et de représailles contre ceux qui vendent des êtres humains comme esclaves. »

Il s'éloigna. Je ne pus m'empêcher, d'une certaine manière, d'admirer cet homme et son sens retors et sinistre de la justice. Je m'approchai de Taglito qui parlait un peu à l'écart avec

1. Il y a « paye fantôme » lorsqu'un *caudillo*, ou officier supérieur, laisse sur la liste des salaires le nom d'un soldat tué au combat et empoche lui-même la solde de ce dernier. Certains chasseurs d'hommes renommés et reconnus par le gouvernement fédéral pratiquaient également ce genre d'escroquerie, et certains d'entre eux allèrent jusqu'à toucher la prime promise à celui qui ramènerait un certain criminel, par trois districts différents à la recherche de ce même homme. Tennono Kelzel, élevé dans une mission catholique, était à son époque (1840-1916) un personnage légendaire et il est fait allusion à lui en termes ambigus dans les archives de l'État de Chihuahua. Il devint objet d'anathème pour tous les Mexicains chrétiens, mais fut idolâtré par son peuple, les Yaquis païens. Des personnages aussi différents que Pancho Villa et les frères Madero, qui pourtant avaient usé de ses services pour retrouver certains hors-la-loi ou tout simplement certains de leurs ennemis dont le seul crime était d'être du parti politique adverse, se retournèrent contre lui. Après son crime, Kelzel fut la proie de maîtres chanteurs et se vit souvent forcé de tuer un autre « ennemi ».

Kasale, Kay-Pesh et Eugène, et me joignis à leur conversation. Kelzel et un de ses aides passèrent peu après devant nous, en portant deux sacs de jute au fond taché de sang. Ce qui me fit frémir. On a dit que les Apaches étaient d'une cruauté sans égale dans le traitement de leurs ennemis, mais je dis, moi, que nous sommes des amateurs auprès des Yaquis-Yoris.

Nous étions en selle, sur le point de partir, lorsque Kelzel apparut. Il menait par la bride le hongre noir du pauvre Pablo, encore équipé de sa selle d'argent. Kelzel en tendit tranquillement les rênes à Buck, fit un signe de tête et s'éloigna. Ce geste valut au Yaqui-Yori quelques amis fidèles à vie.

Tom et moi passâmes la nuit chez Buck et repartîmes peu après le lever du soleil pour arriver à Pa-Gotzin-Kay vers midi. Chee fut le premier à nous accueillir.

« Je viens de recevoir un message de Buck. Il monte avec des nouvelles de Kelzel. Il devrait être ici avant la tombée de la nuit.

– Mais nous venons de le quitter ! dis-je.

– Notre système de signaux marche bien, non ? » rétorqua Chee.

Buck Green arriva effectivement à la tombée de la nuit, et dit rapidement :

« J'ai pensé qu'il valait mieux éviter de vous le dire par signaux. Kelzel vient de recevoir une lettre, signée à la fois par le président Porfirio Diaz et par le ministre de l'Agriculture. Elle constitue l'acte par lequel ses terres du Sonora, qui lui avaient été confisquées, lui sont rendues définitivement, et l'informe qu'il n'est plus redevable de taxes à Torres. De plus, on installera chez lui un système d'irrigation dont le remboursement sera effectué par un prélèvement sur ses récoltes. Il est tout excité et s'apprête à retourner le plus tôt possible dans ses terres avec son peuple. Qu'en penses-tu ?»

Je rétorquai que si Kelzel acceptait tout cela comme argent comptant, j'avais surestimé son intelligence. Buck ajouta que Kelzel pensait que Diaz avait subitement viré de bord et allait dorénavant soutenir les Yaquis contre Torres et Terrazas. Jim Grey était également content de la chose, et avait accepté de collaborer avec Kelzel au rassemblement du bétail.

«Et toi ? demandai-je.

– Je suis de ton avis, Niño. C'est une ruse. J'ai confiance en Kelzel, mais pas dans les Mexicains. Ils changent les lois en moins de temps qu'il n'en faut à un juriste pour dire : je fais objection. Le résultat de tout ceci, c'est que Kelzel et son peuple vont construire un village et préparer la terre à la culture. Ce qui n'empêchera pas Torres de lui réclamer des taxes. Et s'il ne les paie pas, il sera bel et bien refait, et réduit à néant.

– Ce qui mettra hors de lui un chasseur de têtes comme lui, intervint Tom. De toute façon, je retourne demain à Owl Head.»

Nous retrouvâmes Dee-O-Det, ma mère et Maria dans notre cabine pour le dîner. En prenant le café, nous fûmes tous pris de fou rire quand Tom nous raconta qu'en cours de route, il s'était arrêté à Basaranca et qu'il avait rendu visite à Nakai. Il était devenu major dans l'armée du Sonora et lui avait raconté que Torres lui avait ordonné d'expédier deux tonnes de poudre noire. Il l'avait chargée sur une grosse charrette pour la transporter jusqu'à Chihuahua City par la vieille route *carreto.* Mais le conducteur était un fumeur invétéré, si bien que la charrette était à peine partie, que BOOM !... elle avait explosé dans un nuage de fumée, tuant le conducteur, son assistant et les mules.

Nos récoltes étaient rentrées, sauf celle des pommes de terre. Nous en fîmes le ramassage un peu en retard. Tout le clan se mit au travail et il nous sembla avoir amoncelé des montagnes de sarcloirs à monter dans des paniers, des sacs ou des couvertures près de la cache d'or, où nous les mettions dans une grotte.

Ce travail terminé, j'envoyai une équipe à Bisbee acheter notre réserve de provisions d'hiver. À son retour, j'organisai une partie de chasse apache et tarahumara. Nous étions quarante chasseurs, et un nombre égal de femmes chargées d'apprêter le gibier et de s'occuper du camp. Le ciel se couvrit le matin du départ, et à midi, il neigeait. Le soir, nous enfoncions dans la neige jusqu'aux genoux, mais le lendemain matin, il ne neigeait plus, et le temps s'était mis au froid. Ce qui fit rentrer les ours dans leurs tanières pour hiberner, et fuir les daims dans les plaines des cañons. En trois jours, nous avions pris cinquante-quatre daims, cinq cerfs et neuf cougouars. Il nous fallut trois jours supplémentaires pour emballer la viande et la ramener à la rancheria.

Il neigea tant que la grande chaîne de la sierra Madre fut toute recouverte de blanc, et le resta. Ce fut l'hiver le plus rude que nous ayons subi à Pa-Gotzin-Kay, Quand le printemps revint, nous ressemblions à un peuple qui s'éveille.

Au matin du premier jour du printemps 1898, je montai au Lookout Peak. Les guetteurs étaient tous au poste. Ils avaient construit de meilleurs wikiups que l'année précédente ; il était plus facile d'y cuisiner et d'y conserver la nourriture et leurs affaires. Chee était de garde, et tandis que je parlais avec lui, j'aperçus un signal émis par la butte de Beduiat. Chee l'avait vu aussi et déchiffra le message.

«*Demande à Niño de venir avec moi à Chihuahua City... attends votre réponse... Buck.*»

Je dis à Chee de demander pourquoi, et il fit marcher l'appareil. Les flashes répondirent :

«*Amenez dix hommes. Je dois payer des taxes... et voir Kelzel.*»

Je fis répondre à Buck que je serai chez lui le soir même. Et je redescendis en hâte à la rancheria. J'appelai le jeune Chi-hua-hua et lui dis d'aller chercher Hi-okee, Boa Juan et sept tireurs d'élite avec leurs armes, car nous partions pour Chihuahua City et allions peut-être au-devant d'ennuis.

Je sellai un excellent mustang et mes hommes choisirent des montures semblables, rudes et habituées à la montagne. Le soir, lorsque nous mîmes pied à terre, Buck vint à notre rencontre. Le lendemain, nous prenions la piste sud. Le bon vieux Kasale, devenu le bras droit de Buck, nous accompagnait. Nous rejoignîmes la vieille route *carreto* espagnole que nous ne quittâmes pas de la journée. Le lendemain, nous traversâmes le haut Bavispe, à Huachinera et bifurquâmes vers le sud. À midi, le quatrième jour, nous arrivions dans les plaines de l'Arros et aux approches d'un nouveau village d'une cinquantaine de *casitas* en adobe. Je savais que Kelzel avait environ deux cents familles dans sa tribu, et en comptant une moyenne de cinq personnes par famille, il lui restait encore beaucoup de constructions à mettre en chantier. Mais le village était déjà agréablement disposé le long de larges *avenidas* en étoile autour d'une grande place.

Sur la place, en face du bâtiment le plus important, un panneau en lettres capitales indiquait : ALCADE. Un autre portait le nom du village : BOREGO CITY.

Nous mîmes pied à terre, attachâmes nos chevaux aux piquets prévus pour les visiteurs officiels, et nous vîmes Kelzel en personne apparaître à la porte, les cheveux lissés et nattés en deux longues tresses, et habillé d'un costume de velours semblable à celui des *Godos*. Il semblait un haut membre de la *haïga*[1].

Il nous dit d'une voix sonore qu'il nous attendait et nous souhaita la bienvenue. Il nous raconta que son peuple et lui avaient travaillé jour et nuit pour achever ce qui était construit. Leur récolte d'hiver était rentrée. À cette basse altitude cette saison était douce. Son bétail avait augmenté et son peuple défrichait d'autres terrains pour les semailles de printemps. Mais tout son territoire, largement ouvert et dénué de protection, était une cible parfaite pour les raids.

Il habitait dans le bâtiment de son bureau, construit en simple adobe, comme excellent à en fabriquer les Yaquis. Les pièces d'habitation et un grand living-room aux murs blanchis à la chaux se trouvaient à l'arrière. Les poutres du plafond étaient d'énormes bûches équarries à la main d'où pendaient des lampes à kérosène munies d'abat-jour. Les chaises étaient également faites à la main, taillées dans du bois de construction et recouvertes de peaux de mouton finement tannées et extrêmement douces. Une longue table, elle aussi faite à la main, occupait le milieu de la salle. Une femme y disposait une cruche entourée d'osier, encore mouillée par l'eau de la source où elle avait été mise à rafraîchir, et des verres soufflés à la bouche, selon l'ancien procédé des artisans du Guadalajara. Je me dis que le chef Kelzel devait avoir une mine d'or ou toucher de nombreuses payes fantômes.

La voix de Kelzel s'éleva au-dessus du gargouillement du vin versé :

« C'est le meilleur que l'on puisse obtenir. On n'en trouve de meilleur nulle part. »

1. *Haïga* : ou bien fort riche et très puissant, ou bien grand escroc. (A.K.G.)

Dans ce cadre, vêtu comme il l'était, et affectant l'attitude de ces propriétaires de la *haïga,* il n'évoquait en rien le Yaqui-Yori chasseur d'hommes redouté de tout le Mexique.

Comme Buck et moi trinquions avec lui, sa femme apporta une nappe de coton blanc et nous levâmes nos verres pour qu'elle puisse l'étendre sur la table. Une fille de seize ans environ apparut et commença à mettre le couvert.

« Ma seconde fille, dit notre hôte. J'en ai trois – en vie. Tu devrais te mettre à avoir des enfants, Niño. J'ai appris que le chef Jemez commence à s'impatienter.

– Laisse-moi le temps, laisse-moi le temps !

– Les femmes qui chevauchent beaucoup sont rarement enceintes, affirma-t-il gaiement. Il m'a fallu attendre deux ans pour l'aînée. Après, l'habitude était prise.

– La mienne n'a jamais eu d'ennuis, plaisanta Buck. Et les bébés ne cessent d'arriver. »

Ce qui me fit pouffer, car je savais que Buck n'avait que deux fils.

La femme de Kelzel arriva à cet instant, apportant un grand plat de steaks, qui fut suivi d'autres, d'oignons frits, de pommes de terre et de pain de maïs. J'entendis à l'arrière des rires de jeunes filles yaquis et la voix plus grave de jeunes gens apaches. Kelzel m'avait assuré que mes hommes et sa famille mangeaient la même chose que nous. Pendant le déjeuner, nous discutâmes de l'entretien de son système de signaux au nord, qu'il avait laissé aux soins de quelques hommes seulement, et de la répartition des guerriers de sa tribu en cas de guerre pendant l'été. Kelzel nous montra alors la lettre de Diaz par laquelle ses terres lui étaient restituées ; il en était exactement comme on nous l'avait dit, si bien qu'après en avoir discuté un moment, nous prîmes congé.

En retrouvant nos hommes après cette réunion, Buck et moi nous rendîmes compte qu'il faisait noir et qu'ils étaient inquiets. Nous décidâmes de passer la nuit plusieurs kilomètres plus haut, au bord de l'Arros. Assis près du feu, Buck m'expliqua pourquoi, alors qu'il habitait le Sonora, il devait payer ses taxes à Chihuahua City. Bill Greene – un des seuls vrais amis du président Diaz – avait conclu un arrangement avec le gouvernement fédéral, par lequel tous les ranchers américains étaient redevables de leurs impôts à Chihuahua City, qui était devenue le quartier général du Nord-Ouest. L'Association des ranchers avait changé son nom pour celui de Compagnie regroupée des éleveurs de bétail du Sonora et du Chihuahua. J'en étais membre à part entière. Un bureau annexe avait été installé chez Buck, et le bureau central se trouvait chez le colonel Greene, à Cananea. Jim Grey devait aussi en installer une annexe chez lui, pour ses territoires du Chihuahua. En effet, certaines de ses terres étaient voisines de celles de Kelzel qui, en hiver, se chargeait de nourrir son bétail. Il devenait de plus en plus évident que Kelzel savait ce qu'il faisait, mais les autres ?

L'aube nous fit prendre le départ, par une agréable route en épingle à cheveux, à travers des collines boisées. Une diligence nous croisa et nous nous arrêtâmes pour la laisser passer. Nous traversâmes ensuite une région de mines, où la route était marquée par des amas de poussière jaunâtre tombée des chariots de minerai. Nous abandonnâmes bientôt la route pour prendre des sentiers plus rapides et le soir même nous étions à Madera. Après y avoir échangé deux chevaux qui avaient fendu leurs sabots contre deux autres, nous franchîmes une dernière boucle de l'Arros à Temosachic, une petite ville noyée de soleil, mais prospère, où nous installâmes notre campement et dînâmes dans la *fonda* locale. Plus on s'enfonçait dans le Chihuahua, plus la région était habitée ; on voyait de nombreux ranches dispersés dans les pâturages et la brousse.

Lorsque nous arrivâmes à Chihuahua City, les gens nous dévisagèrent avec suspicion et nous les surveillâmes avec tout autant de méfiance. C'était une grande ville à la population trop importante. Nous devions y paraître de rudes lascars. Quand nous attachâmes nos chevaux devant le palais du gouverneur, Buck s'assura qu'il avait toujours bien son argent à la ceinture, sous sa chemise, et me dit qu'il valait mieux qu'il entre seul tandis que nous garderions un œil sur ce qui se passait dehors. Il était resté à l'intérieur assez longtemps pour que je commence à m'inquiéter, quand il réapparut, brandissant plusieurs feuilles de papier blanc et un sourire victorieux sous les moustaches. Il cria : « Il faut célébrer ça ! »

Je dis à mes hommes de rester auprès des chevaux et de surveiller nos fusils dans les sacoches. Buck et moi nous dirigeâmes d'un pas de promenade vers la cantine, où nous ne trouvâmes que six personnes. Sur une estrade dans un coin, une fille dansait, jouant des castagnettes en essayant d'attirer l'attention sur elle. Nous commandâmes du whisky au bar et le garçon nous avança une bouteille d'Old Crow. Buck dit que nous allions l'emporter et lui demanda s'il servait des repas. Comme le barman répondait oui, Buck commanda un plat de viande au *chili* et quatorze assiettes. Nous bûmes un verre de whisky, et commandâmes aussi deux cruches de tequila. Lorsque le barman nous les apporta, ce malin de Buck fit semblant de chercher de l'argent dans ses poches et de ne pouvoir en extirper qu'un aigle double.

« *Dios ! Veinte pesos de oro americano !* » s'exclama le barman, en fouillant dans ses tiroirs en quête de monnaie. Lorsque, n'en ayant pas trouvé, il partit dans une pièce à l'arrière, Buck et moi réunîmes nos achats et sortîmes. Il pouvait bien garder la monnaie en guise de pourboire, dit Buck. Notre groupe campa dans un coin retiré à environ cinq kilomètres de la ville et nous mangeâmes et bûmes à en être repus et à en tomber de sommeil.

Le lendemain à l'aube, la chance sembla quelque peu nous tourner le dos. Nous fûmes réveillés en sursaut, encerclés par six hommes – lourdement armés, revêtus de ces chemises de cuir noir voyantes que portent les Rurales. Le jeune Chi-hua-hua, toujours fort irritable lorsqu'il était réveillé brutalement, tira dans le dos de l'un des hommes avant que quiconque ait fait le moindre mouvement. Les Mexicains se troublèrent, mais nous, les Apaches, en cherchant à nous dégager de cette embuscade, tirâmes et sabrâmes jusqu'à ce qu'il ne reste qu'un seul homme, que nous laissâmes s'enfuir. Mais le jeune Chi-hua-hua tira un dernier coup – un coup à longue distance – et tout fut terminé. En examinant les corps, nous en reconnûmes un – le cadavre de celui qui avait tenté de s'enfuir : le barman de la cantine qui était allé chercher de la monnaie.

Sur le chemin du retour, nous envoyâmes Kasale camper avec les hommes à Borega, pendant que Buck et moi nous rendions une seconde fois chez Kelzel. Il nous accueillit d'une façon princière et nous conclûmes avec lui l'échange de nos quatorze montures épuisées contre quatorze chevaux frais. Après la seconde cruche, Kelzel avait acquis quatorze mustangs exténués, et moi quatorze nouvelles bêtes, aux tatouages indéchiffrables, mais dont l'aspect montrait nettement un croisement de barbes et de chevaux de race andalouse.

Nous rentrâmes à Pa-Gotzin-Kay trois jours plus tard. Ma mère, Dee-O-Det et d'autres m'entourèrent et me firent un accueil chaleureux. Maria se jeta sur moi : « Mon ma'i ! » s'exclama-t-elle. Et en mêlant les grammaires apache et tarahumara : « Suis si contente toi, moi voir ! »

14.

1898-1899

COUPS DE POIGNARD DANS LE DOS

Après ces semaines de chevauchée, j'éprouvais le besoin de marcher un peu. Je me dirigeai donc vers le pied de la paroi rocheuse et entrepris son escalade. J'arrivai à un petit éperon qui dominait la corniche rouge où s'étendait, verdoyante sous le soleil printanier, notre rancheria.

Je me sentais fier de mon coin d'univers – de ma terre. Malgré la prédiction de mort du vieux shaman, j'avais la ferme conviction que Pa-Gotzin-Kay vivrait à jamais dans ces montagnes reculées. Quelques ennemis connaissaient son existence, mais je les savais conscients de leur impuissance à réunir une force d'assaut suffisante pour nous envahir. Et à plus de cent kilomètres à la ronde, vivaient des tribus amies qui accourraient à notre aide au premier appel. Par ailleurs, les ranchers américains de la région étaient des amis éprouvés avec qui nous étions constamment en liaison. Quels ennuis pourrais-je bien avoir ?

Je dus chercher un passage pour atteindre la corniche aux vaches à longues cornes, puis je grimpai jusqu'au sommet. C'était un raccourci rarement utilisé pour monter à

Sno-Ta-Hae. Je m'assis pour reprendre mon souffle et me mis à rêver aux légendes tissées autour des grands trésors d'or apache et d'argent yaqui de la sierra Madre. El Tigre, Las Chipas et Tayopa, la plus fabuleuse des mines hispano-aztèques, d'autres mines encore de métal blanc et de métal jaune, étaient devant moi. Les minéraux abondent dans les Mother Mountains. L'or, l'argent, la turquoise. Je rejoignis la piste habituelle qui monte, en contournant l'éperon, de la rancheria à la mine. Elle avait l'air abandonnée. Les pluies de printemps avaient balayé toute trace de travail récent, les mauvaises herbes recouvraient le tas de résidus ; le vieux fourneau était rouillé et penchait, comme exténué. D'après les légendes, les envahisseurs avaient extrait de Sno-Ta-Hae et envoyé en Espagne beaucoup d'or. Et certainement, la mine avait été exploitée avant que nous ne la découvrions pour en extraire les pépites et la poussière rose que l'on fondait en lingots ou que l'on échangeait contre des billets qui nous permettaient d'acheter de quoi vivre.

« Mon ma'i ! » La voix perçante de Maria interrompit le cours de mes pensées. « Partout, je t'ai cherché ! Faisant quoi ici, à la mine ? Tu tires de l'or ? *O-whee !* Toute la journée tu as été parti et tu n'as rien mangé. Rentrons et manger allons ! Mourante de faim, je suis. Je t'ai attendu !

– D'accord, Oiseau d'or », répondis-je en l'embrassant tendrement. À l'éperon, là où la piste principale descend vers le camp, elle me devançait déjà d'une douzaine de pas. Ces coureurs tarahumaras ! Cette jeune femme aurait pu rattraper un daim. Elle prit la piste, me distança encore davantage, et entra en trombe à la rancheria.

Après quelques semaines de jardinage et de travail aux champs, je reçus un message de Buck me demandant de descendre quand cela me conviendrait. Quand cela me conviendrait ! Maintenant ou jamais, me dis-je, car je n'aime pas travailler la terre.

Après avoir demandé à Mangas-Chee de choisir un homme et de seller cinq bons chevaux, j'annonçai à Maria et ma mère que nous allions descendre au ranch de Buck Green, et que nous irions peut-être jusqu'à celui de Tenny. Chee choisit Boa Juan, qui était devenu le meilleur homme à tout faire du clan. Bien que populaire et plaisant aux femmes, il avait laissé passer l'occasion de se marier lorsque le chef Jemez avait amené les dix jeunes filles de la tribu tarahumara. Il avait récemment montré des signes de nervosité et j'approuvai l'idée de Chee : cela lui ferait du bien de passer quelque temps hors de la rancheria. J'envoyai un coursier à Lookout Peak dire à Hi-okee de prévenir Buck de notre arrivée par signal optique.

Nous ne fûmes pas longs à nous mettre en selle et à prendre le départ. J'avançais en tête, Maria juste derrière moi. Ma mère, Chee et Boa Juan venaient ensuite. Peu après avoir passé la première corniche, près de l'ancienne retraite de Chi-hua-hua, je remarquai une vingtaine de têtes de bétail en train de brouter dans une petite clairière. Je me demandai ce que ce bétail pouvait bien faire là à cette époque de l'année, et essayai de déchiffrer leur marque.

Deux coups de feu, très rapprochés, partirent des rochers et des buissons entourant la clairière. Les pattes avant de mon barbe blanc plièrent et il s'affaissa, me jetant à terre la tête la première. Je criai aux autres de descendre de cheval et de s'abriter derrière les rochers. Mon cheval se débattait et essayait de se relever. Je sentais mon genou gauche s'engourdir.

D'autres coups partirent et j'aperçus Chee en train de retirer une cartouche vide de son fusil. Je ne voyais pas Boa Juan, mais vis que Maria et ma mère rampaient pour se mettre à l'abri. Leurs chevaux avaient l'air perdu, et sursautaient à chaque coup de feu. Le mien essayait toujours de se relever. Je rampai jusqu'à lui pour prendre ma carabine dans la sacoche de ma selle. Je ne sentais pas encore de grande douleur dans ma jambe – seulement un engourdissement. Une balle souleva de la poussière près de moi, mais je m'étais déjà jeté à l'abri. De la fumée montait des buissons derrière la clairière.

Un autre coup de feu partit et à nouveau, j'aperçus de la fumée. J'entendis Chee riposter, puis un autre coup partit du même côté du sentier que moi. Ma mère et Maria avaient toutes les deux des fusils, mais j'ignorais si elles s'en étaient servi. Boa Juan surgit tout à coup et se jeta à l'abri près de moi. À voix basse, je lui expliquai comment contourner les agresseurs pour les prendre de flanc. Il disparut et je fis signe à Chee de se glisser de l'autre côté. Il partit, se frayant un passage à travers les buissons comme un cougouar approchant sa proie. Je tirai deux fois vers le bosquet de chênes rabougris où se cachaient vraisemblablement nos agresseurs, en espaçant assez mes coups pour les énerver et les inquiéter.

De notre position, le terrain était assez dégagé pour que nous puissions voir ceux qui essaieraient de s'échapper. Deux chevaux sans cavaliers sortirent des buissons du côté de Boa. Ils furent immédiatement abattus de deux coups de feu. Ce massacre me fit mal au cœur, mais au moins cela privait l'ennemi de ses montures.

Je jetai un coup d'œil à mon barbe blanc. Il haletait, souffrait et faisait encore de faibles efforts pour se relever. Peu à peu, ses flancs s'immobilisèrent. Nos quatre autres montures, leurs rênes pendantes, s'étaient éloignées du bruit. Je regardai Maria. Elle resta un instant la tête immobile, à l'écoute, puis bondit comme une daine jusqu'auprès de moi. Elle jeta les bras autour de moi et pleura silencieusement.

Un cri aigu et irritant retentit, et je reconnus le vieux cri de victoire apache. Boa Juan jaillit d'un bosquet, son *cuchillo* ensanglanté à la main, et portant deux fusils.

Ma mère se précipita près de moi, me regarda et m'arracha mon couteau. Elle fendit mon jean le long de ma jambe gauche, découvrant juste au-dessus du genou une blessure qui saignait. Maria prit de la toile et fit un garrot. Pendant ce temps, ma mère fouillait le bois alentour. Elle revint peu après avec ce qu'elle appelait *Yerba santos Mer*[1]. Elle et Maria la mâchonnèrent pour en faire une pâte à laquelle elles ajoutèrent le hodenten que le shaman nous forçait toujours à emporter dans nos sacs fétiches. Elles recouvrirent ma blessure de ce cataplasme et la bandèrent soigneusement.

Chee et Boa Juan s'approchèrent de nous, tirant chacun un cadavre. Je les examinai, mais n'en reconnus aucun. « Deux rôdeurs de frontière de moins », dis-je.

« Nous allons rentrer à Pa-Gotzin-Kay », dit fermement ma mère.

Boa Juan partit chercher nos chevaux. Je dis à Chee de recouvrir les cadavres de broussailles et d'aider Boa Juan à retirer mon barbe blanc du sentier.

Je rentrai à la rancheria en croupe sur la monture de Maria.

Dès notre arrivée, ma mère nettoya ma blessure, tandis que Maria partait chercher le shaman. Elle revint en courant, mais le vieux Dee-O-Det arriva calmement, son sac de guérisseur à la main.

« Comme ça, dit-il, examinant ma blessure, tu as eu des ennuis sur la piste. »

1. Une herbe odorante utilisée par les anciens Indiens – et par les Mexicains également, pour coaguler le sang des blessures.

Puis il se mit à danser, entonnant un chant que je n'avais jamais entendu auparavant. Je regardai pour la première fois ma blessure. Elle avait un fort vilain aspect, mais ces choses-là paraissent toujours pires qu'elles ne sont; surtout au blessé. Le shaman la tamponna avec une huile de putois malodorante sans cesser son chant monotone. Il tourna plusieurs fois autour de moi en dansant, m'aspergeant d'une de ses décoctions, puis s'arrêta aussi brusquement qu'il avait commencé.

« Il me faut quelques poils de la crinière et de la queue de ton cheval – et un peu de son sang.

– Pour quoi faire, grognai-je, exaspéré.

– Ne pose pas de questions et fais ce que je te dis, jeta-t-il de sa voix aiguë. J'ai peut-être encore le temps de fabriquer un médicament qui éloignera le mauvais esprit. »

Je fis un signe à Boa Juan qui partit comme un trait. Je dus m'endormir un peu car je ne me souviens plus de rien avant de revoir Boa Juan, une épaisse touffe de crinière dans une main, une poignée de poils de la queue dans l'autre, et portant des morceaux de chair assez gros pour fournir la quantité de sang voulue. Le shaman retira le pansement. Ma mère et Maria se tenaient à côté de moi. Il m'appliqua un nouveau cataplasme de poils, de sang et d'autres matières malodorantes, puis me banda à nouveau la jambe en reprenant son chant bizarre. Ma blessure ne me gêna pas beaucoup cette nuit-là et je dormis assez bien. Mais le lendemain matin, quand j'essayai de me mettre debout, ma jambe ne put me soutenir. Le bandage l'avait rendue raide et je ne pus la plier.

Maria m'apporta le petit déjeuner au lit, et le shaman vint peu après changer mon pansement. Je pus alors plier un peu le genou. Le shaman continuait sa médecine. Toutes les une ou deux heures, il demandait quelque chose de nouveau. Je ne sais ce qu'il fit, mais cela fit effet, car je ne ressentis plus aucune douleur. Il finit par demander les fusils des hors-la-loi. Heureusement, Boa Juan les avait remontés en même temps que les poils et la chair du cheval, ce qui lui épargna un second voyage. Dee-O-Det demanda encore ceci ou cela à ma femme ou à ma mère – il lui fallait toujours quelque chose de plus pour que sa médecine opère.

Un par un, ou en groupes, mon peuple défila à mon chevet, désireux de m'aider. Chee et Boa Juan ne me quittaient pas. Le chef Jemez vint voir comment j'allais ; il avait amené son guérisseur, mais Dee-O-Det ne le laissa pas m'approcher.

Le visage lisse et brun de Jemez était calme et paisible, mais après nos échanges de courtoisie, son expression se durcit. Sans tergiverser, il me dit ce qui l'ennuyait.

« Chef Niño, je regrette de t'importuner à un pareil moment, mais il faut que je le fasse. Nous voyons souvent un de tes jeunes hommes dans notre camp. C'était l'un de nos visiteurs apaches préférés. Maintenant cinq de mes jeunes filles le regrettent. Elles sont toutes les cinq enceintes – et aucune n'est mariée.

– Cinq ! m'exclamai-je. Comment sais-tu qu'elles sont enceintes ?

– Elles le sont. Et du fait de Boa Juan. »

Jemez et moi discutâmes et finalement je fus convaincu. Je lui proposai plusieurs réparations. Il n'en accepta aucune, disant que j'avais déjà beaucoup fait pour lui et son peuple, mais qu'il fallait trouver une solution à cette situation désagréable. Il partit sans proposer lui-même de solution.

Comme je l'ai dit plus haut, Boa Juan était le « charrieur » de la tribu. Il ne cessait de taquiner nos jeunes femmes et de flirter avec elles. Comme je l'ai déjà dit aussi, nos lois sont sévères sur le chapitre de la chasteté et quiconque les outrepasse est sévèrement puni. Las de ne rien obtenir des jeunes femmes apaches, Boa Juan avait dû aller chercher l'aventure ailleurs. Après avoir mûrement réfléchi, je l'appelai près de moi pour un entretien sérieux. Le résultat de cet entretien fut que je lui donnai tout l'argent liquide qui me restait – environ quatre cents dollars – et quelques ordres.

« Tu te rappelles la maison rouge avec une lumière rouge au bout de la rue principale de Sasabe ? Prends cet argent, paie d'avance un mois de pension. Le mois terminé, va autre part, mais ne reviens pas ici. »

Je ne revis jamais ce valeureux Apache.

Chee vint s'asseoir près de moi et roula une cigarette pour moi et une autre pour lui. Il rappela plusieurs circonstances où les passeurs de frontières avaient rendu les vieilles pistes principales dangereuses lorsque l'on n'était pas en groupes importants et armé. Les citoyens du nord des États de Chihuahua et de Sonora le savaient et les pourchassaient, mais généralement sans succès. Les agresseurs faisaient leurs raids d'un côté de la frontière, et se hâtaient de la repasser s'ils étaient poursuivis.

Il me montra une lettre, découverte sur l'un des cadavres et qui était adressée à un Mexicain de Tucson par un Mexicain du Chihuahua, employé au ranch de Tenny. Je pensai qu'il y avait peut-être une organisation de vol de bétail et de contrebande, qui était de mèche avec un espion *gusano* travaillant chez Tenny. Une seule chose était sûre : la mort des deux hors-la-loi avait rompu un maillon de la chaîne. Tenny, homme honnête et sûr, ignorait certainement tout de cette affaire. Je résolus d'aller le voir, et d'aller aussi voir Kay-Pesh et Eugène. Pour Chee, c'était toujours la même histoire ; elle avait seulement changé de tournure depuis l'époque des raids de Golthlay sur les *conductas* mexicaines.

Quand je pensais à ce que Golthlay avait fait aux Mexicains, et à ce que ceux-ci lui avaient fait subir, mes idées s'embrouillaient. Il s'agissait sans aucun doute de vengeance, car les Anciens racontaient que Golthlay était devenu netdahe après le massacre de sa femme Alope et de leurs enfants par les Mexicains en 1858[1]. Chee pensait que tout remontait à l'arrivée des premiers Espagnols ; les autres n'avaient fait que marcher sur leurs pas. À cette époque, les Blancs étaient venus et s'étaient emparés de tout ce qu'ils désiraient, ce qui avait déclenché l'entrée en guerre des Indiens. Pour lui, essayer de trouver qui était responsable était une question à devenir fou.

Maria interrompit notre réflexion sur le passé en apportant un bol de soupe. Elle en offrit à Chee, qui refusa, disant que sa femme Ealae l'attendait et qu'il avait promis à son fils de neuf ans de lui apprendre le cri de la chouette.

Ma mère arriva et me demanda dans son meilleur anglais : « Comment va ta jambe ?

– Pas trop mal, répondis-je aussi en anglais.

– Qu'est-ce que vous dites ? demanda Maria en tarahumara.

– Pourquoi n'apprends-tu pas mieux l'anglais ? lui demandai-je en apache.

– Oh, un jour j'y viendrai, je crois, si mon ma'i m'apprendre veut. »

Cher petit Oiseau d'or ! Comme je l'aimais !

Ce soir-là, ce qui ne fut une surprise pour personne, Buck Green arriva, tenant par la bride un cheval blanc. Il l'attacha à la lice et se dirigea vers notre foyer.

1. Voir *The Indian Wars of the West*, de Paul I. Wellman, Doubleday & Company, New York, p. 421-423.

« Niome, voulez-vous me donner quelque chose à manger en échange de ce cheval blanc, que vous puissiez l'offrir à votre fils pour remplacer celui qui est perdu ?

– D'accord, Buck. Allez manger chez Niño. »

Allongé près de la porte, je contemplai le nouvel étalon blanc. Quelle beauté ! Buck entra et me dit que c'était un jeune frère du barbe que j'avais perdu et de la jument blanche de Maria. Je voulus le remercier, mais je m'étranglai.

« Tu as tellement grand air, Niño, sur un cheval blanc. Tous les ranchers s'inquiètent de toi. Chee m'a mis au courant par le système de signaux. Kasale demande combien de pattes a une vache. J'ai voulu savoir si tu avais besoin d'un médecin, mais il ne le savait pas. Les autres ranchers pensent qu'il s'agit de bandits qui s'intéressent surtout au pillage. Fils de pute ! Nous en mettons en déroute au moins une fois par semaine, de ces voleurs de bétail. »

Maria était partie admirer le nouvel étalon et ma mère apporta une assiette copieusement servie. Je parlai à Buck de la lettre découverte sur notre agresseur – et de ce que cela signifiait. Il n'en fut guère surpris. Le shaman entra juste à ce moment.

« Comment va, Dee-O-Det ? l'accueillit Buck. Qu'est-ce que vous devenez ?

– J'ai fait beaucoup de médecine ces temps-ci. »

Buck sourit : « C'est que vous aviez un cas d'importance ! »

Le shaman sortit et se mit à danser et à chanter en jetant du hodenten sur le cheval. Le jeune étalon, apeuré, rua sur le vieil homme.

Je hurlai : « Dee-O-Det, arrête de donner des coups de pied à cet animal ! »

Le vieux shaman jeta une dernière pincée de son mélange sur la bête et s'assit tout essoufflé.

« Maintenant, dit-il, aucune balle ne pourra tuer ce cheval. »

Il nous fit ensuite subir, à Buck et à moi, le même traitement. Cela nous fit rire et je lui dis :

« Fais la même chose à Maria. Je ne veux pas qu'elle meure d'une balle, elle non plus.

– Je n'ai pas le pouvoir de la protéger des balles. J'étudie cela en ce moment. Plus tard peut-être, cela me sera possible… Peut-être. N'en parlons pas. »

Lorsque ma mère lui apporta son assiette, il lui dit à l'oreille : « Niño croit que c'était moi qui donnais des coups de pied au cheval. Je ne comprends pas, c'était le cheval qui ruait. Veux-tu le lui dire à ma place ? »

Buck et moi l'entendîmes et éclatâmes de rire.

« De quoi riez-vous ? demanda le shaman.

– Buck vient de me raconter une histoire drôle de coyote, répondis-je.

– Oh, vous connaissez des histoires de coyotes ? demanda-t-il à Buck.

– Seulement celle que je viens de raconter à Niño. Un vieux coyote rencontra un jour un homme et se dit : "Il paraît que l'homme est plus intelligent que nous, je vais vérifier ça." Alors il s'arracha les yeux, les fit rouler sur le sol et dit à l'homme : "Je parie que tu peux pas en faire autant." L'homme regarda le coyote et dit : "Je parie que tu peux pas en faire autant", et il le mordit à la patte. Furieux, le coyote allait à son tour mordre l'homme quand celui-ci l'arrêta : "Attends, coyote, si tu veux gagner ce pari, tu dois te mordre toi-même. Car je suis un homme et j'ai mordu un coyote." Le coyote fit le malin et demanda : "Quel est l'enjeu du pari ?" L'homme répondit : "Celui qui gagnera sera le plus intelligent." Le coyote, fou de rage, dit : "Je peux le faire", et il s'arracha un gros morceau de chair. "Owoo ! hurla-t-il, je mords plus fort que toi." "Coyote, répondit l'homme, tu deviens de plus en plus intelligent !" Cette nuit-là, couché dans son repaire et léchant sa blessure, le coyote se dit : "La morsure de l'homme ne m'a pas fait mal, mais la mienne me fait beaucoup souffrir. L'homme est un traître."

– J'en ai entendu de plus drôles, dit le shaman en s'en allant.

– Tu crois que le vieux a été dupe ? demanda Buck Green.

– Évidemment. Il a d'abord cru que je pensais qu'il donnait des coups de pied à mon cheval. En voulant s'expliquer, il s'est mis dans une position ridicule. Et ton histoire de coyote, ça a été le bouquet. »

Ma mère proposa à Buck de passer la nuit dans le wikiup de Ticer. Elle m'aida à me coucher et Maria s'assura que j'étais bien installé avant de s'étendre et de se blottir contre moi. Elle se cacha la tête sous la couverture et fit semblant de ronfler.

Le lendemain matin, j'allais en claudiquant jusqu'à l'endroit où Maria et ma mère préparaient le déjeuner. Buck était assis sur une bûche près de la table et sirotait son café. Son grand hongre bai, la jument blanche de Maria et mon nouvel étalon blanc étaient attachés à la lice, sellés et prêts à partir. Ma nouvelle monture était splendide, et je crois qu'elle le savait. J'allai jusqu'à elle en claudiquant pour faire sa connaissance. Ma meilleure selle, celle que m'avait donnée Naiche quand j'avais douze ans, était bien sanglée, et le licou de crin était magnifique. Je le menai par la bride jusqu'à la bûche, m'agrippai au pommeau et sautai en selle. Le barbe piaffa un peu lorsque je voulus lui faire descendre la piste en direction du camp de Jemez. Maria et Buck me suivirent.

Dès que nous eûmes passé le rempart, je laissai le barbe courir. Son galop était splendide – on avait l'impression d'être sur un fauteuil à bascule. Et qu'il marchait bien l'amble ! Les guetteurs de Jemez étaient à leur poste au pied de la colline, mais nous laissèrent passer sans rien dire, lorsque nous pénétrâmes dans le pâturage. Les champs étaient tous labourés, certains étaient plantés. Nous allâmes directement au wikiup central. La mère de Maria, souffrante, sortit et ne nous offrit pas d'entrer. Elle dit :

« Il n'est pas ici.

– Où est-il ? demandai-je.

– Jemez est parti à Chihuahua voir si l'ordre du gouvernement de nous restituer nos terres est arrivé. » Elle balança un bras d'avant en arrière au-dessus de la tête, pour dire qu'il ne rentrerait peut-être pas avant longtemps.

« A-t-il reçu une lettre du gouverneur ? demanda Buck.

– Oui. Et la lettre dit que Kelzel en a reçu une aussi, et que le gouverneur Terrazas a l'autorisation de réinstaller les Tarahumaras. Il est parti voir.

– J'ai l'impression que le gouvernement Diaz essaie de prévenir une révolution, dis-je à Buck, à moins qu'il ne joue contre nous. Ses terres récupérées, Kelzel pourrait être neutralisé ; quant à Jemez, cela pourrait le faire se retourner contre nous.

– C'est bien raisonné, Niño, et je suis du même avis que toi. C'est toujours le même double jeu, et les mêmes dérobades de la part des Mexicains. »

Nous prîmes congé et rentrâmes à la rancheria. Nous mîmes pied à terre, mais Buck garda les rênes en main.

« Dès mon retour, je vais organiser une réunion des ranchers, dit-il. Je demanderai au colonel Greene de venir – c'est un ami de Diaz – et il a l'habitude des gens importants. Je te ferai savoir la date et le lieu.

– J'espère que Jemez sera rentré, dis-je, et nous aura dit comment s'est passé son voyage ; nous saurons ainsi ce qu'il en est. Et à la première occasion, il faudra tenir conseil avec Jim Grey. Il a un important commerce de fusils et de munitions, et je crois que jusqu'ici, il n'en a vendu qu'à des amis de notre cause. Par ailleurs, Torres et Terrazas finiront bien par saisir les terres de Kelzel. Kelzel n'est pas homme à se laisser poignarder dans le dos, et je crois que nous pouvons nous fier au vieux Yori. Mais l'enjeu est si grand qu'il vaut mieux assurer nos arrières.

– Qu'est-ce qui te fait croire que nous pouvons lui faire confiance ?

– J'ai aimé la façon dont il a réagi lors de notre visite à Borega. Souviens-toi, l'offre transmise à Kelzel par Terrazas venait du président Porfirio Diaz, ce qui prouve que c'était un acte présidentiel. Il nous a montré la lettre. Cela signifierait que toute propriété confisquée par le gouverneur doit être restituée à ses premiers propriétaires. D'accord ? Mais Terrazas n'a pas envoyé à Jemez de copie d'un acte présidentiel. Et tu as entendu la femme de Jemez : il a reçu du gouverneur une lettre lui demandant de venir à Chihuahua City pour discuter de la restitution de ses terres confisquées. »

J'attendis la réponse de Buck. Il se gratta la gorge et dit : « C'est difficile à croire, mais il semble bel et bien que tu aies raison, Niño. Cela voudrait dire que Terrazas et Torres sont de mèche et essaient de retirer aux ranchers l'appui des Indiens. »

Après le départ de Buck, je fis appeler Hi-okee. Je lui demandai de prendre nos cinq meilleurs braves disponibles, d'en emprunter autant chez les Tarahumaras, et de se préparer pour une expédition à Bisbee. Je lui donnai une liasse de billets, que je pris dans la cache de ma mère, et une liste des provisions à acheter. Nous étions sur le point de manquer de presque tout. Dee-O-Det m'avait conseillé de ne pas y aller moi-même, car mon genou n'était pas encore tout à fait remis. De plus, j'avais beaucoup à faire à la rancheria. Hi-okee rentra au bout d'une semaine, lourdement chargé, sans avoir le moindre incident à rapporter.

Une semaine plus tard, on nous annonça enfin le retour de Jemez. Maria et moi montâmes immédiatement à la rancheria des Tarahumaras. Jemez nous accueillit :

« Entrez. J'ai beaucoup à vous dire. » Nous entrâmes derrière lui.

« Comme vous le savez, Terrazas m'avait demandé de venir le voir. Je suis parti avec douze hommes, mais revenu avec trois. Les autres sont partis à jamais…

Je me suis arrêté en route à Borega, où j'ai parlé avec Kelzel. Il m'a montré un ordre présidentiel qui lui avait été adressé et par lequel on demandait au gouverneur de lui rendre ses terres. De la comparaison de nos lettres, nous avons conclu que la mienne n'était qu'une copie de la sienne ; seuls les noms étaient changés. Cette invitation à Chihuahua City paraissait n'être qu'un piège.

Comme je connaissais Terrazas, il n'y avait pas trente-six façons d'éclaircir cette affaire. Il fallait aller le voir et discuter avec lui. Mais lorsque j'arrivai chez lui, ses hommes se saisirent de nous et nous enfermèrent. Le lendemain matin, on m'emmena devant lui. Il me menaça de me juger pour trahison et meurtre, puis me dit qu'à l'avenir, les oreilles des Tarahumaras orneraient son palais aux côtés de celles des Yaquis, si je ne travaillais pas pour lui.

Pendant qu'il me retenait dans son bureau, mes hommes entrèrent, m'entourèrent et m'emmenèrent. Tout se passa d'abord bien, mais lorsque nous fûmes dehors, on tira sur nous. Mes hommes tombèrent comme le blé sous la faux. Je ramassai un fusil tombé, me battis et m'enfuis. Nous avons trouvé les chevaux, mais les Chemises rouges nous ont poursuivis.

Lorsque je suis arrivé chez Kelzel, quatre jours plus tard, il ne me restait que trois hommes. Il m'a donné de nouvelles montures et nous sommes rentrés ici au plus vite.»

Je l'interrogeai sur Kelzel. Il m'assura qu'il était prêt à faire face à tous les mauvais coups de Terrazas. Je dis à Jemez que Terrazas pouvait offrir une récompense pour sa tête, mais il répondit qu'il n'y aurait personne pour la prendre. Je lui annonçai la prochaine réunion des ranchers et lui fis promettre d'y participer. Maria embrassa les siens, puis nous les laissâmes.

Paradoxalement, cet ordre présidentiel douteux fut pour quelque temps un facteur de stabilisation dans notre région de montagne. Maintes rumeurs furent transmises par notre système de signaux. Elles se répandaient de bouche-à-oreille – mais l'été passa sans que Terrazas ou Torres aient fait le moindre geste menaçant. Nous n'en restâmes pas moins tendus dans l'appréhension et la crainte de catastrophes possibles.

En fait, notre système de transmission par signaux optiques fut pour nous une bénédiction du ciel : nous étions au courant de ce qui se passait sans avoir à faire de longues chevauchées pour le savoir. Nous avions ainsi plus de temps chez nous pour entretenir nos enclos. Notre grande chasse annuelle eut lieu, et le vieux Dee-O-Det eut un énorme daim pour faire sa soupe de shaman et des feuilles de zagosti pour faire son tonique.

1898 s'acheva et le printemps 1899 nous trouva en train d'agrandir nos champs et notre potager. Il y avait un nombre sans cesse croissant de bouches à nourrir et nous y parvenions à la satisfaction de tous. Nous étions pourtant toujours les «sans-nom», c'est-à-dire que nous n'existions pas, du moins pour nos parents partis depuis si longtemps, et pour l'administration des réserves.

Un soir embaumé de printemps, Chee descendit à toute allure du Lookout Peak. Il m'annonça tout à trac :

« Buck Green nous annonce une autre grande réunion pour demain soir et te demande d'amener Jemez. Il veut que je vienne moi aussi, ainsi qu'Ealae, Dee-O-Det, Nadina, ta mère et Maria.

– Je me demande pourquoi nous devons amener les femmes.

– C'est simple. La réunion sera suivie d'une soirée dont Dee-O-Det sera l'invité d'honneur. Il faut l'amener, mais sans lui dire que la soirée est donnée en son honneur.

– Qu'avez-vous comploté tous les deux, Buck et toi ?

– Rien que tu n'approuveras en fin de compte », dit Chee, avec un sourire en coin.

Chez moi, je dis à ma mère et à Maria que Buck donnait une soirée le lendemain soir en l'honneur du shaman, mais qu'il ne fallait rien lui en dire avant que Buck l'ait présenté aux autres. Je leur dis qu'il fallait aussi faire comme si de rien n'était. Elles devaient donc voyager dans leurs vêtements ordinaires et emporter leurs beaux atours pour les revêtir chez Buck.

Le shaman arriva d'un pas lent et je profitai de l'occasion pour lui proposer de descendre le lendemain au ranch Verde avec Jemez, Chee, Ealae, ma mère, Maria et moi. Cela parut lui faire plaisir et il répondit qu'il allait se préparer.

Comme presque tout mon Peuple travaillait aux champs le lendemain, Chee et moi dûmes seller nos chevaux nous-mêmes. Chee était d'une humeur exécrable. Alors que je ne lui demandai rien, il me raconta la comédie que lui avait faite

Ealae lorsqu'il lui avait dit que les enfants n'étaient pas du voyage. Les leurs étaient assez grands pour rester seuls, et laisser, pour une fois, à leurs parents la possibilité de s'amuser, mais leur mère ne l'entendait pas ainsi. Il ajouta qu'il ne comprenait pas les femmes.

« Pourquoi essayer ? pouffai-je. Elles ne se comprennent pas elles-mêmes.

– Elle ne veut plus manger de cheval.

– Ah oui ?

– Tu te rappelles l'embuscade que nous avaient tendue ces bandits ?

– Ouais.

– Ton cheval est tombé sous toi ?

– Ouais.

– Personne n'a songé à en récupérer la viande. Autrefois, on ne l'aurait pas laissé perdre. »

Je songeai en moi-même que nous avions fait un long chemin. L'idée de manger mon propre cheval me parut inconvenante, bien que j'aie souvent mangé de la viande de cheval, et en l'appréciant. Les mules donnaient de la meilleure viande mais personne certainement n'aurait alors accepté d'en manger. Nous finîmes de seller les bêtes pour les mener dans l'enceinte.

« Et où est le mulet de bât ? demanda ma mère.

– Le mulet de bât ! répétai-je. Pour quoi faire ?

– Celui que nous allons manger, ricana Chee.

– Celui qui portera nos affaires, juste en cas, dit Maria en riant.

– C'est vrai ! Cousin Chee, va chercher un mulet ! »

J'avais oublié que nous emportions des vêtements de rechange et quelques charmes que Dee-O-Det tenait à prendre avec lui. Quand Chee revint avec l'animal, tout le monde attendait.

« Pourquoi si long, il a été, voulut savoir Maria.

– Juste en cas », ripostai-je en riant. Je sanglai ma selle sur mon nouvel étalon blanc que j'avais appelé *Chelee* – ce qui veut tout simplement dire « cheval » en apache.

Chee et Ealae marchaient en tête, suivis de Maria, de ma mère et de Nadina. Je chevauchai en queue, excitant de la voix la mule que menait Dee-O-Det. Cela faisait des années que je ne m'étais trouvé en queue d'une file de cavaliers, et cela me rappela pourquoi ceux qui étaient à l'arrière-garde avaient toujours leur gourde vide à la fin du voyage – sans parler des yeux rouges et du nez bouché. Quand Jemez me rejoignit, nous laissâmes une bonne distance entre les autres et nous.

Nous traversâmes la vieille rancheria de Chi-hua-hua, qui était devenue un des lieux les plus sereins de la grande chaîne de montagnes. Il m'était dur de penser que le Peuple n'y avait vécu en paix que pour y trouver à la fin une mort violente sous le feu de la cavalerie de Crook ou la prison. C'est là aussi que par un froid jour d'automne, exactement cinq ans auparavant, seize d'entre nous avaient encerclé et écrasé les raiders yaquis, et que peu après, Taglito et moi avions découvert Buck blessé et presque mourant à la suite d'une embuscade au Ranch brûlé.

Grâce aux pluies récentes, il y avait partout de l'eau en abondance. Nous fûmes vite arrivés à la porte du ranch Verde. Au nombre des chevaux attachés, je vis que certains des ranchers étaient déjà là. Buck et Anna nous souhaitèrent la bienvenue à la réunion.

Ammon Tenny, nous voyant, vint parler avec nous. Kelzel eut presque un sourire lorsque Maria et moi le saluâmes. Jemez cherchait les quelques hommes de sa tribu qui travaillaient chez Buck. John Brewer et Al Bower se faisaient remarquer par leur absence. Le grand Jim Grey semblait avoir au moins deux bons verres d'avance sur tout le monde. John Slaughter et ses contremaîtres, Juan Flores et Jess Fisher, arrivèrent peu après.

« Comment va, Niño ? me salua-t-il. J'ai reçu l'autre jour une lettre du colonel qui me demande de te dire bonjour.

– Oh, le colonel Roosevelt ! Quel homme ! Comment se passe la guerre ?

– Tu ne l'as pas su ? Il l'a gagnée. L'été dernier. »

Buck demanda l'attention : « Mes amis, dit-il, vous savez tous la raison de cette réunion. Je n'ai pas besoin de vous présenter le chef Jemez – qui est un homme digne de confiance. Il se fiait à Terrazas. Je pourrais m'arrêter là, je crois que vous comprenez tous ce que je veux dire, mais ce qui est arrivé à Jemez a une double signification. »

Il raconta l'arrestation et l'évasion de Jemez. Puis continua :

« Le gouverneur a maintenant décrété Jemez et son peuple hors-la-loi, et mis leurs têtes à prix. Le but de cette tentative traîtresse, d'enfermer Jemez, était de s'en servir comme otage pour forcer son peuple à retourner au Chihuahua. Nous serions alors restés sans alliés. Et comme nous n'aurions pu payer nos taxes, on aurait confisqué nos terres.

C'est de bonne tactique de la part de Terrazas ; mais la nôtre est meilleure encore. Nous allons engager tout le peuple de Jemez comme ouvriers dans les mines et les ranches. Ils travailleront sous la protection de citoyens américains et recevront le double du salaire courant de deux pesos et demi, c'est-à-dire cinq pesos.

Maintenant mes amis, je donne ce soir une fête en l'honneur du plus grand shaman et guérisseur qui ait jamais vécu. Il s'appelle Dee-O-Det. Dee-O-Det, venez ici. Je voudrais vous présenter à tout le monde. »

L'air surpris, Dee-O-Det se dirigea vers Buck qui passa un bras autour du vieillard et dit :

« Mes amis, voici un homme qui donne foi en soi-même. Sans lui, je ne serais pas ici aujourd'hui. »

Dee-O-Det était stupéfait mais heureux. Il ne pouvait d'ailleurs pas faire semblant d'ignorer ce qui se passait.

À ce moment, quelqu'un dehors frappa le gong pour annoncer le dîner et tout le monde se rendit près du barbecue. Un bœuf entier rôtissait sur la broche. Les gens commencèrent à en détacher les morceaux, qu'ils déposaient dans leur assiette de fer-blanc. Puis ils allaient s'asseoir dans un coin de leur choix. Il y avait des tonneaux de vin, encore frais d'un long séjour dans le puits du ranch.

Quant à la nourriture, ce fut un véritable festin ! Les haricots *pintas*, assaisonnés de *chili* rouge et le porc salé avaient cuit dans un énorme chaudron en fonte enfoui dans des charbons brûlants. La viande était relevée d'ail et de clous de girofle. Les légumes du ranch, oignons, carottes, maïs, navets, avaient cuit dans le bœuf. Le pain sortait d'un *hornito* – four espagnol ou mexicain en pierre, de la forme d'un wikiup arrondi à porte basse. On chauffait d'abord le four en y allumant un feu de bois de chêne. Quand il était assez chaud, on en retirait les braises qu'on remplaçait par la pâte qui y cuisait lentement. Et comme il y a toujours du lait chez un éleveur de bétail, il y avait d'énormes mottes de beurre à étendre sur le pain avec du miel sauvage.

Après le festin, beaucoup firent cercle autour des tonneaux de vin. Ma mère, Maria, Nadina et moi rentrâmes dans le living-room qui avait été décoré et transformé en salle de bal. Quelques couples y dansaient déjà devant un orchestre de cinq Gitans battant leurs tambours. Chee et Ealae avaient l'air de jeunes mariés. Kasale dansait avec Anna Green. Buck enlaça ma mère :

« Venez danser, Niome. »

Ma mère avait appris à danser avec Tom Jeffords, qui

était un bon danseur quand il le voulait. Maria et moi nous y essayâmes aussi. Mais, bien que ce ne fût pas pour moi le premier essai, je manquai un peu de grâce dans mes nouveaux kabuns. La musique s'arrêta brusquement et nous entendîmes les battements d'un tambour indien. Les gens reculèrent pour laisser la place à Dee-O-Det qui se préparait à danser. Il poussa des cris aigus au rythme des battements du tambour, et se lança dans la danse apache de la moisson. Puis il entonna une chanson à boire que lui avait apprise Buck.

Je vendrais mes chaussures
Pour une bouteille de gnôle,
Personne ne sait
Comme j'ai soif!

Son numéro fut salué d'une longue ovation et jamais je ne vis homme aussi fier. Il dansa ensuite avec ma femme, ma mère et Nadina. Kelzel lui-même exécuta la danse du daim yaqui, avec les cornes et autres attributs, accompagné par le chant de Dee-O-Det.

Le vieil invité d'honneur regagna le centre de la pièce et demanda au tambour de l'accompagner. Et cette fois-ci, il dansa comme jamais je ne l'avais vu danser. Cela tenait à la fois d'un dindon faisant la roue et d'un écureuil sur un pacanier. Rien qu'à le regarder, j'en eus le souffle coupé.

Il se dirigea ensuite vers nous, et s'affala par terre.

« Est-ce que ça t'a plu? demanda-t-il, en essayant de reprendre son souffle.

– C'est beaucoup mieux que ce que j'aurais pu faire », répondis-je.

La foule l'acclamait; il se leva et eut un de ses rares sourires – on eût dit un coyote attrapant une souris dans un tas de foin. Puis il prit Maria par le bras pour la faire virevolter dans la salle. Après quoi, nous sortîmes tous les trois prendre l'air. Peu après, Kelzel s'approcha du barbecue où il se servit de viande et de vin. Il paraissait déjà à moitié ivre. Il vint à nous et nous fit un signe de tête.

« Comment vont les choses à Borega ? demandai-je.

– Bien, jusqu'à maintenant, répondit-il lentement. C'est une bonne terre et il y a un bon système d'irrigation, mais il nous faut le payer par un pourcentage prélevé sur nos récoltes.

– Cela me semble honnête.

– C'est ce qu'il m'a semblé au début. »

Il se mit à parler plus vite :

« Mais je me suis aperçu que ce paiement étalé sur plusieurs années est trop cher. Nous aurions pu construire les canaux nous-mêmes. Au bord du Yaqui, j'avais moi-même installé un réseau d'irrigation, avec les barrages et tout le reste. On me l'a confisqué et on m'a donné cette terre au bord de l'Arros – tu l'as vue – où le système d'irrigation me revient plus cher et appartient à une compagnie étrangère. Dis-moi, comment vas-tu ?

– Oh moi, je n'ai pas de problèmes de taxes. Ma terre est sans valeur car aucune route ne permet d'en faire descendre les produits pour les vendre et nous ne pouvons faire de profit. C'est pourquoi ils me laissent tranquille. Et je les ai aidés à gagner les batailles de Tesorabi et de Basaranca.

– Cesse de faire l'imbécile, Niño. Tu as de la chance que les généraux ne t'aient pas déclaré hors-la-loi pour les avoir aidés. J'ai travaillé pour eux et sept fois, ils m'ont décrété hors-la-loi. À chaque fois, je suis retourné dans les montagnes, et à chaque fois, ils ont conclu une nouvelle paix. Dans les montagnes, ils savent qu'ils ne peuvent me vaincre, pas plus qu'ils ne peuvent te battre dans les tiennes. Ils m'ont chassé de mes terres par la force des armes, mais ils ne pourront pas me faire bouger de mes montagnes.»

Kelzel avait ingurgité beaucoup de vin, et se montrait bavard, si bien que je le poussai davantage:

«Les gouverneurs provinciaux ont toujours été leurs propres maîtres – depuis Coronado.

– Nous payons pour ses péchés, acquiesça-t-il. Ces gouverneurs vont jusqu'à défier le gouvernement fédéral. Mexico est loin du Sonora et du Chihuahua, et Diaz a besoin pour gouverner d'hommes tels que Terrazas, Batista, de Vega et Torres. Aussi qui peut les empêcher de s'engraisser? Regarde le système de taxes: le gouvernement fédéral demande dix pour cent, l'État, cinq pour cent, mais il en perçoit vingt-cinq pour cent et il en garde quinze pour cent. Et à défaut de taxes, c'est la mort.»

Kelzel, grand chef de la tribu indienne la plus haïe du Mexique, se tourna pour aller reprendre du vin, et Maria me tira par la manche: «Tout cela et sa manière de parler m'effraient, murmura-t-elle. Allons-nous-en.»

Les gens abandonnaient la salle de bal pour chercher un endroit où dormir. Tous semblaient fatigués et avaient bu trop de vin. Les musiciens rassemblaient leurs affaires. Maria et moi sortîmes nos couvertures et aplanîmes un endroit où nous étendre. Ma mère et Nadina étaient déjà couchées, Chee et Ealae dormaient dans la grange, Dee-O-Det assis près d'eux, la tête dans ses mains: pourtant, dans ces cas-là, on a surtout mal à la tête au réveil.

Le lendemain matin, nous fûmes longs à nous préparer au départ. Nous finîmes tout de même par rentrer chez nous, et nous n'en bougeâmes plus. Tout l'été passa en travaux dans les champs et seuls deux allers et retours à Bisbee et les messages reçus par notre système de transmission par signaux rompirent notre isolement. L'appel aux armes auquel on s'attendait à moitié ne vint pas. Notre moisson fut bonne et un grand festin intertribal avec les Tarahumaras eut lieu pendant les gelées d'automne. L'année 1899 s'éteignit et, seul, le vieux et sage shaman était inquiet, disant que cette vie était trop bonne pour durer.

15.

1899-1900

LE CIEL EN FLAMMES

Buck Green nous invita à fêter le changement de siècle. La fête devait être ininterrompue de Noël au nouvel an, et Buck voulait que ce fût le plus grand chambard au sud de la frontière.

Dans l'ensemble, les colons américains avaient de bonnes raisons de festoyer. Les histoires de taxes restaient jusque-là supportables et, grâce à la vigilance des cow-boys indiens que Buck Green avait placés chez les ranchers blancs, les vols de bétail avaient pratiquement cessé. Les ranchers avaient engagé un personnel important, avec un salaire minimum de cent pesos par mois. La compagnie minière de cuivre de Greene, à Cananea, avait la masse salariale la plus importante du Sonora, et les gens, comme le commerce, en profitaient.

La veille de Noël, tout équipés pour le voyage, nous descendîmes la piste du ranch Verde, où nous arrivâmes peu après le coucher du soleil. L'hiver des montagnes de Pa-Gotzin-Kay était resté là-haut, et il faisait bon. Notre groupe comptait cinquante-quatre personnes et nous en trouvâmes deux cents environ déjà réunis au ranch Verde. Le chef Kelzel avait amené vingt membres de son clan ; le chef Jemez, sa famille et douze guerriers. Je ne pus qu'estimer le nombre des Blancs. Les Green pouvaient très bien recevoir une foule de gens. Ils fournissaient tout, demandant seulement aux invités d'apporter leur matériel de campement.

Dans la grande cour, entre la maison et les granges, d'immenses tables et des bancs avaient déjà été disposés en cercle autour des barbecues, des feux et des dessertes. Quelques lanternes, et la pleine lune, éclairaient le patio où aurait lieu le bal et où un orchestre de Gitans du Sonora accordait ses guitares, violons et contrebasses. Maria et moi restions à contempler toute cette activité, lorsque ma mère accourut, en criant, presque à bout de souffle :

« Mon fils ! Mon fils ! Taglito est là !

– Où est-il, Cima ?

– Il parle avec Tenny et Grey.

– Maintenant, le voilà », dit Maria en me le montrant.

La haute silhouette de Tom Jeffords s'avançait vers nous. Il étreignit ma mère, à la grande joie de celle-ci et à sa propre satisfaction, puis tendit ses deux mains à Maria et moi.

« Maria ! Niin-yo ! Quel plaisir de vous revoir, jeunes gens. Dire qu'un nouveau siècle va commencer ! Jamais je n'aurais cru vivre assez longtemps pour voir cela. Pour rien au monde, amour ou argent, je n'aurais manqué cette fête. »

Apercevant le chef Kelzel à quelques pas de là, il l'apostropha joyeusement :

« Comment allez-vous, vieux pirate ?

– Hello, Mister Jeffords ! Hello Niño », répondit Kelzel avec application, comme toujours lorsqu'il parlait espagnol. Il serra toutes les mains et dit :

« Tout va trop bien dans le Chihuahua. Je ne comprends pas, c'est trop tranquille.

– Cela semble être l'avis de beaucoup de gens ici aussi, répondit Tom. Mais combien reste-t-il de ceux qui ont vu naître le siècle dernier ? Alors, qu'importe ?

– Très bien, Mr. Jeffords. »

Je vis que Tom était quelque peu décontenancé par la parfaite politesse de Kelzel. Il devait s'attendre à tout autre chose de la part du chasseur d'hommes le plus retors du nord du Mexique. Quand Kelzel nous quitta pour aller se joindre à un autre groupe, Tom déclara :

« Poli, mais mortel.

– Rappelle-toi qu'il a été élevé dans une école de missionnaires. Il vaut mieux l'avoir comme ami que comme ennemi. »

Puis Tom raconta qu'il avait vendu sa mine d'argent de Owl Head et tous les bœufs de son ranch, ne gardant que les taureaux, les vaches et les génisses. Il avait engagé une petite famille qui s'occupait de ses affaires pendant son absence. Ma mère profita de l'occasion pour l'inviter à venir vivre définitivement avec nous. Il lui passa le bras autour de la taille et ils partirent se promener.

Nous les vîmes vite revenir, tirés par Anna Green, et suivis de Buck.

« Maria ! Nadina ! Vous et Niome, venez avec moi, dit Anna. Nous allons parler de ces hommes tels qu'ils se voient !

– Pâles ou basanés, glissa ma mère, les hommes sont tous les mêmes. Tous les mêmes, des *Goddammies !* »

Apparemment, quelqu'un était furieux contre quelqu'un. Buck éclata de rire et dit : « Venez donc, bande de goujats ! » Taglito et moi le suivîmes à travers le patio jusqu'à une table où le vieux Dee-O-Det couvait une timbale d'*eggnog* (boisson chaude composée d'un œuf battu dans du rhum) – un luxe que nous ne pouvions nous offrir. Il nous fixa, le regard vide. Les tables étaient couvertes de toutes sortes de viandes et d'autres victuailles appétissantes. Taglito et moi goûtâmes un peu de cet *eggnog.*

«Venez à la maison, quand vous serez prêts, dit Buck. J'ai interdit l'accès de la maison pendant la durée de la fête, mais je fais exception pour quelques amis. J'ai une bonne gnôle, dont vous me direz des nouvelles.

– Allons boire un peu de ce bon whisky dont il se vante tant, me dit Tom.

– Ouais, je n'aime pas la piquette qu'il nous sert.

– J'ai entendu, dit Buck, hérissé. Vous autres, *hombres,* ne savez apprécier une liqueur que si on vous dit qu'elle est bonne.»

Nous nous dirigeâmes vers la maison d'habitation en nous frayant un chemin dans la foule. Une fois à l'intérieur, Buck nous emplit des verres à ras bord.

Ensuite, ce fut une boisson après l'autre; tout ce dont je me souviens, c'est de m'être réveillé alors que le soleil brillait déjà. J'étais couché entre Taglito et Dee-O-Det, et Buck nous pressait de nous réveiller et de nous lever. Il nous fallut quelque temps avant de pouvoir regagner la maison où Buck nous donna quelque chose à boire pour nous remettre de notre cuite. Il gloussa:

«Joyeux Noël! On va maintenant passer à table pour le repas de Noël, avec la famille et quelques invités de la maison. *Sabe?* Il n'y aura que Tenny, Grey, Dee-O-Det, Niome, Tom et leurs femmes. As-tu amené tes femmes, Tom?

– Non, ce sera pour la prochaine fois.

– Comment se fait-il que tu ne te sois jamais marié, Tom? demanda brusquement Buck.

– Comment sais-tu que je ne le suis pas? rétorqua Tom.

– Je ne le sais pas. C'est pourquoi je te le demande.

– Crois-tu que tu vas le savoir?

– J'ai pas l'impression d'avancer beaucoup dans cette histoire. Laisse-moi remplir ton verre. »

Les plaisanteries continuèrent et je sus que nous allions encore nous enivrer tous les trois. La seule autre chose dont je sois sûr est que nous étions assis avec nos femmes à une grande table. Ce fut un joyeux repas de Noël avec de la dinde, toutes sortes de légumes, des pâtés et des puddings. Les dindes avaient été élevées au ranch de Tenny. L'ambiance était tout à fait gaie. On apporta des tonnelets de whisky et des tonneaux de vin. Buck devait avoir acheté tout un magasin de liqueurs à Bisbee ou El Paso.

Ce qui est resté le mieux gravé dans ma mémoire est le cadeau de Noël que me fit Buck : un magnifique fusil Winchester 1873, de calibre 44/40, numéroté 1/1000[1].

Ce fusil pouvait servir en toutes circonstances, car il tirait les mêmes cartouches que celles du revolver que je portais à la ceinture. Il était précis jusqu'à deux cents mètres. Les colts de ce calibre tirent aussi loin mais n'ont pas la même précision.

Maria et moi offrîmes aux Green notre plus grande peau de cougouar et une peau d'ours gris au bord argenté qui faisait trois mètres du nez à la queue. Ces deux peaux avaient été tannées avec grand soin par nos anciens, experts en cet art. Dee-O-Det leur donna un énorme cerf qu'il avait empaillé lui-même et béni avec du hodenten. Ma mère un dessus-de-lit de petites peaux de taupe blanche.

La semaine passa en jeux de toutes sortes : courses en sac, dressage de chevaux sauvages, exercices variés d'équitation. Les Tarahumaras firent une course à pied, sport où ils excellent, et nous fîmes, quant à nous, une démonstration de tir à l'arc apache.

1. Ce modèle rare devint vite une pièce de collection. Si je ne m'en étais pas laissé déposséder, il vaudrait aujourd'hui au moins 5000 dollars.

Le lendemain, veille du nouvel an, il y eut un petit festin et un grand bal. Et comme d'habitude, beaucoup à boire. Le colonel William Greene et sa suite étaient venus. Tout le monde fit bombance jusqu'à minuit.

Le jour de l'an, vint mon épreuve favorite : un concours de tir à la carabine dont le prix était une selle rehaussée d'argent. C'était une splendeur de cuir noir, enrichie de boutons et de conques d'argent, ainsi que de pièces de huit reales, avec des éperons assortis, un surfaix de crin tissé et une bride incrustée d'argent à l'espagnole[1].

J'avais des rivaux et des rivaux redoutables. Avant de les affronter, j'entraînai mon Oiseau d'or dans une course animée autour des granges, pour me raviver le sang après les abus de whisky de la nuit précédente.

Le concours de tir se déroulait ainsi : chaque prétendant au prix devait payer vingt dollars – somme importante à cette époque –, mais trente concurrents acceptèrent de tenter leur chance à ce prix.

Il y eut d'abord l'épreuve d'élimination. Pour se qualifier, il fallait toucher un certain nombre de fois le noir de la cible. Nous tirions au fusil, ou à la carabine, à cent mètres. Six d'entre nous restèrent en lice pour la demi-finale : Tom Jeffords, Jim Grey, Kelzel, le colonel Greene, son garde du corps Edward Massey et moi.

1. Il s'agit de la selle dont il est parlé plus haut. Buck l'avait commandée pour lui-même, mais le vieux sellier fut tué dans une embuscade tendue par les esclavagistes mexicains avant de pouvoir la livrer. Les guerriers de Kelzel la retrouvèrent et leur chef la rendit à Buck qui, pour une raison ou une autre, ne s'en servit jamais.

Chaque participant devait tirer sur une cible neuve marquée à son nom. On comparerait les cibles lorsque tout le monde aurait tiré. On fixa des règles pour le tir debout ou à genoux; on comptait les points au nombre de trous faits dans la mouche noire de quinze centimètres.

Comme dans l'épreuve d'élimination, il fallait tirer cinq fois coup sur coup. Je mis quatre coups dans la mouche. Massey trois dans le noir, et deux dans le blanc. Greene trois dans la mouche mais tous dans la partie externe du noir, et les deux autres à côté, dans le blanc. Taglito, un dans le noir et quatre à l'extérieur. Grey et Kelzel avaient fait mouche une ou deux fois, pas assez pour rester en finale.

Nous n'étions plus que trois prétendants à la victoire : moi-même, le colonel Greene et Ed Massey. La finale se joua sur une seule cartouche, qu'il fallait tirer debout : Massey tira le premier et toucha le blanc, à plusieurs centimètres de la mouche. Greene toucha le noir. J'étais tendu mais fis mouche en plein centre du noir et gagnai la selle d'argent.

Le colonel m'adressa ses félicitations. Fou de joie d'avoir gagné, je m'exclamai :

« J'ai commencé très jeune, et j'ai beaucoup d'entraînement.

– Étant le fils de Cochise, tu ne peux être qu'un bon tireur.

– Je suis son petit-fils, le repris-je.

– Buck vous a-t-il dit que j'aimerais que vous veniez travailler avec moi ?

– Oui. Que faudrait-il que je fasse ? demandai-je par pure curiosité.

– Eh bien, je voudrais que vous me teniez simplement compagnie dans tous mes déplacements. Vous avez très bonne réputation ; Tom Jeffords m'a parlé de vous. Vous savez vous servir d'un fusil mieux que moi, et c'est ce dont j'ai besoin. Je vous paierais bien.

– Je vais y réfléchir, balbutiais-je.
– Réfléchissez bien, et donnez votre réponse à Buck. »

Il regarda sa montre et dit qu'il devait rentrer à Cananea. Je restai à le regarder conduire les deux magnifiques étalons qui traînaient son cabriolet, franchir la grille et s'éloigner. Comme le colonel Roosevelt, c'était là un homme que j'admirais.

Je cherchai Tom du regard, mais ne le vis nulle part. J'entrai dans la maison où je le trouvai en train de prendre un verre avec Buck. J'étais troublé par le fait que Taglito se soit montré si maladroit dans l'épreuve de tir. J'admirais son adresse et l'avais vu toucher une caille à l'aile pour le plaisir. Je le questionnai mais il grogna :

« Oh, ferme-la, et bois. Tu as gagné la selle, non ?
– Ouais, dit Buck d'une voix traînante. Et j'ai vu Taglito faire sauter les poux de la tête d'un moustique. Buvons ! »

De retour à la rancheria le lendemain soir, le shaman commenta ces fêtes du nouveau siècle. Il nous assura que tous ceux qui y avaient participé auraient une vie prospère, car Ihidnan souriait aux gens de paix. Il dit que les hommes aiment prendre du bon temps, vivre et laisser vivre. Tom émit quelques doutes sur cette théorie, la décrétant non apache si l'on en jugeait par le passé. Je ne fis aucun commentaire mais demandai à Tom s'il allait travailler pour Bill Greene. Quel bénéfice retirerait Pa-Gotzin-Kay de mon travail éventuel avec lui ?

Il éluda la question :

« Cette nouvelle mine de cuivre à Cananea promet beaucoup. Je me suis arrêté à Ronquillo en venant ici – c'est la ville que traversent les rails de la mine – et c'est vraiment imposant. La compagnie y possède des magasins où quiconque travaille à la mine peut tout acheter à crédit. Le vieux Bill a obtenu un bail de la veuve du général Pesquiera, avec l'approbation du gouvernement Diaz, et il exploite fort bien cette propriété.

– Vas-tu travailler pour lui ? insistai-je.

– Ouais, je crois, mais pas tout de suite. Il faut d'abord, si c'est possible, que je loue mon ranch de Owl Head ; c'est bien calme là-bas. Si j'y arrive, j'irai peut-être travailler à Ronquillo et y habiter une petite maison. Le vieux Bill paye bien.

– Nous viendrons te voir, Taglito, proposa ma mère.

– Le colonel vous mettra tous au travail », pouffa Tom.

Il resta avec nous plusieurs jours, puis se plaignit du froid, trop vif pour ses vieux os, et repartit pour Owl Head.

Vint le printemps, accompagné de sombres rumeurs. Les tyrans s'en prenaient à nouveau aux Yaquis au bord de l'Arros. Une fois de plus, le chef Kelzel les défia et une fois de plus, il fut chassé de ses terres. Mais cette fois-ci, lorsqu'il dut battre en retraite, il se fixa dans les montagnes proches de Borega. De là, il détruisit tout le système d'irrigation en faisant sauter le barrage qu'il avait construit sur l'Arros. Et il retint les *federalistas* assez longtemps pour que toute sa tribu puisse gagner l'abri des montagnes et prendre possession des fusils et des munitions qu'il y avait cachés par précaution.

Les gouverneurs Terrazas et Torres, opérant conjointement et avec l'aide de « conseillers » fédéraux, mirent mille cinq cents soldats en campagne. La nouvelle se répandit et tous les ranchers armèrent leurs employés pour défendre vies et biens. Buck Green avertit le colonel Greene à Cananea qu'une force ennemie était en route.

Quand on m'appela, je réunis une troupe de trente braves apaches et tarahumaras, et descendis au ranch Verde. En cours de route, je remarquai que Basaranca avait renforcé sa garnison sans que je le sache. Je m'arrêtai à un endroit d'où l'on pouvait observer la ville : les Chemises rouges y fourmillaient.

Nous fîmes route jusqu'au ranch de Green comme des Indiens sauvages. Le ranch était devenu un camp retranché. Buck donnait des ordres, envoyait des groupes et des éclaireurs dans toutes les directions. Il m'annonça que la famille d'Eugène avait quitté Basaranca et me fit signe d'entrer dans la maison. Je me hâtai d'y entrer et y trouvai Anna Green qui m'emmena à la cuisine.

« *Shis-Inday !* m'accueillit Eugène. Si tu avais tardé à venir, je serais allé te chercher moi-même.

– *Skee-kizzen !* (bienvenue, frère) », dis-je. Il était maigre, portait les cheveux aussi courts qu'un Blanc...

« Qu'est-ce qui se passe ?

– Je n'étais parti de chez Tenny que pour quelques jours, mais quand je suis allé à la garnison chercher ma famille, les soldats m'ont pris et enchaîné. Ils m'ont forcé à travailler à l'usine de poudre tout l'hiver. Tout cela, par la faute de Nakai. Ma famille a réussi à sortir et hier, je me suis enfui. Une guerre se prépare pour exterminer tous les Indiens – vous en premier, comme c'est vous qu'ils haïssent le plus. Hier, ils ont collé au mur deux familles yaquis. Mais ce que je voulais surtout te dire, c'est qu'ils veulent monter des canons au sommet des trois pics qui dominent Pa-Gotzin-Kay et rayer tous les Mansos de la surface de la terre.

– Pour quand ont-ils prévu tout cela ?

– Je ne sais pas exactement. J'ai simplement reçu l'ordre de diriger le transport des canons. C'est, entre autres, une des raisons pour lesquelles je suis parti. L'usine est un arsenal, où la poudre fabriquée par Torres et Terrazas et les canons sont stockés ensemble. Ce qui est très dangereux. L'autre jour, en faisant l'inspection, j'ai vu deux soldats chaussés de bottes. Je leur ai donné l'ordre de les retirer. Ils m'ont bien obéi, mais pour m'en assener des coups sur la tête. Je ne peux en supporter davantage. »

Ce n'est qu'alors que je compris la nervosité d'Eugène. Il ajouta qu'il allait emmener sa famille à Cananea où il voulait travailler à la mine de cuivre. Plus tard, s'il en avait la possibilité, il irait s'installer aux États-Unis – car ici, les chasseurs de brousse allaient se mettre à ses trousses. Je lui dis que Buck apprêtait déjà une voiture pour l'emmener, lui et sa famille, à Cananea. Mais je lui demandai aussi de réfléchir et de revenir à Pa-Gotzin-Kay, où il serait en sécurité. Il refusa, m'expliquant que, pour sa femme, il avait adopté les mœurs mexicaines, et qu'il croyait maintenant au Dieu des Blancs. Ce fut pour moi un choc, mais un autre plus important encore m'attendait.

En effet, il m'avoua qu'en quittant Basaranca, il avait tiré sur Nakai et l'avait tué, le traitant de *yùdastcin* (bâtard) corrompu, à deux visages et à la langue fourchue. La balle lui avait fait éclater le crâne. Si bien que si lui, Eugène, revenait parmi nous, il risquait d'entraîner notre destruction. Buck nous cria que la charrette était chargée et prête. Cinq hommes montés attendaient pour accompagner Eugène, sa femme et leurs deux enfants à Cananea. Et ils partirent.

En réfléchissant aux révélations d'Eugène, je devins fou de rage. Quoi, ces sales *golinki* de singes de brousse voulaient nous tuer, et nous, les Apaches, en premier ! Eh bien, mes hommes allaient les mettre en pièces. Je commençai à bâtir un plan.

Je songeais au shaman, aux anciens, aux femmes, aux enfants, à ma femme et à ma mère – et sentis mon sang bouillir. Ces sales assassins ! Plus perfides que jamais ! Ils voulaient essayer de monter des canons dans la montagne, pour nous éliminer de la surface de la terre ? Mais, sans poudre, ces canons ne pourraient plus servir à rien. C'était la solution. *Atà lnday' t'n-nen-r-to-kihi !* (leur chef raisonne de façon stupide).

Je réunis mes braves et leur expliquai mon plan : faire sauter la réserve de poudre. Il fallait que je trouve un moyen d'y parvenir, une attaque directe étant impossible avec tous ces soldats hérissés de fusils. Oubliant l'existence de notre système de communication par signaux, j'envoyai un homme à Pa-Gotzin-Kay alerter les guerriers restés là-haut. Nous allions nous mettre en route, lorsque Buck arriva et nous demanda où nous partions.

Je lui répondis que nous allions faire sauter l'arsenal. Attrapant la bride de ma monture, il m'expliqua que je ne pourrais pas m'en approcher. Et si, par chance, j'y parvenais, Torres en accuserait les Blancs à seule fin de mêler l'Amérique à cette guerre. Je savais bien que les *gusanos* faisaient toujours de fausses déclarations mais m'en souciais peu. Tout ce que je savais, c'est que je ne pouvais attendre tranquillement qu'on fasse sauter ma rancheria – et je savais que les Blancs ne l'attendraient pas non plus. Buck me fit alors remarquer qu'il était impossible de faire passer une batterie de canons par le passage de Juh.

Cette assurance me rendit un certain calme, mais pour peu de temps. Terrazas et Torres complotaient évidemment quelque chose contre nous, autrement comment expliquer la présence de tous ces soldats à Basaranca ? Un espion quelconque saurait leur montrer le chemin. Puis, je m'interrogeai sur Kelzel. Où se situait-il dans tout cela ? Que faisait-il dans ses montagnes ? Buck m'avait assuré qu'il attendait, guettant, pour les prendre au piège, les premiers fous qui se risqueraient chez lui. Buck me dit de patienter pendant qu'il allait à son poste de transmission. Tout en réfléchissant à cela, je m'assurai que mes hommes, surtout les Tarahumaras, comprenaient et savaient utiliser notre code de signaux.

Buck revint m'annoncer qu'un régiment de Chemises rouges montait à l'attaque de Kelzel du côté chihuahua, tandis que les forces de Basaranca se préparaient à attaquer ses arrières pour le prendre entre deux feux. J'en déduisis que les généraux mexicains s'attendaient à ce que Kelzel attaque les forces venant de l'est. S'il en allait ainsi, j'avais une chance de pouvoir envahir Basaranca. Mais quand je fis part de ce projet à Buck, il répliqua que c'était lui qui avait été élu commandant et que j'avais participé à l'élection.

Il reconnaissait que ma stratégie était bonne, mais m'expliqua qu'elle nous vaudrait l'hostilité du gouvernement fédéral. Et si Diaz envoyait des troupes contre nous, nous étions perdus. Il m'assura à nouveau que Greene, confident du général Diaz, protesterait auprès de lui si nos biens subissaient des dommages. Je savais que Buck prenait nos intérêts à cœur autant que les siens, mais lui répétai que je ne comprenais pas et n'aimais pas la tournure des événements.

« Tu n'as pas besoin de comprendre, Niño ! s'impatienta-t-il. Occupe-toi de tes Indiens, moi je veille au reste, comme je l'entends. Et oublie cette maudite usine de poudre – pour l'instant du moins. »

Il me suggéra de vérifier à nouveau l'état des chevaux et des selles, des mulets et des bâts, car il ne fallait pas être handicapés, au moment du départ, par un matériel déficient. Il avait raison. Ce n'était pas rien d'organiser un groupe important d'Indiens mobiles en une force militaire. Nous dûmes allumer des lanternes pour terminer le travail.

Un violent éclair embrasa brusquement le ciel, suivi de roulements de tonnerre qui nous parurent interminables.

Il me sembla, en regardant le ciel violemment illuminé au sud, que la lumière montait et descendait par vagues, vacillant entre l'ambre et le rouge sombre. Ce n'était pas l'époque des orages, et on voyait des étoiles partout. Le ciel était clair – sauf là où il semblait brûler, du côté de Basaranca, à trente kilomètres de nous.

« Qu'est-ce qui se passe, nom de Dieu ? » vint me demander Buck.

Nous avions maintes fois vu le ciel en feu. C'était, et c'est toujours, au coucher du soleil, un spectacle courant dans les collines du Sonora et de la sierra Madre. Mais je ne l'avais jamais vu la nuit, du moins sans feu.

« Buck, dis-je, je crois que c'est l'usine de poudre qui embrase le ciel comme cela.

– Peut-être, Niño. Dans ce cas, nous sommes hors d'ennui pendant quelque temps – du moins je l'espère. »

J'en doutai et éprouvai un moment de dépression. Nous n'entendions plus rien et le ciel s'éteignit petit à petit au-dessus des montagnes. Nous échangeâmes encore quelques mots avant de nous souhaiter une bonne nuit. Je rejoignis mes guerriers autour du feu de camp. Personne ne parla du tonnerre, mais tout le monde se demandait quel serait notre prochain mouvement.

Je pensai alors à autre chose : quelques années auparavant, Tom Jeffords avait sculpté un jeu d'échecs en arbousier, et il m'avait appris à jouer. Il m'avait dit : « Une fois que tu sais jouer, c'est le jeu qui t'éduque. Il t'apprendra à raisonner – à raisonner d'une façon différente. Tu verras, Ninn-yo, tu analyseras ta première idée ; tu te demanderas : si je fais cela, que va-t-il en résulter ? Et tu agiras en conséquence. »

Maintenant je comprenais. Assis devant le feu, écoutant les hommes discuter le pour et le contre d'une attaque sur Basaranca, j'imaginai le jeu d'échecs devant moi. Basaranca était la reine. Elle pouvait fondre sur nous de tous les côtés et nous capturer. Et c'est alors que je compris la stratégie de Buck : il disposait les pions autour du roi de façon à ce que, dès qu'elle tenterait de prendre un pion, la reine tombe devant le roi assiégé : en l'occurrence Kelzel. Le cavalier était Buck Green.

Aux premiers signes de l'aube, je fus éveillé par les cris d'un corbeau. Le feu couvait encore sous la cendre, et en y ajoutant un peu de bois sec, j'obtins vite quelques flammes. Les hommes émergèrent de leurs couvertures, quelques-uns en grognant et en s'ébrouant, comme si cela ne leur plaisait pas. Nous nous étions déjà occupés des chevaux et avions fini de préparer le petit déjeuner, lorsque Buck Green vint vers nous.

« Niño, je viens de recevoir un message qui va te donner à réfléchir. Les hommes qui ont accompagné la voiture, hier, m'ont appris qu'au bout de quinze kilomètres sur la route de Cananea, Eugène avait sauté de voiture et s'était enfui dans les collines. Et avant que personne ait eu le temps de réagir, il avait complètement disparu dans la montagne… Tu connais les Apaches. Ils ont emmené sa famille à Cananea et m'ont envoyé un message par héliostat. J'ai pensé que tu aimerais être mis au courant »

Je calculai mentalement : quinze kilomètres à l'ouest. De là, un bon marcheur, en coupant par le Lobo Cañon, pouvait gagner Basaranca en quelques heures. Ce brave vieux Eugène ! Il surprenait souvent son monde, mais cette fois-ci, je n'aurais pas parié quatre sous qu'il en était sorti vivant. Buck m'observait : je lui dis que j'allais faire un saut à Pa-Gotzin-Kay prévenir mon Peuple de ce qui nous attendait. Je pris cinq hommes avec moi et dis à Kasale de rester avec les autres chez Buck jusqu'à mon retour. En arrivant au rocher qui domine Basaranca, je vis qu'il ne restait de l'usine à deux cheminées qu'un grand trou noir. Des feux mouraient tout autour, à l'emplacement des maisons qui avaient brûlé. On ne voyait pas âme qui vive à des kilomètres à la ronde.

16.

1900-1902

DOULEUR APACHE

À notre arrivée à la rancheria, je fus accueilli par ma mère, Maria et Dee-O-Det. Ils m'assaillirent de questions. Cet orage qui avait ébranlé la terre et enflammé le ciel les avait beaucoup inquiétés et le shaman m'interrogea sur la guerre. Je répondis à leurs questions et calmai leurs craintes.

En entrant chez nous, Maria m'enlaça et ne voulut plus me lâcher.

« Mon ma'i, peur pour nous j'ai. Peur si toi en guerre pars, jamais te reverrai.

– Mon Oiseau d'or, je suis souvent parti en guerre et j'ai toujours été protégé.

– Peur maintenant, moi j'ai. Qu'en guerre, tu partes, je veux pas. Envoie Chee, tu peux, c'est un bon guerrier.

– Chee doit rester ici veiller sur la rancheria, mon aimée. C'est mon sous-chef.

– Me battre, je peux. Laisse-moi partir avec toi, Niño, supplia-t-elle. Une fois tu m'as dit que tu voulais toujours moi avec toi.

– Maria, je te veux pour toujours avec moi, mais je ne veux pas que tu ailles risquer ta vie dans une bataille. Si tu étais tuée, je serais réduit à rien. Sans toi, je perdrais l'esprit. Attends-moi. Quand je serai rentré, je te raconterai comment nous avons gagné.»

Ces paroles amenèrent un sourire sur son beau visage brun. Elle se mit à me taquiner, comme elle le faisait souvent, mais je la laissai, sachant que Dee-O-Det avait réuni un conseil et attendait mon rapport. Je pris ma place habituelle et n'eus pas besoin de demander le silence. Je dis aux hommes que ce que nous redoutions était arrivé, mais que la guerre ne monterait pas jusqu'à Pa-Gotzin-Kay. Il était étrange, constatai-je, que nous soyons maintenant les alliés des White-Eyes alors que nos ancêtres avaient lutté contre eux, lorsqu'ils vivaient en territoire américain. Maintenant que nous étions en territoire mexicain, nous nous battions contre les Mexicains.

Chee arriva à ce moment avec un message de Buck nous annonçant que les soldats mexicains se lançaient à la poursuite du chef Kelzel dans les montagnes. Green envoyait des renforts et emmenait avec lui Kasale et nos hommes. Le jeune Juh, le jeune Chi-hua-hua et d'autres partaient avec Tenny, ainsi que de nombreux Tarahumaras. Buck me demandait de prendre tous mes guerriers et de venir en aide aux Américains. Chee avait appris aussi, toujours par le Lookout Peak, qu'on avait vu Eugène, fils de Chatto, entrer dans Basaranca, mais qu'on ne l'avait pas vu ressortir. J'ajoutai qu'on ne reverrait plus Nakai non plus.

Je quittai ma place. Le shaman m'y remplaça pour entonner le chant qui parle d'un brave parti pour le pays du Grand Sommeil. Les tambours de guerre se déchaînèrent. Menés par Hi-okee, les guerriers dansèrent autour du feu, demandant à Usen de nous donner la victoire dans la guerre qui se préparait.

Dee-O-Det me tendit une coiffure sacrée en plumes de poitrail d'aigle : ce charme sacré devait me protéger de la mort par balle. Je mis la coiffure et informai le conseil que notre shaman nous avait assuré de sa protection contre l'ennemi et qu'il donnerait à Chee la sagesse pour qu'il puisse défendre Pa-Gotzin-Kay contre l'ennemi de notre Peuple.

Les tambours se remirent à battre lorsque je partis rejoindre notre foyer, où ma mère et Maria m'attendaient tristement. Je leur affirmai que, même si je souhaitais qu'il en fût autrement, je ne redoutais pas la guerre. Ma mère me dit que je devais accomplir mon devoir, qu'il en était toujours ainsi pour ceux qui étaient chefs. Je les assurai que nous gagnerions : le colonel Greene envoyait des hommes de la mine, Jim Grey des fusils et des munitions, et nous serions nourris par les ranchers. Je souhaitai une bonne nuit à ma mère et emmenai Maria dans notre wikiup. Je devais me lever tôt le lendemain.

Un feu brûlait dans l'âtre. Je m'assis sur une chaise fabriquée par Maria, qui s'assit par terre à côté de moi.

« Mon ma'i, dit-elle, quand chez Buck, nous sommes allés, et que la selle d'argent tu as gagné, quand était-ce ?

– Le jour du nouvel an.

– Depuis combien de temps étions-nous mariés ?

– Oh, deux, peut-être trois ans.

– Combien cela fait, deux, peut-être trois ?

– Tu me troubles, mon aimée. »

Elle soupira : « Je sais maintenant, car toutes ces années où sommes mariés, toi et moi heureux étions, et peur j'avais qu'en colère contre moi tu sois. Oublié tu as, que mariés nous avons été en 1896. Et pendant tout ce temps, t'ai pas donné de fils, moi ! »

Je n'avais jamais soupçonné pareils moments de dépression chez elle, et cette fois-ci, je ne réussis pas à la consoler.

Je finis par la calmer, mais sans parvenir à lui faire retrouver son sourire doré. Je vis que ses craintes étaient celles de toutes les femmes, craintes que leurs hommes qui partent à la guerre ne reviennent pas. Je réalisai qu'elle serait la femme la plus seule au monde si je ne revenais pas, et à cette pensée, j'eus la gorge serrée par la peur, jusqu'à ce que je me souvienne du charme du shaman.

Pauvre Oiseau d'or ! Je ne savais que dire ou faire ; il était impensable que je reste avec elle. Je la mis au lit et la tins serrée contre moi, espérant que cela la consolerait.

Je m'éveillai de bonne heure ; dès avant le lever du jour, je m'étais habillé, avais vérifié l'état de mes armes et m'étais occupé de Chelee, mon étalon blanc. Au petit déjeuner, personne ne parla. Maria avait les yeux rouges d'avoir pleuré. Je les consolai de mon mieux, ma mère et elle, leur disant que cette guerre n'allait durer que quelques jours et que nous retrouverions notre bonheur, car notre Peuple serait redevenu libre. Maria essaya de parler sans y parvenir et acquiesça de la tête.

Chee arriva au galop, l'air agité, ce qui ne lui arrivait jamais : « Buck vient de m'avertir que de nombreuses Chemises rouges s'apprêtent à attaquer Kelzel sur le flanc, le flanc gauche. Elles marchent vers le cañon de Las Chipas qu'elles rejoindront au confluent du Bavispe. Il faut que tu les interceptes et que tu les retiennes jusqu'à l'arrivée des renforts. »

La voix de Maria sembla s'arracher au ciel infini :

« Mon ma'i, si te perdre je vais, laisse-moi avec toi partir, que je meure avec toi.

– Ma petite femme bien-aimée, c'est courageux de ta part de vouloir venir avec moi – mourir avec moi, mais je ne vais pas mourir et tu ne peux m'accompagner.

– Alors, je vais mourir seule, sanglota-t-elle.

– Cima, suppliai-je, il faut que je me dépêche. Occupetoi de Maria et veille sur toi aussi. Tout se passera bien ici. »

Je partis avec quinze hommes : Hi-okee, Neo-Ot-Toden, Na-Shis-Tor ; Kersus, et Klan-O-Tay, qui étaient du même âge que moi ; et Bylas, Do-meah, Half-hand, Non-Ni-No, Al-con-Chi, Achinera, Rosanto, Lococito, Cal-I-To et Zin-Ley qui étaient plus jeunes. Nous prîmes la direction du rempart sud, obliquant ensuite vers l'est pour nous diriger vers l'arête de lave qui domine le cañon de Las Chipas.

Après trois heures de rude chevauchée, trente-cinq kilomètres peut-être, nous mîmes pied à terre sur le versant sud-est de l'arête rouge, laissant nos chevaux à la garde d'un seul homme, et munis de nos fusils, nous courûmes au sommet pour inspecter l'étroite vallée. Elle n'offrait aucun abri véritable, malgré la haie de cactus qui longeait la base rocheuse de la paroi du cañon. Un nuage de poussière rouge annonçait la venue d'hommes montés ; si l'ennemi approchait, il venait se jeter dans notre piège.

Je donnai ma longue-vue à Hi-okee pour qu'il puisse jeter lui-même un coup d'œil, puis lui montrai un éperon à notre droite. Je lui ordonnai de prendre six hommes, de se cacher derrière les cactus et d'attendre que les soldats passent devant lui. Je tirerais un coup de fusil : il devrait alors ouvrir le feu sur l'ennemi. Si quelques soldats s'échappaient, il devait les poursuivre jusqu'à l'élargissement du cañon, où il nous retrouverait. L'ennemi devait en effet inévitablement passer par là s'il voulait rejoindre le gros des troupes à la Barranca du Bavispe. Hi-okee choisit ses hommes et partit vers l'éperon.

Il fallut ensuite atteindre, et en rampant derrière les rochers de l'arête, des positions nous permettant de dominer l'embouchure de Las Chipas. Nous nous trouvions environ cent mètres au-dessus de l'endroit où devaient passer les soldats, là où le cañon s'élargissait. Et l'attente commença. La colonne approchait, à une allure normale. Les cavaliers chevauchaient à deux de front ; en tête, le commandant avait l'air arrogant de celui qui domine le monde. La distance entre eux et nous diminuait. Puis le commandant leva plusieurs fois le bras. Ses hommes mirent pied à terre, et quelques-uns allèrent boire au ruisseau. Ils se trouvaient encore hors de la portée de notre tir. Je savais que seul le fusil que m'avait offert Buck pouvait tirer si loin avec efficacité.

Nous attendîmes. Je souhaitais qu'ils se dépêchent, et en même temps, espérais à moitié qu'ils ne le feraient pas. Ils finirent tout de même par se relever, et retrouver leurs montures. Ils resserrèrent les sangles et se remirent en selle pour continuer leur lente progression vers nous. J'étais inquiet, en proie au sentiment irritant que quelque chose allait de travers. Les soldats se trouvaient maintenant juste au-dessous de nous. Je visai le commandant prétentieux, prêt à tirer. Lorsque la moitié de leur double file fut passée, je fis feu. Ce *Godo* n'aura jamais su qui l'avait abattu.

La fusillade que j'avais déclenchée fit un bruit épouvantable – et les Chemises rouges furent prises de panique. Les hommes tombaient, hurlaient, les chevaux hennissaient, et sous le tintamarre assourdissant du tir, il fallut un certain temps avant que quelques soldats se retrouvent en mesure de riposter. Ils réalisèrent alors qu'ils n'avaient pas de cible, car nous étions cachés derrière les rochers de l'arête. Une vingtaine d'entre eux se regroupèrent et tentèrent de gagner la haie de cactus juste au-dessous de l'éperon, au confluent du cañon. En passant devant Hi-okee et ses hommes, leurs rangs éparpillés subirent des pertes encore plus graves.

En cherchant à m'élever un peu au-dessus du rocher, j'aperçus du coin de l'œil quelque chose qui bougeait au loin.

Je me retournai et vis, sur le versant rouge derrière nous, Maria sur sa jument blanche s'approcher comme le vent de notre troupeau de chevaux.

« N'avance plus ! criai-je. Fais demi-tour, Maria ! »

Mais devant mes yeux horrifiés, elle tomba de cheval. Le barbe blanc vacilla, puis partit d'un trait, avec le pied de Maria pris dans l'étrier. Affolé, je me précipitai vers elle. Je vis alors son pied se dégager de l'étrier, et Maria s'affaler sur les rochers. Je me jetai auprès d'elle et lui soulevai doucement la tête et les épaules.

« Grand Usen ! Maria ! Es-tu blessée ? »

J'entendis le râle de la mort dans sa gorge et vis qu'une partie de sa poitrine avait été arrachée. J'en fus complètement aveuglé de douleur, et oubliai tout le reste.

Je la ramassai et la tins dans mes bras ; son corps était mou et sans vie. Qu'allais-je faire ? Je sentis alors quelque chose effleurer ma coiffure et entendis une grosse détonation. Dans un brouillard, je vis une Chemise rouge passer sur un cheval au galop.

J'ai dû poser Maria et attraper mon fusil, car je me rappelle la sensation de la crosse entre mes mains et la culbute du soldat tombant de selle. Je courus à lui : il gisait sur le côté. Je le mis sur le dos d'un coup de pied, plaçai le bout de mon fusil sous son menton et tirai : le fusil explosa et sa tête aussi.

Je me retrouvai tenant le corps inanimé de mon Oiseau d'or dans les bras. Quelqu'un m'aida à monter Chelee et je repris la longue piste de Pa-Gotzin-Kay dans un état d'hébétude complète.

Me voyant arriver, ma mère s'exclama : « Maria est blessée ? »

Je parvins à dire : « Elle nous a quittés pour toujours. »

« La pauvre enfant ! Je me suis aperçue de son départ trop tard. »

Le shaman vint me mettre la main sur l'épaule

« C'est le cœur lourd que je prononce ces mots : Ihidnan a rappelé son enfant dans le Grand Sommeil. »

Je portai mon Oiseau d'or chez nous et la déposai doucement sur le lit. Le shaman entonna la mélopée funèbre qui éclaire le chemin des morts vers le Monde des Esprits, là-haut dans le ciel illimité.

Je tombai à genoux, le cœur brisé. Le shaman s'agenouilla près de Maria ; il gémissait, balançant la tête d'avant en arrière.

« Oh ! Ihidnan ! Tu nous as retiré notre enfant et tu as causé à un homme une grande douleur. Nous ne te demandons pas pourquoi, mais nous te supplions de la préserver à jamais. » Il se leva, me fit un signe de tête et partit brusquement. Je savais qu'il allait préparer le lieu où elle entrerait dans le Monde des Esprits.

Assise par terre, ma mère sanglotait et gémissait, se balançant d'avant en arrière dans sa douleur. Quand je m'assis près d'elle, elle me prit le visage entre ses mains et je sentis le charbon de bois et la glaise. Elle me frottait le visage de cendre. Je vis que le sien était déjà enduit de noir, pour le deuil de notre bien-aimée.

Je n'avais pas encore admis que mon Oiseau d'or était partie à jamais. J'étais toujours à genoux, espérant que ce n'était qu'un cauchemar et que j'allais me réveiller...

Un peu plus tard, comme dans un rêve, j'entendis la voix de ma mère :

« Mon fils, le shaman arrive. »

Ce n'était pas un rêve. Hébété, je plaçai les affaires de Maria près d'elle et l'enveloppai dans une couverture. Je pris dans mes bras la pauvre Maria, l'épouse la plus digne d'être aimée, et la plus loyale qu'ait jamais connue un homme, et la portai dans la tombe préparée pour elle sous la falaise de la cache d'or.

Je descendis dans la grotte et l'y déposai doucement. Le shaman me tendit des pierres taillées selon le rite. Je plaçai chacune d'elles soigneusement, et ainsi édifiai sa tombe. Avant de poser la dernière pierre, j'embrassai ses lèvres froides en geste d'adieu.

Je ne pus en faire davantage : le shaman prit la pierre de mes mains et la posa à sa place. Je le regardai ensuite recouvrir la tombe de fine terre rouge, en murmurant les mots sacrés pour les morts. On eût dit qu'il voulait protéger, en le cachant, son bien le plus précieux. Quand tout fut achevé, debout au pied de la tombe, je lui parlai tout bas. Des mots et des pensées me montaient en foule à l'esprit :

« Adieu, mon Oiseau d'or. Adieu, ma bien-aimée. Toi partie, il ne me reste rien. Ne pleure pas sur cette courte séparation. Je te rejoindrai bientôt. Les fils et les filles, qui ne nous ont pas été accordés ici-bas, nous seront donnés dans le Monde des Esprits. Un jour de gloire proche, nous chevaucherons à nouveau sur nos chevaux blancs dans le pays des sables d'or brillant… où nous connaîtrons la paix éternelle. »

Je n'avais plus en tête que la bataille. J'y allai pour m'y faire tuer, et rapidement, mais j'emmènerais avec moi une foule de ces Nakai-Ye exécrés pour me guider hors de ce monde de larmes. J'ai dû crever sous moi mon pauvre Chelee. Je ne m'en souviens plus. En mon absence, le front de la bataille s'était avancé de plusieurs kilomètres. Quelqu'un me lança une carabine et je fonçai dans la mêlée avec le soleil couchant dans le dos. Je n'avais jamais fait le serment des netdahe, mais je me battis comme l'un d'eux – du moins à ce qu'on me raconta plus tard.

Quelques-unes des cinquante Chemises rouges avaient réussi à s'échapper dans le cañon de Las Chipas et avaient pu rejoindre le gros des forces au passage du Bavispe. Mais la bataille se déroulait à notre avantage et elle se termina peu après l'entrée de Buck Green et de ses hommes dans la mêlée. Le soir, autour des feux de camp, lorsque ma rage brûlante se fut un peu calmée, je réalisai qu'il manquait quelques-uns des nôtres : Nah-Shis-Tor, et Neo-Ot-Toden de mon groupe, Peridot et Asa des braves de Kasale partis avec les troupes de Buck.

La loi, ou la règle apache, qui interdit, à moins de circonstances extrêmes, de prononcer le nom d'une personne que l'on sait partie pour le Grand Sommeil, fut pour moi une bénédiction. J'étais trop anéanti pour ressentir quoi que ce soit Mais lorsque la jument blanche abandonnée, nous ayant retrouvés, entra au galop dans le camp, la douleur m'étreignit la poitrine. Que pouvais-je y faire ? Je dus m'endormir blotti contre les deux barbes blancs, car lorsque Buck vint me secouer l'épaule, il faisait grand jour. Devinant ce que j'éprouvais au fond de moi, il m'emmena auprès d'un bât où il prit un flacon de whisky qu'il me tendit.

« Remue-toi, Niño, dit-il rudement. Et quand tu seras prêt, emmène tes hommes au Diablo à la rescousse de Kelzel. » Je fis oui de la tête – il n'y avait rien à dire. « Prends aussi ces trois mulets de bât avec Pete, ici, ajouta-t-il, en me montrant un métis mexicain de fort petite taille. Ils sont chargés de caisses de munitions dont Kelzel aura besoin. La piste monte tout droit jusqu'au cañon du Diablo où elle s'arrête. »

Je trouvai Kelzel en train de repousser les Mexicains auxquels il infligeait de lourdes pertes. Ils battaient en retraite vers le sud-ouest. Lorsque je lui dis que j'arrivais pour prendre sa relève, ce Yaqui-Yori glacial me répondit qu'il était là pour tuer les Mexicains, qu'il les avait mis en déroute et que le diable lui-même ne l'empêcherait pas de les poursuivre. Il prit une caisse de munitions sur un mulet et partit. J'envoyai des ordres pour que les hommes viennent recharger leurs fusils auprès des mulets par équipes de dix. Les hommes une fois réarmés, je les renvoyai à la poursuite des Mexicains. Les Chemises rouges n'étaient plus, à ce moment-là à portée de notre tir. Elles battaient en retraite pour se regrouper, ou fuyaient devant l'avance implacable des Indiens[1].

Contournant les pics de la sierra Madre, nous avançâmes jusqu'à ce que la tombée de la nuit nous cachât la piste. Le lendemain, nous nous dirigeâmes vers le cañon du bas-Bavispe. Nous n'eûmes qu'à suivre tranquillement la piste, sans le moindre accrochage. Mais vers le coucher du soleil, alors qu'ils traversaient à gué, en désordre, le fleuve torrentueux, nous surprîmes une bande désorganisée d'environ cent soixante *soldatos,* menés par Batista, un des « généraux » de Terrazas[2]. Peu d'entre eux échappèrent à nos balles. Je donnai à mes hommes l'ordre de laisser les rescapés s'enfuir. Peut-être pourraient-ils, par leur triste rapport, freiner l'action de Terrazas.

Le lendemain, nous traversâmes le Naco-Zari-Oste et continuâmes notre chemin. Nos éclaireurs nous annoncèrent que les forces du Chihuahua essayaient de nous coincer entre elles et celles du Sonora. Nous traversâmes le Montezuma

1. Le récit de cette déroute des forces de Terrazas devant les Apaches, les Yaquis et les Tarahumaras est enfoui dans les archives d'État de la ville de Chihuahua ; mais, à moins d'être magicien, le chercheur n'obtiendra pas la permission de les mettre au jour. (A.K.G.)

2. La moitié des soldats qui ont servi dans l'armée mexicaine déclarent avoir été généraux.

pour déboucher dans la verdoyante vallée du San Miguel, où nous fîmes un arrêt d'une demi-journée pour donner à nos bêtes le temps de se reposer. Cela nous faisait perdre l'ennemi de vue, mais j'estimai cette pause nécessaire. Le lendemain, nous rattrapâmes le temps perdu et rejoignîmes une colonne de Chemises noires de Chihauhueno-Negreros de Terrazas. Nous eûmes vite fait de nous en débarrasser et continuâmes notre route. La nuit, deux éclaireurs vinrent nous annoncer que des hommes de Terrazas campaient à quinze kilomètres de là, vers le sud-ouest. Je choisis cinquante guerriers, et nous nous mîmes en route avant l'aube, avec l'intention d'attaquer leur camp, ou de les y encercler, afin de les empêcher de rejoindre les troupes de Torres qui arrivaient d'Hermosillo.

Nous traversions, avec le soleil dans le dos, un pays de collines, lorsque nous entendîmes au loin des coups de feu. Un éclaireur arriva et nous apprit que des Yaquis, conduits par Doroteo Arango, avaient effectué une manœuvre semblable à celle que nous projetions, et nous avaient devancés à la carrière – où des renforts étaient en outre arrivés pendant la nuit.

Les coups de feu étaient maintenant plus proches, et plus bruyants, et nous pouvions voir des fumées bleues monter des fusils ennemis. Après avoir jaugé rapidement la situation, nous contournâmes la colline par la gauche, cachés par la crête, et nous attaquâmes l'ennemi sur son flanc droit.

Mon groupe de guerriers se rua dans les rangs mexicains, fit demi-tour et chargea à nouveau. De nombreux Yaquis à pied protégeaient notre assaut par un feu nourri, tirant sur des cibles que nous, les Indiens montés, ne pouvions voir dans notre charge. Je perdis quelques hommes et bon nombre de chevaux. Les blessés et ceux qui n'avaient plus de chevaux se repliaient en courant. À mon signal, Arango, à la tête d'un escadron d'une vingtaine d'hommes à pied, fit un rapide mouvement sur le flanc ennemi, coupant la retraite d'un groupe de Chemises rouges qui tentaient de fuir le long de l'arroyo. Cette escarmouche terminée, je ne vis plus une seule Chemise rouge, mais Arango n'avait plus que dix hommes. Nous avions entre-temps regroupé nos chevaux. Après un compte rapide, nous estimâmes qu'il ne nous en restait qu'une centaine qui soient aptes au combat, alors que nos forces réunies comptaient encore cent cinquante hommes.

Un grand nombre d'entre nous chevauchant à deux, nous fûmes vite aux trousses de l'ennemi, qui battait en retraite. Sa dernière chance était de rejoindre le gros des troupes à Caborca, à environ vingt kilomètres à l'ouest, dans la vallée de l'Altar. Des masses de nuages noirs s'assemblèrent au-dessus de nous et il se mit à tomber une pluie diluvienne, ce qui nous rafraîchit, mais limita notre champ de vision. Les traces se divisaient – nous découvrîmes que l'ennemi avait réussi à s'échapper à travers les collines boisées qui bordent la large vallée de l'Altar. Nos éclaireurs mirent un certain temps à déterminer l'itinéraire exact de l'ennemi, et à s'assurer que nous n'allions pas donner dans un piège. Nos forces franchirent alors la dernière arête.

Nous nous séparâmes en deux groupes, l'un monté, l'autre à pied, et nous chargeâmes… mais dans le vide. Profitant de l'obscurité croissante, les *soldatos* s'étaient bel et bien enfuis. Nous bivouaquâmes à l'endroit le plus élevé. Notre convoi de vivres nous rejoignit, et les cuisiniers préparèrent un repas pour nos hommes fatigués et affamés. Nos médecins eurent fort à faire à soigner toutes sortes de blessures.

Arango et moi-même tînmes conseil. Pour lui, les Mexicains étaient plus que fatigués, ils avaient subi de rudes assauts et se débandaient. Ils avaient à leurs trousses non seulement nos guerriers, mais aussi ceux de Green, de Tenny et de Jemez, et le corps de troupe principal des Yaquis, dirigé par Kelzel, menaçait de les encercler. En deux semaines de combat, ils avaient subi de lourdes pertes. Me battant moi-même depuis sept jours, j'imaginais ce qu'ils devaient éprouver. De moi-même, je ne me souciais guère. Je n'étais là que pour tuer, ou être tué. Doroteo Arango et moi évaluâmes nos pertes en hommes et en chevaux, et les comparâmes à celles de l'ennemi. Il était entré en campagne avec mille cinq cents soldats bien montés ; il n'en restait que quatre cents, sans montures, les officiers exceptés. Ils avaient des armes modernes comparables aux nôtres, mais nous avions sur eux l'avantage de l'instinct et de l'obstination farouche des Indiens. On nous avait poussés au-delà de nos limites, et c'était pour nous maintenant ou jamais. Le lendemain, espérions-nous, nous les tuerions tous jusqu'au dernier.

« Ils me semblent incapables de se battre en montagne, observai-je. Ils ne savent pas choisir le terrain à leur avantage ; ils se laissent prendre en terrain découvert ; les soldats de Torres sont tout juste bons à fusiller des hommes alignés contre un mur d'adobe.

– Et le commandement est lamentable », grimaça Arango. Il savait tirer parti des fautes des autres. « Terrazas ne sait vaincre que lorsqu'il a dix chances contre une de gagner. Aussi, mangeons et reposons-nous. Nous en avons besoin. Demain matin, Tenny, Green et leurs hommes vont remonter la rive occidentale du fleuve pour arrêter les généraux avant Caborca. Les ranchers veulent capturer les chevaux du ranch de Mayotoreno, propriété d'un riche général de Torres. »

Nos cuisiniers nous préparèrent un repas de galettes, de bœuf séché et de café. La nuit, les forces de Jemez et de Kelzel nous rejoignirent. Lorsque nous eûmes fini de manger et de nous occuper des chevaux, il était minuit passé. Les nuages s'étaient dissipés, le ciel était clair et Gotchamo était pleine, d'un rouge apache. Il y avait du sang sur cette lune, qui semblait me cligner de l'œil pour me dire que les Mexicains avaient en outre commis l'erreur de lancer leur campagne par une semaine de pleine lune ! Demain serait le grand jour ! D'une certaine manière, je me sentis satisfait. Lorsque j'étais redescendu au Bavispe, je m'étais muni d'une cartouchière de vingt-huit cartouches, et il y en avait déjà six dans ma carabine. Il ne m'en restait aucune, et je savais que je n'avais pas souvent manqué mon but. J'en éprouvai un certain contentement. Le lendemain matin, je me réapprovisionnerai en munitions et passerai la journée sur le champ de bataille. Comme venait de me le dire la lune apache.

Au lever du jour, Jemez, l'air fatigué mais plutôt content, vint me trouver, accompagné d'Arango. Il semblait ignorer le départ de sa fille, ma Maria. Et je ne lui en parlai pas – ce n'était pas le moment.

D'un geste, il me désigna ma longue-vue. Je la lui tendis et le suivis vers un endroit dégagé d'où l'on dominait la vallée de l'Altar. Il étudia la région pendant un temps assez long, puis, d'un geste brusque, me la rendit. Regardant à mon tour, je vis dans la grande vallée un important groupe d'hommes, qui était évidemment le reste de l'armée du Nord du Chihuahua. Malgré les cinq kilomètres qui nous séparaient d'eux, nous pûmes voir qu'ils étaient sur le départ. Je fis signe à Kelzel et Arango de venir. Ils jetèrent eux-mêmes un coup d'œil puis lancèrent des ordres. Une minute plus tard, notre camp bouillonnait d'activité. Une bande vengeresse d'Indiens se déplace vite sur les sentiers de la guerre. Nous montâmes en selle et déployâmes nos rangs en vue de les encercler. Ceux qui étaient à pied gagnèrent en rangs serrés le rendez-vous fixé plus bas au sud, au confluent du Pitiquito. La chance les favorisa : ils encerclèrent et capturèrent une *caballada* d'environ deux cents chevaux frais du ranch Mayotoreno, tuèrent tous les *cabalgadors* et montés de frais, continuèrent leur chemin.

Un peu plus tard, nos hommes, pourvus de montures fraîches, se lancèrent contre un régiment de Chihauhuenos engagés en renfort par Terrazas. Kelzel appliqua son sens particulier de la justice à trois généraux et à une demi-douzaine d'officiers subalternes que nous avions faits prisonniers, en les fusillant, alignés le long de la rive. Il n'en tira aucune « paye fantôme » cette fois-là, mais la tête du général Luna Luz pourrait décorer son portail.

Je ne sais s'ils avaient participé à la bataille, mais le gouverneur-général Luis Torres et le général Joaquin Terrazas nous avaient échappé. C'étaient de ces officiers fuyants, de ceux qui sont toujours à la tête de leurs hommes – quand ils battent en retraite.

Pour eux, tout était terminé. Leur armée de mille cinq cents soldats, si soigneusement recrutés au cours des sept années précédentes, était désormais inhumée sans gloire dans l'Histoire[1]. Le porte-documents de Luna Luz contenait une lettre cachetée d'or et adressée à Terrazas par le président Porfirio Diaz : il écrivait que le colonel William Greene, un Américain influent, avait personnellement protesté auprès de lui, et que lui-même à son tour, ordonnait à Torres et Terrazas la reddition immédiate de tous les *revolucionarios* aux troupes fédérales[2].

1. … Et dans les « Archivos d'Indios, Ciudad d'Chihuahua ».
2. Le président Diaz envoya personnellement le colonel Kosterlitsky et son escadron de Rurales pour faire respecter l'ordre. Un double de cette affectation se trouve dans les « Sonora State Archivas » d'Hermosillo. (A.K.G.)

« Pour toi, la guerre est terminée, me dit Doroteo Arango, le lendemain matin. Mais Kelzel et moi n'accepterons la paix que lorsque la mort de Terrazas et de Torres aura mis un terme définitif à leur projet maléfique de détruire ou de prendre comme esclaves tous les Indiens. Et de plus, nous, les Yaquis, sommes loin d'être sûrs de la sincérité des proclamations de Diaz. Adieu donc, Niño. Nous te reverrons, nous, les Yaquis.

– *Bien suerte, mis amigos !* »

D'un signe de la main, j'appelai les quatre braves qui restaient de mon groupe et nous nous mîmes en route pour la longue chevauchée de retour à Pa-Gotzin-Kay. Nous y arrivâmes au bout de cinq jours, après deux semaines d'absence.

Maintenant, au souvenir de ces années qui ont précédé 1900, je me rends compte que ces quinze jours de lutte incessante me délivrèrent du traumatisme que m'avait causé la mort de Maria, le premier jour de la campagne. Je ne m'étais accordé aucun répit, si ce n'est quelques arrêts pour manger et dormir. J'avais crevé trois chevaux, et mes vêtements étaient en lambeaux. On avait tiré sur moi, on m'avait lancé des coups de pied et de couteau. Maintenant, j'en frémis encore, et il m'arrive de me réveiller en hurlant.

Rentré à Pa-Gotzin-Kay, je fis devant le conseil un rapport complet, en essayant de ne pas penser aux visages familiers qui manquaient. Nous exécutâmes la danse de la victoire – comme chaque fois que nous avions remporté une victoire sur les Nakai-Ye honnis. Mais l'esprit en était absent. Les pertes que nous avions subies en gagnant cette guerre, et la tristesse que nous éprouvions tous après la mort tragique de ma femme, firent de cette cérémonie une lamentation funèbre en l'honneur de nos bien-aimés disparus.

Ma mère, Nadina, Dee-O-Det et d'autres se montrèrent tellement attentionnés à mon égard qu'ils m'exaspérèrent. Rien ne semblait aller. J'essayai bien de travailler aux champs, de m'occuper de notre bétail, et de correspondre avec Buck Green de notre observatoire du Lookout Peak, mais tout m'irritait. Un voyage à Bisbee et une cuite prolongée en compagnie du vieux shaman me soulagèrent quelque peu. L'été finit par passer et ce fut la moisson.

Entre-temps, quelques nouvelles nous étaient parvenues par l'intermédiaire de notre système de transmission. Diaz, en proclamant la dissolution des forces révolutionnaires s'était attiré des ennemis puissants. Torres et Terrazas se réorganisaient clandestinement. Des groupes de bandits commencèrent à opérer des deux côtés de la frontière ; le vol de bétail devint une activité importante au Chihuahua, au Sonora, en Arizona, au Nouveau-Mexique et au Texas[1].

À la tête de ses Rurales, le colonel Kosterlitsky faisait du zèle. À plusieurs reprises, il vint dans les ranches recruter des hommes supplémentaires. Je me joignis une fois à l'une de ses expéditions punitives contre des voleurs de bétail. Les plaintes venaient d'Ammon Tenny. Nous encerclâmes et capturâmes dix bandits et les trois cents bêtes, de la meilleure race, qu'ils avaient volées. Mais bientôt Diaz chargea Kosterlitsky et sa compagnie d'élite de la perception des taxes dans tout le pays, et l'élevage du bétail redevint une entreprise hasardeuse ; par contre, les troupeaux personnels de Torres et Terrazas grossissaient à vue d'œil.

1. Voir *Gun Notches,* de Thomas A. Rynning, capitaine des Rangers de l'Arizona, New York, 1931. Et aussi *Cap Mossman* (des Rangers de l'Arizona), de Frazier Hunt, Hastings House, New York, 1951. (A.K.G.)

Pourtant, justice et temps semblèrent faire leur œuvre. Porfirio Diaz, probablement pour faire amende honorable, alloua à Kelzel de nouvelles terres dans les plaines du Yaqui supérieur, au Sonora. Le chef yaqui parut content. Les Opatas reçurent également des terres dont ils furent satisfaits. Le jeune aventurier Emiliano, qui ne voulait pas devenir fermier, entra chez Jim Grey. Les terres que reçut Jemez, au pied des collines rouges du Yaqui inférieur, étaient bonnes, et les Tarahumaras qui ne s'étaient pas mariés dans notre clan quittèrent Pa-Gotzin-Kay pour s'installer dans leur nouveau territoire.

Avant de partir, toutefois, le chef Jemez avait eu avec moi une conversation, où nous en étions venus aux faits. Les tribus indiennes n'attachent habituellement pas grande importance à un décès. La vie pour nous avait toujours été dure et violente, et la mort frappait souvent de façon brutale, et sans distinction de rang. Mais la disparition brutale de la fille du chef tarahumara, ma Maria bien-aimée, avait plongé nos deux tribus dans la stupéfaction. Et nous avions évité d'aborder ce sujet.

Jemez avait évidemment, d'une façon ou d'une autre, appris la mort de sa fille, et au moment de nous quitter, il *fallait* en parler – devant une cruche de whisky. Je lui racontai comment tout était arrivé, sans omettre le moindre détail, espérant ainsi alléger ma propre souffrance. Je lui dis mon rôle dans la bataille contre les *revolucionarios,* à laquelle il avait d'ailleurs pris part et dont il savait déjà presque tout. Mais comme nous buvions tout en parlant, nous nous enivrâmes de plus en plus et échangeâmes quelques remarques blessantes. Je ne me rappelle plus ce qui fut dit – et Jemez non plus, je crois –, mais notre amitié en resta toujours quelque peu altérée.

Le calme régnait à Pa-Gotzin-Kay, mais personne n'y semblait plus heureux. Nous avions rappelé tous nos braves Apaches de chez les ranchers, sauf quelques-uns qui avaient préféré rester chez eux comme employés. Un jour du début de l'hiver 1902, le colonel William Greene, le magnat de la mine de cuivre, arriva dans notre rancheria, accompagné de ses deux inséparables compagnons de voyage, Ed Massey et Red Fox, son garde du corps indien[1]. Ils restèrent une semaine. Greene exprima le désir de participer à nos fameuses chasses au cougouar et au cerf dans la sierra Madre.

Je les emmenai donc avec quatre jeunes hommes dans les monts couverts de cannelliers qui bordaient le Bavispe supérieur. Le colonel abattit vite quelques magnifiques trophées. Puis, lorsqu'ils eurent terminé leurs bagages et qu'ils s'apprêtèrent à partir, Greene me dit qu'il appréciait la façon dont travaillaient mes hommes et qu'il souhaiterait en employer davantage. Je lui répondis que je verrai si je pouvais lui en envoyer quelques-uns.

« Bon ! s'exclama-t-il. J'espère que tu viendras te joindre à nous, Niño. Ta mère, et toutes les personnes que tu voudras emmener, peuvent venir vivre avec toi à la mine même. Et tu pourras revenir ici le week-end, voir si tout se passe bien. Essaie, Niño. Je crois que cela te plairait. » Et il ajouta : « Tom Jeffords travaille maintenant pour moi comme contremaître en chef, et je crois qu'il serait heureux de partager une maison avec vous. »

Je fus content que ma mère, qu'excitait toujours le nom de Taglito, n'ait rien entendu de cette conversation. Buck nous avait invités à nouveau pour le nouvel an. Si j'ai bien

1. Il est intéressant de signaler que Red Fox, qui vit encore lui aussi, a écrit, avec un collaborateur, un livre intitulé *The Memoirs of Chief Red Fox*, publié chez McGraw Hill, New York. Il est originaire des plaines du Nord-Ouest. (N.d.E.)

compris, dis-je à Greene, Tom et lui-même seraient de la partie. Il fit oui de la tête, me serra la main et partit.

Le soir, assis auprès du feu sous le *ramada,* Chee me demanda si j'irais travailler chez le colonel. La question m'irritait. Aussi, je lui répondis que j'apprécierais un changement, mais que je haïssais l'idée de quitter Pa-Gotzin-Kay. Maintenant que le pays était pacifié, beaucoup de nos jeunes hommes et leurs femmes avaient quitté la rancheria, où il ne restait plus que quelques personnes âgées. Mais il fallait quelqu'un pour veiller sur elles. Chee m'assura vivement que Dee-O-Det et lui s'en chargeraient, et me rappela qu'ils l'avaient déjà fait.

Ma mère se leva pour remettre du bois sur le feu. Il était presque éteint et je me souvins avoir entendu dire qu'un feu mourant présageait le départ de quelqu'un pour un nouveau foyer. Je fis appeler Dee-O-Det, qui arriva si vite qu'on eût dit qu'il attendait que je l'appelle.

« Tu voudrais savoir si le Peuple approuvera ton départ chez le grand colonel ? me demanda-t-il.

– Crois-tu, si je pars, que Chee et toi puissiez vous occuper de tout ce qu'il faut faire ici ?

– Nous l'avons déjà fait, non ?

– Je le sais bien, mais je voulais te l'entendre dire. »

Je me tournai vers ma mère :

« Dois-je aller travailler chez Green ?

– Si tu nous y emmènes, mon fils, je te dis : va !

– C'est la volonté d'Usen ! » ajouta le shaman, mais il n'exécuta aucune de ses danses sauvages habituelles. Je crois qu'il n'approuvait pas vraiment mon départ.

Plusieurs jours plus tard, Chee, Ealae, ma mère et moi descendîmes vers la chaleur du ranch Verde. Dee-O-Det ne nous accompagna pas. Il nous avait dit que son sang s'était épaissi avec l'hiver et qu'il n'avait pu ramasser de feuilles de zagosti pour son tonique de shaman. Kasale (à demeure chez Buck comme courrier entre Pa-Gotzin-Kay et le ranch) et la famille de Green nous accueillirent à bras ouverts, en ce dernier jour de 1902. Quant à Buck, sans perdre une minute, il nous servit immédiatement à boire quelque chose de remontant

Le colonel Greene et sa suite arrivèrent à la tombée de la nuit. Taglito les accompagnait, ce qui réjouit beaucoup ma mère. Le colonel me pressa de répondre à son offre. Je me tournai vers Buck pour lui demander s'il redoutait d'autres accrochages avec les Drapeaux rouges ou les bandits, mais le colonel le devança :

« Porfirio Diaz est un ami sûr, et il m'a déclaré qu'il ferait immédiatement réprimer la première insurrection qui se déclencherait. À ma grande satisfaction, d'ailleurs. Je le paie 100 000 pesos par an pour l'avoir comme ami[1]. »

Je ne compris pas, à cette époque, ce que cela impliquait, mais j'aurais dû le deviner. Buck et Tom restèrent neutres. Je dis à Greene que j'acceptais de travailler pour lui ; nous nous serrâmes la main et discutâmes quelque temps des problèmes pratiques de cette décision. Tandis que la vieille année s'éteignait et que la nouvelle naissait – et l'alcool aidant –, tout le monde devint fort gai. Ayant oublié le passé, nous étions tous persuadés de vivre dans un monde heureux, où les difficultés n'existaient pas.

Le lendemain, à peine étions-nous rentrés à Pa-Gotzin-Kay, que ma mère et Nadina commencèrent à emballer leurs vêtements et les affaires dont elles ne voulaient pas se séparer ; mais je voulus aller me coucher, car rien ne pressait. Je demandai à ma mère si Taglito était la raison de sa hâte.

1. Selon Tom Jeffords, le rang de « colonel » avait été accordé à Bill Greene à titre honorifique par le président Diaz, aux environs de 1893.

« Je ne veux pas en parler », répondit-elle.

Elle rougit mais continua à préparer ses affaires, et je jugeai bon de rester désormais muet sur ce sujet. Elle agissait comme si chaque minute comptait. Je savais que, pas plus que moi, elle ne se réjouissait de quitter Pa-Gotzin-Kay. Elle voulait seulement essayer d'oublier la tragédie de la mort de Maria dont nos maisons nous rappelaient le souvenir. Pour m'éloigner d'elle et de notre wikiup, je me rendis chez Dee-O-Det, et frappai du pied à sa porte.

« Dis à ta mère que je suis malade, cria-t-il de l'intérieur.

– Ah oui », répondis-je sèchement, et je me demandai pourquoi je me donnai la peine de parler à ce vieux serin.

17.

1903-1904

LE GRAND WIKIUP

Le 7 janvier 1903, nous entrions dans Cananea avec un chaud soleil au-dessus de nos têtes. Le colonel Greene et Tom Jeffords vinrent à notre rencontre sur le pont, et nous guidèrent à travers les rails jusqu'à Ronquillo, la ville appartenant à la mine, sur le versant de capote Hill. Ils nous conduisirent à la plus grande maison du quartier. Elle comprenait six pièces entièrement meublées – avec fauteuils et autres agréments. Le colonel nous dit qu'elle serait nôtre aussi longtemps que nous voudrions y habiter. Avant de s'en aller, il demanda à Taglito de rester avec nous pour nous aider à nous installer.

Nous nous mîmes tous à décharger les mulets et à porter nos affaires à l'intérieur. Taglito et moi prîmes le temps de fumer une cigarette, tandis que ma mère et Nadina s'affairaient sans relâche. Tom me dit qu'il était déjà à Cananea depuis trois mois ; il était chargé de veiller au bon approvisionnement des magasins de fournitures. Il dirigeait un groupe de douze hommes – tous Mexicains – qu'il devait aussi empêcher de voler.

Lorsque je lui dis que j'étais seulement engagé pour suivre le colonel partout où il allait, il pouffa. J'avais été engagé, me corrigea-t-il, comme garde du corps de Greene, et c'était à moi de veiller à ce qu'il reste en vie, où qu'il aille. Greene avait beaucoup d'ennemis. Il était surnommé « Bunco Bill » et souvent menacé. Il ajouta que je n'aurais probablement jamais besoin de tirer, que mon allure suffirait sans doute à faire fuir les ennemis. Je lui exprimai mon étonnement : le colonel semblait tout à fait capable de veiller sur lui-même, et agissait comme tel. Il reconnut que c'était vrai, d'une certaine manière, mais qu'il était d'un tempérament aussi chaud que de la dynamite, et tout aussi difficile à manier. Il était assis sur le plus gros tas de minerai de cuivre connu, et il l'exploitait et le vendait au monde entier. « Le cuivre est le premier métal découvert par l'homme, m'expliqua Taglito. Il vaut au colonel de nombreux ennemis qui, d'une manière ou d'une autre, essaient de l'atteindre et de s'approprier la mine. Et c'est là que ton rôle commence. »

Plus tard dans l'après-midi, Tom nous conduisit, ma mère, Nadina et moi, au magasin et à l'intendance de la compagnie, et il nous montra comment acheter à crédit notre nourriture et tous les produits nécessaires. Puis il nous fit faire le tour de l'usine elle-même. Les treuils des puits d'extraction, des fondeurs, des broyeurs et d'autres machines assourdissantes s'étendaient sur deux kilomètres le long de Capote Hill. Il me présenta à de nombreux ouvriers, sous terre comme à l'extérieur, et aux employés des bureaux.

Je remarquai que tout le monde me dévisageait. Peut-être à cause de mes longs cheveux à l'apache. Ces hommes étaient tous chauves, ou bien portaient les cheveux courts. Les miens me tombaient sur les épaules, et j'étais encore vêtu de mes habits indiens en cuir : le colonel voulait que j'aie l'air d'un chef apache !

Nous rentrâmes à la maison par la cuisine, où un feu flambait dans la cuisinière. Nadina épluchait des pommes de terre dans un énorme évier en cuivre. Ma mère disposait de grandes galettes blanches sur un plat de cuivre qu'elle plaça dans le four, en cuivre également. Tom et moi allâmes nous installer dans le living-room, où je m'enfonçai dans le fauteuil le plus confortable du monde. Un feu pétillait dans le poêle et la pièce était chaude et confortable ; mais l'odeur du repas et du café devint si excitante, que je ne pus rester longtemps tranquille. Je me rendis à la cuisine, avec Tom sur les talons. La table était entourée de chaises individuelles, et non pas de bûches ou de grosses pierres comme à la rancheria.

Les femmes nous servirent un copieux repas de steaks, de pommes et d'oignons frits accompagnés de galettes chaudes, et apportèrent une énorme cafetière en cuivre. Elles n'eurent pas besoin de nous y inviter, nous dévorâmes comme des loups. Le repas terminé, Tom et moi retournâmes nous asseoir dans le living-room où nous nous endormîmes presque aussitôt. Lorsque je me réveillai, il faisait nuit noire et j'étais seul. Je me promenai dans la maison, où il y avait quatre lits. Trois d'entre eux étaient déjà occupés ; je pris celui qui restait. Un coup de sifflet strident me réveilla beaucoup trop tôt ; je sortis de ce lit, le plus doux du monde, pris un rapide petit déjeuner, et me dirigeai vers le bureau.

Le colonel Greene m'accueillit d'un : « Bonjour, Niño. » Puis il me déclara que j'avais l'air un peu trop sauvage pour certaines personnes, et qu'il allait m'habiller comme mon rôle l'exigeait. Tout en parlant, il se dirigea vers la porte, et je le suivis. Après avoir traversé la voie ferrée, nous entrâmes dans le magasin. Il me présenta à Ballard, le vendeur, et lui dit de me trouver une paire de ces bottes fantaisie qu'il avait fait faire sur commande. Ballard me toisa des pieds à la tête, évalua ma pointure du regard et m'en apporta une paire. C'étaient les plus élégantes que j'aie jamais vues. J'en passai une, me levai et me rassis. Trop étroite. Il m'en trouva une autre paire du même genre qui m'alla parfaitement. Remarquant mes pieds nus, le colonel demanda à Ballard six paires de chaussettes et lui dit de me donner trois ensembles de ces nouveaux vêtements Levi-Straus. Il insista pour qu'il choisisse les plus beaux, lui expliquant que Niño Cochise était un fier chef apache, qui méritait ce qu'il y avait de mieux – en tout.

Le vendeur regarda le propriétaire de la mine comme s'il était fou. Sans dire mot, il sortit d'un tiroir un mètre et prit mes mesures. Il me montra trois pantalons Levi d'une nouvelle teinte brune, des jumpers, et trois chemises de laine légère, chacune d'une couleur différente. Le colonel, qui avait remarqué que je n'en portais pas, commanda aussi trois ensembles de sous-vêtements. Il ne me manquait plus qu'un chapeau.

« Nous n'en avons aucun de convenable ici, grogna Greene… à part ces ridicules Stetson. Demain, nous t'en achèterons un vrai à Bisbee. Maintenant, Niño, file chez toi passer tes nouvelles nippes et reviens te montrer au bureau. »

J'étais aussi heureux qu'un enfant avec un jouet neuf. Je n'avais encore jamais porté de sous-vêtements ou de chaussettes, et mon impatience de les mettre était telle que je rentrai à la maison véritablement au pas de course. Les bottes et les chaussettes m'allaient bien, mais les sous-vêtements me grattaient Nadina m'examina de la tête aux pieds d'un air approbateur. Mes sous-vêtements intriguèrent ma mère et je lus dans ses yeux qu'elle les appréciait.

Je retournai au bureau où le colonel me dit :

« Tu as bien l'air que j'attendais, mais il te manque encore quelque chose. Demain nous te trouverons un ceinturon et un étui de revolver en cuir noir rehaussé, comme celui de la selle que tu as gagnée chez Buck. Maintenant, retourne au magasin demander à Ballard de te donner une veste noire. »

Au magasin, Ballard me déclara :

« Ça te donne l'air un peu trop apprêté, il ne te manque qu'...

– Une veste noire, le coupai-je.

– C'est justement ce que j'allais te dire. »

Tout en m'en cherchant une, il continua : « Mr. Greene dit que les Stetson ne valent rien. Eh bien, je vais t'en donner un, moi ! Mais d'abord, suis-moi. » Je le suivis jusqu'à la porte. « Tu vois le poteau rouge et blanc là-bas ? C'est Benny le barbier. Va lui demander de te couper les cheveux et de te préparer un bain. Après cela, je te mettrai un Stetson sur la tête, et tu diras à Mr. Greene que c'est à mon compte. »

Je me rendis immédiatement chez le barbier. Benny fit comme s'il me connaissait et m'appela par mes nom et prénom. Je l'étudiai : c'était un homme grand et gros, proche de la cinquantaine, grisonnant et presque chauve. Je lui dis que Ballard m'avait ordonné d'aller prendre un bain et de me faire couper les cheveux, mais que je voulais seulement une bouteille de cette brillantine à l'odeur lourde – et un bain. Benny me donna raison et dit que s'il avait eu des cheveux aussi longs que les miens, il en aurait été si fier qu'il les aurait laissé pousser jusqu'au nombril. Je lui assurai que je n'avais pas la moindre intention de les couper – ma mère en égalisait les bouts de temps à autre – mais qu'après mon bain, je les brosserais et les tresserais. Il emplit une grande baignoire de cuivre dans la pièce de derrière. Je me déshabillai et y entrai. Oh ! L'eau chaude et le savon parfumé !

Lorsque je sortis de la salle de bains, Benny me dit que j'avais fort belle allure. Il ajouta qu'il fallait qu'on me tienne en haute estime pour que le patron m'ait donné ce poste de confiance. Il avait lui aussi l'estime du colonel – il était chargé de le mettre au courant de toute conversation qui laissait prévoir des troubles dans la mine. J'en conclus que c'était un espion. Devant la glace, je m'enduisis les cheveux de brillantine, les peignai et les brossai. Puis je me fis une natte de chaque côté. Lorsque je fus satisfait du résultat, je fis un signe de tête et partis.

« Merci, monsieur Cochise ! » lança-t-il derrière moi.

« Monsieur » – je ne pus m'empêcher de sourire. Je retournai au magasin prendre mon Stetson, avant d'aller au bureau du colonel. Il était vide. Je m'assis et je me roulai une cigarette. Une gravure sur le mur attira mon attention. Cochise, disait la légende. C'était un portrait de mon grand-père, celui qui avait été fait sous la surveillance de Taglito, lorsqu'il était agent de la réserve chiricahua. Voilà donc à quoi il ressemblait. Il n'avait jamais été photographié. Je ne sais combien de temps je restai à le regarder mais je me retournai brusquement en entendant quelqu'un se racler la gorge. C'était le colonel Greene et son garde du corps, Red Fox.

« Tu as tout à fait l'air d'un dandy, mis à part cet horrible chapeau gris. Il ne va pas du tout. Je veux que tu en aies un vrai. Un Davis ! Tu es libre pour le reste de l'après-midi, mais demain, dès l'aube, sois prêt à prendre le train. »

J'étais déjà parti, lorsqu'il me rappela : « Niño ! » Je me retournai : « Dis à Tom Jeffords de se préparer aussi à venir avec nous demain. » J'acquiesçai et continuai mon chemin… je marchais sur des nuages. Je préparais un tour que je voulais jouer à ma mère et Nadina, qui ne me reconnaîtraient pas. Je frappai à la porte et attendis que ma mère vienne m'ouvrir.

« Pourquoi est-ce que tu frappes ? Tu ne sais pas ouvrir la porte ?

– Comment trouves-tu mon nouveau chapeau ?

– Tu t'es fait couper les cheveux ? »

Je retirai mon chapeau, et mes nattes qui étaient retenues sur le haut du crâne, retombèrent à leur place habituelle.

« Tu t'es fait tirer le portrait ? »

Nadina arriva : « T'as l'air d'un Indien de vitrine. Mais tu pues bon. »

N'ayant rien à faire de tout le reste de l'après-midi, je décidai de rester tranquillement à la maison. Mais c'était un de ces jours où les femmes du voisinage rendent visite aux nouvelles venues. Elles arrivèrent en groupe, toutes des Mexicaines, et bavardes comme des Mexicaines. Elles dévisagèrent ma mère, mais semblèrent accepter Nadina qui était habillée à leur manière. Je sortis par la porte de derrière, sellai un cheval et m'en allai.

J'errai sans but, jusqu'à un ruisseau au pied de Capote Mountain, que je contournai jusqu'à la limite sud de Ronquillo. En passant devant une maison, je remarquai une Mexicaine qui ne me sembla pas inconnue, mais qui évita mon regard. Deux enfants jouaient dans la cour et me firent des gestes de la main, comme en font parfois les enfants aux étrangers. Je me rappelai : la veuve d'Eugène. Je suivis pendant deux kilomètres une route qui me parut mener nulle part, si bien que je fis demi-tour, mais je rentrai par un chemin différent. J'étais dans l'étable, à m'occuper des chevaux et des mulets lorsque la sirène du changement d'équipe retentit. Voyant Taglito revenir, j'allai à sa rencontre. Je lui dis qu'il avait l'air fatigué, ce qu'il reconnut. Je me demandais pourquoi un vieil homme des frontières comme lui acceptait ce genre de travail – il n'avait pas besoin d'argent. Mais tout ce que je pus tirer de lui fut qu'il aimait s'occuper et qu'il se sentait trop seul à Owl Head.

Le lendemain matin, nous partîmes pour Bisbee dans le fourgon du bruyant train de marchandises. Il y avait bien soixante kilomètres par la voie ferrée en lacets, mais c'était beaucoup plus rapide qu'avec un convoi de mulets. Pendant le voyage, nous bavardâmes à bâtons rompus, mais le colonel tint à bien faire entendre qu'il lui fallait absolument un bon machiniste pour le treuil et il demanda à Tom de se débrouiller pour en trouver un, quitte à le débaucher de la compagnie Copper Queen. Le train s'arrêta brutalement sur une voie de garage à Bisbee, et nous suivîmes Greene chez Goldwater. Il m'acheta un chapeau Davis gris perle[1] – ainsi que deux colts 45 Peacemaker avec leur étui de cuir noir rehaussé, et une ceinture à deux cartouchières, ouvragée de la même façon.

«Voilà. Tu as maintenant l'allure que je te voulais, dit-il. Mon homme de prestige. Allons-y maintenant. Nous avons du travail.»

Tom se dirigea vers le hall de la brasserie Gulch où des mineurs en chômage tuaient le temps, et je suivis le colonel d'abord à la banque de son partenaire, Ben Packard, puis au bureau du télégraphe, à la poste, et enfin chez son conseiller juridique, Thomas Healy. Personne n'ennuya Greene. Nous retrouvâmes finalement Tom à l'écurie de la compagnie.

«Je t'ai engagé un homme, Bill, dit-il. Frank Lavish. Tu t'en souviens ? Je l'ai trouvé en train de se soûler au Lavender Saloon. Je l'ai emmené cuver sa cuite dans le fourgon.

– Bravo ! Ivre ou à jeun, c'est un bon ouvrier.»

Nous rentrâmes à Cananea le soir même, Lavish avec nous. Il dormit par terre, chez nous, dans la chambre de Tom. Le lendemain matin, avant la sonnerie de la sirène, nous le conduisîmes dans le bureau de George Mitchell, qui le connaissait déjà. Ils parlèrent quelque temps, puis Mitchell, qui était le surveillant en chef de nuit, dit à Lavish de

1. Bill Greene s'y connaissait en chapeaux. Ce Davis me dura de nombreuses années, mais je finis par le perdre en pariant contre un jeune homme du nom de Newsome, qui me battit aux échecs.

commencer son travail immédiatement; il l'engageait à cinq dollars par jour, un dollar de plus que la plupart des ouvriers.

La sirène retentit et il partit prendre son poste. J'allai dans le bureau de Greene. « Bonjour, Niño, dit-il. Viens, suis-moi. » Je me rendis avec lui dans une écurie rouge où se trouvaient dix chevaux au poil lustré et noir, comme je n'en avais jamais vu.

« Ce sont des Hambletonians. J'en ai vingt. Le garçon d'écurie est dans le dortoir. Va le chercher. C'est lui qui est chargé d'atteler ces deux étalons au cabriolet quand j'en ai besoin. Il y a ici un bon cheval, un étalon noir, que je veux te voir monter, avec ta selle noire. » Il me le montra. « Celui-ci, qui a comme une étoile sur la tête. C'est un Humdinger. Fais-le seller par le garçon. Nous allons tous les deux jeter un coup d'œil aux travaux de forage. »

Je secouai le garçon d'écurie pour le réveiller, puis pendant qu'il attelait le cabriolet, je sellai et montai Star-face. Il se montra rétif, sans doute parce que j'étais un étranger. Le Mexicain arriva avec le cabriolet. Greene y monta, et lança ses bêtes à vive allure. Il s'arrêta souvent, repartant toujours bon train, gardant ce rythme pendant plusieurs heures, jusqu'à ce que nous ayons fait le tour de la mine, où il inspecta tout, depuis les écuries à mulets, au nord, jusqu'à l'exploitation à ciel ouvert, à trois kilomètres au sud de La Democrata. Je chevauchai à environ dix pas du cabriolet de façon à pouvoir détecter le moindre mouvement inquiétant – après tout, je devais veiller à ce qu'il n'arrive rien au colonel.

À peine rentré au bureau, il mit hâtivement des papiers dans son porte-documents. Il semblait inquiet. Puis, fermant brusquement sa serviette, il se dirigea vers la porte de côté (moi toujours sur ses talons) où il hurla le nom d'Edward Massey. Celui-ci arriva et nous montâmes les escaliers extérieurs qui menaient sur le toit des deux étages de bureaux. Un groupe d'hommes y faisait fonctionner une station de transmission par héliostat très élaborée. L'un d'eux se mit à « chauffer » l'appareil pour appeler quelqu'un au loin, tandis que Greene et Massey, qui parlaient production de cuivre, ouvraient le porte-documents plein de papiers impressionnants.

Le colonel « parla » avec Buck Green, à des kilomètres de nous dans son ranch Verde, et avec Frank Mason, du quartier général de la Cananea Cattle Company, tout à fait de l'autre côté des Chivatera Hills. J'observai ce moyen moderne de tenir conseil avec son sous-chef et son chef de guerre, lorsque le Grand Chef voulait leur avis sur le prochain mouvement qu'il se proposait de faire. « *Mitchell croit que le filon est épuisé… Je veux en savoir davantage… Je sais mieux… Il faut que j'aille à New York…* »

Quand il fit trop sombre pour continuer à émettre des signaux, Greene rentra dans sa maison de la colline, me donnant ainsi congé pour la journée. Je m'étais arrêté pour prendre une bière en vitesse au Copper Room, et je me trouvais encore à mi-chemin de chez nous, quand je le vis sortir précipitamment de chez lui, sans escorte, sa serviette dans une main et une valise dans l'autre, et se diriger vers le hangar des trains. Il monta dans une locomotive déjà sous pression. Un coup de sifflet retentit, et elle démarra, traînant deux wagons. Il y eut un second coup de sifflet : Greene partait en cahotant pour Bisbee.

Je trouvai étrange qu'il parte ainsi de nuit sans rien dire – mais j'allais bientôt comprendre ! La journée avait été longue et je rentrai à la maison. Ne la trouvant pas éclairée, je lançai un « whoop » de guerre apache. « On t'a entendu », cria Tom de la cuisine. Ma mère me tendit une assiette de ragoût réchauffé, et tout en mangeant, je leur racontai le départ du colonel. De son côté, Tom avait entendu courir le bruit que le minerai de Cananea était épuisé, et que le vieux Bill essayait de réunir de l'argent pour continuer les recherches sans avoir à hypothéquer sur ses autres propriétés. Telle était donc la raison de sa précipitation. Il voulait trouver un financement.

Je mangeais le maïs lorsque nous entendîmes à nouveau un coup de sifflet et le bruit d'une locomotive qui s'arrêtait contre le quai de chargement. Je sortis sur le porche voir ce qui se passait, et je vis Greene sauter de la cabine de la locomotive et se précipiter dans son bureau, où je le rejoignis en courant. J'entendis Greene dire à George Mitchell qu'il avait oublié d'emporter les actions de la compagnie qu'il voulait vendre à New York. Mitchell qui possédait un quart des intérêts de la mine de cuivre, s'exclama alors :

« Mais, Bon Dieu, comment allez-vous vendre des actions alors que le minerai est épuisé ?

– Qu'est-ce que cela peut faire ? Écoute seulement bien ce que je te dis. Quand je t'enverrai un télégramme... Non, attends... D'abord, réunis autant de chariots de minerai que tu peux en gratter. Puis, quand tu recevras mon télégramme, mets les fonderies en marche. Je m'occupe du reste. » Puis me montrant du doigt : « Toi aussi, je t'avais oublié... Saute dans la locomotive – avec les revolvers et tout le bastringue... »

Surpris – j'étais heureusement encore habillé – je suivis Greene qui se dirigeait au pas de course vers sa locomotive. Il lança par-dessus son épaule : « Mitch, je suis sûr qu'il y a beaucoup de minerai dans la Capote Mountain, trouve-le. »

Après un coup de sifflet plus strident, le train démarra. Nous étions en route pour New York, où, apparemment, le colonel voulait vendre des actions d'une montagne de minerai qui n'existait peut-être pas.

Le lendemain matin, alors que nous regardions défiler le paysage aux approches de El Paso, le colonel eut brusquement une idée. Il me donna un coup de coude dans les côtes : « Viens. On descend ici ! »

On ne s'ennuyait pas une minute avec cet homme !

Nous descendîmes, et sans perdre une seconde, nous nous rendîmes dans un atelier de gravure et d'imprimerie. Il y fit tirer un prospectus, imprimer des cartes et des certificats. Sur les cartes, il indiqua les endroits où l'on supposait la présence de minerai, bien que rien dans le rapport des ingénieurs n'en ait laissé supposer l'existence. Cette plaisanterie nous demanda un jour et une nuit. Puis nous prîmes le Sunset Limited qui nous emmena directement à New York.

Nous prîmes une voiture pour aller jusqu'à l'hôtel, le Waldorf-Astoria. C'était un wikiup géant, où l'on n'avait pas besoin de se courber pour passer les portes. Greene me dit que plus d'un millier de personnes y habitaient et y travaillaient. Après avoir protesté auprès du réceptionniste au sujet du prix, il signa le cahier : « Colonel Greene et N. Cochise. » Il avait loué une suite[1] de trois pièces luxueuses avec une baignoire en marbre. Il me dit qu'il fallait être prudent dans l'Est et m'ordonna de ranger les revolvers dans la commode, mais aussi de ne pas le quitter d'une seconde et de menacer ouvertement quiconque le regarderait de travers. Lorsqu'il m'emmena dans quelques endroits chics, j'en fus tout excité. Nous allâmes d'abord dans un énorme magasin, où il s'acheta cinq boîtes de nouveaux vêtements, et un Derby gris perle, un Davis. Je le suivis ensuite dans un autre magasin, Abercrombie & Fitch, où il m'acheta une veste en peau d'élan, qui sentait propre alors que la mienne avait gardé son odeur.

1. Niño s'amuse à dire *sweet* (doux) pour « suite ».

Mais je n'aimais pas New York. Trop de grands buildings, de froid, de fumée, et de *Goddammies.* Tout le monde semblait heureux sans l'être. Les gens ne souriaient qu'après avoir pris notre argent, de l'or de préférence, ou tout ce qu'ils pouvaient nous extorquer. Je suivis le colonel dans des bureaux ou des soirées, et je montais toujours la garde. Il connaissait bien la ville. Les hommes ne me regardaient jamais dans les yeux ; à part quelques regards furtifs, ils m'ignoraient. Mais pas les femmes – elles essayaient d'accaparer cet Apache. Une petite personne mince, aux cheveux de la couleur de ceux de la Femme de Holos, essaya de passer ses doigts dans mes tresses. Cela ne me plut pas. Je lui expliquai donc que les Indiens, qui ne se lavent jamais les cheveux, n'ont pas de pellicules. Elle me renifla, et s'en alla le nez en l'air. Huuh !

Bien que sans argent pour sa compagnie, le colonel jetait la poudre aux yeux. Nous passâmes dix jours à New York. Il offrit des cocktails et des dîners à tous les éventuels financiers (mais au brandy et aux huîtres au four, je préférais de beaucoup le ragoût de venaison de ma mère et le Délice du shaman). Grâce à son prospectus d'El Paso, il réussit à intéresser quelques richissimes personnages – dont un financier, James Costello. Le cuivre était le grand sujet de conversation de la bourse et ce mot magique suffisait généralement à attirer l'attention de ceux qui avaient de quoi investir.

Lors d'une soirée au champagne (qui ne valait pas celles au whisky de chez Buck), le colonel annonça que sans demander le moindre engagement de personne, il emmenait tout le monde à Cananea, au Mexique, dans son pullman particulier. Ses invités verraient ainsi de leurs propres yeux où ils avaient le privilège de placer leur argent. Le colonel Greene[1]

1. Le *New York Time* publia un article où on l'appelait le roi du cuivre.

n'avait pas de pullman particulier, mais cela ne le gêna pas le moins du monde. Il loua des voitures, fit écrire en lettres de cuivre CANANEA sur les côtés et y donna un dîner. Cette stratégie impressionna son monde et incita ceux qui s'étaient d'abord montrés réticents à accepter ce voyage gratuit à l'autre bout du continent.

À Bisbee, en Arizona, où les deux pullmans furent détachés du Sunset Limited, Greene ordonna aux ingénieurs de sa propre compagnie d'être « bougrement prudents » en remorquant jusqu'à Cananea ces deux énormes voitures sur la voie ferrée défoncée de la mine. Pour cette dernière étape de notre voyage, j'arborai mon plus beau sourire. Sachant que les derniers cinquante kilomètres seraient les plus éprouvants, Greene avait eu la prévoyance d'apporter des bouteilles supplémentaires de liqueurs variées – ainsi qu'un assortiment de revolvers pour que ces « citadins policés » puissent « se défendre au cas où quelques sauvages Apaches feraient un raid ».

Au fur et à mesure que nous approchions de Cananea, Greene, malgré son caractère entreprenant, se laissait gagner par l'inquiétude. Si jamais Mitchell et Massey n'avaient pas trouvé le moindre minerai et que la fonderie était arrêtée ? Mais ses craintes se dissipèrent lorsqu'il vit la fumée crachée par les grandes cheminées. « Mitch a dû recevoir mon télégramme juste à temps. J'ai joué au bon moment ! » me dit-il en aparté.

Nos hôtes de marque descendirent du pullman et le colonel prêta sa main aux dames, surtout à Hetty Green (sans relation avec sa famille) que semblait impressionner cette industrie florissante de l'Ouest sauvage, dont le gardien était un chef apache ! Bien avant d'arriver à Bisbee, j'avais laissé retomber mes nattes sur les épaules et remis à mon ceinturon mes revolvers de parade.

Ces gens de l'Est furent fascinés par la fonderie, les broyeurs et les convertisseurs en pleine action, vers lesquels le colonel avait choisi de les emmener. Comme d'habitude, je le suivais. Le colonel lui-même était fort étonné. La mine marchait à plein, les hommes s'affairaient partout et aucun d'eux ne semblait remarquer la présence des visiteurs. Greene appela un ouvrier :

« Hé ! Va me chercher Mitchell. Vite ! »

L'homme partit immédiatement. Apercevant la silhouette de Massey qui se démenait çà et là, je l'appelai. Greene ne put se contenir davantage. Il tira Massey à l'écart et lui demanda : « Bon Dieu, Ed, que se passe-t-il ?

– Qu'a-t-il l'air de se passer ? »

George Mitchell apparut avant que Massey n'ait eu le temps d'en dire plus.

« Tu veux me voir ? demanda-t-il avec un sourire en coin.

– Bon sang, je veux savoir ce qui se passe ! D'où vient tout ce minerai ? On dirait que tout tourne à plein.

– Comment aurait-il pu en être autrement ? »

Les invités, absorbés par toute cette activité, ne risquaient guère d'entendre leur conversation, mais Greene baissa tout de même la voix pour dire à Mitchell de s'occuper d'eux pendant que Massey lui expliquerait ce qui était arrivé. Je suivis le colonel qui se hâtait vers son bureau.

« Ce que vous voyez n'est pas du bidon, Bill. C'est du vrai ! dit Massey. Nous avons bel et bien trouvé une montagne de minerai de haute teneur en cuivre. »

Le colonel s'étouffa presque : « Grand Dieu ! » Il ne put rien dire d'autre.

« Nous nous trouvons pile au-dessus d'un énorme gisement de minerai.

– Je le savais ! lâcha finalement le colonel. Je l'ai toujours su ! Je n'ai cessé de vous répéter, à toi et à Mitch, de prendre la perforatrice diamantée et de forer.

– Ouais ! Reste plus qu'à creuser et extraire », ajouta Massey radieux.

Poussant un gros soupir, Greene ressortit de son bureau pour aller rejoindre Mitchell et escorter les invités vers les voitures, plus confortables que l'hôtel de Ronquillo, où il devait avoir une dernière réunion avec eux[1].

Je rentrai chez nous. J'en avais assez de ces gens de l'Est. Tom me rattrapa au moment où je traversais la voie ferrée. Je lui fis un résumé des exploits de Bill Greene à New York. Nous étions heureux de la tournure qu'avaient prise les événements ; Tom me dit que Cananea était désormais une opération sûre, que n'affecteraient plus les variations de prix du cuivre dans le pays ou à l'étranger. Et il prédit une grosse augmentation de salaire pour tous les contremaîtres et ouvriers spécialisés. Ma mère m'appela de la fenêtre de la cuisine, exactement comme si je ne l'avais pas quittée pendant ces trois semaines. Et moi qui avais sur le dos ma nouvelle veste de chasse en peau d'élan !

Le lendemain, alors que Tom et moi nous rendions au bureau, je lui dis :

« Je n'arrive pas à comprendre Greene. À New York, je n'ai rien fait d'autre que de le suivre comme un petit toutou. Mes revolvers et moi nous ne sommes là que pour la parade. Je n'ai vu personne le menacer, ne serait-ce que du regard. Il n'a pas plus besoin d'un garde du corps que moi

1. Tout homme d'action et d'entreprise qu'il fût, Bill Greene, le « découvreur » de Cananea, n'avait pas préparé sa campagne publicitaire. Ses riches invités de l'Est étaient arrivés à Cananea, avaient investi d'énormes sommes d'argent dans le cuivre et étaient déjà repartis pour Bisbee où ils changeaient de train, avant que la *Bisbee Review* et les *Bisbee News* liés à la Copper Queen n'aient eu vent du nouveau succès du roi du cuivre. Le gisement de Cananea est aujourd'hui encore largement exploité. (A.K.G.)

d'une rage de dents. Quant à lui, il ne va même pas jusqu'à charger un revolver ! Alors ?

– C'est une histoire compliquée, Niño, mais puisque tu as abordé le sujet, je vais te raconter ça avant qu'il n'arrive. Tu te rappelles notre passage à Tombstone, il y a environ dix ans ? J'ai demandé au barman où en était l'affaire du grand Bill Greene et du juge Jim Bumett.

– Euh, oui. »

Et Tom me raconta comment, en 1881, le juge Jim Bumett avait dynamité le barrage de Greene sur le San Pedro, provoquant ainsi une inondation où sa fille aînée, Helen, et une autre fille, avaient été noyées. Bill avait tué le juge d'un coup de revolver. Il plaida le cas d'homicide justifié, et fut acquitté. Mais sa conscience devait le tourmenter, car son attitude changea, et il se jura de ne plus jamais avoir recours à la violence. Depuis, il ne touchait plus à aucun revolver, mais continuait à se faire des ennemis.

Bill Greene, de toute façon, n'était pas homme à perdre. Quelques mois passèrent, pendant lesquels sa production de cuivre augmenta considérablement, ce qui améliora beaucoup son humeur. Et la mienne aussi – il le fallait bien, ne serait-ce que pour être à l'unisson avec lui. J'en étais venu à l'admirer et à me sentir lié à lui. Nous fîmes un second voyage à New York, cette fois-là en emmenant Ed Massey, qui savait tout sur le cuivre, et pouvait discuter avec les actionnaires. Le colonel loua quelques pièces au Waldorf-Astoria pour en faire un pied-à-terre permanent, et créa un bureau à Wall Street. D'après les rumeurs, il était devenu multimillionnaire.

Un lundi matin, à Cananea, pas encore remis de la cuite que nous avions prise pour le mariage de Nadina avec Frank

Lavish, le samedi soir précédent, Tom et moi nous trouvions dans les bureaux à ne rien faire. Le pas alerte du colonel se fit entendre sur le passage en bois. Il nous fit un signe de tête, entra dans son bureau particulier et claqua la porte. Le mariage de Nadina m'avait fait éprouver quelque nostalgie de Pa-Gotzin-Kay, dont je recevais pourtant des nouvelles de temps à autre, et où tout allait bien. Je demandai brusquement à Taglito s'il aimerait monter avec moi à la rancheria. Ses yeux s'illuminèrent et il fit oui de la tête. Je me précipitai alors dans le bureau privé du colonel et lui dis que Tom et moi désirions aller passer quelque temps à Pa-Gotzin-Kay. Il me répondit que nous avions droit à quelques jours de congé, et que Red Fox et Quint me remplaceraient pendant une semaine. Mais il tenait à ce que nous soyons de retour au bout de huit jours… Les choses marchaient trop bien pour que ça dure.

Tom et moi rentrâmes chez nous. Ma mère, fidèle à son passé de femme de guerrier, tenait toujours prêt un sac de toile plein de bœuf séché, de farine, de café, de sel, etc., juste en cas ! Elle m'envoya chercher les chevaux en me recommandant d'attacher ce sac à sa selle, puis demanda à Taglito d'écrire un mot pour Nadina et Frank, qui étaient partis en voyage de noces.

Nous montâmes par le sentier le plus court, mais aussi le plus rude, et dressâmes notre premier camp au cañon du Naco-Zari. Ma mère nous prépara un léger repas après lequel nous nous assîmes autour du feu, à fumer et à écouter le bruit de la pluie. Puis Tom se leva pour se dégourdir les jambes, en maugréant qu'il n'était plus aussi jeune qu'avant. Nous nous enroulâmes alors dans nos couvertures et, sous l'abri de broussailles que nous avions dressé, nous nous endormîmes presque aussitôt.

Au petit déjeuner, le temps était encore couvert, mais il ne pleuvait plus. Nous nous mîmes en route peu après le lever du jour et atteignîmes le *vado* du Bavispe Bend le soir même. Le lendemain matin, regardant Basaranca au-dessous de nous, nous vîmes l'aire noircie où s'était autrefois dressée l'usine de poudre. Une heure après environ, un cri apache interrompit notre dure montée vers la rancheria de Chi-hua-hua :

« *Shis-Inday ! Shis-Coza-Iria ! Shis-Taglito !*

– On te croit encore le chef ! » dit Taglito en riant.

C'était le garde de la piste. Nous ne le voyions pas, mais entendions les sabots de son cheval à travers les épais fourrés et les rochers qui longeaient le sentier. À notre arrivée, tout mon Peuple alerté était réuni pour nous accueillir. Mangas-Chee commença par me dire :

« Nous croyions que tu nous avais oublié ! »

Je lui pris la main et répondis : « Comment l'aurais-je pu ? Je n'ai été absent qu'une année. Je dois reconnaître que je me suis senti seul. Vous avez tous l'air d'aller bien. »

Tout est calme ici, m'informa-t-il. Il avait chargé quelques hommes de chercher du métal jaune, comme je le lui avais demandé, mais ils n'avaient rien trouvé. Il avait laissé partir deux hommes au ranch Verde, et deux autres au ranch de Tenny. Et, ajouta-t-il avec un orgueil évident, lui et les hommes qui restaient s'étaient acquittés à eux seuls de tout le travail de la rancheria.

Ma mère, qui était toujours la Reine, était très entourée. Elle se lança aussitôt dans la description de notre maison de Ronquillo et du confort moderne, pendant que Tom cherchait une cafetière et finissait par en découvrir une. Le vieux shaman était intarissable sur le dur travail accompli dans les champs. Il m'apprit qu'il y avait du fourrage en abondance pour le bétail. Il se sentait fort, m'assura-t-il, même si parfois il était triste, et il m'invita à venir boire du café chez lui. Taglito et ma mère se débrouillant bien sans moi, je le suivis. Dee-O-Det m'interrogea alors sur ma nouvelle vie et la façon dont elle s'insérait dans celle à venir. Il était un des rares Apaches à songer à l'avenir. Je lui décrivis brièvement ma vie chez les Blancs, en ne lui parlant que des nombreux bons côtés. J'ajoutai que je suivais des cours à temps partiel, et lui demandai :

« As-tu eu des nouvelles de Jemez ?

– Il pleure toujours la perte d'une fille et d'un fils.

– Je regrette de ne pouvoir le voir. Dis-lui que je le considérerai toujours comme un père.

– C'est bon. Je le lui dirai. Cela lui fera plaisir. »

Il me parla de la vie paisible de Pa-Gotzin-Kay. Il se fiait à moi pour la maintenir ainsi. Il me fit part des doutes qu'il avait souvent éprouvés mais qui s'étaient dissipés, plusieurs lunes auparavant, lorsque les Esprits l'avaient conseillé. Et c'est d'un air serein qu'il me dit qu'il irait se reposer plus tard auprès des Ancêtres après son départ pour le Grand Sommeil.

« Tu n'es pas encore prêt à partir pour le Grand Sommeil !

– Non – il me reste encore beaucoup à faire avant de pouvoir me reposer. »

Comme j'avais cru qu'il se préparait à m'annoncer son départ, cette réponse me rassura. Pour changer de sujet, je lui dis que Nadina s'était mariée avec un Blanc et qu'elle était très heureuse. Il réfléchit quelques instants sur cette nouvelle, puis lui aussi se sentit heureux. Il se leva d'un bond et entra dans l'une de ses fameuses danses chantées. Puis, après avoir ainsi rendu hommage à un bon présage, il se rassit en riant.

Chee et Ealae nous invitèrent à dîner. Après le repas, nous nous rendîmes tous au feu du conseil, et je rapportai ce que j'avais fait à Cananea. Je leur racontai mon voyage à New York, mais sans entrer dans les détails.

Tous les jeunes voulaient devenir ouvriers à la mine de cuivre. Je leur dis que je les enverrais chercher s'il y avait besoin d'hommes supplémentaires, mais que je ne pouvais imaginer un Apache mineur. Il existait bien d'autres travaux plus intéressants que celui de piocher profondément enfoui sous terre. Les jeunes femmes s'intéressaient au mode d'habitation. Je leur décrivis la différence entre un wikiup et la maison d'un Blanc. Les hommes voulaient savoir quel était le salaire et ce que la paye quotidienne leur permettrait d'acheter. Chee se leva alors brusquement et demanda à être entendu. Je lui fis signe de parler.

« J'ai failli oublier, dit-il précipitamment. John Slaughter m'a remis une lettre pour toi. Je vais aller la chercher. » Il courut la prendre dans sa cabane.

C'était une lettre de l'ancien chef de soldats, Theodore Roosevelt, ce qui m'étonna. Il était devenu président des États-Unis. Elle m'était adressée, et était datée de plus d'un mois auparavant. Il y était indiqué de me la faire transmettre par John Slaughter[1]. Jointe à sa lettre, en était une autre, adressée à l'intendant général de la Carlisle Indian School de Pennsylvanie, et par laquelle il lui demandait d'admettre comme étudiants Niño Cochise et trois autres personnes de son choix. Je lus la lettre à haute voix et demandai aux membres du conseil qui voulait aller à Carlisle pour y recevoir l'enseignement des Blancs. Personne ne répondit. Après un temps de silence pendant lequel je réfléchis à la question, nous votâmes que nous n'irions pas à Carlisle.

Dee-O-Det, Taglito, Chee, ma mère et moi nous réunîmes ensuite autour du foyer de ma mère pour boire un café bien serré... Chee me parla des affaires de la tribu et de l'amélioration de son système de transmission. Plusieurs semaines

1. Cette lettre disait entre autres que son rôle n'était pas facile, et que sa vie actuelle ne ressemblait pas à celle que nous menions et qu'il espérait retrouver un jour. Et il ajoutait qu'après avoir suivi les indications données dans la lettre jointe, il fallait que j'aille lui rendre visite à Washington.

auparavant, il était allé au ranch San Bernardino, et John Slaughter lui avait demandé l'aide des Apaches Mansos pour retrouver du bétail que l'on supposait volé. Chee et ses hommes avaient en effet retrouvé plus de deux cents têtes de bétail dans une prairie cachée par des rochers dans le mystérieux cañon de Los Embudos. Depuis, Slaughter voulait que ces Mansos de confiance l'aident à rassembler son bétail.

Dee-O-Det partit dans sa cabane chercher un peu de whisky. Pendant son absence, Chee me suggéra de l'emmener quelque temps à Cananea ; il pouvait se passer du shaman et ce changement lui ferait du bien. Bien que l'idée ne me plût guère, je demandai à Taglito son avis. Il me répondit que ce ne serait peut-être pas une mauvaise chose, et ma mère accepta avec empressement de recevoir le shaman pendant une semaine. Quand celui-ci revint, avec un quart de whisky à moitié plein, je lui demandai s'il voulait descendre avec nous à Cananea y voir de ses yeux ce qu'il y avait à voir.

« J'allais justement vous demander si je pourrais vous rendre visite un jour.

– Tu ne trouveras pas les Blancs très drôles. Les Nakai-Ye nous ressemblent par certains aspects, mais les Pinda-Lick-O-Ye ne ressemblent à personne, si ce n'est l'un à l'autre.

– Bon. Je suis content de cette idée. Le moment est peut-être venu pour moi d'apprendre enfin quelque chose dont j'ai toujours soupçonné l'existence. »

Nous rentrâmes à Ronquillo quatre soirs plus tard. Nadina – devenue Mrs. Frank Lavish – nous accueillit et nous aida à installer Dee-O-Det de façon à ce qu'il se sente chez lui. Le lendemain matin, lorsque Tom et moi nous nous présentâmes au bureau, le colonel Greene, levant les yeux de ses papiers, nous dit :

« Eh bien, vous voilà revenus ! Tant mieux. Un autre treuil vient de se casser et il nous faut un bon mécanicien. Tom, vois ce que tu peux faire. Niño, reste avec moi. »

Je suivis cet homme infatigable toute la journée. Toute la mine de cuivre était une ruche bourdonnante d'activité, en plein développement – sur et sous terre. Greene voulait qu'il en soit ainsi. À peine une pièce était-elle cassée qu'il était sur les lieux de l'incident.

C'était le moteur du treuil du chantier d'extraction numéro trois qui avait cédé. Tom et Lavish l'avaient réparé à midi, mais avaient dû prendre une magneto sur un autre moteur dont le piston était cassé. L'augmentation de la production exigeait beaucoup des machines et le stock des pièces détachées était presque épuisé. Tom et Lavish vinrent au bureau dire qu'ils devaient aller acheter des pièces de rechange à Bisbee. Le colonel leur donna son accord et dit qu'il irait avec eux le lendemain.

Dès notre arrivée à Bisbee, Greene fit charger par les employés du chemin de fer des rails et du matériel de rechange sur des wagons à plate-forme. Il resta près d'eux « pour s'assurer que ces *hombres* ne lui chipaient rien ». Plus tard, alors que nous nous trouvions tous les quatre dans le bureau du télégraphe, un Blanc de très haute taille entra. Après de cordiaux « Salut Bill ! » et « Salut Tom ! », Greene et le nouvel arrivé se serrèrent la main. Leur conversation montrait que les deux hommes, ainsi que Tom et Frank Lavish, se connaissaient depuis longtemps. Greene me présenta : « Tom Rynning, voici Niño Cochise – le petit-fils du vieux Cochise. »

Tom Rynning, capitaine des Rangers de l'Arizona depuis sa nomination le 1er septembre 1902 par le président Theodore Roosevelt, me dévisagea et taquina Greene ; cela lui ressemblait bien d'engager des Apaches. Puis il lui proposa de me débaucher. Il avait besoin d'un bon éclaireur apache de ce côté-ci de la frontière. Greene, toujours à l'affût d'un avantage à gagner, lui répondit qu'il me laisserait bien travailler trente jours chez lui si Rynning lui garantissait la protection américaine au sud de la frontière.

Les deux hommes se mirent alors à discuter. Je ne me souviens pas de toute leur conversation ; en tout cas, elle se termina par l'envoi d'un télégramme à Magdalena, au colonel Kosterlitsky. Le message devait ensuite être transmis au quartier général des Rurales à Hermosillo. Je ne sus jamais ce qu'il contenait, mais, visiblement, les deux hommes étaient d'accord. Puis Rynning serra la main de tout le monde et partit. Nous allâmes alors tous les quatre prendre un léger repas dans le restaurant voisin, puis nous nous rendîmes à la gare des marchandises. Les pièces commandées avaient déjà été chargées, et la locomotive attendait, sous pression. Nous nous engouffrâmes dans le fourgon et reprîmes la direction de Cananea.

Nous arrivâmes tard. Tom, Frank et moi trouvâmes ma mère et Nadina, solennelles comme des juges, assises à la table de la cuisine, essayant de jouer aux échecs… Ne voyant pas Dee-O-Det, je m'enquis de lui.

« Oh, il est reparti pour Pa-Gotzin-Kay, répondit ma mère. Il s'est rappelé qu'il avait un message à transmettre à Jemez. »

Je me souvins alors lui avoir demandé de dire à Jemez que je le considérerais toujours comme un père, ce qu'il avait accepté de faire. Ce n'était de ma part qu'une remarque faite en passant, mais le vieux shaman l'avait interprétée comme un ordre. Il l'avait oublié à cause de notre voyage à Cananea, mais s'en était subitement rappelé ensuite. Je songeai en moi-même : un Apache tient sa promesse quelle qu'en soit la difficulté, mais un Blanc n'en fait sans doute pas autant.

18.

1905-1920

LA TERRE ROUGE

À l'approche du mois de janvier 1905, le colonel Greene avait organisé chez lui les festivités qui se déroulaient habituellement chez Buck Green, au ranch Verde. Buck et Kasale étaient de la partie. Pendant les fêtes, Kasale me dit que Dee-O-Det était bien rentré à Pa-Gotzin-Kay, mais qu'il en était reparti presque aussitôt. Il n'avait pas eu de nouvelles depuis, il devait donc aller bien.

Ma mère et moi n'en fûmes pas moins inquiets au sujet du vieux shaman. Il nous avait quittés depuis un mois, en plein hiver, et cette absence inexpliquée était étrange de sa part. J'obtins du colonel Greene une semaine de congé, et repris avec Buck et Kasale le chemin du ranch Verde. Nous nous séparâmes au gué du Naco-Zari, d'où je pris la direction des Carrizo Springs, sachant que, s'il revenait vers Cananea, Dee-O-Det ne prendrait pas le rude raccourci de Mututi à Chivatera.

Lorsque j'arrivai aux Carrizo Springs, il faisait sombre et froid, et j'étais fatigué. Je choisis dans un bosquet de *madroñas* un coin où camper, puis dessellai mon cheval et l'entravai pour qu'il puisse brouter. J'allumai un petit feu, et essayai de m'installer confortablement. J'avais oublié d'emporter de quoi manger, mais avais heureusement sur moi un sac encore presque plein de tabac Bull Durham et du papier à cigarettes, si bien que j'attendis la nuit en fumant – et en réfléchissant.

Cela faisait deux ans que je travaillais pour le colonel Greene. J'avais en outre fait des voyages avec Tom Jeffords et Buck Green qui m'avaient donné l'occasion d'entrer en contact avec d'autres Blancs. Cependant, plus je vivais avec eux, moins je les comprenais. J'avais confiance en Tom Jeffords et en Buck Green, mais en aucun autre. Je me méfiais du colonel – beaucoup trop rapide pour moi – et mes voyages avec lui à New York et autres endroits m'avaient révélé les incohérences de son caractère. Pourtant, j'admirais sa personnalité. C'était un homme généreux et entreprenant, qui s'était mis en quatre pour nous aider, ma mère et moi, et qui m'avait accordé deux augmentations importantes. Si bien que j'économisais la majeure partie de mon salaire. J'avais été engagé à cent dollars par mois et en touchais maintenant deux cents. Ces économies, ajoutées à ma part des barres d'or cachées dans la grotte de Pa-Gotzin-Kay, me permettraient d'envisager, maintenant que la législation en vigueur sur le territoire avait été assouplie, l'achat d'un petit bout de terrain en Arizona.

Les Blancs sont vraiment étranges, songeai-je. Leur langue est fourchue, leurs pensées sont décousues, et ils ne se font pas confiance mutuellement. Ils font aux autres ce qu'ils ne voudraient pas qu'on leur fasse, et quand ils le font, ils le justifient. Ils croient ainsi se disculper. Ils simulent pour vous impressionner. Je ne prétends pas être autre que ce que je suis, mais s'ils ne peuvent être honnêtes avec eux-mêmes, qu'ils aillent au diable !

Même Taglito semblait parfois raisonner comme eux. Pourtant, il arrivait à ce vieux sage de me couper le sifflet, lorsqu'il me montrait mes « lacunes ». Je ressentais le besoin de quelqu'un qui me réponde simplement. Il n'y avait qu'une personne au monde capable de le faire – mon vieux shaman. Je parlerai avec lui lorsque je l'aurai trouvé. J'étais ainsi assis seul devant le feu, lorsque mes pensées furent brusquement interrompues.

« Ha ! Tu réfléchis. »

Levant les yeux, je vis dans la lumière des flammes mon vieux shaman las et fatigué par sa route.

« Oui, Dee-O-Det, des choses étranges me rendent perplexe, et je suis venu te trouver. Ou est-ce toi qui m'as trouvé ?

– Tu veux que je t'aide à réfléchir ?

– Je veux que tu répondes à mes questions. »

Je réalisai alors combien je trouvais bon de mener à nouveau une conversation en apache. Je n'eus pas le courage de lui reprocher sa longue absence. Aussi je m'en pris aux Américains et aux Mexicains, et me débarrassai l'esprit de tout ce que je savais, ou avais entendu dire, de mauvais à leur sujet, en omettant tous les bons côtés.

Dee-O-Det avait un regard lointain.

« Il y a de cela de nombreuses lunes, à l'époque où le grand Chies-Co-Chise était chef du Peuple et où Nochalo – dont le pouvoir venait des Anciens qui avaient vécu sur la Terre, et qui possédait en guise de charme les énormes défenses du Dragon qui avait disparu du monde et était devenu invisible – était le grand shaman ; à cette époque donc, Nochalo dit à Cochise qu'il pouvait faire confiance aux Pinda-Lick-O-Ye. Par la suite, il se rendit compte qu'il s'était trompé et le reconnut. Mais Cochise n'était plus un guerrier – trop d'hivers pesaient sur ses épaules. Il avait cru les Pinda-Lick-O-Ye, qui lui avaient promis, s'il ne tuait plus de Blancs, de lui donner la terre où vivait notre Peuple, et il avait accepté de ne plus les tuer.

Je ne suis pas un grand shaman et n'ai pas les charmes du Dragon qui ne marche plus sur la terre, mais je sais que ce qui appartient à un homme ne peut lui être donné par quelqu'un qui ne le possède pas lui-même.»

Dee-O-Det soupira, visiblement fatigué, puis continua:

«Je vois que tu n'as pas de quoi manger. J'ai laissé de la viande sur le feu de mon bivouac. Nous n'en sommes pas loin… En descendant, il y a quelques soleils, j'ai tué un vieux daim grand et fort, et j'en ai fait ma soupe de shaman. Mon chaudron n'étant pas assez grand pour le contenir en entier, j'ai dû la faire en plusieurs fois. J'en ai mangé beaucoup, mais j'en ai encore besoin maintenant. C'est de la substance pure – avec la peau, les sabots et les cornes comme assaisonnement.»

Je poussai un soupir de soulagement. Le vieux serin connaissait toutes les réponses. Nous rejoignîmes son campement, où restait, dans un vieux bidon de cinq gallons qui avait dû autrefois contenir de l'huile, une grosse masse de viande cuite. Sachant qu'il n'aurait pas d'ustensile dans lequel je puisse manger, je ramassai, en guise d'assiette, un morceau d'écorce incurvée. Sa soupe de shaman sentait le faisandé et avait un goût fort, mais, à mon étonnement, je la trouvai bonne. Après avoir mangé, le shaman se roula une cigarette avec mon tabac Bull Durham et l'alluma avec un brandon qu'il tira du feu.

«Maintenant, je me sens fort à nouveau. Il y a encore beaucoup de choses dont je veux te parler. J'ai dû me rendre à la nouvelle rancheria des Tarahumaras sur le Yaqui Bend (à quatre jours de cheval). J'y ai emmené Hi-okee pour y célébrer la cérémonie de son mariage avec une jeune fille tarahumara. Il y est resté. J'ai transmis ton message à Jemez, le chef tarahumara. Il te répond que les Chiricahuas et « son fils » seront toujours les bienvenus sur sa terre.

– C'est extraordinaire, murmurai-je pour moi-même.

– Qu'as-tu dit ?

– Tu n'as pas de café ?

– J'en ai un peu, mais il faut d'abord finir la soupe, car je n'ai pas d'autre récipient où faire bouillir l'eau.

– Tu n'as pas de tasse ?

– Si, comme Taglito, tu avais vécu avec le Peuple d'autrefois, tu n'aurais pas besoin de tasse. »

Je me tus, et continuai à réfléchir. Ce vieil éclaireur de Taglito agissait comme s'il était Apache de naissance, et, la plupart du temps, raisonnait comme nous. Je craignais de commencer à penser comme les Blancs. Et j'en eus si honte que je me jurai de changer ça. Après un moment de silence, je dis :

« Jette cette tambouille, et fais bouillir du café.

– Qu'est-ce qu'on aura pour le petit déjeuner ?

– Je ne veux pas parler de ça. »

Il vida et rinça le bidon dans le ruisseau près de nous, puis le remplit d'eau. Il y jeta deux poignées de café grossièrement moulu et mit le tout à bouillir sur le feu. Puis il s'accroupit près de moi.

Le vieillard, que l'évocation des temps anciens avait rempli de nostalgie, remonta jusqu'à l'époque du chef Tulac, le père de mon grand-père, qui avait repoussé les jésuites en robe longue venus envahir le paisible pays apache. Il me rappela aussi des légendes qui s'étaient transmises de génération en génération de 1540 à 1872, année où le chef Cochise signa avec les Blancs son dernier traité à Treaty Rock, dans les Dragoon Mountains, la dernière forteresse de mon grand-père.

Le shaman raconta que, lorsque ce traité de paix fut à son tour violé, le Grand Chef était déjà mourant et que ce coup hâta son départ pour le Monde des Esprits. Cependant, avant de partir pour le Grand Sommeil, il fit réunir autour de lui ceux de son Peuple en qui il avait confiance. Parmi eux, se trouvaient ses deux fils, Tahza et Naiche, lui-même, et Taglito, qui était son Frère de sang.

« Le Grand Chef nous dit que lorsqu'il avait conclu ce traité et y avait apposé sa marque, les Blancs lui avaient définitivement donné la terre de notre Peuple. Ils avaient tracé des frontières et déclaré que le territoire qu'elles délimitaient était la réserve chiricahua – dont nous ne devions pas sortir, et où les Blancs ne devaient pas pénétrer. Ils avaient nommé Taglito notre agent. C'était une bonne chose – bien que je n'aie pas cru que les *nant-ân* blancs tiendraient leur promesse envers nous et Taglito. Mais que pouvions-nous faire ? Leurs soldats étaient nombreux, et il ne nous restait que quelques guerriers. Nos femmes s'étaient déjà peint le visage en noir.

Avant de partir pour le Monde des Esprits, le Grand Chef insista pour que ses fils respectent son traité, même s'il savait que les Blancs ne tiendraient pas leur promesse. C'était la grande différence entre nous et les Pinda-Lick-O-Ye. Le Grand Cochise leur montra que les Apaches étaient des hommes – des hommes fidèles à leur parole. »

Dee-O-Det me raconta que le Grand Chef était assis sur sa peau de cougouar préférée, placée là par Tesal-Bestinay, qui partit pour le Grand Sommeil peu après lui. Cochise ramassa une poignée de sable et dit :

« Nous sommes comme ce sable. » Puis, le laissant filer entre ses doigts, il ajouta : « Ce sable qui s'échappe représente les Chi-hui-ca-hui qui ne sont plus avec nous. » Et ouvrant sa main pour y montrer les quelques grains qui y restaient, il continua : « Voici ce qui reste de mon Peuple. J'ai failli à ma tâche. Maintenant, si vous voulez rester un Peuple, il vous faut apprendre les manières des Blancs et les adopter. Vous ne pouvez plus vous battre contre eux, mais vous êtes forts et pouvez semer des graines qui maintiendront les *A-pa-chui* sur le sol qui nous fut donné par Ihidnan. »

Je connaissais déjà tout cela, mais quand je l'eus écouté une seconde fois, j'avais la réponse à mes questions. J'avais compris que nous affrontions un peuple qui – même maintenant qu'il nous traitait bien – avait des manières étranges, et que nous devions les apprendre si nous ne voulions pas périr. Beaucoup, de mon Peuple, essaieraient sans succès d'adopter le mode de vie des Blancs. Et je doutais de moi-même. Ils me traitaient bien, mais pourquoi ?

Nous étions si absorbés dans ce récit du passé apache que nous n'avions pas remarqué que le feu s'était éteint. Je tendis la main pour attraper le bord du bidon. Il était froid. Je le portai à mes lèvres. Le café, lui, était encore, tiède, mais il n'était pas bon.

« Nous avons attendu trop longtemps, dis-je.

– Je n'en voulais pas de toute façon, répliqua le shaman. Nous le boirons demain matin. »

Il enroula une couverture autour de ses maigres épaules, et s'endormit.

Nous rentrâmes à Cananea le lendemain soir, fatigués et affamés. Pendant les mois qui suivirent, l'endroit bourdonna d'activité, la fonderie et les ateliers de concentration tournant jour et nuit. Les difficultés minières du colonel Greene étaient visiblement résolues – il me maintint tout de même dans mon rôle de garde du corps.

Un soir, alors que je raccompagnais le colonel chez lui et que j'allais le quitter, nous vîmes un groupe de huit hommes descendre du dernier train de Bisbee. Le colonel s'arrêta, puis, m'ayant dit qu'il croyait savoir ce dont il s'agissait, me demanda de rester avec lui. Tom Jeffords nous rejoignit mais ne dit rien. Comme les étrangers se dirigeaient vers le quartier général, nous retournâmes au bureau.

« Je m'appelle Thomas Lawson, dit en serrant la main du colonel celui qui semblait être le chef. Vous êtes Mr. William Greene, je suppose ?

– Exactement. Que puis-je faire pour vous ?

– Permettez-moi de vous présenter William Rockefeller, Harry Rogers, et Abe Goldfarb. Nous représentons l'Almagated Copper Corporation. Ces messieurs ici sont nos assistants. Nous n'allons pas vous retenir longtemps, Mr. Green. »

Le colonel, que je suivais de très près, les emmena dans la salle de conférence. Se tournant vers moi, il me dit à voix basse : « Je crois que tout se passera très bien. »

Il s'installa dans son grand fauteuil, et je me tins debout derrière lui, à sa gauche. J'avais soigneusement observé ses visiteurs, et conclu qu'aucun d'eux n'était armé. Tom s'assit sur une chaise contre le mur. Me croisant les bras, je continuai à étudier les nouveaux arrivés. Goldfarb était un *blanco* aux pieds plats, dont le visage rond comme la lune était d'une pâleur luisante et grasse qui me faisait songer à Gotchamo par une nuit froide. Lawson était un homme de l'Est, inflexible comme un ongle, Rockefeller et Rogers, tous les deux chauves et gras, donnaient l'impression de n'avoir d'autre but dans la vie que de s'accaparer le moindre dollar en vue. Les autres n'étaient visiblement que des suivants – du genre de ceux qui ramassent les miettes après le passage des chefs.

« Venons-en immédiatement à notre affaire, Mr. Greene, dit Lawson. Nous voulons prendre le contrôle des mines de Cananea. Dites votre prix – nous ne discuterons pas.

– Je suis navré, Messieurs, mais Cananea n'est pas à vendre – et les actions m'appartiennent. »

Les quatre chefs se mirent alors à parler tous à la fois. Ils discutèrent, argumentèrent, crièrent, cajolèrent, mais le colonel resta inflexible.

Exaspéré et ayant apparemment perdu le contrôle de lui-même, Lawson entra dans une violente colère. Il traita le colonel de vieille peau de fesse bornée et le menaça de le rayer de la surface du globe s'il refusait de vendre.

Tom se leva d'un bond, son revolver à la main droite. Je devins fort attentif et portai les mains aux miens, mais sans les prendre. Greene dit calmement :

« Je n'ai reculé devant aucun combat, que ce soit contre vous ou n'importe quel actionnaire de Wall Street. Maintenant, foutez-moi le camp ! »

Les huit se levèrent et sortirent sans mot dire. Je fus déçu.

« Qu'est-ce qui vous a pris ? demanda Greene lorsqu'il vit les visiteurs se diriger vers la gare.

– Lorsqu'ils ont dit qu'ils allaient vous effacer de la surface du globe, je les ai pris au mot, répondis-je. Nous n'étions que trois contre huit, et vous n'étiez pas armé.

– Comment pouvions-nous savoir s'ils bluffaient ou non », dit Tom.

Cela fit rire le colonel qui nous expliqua :

« Ces types de Wall Street obtiennent en général ce qu'ils veulent. Mais lorsqu'ils échouent, ils en viennent immédiatement aux grands mots, qui n'ont d'ailleurs pas le même sens pour eux que pour nous ici, dans ce divin pays. Ils voulaient tout simplement dire qu'ils allaient me faire mettre en faillite. Mais envoyez tout de même Quirt ou quelqu'un les surveiller jusqu'au départ du train. »

Le soir, pendant le dîner, Tom me demanda :

« Que se passait-il dans ta tête d'Apache quand tu t'es apprêté à tirer tes revolvers ?

– J'espérais bien pouvoir abattre quelques-uns de ces *Goddammies !* »

Ce qui nous fit bien rire tous les deux et mit un terme à l'incident.

Le lendemain était mon jour de congé, et j'aidais Tom dans le magasin pour passer le temps lorsqu'il me déclara subitement en être venu à la conclusion qu'il était trop vieux pour toutes ces fredaines. En outre, son travail commençait à le fatiguer. Il voulait rentrer chez lui, vivre confortablement et passer le reste de ses jours à ne rien faire.

Comme je lui demandais s'il en avait déjà parlé au colonel, il me répondit qu'il le ferait avant le prochain jour de paye. Il était réellement devenu un vieillard – soixante-quinze ans. La pensée de son départ m'attrista beaucoup – ce vieil homme des frontières avait représenté beaucoup pour moi, et il manquerait aussi à ma mère. Mais cela valait mieux pour lui.

Un après-midi, Tom entra dans le bureau d'où je surveillais ce qui se passait. Le colonel était dans son bureau privé. Il faisait chaud, le ciel était en partie couvert et on entendait au loin des roulements de tonnerre. C'était le 15 août 1905.

« Bon Dieu, qu'il fait lourd ! me dit Tom. Ça doit être la pleine lune.

– Ouais, la plus mauvaise période de l'année.

– Le vieux Bill va sans doute se trouver devant un nouveau problème.

– Qu'est-ce qui se passe ? Il ne m'a rien dit. »

Tom me raconta qu'en passant devant l'infirmerie, il avait entendu le docteur Hart dire qu'il redoutait qu'un des mineurs n'ait la variole. Il m'expliqua ce qu'une telle épidémie signifiait pour une entreprise minière comme celle de

Cananea. Le colonel, qui avait surpris notre conversation, nous interrompit par un rugissement. Nous le suivîmes au pas de course jusqu'au dispensaire : on y apportait justement un second malade. Avec son esprit d'initiative habituel, Greene télégraphia à Bisbee pour engager tous les médecins et infirmières de la région. Mais ils arrivèrent un peu trop tard.

Pendant la nuit, la menace d'épidémie de variole se confirma. L'équipe de médecins se montra diligente et courageuse. Tous ceux qui avaient été vaccinés contre la maladie furent réquisitionnés comme aides. Tom avait été vacciné, ainsi que le colonel et la plupart des ouvriers blancs, mais peu de Mexicains et aucun Indien ne l'étaient. Malgré les vaccins et les médicaments administrés en hâte, de nombreux mineurs moururent.

J'ignore toujours quel fut le nombre total de décès, mais je sais que neuf Apaches et quinze Tarahumaras succombèrent. Je ne me suis moi-même arrêté de travailler que lorsque je suis tombé malade ; je faillis mourir, ainsi que ma mère. Nadina attrapa la maladie et fut emportée, mais le vieux Dee-O-Det, indestructible, y échappa tout à fait. La mine fut complètement fermée pendant l'épidémie, et trois mois passèrent avant qu'elle ne remarche à plein.

Un jour froid de mai 1906, j'attendais chez le barbier que Benny ait fini de raser le colonel, de lui couper les cheveux et de lui égaliser la barbe. Je savais qu'à chaque fois que le colonel décidai de se faire beau, il manigançait quelque chose. J'écoutais Benny lui rapporter les dernières rumeurs et nouvelles, tout en lisant un Overland Monthly aux pages écornées. En sortant le colonel me dit d'enfiler de vieilles nippes et d'aller un peu traîner mes guêtres en ville pour voir ce qui s'y passait. Ce qu'il avait entendu ne lui plaisait pas, et il voulait des informations de première main.

Je fis comme il me l'avait demandé et entendis en effet, dans la cour du bureau de placement adjacent au Club Saloon, quelques hommes en train de parler. C'étaient des étrangers, apparemment des Mexicains de la *haïga*. L'un d'eux haranguait les mineurs qui avaient fini de travailler et leur affirmait que pour un travail équivalent au leur ici, on payait deux fois plus en Amérique. Ce qui nous promettait des difficultés. Je réussis à savoir le nom de ces trois hommes : Estaban Baca, Manuel Dregues et Flores Magon, l'orateur, qui ne répondait qu'au surnom de « grand Bill Haywood ». C'était l'agitateur du syndicat des travailleurs américains. Señor Magon, découvris-je, était également appuyé par Thomas Lawson, personnage important du monde du cuivre américain. Ces hommes de la *haïga*, en fins tacticiens, menaient leur action à Ronquillo (1 500 habitants), où habitait la majorité des mineurs. Ils offraient à boire à tout le monde et parlaient à tous ceux qui les écoutaient. Ils incitaient les travailleurs à la grève, en leur expliquant comment s'y prendre et en leur assurant que s'ils réclamaient des salaires égaux à ceux des mineurs américains, ils les obtiendraient sans avoir d'histoires.

Le lendemain matin, je racontai à Greene – et à Tom qui se trouvait là – ce que j'avais vu et entendu. Mon rapport n'eut pas l'air de le surprendre. Il me dit de continuer à ouvrir les yeux et les oreilles et m'expliqua que ces manœuvres faisaient partie des efforts de Lawson pour le contraindre à entrer dans le trust du cuivre. Tom se demandait s'ils ne faisaient pas partie de la I.T.M. (Internationale des travailleurs du monde). Je leur dis que je les avais entendus appeler « wobblies » (syndicalistes de l'Union), mais que pour moi, c'étaient plutôt des agitateurs. Le colonel se mit à rédiger des télégrammes. Je sortis rejoindre Tom. Greene me rappela peu après :

« Niño, viens ! »

Je rentrai immédiatement, et vis, à ses sourcils froncés, que le colonel avait réfléchi et se préparait à agir.

« Ne me quitte pas d'une semelle. Je ne veux pas que tu bouges d'ici, me dit-il en m'indiquant une chaise placée de façon à ce que je puisse voir à la fois par la porte et par la grande fenêtre. Si quelques-uns de ces fils de pute entrent ici, observe avec ton œil d'aigle, et s'ils te semblent prêts à un mauvais coup, tire sur ces bâtards. »

Le vieux frisson d'excitation que je n'avais pas ressenti depuis longtemps se réveilla :

« C'est entendu ! m'exclamai-je.

– La compagnie t'aidera, ajouta le colonel. D'abord, ces "wobblies" n'ont légalement pas le droit de faire la grève au Sonora. Ensuite, ils ne sont qu'une poignée de bâtards parvenus. Qu'ils le sachent bien, s'ils déclenchent une grève, je suis bien décidé à les anéantir. »

Ce fut l'une des rares fois où je vis le Bill de Cananea réellement fou de rage. George Mitchell, Ed Massey et Jerry Kirk arrivèrent. Massey était devenu directeur général, Kirk, chef du département juridique et Mitchell vice-président. Massey proposa de chasser les meneurs de la ville. Kirk, lui, était d'avis de leur intenter un procès.

« Je ne crois pas qu'ils iront bien loin, émit Mitchell avec un haussement d'épaules. Ces mineurs mexicains sont trop bougrement paresseux pour entreprendre quoi que ce soit d'inhabituel. Tant qu'ils ont une femme pour leur remplir le ventre et les satisfaire entre les jambes, ils sont heureux. Nous les traitons bien, et ils le savent. Je ne laisse pas les contremaîtres abuser d'eux. Nous ne leur demandons que dix heures de travail par jour, alors que je pourrais leur en faire faire onze, et sans la sirène, ils ne s'en rendraient même pas compte.

– Attendons, dit le colonel, qui s'était un peu calmé, et voyons de quel côté tourne le vent. Quelles que soient leurs demandes, je les repousserai. Je congédierai les ouvriers actuels et engagerai de nouvelles équipes. Le Mexique n'a que trop de gens en chômage. S'il le faut, je ferai venir des ouvriers de Cornouailles ou du Pays de Galles. »

Le coursier arriva avec un télégramme, dont la lecture illumina les yeux du colonel. Lors de son dernier voyage, il avait commandé une automobile, et elle venait d'arriver à Bisbee par le train de marchandises. Il nous dit qu'il nous emmènerait, Massey, Mitchell et moi, la prendre le lendemain. Tom, Red Fox, Quirt, et Mason devaient rester sur les lieux et ne rien accepter de quiconque. Visiblement, le colonel n'était pas très inquiet.

Le lendemain, nous montâmes tous les quatre dans le nouveau « wagon » que Greene venait d'acquérir. Pour fêter l'événement, nous nous étions tous mis sur notre trente-et-un.

« Sa machine » – comme on appelait alors les automobiles – était une torpedo pour quatre passagers, de marque Locomobile. Elle était de couleur verte, avec des garnitures en cuivre rouge ou jaune, et elle avait un toit pliant. Les flancs de la voiture portaient en lettres de cuivre l'inscription : CANANEA. Pour démarrer, on injectait de l'essence dans les quatre coupelles d'allumage, placées en tête du moteur, près des bougies. Il fallait ensuite ouvrir les coupelles, et l'essence coulait dans les quatre cylindres ; puis on faisait tourner la magneto. On tournait alors une manivelle, à l'avant de la voiture, jusqu'à ce qu'un des cylindres soit en compression ; puis on tirait brusquement la manivelle vers le haut. Si rien ne se produisait, on répétait l'opération. Avec un peu de chance, et si le retour de manivelle des soixante chevaux du moteur ne vous cassait pas le bras, la voiture démarrait. Greene parvint à la faire partir au troisième essai.

Nous nous entassâmes tous dans cette machine fatidique, et Greene nous emmena d'abord au bureau du télégraphe, puis à la poste. La voiture marchait bien et les gens s'arrêtaient pour la regarder. Le roi du cuivre était l'homme le plus fier de l'Arizona. Je l'accompagnais toujours à la banque, mais cette fois-là, je pris mon plus grand air et claquai des talons.

À la frontière, nous nous arrêtâmes pour prendre un verre chez Naco. Puis nous reprîmes la direction du sud par la route non macadamisée qui va de Bisbee à Cananea et serpente à travers les collines basses. Elle n'est d'ailleurs toujours pas goudronnée. Le voyage de retour nous demanda deux heures et demie. À cheval, il fallait compter de quatre à six heures, selon la monture et l'allure qu'on lui faisait prendre.

Le colonel était fou de joie : « Deux heures et demie ! croassa-t-il. J'aurais voulu voir un cheval battre ce record ! Nous avons même été plus vite que par ce satané train ! »

La voiture était un magnifique engin vert, mais elle était d'humeur acariâtre, elle avait souvent besoin de pièces de rechange, et ses pneus crevaient fréquemment. C'était peut-être un citron.

Les affaires allaient fort bien dans les ranches et les sociétés[1] du colonel Greene, ses fonderies ronronnaient sans arrêt, et les mineurs semblaient heureux. Cependant des plaintes sourdes commençaient à se faire entendre. Les organisateurs

1. La Cananea Cattle Company ; la Chivatera-Capote Cattle Company et le San Raphael Hereford Ranch, dans l'Arizona.

de la I.T.M. élargissaient leur audience, et les rumeurs d'une grève imminente augmentaient.

Un matin, alors que je me trouvais avec Greene dans son bureau particulier, je vis par la porte ouverte cinq hommes fort bien habillés passer la grille principale. Trois d'entre eux étaient américains – des étrangers – et les deux autres étaient Manuel Dregues et Estaban Baca, le porte-parole.

Le colonel fixa les visiteurs d'un regard glacial jusqu'à ce que Baca lui déclare qu'ils aimeraient lui parler quelques instants sans témoin. Ses doigts tapotèrent alors nerveusement sur son bureau, puis il se leva brusquement et me fit signe de le suivre dans la salle de conférence. Il s'assit à la place du président, à la tête de la table, et je me plaçai en retrait, de façon à surveiller à la fois la pièce et la porte d'entrée. Les cinq hommes nous suivirent, et Baca aborda immédiatement le sujet.

« Mr. Greene, si nous comprenons bien, vous payez vos employés américains beaucoup plus que vos employés mexicains. Pouvez-vous nous en donner la raison ?

– Il y en a une, mais ce n'est pas votre affaire.

– Nous cherchons seulement à arranger les choses.

– Mes ouvriers américains viennent des États-Unis et touchent ici le même salaire que dans leur pays. Les Mexicains sont payés pour ce que vaut leur travail.

– Mr. Greene ! dit Baca, nous voulons, pour un travail équivalent, un salaire égal à celui des ouvriers américains. Nous réclamons une journée de huit heures, et nous pensons que vous devriez employer au moins trois quarts de main-d'œuvre locale – et nous ne voulons pas des Indiens.

– Je vous romprai l'échine. Allez au diable !

– Vous serez obligé de céder. Vous ne pourrez pas faire tourner les machines seul !

– Votre demande est ridicule. Sortez de mon bureau, et n'y revenez plus, ou je vous ferai sauter la cervelle. »

Je m'étais levé, brûlant d'agir. Les Mexicains me jetèrent un bref coup d'œil et partirent sans ajouter un seul mot. Quelques minutes plus tard, bien qu'il ne fût pas encore midi, la sirène commandant l'arrêt du travail se mit à sonner.

Les hommes sortirent en foule des puits, des fonderies et des ateliers de broyage. Les contremaîtres et leurs adjoints s'attroupèrent dans le bureau pour s'enquérir de ce qui se passait – ils comprirent tout de suite en entendant le colonel Greene, furieux, parler sur l'unique ligne téléphonique au gouverneur de l'Arizona, Joseph Kibbey, pour lui demander l'aide du capitaine Rynning et de ses Rangers, puis au gouverneur civil du Sonora, Rafael Ysabel, pour demander l'envoi de soldats pour réprimer l'insurrection des mineurs. Il envoya ensuite un télégramme à son ami le président du Mexique, Porfirio Diaz, qui, à son tour, alerta le colonel Kosterlitsky, des Rurales.

Entre-temps, les agitateurs étaient montés sur un wagon plateforme d'où ils haranguaient les mineurs groupés autour d'eux. Ils eurent vite fait de les exciter. Ils coupèrent les lignes téléphoniques et télégraphiques, puis, suivis de plusieurs centaines d'ouvriers, formèrent un groupe de pointe qui s'avança vers le bâtiment des bureaux. Il était évident qu'une action de masse était engagée et nous nous préparâmes à l'assaut. Quelqu'un – on n'a jamais su qui – perdit la tête et tira sur la foule. À ce moment-là, les mineurs n'étaient pas encore armés et leur intention était peut-être de traiter pacifiquement. Le coup de feu les fit reculer mais sans calmer leur colère ; un groupe se précipita vers la scierie et y mit le feu ; puis quelqu'un fit sauter un bac de concentration, pendant qu'un second groupe démolissait le commutateur principal de la centrale électrique.

Le colonel ne put en supporter davantage. Il se rua vers son auto et je le suivis. Il mit les commandes en position de démarrage et je tournai la manivelle. Pour une fois, le moteur partit du premier coup. Je sautai dans le cabriolet qui démarrait déjà, le moteur tournant à plein.

Greene roula vers la foule. Un coup de feu, parti des premiers rangs, fit voler en éclat le pare-brise. Apercevant un fusil pointé sur nous; je fis feu très vite et abattis son propriétaire. Une seconde balle rebondit sur le pare-chocs avant gauche. Le colonel fonça alors dans la foule hurlante avec son lourd véhicule. Quelqu'un voulut assommer Greene avec une grosse barre de fer. Il para le coup et fonça sur les ouvriers de la fonderie qui eurent peur et s'enfuirent dans toutes les directions.

Greene fit un tour rapide des fonderies pour voir si d'autres sabotages se préparaient. La foule s'assemblait près du nouvel atelier de concentration. Accélérant et klaxonnant, il s'y dirigea immédiatement. Je tirais en l'air de temps à autre. Il fallait voir s'éparpiller les grévistes! Ils couraient dans toutes les directions, aussi désorganisés qu'un troupeau d'ivrognes. Pensant l'émeute calmée, Greene retourna au bureau principal. Entre-temps, les employés s'étaient armés; ils montaient maintenant la garde sur la terrasse et prenaient position le long du parapet.

Au bout d'une heure, la foule se regroupa derrière la voie ferrée. Elle avait grossi. Cette fois-ci, la plupart des ouvriers étaient armés, et tous étaient furieux. Sur le toit, il n'y eut pas le moindre flottement; nous attendions. La foule avançait lentement, régulièrement, d'un pas déterminé et menaçant.

On repérait facilement les mineurs de fond, encore revêtus de leur chemise de travail blanche. Les ouvriers des fonderies étaient en bleu. Je distinguai ici et là quelques costumes sombres – presque tous portés par des Blancs. Je ne vis aucun Indien, ce dont je fus content.

Ceux de nos hommes qui étaient postés sur le toit ouvrirent le feu avec leurs carabines. Quelques autres, dont moi, qui étions restés au premier étage, firent feu des fenêtres. Une bonne douzaine de chemises blanches tombèrent. Je visai les hommes en costume sombre. Les ouvriers en blanc étaient des cibles faciles, et bientôt ils reculèrent, s'éparpillèrent et s'enfuirent, laissant sur le terrain une bonne vingtaine d'entre eux.

Une dizaine d'hommes, armés de barres de fer, se précipitèrent vers le magasin. Green ordonna à Ed Massey et Red Fox d'aller avec quelques hommes fermer le dépôt de vivres et le magasin où étaient stockées la dynamite et la poudre. Ayant gardé un amer souvenir d'une autre réserve de poudre, je me proposai pour participer à la défense de celle-ci. Mais le colonel m'interdit de le quitter. Massey et ses hommes partirent. Nous vîmes la foule se reformer près de la fonderie la plus proche. Ils ne tardèrent pas à revenir vers nous, brandissant des torches, avec l'intention évidente de mettre le feu au bâtiment des bureaux. Les hommes du toit tirèrent à nouveau et tous les porteurs de torche tombèrent. Comme il n'y avait aucun abri entre la fonderie et les bureaux, la foule riposta par quelques coups de feu, puis se replia jusqu'au lit de la rivière, au-delà de la fonderie.

Pendant quelque temps, plus rien ne bougea. Nous pensions savoir ce qu'ils avaient en tête, tout au moins nous le redoutions : ils attendaient la nuit pour se glisser vers le bâtiment de la direction, qui débordait du bâtiment où nous étions, et y mettre le feu. Du toit, quelqu'un cria qu'il apercevait dans la plaine le train venant de Bisbee, ses plates-formes chargées d'hommes. Greene hurla : « J'espère que c'est Rynning et ses Rangers ! »

Entre-temps, les grévistes, toujours sous la direction des « wobblies » qui jetaient leurs ordres en anglais, s'étaient séparés en deux groupes rangés le long du dépôt des machines et sur le périmètre de la cour de chargement, et avaient commencé à tirer sur nous de loin. Le bâtiment où nous étions était en pierre couverte de briques, et des éclats volaient sous les balles qui ricochaient en sifflant. Des voix crièrent en anglais le slogan de la I.T.M. :

« Je ne travaillerai pas ! Je ne travaillerai pas ! Je ne travaillerai pas ! Organisons-nous ! »

Les voix mexicaines chantaient : « *Huelga !* (grève) » Quelqu'un dans la foule cria que les Rangers arrivaient. Suivit une période de silence relatif, et nous entendîmes les wagons s'arrêter bruyamment dans le terrain situé au nord de l'aire de chargement. À la lumière du soleil couchant, nous reconnûmes les silhouettes de Tom Rynning et de Johnny Foster, accompagnés d'une vingtaine de Rangers et d'une centaine de mineurs américains de Bisbee, armés. Ils se mirent en ligne et avancèrent le long des rails. Ce spectacle fut le bienvenu. Nous n'étions qu'une quarantaine contre trois mille Mexicains excités, et nous savions ce qui nous attendait s'ils attaquaient en masse.

Les Rangers se déployèrent au pas de course et occupèrent rapidement les positions stratégiques. Les grévistes couraient çà et là, cherchant à se retrancher, et à la tombée de la nuit, le colonel Greene avait sur les bras une véritable guerre.

Tom Jeffords apparut tout à coup. Il m'expliqua qu'au tout début de la bagarre, il s'était rendu chez nous pour barricader ma mère et le vieux shaman dans notre maison. Le vieux Dee-O-Det l'avait assuré qu'il tirait aussi bien que n'importe quel Blanc, et voulait participer au combat contre les mineurs, mais Taglito n'avait pas voulu en entendre parler. Tom m'emmena ensuite avec Greene dans la petite cour derrière le bâtiment. Des cuisiniers y avaient installé des tables, et ils servaient à manger et distribuaient du café. Nous reçûmes tous une assiette de ratatouille, du pain et du café, que nous avalâmes rapidement ; puis nous retournâmes à l'intérieur. On servit à manger toute la nuit. Certains dormirent même un peu. La nuit fut calme, à part quelques coups de feu tirés de temps à autre pour maintenir tout le monde en alerte. Au lever du jour, la pétarade éclata de tous les côtés. Certains des nôtres furent tués ou blessés, mais nous ne savions pas combien. Les docteurs de la compagnie eurent beaucoup à faire. Nous ignorions ce qui se passait du côté mexicain, d'où l'on tirait sans arrêt. Nous savions bien de quel secours avait été pour nous l'arrivée des Rangers et des mineurs de Bisbee, mais nous n'ignorions pas que nous étions encore très inférieurs en nombre et qu'avec des bâtiments aussi dispersés, nous étions désavantagés.

Les «wobblies» avaient mis le feu à plusieurs endroits. L'incendie le plus important était celui des meules de foin et des granges où l'on gardait les mulets de la mine. L'écurie où se trouvaient les pur-sang du colonel fut épargnée grâce à Quirt et à Mason qui la gardaient, tandis que Massey et Dave Allison protégeaient la maison de Greene sur la Mesita. Les Indiens, qui, tous, nous étaient restés fidèles, au colonel et à moi, surveillaient les dépendances extérieures. À la fin du second jour d'émeute, la chaleur et la fumée insupportables qui montaient des meules et formaient de gros nuages d'un rouge sombre me rappelèrent le ciel en feu de Basaranca, six années auparavant.

C'est dans cet enfer qu'arrivèrent de Magdalena Emilio Kosterlitsky et son escadron de Rurales. Hurlant et tirant, ils chargèrent vers l'enceinte centrale. Je n'avais pas vu autant de ces «broussards[1]» depuis les grandes batailles contre les

1. C'étaient tous des renégats ou des hors-la-loi «convertis». (A.K.G.)

forces de Terrazas et de Torres en 1900. Chevaux et cavaliers étaient couverts de poussière et d'écume. Le visage basané des hommes, tous de race mêlée, *zambos, mestizos,* exprimait un violent désir de tuer. Ils portaient tous la bandoulière croisée et la veste de peau brune – seul uniforme de leur équipement disparate – qui les marquaient bien pour ce qu'ils étaient. Leur charge brutale et leur tir sauvage dura moins de dix minutes, et dans ce laps de temps, ils abattirent un beaucoup plus grand nombre de leurs concitoyens que nous en deux jours et une nuit de combat. Nous nous étions bornés à la défensive, les Rurales prirent l'offensive. Nous étions des travailleurs pacifiques ; mais Kosterlitsky ne recrutait que des tueurs nés, à qui il apprenait à tuer le plus efficacement possible.

On entendit bientôt des « *Me rindo !* (je me rends) » plaintifs, et tout fut terminé. Il se passa dans cette guerre bien d'autres choses que je n'ai pas relatées, je ne m'en souviens d'ailleurs pas du tout, mais Kosterlitsky obtint finalement la reddition des grévistes, et, sur l'insistance de Rynning, donna à contrecœur l'ordre de cesser le feu. Les mineurs jetèrent leurs fusils mais, redoutant l'infâme Russe qui était le chef des Rurales, restèrent à l'abri.

Des patrouilles de Rangers et des hommes de Bisbee parcoururent alors l'ensemble de la mine. Après un bref entretien avec Greene, Jeffords, Rynning, Poster, Mitchell, Massey, Kirk, Healy et Packard, et après m'avoir adressé un « *Cómo l'va, Ninn-yo ?* », Kosterlitsky retira ses hommes jusqu'à la lisière ouest de Ronquillo. Ils eurent à manger dans la nuit grâce à une équipe de cuisiniers qu'envoya le colonel Greene.

Nous dînâmes chez le colonel, avec Kosterlitsky comme hôte d'honneur. Le lendemain, des journalistes accompagnés du gouverneur Louis Torres et du gouverneur civil Rafael Ysabel arrivèrent tranquillement à la tête d'un bataillon de la milice d'État. Ils mirent en place des patrouilles, posèrent devant les photographes en prétendant avoir gagné la bataille. Tom Rynning avait rétabli l'ordre à Cananea, et les derniers « wobblies », complètement battus, avaient disparu. Les Rurales repartirent pour Magdalena et plusieurs jours après, la milice d'État nous quitta aussi[1]. Le colonel Greene monta une compagnie de gardes américains à l'uniforme vert, chargée de surveiller les quinze kilomètres carrés de la mine et d'y maintenir l'ordre.

Ce rude combat fit plus de trois cents tués et blessés. Greene fit enterrer les morts dans le puits de reconnaissance abandonné. On plaça les Mexicains d'un côté, les « wobblies » de l'autre, et on recouvrit leurs corps de chaux vive. Des bulldozers tirés par des mulets, déversèrent six pieds de terre sur les cadavres, puis on aplanit le dessus de cette tombe collective.

Les quelque vingt-cinq blessés américains furent envoyés à Bisbee pour y être hospitalisés. Les veuves et les enfants des morts reçurent une pension et furent renvoyés chez eux, aux États-Unis.

Greene convoqua alors les leaders mexicains de la grève, les raisonna, et les mineurs reprirent tranquillement leur travail, à l'ancien salaire de trois dollars et demi d'argent par jour. Mais l'ancien esprit de camaraderie avait disparu, remplacé par une tolérance boudeuse.

Je crois que ce fut sa Locomobile verte que le colonel regretta le plus. Abandonnée devant les bureaux pendant la nuit de combat, elle avait été brûlée. Le matin, il ne restait de

1. Le *Times* de Los Angeles a publié quotidiennement, du 2 au 12 juin 1906, des articles sur cette grève, ainsi que la *Review* et les *News* du Bisbee de l'époque. On peut également consulter *Arizona History,* de James H. McClintock, S.J. Clarke Publishing Company, Chicago, 1916. (A.K.G.)

la grande machine qu'une carcasse de métal noirci. Greene dut en revenir pendant quelque temps, comme autrefois, au cabriolet tiré par des chevaux.

Il ordonna un rapide inventaire des dégâts et leur évaluation. Ses juristes et ses comptables se mirent au travail et aboutirent à un montant de 2 000 000 de dollars. Pour compenser ces pertes, le colonel ordonna un roulement de deux équipes par postes de douze heures, et paya aux ouvriers leurs heures supplémentaires. Il nomma le dur à cuire Jerry Kirk directeur de la fonderie. Les compagnies ferroviaires du Southern Pacific et d'El Paso & Southwestern durent rapidement accroître leur capacité de transport. Cananea ne tarda pas à produire en masse de la grenaille de cuivre à 97 % de pureté. William Cornell Greene devint mondialement célèbre : on l'appela le roi du cuivre.

Tom Jeffords finit par se retirer dans son ranch de Owl Head Butte, dans les Tortillitas. Frank Lavish démissionna et prit un travail à mi-temps à Bisbee. Le colonel Greene prit de longues vacances avec sa famille à New York. Avant de partir, il me donna congé – ce dont j'avais grandement besoin[1]. C'était l'époque des semailles, et dès que ma mère et mon shaman eurent fait leurs bagages, nous partîmes pour Pa-Gotzin-Kay.

Malgré tout le profit et l'agrément que j'avais tiré de mon séjour à Cananea chez les Blancs, je fus heureux de retrouver

1. Thomas Healy, l'homme de loi du colonel W.C. Greene, et trésorier de la Cananea Copper Corporation, tenait un registre des salaires où les départs de Tom Jeffords et de F. Lavish sont portés à la date du 30 avril 1907, et celui de Niño Cochise, à celle du 18 mai 1907. (A.K.G.)

le vieux sentier du Chihuahua, à travers les collines de canneliers et de terre rouge. Je n'avais pas bien compris le problème des mineurs mexicains – qui s'étaient laissés entraîner dans cette grève désastreuse. Ils paraissaient heureux et durs au travail, mais j'ai l'impression qu'ils étaient incapables de raisonner correctement. Quant à nous (du moins, quant à moi), nous n'avions pas accepté ce travail pour de l'argent, mais par désir d'échapper au passé, d'apprendre, et par volonté de tenir notre promesse. Taglito le comprenait, ma mère et Dee-O-Det aussi. Mais c'étaient des gens vrais, pas de ceux qui sont aveugles à la réalité – ils savaient que dans la nature, rien n'est inusable. Quant à moi, il fallut que je reçoive encore quelques coups pour le comprendre.

Le colonel Greene comprenait le problème de mon origine, comme il comprenait les Mexicains. Pour l'Apache que j'étais, cet homme présentait deux aspects : l'un que j'aimais, l'autre que je ne comprenais pas. Taglito et Buck Green l'aimaient bien, l'acceptaient tel qu'il était, et c'était tout. Je respectais leur jugement, mais lorsque Greene partit pour New York, en me disant qu'il me ferait signe quand il aurait besoin de moi, je ne promis rien.

Après le passage du rempart nord, je commençai à noter quelques changements : d'abord, aucun garde ne nous arrêta ; puis je remarquai du bétail d'une race différente ; d'anciennes prairies d'herbe vierge étaient devenues des champs labourés. J'étais plusieurs fois retourné à Pa-Gotzin-Kay au cours des cinq années de notre séjour à Cananea – surtout pour les semailles et la moisson – mais je n'avais jamais rien remarqué qui vaille la peine de s'y arrêter. Je savais quand même que quelques-uns des anciens étaient partis pour le Grand Sommeil, et que beaucoup de jeunes s'étaient engagés dans les mines ou les ranches, ou qu'ils avaient rejoint d'autres tribus.

Cette fois-ci, notre arrivée ne fut remarquée que de quelques personnes. Les Tarahumaras étaient plus nombreux que les Apaches. Jemez avait emmené son clan dans ses nouvelles terres au-dessus du Bavispe Bend, mais certains membres de sa tribu avaient dû revenir à Pa-Gotzin-Kay. Deux familles avaient construit des abris près de ma cabane qui était heureusement restée telle que je l'avais laissée. Le wikiup en forme de dôme de ma mère avait un air fatigué et abandonné ; quant à celui de Ticer, il était habité par un homme, une femme, et trois enfants à la voix perçante. La nouvelle cabane de Dee-O-Det et son étrange wikiup étaient restés intacts, ce qui était compréhensible, car il était entouré d'un cercle de pierres sacrées qu'aucun Indien n'ose passer sans la permission du shaman. Ma mère et moi nous baissâmes pour entrer dans son vieux wikiup. De ces demeures primitives au Waldorf-Astoria, puis de nouveau là… on m'avait bien dit que le monde changeait, mais pas à ce point.

Le nouveau Peuple vint bientôt nous présenter ses respects, et Chee se précipita à notre rencontre pour nous souhaiter la bienvenue. Pour une raison quelconque, il ne me tendît pas la main, et je ne lui tendis pas la mienne non plus. Un sourire satisfait aux lèvres, il exagéra les souhaits de bienvenue traditionnels. Puis, en père orgueilleux, il nous apprit que ses deux fils aînés avaient réussi leurs examens de fin d'études à l'école d'Anna Green, et qu'ils lisaient, écrivaient et parlaient l'anglais aussi bien qu'elle. Cela montrait, si c'était vrai, que les jeunes Apaches avaient hérité de grandes capacités, et je fis remarquer que tant qu'existeraient au Mexique des Mansos capables de parler l'anglais aussi bien que l'espagnol et l'apache, leur avenir était assuré.

Chee s'enquit des événements de Cananea et m'apprit que Buck lui avait demandé d'armer ses guerriers et de les envoyer à notre rescousse ; mais l'émeute s'était terminée avant qu'on n'ait eu besoin de ses hommes. Je lui expliquai que quelques *gusanos* avaient refusé de continuer à travailler s'ils n'étaient payés davantage, et qu'ils avaient fini par payer de leur vie. Chee eut un rire sarcastique : *ses* hommes auraient été heureux de travailler pour le salaire habituel – et se seraient mieux acquittés de leur travail. Je remarquai le *ses* qui lui avait échappé, et je commençai à m'interroger...

Il me fallut plusieurs semaines avant que je me sente vraiment à nouveau le chef de ce qui restait de cette tribu des « sans-nom » qui avait fui les États-Unis en 1876. Chee ne faisait pas partie de ce groupe ; c'était un Mimbreno, et il n'était arrivé à Pa-Gotzin-Kay que treize ans plus tard. Je calculai mentalement combien de membres comptait mon Peuple, en cette année 1907 : 91 Tarahumaras, onze Opatas, et seulement trente Apaches, dont beaucoup s'étaient croisés avec des Indiens d'autres tribus.

Ma mère, Dee-O-Det et moi nous réunîmes plusieurs fois en privé pour décider de ce que nous allions faire. Nous admîmes ensuite à nos réunions Chee, Kasale, qui était monté du ranch Verde, et Hi-okee, venu du Yaqui Bend. À tous les six, nous décidâmes d'admettre parmi nous, comme héritiers de la tribu, les onze descendants directs du clan originel.

Nous rouvrîmes la cache sacrée, et en retirâmes toutes les barres d'or qui y restaient pour nous les partager, comme en avait décidé le vote de 1894. Nous rescellâmes soigneusement la grotte, et disposâmes des biens, longtemps restés enfouis, de ceux qui avaient disparu.

J'ordonnai ensuite aux Tarahumaras qui s'étaient fixés à Pa-Gotzin-Kay sans être mariés à des Apaches, de regagner leur ancien camp dans la prairie au-dessus de nous, et je réinstallai les Opatas sur le plateau Cos-Codee. Cela entraîna un partage du bétail, et il fallut régler quelques désaccords relatifs à certains biens. Chee et les chefs des deux autres clans protestèrent avec véhémence, mais Dee-O-Det et moi maintînmes que ces dispositions étaient prises dans l'intérêt de tout le monde. Si je ne perdis pas d'amis pendant ces transactions, je n'en gagnai pas non plus de nouveaux. Moi vivant, j'avais l'intention bien arrêtée de préserver notre vieux mode de vie apache et de l'empêcher de sombrer dans l'oubli.

Chawn-chissy vint et nous prîmes les dispositions nécessaires. Comparé au climat que nous avions connu à Cananea, cet hiver-là ne fut pas agréable. Lorsque arriva la saison des petites feuilles et des semailles du printemps 1908, le colonel Greene m'avait déjà fait demander trois fois de retourner à la mine. Chaque fois, par l'intermédiaire de Buck, j'avais refusé. J'avais la conviction, renforcée par certains conseils que j'avais reçus, qu'il fallait que je reste à Pa-Gotzin-Kay, si je ne voulais pas le perdre.

Quelques années passèrent au cours desquelles je restai en liaison étroite avec Cananea grâce à des visites à la mine avec Buck Green ou à notre système de transmission optique. J'appris que le colonel continuait à augmenter sa fortune, et que, devenu catholique, il ne maudissait plus ses ennemis, mais priait pour eux. Je ne comprendrai jamais les Blancs et leurs façons d'agir.

En quatre ans, Greene avait doublé à la fois sa production et l'ensemble de son capital, et probablement triplé son revenu[1]. Son plus gros problème était l'acheminement de sa

1. En 1910, Greene exploitait sa montagne de minerai par sept puits et sur quatre niveaux reliés entre eux par des gradins. Il y avait alors sept fours de fonderie, cinq convertisseurs, avec récupérateurs des poussières des concasseurs, des souffleries, des réservoirs de

production vers la côte ouest. Il fallait améliorer les moyens de transport jusqu'à Guaymas, au sud du golfe de Californie. Il se démena auprès du consul américain, intrigua auprès des fonctionnaires de Mexico, les soudoya par de grosses sommes d'argent et en dépensa de plus grosses encore pour financer les améliorations qu'il demandait. Lassé de tout cela, il eut l'idée de s'approprier le tiers nord de l'État du Sonora et de l'annexer aux États-Unis. Quand ce projet échoua, il tenta de faire de la région une enclave autonome, indépendante des deux pays[1].

Un jour de l'été 1911, il fit atteler un couple de ses pur-sang noirs à son cabriolet (après l'épisode de la Locomobile, il ne racheta pas de voiture) pour aller faire sa tournée d'inspection habituelle. Il parlait affaires avec quelques hommes et leur répondait de façon coupante, sur ce ton irascible qui lui était devenu presque naturel. Lorsqu'il voulut monter dans le cabriolet, il manqua la marche et se heurta le genou. Il ne jurait plus mais ne se refusait pas les saillies cinglantes. Fougueux, les chevaux hennirent et se cabrèrent lorsqu'il voulut prendre les rênes. Elles lui échappèrent, le garçon

produits chimiques, des unités d'extraction par amalgame ; le circuit de traitement des boues et des fumées avait été amélioré, et les treuils d'extraction renforcés : il y avait des pelles mécaniques à vapeur plus grandes, un nouveau réseau de voies ferrées, une nouvelle source combustible pour les chaudières, une usine frigorifique ; l'installation de production d'électricité avait été agrandie, et il y avait un puits artésien qui débitait 250 mètres cubes d'eau par heure, tout ceci pour une production de la raffinerie de 800 tonnes par jour. La population de Ronquillo et de ses faubourgs avait dépassé 16 000 habitants. On y avait ouvert une banque, agrandi la poste et construit une seconde école.

1. Je crois que les projets du colonel Greene échouèrent le 25 mai 1911, lorsque le président Porfirio Diaz, devenu immensément riche, donna brusquement sa démission et prit avec sa famille le bateau pour l'Europe. Francisco I. Madero lui succéda.

d'écurie qui devait les lui tendre, ayant, on ne sait pourquoi, fait un bond de côté.

La seconde fois qu'il voulut les prendre, il n'en attrapa qu'une, laissant l'autre pendre sur le flanc du cheval. Il tira sur celle qu'il avait en main tout en vociférant contre son valet. Énervés, les chevaux firent volte-face et partirent d'un trait. Le cabriolet heurta un poteau électrique près du mur en pierre de la clôture et se renversa, avec le corps du colonel à moitié à l'extérieur entre les roues de la voiture. Il fut jeté contre le poteau, et l'un des crampons s'enfonça profondément dans sa poitrine.

On l'emmena d'urgence par train spécial à l'hôpital de Bisbee, où il fut opéré avec succès (le 2 août 1911). Mais trois jours après, il attrapa une pneumonie dont il mourut. Il fut enterré à New York.

On estima ses biens à 100 000 000 de dollars. George Mitchell et Ed Massey prirent la direction de la mine, Buck Green et Frank Mason celle de ses principaux ranches, et Thomas Healy s'occupa de son troupeau de bœufs Hereford. Tous à titre provisoire. Buck Green fit appel à moi, si bien que je descendis m'installer avec ma mère au ranch Verde pour les quelques mois où il devrait veiller sur ce vaste élevage et régler les questions juridiques et testamentaires auprès des cours de justice américaines et mexicaines[1].

1. Les registres des biens fiscaux et physiques de l'empire du cuivre de Cananea-Chivatera-Capote furent transmis à la Cananea Central Copper Company de New York (une assemblée d'actionnaires) peu après la mort de Greene. Ce qui déplut au nouveau président du Mexique. La Compania Miñera de Cananea S.A. de C.V. fut alors désignée comme la seule autorité accréditée. Ce qui mécontenta tout le monde. Plus tard, ces registres furent rendus à Cananea et placés dans le grenier du vieux Pesqueria Building.

De retour à Pa-Gotzin-Kay, je trouvai mon vieux shaman physiquement fort affaibli et devenu presque incapable de se déplacer. Une nuit de décembre 1911, il me fit venir dans son vieux wikiup. Lorsque j'entrai, il était couché, mais il m'accueillit d'un sourire :

« Mon Chef, commença-t-il, il est temps que je te quitte pour aller prendre ma place parmi ceux qui sont partis dans le Monde des Esprits. Là, je servirai le Grand Chef de tous. » Remarquant qu'il respirait difficilement, je levai la main pour lui enjoindre de s'arrêter de parler, mais il m'ignora et continua, en murmurant :

« Chef, c'est la fin de Pa-Gotzin-Kay, comme c'est celle de son shaman. Mais l'esprit vit. Je te demande de me déposer dans la grotte à côté de la douce enfant que je t'ai donnée pour femme et dont le père (Jemez) est un bon chef, qui a encore un peuple à gouverner.

– Il en sera ainsi, Dee-O-Det, mon fidèle shaman. »

Je tremblais :

« Est-ce que j'appelle ma mère ?

– Ne dis pas à ta mère que je pars pour le Grand Sommeil. Elle me dirait de rester, mais je suis trop exténué par le poids de si nombreux hivers. Ainsi, mon Chef, je m'en vais maintenant définitivement… »

Je lui entourai les épaules pour le soulever. Il parut expirer dans mes bras.

Dee-O-Det était parti. J'appelai ma mère, mais tins ma promesse et ne lui racontai pas ses derniers moments. Elle a toujours cru qu'il était mort en dormant.

« C'est la meilleure façon de partir pour le Grand Sommeil, mon fils, sanglota-t-elle. Ne pas se rendre compte que l'on part. Il est maintenant avec Ihidnan dans le Monde des Esprits. »

Je suis un Indien Apache. Les Blancs, dans leurs légendes, racontent que les Apaches ne montrent ni ne ressentent la douleur. Mais, pour la seconde fois dans ma vie d'adulte, je pleurai abondamment.

Je préparai un endroit dans notre ancienne cache d'or, près du lieu de repos de mon Oiseau d'or, me réservant l'autre côté. J'y déposai les restes desséchés de Dee-O-Det que j'avais toujours aimé. Mon shaman qui ne fut pas seulement pour moi un shaman, mais un père, qui me conseilla, m'aida à atteindre l'âge d'homme et me donna une vision des choses qui me permit de m'entendre avec des gens que je ne comprenais pas.

Je tournai sa tête vers l'ouest pour qu'il voie Holos se lever, puis déposai ses trésors sacrés à côté de lui. En plaçant la dernière pierre et en couvrant sa tombe de fine poussière rouge, je demandai à l'Être Suprême de réserver une place d'honneur au plus grand de tous les chefs du conseil. Lorsque je jetai un dernier coup d'œil à sa tombe, j'eus à nouveau le visage inondé de larmes. Comme ce vieillard allait me manquer ! Si je ne me trompe, il avait vécu cent onze ans.

Je songeai à ses prédictions. Il me semblait que je l'entendais encore :

« Oh ! Ihidnan ! Tu as pris ton enfant et causé à un homme une grande douleur. Nous ne te demandons pas pourquoi, mais te prions de la garder en sécurité, jusqu'à ce que nous aussi puissions la rejoindre dans le Monde des Esprits. »

Comme l'avait prophétisé Dee-O-Det, Pa-Gotzin-Kay mourait, et je le savais. Mes anciens étaient tous partis pour le Grand Sommeil, et mes jeunes étaient dispersés. Pa-Gotzin-Kay, le rêve de ma mère, mon rêve, se mourait. Du clan originel chiricahua, ne restaient que ma mère, Kasale, Ealae (la femme de Chee) et moi. Resterais-je pour assister à la dernière bataille ou pouvais-je déserter ce lieu, cette terre qui m'avait tant donné ? J'en avais le cœur brisé. Puis je compris brusquement que mon rêve d'un petit empire sur lequel j'aurais régné et où ma parole aurait été loi, avait pris fin avec le départ du shaman et de ma femme. Et de nouveau, j'entendis les paroles de Dee-O-Det :

« Ceux qui comprennent survivront à la mort de Pa-Gotzin-Kay. La terre ne meurt pas, seulement ceux qui l'habitent. » Ma mère, le visage noirci de cendres, sanglota :

« Il est parti à jamais.

– Non, Cima, non ! Tant qu'il vit dans le cœur et l'esprit de ses bien-aimés, il vit avec nous à jamais.

– Tu l'aimais, fils de Cochise. Tu l'aimais comme tu aurais aimé ton père si tu l'avais connu. »

J'entendais ses paroles comme si elles venaient à moi de l'autre côté du cañon, par-dessus les montagnes, du ciel illimité.

Le 6 janvier 1912, ma mère et moi fûmes invités au ranch de Buck Green pour célébrer la naissance de l'État du Nouveau-Mexique. L'État de l'Arizona fut à son tour créé le 14 février. Unis dans l'alcool, nous bûmes à leur succès, et nous passâmes quelques jours chez les Green avant de remonter vers le froid de l'hiver à Pa-Gotzin-Kay.

La vie poursuivit son cours normal, mis à part le fait que j'aidais davantage Ealae à apprendre à lire et à écrire l'anglais à nos enfants apaches et à quelques petits Tarahumaras – autant que nous pouvions en accepter. Notre seul contact avec le monde extérieur était notre système de transmission optique. Au printemps, les Opatas et les Tarahumaras nous aidèrent à semer et à planter. Nous escomptions une récolte abondante, mais les événements en décidèrent autrement.

Nous eûmes à subir un rude coup : notre bétail tomba brusquement malade, sans que nous sachions que faire. Et avant que je n'aie songé à demander de l'aide de Buck, il ne nous resta plus une seule tête de bétail. Nos chèvres succombèrent également. La même maladie s'attaqua aux troupeaux des Tarahumaras, et toutes les bêtes au pied fendu périrent. Une semaine avait suffi à l'épidémie pour les abattre toutes. Lorsque je lui décrivis la maladie, Buck me dit qu'il s'agissait de la maladie du pied et de la bouche (fièvre aphteuse) et me demanda de ne pas m'approcher à moins d'un kilomètre de son ranch pendant deux lunes. Nous découvrîmes peu après que les cerfs et les daims de notre région avaient été frappés eux aussi par le fléau et étaient morts. Mais cette peste ne s'étendit pas très loin, car, d'instinct, les bêtes au pied fendu ne traversaient pas le cañon du Bavispe.

Nous dûmes en revenir à manger des lapins, des ours et des cougouars, et nous chassâmes la dinde jusqu'à ce qu'il n'en reste plus une seule à des kilomètres à la ronde. Les Tarahumaras découvrirent un nouveau moyen de piéger les taupes. Le résultat de tout cela fut que les belles récoltes dont nous avions rêvé furent dévorées à peine moissonnées ou cueillies. Seuls nos fréquents voyages à Bisbee au cours de l'automne nous évitèrent d'en être à nouveau réduits à un mode de vie primitif.

L'année suivante, 1913, fut une bonne année : Buck Green et les autres ranchers nous avaient aidés à reconstituer nos troupeaux. Ils n'avaient pas voulu accepter la moindre poussière d'or en retour. En contrepartie, nous leur fournîmes une main-d'œuvre gratuite pour travailler dans leurs ranches et leurs champs. Nous fîmes tant et si bien, d'ailleurs, que Buck et Anna eurent cette année-là leurs premières véritables vacances depuis vingt ans : ils prirent à Douglas le train pour leur Texas natal, où ils passèrent un mois.

Nous hivernions à nouveau dans notre rancheria lorsqu'un message de Buck nous arriva : il avait reçu une lettre de Tom Jeffords. Me trouvant justement de garde ce jour-là, je demandai à Buck de me la lire. Je déchiffrai ses signaux et ses silences : Taglito disait que c'était la bonne époque pour quitter notre haut pays et descendre dans la plaine lui rendre visite dans son chaud Owl Head Ranch. Lorsque je lui parlai de la lettre, ma mère fut pleinement d'avis de faire le voyage. Elle avait, comme moi, le pressentiment que Taglito avait besoin de nous.

Nous nous préparâmes et partîmes, laissant à Chee la charge de la rancheria. Nous passâmes la nuit au ranch Verde, et le lendemain matin, nous continuâmes notre route vers le nord, à une allure fort modérée en comparaison de celle que nous menions lors des débuts de Pa-Gotzin-Kay. Nous arrivâmes à Owl Head au bout de quatre jours de chevauchée. Taglito nous accueillit avec sa gentillesse habituelle et nous dit de nous installer confortablement. Ce que nous fîmes. Ce n'était plus l'infatigable Taglito d'autrefois, si bien que je me chargeai de presque tous les travaux de son petit ranch. Il se plaignit que le tonique du shaman – les feuilles de *zagosti* – ne lui avaient pas fait cet hiver-là autant de bien que d'habitude et que son sang s'était épaissi.

Nous le pressâmes de consulter un médecin, et lui et moi partîmes à Tucson – après avoir promis à ma mère de lui rapporter un cadeau, puisqu'elle allait rester au ranch. Tom parut retrouver sa gaieté et son insouciance. Nous arrivâmes à Tucson après la tombée de la nuit. Nous réservâmes une chambre à l'hôtel Santa Rita, puis nous descendîmes au bar et nous nous soûlâmes. Le lendemain matin, Tom fut ausculté par un certain docteur Collins, qui lui donna quelques pilules. Puis nous allâmes chez Ochoa. Taglito y acheta pour ma mère une robe de soie blanche, et moi, une paire de gants de chevreau blanc. Nous rentrâmes à Owl Head tard dans la nuit.

Le lendemain, le 19 février 1914, Thomas Jonathan Jeffords, Frère de sang de mon grand-père, grand admirateur de ma mère, et mon meilleur ami, mourut en enfilant ses bottes, à l'âge de quatre-vingt-deux ans.

Je fis les démarches nécessaires à Tucson et les funérailles eurent lieu trois jours plus tard. Nous l'enterrâmes à Owl Head Butte[1]. Le gouverneur George W.P. Hunt, d'anciens gouverneurs et administrateurs, et quelques-uns de ses vieux compagnons assistèrent à l'enterrement. Mais ma mère et moi étions les seuls Indiens présents à la cérémonie. Nous nous étions peint le visage en noir en signe de deuil.

Nous fîmes de notre mieux pour régler le désordre de ses affaires – Taglito n'enregistrait les choses que dans sa tête – et nous partîmes. À Tucson, nous chargeâmes nos affaires et les chevaux sur le Southern Pacific et nous prîmes le train pour la réserve mescalero. Nous y rendîmes visite à quelques membres de notre famille, mais n'y restâmes pas longtemps, car leur attitude avait changé[2]. Nous rentrâmes à Pa-Gotzin-Kay en temps voulu.

Ce fut l'année de la déclaration de la Grande Guerre en Europe. Cela aussi engendra d'importants changements. Et ce fut l'année de mes quarante ans. J'avais vécu l'époque de

1. Dix ans après, son corps fut transporté dans le cimetière de Tucson.

2. Christian Naiche, Dorothy Naiche, Eva Geronimo, Robert Geronimo, Ramona Chi-hua-hua, James Kawaykla, Nané Juh.

Cochise et celle du Kaiser, et avais peu à porter au crédit de ces années. Des révolutions successives continuaient à agiter les Mexicains – qui s'allièrent même à l'Allemagne – mais tant qu'ils nous laissaient en paix à Pa-Gotzin-Kay, nous ne nous mêlions pas de leurs affaires.

Plus tard, en avril 1917, quand l'Oncle Sam entra dans cette guerre européenne, on nous dit que les États-Unis manquaient de viande, et de chevaux pour leur artillerie et leur cavalerie. Nous, les Apaches, n'avions guère de bétail à donner, mais nous avions des hommes – d'excellents tireurs. Dans notre Peuple, beaucoup s'engagèrent, mais pas moi. Je ne voulais pas participer à cette guerre des Blancs. De toute façon, j'étais trop vieux pour l'armée, et mes cheveux – que j'avais toujours refusé de faire couper – étaient trop longs. Je ne pouvais pas tout adopter des manières des Blancs.

Si bien que je descendis au ranch Verde, où Buck fit immédiatement de moi son assistant. Kasale était son contremaître principal, mais il n'essaya pas de prendre le pas sur moi. Je conduisis des milliers de bœufs destinés à la boucherie, et de chevaux de selle, des ranches du sud de la frontière aux wagons à bestiaux de Douglas et Bisbee, en Arizona.

Ma mère passait ses étés dans les collines de cannelliers de Pa-Gotzin-Kay, et ses hivers au ranch Verde. Par mesure de commodité et de sécurité, à chaque voyage, nous descendions chez Buck une barre d'or et des paquets d'affaires. Ma mère ne supportait plus le froid de la montagne et maigrissait. Un soir d'automne, alors que nous étions assis près du feu dans son vieux wikiup, je vis sa tête s'affaisser sur sa poitrine.

« Qu'y a-t-il Cima ? » demandai-je doucement.

Quand la voix lui revint, comme un faible appel à l'aide, je m'approchai davantage d'elle et lui entourai les épaules – devenues si maigres.

« Je vois mon ancienne maison dans les Dragoon Mountains, dit-elle doucement. La forteresse de notre Grand Chef, la forteresse du Peuple. Je me revois jeune femme – et ton père m'appelait… »

Elle continua à se remémorer le passé. Puis elle murmura :

« Ma vie a été bonne, Ciyé. Je voudrais… que tu dises aux autres un jour… Je te transmets, mon ciyé… mon bon fils… » La voix lui manqua.

Nod-Ah-Sti (Niome), ma mère – mon seul véritable ami – partit pour le Grand Sommeil, là-haut, à Pa-Gotzin-Kay, en 1920, à l'âge de soixante-douze ans.

Avec elle j'enterrai le rêve de ma terre – une terre sur laquelle ce qui restait de mon Peuple aurait pu mener la vie dont il rêvait. Il aurait pu la choisir lui-même, avec l'aide d'Usen sans doute.

Enju !

1920-1970

ÉPILOGUE

Je n'ai jamais tenu de journal, bien que Tom Jeffords et Jim Ticer m'aient souvent pressé de le faire. Ils avaient remarqué que j'avais une bonne mémoire, et je me fiais à elle. À Pa-Gotzin-Kay, nous divisions le temps en comptant les lunes et les saisons, ou nous demandions au shaman. Il nous arrivait de sauter une année ou deux – ou d'en ajouter une ou deux. Cela n'avait aucune importance. Il ne nous était jamais venu à l'idée qu'un jour, d'autres voudraient savoir qui nous étions.

Les problèmes essentiels étaient ceux du présent. Qui sait ce que réserve l'avenir ? Nous étions les « sans-nom », et je n'avais jamais été étiqueté, tatoué ou enregistré dans une réserve, si bien que pour le Blanc, je n'appartenais pas à l'Histoire. Désormais, je n'étais pas seulement orphelin, mais je n'avais plus aucun parent proche. Peu après le départ de ma mère, Chee, Kasale, Hi-okee et moi, nous décidâmes de disposer définitivement de nos biens personnels, et chacun emporta sa part, pour aller mener sa propre vie.

Au cours des années, ma mère, Dee-O-Det et moi avions accumulé beaucoup de choses, qui, ajoutées à celles que j'avais héritées, me posaient un problème, comme d'ailleurs ma part d'or en barres. Je songeai au grand Jim Grey, vieil habitué des trafics, d'un côté comme de l'autre de la frontière. Buck Green m'aida à retrouver sa trace. Grey avait vieilli, mais était toujours dans le commerce. Il avait quitté le Mexique et s'était fixé aux États-Unis.

Lorsque je lui parlai de mes intentions, il me dit qu'il n'y avait aucune difficulté. Il pouvait faire passer un éléphant par les mailles d'un grillage, si le prix était correct. Il l'était, et il le fit. Avec une équipe bigarrée d'hommes de frontière, nous emballâmes toutes mes affaires de Pa-Gotzin-Kay, pour les déballer et les cacher dans un entrepôt en adobe du Camisillacabo Island District, une enclave pouilleuse qui formait une espèce de *no man's land* entre le fleuve et la ville, et où résidaient une centaine de personnes de nationalité douteuse. L'endroit idéal pour opérer. Le grand Jim Grey aimait travailler avec le minimum de contact avec les autorités officielles.

Parmi les nombreux objets que nous avions emballés, se trouvaient onze barres d'or ; un bol en argent massif fait par Taglito pour ma mère ; le portrait à l'huile de mon grand-père, exécuté sous l'œil d'aigle de Taglito par un peintre itinérant, un an après la mort de Cochise ; le fémur de Nakai-Ye qu'utilisait Ma-Ti-O-Tish comme bâton de guerre, mais que Dee-O-Det n'avait pas considéré comme sacré ; la selle mexicaine incrustée d'argent que m'avait donnée mon oncle Naiche lorsque j'étais enfant ; la lourde selle d'argent que j'avais gagnée à la célébration du nouveau siècle au ranch Verde de Buck ; les poils et la crinière du barbe blanc abattu sous moi près de l'ancienne rancheria de Chi-hua-hua ; ainsi que deux vêtements de cérémonie en peau de taupe, et de grande valeur ; mes vêtements d'apparat en daim avec des cornes de cerf ; un équipement complet d'héliographe ; deux télescopes ; une montre en or ; un beau poêle Sibley en cuivre ;

un panier de bijoux; sans parler du couteau-poignard dont je m'étais servi pour tuer Apla-Chi-Kit à Basaranca; puis les deux colts 44/40 que je portais lorsque j'étais garde du corps du colonel Greene, et tout un ensemble d'armes modernes ou primitives accumulées au cours des années par le clan de Pa-Gotzin-Kay.

Je restai quelque temps chez le grand Jim, et j'envisageai même de devenir son associé. C'est grâce à lui que je pus convertir mes barres d'or. J'en reçus exactement 12 000 dollars en billets américains, qui, ajoutés à l'argent liquide que ma mère et moi avions mis de côté, constituaient une somme de plus de 17 000 dollars. Je n'avais jamais possédé autant d'argent. C'était une petite fortune. Mais l'âge et l'humeur, avec le temps, jouent leur rôle.

Les troubles qui agitaient constamment le nord du Mexique finirent par lasser Buck Green, qui vendit son ranch Verde, et s'installa au Texas. Ammon Tenny, dégoûté lui aussi, vendit sa propriété au meilleur prix et s'installa en Arizona. Quant à Al Bower et Jack Brewer, ils avaient déjà abandonné leur métier d'éleveurs et d'agriculteurs au Mexique. Jim Grey, ayant refusé les propositions d'une simple sentinelle qui cherchait à le soudoyer, fut légèrement blessé d'un coup de revolver. Emmené à l'hôpital de la prison de Chihuahua City, il y mourut peu après, faute de soins. John Slaughter mourut aussi cette année-là, le 15 février 1922 pour être exact, dans sa nouvelle maison de Douglas; j'assistai à l'enterrement.

Je n'avais pas le don de prévoyance de l'oncle Golthlay (Geronimo), ou celui de mon shaman, mais je compris tout de même que je ferais mieux de chercher du travail et de prendre une décision avant d'y être acculé par les événements. Je me dépêchai donc de retirer mes affaires du magasin d'adobe, et les déposai à Tucson, sous mon pseudonyme de Ramon Rodriguez.

Avec mon argent en poche, je partis pour Hollywood. Peu après mon arrivée, je me liai avec Leo Carrilo, un acteur de cinéma *Godo,* et à toute son équipe de pique-assiette. Puis je me joignis à la bande d'amis indiens et gros buveurs d'un Cherokee de Monte Blue. C'était l'époque de la prohibition – et nous prenions grand plaisir à violer ses lois. Si bien qu'en quelques années, je me retrouvai sans argent, mais ayant cependant acquis une certaine expérience. On eût dit que j'avais été voué à commettre erreur sur erreur. Il m'arriva de faire deux, trois ou même quatre fois la même bêtise avant de comprendre les habitudes des Blancs. Ce qui n'avait pas été le cas lors de mes premières années dans la sierra Madre – où j'avais toujours su prendre sur-le-champ des décisions qui s'étaient toujours avérées bonnes.

Je décidai finalement de devenir acteur. Chez Jesse L. Lasky, je rencontrai les Apaches Charley Stevens et Bill Russell. Tous deux avaient du sang blanc dans les veines, mais ils avaient plus l'air indien que blanc. Nous prîmes ensemble quelques verres de whisky de contrebande, et Charley m'obtint un rôle de figurant dans *Robin Hood,* où jouait Douglas Fairbanks – un type sympathique qui se débrouillait toujours pour donner un rôle à Charley dans ses films. Plus tard, je jouai à nouveau comme figurant dans un film d'aventures en mer, *The Black Pirate*, encore avec Douglas Fairbanks comme acteur principal ; Charley Stevens était son partenaire. Puis Bill Russell et moi jouâmes dans *Cimarron,* avec Richard Dix, et nous nous débrouillâmes pour obtenir un rôle dans *Tumbleweeds,* avec William S. Hart, ainsi que dans *The Big Trail,* où Charley jouait un rôle important. C'était le premier film de John Wayne.

Au bout de quelques années, je fus las de cette vie, et réalisai que ça ne me menait à rien. Je partis avec l'intention d'acheter une terre en Arizona, mais dans le bus Pickwick qui m'emmenait à Eureka, je rencontrai Larry Douglas, un autre Indien dont j'avais fait la connaissance à Hollywood. Lui aussi était fatigué du cinéma. C'était un grand Huppa, qui venait de la réserve Madoc, entre l'Oregon et la Californie. Il me parla du premier travail qui avait été le sien, dans la Hammond Lumber Company, l'une des plus grosses scieries d'Amérique. Nous y fûmes engagés comme « choker setters[1] », mais cela ne dura pas longtemps. Une dépression économique contraignit l'industrie du bois à fermer ses scieries.

F.D. Roosevelt devint président des États-Unis le 4 mars 1933, et il relança l'économie avec son programme N.R.A. (New Recovery Administration) et sa devise « *a pint on every hip*[2] ». J'avais alors une vieille Packard et un peu d'argent, aussi je partis vers le Sud. La Packard me lâcha à Monterey. Je la poussai jusqu'à un garage ; j'en ressortis au volant d'une Chevrolet de deux ans. Je n'avais plus dans les poches de mes jeans que quarante dollars environ. Cela m'avait toujours irrité de devoir payer, chaque année, la garde de mes reliques de Pa-Gotzin-Kay. Si bien qu'après huit jours de réflexion, j'échangeai ma Chevrolet contre une camionnette Studebaker d'une tonne. J'y chargeai toutes mes reliques et partis pour Phoenix, où j'ouvris un musée. Je me rendis vite compte que j'allais tout perdre à ce jeu-là. La population d'éleveurs de Phoenix n'était guère sensible à ce genre de choses. Mes seuls clients étaient les oiseaux des neiges qui y prenaient leurs vacances d'hiver. C'est alors que j'eus une bonne idée : l'été je partais dans le Montana, au nord, et je faisais le tour des stations de vacances de la région avec mon exposition ambulante. L'hiver, je redescendais vers le Sud. Ces déplacements m'amenèrent à exposer ici ou là dans les

1. Ouvriers chargés d'enrouler autour des troncs les chaînes qui servent à les transporter.

2. « Un quart de whisky pour chacun. »

onze États de l'Ouest, et mon affaire marchait bien, surtout lors des foires nationales ou locales.

À l'époque du bombardement de Pearl Harbour, il me restait à peu près la moitié de ma collection. J'avais vendu une bonne partie de ces vestiges du vieil Ouest pour une liasse de trois cents dollars environ. À nouveau, je mis en gardiennage les affaires qui me restaient, à San Fernando, en Californie, et pris un travail. À la fin de la guerre, j'avais été engagé et licencié quatre fois par des fabricants d'armes (toujours à cause de mes cheveux longs), mais j'étais gros et repu. Entre-temps, je m'étais lié d'une grande amitié avec Rory Taylor, un Indien mi-Yakima, qui avait gagné sa vie en faisant de l'épandage d'insecticides sur les récoltes, jusqu'à ce que la guerre mette un terme à son affaire. J'avais encore assez d'argent de côté et montai à part égale une affaire avec lui, dans le Wennatchee, à l'est de Seattle. Nous engageâmes un ancien pilote de chasse ; lui et Taylor se chargeaient de l'épandage tandis que je m'occupais de la promotion. Quand notre pilote se tua, Taylor me persuada d'apprendre à voler moi-même !

J'avais des contrats fermes et de l'argent à la banque. Aussi, pourquoi pas ? Nous étions en 1947 et j'avais soixante-treize ans, mais ne m'en sentais pas plus de trente-trois. On ne vit qu'une fois. En outre, a-t-on peur de ce qu'on connaît ? Toujours est-il que je me laissai persuader que j'avais quelques chances de réussir. Taylor me disait qu'elles étaient de soixante contre trente, mais en omettant d'ajouter : *contre* moi ! C'était un bon instructeur, et je fus vite capable de voler seul. Et nous fûmes bientôt en mesure d'engager encore une fois un ancien pilote, Bob Peters. Mais Taylor et lui se mirent à boire et à s'amuser avec des blondes, si bien que notre affaire périclita. Je fus écœuré et nous nous séparâmes. À nouveau, j'étais le dindon de la farce.

Je décidai de revenir à Eureka, en Californie, et je décollai avec le monomoteur Swift GB qui m'était échu lors du partage. Mais à peine avais-je volé quatre-vingts kilomètres, que quelque chose se détraqua. Je m'écrasai au sol après avoir traversé un nuage qui me cachait une colline de rochers. Je me réveillai à l'hôpital Beacon Hill de Seattle. J'en sortis avec une jambe et une partie de ma main en moins. Je dus sautiller sur une jambe artificielle jusqu'au terminus des bus.

C'était en 1950. Je me sentis déprimé. J'avais soixante-seize ans ! Après la vie que j'avais menée, je me retrouvais estropié à la suite d'un accident dû à une machine volante des Blancs ! Ce fut la première fois que je sentis vraiment mon âge. Je me demandai combien de Blancs dépassaient soixante-dix ans, et je me souvins de Dee-O-Det qui avait vécu jusqu'à cent onze ans, et d'autres qui étaient devenus centenaires – même Taglito avait vécu et était resté actif jusqu'à quatre-vingt-deux ans.

Mon esprit semblait s'égarer lorsque je songeais au passé. J'étais en tout cas fermement décidé à descendre à Eureka pour aller y voir un vieux directeur de musée de ma connaissance, Carl Mathiesen. Je voulais de nouveau exhiber mes reliques. Je claudiquai jusque chez lui, nous conclûmes un marché, et j'allai à San Fernando retirer mes affaires de leur dépôt. Carl possédait une belle maison en lisière d'Eureka, sur la route 101, près de l'endroit où elle franchit l'Eel River et la Mad River. Nous avions monté une grande exposition, mais une gestion capricieuse et la morte-saison ne nous apportèrent guère de résultats encourageants.

Je proposai alors à Carl de lui vendre toutes mes affaires pour 50 000 dollars. Il trouva le prix correct, mais me dit que pour me payer en liquide comme je le demandais, il devait emprunter de l'argent. Contre cent dollars, je lui laissai l'option pour une semaine.

50 000 dollars ! Je m'imaginais un beau terrain de sable doré et luisant aux Dragoon Springs, à l'entrée de la forteresse de Cochise dans les Dragoon Mountains – avec une jolie maison dessus !

Mais entre-temps, et à mon insu, un marchand de Phoenix (Arizona) vint à Eureka parler affaires avec Mathiesen. Carl offrit de lui vendre toutes « ses » reliques apaches pour 70 000 dollars ! Le marchand devait venir expertiser le lot le lendemain.

Cela se passait pendant la saison des pluies, et quand il pleut en Californie, il pleut bien. Des chantiers de voierie sur la route 101 avaient formé un barrage de terre temporaire au-dessus de la maison de Carl. Mais cette nuit-là, l'Eel River et la Mad River débordèrent toutes les deux, elles foncèrent sur le barrage et le rompirent. De nombreux bâtiments, y compris la maison de Carl où se trouvaient les souvenirs accumulés tout au long de ma vie, furent balayés par l'inondation.

N'ayant plus sur moi que mes sous-vêtements, je parvins à me sauver sur une jambe, portant l'autre sous le bras, ainsi que quelques vêtements, dont un pantalon avec mon portefeuille. Je ne pus sauver qu'une brouettée de mes biens. J'offris une récompense de deux cents dollars à qui retrouverait la robe de mariée en peau de taupe blanche de celle qui avait été ma femme.

Après un mois de recherches, j'abandonnai. J'étais perdu, découragé et triste. Je partis pour Hollywood voir si je pouvais retrouver quelques relations. J'en retrouvai bien, sans en retrouver vraiment. Tout avait beaucoup trop changé en vingt ans. Je découvris que Charley Stevens était toujours dans le cinéma ; quant à Bill Russell, il se maintenait en s'exhibant dans les soirées ou dans les banquets de clubs.

Hollywood préparait le tournage de *Broken Arrow*, l'adaptation pour le cinéma de *Frère de sang*, un roman historique de

Elliot Arnold, où mon grand-père paternel le chef Cochise, et l'agent aux Affaires indiennes Tom Jeffords (Taglito) étaient des personnages véridiques tirés du passé historique. Je posai ma candidature aux United Artists pour le rôle de mon grand-père, pensant que personne de vivant n'était aussi qualifié que moi pour incarner le personnage. Le gros directeur me dévisagea des pieds à la tête, et me jeta : « Non, vous n'êtes pas le genre ! »

S'il avait dit un mot de plus, je l'aurais tué.

J'imitai Bill Russell, me montrai ici et là, et chevauchai dans quelques parades de cirque. Puis je partis seul, engagé comme éclaireur apache par une agence de tourisme. Ce genre de travail, qui me permettait pourtant de gagner facilement ma vie, finit par m'exaspérer. En particulier, je supportais mal l'attention ridicule dont j'étais l'objet, surtout de la part des femmes :

« Niño Cochise, le petit-fils du grand chef apache ! » Bouah ! En outre, j'étais incommodé par la précipitation, l'odeur, le bruit et la circulation. Il semblait y avoir des millions et des millions de voitures en Californie du Sud, alors qu'il y en avait eu si peu. Je savais que les changements étaient inévitables, mais pas à ce point-là ! Je pris le bus Greyhound pour Tucson et retournai dans ma terre natale – l'Arizona, où le ciel est toujours bleu. Je voulais m'installer n'importe où près des Dragoon Mountains, dans une petite baraque. Cela en dit long sur les rêves du jeune homme et les souvenirs du vieillard.

Au cours des années, j'avais rencontré diverses personnes, qui suivaient des voies différentes ; mais lorsqu'elles se croisaient, nous nous arrêtions, et parfois, nous prenions un verre. A. Kinney Griffith était l'un d'eux. Il ne voulut jamais rien de moi. Si ce n'est que j'écrive l'histoire de ma vie.

Il y a une dizaine d'années, il se fit plus insistant : « Si vous ne vous y mettez pas maintenant, vous ne le ferez jamais », m'affirmait-il. J'étais alors irrévocablement déçu par le monde des Blancs, mais comme Taglito, il avait toujours été un *simpatico.* Je m'y suis donc attelé – et j'en suis venu à bout.

Hi-dicho – j'ai fini.

ADDENDUM

J'ai été présenté à Niño Cochise le 15 février 1922, aux obsèques de John H. Slaughter, à Douglas, en Arizona. Niño était, et est toujours, l'Indien le plus remarquable que j'aie jamais rencontré. Ce jour-là, il me parla un peu de lui et nous restâmes en contact au cours des années. Je l'aidai souvent à éviter l'exploitation dont il était l'objet de la part des Blancs. Je le suivis dans ses succès et ses échecs dans la capitale du cinéma, pendant l'ère de la prohibition, celle de la dépression, lors de ses aventures d'exposant ambulant, et au moment de la perte de ses biens. L'accident qu'il eut lorsqu'il voulut essayer de maîtriser la dernière invention des Blancs, l'avion, provoqua presque sa fin. Puis infirme, il frôla la célébrité : on voyait le chef apache à cheval dans les parades de rodéo, dans les expositions sur l'Ouest d'autrefois, dans les fêtes sportives, les réunions politiques, etc. Il ne cessa jamais de se battre, mais sa nature et ses handicaps physiques jouaient contre lui. Quelques amis l'aidèrent à installer Cochise Trading Post *près de Tombstone, où il demeure. Ses infirmités sont telles qu'il ne peut plus guère, maintenant, se déplacer sans aide. Il ne regarde pas beaucoup la télévision, mais est heureux de voir marcher des hommes sur la lune. Aujourd'hui, alors qu'il va sur ses cent ans, qu'il va bientôt rejoindre son paradis perdu, il a parfois dans ses yeux noirs une lueur qui semble dire : ce monde des Blancs est bien tel que me l'avait prédit mon vieux shaman.*

A.K.G.

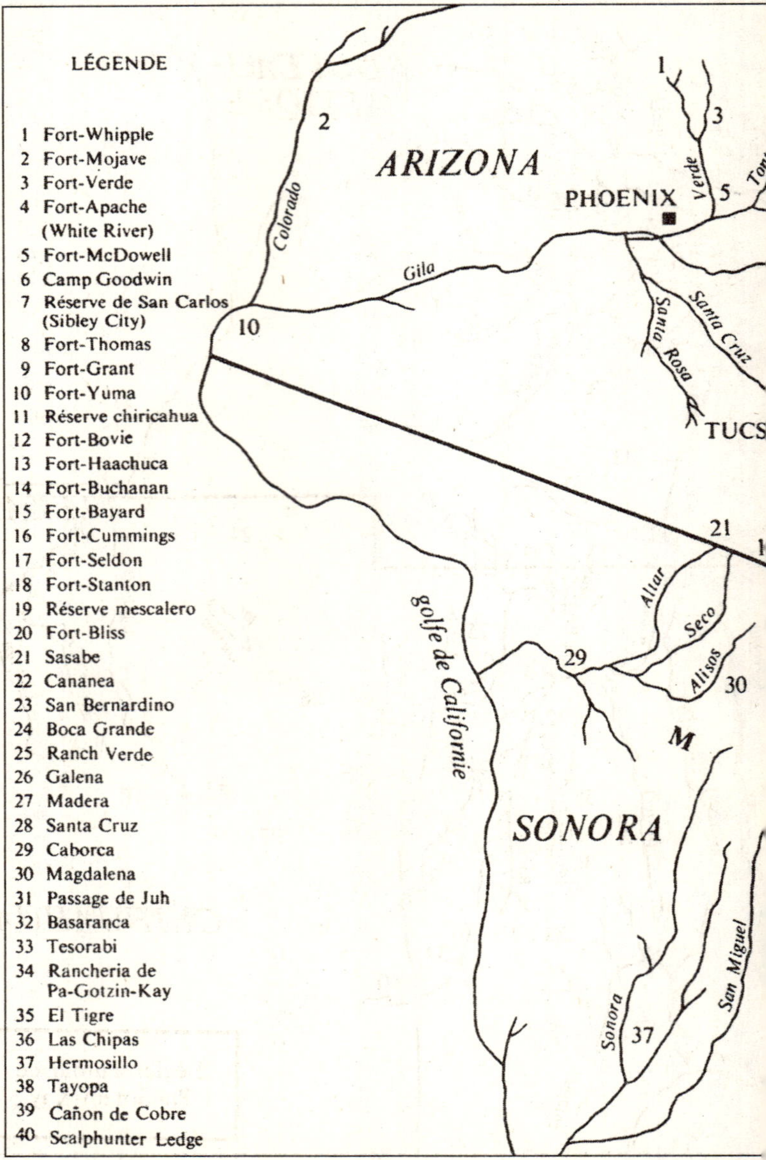
LÉGENDE
1 Fort-Whipple
2 Fort-Mojave
3 Fort-Verde
4 Fort-Apache (White River)
5 Fort-McDowell
6 Camp Goodwin
7 Réserve de San Carlos (Sibley City)
8 Fort-Thomas
9 Fort-Grant
10 Fort-Yuma
11 Réserve chiricahua
12 Fort-Bovie
13 Fort-Haachuca
14 Fort-Buchanan
15 Fort-Bayard
16 Fort-Cummings
17 Fort-Seldon
18 Fort-Stanton
19 Réserve mescalero
20 Fort-Bliss
21 Sasabe
22 Cananea
23 San Bernardino
24 Boca Grande
25 Ranch Verde
26 Galena
27 Madera
28 Santa Cruz
29 Caborca
30 Magdalena
31 Passage de Juh
32 Basaranca
33 Tesorabi
34 Rancheria de Pa-Gotzin-Kay
35 El Tigre
36 Las Chipas
37 Hermosillo
38 Tayopa
39 Cañon de Cobre
40 Scalphunter Ledge
ARIZONA
PHOENIX
TUCS
Colorado
Gila
Verde
Santa Rosa
Santa Cruz
Altar
Seco
Alisos
golfe de Californie
SONORA
M
Sonora
San Miguel
1
2
3
5
10
21
29
30
37

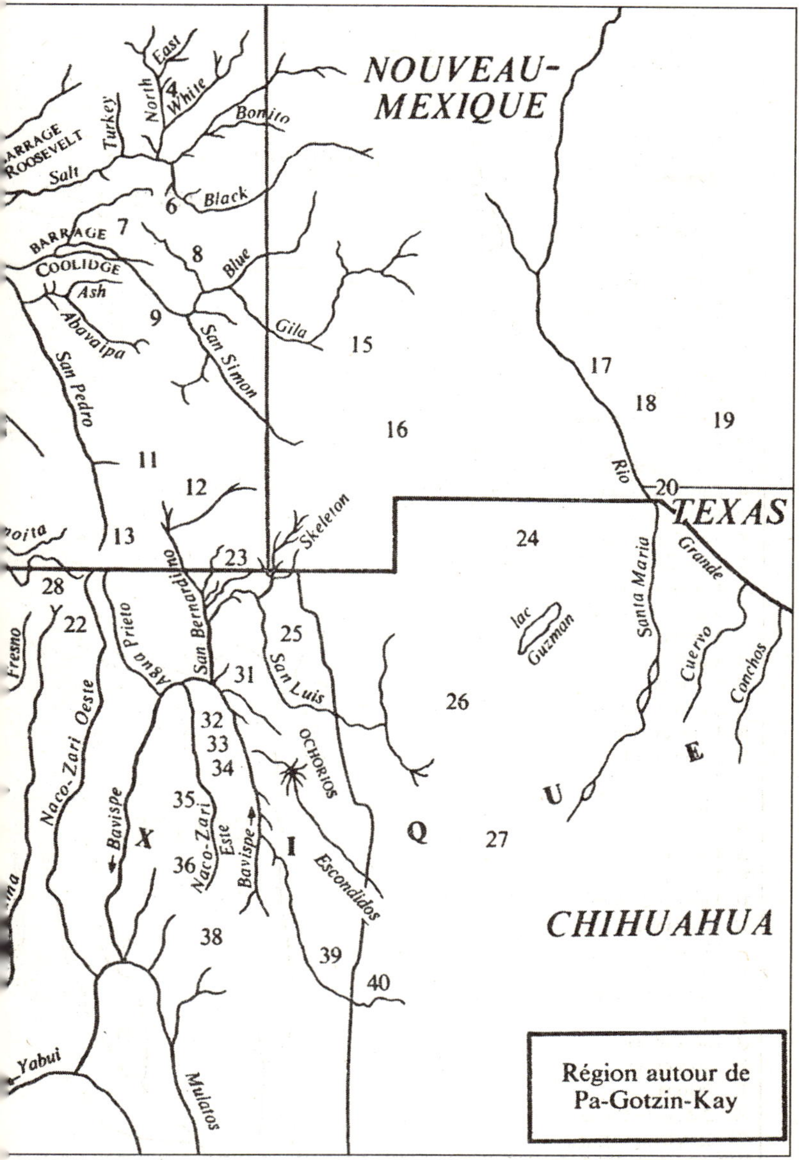

Région autour de Pa-Gotzin-Kay

Cet ouvrage
a été mis en pages par In Folio,
reproduit et achevé d'imprimer
en mars 2025
dans les ateliers de Normandie Roto Impressions s.a.s.
61250 Lonrai
N° d'imprimeur : 2405082

Imprimé en France

Dépôt légal : avril 2025